1

»Danke, gnädige Frau, danke, gnädiger Herr, ich darf Ihnen einen angenehmen Tag wünschen.«

Roberto Grimaldi steckte mit routinierter Bewegung das Trinkgeld ein und folgte dem Paar mit schmeichelndem Blick. Der Portier in tressenbesetzter Uniform nickte dem Boy beifällig zu.

»Gut, Kleiner, du verstehst es, sie anzureden, du wirst es noch weit bringen.«

Roberto richtete sich voller Stolz auf. Er war groß für seine fünfzehn Jahre. Man hätte ihn für einen Deutschen oder einen Schweden halten können. Es ließ sich nicht die Spur eines maurischen Einschlags bei diesem blauäugigen Genuesen feststellen, der unerklärlicherweise den Namen der Fürstenfamilie von Monaco trug, was dem Hotelpersonal ständig Anlaß zu Witzeleien gab:

»Vorgestern haben wir deinen Vetter in seinem Rolls auf der Croisette gesehen.«

»Von hinten gesehen ähnelst du ihm sogar.«

Roberto war ein Waisenkind. Seine Tante Maria, die in einer Hafengasse wohnte, hatte ihn aufgezogen; aber nachdem er die Volksschule hinter sich gebracht hatte, wollte er möglichst rasch Geld verdienen, um seinen Verwandten nicht zur Last zu fallen. Dies ganz besonders, weil sein Onkel ihm gegenüber weder mit Vorwürfen noch mit Ohrfeigen sparte und jedesmal mit einer vielleicht unbeabsichtigten Taktlosigkeit hinzufügte:

»Wenn dein armer Vater dich sehen würde!«

Dabei tat Roberto gar nichts Unrechtes; wenn er sich nach der Schule gerne auf den Kais herumtrieb, so nur, um den Schiffen nachzusehen, um von fernen Ländern zu träumen, die er wahrscheinlich nie sehen würde. Er blieb gern allein. Die Jungen am Hafen trieben ihre Streiche ohne ihn. Er war nicht dabei, wenn sie in den Boutiquen der Rue d'Antibes ein paar Nippsachen stibitzten, auf die Klingelknöpfe der Villen am Meer drückten, damit die Hunde anschlugen, und während der Festspielzeit den schönen Mädchen mit den herausfordernden Brüsten nachpfiffen.

»Herzlichen Dank, die Herrschaften, noch einen schönen Tag.«

Paul Grimaud, der Portier, lächelte zufrieden. Gut, daß sein Schützling seine Formulierung zu ändern wußte. Ja, dieser Junge konnte es noch weit bringen. Wenn er nur in die Hotelfachschule eintreten könnte. Am besten, er würde mit dem Empfangschef darüber reden, der seinerseits dem Direktor ein Wort darüber sagen könnte ... Es war jetzt fast elf Uhr vormittags, und die Augustsonne brannte erbarmungslos nieder. Am frühen Morgen war die Uniform erträglich, aber jetzt schien es ihm, als sei sie zentnerschwer, der Stoff klebte an der feuchten Haut. Paul Grimaud warf einen flüchtigen Blick nach rechts und links, zog sein Taschentuch hervor, setzte seine Mütze ab, wischte sich die Stirn und den Kopf. Eine unangebrachte Geste, würde der Personalchef sagen. Aber war es vielleicht seine Schuld, daß die Portiers und Türsteher der Hotelpaläste bei dieser Hitze wie Admiräle kostümiert waren?

Roberto steckte seine Hand in die Tasche, um mit den Geldstükken zu klimpern. Es waren sogar zwei Scheine darunter, die er liebevoll betastete. Einen hatte er von der Amerikanerin von Zimmer 342, die schon früh am Morgen ausging; sie war immer die erste am Strand, eine vorzügliche Kraulschwimmerin. Den anderen hatte ihm der untersetzte Mann in weißem Alpaka-Anzug mit den schwarzen feurigen Augen gegeben, vor dem alle Boys im Hotel Angst hatten. Es hatte sich herumgesprochen, daß man besser nicht allein mit ihm im Aufzug fuhr. Aber Roberto war kein Hasenfuß. Seit einem Jahr hatte er schon so viele merkwürdige Leute gesehen, und es war ihm nie passiert, daß er in die Zange genommen wurde ... In die Zange genommen werden, das war eine häufige Redensart unter diesen Jungen, die fast noch Kinder waren und ständig mit der glitzernden Halbwelt an der Côte in Berührung kamen. Bei der Befreiung war Roberto sechs Jahre alt gewesen. Er hatte den etwas närrischen Nachkriegs-Enthusiasmus kennengelernt, die großzügige Euphorie der Amerikaner, den Opportunismus der jungen Mädchen. Er hatte auf der Croisette die Luxuswagen von Schwarzhändlern aller Schattierungen mit geradezu herausfordernd leisen Motoren vorüberflitzen sehen. Im »Hotel des Mouettes«, einem heruntergekommenen Dreisterne-Etablissement, in dem er angefangen hatte, bevor es ihm gelang, im »Miramar« eingestellt zu werden, war er der Halbwelt von Marseille – auf Geschäfts- oder Vergnügungsreise – begegnet, ohne sich noch über etwas zu wundern. Mag sein, daß dieser Nachkomme Genueser Seefahrer das Abenteuer im Blut hatte. Jedenfalls amüsierte er sich, wenn es schon keine Abenteuer für ihn gab, über die menschliche Komödie, der er auf Schritt und Tritt begegnete – ein frühreifer und spöttischer Philosoph. Bei seiner Tante ließ er die Erzählungen des besoffenen Onkels über sich ergehen, der in der Hafenverwaltung arbeitete. Er spitzte die Ohren, wenn die Namen der Schmuggler von amerikanischen Zigaretten fielen und der Schiffe mit unverzollter Ladung. Er glaubte, verstanden zu haben, daß der Onkel hier und da ein wenig Geld dafür einsteckte, daß er die Augen zudrückte.

Und so wurde er sehr rasch erwachsen. Die Moralpredigten des Lehrers waren natürlich lachhaft. Er kannte bereits das Leben, der kleine Roberto. Seine sittenstrengen Grundsätze hatten den Lehrer auch nicht gerade weit gebracht. Roberto hatte gesehen, wie er sein altes Fahrrad zwischen die Cadillacs und die Buicks schob. Er hatte seine abgewetzte dunkelbraune Hose gesehen, die er unten mit Klammern zusammengesteckt hatte, seine Jacke in einem noch dunkleren Braun, die an den Ellbogen mit Lederflecken besetzt war, seine Aktentasche aus billigem Plastik, die auf dem Gepäckträger auf- und abwippte... damit konnte man einem schon die Moral für immer vergällen. Und doch blieb Roberto ehrbar. Sein geduldig angesammeltes kleines Kapital verdankte er einzig und allein den brav gesparten Trinkgeldern und dem, was er sich zurückgelegt hatte.

»Eines Tages«, vertraute er Paul Grimaud an, »mache ich das große Geschäft.«

»Was für ein Geschäft?« fragte ihn der Portier, der während jener fünfziger Jahre »Geschäften« an der Côte gegenüber mißtrauisch geworden war – kein Wunder in Anbetracht der allgemeinen Lage.

»Einen Waschsalon.«

»Einen was?«

»In Amerika gibt's das schon seit langem. Das ist ein Salon, in dem lauter Waschmaschinen stehen. Die Leute kommen mit ihrer schmutzigen Wäsche, packen das ganze in die Maschine, natürlich werfen sie auch Münzen ein, und dann wird alles gewaschen. Mir wird das Ladenlokal gehören, und den Gewinn teile ich mir mit der Gesellschaft, die mir die Maschinen aufstellt...«

Paul Grimaud schob verdutzt seine Mütze um einen Zentimeter nach hinten. Er sagte sich, daß dieser Junge wirklich rührend war in seiner Hartnäckigkeit, auf ehrbare Weise reich zu werden, obwohl er ringsherum alle Arten schmutziger Geschäfte blühen sah. Im Augenblick redete man an der Côte von nichts anderem.

»Na ja, das klingt nicht schlecht. Und wenigstens ist es ein anständiges Geschäft.«

»Natürlich ist es ein anständiges Geschäft! Sehen Sie nur, was ich allein seit heute morgen an Trinkgeldern bekommen habe ... fast tausend Francs.«

»Du machst deine Sache ganz gut ...«

Paul Grimaud unterbrach seinen Satz, um den Grafen von Essarts zu begrüßen, der in imponierender Haltung in seinem Rollstuhl vorüberfuhr, den eine Krankenschwester schob. Einer der Stammgäste des Hotels schon seit vor dem Krieg und einer der ersten, die auch im Sommer an die Côte fuhren, obgleich es früher zum guten Ton gehörte, nur den Winter hier zu verbringen.

»1939 ist er nach den USA ausgewandert«, erzählte Paul Grimaud Roberto. »Und eines schönen Tages tauchte er hier auf, mit seinem Butler und seiner Krankenschwester. Seine gelähmten Beine sind eine Erinnerung an einen Granatsplitter in der Wirbelsäule, den er während der Marneschlacht abbekommen hat. Er ist in der Kavallerie gewesen ...«

»Der Kavallerie!«

»Du tust so, als erzählte ich dir vom Mittelalter ...«

Das stimmte, für das Kind des Zweiten Weltkrieges war das auch ein wenig wie Mittelalter.

»Immer noch so heiß, Paul?«

»Ja, Herr Graf.«

»Gott sei Dank, das wird meine alten Knochen aufwärmen ... Sieh einer an, der alte Hochstapler!«

Der Graf von Essarts verfolgte mit ironischem Blick einen hochgewachsenen, etwa vierzigjährigen Mann mit dunklem Teint, der mitten in der Hotelhalle stehenblieb, um sich an der Flamme eines goldenen Feuerzeuges eine Zigarette anzuzünden, die in einer Elfenbeinspitze steckte.

»Fahren Sie weiter, Berthe«, sagte der Graf.

»Er hat schon seinen Charakter«, sagte Paul Grimaud. »Hast du bemerkt, Roberto, seit fünfzehn Tagen wohnt Herr Frokian jetzt im Hotel, und der Graf ist ihm mindestens schon zehnmal begegnet. Er hat es stets fertiggebracht, ihn nicht zu grüßen.«

»Ich mag diesen Frokian nicht«, erwiderte Roberto.

Beide warfen dem Herrn, der gerade dabei war, seine Post beim Empfangschef abzuholen, einen unauffälligen Seitenblick zu.

»Er ist geizig«, fügte Roberto hinzu. »Ein einziges Mal hat er mir zwanzig Francs gegeben, das war alles ...«

»Seine Frau magst du lieber, nicht wahr? Ich habe dich gestern beobachtet, du hast sie ja mit den Augen verschlungen…«

»Ich?«

Roberto wandte sich errötend ab.

Laszlo Frokian war einer jener sonderbaren Mischlinge, die das Europa des ausgehenden 19. Jahrhunderts hervorgebracht hat. Er war im Jahre 1900 in Paris geboren worden, von einem armenischen Vater und einer ungarischen Mutter; dem ersteren verdankte er zweifellos seinen dunklen Teint, letzterer seine hochgewachsene Gestalt, eine gewisse aristokratische, leicht gebückte Haltung. Sein Haar, dessen leichte Wellen er sorgfältig pflegte, war silbergrau. Er gehörte zu jenen Persönlichkeiten, die man in der auf – falschen oder wahren – Gesellschaftsklatsch spezialisierten Presse als Pariser vom Scheitel bis zur Sohle bezeichnete, als einen der bestangezogensten Männer Frankreichs; diese und andere schmeichelhafte Äußerungen verdankte er seinem – außerordentlich übertriebenen – Ruf, bis zur Erschöpfung einem ausschweifenden Nachtleben zu frönen, und den Pressekampagnen seiner Frau Sarah, die keinen einzigen Tag vorübergehen lassen konnte, ohne mittags, der Tageszeit, zu der sie gewöhnlich aufstand, nach ihrem Namen in der Zeitung zu suchen.

Tatsache war: Laszlo Frokian war außerordentlich arbeitsam, ein hervorragender Geschäftsmann, der sich gerade soweit am gesellschaftlichen Leben beteiligte, um Sarah in ihrem Ehrgeiz zufriedenzustellen, daß man von ihm sprach. Er wußte die Galaabende und Nachtbars geschickt zu verlassen, wenn die Pressefotos geschossen waren. Sein Juwelierladen in der Avenue Montaigne 65, sein Büro in der Rue Cadet 49 und seine Geschäftsbeziehungen zu den großen Diamantenhändlern von Antwerpen verschafften ihm den Ruf eines Mannes, von dessen Geschäften man wußte, daß sie glänzend gingen, und von denen man behauptete, sie seien solide. Von seiner Frau, von Annie, seiner über alles geliebten Tochter, und sogar von seinem Schwiegersohn Patrick redete er oft und gern; dagegen war er, was seine Geschäfte betraf, sehr viel diskreter. Wenn man ihn fragte, wo er während des Krieges gewesen sei, erwiderte er, er habe Paris nicht verlassen, aber man hatte ihn dort selten gesehen. Damals führte einer seiner ungarischen Vettern, der mit der Kommandantur auf gutem Fuß stand, das Geschäft. Daher lief sein Laden auch weiterhin hervorragend, und Madame Frokian, geborene Gronstein, die Tochter des Pelzhändlers Gronstein, hatte keinerlei

Grund zur Besorgnis. Schließlich lebte sie ja auch in Nizza, in einer vornehmen, abgelegenen Villa auf dem Hügel von Cimiez. Sie empfing dort ihre Bekannten aus der Zeit, wo sie noch im »Théâtre des Boulevards« spielte, das ihr ihr Vater gekauft hatte und das nach dem Krieg trotz aller ihrer Bemühungen leider einen Reinfall nach dem anderen erlebte.

»Ist das alles?«

»Das ist alles, Herr Frokian.«

Der Empfangschef wußte genau, daß bestimmte Gäste es schätzten, wenn man ihren Namen nannte. Und er fügte hinzu, nur um irgend etwas zu sagen:

»Aber Sie wissen ja, wegen dieses Streiks bekommen wir so gut wie gar keine Post.«

»Ich weiß, ich weiß.«

Laszlo Frokian warf den beiden kleinen Hotelboys, die in der Halle standen, und dem größeren, dem, der vorhin gerade mit dem Portier gesprochen hatte, einen flüchtigen Blick zu. Wirklich, dieses Hotel war nicht gerade das beste. Seit wann schwatzte das Personal während der Dienstzeit miteinander? Wenn Laszlo Frokian zahlte, mußte alles tadellos sein. Hatte er sich nicht mit der Direktion des »Carlton« wegen einer so dummen Geschichte wie schlechtgeputzten Schuhen überworfen? Er bedauerte das inzwischen, denn das »Carlton« war immerhin um einiges besser.

Sein blitzblanker schwarzer Hillman wartete auf ihn vor dem Portal. Aber er hatte keine Lust zu fahren; er begnügte sich damit, sein Spiegelbild darin im Vorübergehen zu bewundern. Nein, er ging lieber zu Fuß. Er würde sowieso nachher mit Sarah nach Cap Ferrat fahren müssen, weil sie zum Mittagessen bei den Dubois-Dubreuilhs eingeladen waren. Er hatte noch genügend Zeit bis dahin; Sarah mußte noch baden, sich anziehen, geschminkt und frisiert werden. Soviel er wußte, sollte der Hotelfriseur ihr noch ein paar fast unsichtbare dunkelbraune Haarwurzeln nachfärben, die verräterischerweise inmitten ihrer weizenblonden Haarpracht aufgetaucht waren. Und außerdem mußte Sarah zu Ehren der Dubois-Dubreuilhs ja wohl ihr elegantestes Kleid auswählen.

Frokian lehnte sich mit Vorliebe an das Geländer der Uferpromenade, um mit den entzückten Blicken eines Pferdezüchters die Badenixen zu bewundern. Da er viel zu vorsichtig und wohl auch zu träge war, um sich in ein Abenteuer zu stürzen, befriedigte er sich mit Blicken. Er liebte es, zu gefallen und gelegentlich seinen etwas zweifelhaften Charme auszuspielen. Für ihn bestand das Leben darin: Geld zu verdienen, immer mehr Geld, damit alles seinen geregelten Gang ging. Sarahs Schmuck und ihre Kleider, die Immobilienfirma, die er seinem Schwiegersohn gekauft hatte, oder vielmehr seiner Tochter – was dem geliebten Kind gestattete, kleinere Rollen beim Film zu spielen und das Leben eines Stars zu führen, ihr einziger Ehrgeiz. Und die leichten, angenehmen Sommeranzüge, die er sich aus New York kommen ließ und um die ihn alle Welt beneidete. Außerdem die Reisen, wohin er wollte, wann er wollte. Sonst hatte er keine großen Bedürfnisse. Er aß wenig. Er trank nicht. Er rauchte nicht viel. Er las nicht. Im Kino schlief er ein, und im Theater ganz besonders, obwohl Sarah von Zeit zu Zeit hartnäckig versuchte, einen Theaterproduzenten aus ihm zu machen. Sein einziges Vergnügen bestand darin, Diamanten zu betrachten, aber das gehörte bereits wieder zum Geschäft.

Zwei amerikanische Panzerkreuzer fuhren gerade in den Hafen von Villefranche ein. Die Marine hatte eine Vorliebe für die Côte d'Azur entwickelt – verständlicherweise. Um die Schiffe näher betrachten zu können, setzte Frokian seine Sonnenbrille mit dem dünnen Goldgestell auf, die ihn wie den Typ eines internationalen Hochstaplers erscheinen ließ. Jedesmal, wenn er sich in Cannes aufhielt, empfand er ein heimliches Glücksgefühl, das er in Paris nie verspürte. Er fühlte sich ganz und gar als Südländer. Wenn Sarah sich über die Hitze beklagte und am liebsten in allen Zimmern Klima-Anlagen eingebaut hätte, blühte er auf wie eine tropische Pflanze.

Ein Kinderkarussell drehte sich zwischen einer Reihe von Palmen und goldgelben Blumen. Er liebte diese leichte Musik unter einem tiefblauen Himmel. Diese barocke Architektur, die den Luxus um die Jahrhundertwende widerspiegelte, erinnerte ihn an schöne Damen mit Sonnenschirmen in einer eleganten Kutsche. Er, der nie seine Mutter kennengelernt hatte, die bei seiner Geburt gestorben war, stellte sie sich oft so vor, wie sie mit einer erzürnten Bewegung ihres Fächers den zudringlichen Blick eines bewundernden Spaziergängers abwehrte ... Es gab auch noch andere Städte an der Côte. Warum kam er immer nach Cannes? Sarah mochte Monte Carlo lieber, aber der einzige Grund dafür war, daß sie dann neben dem Ex-König Farouk im Casino spielen konnte und ihren Schmuck im Hotel de Paris bei glänzenden Empfängen zur Schau stellen konnte. Menton roch geradezu nach Ruhestand, Alter und Langeweile. Nizza war eine bunt zusammengewürfelte Mischung von russischen Emigranten, Leberkranken, frühzeitig gealterten Kolonialisten, Geschäftsleuten und Arbeitern. Man fühlte sich hier trotz des

Meeres und der Sonne nicht mehr in Urlaub als in Paris. Und was Juan-les-Pins anbetraf, so fühlte Laszlo Frokian sich dort einfach nicht wohl. Es war laut, übervölkert und winzig. Und auch zu jung für ihn, so wie Menton zu alt war. Patrick Meyer, sein Schwiegersohn, wollte absolut, daß sie noch für ein paar Tage zu ihnen ins Hotel de la Murène zögen, wo alles abstieg, was in der Literatur, im Film und sogar in der Finanzwelt Rang und Namen hatte.

»Eure Luxuspaläste sind antiquiert«, erklärte Patrick. »Man muß mit der Zeit gehen ...«

Er berichtete von den Nächten in Juan-les-Pins mit der verspielten Miene eines jungen Katers. Annie pflichtete ihm mit ihrem etwas kehligen Lachen bei. Und Sarah unterstützte sie selbstverständlich.

»Das wäre doch endlich mal eine Abwechslung von den ewigen Carltons und Miramars.«

Aber Frokian blieb unerschütterlich. Warum sollte er seine alte Côte opfern, um sich unter diese sonderbare Jugend zu mischen, die ihre Freiheit dadurch zu beweisen glaubte, daß sie barfuß lief? Was seine Tochter tat, ging ihn nichts an. Wie alle Welt wußte er, daß sie ihre Liebhaber hatte, was ihrem Gatten völlig gleichgültig war. Davon abgesehen, schließlich hatte dieser schlanke, blonde, zweiundzwanzigjährige Playboy, der stolz in seinem roten Triumph-Cabrio durch die Gegend kutschierte, ein unübersehbares Gefolge von reizenden jungen Männern, von denen einer sonnengebräunter war als der andere.

Laszlo Frokian verurteilte niemanden. Jeder sollte tun, was er wollte. Er hatte Annie davon abgeraten, Patrick zu heiraten. Sie hatte darauf bestanden. Sie schien glücklich zu sein. Was verlangte er noch mehr? Als er ihr als Hochzeitsgeschenk die Immobilienfirma in der Rue Marbeuf kaufte und das Appartement in der Rue Saint-James in Neuilly, hatte er klugerweise darauf bestanden, daß sie Gütertrennung vereinbarten. Aber was das übrige anbetraf, so sollte das junge Ehepaar Meyer sehen, wie es zurechtkam, er als Direktor der Firma, sie als Starlet und zukünftige Filmdiva. Das ging ihn nichts mehr an. Aber er sah auch keinerlei Grund, sich unter dieses exotische Volk von Juan-les-Pins zu mischen ...

»Laszlo! Wie geht es dir?«

Frokian zuckte zusammen. Nur wenige Leute duzten ihn. Er mochte das nicht. Er verstand es, Familiaritäten im Keim zu ersticken. Er erkannte diese Stimme, die ihn von hinten angerufen hatte, nur ungefähr wieder. Aber er wandte sich nicht um. Er wartete, bis der, der ihn angesprochen hatte, auf gleicher Höhe mit ihm ging.

»Wir haben uns lange nicht gesehen, nicht wahr?«

»Einen schönen guten Tag, Herr Anwalt. Ich dachte, Sie seien in Korsika.«

»Von da komme ich gerade. Die Ferien sind zu Ende, leider. Ach, die Arbeit... Aber man muß sich schließlich seine Brötchen verdienen. Heute abend will ich in Marseille zurück sein.«

Rechtsanwalt Carlotti lächelte freundlich und entblößte dabei drei Goldzähne. Er hatte während der letzten zwanzig Jahre mit leicht anrüchigen Fällen – gewonnenen natürlich – genug verdient, um sich für den Rest seines Lebens zur Ruhe zu setzen. Aber wenn er nicht über seinen Akten saß, langweilte er sich rasch. Von Zeit zu Zeit tauchte er unter, wie er sich ausdrückte. Er erholte sich dann in dem Dorf, wo er geboren war, zwischen der Ile Rousse und Calvi. Wenn er anschließend zurückkam, hatte er neue Kräfte gesammelt, um in aller Legalität Polizei und Justiz die Stirn zu bieten. Er war der Anwalt der Unterwelt. Unter anderem hatte er Manuelli und Bastinga vor der Guillotine gerettet, für einen Anwalt keine schlechte Visitenkarte. Laszlo Frokian hatte sich vor etwa fünf Jahren an ihn gewandt, in einer delikaten Angelegenheit, in der sein Hausanwalt, François Roubaud, ihn nicht hatte vertreten wollen. Rohdiamanten im Wert von zwanzig Millionen Francs, die er in seinem Tresor im Büro der Rue Cadet aufbewahrt hatte und die später geschliffen und in der Avenue Montaigne verkauft werden sollten, hatten sich plötzlich über Nacht in Luft aufgelöst. Das polizeiliche Untersuchungsergebnis lautete auf Einbruch, aber es waren noch so viele Punkte unklar geblieben, was die Umstände des Diebstahls anbetraf, daß die Versicherung sich weigerte zu zahlen. Carlotti hatte einen Vergleich zu fünfzig Prozent erreicht. Frokian begegnete ihm höchst ungern. Dieser Anwalt war ihm unsympathisch. Am liebsten hätte er die ganze Geschichte vergessen, über die damals die liebe Konkurrenz schadenfroh gelächelt hatte und deren Geheimnis er allein kannte... Falls es überhaupt ein Geheimnis gab. Carlotti brachte nie wieder die Sprache darauf, aber Frokian fand immer – ob zu Recht oder Unrecht –, er hätte ein komplizenhaftes Lächeln.

»Hier ist es viel heißer als in meinem Dorf«, sagte Carlotti. »Wenigstens geht dort immer ein bißchen Wind.«

»Natürlich«, erwiderte Frokian zerstreut, »auf einer Insel...«

Es war unmöglich, Carlotti zu widerstehen, wenn er einen am Arm nahm und mit sich zog, um einen Pastis zu trinken. Mit einem befriedigten Seufzer verstaute er sein beträchtliches Lebendgewicht in einem Sessel. Frokian bewilligte sich die zweite Zigarette an diesem Tag. Jeden Morgen steckte er acht in sein massivgoldenes Zigarettenetui, das das Wappen der Romanows trug – ein Stück, das er bei einer Auktion ersteigert hatte. Carlotti langweilte ihn. Er hatte ihn bei seinem einsamen Spaziergang und seinen Träumen unterbrochen. Aber niemand konnte es sich leisten, sich mit Carlotti zu entzweien. Also war es besser, einen Tomatensaft zu bestellen und ihm geduldig zuzuhören.

»Sie sollten lieber einen Casa trinken«, bemerkte Carlotti. »Dieser Saft da ist schlecht für den Magen. Zuviel Säure.«

»Haben Sie Casanis-Aktien?«

»Um diese Dinge kümmert sich ein Vetter von mir.«

Carlotti hatte immer irgendwo einen Vetter. Manchmal sogar, wie man sich zuflüsterte, jenseits des eisernen Vorhangs.

»Und sogar«, hatte er eines Tages; als man ihm von diesem Gerücht erzählte, mit schallendem Lachen hinzugefügt, »jenseits der Zuchthausmauern von La Baumette!«

Carlotti – Spezialist der südfranzösischen Unterwelt und einer der Starverteidiger von Marseille – hatte eine besondere Vorliebe dafür, nach Paris zu fahren, um, wie er sich ausdrückte, die Pariser etwas aufzurütteln. Er übertrieb dann seinen korsischen Dialekt, um die Geschworenen zu verunsichern, die er ganz nach Wunsch zum Lachen oder Weinen bringen konnte, aber stets, worauf er sehr stolz war, aus unzutreffenden Gründen. Von Zeit zu Zeit verachtete er keinesfalls einen einträglichen kleinen Fall wie den der Diamanten in der Rue Cadet.

»Aber nur«, sagte er und zwinkerte dabei mit seinen Schweinchenaugen, »um meinen Freunden einen Gefallen zu tun. Sonst interessiere ich mich nur für die Großen im Geschäft.«

Die Terrasse der Blue-Bar füllte sich nach und nach mit den August-Urlaubern von Cannes. Im Durchschnitt waren sie alle reiferen Alters. Die Jugend blieb unter sich: in Saint-Tropez und Juan-les-Pins. Und doch gab es ein paar jüngere Frauen, bei deren Anblick Rechtsanwalt Carlotti seufzte:

»Mein Lieber, wenn man sich hier nicht zusammennimmt, kommt man aus dem Bett nicht heraus. Schön, ich war gerade in meinem Dorf, und dort ist so etwas nicht üblich ... Haben Sie den jungen Mann dort gesehen, er ähnelt etwas Ihrem Schwiegersohn ... Das war natürlich nur ein Scherz!«

Ein gutaussehender, in Hellblau gekleideter junger Mann hatte sich dicht neben eine Dame mit einem Hund gesetzt, die ein dreireihiges Perlencollier trug.

»Sagen Sie, Frokian, sind die Perlen echt oder falsch?«

»Falsch.«

»Und die beiden Ringe?«

»Echt. Aber nicht sehr schön.«

»Und die Ohrringe?«

»Falsch.«

»Dann ist also sozusagen nur der Hund echt«, sagte Carlotti, und sein Bauch schwabbelte vor Lachen. »Der junge Mann verschwendet seine Zeit ... Ich hoffe, meine Bemerkung wegen Ihres Schwiegersohns hat Sie nicht verargert. Apropos, wie geht es Ihrer Tochter?«

»Sie sind in Juan.«

»Ich wette, im Murène.«

»Ja, warum?«

»Dieses Jahr ist jeder im Murène, mein Lieber. Ich weiß nicht, wie sie das machen, denn das ganze Hotel hat nur vierundzwanzig Zimmer, aber alle Welt ist im Murène. Kennen Sie Théodose, den Besitzer?«

»Dem Namen nach.«

»Das ist ein Typ. Wissen Sie, er heißt gar nicht Théodose. Sein richtiger Name ist Claude Barouleau. Haben Sie sein Antiquitätengeschäft in Antibes gesehen, an der Stadtmauer? Es ist das beste in der ganzen Gegend. Er ist ein Künstler. Und er ist sehr anständig, was in dem Geschäft selten ist. Als ich ihn kennengelernt habe, war er, halten Sie sich fest, Tänzer im Chochotte und im Perroquet Rose. Ein Homosexueller, ja, mein Lieber, aber ein Homosexueller von Format. Man braucht ja nur zu sehen, was aus ihm geworden ist. Es war der alte Kurt, der König unter den Antiquitätenhändlern, der ihm die Starthilfe gegeben hat. Jetzt braucht er niemanden mehr ... Im Gegenteil, jetzt spielt er bei anderen den Mäzen. Er hat einen erstaunlichen Geschmack. Die schönsten Villen in Cap d'Antibes sind von ihm ausgestattet. Er hat hart gearbeitet, um sich das Murène kaufen zu können. Ich glaube nur, daß er mit seinem Personal nicht immer eine glückliche Hand hat. Gott sei Dank hat er eine ordentliche Geschäftsführerin: ein Weib, hart wie Kruppstahl! ... Seine Manie sind einzig und allein die Altertümer. Wenn Sie sehen würden, wie er das Hotel möbliert hat ... Ein wahres Museum! Aber das gefällt den Gästen auch, es ist mal etwas anderes als die Luxushotels, die sich alle gleichen! Und Sie können sich denken, mit den Beziehungen, die er hat, Saint-Germain-des-Prés, die ganzen Schwulen und alle anderen ... Ganz Paris ist bei ihm zu Gast. Sie sollten einmal ein paar Tage dort verbringen, es würde Ihnen bestimmt gefallen. Es gibt nicht nur Schwule dort, sondern auch entzückende kleine Häschen. Wissen Sie, wenn ich die Zeit dazu hätte ... Diese braven Beamten sollten ruhig noch einen Monat Ferien mehr nehmen! Und wissen Sie, was mir unser Amtsgerichtsrat Élie geantwortet hat, als ich ihm das eines Tages vorschlug? Er sagte: ›Dann sagen Sie doch mal Ihren Klienten, daß sie auch Urlaub machen!‹«

Dagegen genoß ich, Borniche, meinen Urlaub gerade in vollen Zügen. Erholsame, friedliche Ferien in gebührender Entfernung von der Côte d'Azur, ihrem Luxus und ihrer Eleganz. In Fouras-les-Bains, Departement Charante-Maritime, im Arrondissement von Rochefort im Norden der Charente-Mündung. Schloß aus dem 14. Jahrhundert und Befestigungsmauern der Pointe de l'Aiguille, erbaut von Vauban zur Verteidigung von Rochefort. Badeort. Fischerhafen, Muschelbänke. Kaiser Napoleon schiffte sich hier 1815 nach Sankt Helena ein. Und Oberinspektor Borniche schickte sich gerade an, sich in Richtung seines Zweizimmerappartements im XVIII. Arrondissement einzuschiffen, das dringend einmal gestrichen werden mußte und auch anderer Renovierungen bedurfte: all das mußte unbedingt noch vor dem Ende des Urlaubs geschafft werden, bevor sich die Tür meines Büros in der Rue des Saussaies, fünfte Etage, Dezernat für Raubüberfall und Bandendiebstahl, erneut hinter mir schloß. Und ich konnte dem »Dicken«, Kommissar Vieuchêne, meinem Chef, ja auch nicht gut sagen, daß ich noch ein paar Tage mehr brauchte, um meinem Liebesnest den letzten Schliff zu geben. Also hieß es Fouras verlassen.

Marlyse war ein wenig sauer. Es gefiel uns gut hier. In den vergangenen drei Wochen hatten wir nicht einmal Zeit gefunden, das Schloß zu besichtigen. Und die Befestigungsmauern der Pointe de l'Aiguille hatten wir ohne große Begeisterung bewundert. Dafür gönnten wir uns jeden Nachmittag, wenn die Familien am Strand waren und unsere Familienpension wie ausgestorben war, eine lange Siesta mit allem Drum und Dran. Es war wirklich fein, das Hotel so ganz für sich allein zu haben. Danach tummelten wir uns in den Wellen, damit unsere Flitterwochen-Gesichter etwas Farbe bekamen. Die August-Touristen sahen wir überhaupt nicht. Anfangs fühlte ich mich gar nicht so recht wohl bei soviel Ruhe.

Ich war völlig abgeschlafft und ausgelaugt. Ein Jahr Arbeit ließ sich nicht so rasch verdrängen. Die Karteikarten, die Fingerabdrücke, die Verhöre, die Verfolgungsjagden, das Beschatten, das endlose Warten... Der Polypenjob. Nach drei Wochen war ich gerade soweit, alles zu vergessen, in den Armen von Marlyse und in den hohen Wellen am Meer, in denen man sich so richtig tummeln konnte.

Wenn wir bei Ebbe am Ufer spazierengingen, sammelte Marlyse mit kindlicher Freude Muscheln. Wir betrachteten die Kiele der Schiffe, deren Farbe abgeblättert war. Wir begegneten friedlichen Familien, die in der frischen Luft wanderten. Kindern mit dicken roten Backen, die keine Lebensmittelrationierung gekannt hatten. Es tat wohl zu sehen, wie dieses Land sich nach und nach wieder erholte. Dabei war die Lage im Augenblick alles andere als rosig, es gab überall Streiks, und die nicht verkehrenden Züge verdarben so manchen den Urlaub. Von der Post sprach man lieber auch nicht. Marlyse und ich, wir hatten beschlossen, an all das überhaupt nicht zu denken. Wir kauften keine Zeitungen. Wir hörten nicht Radio. Und ich dachte auch nicht mehr an meine Arbeit. Die laufenden Untersuchungen – alles aufgeschoben! Ich kümmerte mich um Marlyse, und das genügte mir. Wir betrachteten neidlos die Peugeots und ihre Konkurrenz, die Aronde, die wippenden 2 CV sowie die 4 CV, die uns auch ganz gut anstehen würden... Während ich um die schweren Luxuswagen einen großen Bogen machte, herzlichen Dank, das waren die Dienstwagen und außerdem ausschließlich meinen Kunden vorbehalten. Émile Buisson, der gefährlichste Verbrecher der Nachkriegszeit, fuhr so einen Schlitten. Und Pierre Loutrel, genannt Pierrot le Fou. Aber in Fouras kannte man solche Luxuswagen nicht. Wenn mal so ein chromblitzendes amerikanisches Luxusgefährt durch den Ort kam, bildete sich gleich ein kleiner Menschenauflauf. Naja, mein Problem war das nicht. Ich hatte schließlich kein Auto.

»Wie machen die Leute das bloß, sich solche Schlitten zu leisten?« fragte Marlyse.

»Wenn ich das wüßte...«

Mit unseren beiden Hungerlöhnen könnten wir uns natürlich nur mit Mühe einen 4 CV auf Kredit kaufen, und auf den müßten wir auch noch zwei Jahre warten. Aber so ein Buick, den man cash bezahlte und sofort vor die Tür gestellt bekam...

»Wenn wir an der Côte wären«, sagte ich, »würdest du so viele sehen, daß sie dir gar nicht mehr auffallen würden.«

Ich erinnerte mich an den Fall der Begum-Juwelen. Damals

bewegte ich mich mit meinem zerschlissenen Anzug und meinen ausgelatschten Schuhen in einem Milieu, in dem man rohseidene Anzüge und Seidenschals trug, auf Jachten lebte und von Schmuck redete, von dem eine ganze Familie ihr Leben lang hätte leben können. Und ich brauchte gar nicht lange, um mich auch daran zu gewöhnen.

»Natürlich«, erwiderte Marlyse, »Fouras ist schließlich nicht Saint-Tropez.«

»Was hätten wir schon in Saint-Tropez verloren?«

Vor dem Urlaub hatte Saint-Tropez in den Gesprächen zwischen Marlyse und ihren Kolleginnen – eifrigen Leserinnen der Klatschblätter – eine große Rolle gespielt. Sie hatte mir das erzählt und dabei leise gekichert.

»Die dicke Fernande träumt davon hinzufahren, um die Nacktstrände zu sehen. Sie hat beschlossen, per Anhalter runterzufahren, und versucht jetzt, Josiane rumzukriegen, daß sie sie begleitet. Kannst du dir das vorstellen, wie die beiden dort unten mit fünfzigtausend in der Tasche drei Wochen leben wollen?«

»Das wird ein böses Ende nehmen.«

»Ach, du bist aber auch immer so pessimistisch!«

Nein, ich war durchaus nicht pessimistisch. Übrigens waren Fernandes Geschichten auch nicht mein Problem. Aber ich kannte die Hintergründe dieses Ferienlebens in Saint-Tropez zu gut; das, was sich unbemerkt von der etwas dümmlichen Neugier der Urlauber abspielte, die die Filmstars und die millionenschweren Playboys gaffend umringten. Natürlich war Fouras eine ganz andere Welt. Keine Bardot, kein Vadim. Und das Menü unserer kleinen Familienpension hatte nichts mit der Küche des Hotels Aioli zu tun. Und um zehn Uhr lag hier jeder in seinem Bett.

»Dafür haben wir hier Ebbe und Flut«, sagte ich zu Marlyse, »was es dort nicht gibt.«

»Trotzdem, ich würde für mein Leben gern einmal einen Hummer essen.«

Das Ärgerliche an den Familienpensionen ist, daß man hier selten einmal etwas Ausgefallenes auf den Tisch bekommt. Ob man nun in der Bretagne, in der Ardèche oder in den Savoyen seinen Urlaub verbringt, die Küche ändert sich kaum. Rote Beete als Hors d'œuvre sind ebenso weitverbreitet wie die Hechtklößchen ohne Hecht, die Wurst ohne Pfeffer, der Kalbsbraten, der nach Schwein schmeckt, der zerfließende Camembert und das Obst, das man sich in einem Körbchen zum Nachtisch von Tisch zu Tisch reicht. Es sei denn, man würde extra zahlen. Aber sollte man einmal Lust auf etwas ganz und gar Ausgefallenes haben, ist Vorsicht am Platz. Die Familienpension ist für einen so außergewöhnlichen Wunsch nicht vorbereitet, und das spezielle Mahl, um das einen der ganze Saal beneidet, hat meist denselben Geschmack wie das normale Menü. In solchen Fällen ist es immer besser, im besten Restaurant des Ortes das auszugeben, was einen normalerweise drei Tage Pension kosten. Auf diese Weise entgeht man wenigstens einmal den üblichen Serviettenringen, den Pillenröhrchen, die auf den Tischen neben den angebrochenen Flaschen – über die jeder mit Argusaugen wacht, daß sich kein anderer daraus einschenkt – liegen.

Diese Überlegungen führten uns denn auch für unser letztes Diner in Fouras ins Restaurant Le Vauban, wo wir unser Benehmen sogleich der würdigen Umgebung anpaßten. Schließlich sollte meine Marlyse heute abend endlich ihren Hummer bekommen! Mit Hilfe des Muskatellers wurden unsere Gedanken, was die Dekoration unseres Zweizimmerappartements im XVIII. Arrondissement anbetraf, immer phantasiereicher. Jemand, der uns zuhörte, hätte glauben können, es handele sich um eine Dreihundert-Quadratmeter-Luxuswohnung in der Avenue Foch.

»Die Tapeten im Zimmer, nehmen wir die uni oder geblümt?«

»Weder, noch. Wir streichen die Wände gebrochen weiß, dadurch kommt das, was man aufhängt, um so besser zur Geltung.«

Ich hatte das nur so einfach hingesagt. Wir hatten gar nichts zum Aufhängen.

»Und den Flur?«

»Hm . . . genauso.«

Für einen Quadratmeter lohnte es sich ja nicht, große Überlegungen anzustellen . . .

Das Vauban war bekannt für seinen Hummer à l'armoricaine, wie die einen sagen, à l'américaine, wie die anderen sich ausdrükken. Marlyse war glücklich wie ein Kind – und bespritzte sich mit Soße bis zu den Haaren. Ihre Augen glänzten vom Muskateller, sie plauderte über alles und nichts, während sie ihre Hummerschalen aufknackte, und ich fühlte mich wohl. Ich war nicht mehr vierunddreißig Jahre alt, ich war achtzehn. Ich war nicht mehr Polyp, sondern Cabaretsänger – ja, so hatte ich meine Karriere begonnen, unter dem Namen Roger Bor. Ich hatte damals eine lustige kleine Freundin, die Akkordeon spielte. Marlyse hatte an diesem Abend die gleichen Augen wie sie. Ich bestellte eine zweite Flasche, man feiert ja nicht alle Tage das Ende des Urlaubs!

Marlyse wurde zärtlich, ich spürte ihr Knie unter dem Tisch, wir feierten eine richtige Orgie! Die Rue des Saussaies war weit, ebenso weit wie das Dezernat für Raubüberfälle, fünfte Etage, direkt unter dem Archiv, ebenso weit wie der Dicke mit seiner großartigen goldenen Uhr, die ihm die Begum geschenkt hatte, wahrscheinlich um mir zu danken ... Was würde ich im übrigen mit einer goldenen Uhr machen, es sei denn, ich brächte sie ins Pfandhaus, um Marlyse ein paar Diners wie dieses hier bieten zu können ...

»Und wenn wir uns ein Omelette Norvégienne bestellen würden? Es dauert eine halbe Stunde, aber wir haben ja Zeit.«

»Wenn du willst ...«

Ich mag Eis nicht besonders, vor allem nicht diesen Berg von Sahne und verschiedenen Cremes, aber schließlich sollte das ja ein Festessen sein.

»Meinst du, daß es vielleicht zu teuer ist?«

»Aber nein, aber nein.«

Ich dachte einen Augenblick gerührt an den Dicken, der immer Angst vor hohen Spesenrechnungen hatte. Ich sollte ihm die des Vaubans überreichen.

»Weißt du«, sagte Marlyse, »ich bin überzeugt davon, man ißt hier viel besser als in Saint-Tropez.«

Sie legte ihre Hand auf die meine, um mir zu zeigen, wie glücklich sie war. Das stimmte mich zwar wieder versöhnlich, aber ich fand doch, daß sie etwas zuviel von Saint-Tropez redete, und das ärgerte mich. Wäre ich Soziologe, würde ich mich fragen, warum die Mittelklasse stets von zwei oder drei Modeorten schwärmt, ihren Landessitten und vor allem ihren Stars, die ihrerseits die Existenz von Fouras-les-Bains oder Palavas-les-Flots hochmütig ignorieren. Noch ein Glück, daß Marlyse nicht den Einfall hatte, sich so wie die dicke Fernande alles aus der Nähe anzusehen. Aber immerhin, sie dachte an dieses Mittelmeerparadies. Die Charante-Maritime, die Ruhe, Ebbe und Flut, die Spaziergänge nach dem Abendessen, das friedliche Glück, all das war zwar ganz schön, aber – vielleicht war es auch nur melancholische Weinseligkeit – oder war mein Eindruck doch richtig ... mein Eindruck, daß Marlyse sich in diesen drei Wochen gelangweilt hatte?

Ich stellte ihr diese Frage, und sie brach in Tränen aus. Alle sahen uns an. Man hielt mich offensichtlich für einen gefühllosen Rohling.

»Oh, Roger, wir waren so glücklich ...«

Offenbar hatte ich wieder einmal nichts verstanden. Sie war jetzt untröstlich. Und das Omelette Norvégienne konnte die Stimmung auch nicht mehr heben. Solche Sachen bringen nur bei guter Laune etwas. Ich war wütend gegen dieses Saint-Tropez, das uns unseren letzten Abend in Fouras verdorben hatte.

»Was du dir immer einbildest«, sagte Marlyse, die sich trotzdem wieder etwas beruhigte. »Ich bin glücklich hier mit dir. Willst du, daß wir noch eine Woche länger bleiben?«

»Wenn ich mir einen Maler leisten könnte, der während dieser Zeit unser Appartement renoviert...«

Offensichtlich konnten wir die Geldfragen an diesem Abend nicht von der Tagesordnung absetzen. Und ich fand es immer gräßlich, an diese Dinge zu denken und davon zu sprechen. Solange auf meinem Postscheckkonto nicht völlig Ebbe herrschte, verdrängte ich den Gedanken an Geld. Jetzt war wirklich alles verdorben.

»Beeil dich mit deinem Dessert. Wir wollen gehen.«

»Und du?«

»Ich habe keinen Hunger mehr.«

2

»Schau mal, da kommt deine Braut. Halt dich gerade.«

»Oh, Herr Grimaud!«

Sarah Frokian war eher klein, aber sie beanspruchte nichtsdestoweniger viel Platz. Ein enganliegendes rosa Sommerkostüm brachte ihre vollen Formen zur Geltung. Paul Grimaud fand, daß hellrosa zu ihren blondgefärbten Haaren nicht besonders gut aussah. Es war fade. Dagegen war ihr Make-up alles andere als fade. Das geübte Auge des Portiers bemerkte in Sekundenschnelle alle Details. Ihm fielen die kleinen Fältchen auf, die mit Make-up abgedeckt waren, die Wimperntusche, die die Augen hervorhob. Er wußte die kunstvolle Mischung der Farben zu würdigen. Und gleichermaßen wußte er den großen, als Brosche gefaßten Diamanten zu würdigen, der wie ein rundes Auge auf der gebräunten Haut blitzte und neben dem die Ringe und Ohrclips verblaßten, mit denen sie keineswegs sparsam umgegangen war. Sarah Frokian war normalerweise eine Strandfanatikerin. Heute würde man sie dort vermissen, sagte sich Paul Grimaud. Nachdem sie ihren ganzen Schmuckladen umgehängt hatte, hatte sie sicher etwas vor. Wahrscheinlich eine Einladung zum Mittagessen.

Sarah hatte, als sie noch Theater spielte, Tanzunterricht genommen, um die Kunst des richtigen Gehens zu lernen. Und so durchquerte sie jetzt anmutig die Hotelhalle, mit einem kaum angedeuteten Wiegen in den Hüften, das den kleinen Roberto Grimaldi mit seinen fünfzehn Jahren ganz schwach werden ließ. Er verschlang sie mit den Augen, während sie wie üblich eine Weile am Empfang stehenblieb. Sie spürte, daß jemand sie ansah. Aber sie drehte sich nicht um. Sie wechselte mit dem Empfangschef ein paar belanglose Worte über den Poststreik. Sie war stolz auf ihre Beine, die jedermann als vollkommen bezeichnete. Sie waren so braun, daß sie beschlossen hatte, keine Strümpfe anzuziehen. Die alte Madame Dubois-Dubreuilh mit ihrer stadtbekannten Prüderie sollte ruhig pikiert sein. Wenn jemand sie ansah, ergriff sie ein Gefühl der Wärme, so wie früher, wenn sie sich vor dem beifallklatschenden Publikum auf der Bühne ihres Theaters verbeugte. War es vielleicht der lange Lulatsch von Portier mit dem Schafsgesicht, der sie so bewundernd anstarrte? Mit majestätischen Schritten ging sie auf das Portal zu.

»Sagen Sie, hat mein Mann den Wagen genommen?«

»Nein, Madame.«

»Wenn er wiederkommt, sagen Sie ihm doch bitte, daß ich auf der Terrasse der Bar auf ihn warte.«

»Sehr wohl, Madame.«

Sie hatte jetzt ihren jungen Bewunderer identifiziert, der wortlos neben dem Portier stand. Ein Kind, dachte sie verächtlich. Sie setzte sich in einen Sessel auf der Terrasse, mit Blick zum Meer, und hob ihr Gesicht der Sonne entgegen.

»Martini-Cocktail, Madame?«

»Gewiß doch ...«

Sie mochte es, wenn man ihre Gewohnheiten kannte. Sie dankte dem Kellner mit einem Lächeln. Wäre sie die große Schauspielerin geworden, wie sie es sich erträumt hatte, würde die ganze Welt ihre Vorlieben und Abneigungen kennen. Die Zeitungen würden die Rezepte ihrer Lieblingsspeisen veröffentlichen, die Farbe ihrer Kleider und ihrer Wagen bringen, und warum nicht die Namen ihrer Liebhaber? Das war nicht die schlechteste Publicity ... Na schön, dachte sie, während sie an ihrem Martini-Cocktail nippte, ich bringe es ja fertig, auch so von mir reden zu machen.

Aus den Augenwinkeln beobachtete sie den Boy, der jetzt ohne offenkundiges Motiv zwischen dem Parkplatz und der Terrasse hin- und herlief. Sie zog den Rock etwas höher, damit ihre Beine rascher braun würden. Sie nahm aus ihrer Krokodillederhandtasche eine goldene Puderdose und überprüfte in dem winzigen Innenspiegel den Sitz ihrer Frisur. Wäre es nicht besser, sie bände sich den rosa Schal ums Haar, den sie vorsichtshalber mitgenommen hatte, weil sie den Wind auf der Terrasse der Dubois-Dubreuilhs fürchtete?

Wie alt mochte er wohl sein, dieser Junge, der stolz sein Hotelboy-Käppi trug, auf dem das Wort »Miramar« stand, wie auf einer Seemannsmütze der Name eines Schiffes? Siebzehn Jahre, achtzehn? Sie schloß die Augen und erinnerte sich an ein kurzes, etwas rohes Abenteuer mit dem Chauffeur von Lord Elgin in Monte Carlo. Sie erinnerte sich an den Raubtiergeruch der Sitze des Bentleys. Jeder hätte sie damals in dem Park überraschen können. Aber sie hatte nicht widerstehen können. Und weshalb hätte sie sich auch schuldig fühlen sollen, nachdem Laszlo Frauen im allgemeinen nicht interessierten, und seine eigene noch viel weniger, so daß sie sich manchmal sogar fragte – ohne einen Beweis dafür zu haben –, ob er nicht homosexuell war? In Ferien ebenso wie in ihrem eigenen Haus hatte jeder sein eigenes Zimmer und sein eigenes Bad... Aber dieser Junge da war schließlich noch ein Kind...

Mit halbgeschlossenen Augen träumte sie jetzt von den Luxuswagen, für die sie eine Vorliebe hatte: die legendären Cadillacs, die zweifarbigen Pontiacs, die Studebakers mit ihrer Karosserie, die an Flugzeuge erinnerte. 1933 – damals war sie zweiundzwanzig Jahre alt – hatte sie mit einem Delahaye-Cabrio den ersten Preis für Eleganz am Steuer davongetragen. Früher hatte sie eine Vorliebe für französische Wagen gehabt, die Salmsons und die Talbots. Nach Kriegsende war sie auf amerikanische Wagen umgeschwenkt. Sie bedauerte zutiefst, daß Laszlos Zurückhaltung sie zu dem zwar vornehmen, aber doch recht kleinen und schäbigen Hillman verdammte, weil er stets bestrebt war, seinen Reichtum nicht zu sehr zu dokumentieren... Wenn sie nicht so faul wäre, selbst zu fahren, würde sie sich – »mit meinem eigenen Geld« versicherte sie voller Stolz auf ihr eigenes Vermögen – ein hellblaues Buick-Cabriolet kaufen. Hellblau paßt zu allem. Vor allem zu blond und zu den Pastelltönen, für die sie eine Vorliebe hatte. Aber sie war so ungeheuer zerstreut, und es gab jetzt so unheimlich viele Autos, es war nicht mehr so wie vor dem Krieg, neuerdings fuhr ja jeder Auto, einfach unerträglich... Der Boy benahm sich wirklich lächerlich, aber sie konnte ihm nicht einmal böse sein.

Sergio Piana legte sein Werkzeug wieder in sein Versteck zurück. Ein etwas rudimentäres Werkzeug, das er jedoch eine ganze Weile befriedigt musterte: ein Holzring, ein paar Zentimeter Schnur, beides hatte er sich bei günstigen Gelegenheiten organisiert. Nicht etwa, daß die Verhältnisse im Gefängnis von Monaco schlimmer waren als anderswo, im Gegenteil. Er hatte es durch seine gute Führung fertiggebracht, die Aufseher für sich zu gewinnen. Aber Sergio Piana, mit Spitznamen der Playboy der Côte d'Azur genannt, hatte jetzt schon drei Jahre lang seine Muskeln nicht mehr spielen lassen können und fand, er hätte genug von der Gefängnisluft.

»Ich fange an zu rosten«, sagte er laut zu sich selbst. »So geht es nicht mehr weiter. Es wird Zeit, daß ich wieder etwas schwimme und mir die Sonne auf den Pelz scheinen lasse.«

Dieser außerordentlich gutaussehende, fünfundzwanzigjährige junge Mann, dieser Herzensbrecher mit lockigem Haar, einsachtzig groß, mit kräftigen und gleichzeitig nicht übertriebenen Muskeln, war eindeutig der berühmteste Einbrecher der fünfziger Jahre. Während der langen, einsamen Stunden in seiner Zelle erinnerte er sich oft und gern wieder an seine unzähligen Eroberungen, die ihm, ohne es zu wissen, gleichzeitig die Tips für so manchen gelungenen Coup geliefert hatten. Die Architektur der Barockpaläste bot für ihn keine Geheimnisse. Er verstand es, über verschnörkelte Balkongitter zu steigen, auf dem engsten Gesims entlangzubalancieren, über Terrassen und Wintergärten einzusteigen. Er war völlig schwindelfrei und machte nie den geringsten Lärm. Er leistete saubere Arbeit und war stolz darauf. Nie hatte er Blut vergossen. Er überlistete die Hunde in den Parks der Villen, er holte sich – stets diskret, ohne Spuren zu hinterlassen – den Schmuck aus dem Sekretär der schlafenden Schönen. Als man ihn festnahm – ein Spiel von dummen Zufällen –, betrug seine Beute mindestens fünfzig Millionen. »Vielleicht ein wenig mehr«, sagte er sich mit einem feinen Lächeln ... Dieser elegante und gewitzte Italiener fühlte sich keineswegs schuldig, denn er bestahl nur die Reichen. Gegenüber den Milliardären der Côte dokumentierte er eine lächelnde Verachtung, da er von dem Prinzip ausging, daß jemand, der so reich geworden war, es zwangsläufig auf die gleiche unehrliche Weise wie er geschafft hatte. Er wenigstens holte sich das Geld dort, wo es war. Er ließ die Arbeiter nicht wie die Sklaven schuften, er hinterließ keine kleinen Leute, die man um ihr Erspartes begaunert hatte. Und er hatte ein gutes Gewissen, indem er sich selbst versicherte, daß er nicht der gierigste von all jenen Raubvögeln war, die sich in Scharen am Mittelmeer niederließen, um dort mit ihrem Reichtum zu prahlen. Und für ihn war das Vergnügen doppelt: Er setzte ihnen Hörner auf und bestahl sie.

Er hatte beschlossen, noch in dieser Nacht auszubrechen. Er wollte auch noch seinen Zellennachbarn, Giuseppe Bruti, mitnehmen, übrigens mehr aus Barmherzigkeit als aus Notwendigkeit, denn der Arme war ein solcher Trottel, daß er ihm bei seinen künftigen Fischzügen kaum von Nutzen sein würde. Dieser dickliche, schwerfällige Junge taugte höchstens dazu, Schmiere zu stehen, und auch dazu war er wahrscheinlich zu dämlich. Aber einen Landsmann durfte man nicht in der Klemme sitzen lassen.

Sergio Piana zweifelte nicht einen Augenblick an dem Erfolg seines Ausbruchs. Er fühlte sich wie der Zwilling des berühmten René Girier. Niemand war ihm gegenüber mißtrauisch. Man war der Ansicht, er hätte sich damit abgefunden, seine Strafe brav bis zum Ende abzusitzen. Sergio Piana lachte leise vor sich hin. Da waren sie schief gewickelt: Sollte er vielleicht weiter hinter Gittern schmoren und sich anschließend einen kleinen, ehrbaren Job suchen? Er, der Playboy der Côte, als Tankstellenwärter in einer Garage oder Kellner in einer Pizzeria ... Allerdings, auf Kosten der Frauen zu leben, das war nicht sein Stil. Sie zu verführen, ihnen bzw. insbesondere ihren Ehemännern die Taschen etwas zu erleichtern, ja. Aber sich aushalten zu lassen, nein. Er hatte ganz und gar nicht den Charakter eines Gigolos. Also hieß es sich gleich ab morgen wieder an die Arbeit zu machen. Es war dafür auch die beste Saison an der Côte. Die reichen Urlauber waren alle zur Stelle, benommen von der Sonne und dem reichlich genossenen Pastis. Er mußte allerdings diskret vorgehen, das war der Nachteil, wenn man berühmt war. Und dann, nach ein paar einträglichen Coups, setzte er sich am besten nach Paris ab. Oder vielleicht sollte er lieber nach Italien gehen? Man würde sehen. Piana erwartete ungeduldig die Nacht. Er sah sich bereits auf der anderen Seite der Gitter.

Er liebte die Nacht, sie war sein Reich. Er benutzte seine Taschenlampe nur selten. Er hatte Katzenaugen. Dort, wo der gewöhnliche Sterbliche nur verschwommene, leicht bedrohliche Umrisse zu unterscheiden vermochte, fand er sich wie am hellen Tag zurecht. Er liebte die ausgestorbenen Alleen, die stillen Appartements, die Schlafenden, die friedlich schnarchten, während er seinen Atem anhielt, sich rasch, mit den eleganten Bewegungen einer Katze, hin- und herbewegte. Er dachte nicht nur ans Geld. Als man ihn durch einen dummen Zufall schnappte, hatte er bereits genug, um sich zur Ruhe setzen zu können. Seine Einbrüche waren für ihn sportliche Glanzleistungen, ohne die er nicht leben konnte. Wenn er sich auf die Jagd begab, wenn er ein Opfer gefunden hatte, wenn er seine Fallen stellte, vibrierte er gleichsam vor Erregung. Und wenn er dann das Terrain genügend sondiert hatte und in Aktion trat, hatte er ähnliche Empfindungen wie die, die anderen der Alkohol oder die Droge verschafft...

Es drängte ihn, nach dieser langen Ruhepause auf Kosten des jungen Fürsten Rainer, all dies wiederzuerleben. Zum Scherz begann er davon zu träumen, daß er in das Palais des Fürsten einbrach und seine Operettenwache an der Nase herumführte. Solch ein Heldenstück fehlte eigentlich noch in seiner sagenhaften Biografie. Er hatte auch bereits davon geträumt, die Kronjuwelen zu stehlen, als Elisabeth von England kürzlich gekrönt wurde. Im Gefängnis träumt man überhaupt sehr viel, und Sergio Piana wurde in seinen Phantasien nach und nach zu einem Romanhelden. Als er endlich wieder in die Wirklichkeit zurückkehrte, stellte er fest, daß er Appetit auf schöne, sonnengebräunte Mädchen hatte. Er sehnte sich danach, sich in den glühenden Sand zu legen, in die blauen Wellen einzutauchen, in denen die Muskeln sich entspannen, der Körper gelenkig wird. Weit hinauszuschwimmen, glücklich, stark und frei. Ja, er erwartete die Nacht mit Ungeduld. Mariotti würde die Wache haben. Er hatte das Datum gut gewählt, denn er war der sanfteste und dämlichste von allen Aufsehern. Noch ein paar Stunden und der Playboy würde dem sternenbesäten Himmel verschmitzt zuzwinkern.

»Ist Clouzot schon gekommen?«

»Noch nicht.«

»Er muß sich ja nicht beeilen, er wohnt doch sozusagen nebenan... Saint-Paul ist ja nicht weit.«

»Und Montand?«

»Er hatte nicht fest zugesagt.«

Clouzot und Montand, auf deren Ankunft jeder ungeduldig wartete, hatten bei den Festspielen von Cannes mit dem »Lohn der Angst« einen triumphalen Erfolg gehabt. Der amerikanische Produzent, Samuel Walter, hatte sie und mit ihnen die High Society der Côte in das berühmte Restaurant von Saint-François-les-Sources in der Nähe von Vence eingeladen. Etwa fünfzig Berühmtheiten, ebensoviele Kapitalisten und etwa zehnmal soviele Parasiten schlenderten, ein Glas in der Hand, im Park umher oder standen wie angewachsen an den Bufettischen, die man auf der Wiese aufgestellt hatte. Ein paar Gestalten, die etwas nüchterner waren als die anderen und von denen man nicht so genau wußte, ob es Journalisten oder Polypen waren, schnupperten mit unschuldiger Miene hier und da die Abendluft.

Die Wärme dieser Augustnacht erlaubte eine leicht entblößte Eleganz. Roberto Grimaldi, der an diesem Abend als Aushilfskellner nach Dienstschluß arbeitete, balancierte sein Tablett und präsentierte es den hübschen Frauen, die ihm mit einem Lächeln dankten. Er beobachtete die aufreizenden Reste von Champagnerschaum auf ihren Lippen. Brigitte Bardots Dekolleté benahm ihm den Atem. Er warf prompt zwei Cocktailgläser um, und sie half ihm netterweise, sie wieder aufzustellen. Die in den Bäumen aufgehängten Lampions hüllten den Stoff der Smokings und der langen Abendkleider in ein sanftes Licht. Die nackten Rücken rochen verführerisch nach Sonne und Parfum, wenn man mit geschäftiger Miene dicht an ihnen vorbeiging. Die etwas kaltblütigeren Kellner witzelten untereinander diskret über Liz Taylors Hintern oder Yul Brynners Glatze. Laszlo Frokian plauderte in einer dunklen Ecke lange mit einem kleinen, kahlköpfigen Amerikaner, der aussah wie ein Wucherer. Roberto, der ihn von weitem gesehen hatte, lief jetzt geschäftiger hin und her, drängte sich von einer Gruppe zur anderen durch, in der Hoffnung, Sarah Frokians ansichtig zu werden, die er jedoch nirgends entdecken konnte.

Es wurde neun Uhr, und Clouzot war immer noch nicht erschienen. Übrigens, wer würde ihn jetzt noch in diesem Gedränge bemerken? Der Park und die Festsäle des Restaurants hatten sich so plötzlich gefüllt, als ob alle Gäste sich verabredet hätten, um die gleiche Zeit aufzutauchen. Die Köche erstickten fast neben dem Gartengrill. Die Hammel drehten sich am Spieß, und ihr Fett schmolz leise knisternd. Die Getränke flossen in Strömen, die Stimmen wurden lauter, die Fettfinger grapschten nach Papierservietten. Sarah Frokian kam wirklich ziemlich spät. Endlich erschien sie, begleitet von einem jungen Schauspieler des T. N. P., der ihr fast schluchzend vor Bewunderung mitteilte, welch ein Genie Jean Vilar sei.

»Ich habe früher auch Theater gespielt«, bemerkte Sarah.

»Ach, dann verstehen Sie mich, nicht wahr?«

»Übrigens habe ich ein eigenes Theater... Nach den Ferien werde ich vielleicht selbst ein Stück herausbringen...«

»Ein eigenes Theater?«

»Wußten Sie das nicht? Das Boulevard-Theater.«

»Ach so«, murmelte der Schauspieler etwas weniger enthusiastisch. »Ja, jetzt weiß ich...«

Sarah Frokian bewegte sich inmitten der Menge im Park mit der ruhigen Sicherheit eines großen Schiffs, das Kurs aufs hohe Meer nimmt. Sie strahlte in ihrem goldenen Lamékleid aus Seide. Sie schimmerte von Kopf bis Fuß. Und vor allem glitzerte sie vor Diamanten. Ein prachtvolles Collier aus Brillanten und Rubinen, mit dazu passendem Ohrgehänge. Ein Smaragdarmband. Ringe, die bei der geringsten Handbewegung wie Sternschnuppen aufblitzten. Die immerhin reichlich blasierten Anwesenden machten ihr schweigend Platz. Und dann folgte ihr ein leises Murmeln bis zu dem Bufett, wo sie sich mit anmutiger Bewegung und einem Lächeln des Triumphes ein Glas Champagner nahm.

»Wer ist denn das?«

»Eine Freundin der Môme Moineau, glaube ich.«

»Irrtum, meine Liebe. Ich bin ihr auf dem Galaabend der Prinzessin von Griechenland begegnet. Es ist Sarah Frokian, die Frau des bekannten Juweliers.«

»Dann hat sie wohl den Laden ausgeräumt«, bemerkte ein Goncourt-Preisträger mit überlegenem Lächeln.

»Sie wird von Tag zu Tag jünger.«

»Ist ihr Mann nicht da?«

»Ich habe ihn vorhin erst gesehen ...«

»Was steht dieser Junge denn da herum? Kellner, wir haben Durst.«

Roberto zuckte zusammen. Er war sprachlos stehengeblieben, während sein Tablett mit den Champagnerkelchen sich gefährlich zur Seite neigte. Er hielt es jetzt den Durstigen hin, ohne seinen Blick von Sarah zu wenden.

Die nüchternen Gestalten hatten sich schließlich doch als Polypen herausgestellt. Auch sie ließen sie jetzt nicht aus den Augen, als hätten sie Angst, man könne sie und ihre Diamanten inmitten der fünfhundert Gäste klauen. Laszlo Frokian verabschiedete sich von seinem Gesprächspartner mit einem langen, offenbar vielversprechenden Händedruck und ging mit gelangweilter Miene auf seine Frau zu. Um sie herum hatte sich bereits ein kleiner Hof von Parisern gebildet. Es waren stellungslose Schauspielerinnen oder reiche Müßiggängerinnen, für gewöhnlich ziemlich häßliche, damit Sarahs Schönheit um so besser zur Geltung kam, und natürlich die unvermeidlichen Playboys vom Dienst.

»Ich habe Patrick gar nicht gesehen«, sagte einer von ihnen. »Dabei hatte er mir doch versprochen, daß er kommen würde.«

»Das wundert mich aber«, bemerkte Sarah. »Annie rührt sich nicht aus Juan. Als sie uns das letzte Mal in Cannes besucht haben, erschien ihnen das wie eine Expeditionsreise.«

»Ich habe sie gestern im Murène gesehen«, sagte Bill Sand, der

Sänger. »Sie haben stets die gleichen Leute um sich. Das Murène, die Jacht, ein oder zwei Nachtbars ... Es ist immer das gleiche. Ich wundere mich, daß sie sich da nicht langweilen.«

»Es ist spät«, sagte Frokian. »Ich gehe nach Hause.«

»Aber, Laszlo, ich bin doch gerade erst gekommen ...«

»Ich bin schon seit dem frühen Abend da. Du findest sicher jemanden, der dich nach Hause bringt ...«

»Bleib doch noch ein wenig.«

»Um elf Uhr gehe ich.«

Sarah ist es völlig egal, ob er geht oder bleibt, aber sie will den Abend nutzen, um wieder einmal den Versuch zu wagen, Laszlo zu überreden, sich mit Kravetz, einem Theaterproduzenten, zu assoziieren. Ihr letzter Einfall: Das Boulevard-Theater in eine Music-Hall umzuwandeln. Kravetz wäre einverstanden, wenn Frokian die Hälfte des Kapitals aufbrächte. Sarah zog ihren Mann in der Sternschnuppenspur ihrer Diamanten bis hin zu dem Tisch, an dem Kravetz sehr laut lachte, umgeben von einem Schwarm hübscher Mädchen, unter denen Laszlo zwei bekannte Striptease-Tänzerinnen erkannte. Ein komischer Mann, dieser Kravetz. Ein großer rothaariger Teufel mit holprigem Dialekt. Man wußte nicht genau, ob er Kelte oder Slawe war, und es machte ihm Spaß, die anderen darüber im Zweifel zu lassen. Er trug stets einen schwarzen Samtanzug und hatte eine Vorliebe für Spitzenhemden und grellrote Krawatten. Er fuhr einen Vorkriegs-Rolls, den er selbst äußerst würdevoll chauffierte. Das Auto parkte meist in zweiter Reihe auf dem Boulevard Saint-Germain, in der Gegend Flore-Lipp-Deux Magots. Er behauptete – und die Fakten bewiesen, daß er recht hatte –, daß man einem Rolls nie einen Strafzettel an die Windschutzscheibe klebte. Bei der Befreiung war er Jazzpianist gewesen und hatte ein Vermögen damit gemacht, daß er im Handel nicht mehr verkäufliche amerikanische Vorkriegsplatten wieder herausbrachte, die die Amateure zu Wucherpreisen kauften. Er eröffnete und verkaufte ständig kurzlebige Nachtbars, doch sein Traum war, der Kunstpapst des zwanzigsten Jahrhunderts zu werden und als bescheidenen Anfang ein kleines Casino de Paris zu gründen.

»Immer noch nicht entschlossen?« fragte er Laszlo, nachdem er gebührend Sarahs Schmuck bewundert hatte.

»Nein, immer noch nicht.«

»Tja, meine Liebe«, sagte Kravetz und lachte, »dann sind wir wohl gezwungen, ohne ihn eine Partnerschaft einzugehen. Sie brauchen dazu ja nur Ihre Diamanten zu verkaufen.«

»Die schönsten gehören mir nicht«, erwiderte sie. »Laszlo hat sie mir geliehen ...«

Laszlo Frokian sagte nichts, aber er sah sie starr an und biß sich auf die Lippen.

»Schön, reden wir nicht mehr darüber«, entgegnete Kravetz. »Übrigens habe ich vielleicht einen Partner gefunden, und zwar unseren Gastgeber ... Sam schwärmt für Music-Halls.«

»Er ist aber auch auf der Suche nach Geld«, bemerkte Laszlo. »Er ist während des ganzen Abends Mary Fuchs nicht von der Seite gewichen.«

»Meine Tochter ist mit der kleinen Fuchs sehr befreundet«, sagte Sarah. »Sie gehört zu dem ganzen Kreis von Juan-les-Pins ...«

»Suzan? Kein sehr empfehlenswerter Umgang«, sagte Kravetz. »Sie ist wie ihre Mutter. Sie hat, ich hoffe, Sie verzeihen mir diesen Ausdruck, Feuer unter dem Hintern.«

Nachdem er diese Meinung lautstark verkündet hatte, ertränkte Kravetz sein Lachen in einem Whiskyglas und klopfte der ihm am nächsten sitzenden Stripteasetänzerin mit ziemlicher Kraft auf die Schultern, was diese zu der Klage veranlaßte, sie sei bereits mit blauen Flecken übersät. Laszlo nahm seine Frau am Arm, um sie zu Samuel Walter und den beiden Damen Fuchs, Mutter und Tocher, zu ziehen.

»Laß mich los«, sagte sie, »du tust mir weh.«

»Du mußt völlig den Verstand verloren haben, daß du dieses Halsband trägst«, sagte er. »Du weißt genau, daß es nicht versichert ist ... Der andere Schmuck übrigens auch nicht, das habe ich dir schon x-mal gesagt. Was geht nur in deinem Kopf vor?«

»Ich wollte es wenigstens einmal tragen, bevor du es verkaufst«, sagte sie. »Es geht doch weiter nach Italien, nicht wahr?«

»Sprich nicht so laut ... Nein, danke ...«

Roberto Grimaldi, der ihnen einen Eisbecher anbot, trat verblüfft zur Seite. War es möglich, daß der Juwelier in Diamantenschmuggel verwickelt war? Schon bastelte er sich in seinem jugendlichen Hirn die kühnsten Phantasien zusammen. Er fragte sich, ob er darüber am nächsten Tag mit seinem Freund Paul Grimaud, dem Portier, sprechen sollte. Unter dem Siegel der Verschwiegenheit selbstverständlich, um der schönen Madame Frokian keine Unannehmlichkeiten zu bereiten, die er, dazu war er in seinem romantischen Eifer fest entschlossen, schützen wollte, was auch immer geschah.

Lachen und spitze Schreie begleiteten Lana Langsdorfs Heldentat, die soeben völlig angezogen in den Swimming-pool gesprungen war. Die Schauspielerin teilte mit trägen Bewegungen die Wellen und bot ihren Bewunderern ihr berühmtes Cheese-Lächeln dar. Die Scheinwerfer, die auf das durchsichtige Wasser gerichtet waren, entblößten ihren Körper: das leichte Kleid klebte an ihr. Und so bestätigte Lana mit gelassener Schamlosigkeit die Gerüchte, die behaupteten, sie trüge weder Slip noch BH.

»Komm heraus, Lana«, schrie Samuel Walter. »Spar dir die Szene für deinen nächsten Film auf!«

Sie winkte ihm mit der Hand zu und tauchte mit einer beeindruckenden Bewegung ihres Hinterns etwas tiefer. Alle umstanden jetzt den Swimming-pool, um ihr zu applaudieren. Inzwischen hatte ihr Beispiel Schule gemacht. Zwei oder drei Mädchen waren ihr in den Swimming-pool gefolgt. Eine boshafte Hand hatte sogar Jean Lesueur, den berühmten Transvestiten, der unter dem Namen Darling bekannt war, hineingestoßen. Er schrie verzweifelt: »Meine Brieftasche, meine Brieftasche«, bevor er offenen Mundes ins Wasser stürzte.

»Verdammt«, rief Laszlo, »er wird noch ertrinken ...«

Man fischte Darling wieder aus dem Wasser und legte ihn am Rand des Swimming-pools auf den Boden. Er erbrach sich. Man zwang ihn, ein Glas Wodka zu trinken. Er sah die Umstehenden mit großen, erschrockenen Augen an. Sein weißer Smoking schlotterte kläglich an ihm. Die rote Rose im Knopfloch sah aus, als fragte sie sich, was sie dort zu suchen hätte. Mit zitternder Hand zog er seine durchweichte Brieftasche aus dem Jackett.

»Meine Papiere«, murmelte er entsetzt.

»Das ist charakteristisch für Transvestiten«, bemerkte Dr. Grant, der Arzt fast sämtlicher Filmstars. »Sie klammern sich an ihrer Identität fest, als hätten sie Angst, ohne sie nichts mehr zu sein.«

»Aber nein«, bemerkte Laszlo und zuckte mit den Schultern. »Sie haben so oft mit den Bullen zu tun, daß es besser für sie ist, ihre Papiere stets in Ordnung zu haben.«

Es war zwei Uhr morgens. Gilles Morand und Paul Neveux verließen im Hotel Ruhl das Zimmer von Charles Khoury. Sie wußten, daß der reiche libanesische Geschäftsmann nach Monte Carlo ins Casino gegangen war und vor Morgengrauen nicht wieder in Nizza auftauchen würde. Ob er nun gewann oder verlor, er blieb wie angewachsen am Roulettetisch stehen, bis das Casino schloß. Er hielt sich durch häufige Besuche der Bar wach.

Die beiden hatten die Strafanstalt der Santé vor knapp zwei Wochen verlassen. Eine barmherzige Seele hatte ihnen anständige Kleidung verschafft, sie in den Mittelmeerexpreß gesetzt und ihnen noch etwas Geld in die Hand gedrückt, damit sie sich in Erwartung künftiger Heldentaten in einem Hotel in der Altstadt von Nizza einquartieren konnten. Sie waren beide gutaussehend, etwa fünfundzwanzig Jahre alt – kleine, ungefährliche Gauner, die von ein bißchen Zuhälterei und ein bißchen Diebstahl lebten und beide nie eine Chance im Leben gehabt hatten. Sie gehörten, mit ihrer Naivität und ihrer erstaunlichen Ungeschicktheit, zu jenen komischen Figuren der Unterwelt, die gelegentlich das Metier eines Polypen erheitern.

Sie hatten in Charles Khourys Zimmer nicht gerade viel gefunden. Ein paar Dollars, ein paar libanesische Bücher, goldene Manschettenknöpfe, ein pornographisches Kartenspiel, einen Rolleiflex-Photoapparat und zwei oder drei andere Kleinigkeiten, die sie in einer großen Lederreisetasche verstaut hatten, die die Initialen des Geschäftsmannes trug. Im Vorübergehen hatten sie noch eine Flasche Rasierwasser mitgehen lassen. Sie verließen das Zimmer so, wie sie es betreten hatten, das heißt durch das Fenster. Ihre grenzenlose Bewunderung für Sergio Piana, den Playboy der Côte, verleitete Gilles Morand und Paul Neveux zu den schlimmsten Unvorsichtigkeiten. Sie, die als einzige sportliche Ertüchtigung einen eher langweiligen Militärdienst in Deutschland kennengelernt hatten, einen längeren Aufenthalt in den Bars rund um Pigalle und drei Jahre Meditation hinter den Gittern der Santé, riskierten jetzt akrobatische Kunststücke auf Häusergesimsen und Balkonmauern, wobei sie des öfteren nahe dabei waren, das Gleichgewicht zu verlieren. Nachdem sie über die Dächer von drei Häusern geklettert waren, fanden sie sich wieder in dem verlassenen Hof, von dem aus sie in die Sackgasse gelangten, wo der schwarze Ford Vedette auf sie wartete, den sie sich für den Abend ausgeliehen hatten.

»Und all das für nichts und wieder nichts«, sagte Paul Neveux, während sie in Richtung Hafen fuhren.

»Nächstes Mal haben wir bestimmt mehr Glück.«

»Hast du da noch Worte, zwei Tage lang bereiten wir uns jetzt schon auf den Coup vor. Wir sind ihm bis Monaco gefolgt, wir haben den Schlitten geklaut, und das alles für ein paar lumpige Manschettenknöpfe.«

»Ich habe das ja geahnt«, erwiderte Gilles Morand, »es gibt nur eins, was was einbringt, das sind die Zimmer der Weiber. Die denken an nichts, sie heben ihre Klunkern in ihrem Nachttisch auf und sogar ihr Geld. Der Khoury hat bestimmt alles im Hoteltresor eingeschlossen.«

»Und was machen wir jetzt?«

Ohne etwas zu entgegnen, bog Morand in eine verlassene Straße ein und parkte den Wagen längs dem Bürgersteig.

»Wir lassen den Schlitten hier«, sagte er, »und wir gehen zu Fuß zurück.«

In ihrem Zimmer setzte sich jeder auf sein Bett und trank ein lauwarmes Bier aus Zahnputzgläsern. Sie breiteten, mit der Miene großer Admiräle, eine Michelinkarte von der Gegend auf dem Bettvorleger aus. Sie hatten die Absicht, die Côte bis Saint Tropez hinunter unsicher zu machen. Dann würden sie weitersehen. Sie trieben die Kinderei sogar so weit, daß sie die Orte ihrer zukünftigen Missetaten mit roten Punkten markierten. Mit fünfzehn Jahren hatten sie, der eine in der Bretagne, der andere im Limousin, von Heldentaten in der Résistance geträumt. Ihr heißester Wunsch war, eines Tages ebenfalls mit einem Maschinengewehr zu spielen. Aber ihre Eltern, brave bretonische Bauern, kleine Beamte aus dem Limousin, wachten streng über ihre Schritte. In den verworrenen Nachkriegsjahren eroberten sie sich dann die Freiheit, aber die führte sie auf Abwege.

Seit der knappen Woche, die sie bereits in Nizza verbracht hatten, stieg die südliche Sonne ihnen offenbar zu Kopfe. In Pigalle waren sie nur klägliche kleine Gauner gewesen. Hier hatten sie den Eindruck, die großen Herren der Unterwelt werden zu können. Hätten sie etwas mehr Mut gehabt, wären sie sogar nach Marseille gefahren, um den Guérinis ihre Dienste anzubieten. Aber der Clan der Korsen war ihnen nicht ganz geheuer. Also schmiedeten sie weiter zweifelhafte Pläne und verschlangen am Strand die hübschen Mädchen – elegante Mädchen, denen sie sich nicht zu nähern wagten – mit den Augen. Die herausfordernde Zurschaustellung von Luxus und Reichtum, die nach den Zeiten der Entbehrung besonders kraß wirkte, sprang ihnen aus den Schaufenstern geradezu ins Gesicht. Sie waren nicht die einzigen, die sich fragten, wo all diese Leute das Geld dafür hernahmen, obwohl die Lage keineswegs rosig zu sein schien, die Gewerkschaften wetterten, ein Streik auf den anderen folgte und eine Regierung die andere ablöste. Paul Neveux hätte sich nach seinem Militärdienst fast als Freiwilliger nach Indochina gemeldet. Im Gefängnis hatte er es bedauert, daß er dem flehentlichen Bitten seiner Mutter, einer Kriegerwitwe, die aus ihm unbedingt einen Postbeamten machen wollte, nachgegeben hatte und nicht nach Indochina gegangen war. Inzwischen liefen die Dinge dort mehr als schlecht, und er dankte seinem Schöpfer, daß er dort unten nicht für die Piaster-Schwarzhändler, die in ihren Buicks auf der Promenade des Anglais spazierenfuhren, seine Haut zu Markte tragen mußte. Und was Morand betraf, so wußte er nicht einmal, was aus seinen drei Brüdern geworden war, die alle, sobald es ging, den elterlichen Bauernhof verlassen hatten...

»Es gibt nur eins, um da rauszukommen«, erklärte Paul Neveux und warf die leere Bierflasche in den Papierkorb, »wir müssen einen großen Fischzug machen und uns dann eine Garage kaufen. Die Autos bringen von Jahr zu Jahr mehr Kohlen.«

Und über diesem hervorragenden Plan schliefen diese beiden Sprößlinge des Krieges wie die Kinder ein.

Im Park des Restaurants von Saint-François-les-Sources gähnte Samuel Walter diskret, während er höflich den alkoholgetränkten Bemerkungen aus dem Kreis der letzten Partygäste lauschte, derer, die sich nie entschließen können, ein Fest zu verlassen. Laszlo Frokian war schon seit langem gegangen, aber seine Frau war immer noch da. Sie hatte eine ganze Menge Champagner getrunken und erzählte zum dritten Mal von der Rolle ihres Lebens in einem Stück von Bernstein im Jahre 1925. Roberto Grimaldi sammelte auf der Wiese die stehengelassenen Gläser ein. Sein Dienst war zu Ende, er konnte jetzt gehen, aber er beeilte sich nicht. Erst wenn Sarah Frokian aufbrach, würde er seine weiße Kellnerjacke und seine schwarze Hose gegen das rote Polohemd und die blaue Hose eintauschen, die er heute morgen gekauft hatte. Er würde mit dem Fahrrad nach Cannes zurückfahren. Es ging fast immer bergab, und es würde weniger anstrengend sein als auf der Hinfahrt. Er fühlte sich in dieser Nacht in Hochstimmung. Er hatte dreitausend Francs verdient, ein kleines Vermögen, und viermal hatte er ganz aus der Nähe Madame Frokians Parfum geschnuppert. Sie hatte ihn angesehen. Und einmal hatte sie ihm sogar zugelächelt.

Er hatte noch nie mit den weiblichen Gästen des Miramar ein Abenteuer gehabt. Die anderen prahlten damit, aber er war wohl zu schüchtern dazu. Weshalb sollte diese schöne blonde, mit Diamanten behangene Dame etwas mit ihm anfangen wollen? Eines Tages, wenn er erst reich wäre, hätte er auch eine so schöne blonde Frau für sich allein ... Und wie konnte nur ihr Mann sich seelenruhig zu Hause ins Bett legen und sie hier allein lassen!

Kravetz bot Sarah endlich an, sie nach Hause zu begleiten, und gab damit das Zeichen zum Aufbruch. Die Polypen atmeten erleichtert auf. Endlich konnten sie sich auch in die Falle legen. Roberto überließ die abgestellten Gläser ihrem Schicksal. Die letzten Wagen setzten sich mit schnurrendem Motor in Bewegung. Das Fest war zu Ende. Roberto trat nach Leibeskräften in die Pedale, um wenigstens für ein paar hundert Meter den Rücklichtern von Kravetz' Rolls zu folgen.

Laszlo Frokian lag in seinem Bett. Aber er schlief nicht. Beim Schein der Nachttischlampe studierte er die Seiten eines grünen Ledernotizbuches, auf denen lauter Zahlen standen. Von Zeit zu Zeit übertrug er eine Zahl auf einen anderen Zettel. Dieses kleine Notizbuch, das er stets bei sich trug, verbarg er vor den indiskreten Blicken der Buchhaltung und der Steuerbehörden. Für jeden anderen als für ihn waren diese Zahlen ein Rätsel; aber ihm enthüllten sie den Ein- und Ausgang beträchtlichen Kapitals, die Ein- und Ausfuhr geschliffener oder Rohdiamanten. In Codetext waren darin die Namen winziger Handelsbüros verzeichnet, in denen, von Nahost bis Holland, von Südamerika bis zu den USA, einträglichere Geschäfte abgewickelt wurden als in den angesehensten Firmen. Dieses Notizbuch war Laszlo Frokians Abenteuerroman, sein Mini-Jules-Verne. Er kannte es auswendig, aber vor dem Einschlafen las er immer wieder gerne darin, jonglierte mit den Zahlen auf einem Schmierzettel, den er anschließend in einem Aschenbecher verbrannte, wobei er selbst über sein Verschwörer-Gebaren lächelte. In diesen Seiten lag all seine Macht. Er besaß im Leben alles, was er wollte. Das Geld selbst interessierte ihn nicht. Was er liebte, war das sinnliche Leben der Edelsteine, ihre Reisen und ihre Metamorphosen, ihre rätselhafte, beschwörende Macht. Um ihretwillen stahl und tötete man wie für die über alles geliebte Frau. Die Bergarbeiter in den Minen versklavte man. Verkörperte nicht ihr unerbittlicher Glanz mehr noch als der Widerschein des Goldes den Inbegriff menschlichen Strebens, diese Gier nach Reichtum, die uns bis zu unserem Tode quält?

3

Zunächst einmal mußte man die alte Tapete ablösen. Der hundertjährige Leim widerstand uns hartnäckig. Wir verstanden die Generationen unserer Vorgänger nur allzugut, die die leichteste Lösung gewählt und einfach eine neue Tapete über die alte geklebt hatten. Nur, Marlyse und ich, wir wollen keine neue Tapete, wir wollen malen. Also nahmen wir diese verhärteten tausend Schichten in Angriff und schwitzten wie die Affen. Ich trug einen Short, mein Oberkörper war nackt, und Marlyse hatte nur einen Badeanzug an. Ihre nackte, sonnengebräunte Haut erfüllte in dieser Augusthitze unsere kleine Zweizimmerwohnung mit elektrisierenden Schwingungen.

Alles in allem bedauerten wir es nicht allzusehr, vor Ferienende nach Paris zurückgekehrt zu sein. Auf dem Montmartre sah man nur noch Touristen. Es fehlte nicht viel, und wir würden uns selbst für Ausländer halten. Es war nicht mehr die gewohnte Stadt, mit Arbeit, genauer Zeiteinteilung, all diesen hastenden Leuten, Metro – Job – nach Hause – ins Bett. Zusammen mit der Hitze schaffte das eine Atmosphäre, in der man sich ganz und gar fremd fühlte. Wir tranken Riesengläser Zitronenlimonade. Wir schwitzten über unseren Tapeten. Wir aßen etwas Schinken und ein paar Tomaten. Wir liebten uns auf unserem quietschenden Bett. Wir betrachteten hoch von unserem Ausguck aus das riesige, in eine Dunstglocke gehüllte Paris. Gewiß, man keuchte etwas, bei unseren fünf Etagen ohne Aufzug. Aber danach wurde man belohnt, man hatte einen der schönsten Blicke über Montmartre.

Um die Wände des Schlafzimmers abzuwaschen, hatten wir alle Möbel in das andere Zimmer geschleppt: ich bin ein Mann, der methodisch vorgeht. Das Bett war rings umstellt von Schrank, Tisch, Kommode und Stühlen, ein Teil der Dinge war übereinandergestapelt, und zwei oder drei alte zusammengerollte Teppiche lagen auch noch über dem Ganzen. Man hätte uns für zwei Kinder halten können, die sich auf dem Speicher inmitten eines Haufens alter Kisten und Koffer verstecken, um Papa und Mama zu spielen. Der scharfe Geruch des Leimlösers brannte uns in den Augen. Trotz der offenen Fenster kam nicht der geringste Luftzug herein. Das Wasser aus der Dusche war lauwarm und kühlte einen kaum ab. Deshalb atmeten wir auch erleichtert auf, wenn der Abend hereinbrach. Die Lichter in der Stadt, die sich zu unseren Füßen ausbreitete, gingen eines nach dem anderen an. Wir beschlossen, daß wir mit der Arbeit weit genug vorangekommen waren. Wir gingen zusammen unter die Dusche, rubbelten uns den Rücken mit der Zärtlichkeit von Frischverlobten trocken. Wenn es erst ganz und gar Nacht wäre, wollten wir irgendwo durch die Straßen laufen und die kühle Nachtluft schnuppern. Irgendwo, wo wir ein paar Tische und Stühle auf dem Bürgersteig entdeckten, könnte man sich ja noch ein wenig hinsetzen und vor dem Nachhausegehen ein Gläschen trinken. Es gab auf dem Montmartre nicht nur Touristennepps. Damals, in den fünfziger Jahren, fand man noch bescheidene Kneipen dort, die mein ziemlich angeknabbertes Postscheckkonto, auf dem unser ausschweifendes Leben in Fouras einen ernstlichen Kahlschlag bewirkt hatte, gerade noch vertrug. Wir waren glücklich. Wir sagten uns, daß fast noch eine Woche Urlaub vor uns lag. Wir stellten uns vor, wie unsere Luxuswohnung in neuem Glanz erstrahlen würde. Im nächsten Monat wollten wir uns einen Kühlschrank kaufen. Diese kleinen Haushaltsprobleme machten mir Spaß. Sie waren so erholsam.

Das ganze Jahr hindurch hatte ich mit Verbrechern zu tun, die alle auf der Jagd nach Geld waren. Tagtäglich erlebte ich, wie Millionen von Francs in Gold, Diamanten oder Geldscheinen verschwanden und wieder auftauchten. Für die Verteidigung unserer Besitztümer, für ihr Wiederauffinden ist ein ganz beträchtlicher Aufwand erforderlich. Als ich den berühmten Marquise-Diamanten, das schönste Schmuckstück der Begum, wiedergefunden hatte, fiel es mir direkt schwer, mir vorzustellen, daß ich ein Vermögen in meiner Hand hielt. Wie kann man auch begreifen, daß ein kleines Steinchen mehr wert sein soll als ein Leben voller Arbeit? Man durfte sich eben kein Schwindelgefühl leisten. Ebensowenig wie das Herz eines Bankbeamten in zerschlissenem Anzug angesichts der Geldbündel, die Tag für Tag durch seine Hände gingen, schneller schlagen durfte . . .

Mein ausgeglichenes Leben mit Marlyse war mein Verjüngungsbad, mein Quell der Reinheit. Ich bin ein einfacher Mann. Meine Wünsche sind die eines einfachen Mannes. Die friedliche Ehrbarkeit meines Lebens machte es mir möglich, ohne Abscheu in jene Welt einzutauchen, die die Feuilletonisten des 19. Jahrhunderts die Welt des Verbrechens nannten und in der sich Einbrecher und Spitzel tummeln, Zuhälter und Dirnen, Mörder und ihre Opfer, die oft ebensowenig taugten wie sie selbst. Ich war ein einfacher Beamter. Ebensogut hätte ich Lehrer oder Postbeamter sein können. Ich war ein notwendiges Rädchen in dieser Gesellschaft, die eher schlecht als recht einer ungewissen Zukunft zurollte. Ich wollte nicht an die Aufgaben denken, die mich im kommenden Jahr erwarteten. Die Gefängnisse waren voll von zukünftigen Ausbrechern, die mir wieder einmal harte Nüsse zu knacken geben würden. Ja, im gleichen Augenblick mordete und stahl irgend jemand und sorgte so für Inspektor Borniches tägliche Ration an Beschattungen, Verfolgungen, Spitzelbestechungen, an Bluffs, Einschüchterungsversuchen, an Fällen, die Staub aufwirbelten, an Niederlagen und Enttäuschungen ... Den Polizisten geht es wie den Lehrern. Sie werden nie arbeitslos. Ein Jahr, in dem nichts passiert, ist völlig unvorstellbar: kein Einbruch, kein Mord ... Das wäre ein Science-fiction-Roman, an den kein Mensch glauben würde!

Es war mir völlig klar, daß – während Marlyse und ich uns in einer wohlverdienten Arbeitspause im Bett umschlangen – irgendwo ein Mann seine Geliebte erstach, eine Frau nach ihrem treulosen Mann suchte, um ihm Vitriol ins Gesicht zu schütten oder ihn mit ein paar Revolverschüssen niederzustrecken, ein Gangster Pläne schmiedete, Schüsse aus einer Maschinenpistole in einer stillen Straße widerhallten. Und die Zärtlichkeit unserer Berührungen war mir deshalb doppelt so teuer ... Gott sei Dank hatten wir in Vieuchênes Abteilung nur mit Einbrechern zu tun. Der Kampf zwischen ihnen und mir ist ein Duell, dessen Helden und dessen Methoden seit Jahrhunderten bekannt sind, es ist der ewige Kampf zwischen Gut und Böse, das Spiel zwischen Räuber und Gendarm. Mit Verbrechen aus Leidenschaft zum Beispiel hätte ich nur äußerst ungern zu tun. Irgendwie hätte ich dabei den Eindruck, indiskret zu sein ...

»Woran denkst du?« fragte Marlyse. »Es ist spät, wir sollten nach Hause gehen. Ich bin müde. Und morgen müssen wir die ganzen Wände abwaschen ...«

»Gut, gehen wir ...«

Es war so heiß, daß wir nicht einmal die Vorhänge zuzogen, nur um noch ein wenig mehr frische Luft zu bekommen. Unsere Wohnung war direkt unter dem Dach, und die Wände gaben auch noch des Nachts die tagsüber gespeicherte Hitze ab. Der Mondschein fiel auf unser rings von Möbeln umstelltes Bett. Marlyse hatte die Decke von sich geworfen. Sie lag auf dem Bauch. Sie war vor Erschöpfung sofort eingeschlafen, und ich wagte nicht, sie zu wecken. Dabei lag sie so verführerisch neben mir, mit ihrem glatten Rücken, ihren runden Pobacken, ihren vollen, aber schlanken Schenkeln, ihren langen Beinen ... Ein idealer Körper, dessen ich nie müde wurde. Ich wußte nicht, ob wegen der Hitze oder meines Verlangens, aber ich konnte nicht einschlafen. Mit der Fingerspitze folgte ich den Umrissen ihres Körpers. Sie bewegte sich leicht, aber sie wachte nicht auf.

Ich stand auf. Wir hatten vergessen, die Wasserflasche zum Abkühlen in den Eimer zu stellen, und das Wasser aus dem Hahn war lauwarm. Ich zündete mir eine Zigarette an. Ich lief über die Tapetenfetzen bis zum Fenster des leeren Zimmers, in dem wir arbeiteten. Ich lehnte mich zum Fenster hinaus.

Einige Lichter in dieser riesigen Stadt würden die ganze Nacht hindurch brennen. Ich dachte an das Turmlied der Stadtwächter im Mittelalter. Viele schliefen, aber was taten die anderen? Sie liebten ein Mädchen, sie verloren ihr Geld in verbotenen Spielhöllen, sie besoffen sich in Nachtbars bis zum Morgengrauen, oder sie arbeiteten, sie schleppten Kisten in den Markthallen, sie luden sich halbe Rinder auf den Rücken, sie sortierten Briefe, sie spielten Karten in den Polizeikommissariaten – sie gähnten und warteten auf die Ablösung, diese Polizisten, die die Aufgabe hatten, über die Stadt zu wachen. In der Santé, in Fresnes, und noch in ein paar anderen Strafanstalten schnarchten meine Kunden. Ich fragte mich, ob sie wohl von mir träumten.

»Du fickst gut«, seufzte Suzan Fuchs.

Sie reckte sich. Sie legte eine dankbare Hand auf Jean Trachelles behaarte Brust. Der Barkeeper des Hotels La Murène würde ganz gerne schlafen, aber die unersättliche Suzan war in Hochform.

»Warum benutzt du solche Ausdrücke?« fragte er. »Mit deinem amerikanischen Akzent klingt das komisch. Es paßt nicht zu dir.«

»Aber man sagt doch ›ficken‹, nicht wahr? Es ist doch ein französisches Wort?«

Sie fuhr mit ihren sinnlichen Lippen über Trachelles blondes Haar, während dieser sich vergeblich bemühte, ein lautes Gähnen zu unterdrücken.

»Gefalle ich dir nicht mehr?«

»Doch, doch ... Aber ich bin müde. Ich arbeite ja schließlich.«

Die Tochter des Milliardärs J. B. Fuchs schwieg, denn diesem Argument konnte sie nichts entgegenhalten. Das Gefühl, von der Arbeit erschöpft zu sein, war ihr unbekannt. Mit ihren einundzwanzig Jahren lebte sie mit ihrer Mutter Mary, einer geschiedenen J. B. Fuchs, die nicht wußte, was sie mit ihrem ganzen Geld machen sollte. Die beiden Frauen gaben in ihrer riesigen Villa in Saint-Jean-Cap-Ferrat einen Empfang nach dem anderen, wozu sie dank ihrer zahlreichen Dienerschaft auch durchaus in der Lage waren. Ihre sexuellen Abenteuer waren ein gefundenes Fressen für Skandalblättchen, vor allem, da sie mit Vorliebe und ohne jede Diskretion ihre Liebhaber unter dem Hotelpersonal suchten, Barkeepern und Kellnern, für die sowohl die Mutter als auch die Tochter ein merkwürdiges Faible zeigten. Sie machten mit ihren amerikanischen Schlitten die Côte unsicher, eine geradezu einmalige Chance für die jeweiligen Partner ihrer Dienstbotenliebschaften.

Suzan war selbst auch geschieden, von dem Industriellen Dellacrocce, einem Schreibmaschinenfabrikanten. Sie hatte ein etwas gewagtes Ensemble für den Stadtbummel in Mode gebracht: Büstenhalter und Plisseerock, das den Vorteil hatte, daß niemandem etwas von ihren umwerfenden Brüsten verborgen blieb, und das sie sich dank ihres flachen Bauchs und ihrer festen Hüften, die kein Gramm Speck oder Zellulitis aufwiesen, erlauben konnte. Ihre Nachahmerinnen hatten leider oft nicht dieses Glück...

Die beiden Frauen waren für eine Woche nach Cap d'Antibes gekommen, wo sie auf dem prächtigen Anwesen ihres Cousins Weil zu Besuch waren, das berühmt war für seinen Schwanenteich und seinen Aufzug, der durch einen in den Fels gehauenen Brunnenschacht bis zum Meer hinunterführte, wo ein nach allen Seiten abgeschirmter Strand wie ein Salon ausgestattet war. Beide hatten eine sommersprossige Haut wie alle Rothaarigen. Sie vertrugen deshalb schlecht die Sonne und lagen stundenlang nebeneinander im Schatten eines Baldachins und lasen. Man hätte sie für zwei Schwestern halten können: Mary Fuchs war knapp vierzig Jahre alt und sah aus wie achtundzwanzig.

»Du wirst doch jetzt nicht einschlafen.«

Suzan streckte sich autoritär auf dem Barkeeper aus, der Gott weiß was dafür geben würde, um jetzt allein in seinem Bett zu sein. Doch nach und nach gelang es ihm, sich der Situation gewachsen zu zeigen. Suzan war nicht gerade leise in der Liebe, und ihr Orgasmus war noch lautstärker.

»Du wirst das ganze Hotel aufwecken«, sagte Trachelle.

Sie hörte gar nicht auf ihn und stöhnte noch lauter.

»Das nächste Mal gehen wir woanders hin. Ich habe schließlich keine Lust, mich vor die Tür setzen zu lassen.«

Suzan murmelte, endlich befriedigt:

»Nein, ich mag dein kleines Zimmer gern... Ich fühle mich ganz wohl hier.«

Und sie zog sich wieder an. Ihr Wagen stand wie immer, um

nicht aufzufallen, hinter dem Personaltrakt des Hotels, nicht weit vom Chemin des Sables; sie würde jetzt nach Hause fahren.

»Um sechs Uhr ist sie zurückgekommen«, sagte Henri Meffret, der Nachtportier des Miramar. »Völlig betrunken. Ihr Kleid war zerdrückt, ihre Haare standen nach allen Seiten ab. Und um den Hals und an den Ohren hing noch immer ein halbes Vermögen. Weiß Gott, da fragt man sich, wie sie es bloß wagt, sich die ganze Nacht damit rumzutreiben. Und stell dir vor, sie schläft noch immer nicht. Sie hat sich gerade eine Flasche Champagner bestellt.«

Paul Grimaud gähnte. Es war gerade sieben Uhr. Er hatte eben seinen Dienst begonnen. Und er war noch müde.

»Eines schönen Tages wird man sie ihr schon noch klauen«, bemerkte er. »Sie braucht nur einmal an einen Gigolo zu geraten, der ein bißchen mehr Grips im Kopf hat als die anderen ... Und sonst, geht's gut? Nichts Besonderes? War die Nacht ruhig?«

»Nichts Besonderes ... Sag mal, die muß schon eine Pferdenatur besitzen, um um diese Zeit Champagner trinken zu können. Vor allem, nachdem sie eh schon so besoffen ist.«

Paul Grimaud zuckte mit den Schultern.

»Sie hat ja den ganzen Tag über nichts anderes zu tun, als sich wieder zu erholen«, sagte er.

»Trotzdem ...«

»Erinnere dich nur an die Filmfestspiele ... Solche Weiber liefen hier zu Dutzenden herum. Und trotz Strand, Filmen, Whisky und allem übrigen waren sie stets in Hochform.«

»Die da sieht aus wie eine richtige kleine Schlampe«, sagte Henri Meffret. »Glaubst du, daß sie ...«

Er zwirbelte sich mit dem Lachen eines Dorf-Don-Juans den Schnurrbart, den er jeden Abend liebevoll stutzte, in der Hoffnung eines leichten Abenteuers. Er hatte vorhin schon gehofft, daß er vielleicht bei Madame Frokian landen könnte. Von dem Ehemann hatte er nichts zu befürchten, sie hatten beide ihr Zimmer für sich, und er ließ sie die ganze Nacht allein herumstreunen, das war kein Problem. Aber trotz seines Schnurrbarts schien er sie nicht zu interessieren. Wahrscheinlich hatte sie die ganze Nacht hindurch nichts anderes getan ... Er fuhr sich genießerisch mit der Zunge über die Lippen.

»Du solltest besser zu Bett gehen«, sagte Grimaud. »Dann kannst du bei deiner Frau an so was denken.«

»Du machst wohl Witze«, erwiderte Meffret, »sie ist so häßlich wie die Nacht ... Ich warte immer, bis sie zur Arbeit gegangen ist, ehe ich heimgehe. Du hast Glück. Bei unserem Beruf muß man Junggeselle bleiben.«

»Da ist schon was dran, an Gelegenheiten mangelt es uns wirklich nicht«, sagte Grimaud.

In wehmütiger Erinnerung und gleichzeitig voller Hoffnung dachten die beiden an die leichten Abenteuer, die sich ihnen zwischen Filmfestival und September boten. Sie prahlten alle beide ein wenig, das war ihnen klar. Das gehörte mit zum Spiel und zu ihrem Wunschtraum. Sie, die sozusagen inmitten dieser eigenen Welt lebten, wie sie ein großes Hotel darstellt, beobachteten mit respektvoller Miene das Leben dieser kleinen sozialen Minderheit, die zu bedienen sie verpflichtet waren. Etwas von dem Glanz dieser Privilegierten fiel auf sie zurück und verlieh ihnen eine erbarmungslose Arroganz gegenüber den gewöhnlichen Sterblichen – das heißt gegenüber ihrer eigenen sozialen Schicht.

Alles hier war verlogen. Wenn man für eine Nacht in einem Luxushotel so viel zahlt, wie die monatliche Miete eines Arbeiters beträgt, wenn eine Hausfrau ihre beiden Kinder mit dem Preis für ein Frühstück ernährt, geraten die Werte ins Wanken, und die normale Wirklichkeit wird mit Füßen getreten. Das Personal rächt sich dafür, indem es trotz der Respektsbezeugungen, zu denen es gezwungen ist, lernt, seine Gäste zu verachten. Die Gäste wissen das übrigens nicht. Und würden sie es wissen, wäre es ihnen völlig schnuppe.

»Schön, wir erleben hier Weiber aller Schattierungen«, sagte Meffret. »Aber die Dame Frokian ist bestimmt der beste Betthase des Jahres.«

»Du bist nicht der einzige, der so denkt«, erwiderte Grimaud. »Roberto weicht ihr nicht von den Fersen. Gestern abend hat er sich als Aushilfskellner für eine Party engagieren lassen, zu der sie auch ging. Er ist bis Vence mit dem Rad gefahren.«

»Der kleine Roberto? Dabei könnte sie doch seine Mutter sein! Und zwar mühelos.«

»Der Kleine hat auch seine Chance. Erinnerst du dich noch an die alte Meillan?«

Sie lachten beide schallend und verstummten dann einen Augenblick; jeder erinnerte sich schweigend an die Abenteuer von Sophie Meillan, der Witwe eines Königs des Schwarzhandels. Es war im vergangenen Winter gewesen. In Monte Carlo hatte man wegen eines rasch erstickten kleinen Skandals dieses über fünfzigjährige Trumm von einem Weib aus Marseille – etwa einen Meter siebzig groß und achtzig Kilo schwer – der Stadt verwiesen. Im Carlton hatte sie sich sagen lassen müssen, daß kein Zimmer mehr frei sei; daraufhin war sie ins Miramar gegangen. Am ersten Abend hatte sie einen Liftboy von sechzehn in ihr Zimmer gelockt. Am zweiten Abend brachte dieser noch einen Freund mit. Am dritten Abend waren sie zu viert. Dieses mannstolle Weib hätte bestimmt noch das ganze Hotelpersonal verschlissen, wenn nicht ein Küchenjunge, den sie auch erkoren hatte, die Taktlosigkeit besessen hätte, mit ihrem Nerzmantel und der Summe von zweihunderttausend Francs zu verschwinden, die sie stets für ihre kleineren Ausgaben bei sich trug. Den Mantel hatte man dann bei einem Mädchen von Mad wiedergefunden, der Bordellbesitzerin in der Rue Félix-Faure. Das Geld blieb natürlich verschwunden. Der Küchenjunge ebenfalls. Sophie Meillan war wieder nach Marseille zurückgekehrt, nachdem sie ihren Mantel wiedergefunden, aber den Rest ihres guten Rufs verloren hatte.

»Ach, wenn ich nicht verheiratet wäre«, seufzte Meffret, »würde ich mir so ein Weib anlachen. Ich ließe mir einen schicken Schlitten kaufen. Einen Studebaker, für den habe ich ein Faible.«

»Eins muß man sagen«, seufzte Paul Grimaud mit philosophischem Ernst, »das Geld verdirbt alles. Seit dem Krieg ist es schlimmer denn je. Und das Ende ist noch nicht abzusehen. Erst einmal will jeder seinen Wagen. Dann werden es die Schiffe sein. Man wird nicht mehr aufhören, neue Straßen, Garagen und Häfen zu bauen. Du wirst sehen, bald wird man nicht mehr einen Fuß an den Strand setzen können.«

»Na, wie läuft die Arbeit bei dir?« fragte Antoine Guérini. »Vermißt du nicht manchmal deine Bar in der Rue Longue?«

»Es geht so«, erwiderte Albert Rizzato. »Die Saison ist ruhig. Die Gäste sind verwöhnt, aber das gleicht sich auch wieder aus.«

»Nett von dir, daß du mich besucht hast.«

Antoine Guérini erhob sich aus dem Sessel, um seinem Freund Rizzato einen Whisky einzuschenken. Albert hatte sich vor einiger Zeit nach Juan-les-Pins abgesetzt und diente seit zwei Monaten als Oberkellner im Murène. Der Luxus bei den Guérinis beeindruckte Rizzato jedesmal von neuem. Ein geschmackvoller Luxus. Ein schöner Besitz in einem Villenviertel von Marseille.

»Man hat mir gesagt«, fuhr Antoine Guérini fort, »daß in deinem Hotel nur Hundertfünfundsiebziger verkehren.«

»Das ist übertrieben... Wir haben von Zeit zu Zeit solche Gäste, wie jedes Hotel... Zugegeben, unser Chef, Monsieur

Théodose, ist schwul. Und sein Freund, Monsieur Fabrice, natürlich auch ... Aber sie wohnen nicht im Hotel. Sie haben eine Villa in der Nähe ...«

»Dieser Théodose«, sagte Antoine Guérini, »das ist doch der bekannte frühere Transvestit?«

»Ja, das stimmt.«

»Mein armer Albert, hättest du dir nicht ein anderes Hotel aussuchen können? Na ja. Die Geschmäcker sind verschieden. Mir waren die Schwulen immer ein Greuel.«

»Man tut, was man kann«, erwiderte Rizzato. »Ich brauchte dringend ein bißchen Luftveränderung.«

Er trank mit ernster Miene einen Schluck Whisky. Er trug immer eine ernste Miene zur Schau. Er sah aus wie ein Leichenbestatter, mit seinem graumelierten Haar, seiner goldgeränderten Brille und seinem mageren, faltigen, aschgrauen Gesicht. Da er stets dunkle Anzüge trug, hatte er etwas Zeremonielles und gleichzeitig Scheinheiliges an sich. Vor jeder Antwort schien er erst jedesmal lange nachzudenken. Er fügte hinzu:

»In Marseille wurde der Boden für mich zu heiß.«

»Beklag dich nicht«, sagte Guérini. »Du hast nie ernsten Ärger gehabt.«

»Ich bin jetzt fünfundvierzig. Ich fühle mich alt. Im Murène führe ich ein bequemes Leben. Und außerdem besuchen mich dort die alten Kollegen. Sie schreiben »Filmproduzent« auf den Anmeldezettel. Das sieht besser aus. Weißt du, in diesem Hotel trifft sich die ganze High Society von der Côte ... Natürlich ist das Publikum sehr unterschiedlich. Baldacci kommt von Zeit zu Zeit. Er hat eine Vorliebe für das Murène.«

Antoine Guérini und Albert Rizzato hatten sich in Calenzana kennengelernt. Antoine war inzwischen eine der einflußreichsten Persönlichkeiten von Marseille geworden.

Calenzana ist ein reizendes Dorf in Korsika oberhalb der Bucht von Calvi. Es ist berühmt für seine trockenen Kuchen, die wie Krapfen aussehen. Außerdem war es berühmt für die Guérinis, die alle von dort herstammten. Antoines Vater hatte hier als Köhler gearbeitet. Seine von den dicht aufeinanderfolgenden Schwangerschaften vorzeitig gealterte Mutter gebar hier den Clan der Guérinis. Antoine war der Älteste. Er bekam die Chance, sein Glück auf dem Kontinent zu versuchen.

In Marseille begann Antoine Guérini als Bäckerlehrling. Für einen Lehrling von siebzehn Jahren war er groß, gut gebaut und verfügte über erstaunliche Muskelkräfte. Er hatte ein gutes

Auftreten, ein sicheres Benehmen; außerdem tanzte er hervorragend Walzer und wurde bald der Ballkönig auf den Dienstmädchenschwofs. Marseille... Carbone und Spirito waren damals gerade dabei, ihr Reich auf Verbrechen, Spiel und Prostitution aufzubauen. Antoine wurde ihnen vorgestellt. Er sagte der Bäkkerlaufbahn ade. Und wurde ihr Mann. Um ihm seine treuen Dienste zu lohnen, erlaubten sie ihm, ein Mädchen in der lukrativen Gegend der Rue Thubaneau laufen zu lassen. Und das war der Beginn von Antoine Guérinis Vermögen.

Er wußte, daß das Geld einem zwischen den Fingern zerrinnt. Er schränkte seine Ausgaben ein. Mit einer für sein Alter erstaunlichen Umsicht teilte er seinen Gewinn in drei gleiche Teile auf: der erste, um die Familie zu unterstützen. Der zweite, um eine neue Prostituierte zu kaufen, die ihr Talent in der Rue Longue beweisen sollte. Der dritte war dazu bestimmt, eine Bar zu erwerben, die sein jüngerer Bruder Barthélemy, Mémé, manchmal auch Blaubart mit Spitznamen genannt, weil sein Gesicht, selbst wenn er frisch rasiert war, stets mit dunklen Stoppeln bedeckt war, führen sollte.

1930 trugen diese familienväterlichen Investitionen die ersten Früchte. Vier Frauen gingen bereits für Antoine auf den Strich. Er hatte das Café des Colonies in der Rue Bernard-Dubois, ein paar Schritte von der Porte d'Aix entfernt, gekauft. Mémé thronte hinter der Kasse.

Die beiden Brüder gehörten jetzt zum Kern der Carbone-Spirito-Bande, die 1933 Simon Sabianis Wahlkampagne unterstützte. Die Guérinis erzwangen seine Wahl mit dem Revolver in der Hand. Feuerwaffen sollen gelegentlich tödlich sein. 1936 wurde ein Gendarm erschossen. Man hatte keine Beweise gegen Antoine Guérini, also mußte man ihn wieder auf freien Fuß lassen. Und als drei Jahre später ein vorbestrafter Verbrecher bei einem Bandenstreit einer Kugel zum Opfer fiel, konnte die Polizei immer noch keine Beweise gegen Antoine Guérini zusammenbringen.

Das Vermögen der Guérinis wuchs zusehends. Antoine und Mémé erwarben ein Bordell nach dem anderen, unter dem sonnigen Himmel von Algier, Toulouse und natürlich Marseille. 1940 war aus dem kleinen Schafhirten, der zwanzig Jahre vorher am Quai de la Joliette gelandet war, einer der Bosse der Marseiller Unterwelt geworden. Und noch war er nicht auf dem Höhepunkt seiner Karriere. Carbone und Spirito, seine Beschützer, setzten auf die Deutschen. Das war ein Fehler. Antoine dagegen schlug sich auf die Seite der Alliierten. Bei der Befreiung trugen die Brüder Guérini den nicht zu unterschätzenden Heiligenschein von Patrioten. Und das erlaubte ihnen, zu Schleuderpreisen die Etablissements zu erwerben, die durch die Flucht ihrer Beschützer – und Kollaborateure – keinen Besitzer mehr hatten.

Vorher waren sie reich gewesen. Jetzt waren sie auch noch mächtig. Sie organisierten sich. Antoine wurde der Direktor des Guérini-Unternehmens. Mémé wurde sein Presseattaché. Politiker, Rechtsanwälte, hohe Beamte, Könige der Unterwelt trafen sich in ihren Luxusvillen und ihren Cabarets... Die Guérinis waren gastfreundliche Leute, und da zu der Zeit Lebensmittel noch immer rationiert waren, verteilten sie unter ihre Freunde großzügig, was der Schwarzmarkt ihnen bot. Inzwischen wurde es Zeit, sich in den Schmuggel amerikanischer Zigaretten einzuschalten. Und auch in die Politik. Die Anhänger des Bürgermeisters und Abgeordneten Cristofol wurden von ihnen mit Fäusten und Revolverschüssen bekämpft. 1947 wurde ein militanter Kommunist erschossen, ein anderer schwer verletzt. Die Zeugen klagten an... Mémé wurde festgenommen. Antoine erreichte es, daß er sofort wieder freigelassen wurde. Die Polizei war machtlos. Als gegen Antoine einmal ein Ermittlungsverfahren lief, setzte sich ein Abgeordneter des Departements Bouches-du-Rhône beim Innenminister dafür ein, daß das Verfahren sofort eingestellt wurde.

Das Imperium der Guérinis hatte Carbones und Spiritos Herrschaft abgelöst. In den fünfziger Jahren erstreckte es sich bis nach Paris, wo Antoine an verschiedenen Cabarets beteiligt war: dem Tabarin, dem Perroquet, dem Paris-Montmartre. Damals fing auch der Drogenhandel an. Antoine konnte sich dieses Geschäft natürlich nicht entgehen lassen... Die Sûreté ließ ihn nicht aus den Augen. Man beobachtete, wer mit ihm verkehrte: die Fürsten der Unterwelt, aber auch Leute, die über jeden Verdacht erhaben waren...

Rizzato spielte als ihr Partner nur eine untergeordnete Rolle. Er arbeitete auf eigene Rechnung und behielt seine Bar in der Rue Longue nur als Deckmantel. Von Zeit zu Zeit tat er den Guérinis einen kleinen Gefallen und erhielt als Gegenleistung ein wenig Freundschaft, ein wenig Zuneigung. Dann hatte er jedoch den zumindest vorübergehenden Wunsch verspürt, an der Côte ein wenig in Ruhestand zu gehen. Théodose suchte für das Murène Personal. Und Albert Rizzato hatte ganz und gar das Auftreten eines Oberkellners.

»Na schön«, meinte Guérini, »wenn du zufrieden bist, ist das ja die Hauptsache. Ich würde mich langweilen ...«

»Komm doch mit Mémé in der nächsten Zeit einmal vorbei«, sagte Rizzato. »Ich würde mich sehr darüber freuen. Ruf vorher an, denn die Zimmer sind immer im voraus bestellt.«

»Ich komme bestimmt«, erwiderte Guérini. »Ein paar Tage Urlaub an der Côte tun mir bestimmt gut. Ich besuche bei der Gelegenheit die alten Freunde.«

Ich lehnte immer noch am Fenster und wäre fast dabei eingeschlafen. Die Augen brannten mir. Sicher kam das von dem scharfen Lösungsmittel. Ich hatte Durst. Ob mich die Sardellen, die wir zum Abendbrot hatten, die ganze Nacht lang quälen würden? Wieder trank ich ein paar Schluck lauwarmen Wassers vom Hahn. Ich ging ins Schlafzimmer zurück und betrachtete ein wenig entmutigt die dunklen Umrisse der Möbel, die wir am nächsten Tag alle ins andere Zimmer hinüberschleppen mußten, um hier mit dem Tapetenablösen weiterzumachen.

Marlyse drehte sich unruhig im Bett herum. Vielleicht hatte auch sie im Schlafe Durst. Mit kaum hörbarer Stimme murmelte sie:

»Komm schlafen ... Was hast du, bist du krank?«

»Schläfst du nicht?«

»Die Wasserrohre haben mich geweckt ...«

Sie sagte das sehr sanft, es war kein Vorwurf. Das Geräusch der Wasserrohre war der Fluch unserer Wohnung. Kaum öffnete man einen Hahn, waren in den Rohren sämtliche Teufel der Hölle los. Das rauschte, gurgelte, gluckerte. Oben im Dachgeschoß in den alten Häusern schienen die Rohrleitungen ein geheimnisvolles Eigenleben zu führen.

»Entschuldige. Ich hatte Durst.«

»Oh ja, gib mir auch ein Glas Wasser.«

»Es ist nicht sehr kühl.«

»Das macht nichts.«

Ich brachte ihr ein Glas Wasser. Ich wollte ihr zu trinken geben wie einem Baby. Ich fühlte mich nur noch gerührt und zärtlich. Ich ging wieder ins Bett zurück, und wir schliefen eng aneinandergeschmiegt ein. Es gibt solche Nächte, in denen das Glück ganz einfach ist.

»Also nicht nur«, sagte Laszlo Frokian, und seine Stimme zitterte vor unterdrückter Wut, »daß du dich in ein wanderndes Schmuckschaufenster verwandelst, nein, du treibst dich auch noch die ganze Nacht lang rum ... Wahrscheinlich um deine Klunkern zu zeigen?«

»Bitte sei ruhig ... Oder zumindest mäßige deinen Ton mir gegenüber.«

Sarah tauchte den Kopf in die Badewanne und massierte dann ihr Shampoon in die nassen Haare. Ihr Kopf verschwand unter dem Schaum. Sarah hatte ein Mittel gefunden, um das Gespräch zu unterbrechen, das gelinde ausgedrückt unangenehm zu werden versprach. Aber Laszlo Frokian gab sich nicht geschlagen. Er zog sich einen Stuhl heran, auf den Sarah ihr zerdrücktes Kleid, ihren Slip und ihren BH geworfen hatte. Er setzte sich rittlings auf den Stuhl und, die beiden Arme auf die Lehne gestützt, wartete er, daß die Shampoonzeremonie beendet sei. Er betrachtete voller Abscheu die Champagnerflasche in dem Eiskübel, der mitten auf dem Tisch stand, umgeben von Parfum und Eau-de-Toilette-Flakons.

Sarah duschte mit geschlossenen Augen ihr Gesicht mit kaltem Wasser ab. Auch wenn sie sehr spät nach Hause kam, ließ sie nie von dieser Gewohnheit. Bevor sie zu Bett ging, um bis zum Nachmittag zu schlafen, mußte sie sauber gewaschen sein, von Kopf bis Fuß, ihre Haare mußten trocken und gebürstet, ihr Gesicht mit kaltem Wasser gefestigt und mit feuchtigkeitsspendender Lotion genährt, ihr Körper gepflegt und duftend sein. Und sie widmete sich dieser Zeremonie, als wäre sie allein, sie achtete überhaupt nicht auf Laszlo, der eine allzu offensichtliche Faszination nicht zu unterdrücken vermochte. In solchen Augenblicken interessierten ihn die Frauen, als überraschte er sie in ihren intimsten Geheimnissen. Ebenso hatte er mit leidenschaftlicher Aufmerksamkeit die von Jahr zu Jahr wachsende Koketterie bei seiner Tochter Annie beobachtet.

»Es wird dir nicht erspart bleiben, mir zuzuhören«, sagte er mit betont lauter Stimme, um den Charme zu brechen.

»Gib mir ein bißchen Champagner. Willst du nichts trinken?«

Grimmig füllte er ein Glas bis zum Rand und reichte es ihr mit unsanfter Gebärde; sie nahm es mit nasser Hand:

»Da, trink.«

Etwas Champagner schwappte über das allzu volle Glas.

»Ein Sektbad ...«

Sie beantwortete Laszlos verärgerte Geste mit einem honigsüßen Lächeln.

»So oder so«, sagte er. »Du wirst mir jetzt endlich zuhören.«

»Also gut«, erwiderte sie mit resignierter, kaum hörbarer Stimme.

Sie schloß die Augen.

»Mit deinem Schmuck kannst du machen, was du willst. Er gehört dir. Und daß du einen derart schlechten Geschmack beweist, alle Stücke gleichzeitig zu tragen, ist deine Sache. Aber das Collier, das du heute nacht getragen hast, gehört nicht dir. Darf ich dich daran erinnern, daß es zu einer Diamantensammlung gehört, die ich im Tresor des Miramars eingeschlossen hatte, weil ich diese Reise dazu benutzen wollte, sie nach Italien zu verkaufen? Du weißt, daß die einzige Versicherungsgesellschaft, die überhaupt bereit war, den Schmuck zu versichern, dafür sechs Promille des Wertes verlangte, was geradezu eine Zumutung ist. Und wenn ich dir schon gestatte, an den Tresor zu gehen, so ganz bestimmt nicht, damit du für zehn Millionen unversicherten Schmuck herausnimmst und ihn dann vor aller Augen spazierenführst.«

»Ist deine Rede bald beendet?« fragte Sarah und gähnte.

»Nein.«

Laszlo schob den Stuhl zurück. Er setzte sich jetzt auf den Badewannenrand. Sarah leerte ihr Glas und sah ihn spöttisch an.

»Meine Kollektion darf nicht den Tresor verlassen«, sagte Laszlo und betonte dabei jede Silbe. »Ich brauche dir wohl nicht erst zu sagen, daß die Côte das Eldorado aller Gauner und Verbrecher ist. Ich nehme an, du hast von dem Schmuck der Begum gehört?«

»Schön, Laszlo, leg deine Diamanten wieder in den Tresor zurück und laß mich jetzt schlafen. Ich verspreche dir, ich rühre sie nicht mehr an.«

Sie stieg aus ihrem Bad und warf sich einen hellblauen Morgenmantel über. Laszlo bewunderte ihren sonnengebräunten Körper, den er nicht mehr begehrte und der an einigen Stellen durch den Bikinirand rührend weiß geblieben war.

»Für deine vierzig Jahre siehst du erstaunlich gut aus«, sagte er. »Du bereitest dich auf den Schlaf wie auf eine Liebesnacht vor.«

»Na endlich, ein Kompliment«, sagte sie. »Du fragst mich ja gar nicht, was ich diese Nacht getrieben habe? Sonst warst du doch immer ganz scharf auf solche Berichte.«

Das Summen des Föns übertönte Laszlos Antwort. Sarah richtete mit langsamer, sinnlicher Bewegung den warmen Luftstrom auf ihr Haar. Nach und nach gewann es unter der Bürste wieder an Fülle. Ihr helles Blond gab dem Gesicht den Ausdruck eines frühreifen Kindes zurück, den die nächtliche Erschöpfung vorübergehend ausgelöscht hatte. Als der Fön verstummte, wiederholte Laszlo mit geheuchelter Kälte:

»Das interessiert mich schon lange nicht mehr.«

»Das ist ein Fehler«, erwiderte Sarah und lachte leise.

»Vielleicht.«

»Stell dir vor, Kravetz hat . . .«

»Ich sagte dir bereits, daß mich das nicht interessiert. Was mich ärgert, ist, daß du soviel trinkst. Du wirst dadurch noch zu einer lächerlichen Figur werden. Dieses Mittagessen bei den Dubois-Dubreuilhs . . .«

»Ich war nicht die einzige, die ein paar Dummheiten von sich gegeben hat.«

»Du merkst das ja nicht einmal mehr. Und ich bin sicher, heute morgen, als die Party bei Walter zu Ende ging, warst du auch nicht mehr sehr frisch . . .«

Er folgte Sarah in ihr Schlafzimmer. Sie legte sich ins Bett und lehnte den Kopf gegen die Kissen.

»Laszlo, ich habe den Champagner im Badezimmer gelassen.«

Er ging, holte den Kübel, füllte ihr Glas und reichte es ihr: »Na schön, wenn du dich unbedingt selbst zerstören willst . . .«

Sie trank langsam und stellte den Kelch mit abrupter Geste auf dem Nachttisch ab. Das Kristall klirrte gegen den Marmor.

»Ich bin nicht mehr zerstört als du«, sagte sie. »Aber wenn du dich schon unterhalten willst, gut, dann unterhalten wir uns.«

Laszlo Frokian betrachtete seine Frau besorgt. Er wußte, daß die Trunkenheit der Nacht jetzt verstärkt bei ihr fortdauerte. Das und der Mangel an Schlaf konnten sie gefährlich werden lassen. Er kannte allzugut jene Szenen, in denen die gescheiterte Schauspielerin sich in hysterischen Deklamationen erging; sie lauschte sich selbst, wie sie ihre Wut spielte, und ließ sich von ihrem Spiel gefangennehmen. Und da er einen Horror vor Skandalen hatte, zog er sich jetzt klugerweise zurück.

»Wir können ja später über all das reden«, sagte er sanft. »Ich lasse dich jetzt schlafen.«

Er ging auf seine Schlafzimmertür zu, aber Sarahs metallische, unpersönliche Stimme hielt ihn zurück:

»Nein, bleib hier, Laszlo. Ich habe dir auch Verschiedenes zu sagen.«

»Oh, Gott, was habe ich denn bloß getan?« dachte Laszlo, der zusehends, von der Flut der Worte überwältigt, seine feste Haltung verlor. Sarah hatte auch den letzten Tropfen Champagner ausgetrunken, und nichts konnte sie mehr zum Schweigen bringen. Sie hatte bereits ihre glückliche Kindheit als einzige, von ihren Eltern verwöhnte Tochter beschworen. Ihm das Bild eines jungen Mädchens vor Augen geführt, das von lauter intelligenten, gutaussehenden, reichen und zuvorkommenden jungen Männern umschwärmt wurde, den Irrtum ihrer Heirat mit Laszlo, ihr trauriges Leben als vernachlässigte Frau ... Er kannte die Musik bereits. Wenn man gerade hoffte, daß diese anklagende Retrospektive beendet sei, begann sie von neuem, in der Vergangenheit zu wühlen:

»Ich hätte eine große Schauspielerin werden können, du bist daran schuld, daß ich meine Karriere aufgegeben habe. Papa hat mich verstanden, er hat mir ein Theater gekauft. Es ist schließlich nicht meine Schuld, wenn der Krieg dazwischenkam.«

»Du weißt genau, daß nicht erst der Krieg daran schuld war, daß du vor leeren Bänken spieltest«, wagte Laszlo einzuwerfen.

»Was verstehst denn du davon? Du hast nie etwas von Kunst verstanden. Du nutzt nicht einmal jetzt deine Beziehungen, um Annie in ihrer Filmkarriere etwas zu helfen ...«

»Erlaube mal ... Immerhin hat sie mir die paar Rollen zu verdanken, die sie bisher bekommen hat.«

»Dir zu verdanken, dir zu verdanken ... Das hört sich ja fast so an, als könnten wir ohne dich nicht leben. Deine Beziehungen und sogar deine Kunden bringe ich dir ins Haus. Ohne mich würdest du überhaupt nicht ausgehen, du würdest keinen Menschen sehen und taugtest gerade noch dazu, in deinem Laden zu stehen ... Deine gesellschaftliche Stellung, mein Lieber, die hast du mir zu verdanken ...«

»Schön, wenn es dir Spaß macht ...«

»Übrigens, in Anbetracht der Art, wie du Kravetz heute behandelt hast, habe ich beschlossen, das Stück ohne dich herauszubringen. Ich habe schließlich auch Geld.«

»Hast du dir das alles heute nacht ausgedacht?« fragte Laszlo mit kühler Ironie.

»Was geht dich das an?«

»Zugegeben, nichts. Ich habe dir lediglich bereits gesagt, daß ich finde, daß du zuviel trinkst.«

»Wenn ich trinke, so nur aus Langeweile. Ich habe genug von diesem Greisenleben, in diesen Luxushotels ... Du bist um zwanzig Jahre zurück, mein armer Laszlo. Patrick und Annie haben dir das erst vor ein paar Tagen wieder gesagt. Sie amüsieren sich wenigstens in Juan! Sie sind jung, und sie leben!«

Sie hatte diese Worte wie einen Satz auf der Bühne herausgeschrien. Ganz offensichtlich war sie nicht mehr müde. Ihre dunklen Augen mit den vor Erschöpfung und vom allzu vielen Alkohol vergrößerten Pupillen kündeten ihm eine der schönsten Szenen ihres Repertoires an. Laszlo Frokian versank in einem Abgrund von Entmutigung und Gleichgültigkeit.

»Wir könnten ja ein paar Tage mit ihnen zusammen verbringen«, sagte er resigniert. »Wenn dir soviel daran liegt...«

Überrascht verzichtete sie auf die Fortsetzung ihres Monologs. Die Gedanken überstürzten sich in ihrem Kopf. Offenbar suchte sie nach den Gründen für diesen unerwarteten Vorschlag.

»Ich weiß natürlich, daß du allein hinfahren könntest«, fuhr Laszlo fort. »Aber was würden die Leute dazu sagen? Ich hier und du dort... Es ist sehr viel besser, wenn wir weiterhin den Schein wahren... In den Augen der anderen bilden wir ein Paar, das eine zwar freizügige, aber dennoch gute Ehe führt...«

»Aber Laszlo«, bemerkte Sarah mit einem engelsgleichen Lächeln, »ich brauche nicht die Meinung der anderen, um selbstverständlich lieber mit dir zusammen zu sein. Ich rufe gleich Patrick an, damit er uns zwei Zimmer im Murène reserviert, sobald wie möglich... Du weißt doch, daß es immer ausgebucht ist.«

»Um diese Zeit schläft er bestimmt«, sagte Laszlo. »Ich werde gegen Mittag mit ihm sprechen... Schlaf dich bis dahin erst einmal aus.«

Die Bitterkeit seiner Niederlage zog ihm jetzt den Magen zusammen. Es war nicht das erste Mal, daß Sarahs Szenen, die mit seinem eigenen feigen Rückzug endeten, ihm fast physische Übelkeit bereiteten.

»Wenn du den Schmuck nicht mehr benötigst«, bemerkte er mit einem letzten Anflug von Ironie, »werde ich ihn in den Tresor einschließen. Es ist wohl unnötig, das Zimmermädchen in Versuchung zu führen.«

Sarah gab keine Antwort. Befriedigt über ihren Sieg war sie eingeschlafen.

»Sarah Gronstein hat ihr kindliches Gesicht wiedergefunden«, murmelte Laszlo und beschimpfte sich gleichzeitig als alten, sentimentalen Narren.

Er schloß geräuschlos die Tür. In seinem Zimmer breitete er den Schmuck auf dem Bett aus, setzte sich daneben und betrachtete ihn liebevoll und ausgiebig.

Sarah stand auf, lauschte an der Tür und schob leise den Riegel vor. Dann öffnete sie die Tür zum Wandschrank.

»Du kannst herauskommen«, sagte sie flüsternd. »Er ist jetzt fort.«

Mit klopfendem Herzen tauchte Roberto Grimaldi aus den Falten der Kleider auf.

»Ich hatte keine Ahnung, daß er so bald aufwachen würde«, sagte sie. »Du mußt ja darin erstickt sein.«

»Sie wollen also schon abreisen«, sagte Roberto. »Dabei kennen wir uns noch gar nicht richtig.«

»Nur für ein paar Tage ... Du wirst deswegen doch nicht gleich weinen.«

Mit erfahrener Hand strich sie über das Haar des großen, ungeschickten, schüchternen Jungen.

»Komm«, murmelte sie.

Sie zog ihn auf dem Bett mit hastigen Bewegungen aus.

»Ich habe alles mitgehört«, flüsterte er. »Er macht Sie unglücklich ...«

Sie preßte ihre Lippen auf die seinen, um ihn zum Schweigen zu bringen. In ihrer Ungeduld half sie seiner Schüchternheit nach. Sein verkrampfter Körper zitterte vor Verlangen. Sie brauchte ihn, jetzt, sofort.

4

Der gutaussehende Athlet sagte sich befriedigt, daß die Damen schon morgen früh wieder sein griechisches Profil bewundern und seine ungewöhnliche Männlichkeit – die ihn übrigens im Augenblick ziemlich quälte – genießen konnten. Mit geschlossenen Augen wartete er auf seine Stunde; und um sich die Zeit zu verkürzen, erinnerte Sergio Piana sich an die schönsten Mädchen seiner Sammlung. Es waren sehr angenehme Visionen im Dunkel seiner Zelle. Szenen, die er unter dem unglaublich blauen Himmel, am Strand unter glühender Sonne erlebt hatte.

»Erlauben Sie, Madame?«

Und der Playboy der Côte zog sein goldenes Feuerzeug ... Er überschlug das Vermögen seines bereits willigen Opfers. Und während er mit Kennermiene ihre Brüste betrachtete, schätzte er, nach dem Ring und der Kette, die sie trug, den Wert der Schmuckstücke, die sie in ihrer Villa oder ihrem Hotel zurückgelassen hatte. Doch in dieser Nacht, während er in dem monegassischen Gefängnis auf die Stunde X des Ausbruchs wartete, zog Sergio Piana es vor, sich an die prallen Popos und Brüste zu erinnern, die er seit geraumer Zeit mehr vermißte als die Juwelen. Übrigens wäre das Geld das geringste Problem, sobald er hier erst einmal heraus war. Für den Start in seinem neuen Leben fand er sicher bald eine günstige Gelegenheit.

Gereizt durch die herausfordernden Phantasiebilder von langen blonden Haaren und sonnengebräunten Körpern beschloß er, daß der Augenblick zum Handeln gekommen war. Er begann, in seiner Zelle auf- und abzulaufen und leise zu stöhnen. Er hielt inne und lauschte: ringsum Schweigen. Er fing wieder zu stöhnen an, diesmal etwas vernehmbarer. Jetzt hörte er, wie am Ende des Korridors Schritte laut wurden. Er stöhnte wieder lauter und lauter, und diesmal unterbrach er sich nicht mehr. Mit dem Instinkt eines Raubtiers spürte er, daß der Aufseher, Mariotti, den Flur entlangkam. Das Guckloch öffnete sich. Sergio Piana hielt seinen Kopf mit beiden Händen umklammert. Er lief nervös in seiner Zelle auf und ab, ohne in seinen Schmerzenslauten innezuhalten.

»Was ist denn los?« erkundigte sich der Aufseher Mariotti, ein gutmütiger Mann, bereits voller Mitleid.

»Meine Zähne... Ich habe so Zahnschmerzen... Es ist gräßlich...«

Er stöhnte immer lauter.

»Das kenne ich«, erwiderte Mariotti. »Das geht wieder vorbei. Morgen sehen wir dann.«

Nach einer Sekunde des Zögerns schloß er wieder das Guckloch.

»Es tut so weh, es tut so weh!« schrie Sergio Piana.

Das Guckloch öffnete sich wieder.

»Hör erst mal auf zu schreien«, befahl Mariotti. »Vor morgen früh können wir gar nichts tun.«

Die Stimme des Aufsehers klang jedoch weniger entschlossen. Piana spürte, daß er fast gewonnen hatte. Er nützte seinen Vorteil aus. Sein Stöhnen war jetzt einfach unerträglich anzuhören. Er stieß mit Mühe und Tränen in der Stimme seine Worte hervor:

»Sie können mich doch nicht hier hilflos in der Zelle lassen... Das können Sie nicht tun! Sie sehen doch, in welchem Zustand ich bin!«

Das war nicht übertrieben, Piana war ein Bild des Jammers. Sein Mund war schmerzverzogen, der Schweiß rann ihm über das Gesicht, seine Haare fielen ihm unordentlich in die Stirn. Der brave Aufseher mußte einfach gerührt sein.

»So tun Sie doch etwas«, rief Piana und stieß einen lauten Schmerzensschrei aus. »Ich flehe Sie an!«

»Ich will sehen, ob ich ein Aspirin für dich finde«, erwiderte Mariotti. »Aber hör auf, so zu schreien, du wirst noch die ganzen Zellengenossen aufwecken.«

Piana schwieg mit offenbar heldenhafter Anstrengung.

Kaum war der Aufseher davongegangen, und schon fand der Playboy der Côte blitzartig sein normales Gesicht und seine raschen Bewegungen zurück. Er holte den flexiblen Ring sowie die Schnur, deren Ende einen losen Knoten hatte, aus dem Versteck, wo beides bereits seit einigen Tagen bereitlag. Durch das Guckfenster, das der Aufseher natürlich offengelassen hatte, ließ er seine improvisierte Angel herunter. Die Schlinge der Schnur glitt über den Riegel, der die Zellentür verschloß. Piana brauchte nur noch zu ziehen. Er war frei.

Giuseppe Bruti, genannt die Bulldogge, hatte in der Zelle nebenan Pianas Komödie genau verfolgt. Er war bereit. Alle Muskeln gespannt, stand Giuseppe bereits auf dem Sprung und wartete, daß es losging. Seine kleinen Augen glänzten unter der niedrigen Stirn, die keine allzu hohe Intelligenz verriet.

Piana brauchte fünf Sekunden, um die Tür der Bulldogge zu öffnen.

Mit raschen Schritten, wie ein Raubtier, stand er kurz darauf in dem Büro, das der barmherzige Mariotti verlassen hatte, um sich auf die Suche nach einem Aspirin zu machen. Er wußte, daß in der Schreibtischschublade ein Revolver lag. Er nahm ihn an sich. Im Vorübergehen schnappte er sich den Schlüssel zu der großen Gefängnistür, der an einem Nagel hing. Knapp zehn Meter trennten ihn noch von diesem schweren, massiven Tor, das er aus dem Kopf zeichnen könnte, so oft hatte er es bereits sehnsüchtig angestarrt. Er schloß es hinter sich und verriegelte es von außen.

Piana und die Bulldogge liefen eine schmale Gasse entlang, die an einer Treppe endete, die zum Condamine-Hafen hinunterführte. Zweihundert Meter in beängstigendem Schweigen. Monaco schlief, im Hafen schaukelten die Jachten der Milliardäre leise vor sich hin. Piana ging ans Ufer und ließ sich ins Wasser fallen. Er schwamm mit kräftigen Bewegungen am Kai entlang bis zu einem Rettungsboot, das mit einer Kette an einem Chriscraft befestigt war. Er schwang sich in die winzige Barke. Dann holte er die Bulldogge vom Ufer ab. Unter Giuseppes beträchtlichem Gewicht drohte das Boot umzukippen...

Die Hafenscheinwerfer erleuchteten einen Augenblick den Himmel. Etwa einen Kilometer entfernt lag Frankreich. Und auf der anderen Seite, etwas weiter entfernt, Ventimiglia, Italien, ihr Vaterland.

Piana ruderte mit kräftigen, doch geräuschlosen Bewegungen. Sie glitten am Bootssteg entlang, umfuhren sein äußerstes Ende, ruderten unter dem Fürstenpalast, der auf einem Granitfelsen gebaut ist, entlang und verschwanden in der Nacht...

Der arme Aufseher Mariotti hatte nichts zu lachen. Der Zorn des Gefängnisdirektors entlud sich über ihm. Den Playboy der Côte hatte er einfach hinausspazieren lassen, nachdem man soviel Mühe gehabt hatte, ihn hinter Gitter zu bringen. Die Polizeihunde, die das Sonderdezernat der Polizei von Menton in aller Eile hergebracht hatte, blieben unschlüssig am Fuß der Treppe stehen, die von der schmalen Gasse hinunter zum Condamine-Hafen führte. Dort, knapp zweihundert Meter von der Strafanstalt von Monaco entfernt, verlor sich die Spur von Sergio Piana und Giuseppe Bruti. Wahrscheinlich hatten sie sich in Sporthose und Strandhemd unter die Menge der Urlauber gemischt.

Fieberhaft machte man sich auf die Suche, aber die Nachforschungen verliefen überall im Sande. Die Polizeikommissariate des Fürstentums, die in ständiger Verbindung mit denen des Departements Alpes-Maritimes standen, waren zum sofortigen Einsatz bereit. Sie hofften immer noch, eine Spur der Flüchtigen zu finden, da die beiden ja gezwungen waren, zu stehlen um zu überleben. Um Bruti kümmerte man sich weniger. Er war ein unbedeutender, kleiner Gauner, ein ehemaliger Seemann, der Drogen geschmuggelt hatte, doch in bescheidenem Umfang. Aber Piana!

Sergio Piana, ein Name, den jeder Polizeibeamter kannte...

Am 21. Januar hatte das Landgericht der Alpes-Maritimes den berühmten Playboy zu zehn Jahren Gefängnis und fünf Jahren Aufenthaltsverbot verurteilt. Diese Strafe zog einen Schlußstrich unter eine Serie von Einbrüchen, die Sergio an der Côte d'Azur und der Côte d'Argent begangen hatte. Angesichts einer Beute von fünfzig Millionen Francs in Schmuck war das Urteil auch nur gerecht.

Seine berühmtesten »Brüche«: Diamanten im Wert von zwölf Millionen in einem Luxushotel in Biarritz, Schmuck im Wert von zwanzig Millionen in Cap d'Antibes sowie kleinere Summen hier und da.

Nach seiner Verurteilung war Sergio Piana an die monegassischen Justizbehörden ausgeliefert worden, um sich vor ihnen wegen eines nächtlichen Einbruchs zu verantworten, der ihn in die Villa der Gattin eines Bankiers in Monte Carlo geführt hatte. Sie hatte ihm am Strand zugelächelt. Noch am gleichen Abend kletterte er über ihren Balkon und stahl ihr Schmuck im Wert von zwei Millionen Francs, die sie unter ihrem Kopfkissen versteckt hatte.

Als man nach einer abenteuerlichen Verfolgungsjagd den Playboy der Côte endlich geschnappt hatte, vertraute er dem Untersuchungsrichter seine erstaunlich bürgerlichen Pläne an: Er hatte den Ehrgeiz, so lange in seiner Karriere fortzufahren, bis er Schmuck im Wert von hundert Millionen zusammen hatte, nicht mehr und nicht weniger. Das war genau das, was er brauchen würde, um ein sorgenfreies und friedliches Leben zu führen, gemeinsam mit dem jungen Mädchen, das er zu heiraten gedachte. Welch eine Enttäuschung...

Während der polizeilichen Untersuchung half er selbst in Gegenwart der Opfer mit, die gestohlenen Schmuckstücke, die er aus der Fassung gelöst hatte, wieder zusammenzufügen.

Das war der Mann, nach dem die gesamte Polizei im Mittelmeerraum jetzt nach seinem Ausbruch aus dem Gefängnis von Monaco fieberhaft suchte. Als ob die Polizeibeamten noch nicht genug zu tun hätten mit der ganzen Gangsterlawine, die sich im Monat August auf die Côte d'Azur zuwälzte, mit den sich häufenden Diebstählen, den Untersuchungen, die im Sand verliefen, der Presse, die sich mal ironisch, mal entrüstet gebärdete... Und jetzt hatten sie auch noch Sergio Piana auf dem Hals!

Die Villa César ist ein bezauberndes, von Mimosen und Eukalyptus umgebenes rosa Haus. Der Garten, eine üppige Wildnis von Pflanzen und Blumen, die im Klima von Juan-les-Pins besonders gut gedeihen, war von Claude Barouleau, genannt Théodose, mit bequemen Bänken und Stühlen ausgestattet worden, die zum geruhsamen Verweilen einluden. Schon hier erriet man, daß ein Mann mit Geschmack, ein Künstler, am Werk gewesen war, der dieses einfache Heim geschaffen hatte.

Das Haus war nicht groß. Es reichte für Théodose und seinen Freund, Fabrice Janin. Sie lebten hier in liebevoller Eintracht, fünfzig Meter vom Hotel la Murène entfernt, das Théodose gehörte. Auf diese Weise konnte er sich, ohne viel Zeit zu verlieren, um die Geschäfte kümmern, obwohl die Geschäftsführerin, Magda Ruggieri, eine zuverlässige Hilfe für ihn war. Das war auch nötig, denn die meiste Zeit verbrachte er in seinem

Antiquitätengeschäft in Cap d'Antibes und damit, die Villen berühmter Persönlichkeiten einzurichten, die sich um sein Talent rissen.

Die Sonne brannte auf das Haus mit den geschlossenen Fensterläden nieder: Es war die geheiligte Stunde der Siesta. Théodose schlief nicht. Er betrachtete Fabrice, der entspannt neben ihm ruhte, befriedigt von ihren Liebesspielen. Er wurde es nicht müde, fast ehrfürchtig das schöne Gesicht des jungen Mannes zu betrachten, das eine kindliche Unschuld ausstrahlte. Fabrice war schon siebenundzwanzig Jahre alt, doch er gehörte zu jenen Männern, wie Cocteau zum Beispiel, die niemals zu altern scheinen. Es stimmt, dachte Théodose mit einer Spur Eifersucht, er gefällt Cocteau sehr ... Théodose beeindruckte die Vornehmheit dieses Diplomatensohnes, der mit seinem Stendhal entliehenen Vornamen durch seine Erziehung, seine natürliche Eleganz ganz andere Kreise kennengelernt hatte als die, in denen der ehemalige Tänzer von Chochotte jahrelang verkehrt hatte. Eine etwas zwielichtige Welt, in der Transvestiten und männliche Prostituierte heimisch waren, von der Théodose sexuell abhängig war, die ihn aber gleichzeitig abstieß und schreckte. Mit Fabrice war das etwas ganz und gar anderes ...

Mit seinen fünfundvierzig Jahren verspürte Théodose das Bedürfnis, eine dauerhafte Verbindung einzugehen, seßhaft zu werden. Und wenn er den vollkommenen Körper seines Liebhabers betrachtete, muskulös, einen Meter achtzig groß, der nackt auf dem hellblauen Laken ruhte, wenn er an die Augen eines Engels dachte, die sein Gefährte bald zu ihm aufschlagen würde, fühlte er sich ganz gerührt. Bei ihm würde Fabrice nie etwas entbehren. Der junge Mann hatte nicht viel von seiner Familie zu erwarten, die von seinem lockeren Leben und seinem Umgang nicht besonders erbaut war, aber was machte das schon, solange Théodose da war, zugleich leidenschaftlicher Liebhaber und großzügiger Vater?

Fabrice wachte lächelnd auf, wie immer. Ein leises, wie vom Traum verzaubertes Lächeln, das nach und nach erlosch, um einer leichten Unruhe Platz zu machen: die Furcht vor der Außenwelt ...

»Ich habe Kopfschmerzen«, sagte er. »Ich habe zu lange geschlafen. Wie spät ist es?«

»Noch nicht einmal vier Uhr«, erwiderte Théodose und rollte dabei das »r« wie jeder Burgunder, der etwas auf sich hält.

»Dann habe ich nicht genug geschlafen.«

»Ruh dich aus. Ich will kurz im Geschäft nach dem Rechten sehen.«

»Bleib doch noch fünf Minuten.«

Fabrice ergriff sanft die Hand von Théodose und hielt sie in der seinen.

»Dein neuer Barkeeper gefällt mir nicht«, sagte er. »Er hat nicht genügend Stil. Wie hieß er noch?«

»Brocas. Jacques Brocas. Er stammt aus den Savoyen. Er ist verheiratet und hat ein Kind von dreizehn Jahren. Er wohnt in einem möblierten Appartement in der Stadt.«

»Für ein Hotel wie das Murène ist er ein bißchen zu bäuerlich.«

»Du weißt, wir sind im Augenblick überbelegt. Mag hat ihn engagiert. Sie nahm, wen sie bekommen konnte. Jetzt während der Saison ist das nicht so leicht.«

»Er ist doch nicht etwa auch noch vorbestraft?«

»Du übertreibst ... Jedenfalls führt unser Personal einen einwandfreien Lebenswandel ...«

»Hast du heute mittag den Tisch hinten im Garten gesehen? Alles Profis. Die Könige der Unterwelt aus Marseille. Ich fand das sehr pittoresk.«

»Genau das macht den Charme des Murène aus. Clark Gable, der neben Antoine Guérini an der Bar steht. Berühmtheiten unter sich. Die Gangster und die Stars ziehen sich gegenseitig an. Sie sind ungeheuer neugierig, sich kennenzulernen, und fühlen sich geschmeichelt, wenn man sie zusammen sieht. Sie sind ausgesprochen liebenswürdig zueinander. Denk doch mal an Amerika, die Mafia, die Film- und Schlagerwelt sind dort eng miteinander verbunden. Was allen gemeinsam ist, ist schlicht und ergreifend das Geld, das sie haben.«

Fabrice gähnte lange und reckte sich.

»Eins ist sicher«, sagte er. »Man langweilt sich hier viel weniger als im Carlton.«

Théodose zog eine blaue Hose an und ein rosa Hemd. Er bürstete sorgfältig sein Haar, das sich bereits zu lichten begann. Er war ausgesprochen guter Laune, und sein freundliches Gesicht strahlte vor Behagen. Die Siesta hatte ihm gutgetan. Übrigens lief im Augenblick alles bei ihm gut: die Arbeit, der Gewinn und die Liebe.

»Ich habe mir's überlegt, ich begleite dich doch«, sagte Fabrice.

Im Handumdrehen war er angezogen, ganz in Weiß, Hose und Leinenhemd. Sein blondes, lockiges Haar fiel ihm leicht in die

Stirn. Théodose ergriff ein Gefühl von Stolz und Liebe angesichts dieses Erzengels, der ihm gehörte.

Sie fuhren Richtung Antibes, in dem Cabriolet 203 von Théodose. In dem geräumigen Kofferraum, dessen Haube nicht ganz schloß, stand ein Louis-XVI-Frisiertischchen, das er erst am Morgen von einer verarmten Gräfin in Nizza gekauft hatte. Théodose hatte es teuer bezahlt. Sein Gewinn würde nicht allzu groß sein. Aber die alte Dame hatte ihm leid getan. Eine Mischung von Snobismus und Großzügigkeit trieb ihn ein übers andere Mal zu derartigen Gesten. Durch seinen Beruf als Antiquitätenhändler hatte er Zutritt zu vielen Häusern und ahnte das verborgene Elend hinter der Fassade. Es machte ihm Freude, der verarmten Aristokratie zu helfen. Gewiß, das gehörte mit zu seinem Geschäftsgebaren. Aber es steckte auch noch etwas anderes dahinter: er war von geradezu krankhafter Empfindsamkeit. Die Tränen saßen bei ihm locker, und er war großzügig.

Von seinem Antiquitätengeschäft an der Stadtmauer von Antibes hatte man einen herrlichen Blick auf den Jachthafen. Er hatte es vergrößert, indem er noch zwei benachbarte Garagen dazugekauft hatte, von denen die eine ihm als Ausstellungsraum für seine wertvollen Möbel diente, die andere als Lagerraum. In dem ursprünglichen Ladengeschäft verkaufte er mehr oder minder wertvolle Kleinigkeiten. Dinge, die man zum Vergnügen und ohne sich zu ruinieren, erwerben konnte. Diesem breitgefächerten Angebot entsprach natürlich auch eine unterschiedliche Kundschaft, und dadurch gab es in seinem Geschäft nie eine Flaute. Aber das bemerkenswerteste Ausstellungsstück in seinem Laden, der an Kuriositäten aller Art nicht gerade arm war, war ein ehrwürdiger Greis mit majestätischem Bart, den die gesamte High Society der Côte Karl den Großen nannte. Es war ein etwas pompöser Name für einen so mageren, gebückt gehenden Greis, der oft von einem Zittern heimgesucht wurde, das nur der Griff nach einem Silberflakon für kurze Zeit zu lindern vermochte, den er in einer Schublade des Louis-XV-Sekretärs verbarg, auf dem Kataloge und Rechnungen herumlagen.

Karl der Große, der früher Antiquitätenhändler in London gewesen war und den die Frauen, das Spiel und alle Laster gleichzeitig ruiniert hatten, wie er selbst scherzend eingestand, hatte den Status eines am Gewinn beteiligten Mitarbeiters. Théodose hatte ihn zu seinem Partner machen wollen, aber Karl der Große hatte abgewinkt.

»Ein bescheidenes Gehalt und von Zeit zu Zeit einen Extrabonus, dazu die Wohnung über dem Laden, das ist alles, was ich brauche. Ich würde sonst nur wieder anfangen, Dummheiten zu machen ...«

Selbst ein besessener Sammler und gefürchteter Experte, ein Ebenbild von Balzacs Vetter Pons, hatte Karl der Große seinem ausschweifenden Leben mittlerweise gänzlich entsagt. Niemand kannte sein Alter. Er behauptete, siebzig zu sein, aber mit einem so zweideutigen Lächeln, daß man annehmen mußte, er könnte auch sehr viel älter oder sehr viel jünger sein. Sommers wie winters trug er einen Tweedanzug, ein weißes Hemd, eine karierte Krawatte und dazu passende Socken. Diese Socken hatten die ärgerliche Angewohnheit, bis zu seinen mageren Knöcheln herunterzurutschen. Falls es einmal sehr kalt wurde, holte er aus einem Schrank eine schwarze, nach Mottenkugeln riechende Pelerine heraus sowie einen prächtigen langen Schal, der ihm das Aussehen eines Dichters vom Montmartre verlieh.

Fabrice und Théodose nahmen vorsichtig das Louis-XVI-Frisiertischchen aus dem Kofferraum des Cabrios. Karl der Große betrachtete es von allen Seiten, witterte wie ein Jagdhund mit blitzendem Auge und gesträubtem Bart. Er billigte den Kauf.

»Heute morgen«, sagte er, »hat man mir eine interessante Sammlung angeboten ... Ich habe sie gekauft.«

»Bestimmt ein guter Kauf«, sagte Théodose.

»Warten Sie wenigstens mit dem Lob, bis Sie sie gesehen haben.«

»Sie wissen selbst genau, daß Sie sich nie irren ... Also, um was handelt es sich?«

Karl der Große deutete auf etwa fünfzehn silberne Zigarettenetuis unterschiedlicher Form, Größe und Ziselierarbeit, die auf einem Tisch mit eingelegter Platte nebeneinanderlagen.

»Das Ganze für dreihunderttausend Francs«, sagte er. »Für massiv Silber ein Schleuderpreis.«

»Sie sind ziemlich schwer«, sagte Théodose, »wenn jemand sie dafür hergibt, müssen sie gestohlen sein.«

»Schon möglich«, erwiderte Karl der Große. »Im Augenblick ist an der Côte der Teufel los. Aber die Polizei hat sie nicht signalisiert ... Und die junge Frau hatte ein ehrliches Gesicht. Die Zigarettenetuis waren in einem kleinen Lederkoffer. Eine hübsche Frau. Eine sehr hübsche Frau. Sie hat mir ihren Personalausweis gezeigt, und ich habe mir ihre Personalien notiert.«

»Wir sollten sie einzeln verkaufen«, sagte Théodose. »Nicht unter vierzigtausend Francs das Stück. Sie sind wunderschön. 1850, nicht wahr?«

»So ungefähr.«

Fabrice hatte das am feinsten ziselierte Stück in die Hand genommen und öffnete und schloß es ein übers andere Mal.

»Behalt es«, sagte Théodose. »Es gehört dir. Du rauchst doch Zigarren, das trifft sich gut.«

»Oh, nur mal eine von Zeit zu Zeit«, erwiderte Fabrice und klimperte dankbar mit den Augendeckeln.

»Es sind übrigens genau sechzehn gewesen«, bemerkte Karl der Große. »Ich habe eines für mich behalten. Ich werde es bezahlen ...«

»Aber nein«, sagte Théodose. »Wir haben auch noch mit den fünfzehn genug. Wir machen auch so ein sehr gutes Geschäft.«

»Sie sind zu großzügig«, sagte Karl der Große. »Auf diese Weise habe ich mich ruiniert ...«

»Ja, aber ich spiele ja auch nicht. Und was die Frauen betrifft ...«

»Es müssen ja nicht unbedingt Frauen sein«, erwiderte Karl der Große und warf Fabrice einen nicht gerade liebevollen Blick zu.

Théodose erwiderte nichts. Karl der Große hatte Fabrice gegenüber stets eine Antipathie an den Tag gelegt, die Théodose der Eifersucht zuschrieb. Aber wie konnte nur ein Greis wie er auf den schönen, den unwiderstehlichen Fabrice Janin eifersüchtig sein? Vor allem, da Fabrice sich ganz und gar nicht für Antiquitäten interessierte. Théodose hatte nichts gegen diese Rivalitäten um seine Person, im Gegenteil. Sie bestätigten ihm seinen Erfolg seit seinen weit zurückliegenden Anfängen bei Chochotte und im Perroquet Rose.

»Was habe ich denn jetzt schon wieder getan? Du beschimpfst mich für nichts und wieder nichts.«

Jean-Jacques Ruggieri stand in der Empfangshalle des Murène; er hatte beschlossen, wenigstens einmal seiner Schwester die Stirn zu bieten. Er hatte die ewigen Gardinenpredigten Magdas satt, die ihn wie einen kleinen Jungen behandelte, mit der Begründung, sie sei schließlich fünfzehn Jahre älter als er, und außerdem habe sie ihn engagiert, dank ihrer Stellung als Geschäftsführerin.

»Was du getan hast? Das ist es ja gerade, nichts hast du getan, absolut gar nichts.«

Madame Mag nutzte die tote Zeit der Nachmittagsstunden, um ihren Bruder etwas aufzurütteln, den sie in der Tat für einen Nichtsnutz hielt. Wenn sie ihn im Murène eingestellt hatte, so nur aus reiner Verzweiflung, weil er sonst nirgends eine Stellung fand.

Einen Beruf hatte er nicht gelernt, und sein Aussehen war auch nicht gerade dazu angetan, jemanden von vornherein für ihn einzunehmen. Seine Augen unter der niedrigen Stirn und dem sorgfältig zurückgekämmten Haar verrieten keine große Intelligenz. Und sein olivfarbener Teint, der oft ins Gräuliche spielte...

»Was heißt das, ich tue nichts? Ich bin schon seit sechs Uhr auf den Beinen und arbeite ununterbrochen den ganzen Tag.«

»Du arbeitest ununterbrochen den ganzen Tag? Nicht einmal auf die Schlüssel kannst du aufpassen. Das ist jetzt schon das dritte Mal!«

»Deswegen brauchst du dich doch nicht gleich so aufzuregen.«

Madame Mag bezwang sich, ihm nicht eine runterzuhauen, wie früher, als er noch ein Kind war. Sie mochte es ganz und gar nicht, wenn die Gäste »vergaßen«, ihren Zimmerschlüssel bei der Abreise abzugeben, sei es aus Nachlässigkeit, sei es, um ein Erinnerungsstück aus dem berühmten Murène mitzunehmen. Zugegeben, der Schlüsselanhänger war sehr hübsch: ein versilberter Fisch, auf dem in römischen Ziffern die Zimmernummer eingraviert war. Mag hatte Théodose bereits des öfteren zu überreden versucht, daß er diese künstlerisch gestalteten Souvenirs durch riesige, schwere und unhandliche Ringe ersetzte, um die »Vergeßlichen« abzuschrecken, aber Théodose hatte sich geweigert. Dieser Silber-Fisch war sozusagen seine Visitenkarte.

»Wenn ein Gast bei dir die Rechnung zahlt«, fuhr Mag fort, »bittest du ihn gleichzeitig um den Schlüssel.«

»Und wenn der Typ schon runtergekommen ist, um zu zahlen, während sein Weib noch oben ist und sich gerade anzieht?«

»Dann fragst du sie nach dem Schlüssel, wenn sie herunterkommt... Wir haben alles in allem nur vierundzwanzig Zimmer, da bist du ja wohl nicht überfordert! Wir kennen jeden einzelnen Gast.«

Jean-Jacques zuckte mit den Schultern. Da ihm keine Antwort einfiel, setzte er jene geistesabwesende, heimtückische Miene auf, die ihm früher die Ohrfeigen des Herrn Ruggieri senior eingetragen hatte, den die Dümmlichkeit und Faulheit seines Sohnes manchmal zur Verzweiflung brachten. Ruggieri senior, der Monegasse von Geburt war und als Croupier im Casino arbeitete, verdiente nicht schlecht. Als Magda fünfzehn Jahre alt war, beschloß er, wie er sich ausdrückte, einen Sohn zu bestellen. Später bedauerte er zweifellos diese »Bestellung«, als sich Jean-Jacques' schwieriger Charakter herausstellte. Madame Ruggieri, eine kleine, bescheidene Frau, ertrug mit heldenhafter Geduld die furchtbaren Zornausbrüche ihres Sohnes, denen heftige Weinkrämpfe folgten und endlose Stunden völliger Benommenheit.

Als sie knapp zwanzig war, beschloß Magda, ihr möglichstes zu tun, um dieses Heim zu verlassen, in dem es nicht mehr zum Aushalten war. Und ihr möglichstes zu tun, bedeutete in diesem Fall, Angelo Patronimo zu ehelichen, einen italo-monegassischen Händler in Obst und Südfrüchten, einen dickbäuchigen, frühzeitig mit Kahlköpfigkeit geschlagenen vierzigjährigen Mann, der sehr eindeutige sexuelle Praktiken bevorzugte, an die Magda sich nie gewöhnen konnte, die aber immerhin zur Folge hatten, daß sie dem Herrn Patronimo keine Nachkommen schenkte, was die Scheidung sehr vereinfachte.

Magda verheiratete sich nicht wieder. Sie hatte mehrere Jobs und einige Liebhaber, bis zu dem Tag, an dem sie Théodose traf, der einen Geschäftsführer für das Murène suchte. An Angeboten für diese Stellung mangelte es nicht: Théodose hatte soviele Freunde ... Doch gerade denen gegenüber war er mißtrauisch. Er hatte nur allzusehr die Tendenz, Freunde und Geschäfte miteinander zu verquicken. Magda Ruggieris Äußeres flößte ihm sofort Zutrauen ein. In ihrer Häßlichkeit und mit ihrer Kälte würde sie der Pfeiler des Hotels sein, dieses Treffpunkts der vergnügungssüchtigen High Society, dessen Chaos sie in ganz bestimmten Grenzen halten würde. In jedem Vergnügungs-Etablissement bedarf es einer Madame Mag, um die Konten zu führen ...

Was übrigens schlimmer war als ihre Häßlichkeit, war Madame Mags Griesgrämigkeit. Ihr schmutzig-braunes Haar, das sie in einem Knoten trug, der wie eine Perücke aussah, so festgeflochten war er, roch nach alter Jungfer. Dieser Knoten war der traurige Schmuck dieses vertrockneten Wesens. Vielleicht kam diese Vertrocknetheit daher, daß diese jetzt dreiundvierzigjährige Frau nie ein Kind gehabt hatte, obgleich das ihr sehnlichster Wunsch war. Sie sprach nie darüber. Bei ihrem Anblick kamen einem Zweifel, ob sie je von einem Mann Lust empfangen oder selbst Lust geschenkt hatte. Stets war sie schwarz gekleidet – vielleicht aus Trauer über ihr verschenktes Leben? Hinter ihren unheimlich dicken Brillengläsern suchte man vergeblich ihren Blick, denn zu allen stiefmütterlichen Gaben der Natur kam auch noch hinzu, daß sie ungeheuer kurzsichtig war ...

»Du kotzt mich an«, sagte schließlich Jean-Jacques. »Übrigens kotzt du hier jeden an, du bigottes, altes Frauenzimmer, andauernd rennst du in die Messe ...«

Paff! Schon hatte er eine kleben, und die zweite Ohrfeige folgte sogleich. Jean-Jacques zuckte zusammen. Mit seinen Kuhaugen versuchte er, der strengen Magda feurige Blitze zuzuschleudern.

»Wenn du nicht deine Brille hättest«, brummte er.

Er warf einen besorgten Blick in die Runde. Wenn jemand da gewesen wäre, der sie hätte beobachten können, hätte sie sich so etwas nicht getan, oder? Nein, es war niemand zu sehen. Sogar der Garten war leer.

»Dir täte es auch ganz gut«, sagte sie, wieder etwas friedlicher, »wenn du öfter mal zur Messe gingst.«

»Sicher hätte ich es nötiger als du. So eine Vogelscheuche wie du dürfte ja wohl kaum viel zu beichten haben ... Und außerdem, du gehst mir auf die Nerven.«

Er ließ sie einfach stehen. Sie setzte sich wieder hinter ihren Schreibtisch. Sie hörte, wie das Motorrad ihres Bruders hinter dem Hotel angelassen wurde. So dumm er auch war, er hatte seine Worte geschickt gewählt. Mag war verletzt. Um nicht zu weinen, preßte sie ihre schmalen Lippen zusammen, die ihr Gesicht so hart machten. Sie spürte unbewußt, daß sie die Gefangene eines Teufelskreises war. Man liebte sie nicht, weil sie so kühl wirkte. Sie wirkte so kühl, weil man sie nicht liebte. Nur Théodose und Fabrice, die beiden verstanden sie, sie schätzten sie um ihrer wahren Eigenschaften willen: tüchtig, zuverlässig, treu und liebevoll, ja, auch das! Sie verzehrte sich in Sehnsucht nach Liebe! Was täte sie nicht alles für einen Mann, der sie wirklich liebte ... Dabei gab es durchaus Männer, denen sie noch gefiel. Vor nicht allzu langer Zeit hatte sie ein zärtliches Abenteuer mit Rechtsanwalt Carlotti gehabt, der ihr Freund geblieben war. Sie sahen sich nicht sehr häufig, aber er hatte ihr immer versichert, daß sie auf ihn zählen könne ... Nach und nach vergaß sie die frechen Bemerkungen ihres Bruders wieder. Sie nutzte diesen ruhigen Nachmittag, um sich um ihre Buchhaltung zu kümmern, Bestellungen und Rechnungen zu überprüfen. Danach wollte sie noch eine Aufstellung über die Vorräte machen. Théodose hatte einen guten Fang mit ihr gemacht. Er hätte keine fleißigere und tüchtigere Geschäftsführerin finden können.

Der Abend senkte sich über die Terrasse des Miramar. Sarah Frokian bemühte sich, mit ihrem liebevollen Blick nicht allzu auffällig die Bewegungen des jungen Roberto Grimaldi zu verfolgen, dessen Hoteluniform sie so rührend fand.

»Ich sagte soeben«, bemerkte Laszlo, »daß wir für morgen ein Zimmer bekommen können ... Hörst du mir nicht zu?«

»Ein Zimmer?«

»Ein Zimmer im Murène... Wir warten bereits seit einer Woche darauf... Das heißt, du wartest darauf, denn mir gefällt es hier ja sehr gut...«

Sarah pickte mit anmutiger Bewegung eine Olive aus dem Glas und trank ihren Martini-Gin aus, bevor sie mit schelmischer Miene bemerkte:

»Aber Laszlo, du weißt doch genau, daß wir zwei Zimmer brauchen.«

Und bevor er etwas erwidern konnte, fügte sie, um ihn herauszufordern, hinzu:

»Wir sind doch nicht mehr in den Flitterwochen...«

»Sie ist wirklich entzückend«, sagte sich Roberto.

Er war glücklich, in ihrer Nähe zu sein. Er hatte schließlich unter dem Siegel der Verschwiegenheit Paul Grimaud alles erzählt.

»Das ahnte ich bereits«, erwiderte Paul philosophisch. »Du hast ganz schöne Ringe unter den Augen und kannst dich kaum noch auf den Beinen halten. Geht das jede Nacht so?«

»Nach dem Dienst ziehe ich mich um, esse etwas und gehe dann zu ihr hinauf.«

»Und er?«

»Sie schmollt mit ihm, behauptet, sie hätte Migräne, und schließt sich in ihrem Zimmer ein.«

»Hoffentlich hast du dich nicht verliebt?«

»Am ersten Tag war ich es ein wenig. Jetzt ist es ja bloße Routine«, erwiderte Roberto so blasiert wie ein abgebrühter Playboy.

»Bravo«, sagte Paul Grimaud und lachte. »Du wirst es noch weit bringen. Weißt du, diese Art von Frauen kommen und gehen.«

»Natürlich haben wir zwei Zimmer«, sagte Laszlo gereizt. »Deshalb mußten wir doch auch eine Woche warten. Ich liebe meine Bequemlichkeit ebenso wie du.«

»Es war der Mühe wert, die eine Woche zu warten«, erwiderte sie.

»Ich hoffe, daß du dich in Juan etwas wohler fühlst als hier. In den letzten Tagen schien es dir nicht besonders gutzugehen.«

»Du weißt genau, ich langweile mich hier... Mit Annie und Patrick werden wir uns bestimmt amüsieren. Sie sind so lustig, und außerdem haben sie eine Menge Bekannte...«

»Ich wäre lieber sofort nach Italien abgereist«, sagte Laszlo. »Ich frage mich sogar, ob ich nicht ohne dich hinfahren sollte. Im Murène wird es dir bestimmt nicht an Gesellschaft fehlen ...«

»Kommt nicht in Frage. Ich liebe Italien. In Rom habe ich gute Freunde. Auf ein paar Tage mehr oder weniger wird es dir doch nicht ankommen. Du bist unausstehlich, Laszlo. Du denkst immer nur an deine Geschäfte ...«

»Es ist wichtig, Sarah. Diese Diamanten ...«

»Sei so nett, Laszlo, und erspare mir die Ausführungen über deine Zollschmuggeleien. Ich weiß, wie das läuft, und es interessiert mich nicht. Trinkst du noch einen Martini? Nein, dann noch einen Martini-Cocktail bitte, Herr Ober!«

»Die bechert aber ganz schön«, sagte Paul Grimaud. »Trinkt sie nachts auch soviel?«

»Sie läßt sich immer Champagner aufs Zimmer kommen«, erwiderte Roberto. »Sie trinkt das wie Wasser. Ich bin etwas vorsichtiger, weil ich das Zeug nicht so gewöhnt bin.«

Paul Grimaud zögerte, bevor er eine Frage stellte, die ihm schon seit einer Weile auf der Zunge lag:

»Gibt sie dir Geld?«

»Oh«, erwiderte Roberto beleidigt. »Wofür hältst du mich?«

»Das ist ein Fehler, mein Sohn«, sagte Paul Grimaud. »Denk an das Geschäft, das du aufmachen willst, deinen Waschsalon ... Geld stinkt nicht.«

»Ich bin kein Gigolo«, antwortete Roberto.

Und er fügte mit der frühreifen Logik seiner fünfzehn Jahre hinzu:

»Wäre sie ein Strichmädchen, würde ich dafür zahlen müssen ... Also kann ich schon froh sein, daß ich es bei ihr umsonst kriege.«

5

Laszlo Frokian ließ ein bescheidenes Trinkgeld in die Hand des Boys gleiten, dieses blonden, linkischen Burschen, den er nicht mochte, weil er ihn irgendwie arrogant fand. Er belohnte die Unterwürfigkeit des Jungen, der ihm den Wagenschlag aufhielt, sehr viel großzügiger, und in seinem üblichen langsamen Tempo fuhr er Richtung Juan-les-Pins.

»Wenn du weiter so langsam fährst«, bemerkte Sarah, »werden wir nie zum Mittagessen da sein.«

Frokian zuckte unmerklich die Schultern. Sarah gehörte zu jener Art Frauen, die einen am Steuer nie in Ruhe lassen können. Langeweile? Nervosität? Normalerweise haben sie Angst. Bei Sarah war das etwas anderes. Frokian war an ihre Bemerkungen über sein Schneckentempo bereits gewöhnt.

Sarah drehte am Knopf des Autoradios, bis ein kitschiger Slow ihre Zustimmung gefunden hatte. Dann zündete sie eine Players an, lehnte den Kopf gegen das Polster, schloß die Augen und stieß beglückt ein paar Rauchwolken aus. Sie fühlte sich so wohl und entspannt, daß sie beschloß, den armen Laszlo so langsam fahren zu lassen, wie er wollte. Ein leises Ziehen in den Schenkeln rief in ihr die lustvolle Erinnerung an Roberto Grimaldis ungeschickte Leidenschaft an jenem ersten frühen Morgen wach ... Laszlo hatte das Diamantencollier mit in sein Zimmer genommen, um es in dem Hoteltresor einzuschließen, aber Sarahs Schmuck war auf dem Nachttisch liegengeblieben. Roberto, voll in Aktion hatte den Tisch umgestoßen, und zwei Ringe waren auf den Teppich gerollt.

»Oh, Verzeihung«, hatte er gemurmelt und versucht, wieder zu Atem zu kommen.

Bevor Sarah ihn davon abhalten konnte, lag er schon bäuchlings auf dem Teppich und suchte die Ringe unter dem Bett, wobei er ihr das bezaubernde Bild eines Jünglingspopos bot, von dem sich die reife Frau ausgesprochen angezogen fühlte.

»So ein Verkehr«, bemerkte Laszlo. »Man merkt, daß Sonnabend ist. Diese 2 CV sollte man verbieten. Sie kommen nicht vorwärts und nehmen fast die ganze Straße ein. Eine schöne Erfindung!«

»Wir haben es doch nicht eilig«, sagte Sarah noch immer mit geschlossenen Augen.

»Hast du nicht genug geschlafen?«

»Ich träume gern im Auto ...«

Sie erinnerte sich an den Körper ihres unermüdlichen kleinen Boys, an jedes Detail. Ein Leberfleck am Hals ... Eine riesige Blinddarmnarbe, das bemerkenswerte Werk eines Schlächters am Städtischen Krankenhaus. Und vor allem sein blondes Haar, seine Locken, mit denen zu spielen Sarah während ihrer Ruhepausen nie müde wurde.

»Du hast schönes Haar«, sagte Sarah.

Dann fügte sie hinzu:

»Das haben dir gewiß schon viele Frauen gesagt ...«

Und da er nichts erwiderte:

»Wie viele Mädchen hast du schon gehabt?«

»Ich weiß nicht.«

»Doch nicht mehr als zehn in deinem Alter?«

Der Frage folgte ein leises, heiseres Lachen, das wie eine Frage klang. Und da er immer noch nicht antwortete, fuhr sie fort:

»Du hast doch aber schon mit einem Mädchen geschlafen, nicht wahr?«

»Ich habe schon ein paar gekannt...«

Er sagte dies in ausweichendem Ton, bevor er mit der Kühnheit eines Eroberers in Sarahs rechte Brust biß.

»Du tust mir weh...«

Aber sie zog ihn sogleich wieder an sich und murmelte:

»Wart nur, ich beiße dich in die Lippen.«

Sie wurde nicht müde, die sinnlichen Lippen des jungen Hotelboys zu lecken und zu beißen, dem gewiß noch nie etwas Ähnliches widerfahren war. Er fragte sich jetzt jedoch ängstlich, ob ihr Mann im Nebenzimmer sie nicht hören konnte. Er hatte schon einmal von solchen Typen gehört, die sich daran aufgeilten, wenn sie hörten, wie ihre Frau mit einem anderen schlief...

»Kann dein Mann nebenan uns nicht hören...?«

»Aber nein! Hab keine Angst! Er ist nicht böse. Und außerdem sind wir doch ganz leise...«

Sarah warf einen schrägen Blick auf Laszlo, der mit dreißig Stundenkilometern die Uferstraße entlangfuhr und die Möwen beobachtete. Hatte er wirklich gar keinen Verdacht in bezug auf Roberto? Er hatte so sonderbar dreingesehen, als er ihm vorhin die schäbigen zwanzig Francs in die Hand drückte.

»Na, wirst du wieder wach?« fragte Laszlo. »Sieh dir nur diese Möwen an. Das bedeutet, daß dort ein Abwasserkanal ist. In einer der schönsten Landschaften der Welt, zu Füßen der luxuriösesten Villen werden hier die Abwässer einfach ins Meer geleitet... In ein paar Jahren wird das Mittelmeer eine einzige Kloake sein. Unsere Enkelkinder werden nicht einmal mehr darin schwimmen können.«

»Na schön«, erwiderte Sarah, »dann muß man eben mehr Schwimmbäder bauen.«

»Und das Mittelmeer wird dann nur noch der amerikanischen Flotte von Nutzen sein.«

Er deutete mit der Hand auf einen riesigen Flugzeugträger, der schläfrig wie ein Nilpferd auf offener See lag:

»Sie sind immer noch da... Wie lange wollen sie denn noch den Krieg gewinnen? Und wohin, glaubst du, werfen die ihren Abfall? Ins Meer natürlich. Armes Mittelmeer!«

»Du bist reichlich bitter heute morgen, Laszlo. Hast du dich über irgend etwas geärgert?«

»Nein...«

Er weiß es bestimmt, dachte Sarah. Er will es nicht eingestehen, aber deshalb macht er eine solche Leichenbittermiene... Heute nacht waren wir weniger leise als gewöhnlich... Roberto war so leidenschaftlich. Natürlich, es war ja auch unsere letzte Nacht...

»... oder vielmehr ja«, sagte Laszlo. »Ich bedaure, daß ich auf dich gehört habe. Alles in allem habe ich nicht die geringste Lust, in Juan-les-Pins zu bleiben. Es wäre besser gewesen, ich wäre direkt nach Italien gefahren, wie wir es vorhatten.«

»Wir bleiben ja nicht lange«, sagte Sarah versöhnlich. »Nur zwei oder drei Tage, nicht länger... Nur um zu sehen, wie es den Kindern geht.«

»Wir sind gleich da«, sagte Frokian. »Das Hotel ist hinter dem Casino, nicht wahr?«

»Du mußt die Straße in Richtung Cap d'Antibes nehmen.«

Sarah war wieder beruhigt. Nein, er wußte nichts. Er dachte nur daran, seine Diamanten in Italien an den Mann zu bringen. Sobald man auch nur ein klein wenig seinen Zeitplan durcheinanderbrachte, ärgerte er sich. Eigentlich war er der geborene Junggeselle. Inmitten all dieser jungen Leute, die sich in Juan amüsieren wollen, wird er wie ein Griesgram wirken. Wenn das so ist, sage ich ihm besser, er soll allein nach Rom weiterreisen. Ich werde dann später nachkommen. Ich habe mir ja gleich gedacht, daß das so enden würde.

Sie verzog etwas schmerzhaft das Gesicht. Sie hatte sich vorgebeugt, um sich eine Zigarette zu nehmen, und war mit der Hüfte gegen den Türgriff gestoßen, genau da, wo sie einen großen bläulich-braunen Fleck trug: Roberto hatte sie mit dem Appetit eines jungen Raubtiers gebissen. Jetzt war sie dazu verdammt, einen einteiligen Badeanzug zu tragen, obwohl sie doch am liebsten soviel wie möglich von ihrem noch jugendlichen Körper zeigte, was ihr dank der neuen Bikinimode nicht schwerfiel. Gott sei Dank, dachte sie mit einem leisen Lächeln, daß Laszlo mir nicht mehr die Ehre erweist... Ich könnte ihm schwerlich weismachen, daß ich mich an einem Möbelstück gestoßen habe. Man sieht nämlich genau die Spur der Zähne...

Mit Rührung erinnerte sie sich an Robertos Entrüstung, als sie ihm ein kleines Abschiedsgeschenk machen wollte:

»Du kannst dir dafür ein Moped kaufen... Dann mußt du dich

nicht mehr so abstrampeln, wenn es bergauf geht, wie an jenem Abend in Vence...«

»Wenn ich ein Moped haben wollte, kann ich es mir von meinem eigenen Geld kaufen.«

»Dann sag mir doch wenigstens, was dir Freude machen würde... Eine Uhr, ein Siegelring?«

»Ich brauche nichts.«

Er machte Anstalten, sich wieder anzuziehen, und es gelang ihr nur durch ihre Zärtlichkeiten, ihn daran zu hindern. Schon dachte sie, jedoch ohne Eifersucht, eher mit einem leisen Bedauern, an all die Frauen, die nach ihr kommen würden. Es gibt Männer, die für die Liebe geschaffen sind. Und Roberto war einer von jenen. Seine Uneigennützigkeit machte ihn noch liebenswerter. Zu seiner Schönheit und seiner Stärke gesellte sich noch jene Art entwaffnender Unschuld, die bei Sarah Empfindungen anrührte, über die sie selbst überrascht war. Etwas wie ein unterdrücktes Muttergefühl... Sarah war ganz vernarrt in den kleinen Roberto.

»Ich komme bestimmt wieder zurück, um dich zu besuchen«, sagte sie.

»Wenn ich nicht mehr da bin, brauchst du nur Paul Grimaud, den Portier, zu fragen. Er kann dir dann bestimmt Auskunft geben.«

Sarah hatte zu Robertos Ruf als Don Juan ungeheuer beigetragen. Er hatte bereits bemerkt, daß Josée, das Zimmermädchen, ihm kokette Blicke zuwarf, wahrscheinlich, weil die zerwühlten Laken im Zimmer der schönen Madame Frokian sie so beeindruckt hatten. Diese hatte die heimlichen Blicke wohl bemerkt, und sie war fair genug, um sich für Roberto zu freuen, daß ihre Nachfolge gesichert war. Vielleicht lagen sie in eben diesem Augenblick miteinander im Bett? Sie war sehr froh, daß sie keine Eifersucht kannte. Sie liebte viel zu sehr das Leben, um es sich mit derartigen Gefühlen zu verbittern...

»Eins ist wahr, das Carlton oder das Miramar ist es gerade nicht«, bemerkte Laszlo spöttisch.

Er hatte den Hillman vor dem Murène geparkt. Von außen wirkte das Hotel eher wie eine Villa, eine große, zweistöckige, weiße Villa, umgeben von einem Pinienhain.

»Wie reizend«, sagte Sarah. »Ein Pinienhain, ein schöner Garten, eine kleine Laube...«

Jean-Jacques Ruggieri war herbeigeeilt und stand linkisch neben dem Wagen.

»Das Zimmermädchen kommt sofort, um das Gepäck zu holen«, sagte er.

»Tragen hier die Frauen das Gepäck?« fragte Laszlo.

»Äh, ja«, erwiderte Jean-Jacques verdattert. »Der Gepäckträger hat gestern den Dienst quittiert.«

Magda Ruggieri war jetzt ebenfalls an den Wagen getreten. Sie wußte sofort, wer die Neuankömmlinge waren.

»Herr und Frau Meyer sind zusammen mit Freunden auf eine Bootsfahrt gegangen«, sagte sie. »Sie werden zum Mittagessen wieder da sein. Sie bleiben gewiß nicht mehr lange. Möchten Sie inzwischen schon an ihrem Tisch im Garten Platz nehmen und einen Apéritif trinken? Oder ziehen Sie vielleicht die Bar vor? Möchten Sie vorher Ihre Zimmer sehen?«

»Zunächst einmal möchte ich die Koffer auspacken«, sagte Sarah.

»Ich werde Sie hinaufführen«, sagte Madame Mag. »Monsieur Théodose wird auch bald da sein. Er wird entzückt sein, Sie kennenzulernen...«

Laszlo Frokian betrachtete Madame Mag mit hochmütiger Miene. Offensichtlich bemühte sie sich, liebenswürdig zu sein. Aber sie tat des Guten ein wenig zuviel. Und das verstimmte ihn.

Die sieht aus wie ein Gerippe, dachte er, während sie ihnen auf der Treppe voranging.

Jean Trachelle schüttelte den Mixbecher mit würdiger Miene. Jacques Brocas sah ihm mit dem Eifer eines gelehrigen Schülers zu.

»Wie hieß dieser Cocktail noch mal?« fragte er mit seinem Savoyer Dialekt.

»Mondschein. Zuerst glaubt man, er sei eiskalt, aber nachher wärmt er einen ganz schön.«

Zur Mittagessenszeit war im Hotel nie viel Betrieb. Die Gäste waren am Strand, am Hafen oder machten Schiffsausflüge. Einige lagen auch noch im Bett. Um diese Zeit servierte man so manche Champagnerflasche aufs Zimmer. Dabei war es ausgesprochen angenehm, im Garten an einem schattigen Tisch zu Mittag zu essen. Der Tisch der Meyers war gedeckt, ein anderer für den belgischen Schriftsteller, der offenbar die Einsamkeit in einem der belebtesten Ferienorte an der Côte suchte, sowie der Tisch für die drei Herren aus Marseille, um die sich der Oberkellner, Albert Rizzato, mit besonderer Zuvorkommenheit kümmerte.

Von der Bar aus hatte Trachelle bereits beobachtet, wie das Ehepaar Frokian und ihnen voran Madame Mag die Treppe hinaufgegangen waren.

»Nicht schlecht, nicht schlecht«, bemerkte Trachelle, der glückliche Liebhaber von Suzan Fuchs, der einem Abenteuer nie abgeneigt war, zu seinem Kollegen.

»Das kann man wohl sagen«, erwiderte Brocas. »Sie trägt ein Armband, das bestimmt nicht wie Talmi aussieht. Was würde meine Frau sich freuen, wenn ich ihr auch mal so was schenken könnte.«

»Stimmt ja, du bist verheiratet«, sagte Trachelle. »Aber ich ...«

»Was willst du damit sagen?«

»Nichts, nichts ...«

»Oh, ich verstehe... Deine Millionärin genügt dir nicht mehr ...«

»Achtung, da kommt die Alte.«

Madame Mag warf einen Blick auf die verlassene Bar und musterte Trachelle streng.

»Was machen Sie beide da?« fragte sie.

»Wir mixen einen Mondscheincocktail für den Schriftsteller.«

»Alte Zicke«, sagte Brocas, als sie wieder verschwunden war.

»Es gibt schlimmere«, meinte Trachelle. »Die müßte nur ab und zu mal einen Mann im Bett haben, das ist alles.«

Albert Rizzato, der in seinem Oberkellner-Aufzug noch würdiger denn je wirkte, wachte mit eifersüchtiger Beflissenheit über dem Tisch der Gäste aus Marseille, drei bekannten Persönlichkeiten der Unterwelt, deren Leibwache diskret zwischen den geparkten Wagen und dem Pinienhain spazierenging. Sie hatten Rechtsanwalt Carlotti zum Mittagessen eingeladen. Der Anwalt hatte sich etwas verspätet, er erschien ganz außer Atem. Rizzato schwankte ein wenig, seine Beine schienen wie aus Gummi. Zunächst einmal, weil er in Gesellschaft der drei Herren einige Apéritifs zu sich genommen hatte. Sie hatten in gemeinsamen schönen Erinnerungen geschwelgt. Und außerdem, weil Mary Fuchs, die Millionärin, sich in der vergangenen Nacht besonders unersättlich gezeigt hatte. Dabei hatte Trachelle ihn bereits am ersten Tag gewarnt:

»Das ist bestimmt eine gute Gelegenheit. Vielleicht eine allzu gute. Wenn sie so ist wie ihre Tochter, schluckst du am besten gleich ein paar Vitaminpillen.«

Während des kurzen Aufenthalts der beiden Frauen im Murène, bevor sie sich als Gäste bei den Weils in Cap d'Antibes aufhielten, waren sie auf Trachelle und Rizzato aufmerksam geworden. Und vielleicht hatten sie sich nur deshalb bei den Weils einquartiert, statt in ihre prächtige Villa in Saint-Jean-Cap-Ferrat zurückzukehren, um noch ein wenig in ihrer Nähe zu bleiben? Die beiden Freunde glaubten es bereitwillig, es schmeichelte ihrer Eitelkeit.

Rizzato war von Sarah Frokian auch ziemlich beeindruckt gewesen. Er wußte, daß sie die Mutter von Annie Meyer war. In seinem einfachen Gehirn legte er sich ein logisches Schema zurecht: Annie Meyer galt als ziemlich freizügig. Ja, man behauptete sogar, daß sie ganz versessen auf Abenteuer war, während ihr Mann wohl eher dem starken Geschlecht huldigte. Also war wohl die Mutter ... Rizzato hatte eine ausgeprägte Vorliebe für die Mütter.

Gisèle Venturi haßte Gäste, die spät aufstanden. Sie waren daran schuld, daß sie noch um drei Uhr nachmittags damit beschäftigt war, die Zimmer sauberzumachen. Bei Ludwig Baerhof allerdings machte sie eine Ausnahme; er war soeben ausgegangen, um seinen Wasserskiunterricht zu nehmen, und sie putzte seine Badewanne mit besonderer Hingabe. Normalerweise war er ein Frühaufsteher, aber für heute hatte er eine Entschuldigung, und sie mußte das am besten wissen: sie hatte die Nacht bei ihm verbracht. Sie hatte ihn eines Morgens von dem Fenster eines Zimmers aus, in dem sie gerade saubermachte, beobachtet, wie er in Bermudashorts im Garten lag und sich sonnte. Und sie als erfahrene Frau war sogleich von seinem athletischen Körper und seiner behaarten Brust eingenommen gewesen. Sie hatte gehört, daß er zu einer Gruppe von Nudisten gehörte, die einen Privatstrand von Cap d'Antibes für sich allein hatten, und daß er der Direktor einer Porsche-Filiale in einer Stadt in der deutschen Schweiz war, was seinen gräßlichen Akzent erklärte. Aber was bedeutete schon der Akzent, wenn man ein metallic-rotes Porsche-Cabriolet mit roter Lederpolsterung fuhr.

Gisèles größter Ehrgeiz war, daß Baerhof sie am Sonntag, an dem sie frei hatte – und das war morgen –, zu einer Spazierfahrt im Auto einlud ... Sie nahm den Stöpsel von dem Flakon mit Eau de Toilette ab, um an dem männlichen Geruch zu schnuppern, und erinnerte sich an die vergangene lustvolle Nacht. Sie stellte sich sehr gerade vor den Spiegel, streckte ihre festen Brüste heraus und strich zwei oder drei Strähnen ihres kurzgeschnittenen Haars zurück. Sie fand, daß sie schöne blaue Augen hatte. Sie zog sich sehr kurz an, um ihre langen schlanken Beine zu zeigen. Sie war stolz auf ihre Größe: ein Meter siebzig. Für ihre achtunddreißig Jahre wirkte sie sehr jung. Madame Mag konnte sie nicht ausstehen:

»Wenn Sie sich bücken, sieht man Ihren Slip«, sagte sie vorwurfsvoll. »Das ist unschicklich. Ich verlange, daß Sie sich anständig anziehen.«

»Ich ziehe das an, was ich will«, erwiderte Gisèle in ihrem schönsten Toulouser Dialekt.

Diese kleine Szene spielte sich in regelmäßigen Zeitabständen ab, aber sie hatte weiter keine Folgen, weil Monsieur Théodose Gisèles provozierende Lebhaftigkeit, die den Gästen gefiel, nicht ungern sah. Eines Tages, als Madame Mag zu ihm sagte, daß man das Murène bald mit einem Bordell verwechseln würde, wenn sie noch mehr solcher Zimmermädchen wie Gisèle hätten, war er böse geworden:

»Gott sei Dank, daß Sie noch da sind, um das Gegenteil zu beweisen«, hatte Théodose erwidert. »Und außerdem haben wir ja noch Alphonsine.«

Alphonsine Bovetti, das andere Zimmermädchen, war etwa fünfzig Jahre alt, mager und hatte kaum noch Haare auf dem Kopf. Sie verführte gewiß niemanden zu Unsittlichkeiten. Sie war eine äußerst tüchtige Frau, die mit ihrer Arbeit einen tuberkulösen Ehemann ernährte, der wahrscheinlich das Sanatorium nur mit den Füßen voran wieder verlassen würde, und einen Taugenichts von Sohn mit Namen Auguste, einen großen Galgenvogel von achtundzwanzig Jahren, der den lieben langen Tag nichts anderes zu tun wußte, als Boule zu spielen.

Sie verstand sich gut mit Monsieur Théodose, der ihr gegenüber sehr großzügig war, aber das fehlende Personal machte ihr manchmal zu schaffen. Es war einfach keine Arbeit für eine Frau, in einem Hotel dieser Klasse die Koffer der Gäste zu schleppen. Und die Koffer der blonden Frau und ihres Mannes waren nicht gerade leicht. Sie wußte sehr wohl, daß Monsieur Théodose keine Schuld daran traf: die Gepäckträger blieben nie lange im Murène. Es gab zuwenig Zimmer, also zuwenig Trinkgeld. Und was das Trinkgeld anbetraf, so machte der Mann der blonden Frau sich wohl über sie lustig. Wie konnte man nur so geizig sein, wenn man eine Frau hatte, die solchen Schmuck trug? Bestimmt auch einer, der sein Geld auf dem schwarzen Markt gefunden hatte. Dabei sah er gar nicht so aus.

Alphonsine trug mit verkniffener Miene das Frühstückstablett weg, das die Amerikaner vor die Tür gestellt hatten. Die angeklebten Reste von Schinken und Ei widerten sie an. Konnten sie denn nicht Croissants zum Frühstück essen wie alle normalen Gäste?

Die beiden Boote lieferten sich ein Wettrennen. Sie fuhren viel zu schnell in den Hafen ein. Wenn die Wasserpolizei besser organisiert wäre, hätten die verrückten jungen Leute, die die Vorschriften nicht beachteten, schon eine Strafe weg. Allerdings gab es in jenen Nachkriegsjahren auch noch nicht so viele, die vom Geschwindigkeitsrausch besessen waren. Ein paar Privilegierte... Patrick Meyer landete als erster, in einem letzten Aufheulen des Motors. Sein Freund, François Collobrières, klatschte mit höflichem Lächeln Beifall, bevor er ans Ufer sprang, um die Taue zu befestigen. Das andere Boot hielt nur ganz kurz, um Annie Meyer an Land gehen zu lassen: Jacques Aubert, der Besitzer eines Lederwarengeschäftes am Faubourg Saint-Honoré, und seine Frau Michèle fuhren zurück zu ihrer Villa mit eigenem Landesteg in Cap d'Antibes.

»Ich überlasse Sie jetzt Ihrem Mittagessen en famille«, sagte Collobrières.

»Wir treffen uns alle heute abend im Murène zum Apéritif«, sagte Patrick. »Dann überlegen wir, wo wir zum Abendessen hingehen.«

Das Motorboot der Auberts entfernte sich. Annie verfolgte mit dem Blick die Schaumspur der Chrysler-Motoren auf den Wellen.

»Du wirst ihn schon wiedersehen, deinen Jacques«, sagte Patrick. »Deinen Jacques und deine Michèle...«

»Was für eine Generation«, seufzte Collobrières mit dem Lächeln eines Komödianten. »Kurven, nichts als Kurven...«

Seine durchdringenden Augen in dem rechteckig geschnittenen Gesicht suchten in Patricks Blick nach dem gewohnten Einverständnis. Seine hervorstehenden Backenknochen verliehen ihm ein etwas hartes Aussehen, über das sein Lächeln nicht hinwegzutäuschen vermochte. Annie fühlte sich in seiner Gegenwart nie so recht wohl. Der Name seines Besitzes ist wie für ihn geschaffen, dachte sie manchmal: Der Wolfspark. Ein ultramodernes Gebäude inmitten eines großen Parks. Luxuriöse Studios für suspekte Junggesellen oder dubiose Paare. Es stimmte, Collobrières hatte eine Art Wolfsgesicht.

»Wovon lebt er eigentlich?« hatte sie Patrick eines Tages gefragt.

»Wenn du anfangen wolltest, darüber nachzudenken, wovon die Leute leben, die wir hier treffen...«

»Aber du kennst ihn doch ganz gut, oder?«

»Ja ...«

Sie insistierte nicht weiter. Diskretion war das wesentliche Element in ihren Beziehungen zueinander.

»Also, bis heute abend«, rief Collobrières.

Er entfernte sich mit den etwas steifen Schritten eines eleganten Fünfzigjährigen und winkte dabei mit seiner linken Hand, an der ein Diamantring blitzte.

»Ach«, sagte Annie, »er ist ja Linkshänder.«

»Du merkst wirklich alles«, sagte Patrick, »du hättest Detektiv werden sollen. Eigentlich hätten wir ihn zum Mittagessen einladen können. Er brennt darauf, Laszlo kennenzulernen.«

»Ich habe Papa ein Mittagessen en famille für den Tag seiner Ankunft versprochen«, sagte Annie. »Du weißt doch, wie er ist ... Aber ich habe Mama von heute abend an ein rauschendes Fest nach dem anderen versprochen.«

Auf dem Montmartre lag sozusagen der Müßiggang in der Luft. Marlyse und ich hatten uns beeilt, damit uns noch fünf Tage Ferien blieben, an denen wir rein gar nichts tun mußten, außer faul dahinzuleben und den Geruch nach frischer Farbe einzuatmen, der für schwangere Frauen so schädlich sein soll. Da aber kein kleiner Borniche unterwegs war, war das nicht weiter schlimm. Wir waren alle beide ziemlich erschöpft und hatten Muskelkater, und so beschlossen wir, uns etwas zu pflegen. Als erstes ein gemütlicher Vormittag im Bett, dieser bürgerliche Luxus. Während ich mich wohlig vom kleinen Finger bis zum Zeh streckte und mit der ungeheuren Befriedigung dessen, der seine Arbeit getan hat, die blendend weiße Decke betrachtete, opferte Marlyse sich und machte den Kaffee, was sie mit der Anmut einer Geisha tat. Der Journalist, der mir den Spitznamen »Der Schrecken der Unterwelt« verlieh, wäre wahrscheinlich enttäuscht, wenn er sähe, wie ich mich hier faul im Bett räkelte und voller Appetit den Geruch von Toast schnupperte. Die Augenblicke, in denen ich wirklich keine Lust hatte, auch nur einen Handschlag zu tun, waren selten. Normalerweise muß ich immer etwas zu tun haben, selbst wenn ich mich ausruhen könnte. Meine Kollegen behaupten, ich wäre ständig angespannt. Übrigens bemühte sich mein Chef, Kommissar Vieuchêne, nach Kräften, mich nicht aus diesem Zustand zu reißen, der für seine persönliche Karriere so vorteilhaft war ...

Marlyse stellte das Tablett auf das Bett, schlüpfte wieder unter die Decke und lehnte sich gegen das Kissen. Ich knabberte an meinem Toast, während ich gleichzeitig ihre weiche, duftende Haut neben mir spürte. Zwischen zwei Schlucken heißen Kaffees küßte ich sie liebevoll hinters Ohr, zwischen ihr verwuscheltes Haar.

»Vorsicht«, sagte sie, »das wird noch ein böses Ende nehmen, Herr Oberinspektor.«

Stimmt, seit zwei Jahren war ich Oberinspektor. Die Verhaftung von Spazierstock-René hatte mir diese Beförderung eingetragen. Ich würde noch lange voller Rührung an dieses erhebende Ereignis denken, mindestens bis zu meiner Pensionierung in einundzwanzig Jahren.

»Was meinst du mit böse enden?«

Sie erwiderte mit einem leisen Lachen:

»Du wirst die Kaffeetasse umwerfen...«

»Und wenn schon«, sagte ich.

Und es endete im Gegenteil sehr gut.

Marlyse flüsterte mir ins Ohr:

»Weißt du, ich könnte noch einen Monat lang so verbringen.«

Jean Trachelle und Jacques Brocas sollten am liebsten an allen Tischen gleichzeitig sein. Es war acht Uhr abends – Hochbetrieb. Jeder wollte möglichst sofort bedient werden. Der Apéritif um zwanzig Uhr im Murène gehörte zu den unumstößlichsten Riten in Juan-les-Pins. Um 19 Uhr 45 war noch niemand zu sehen, und der Unglückliche, der um diese Zeit bereits erschien, würde sofort in die Reihe der Dorftrottel oder Ausländer eingereiht werden. Um 21 Uhr war die Bar wieder verlassen: man aß zu Abend oder stürzte sich in die Präludien eines heißen Nachtlebens.

Théodose fand sich stets zu dieser Stunde mondänen Geplauders ein. Er fühlte sich inmitten dieses Stimmengewirrs, dessen Lautstärke sich durch den Alkohol immer mehr steigerte, wohl. Man suchte sein Gespräch, war stolz, wenn er einen duzte. Er regierte voller Liebenswürdigkeit über diese gemischte Gesellschaft und wußte bei jedem einzelnen sofort, wie er ihn einzuordnen hatte. Mit dem wohlwollenden Auge eines gutmütigen Pfarrers sah er zu, wie ein Glas Alkohol nach dem anderen geleert wurde, während er nur zwei oder drei Glas Burgunder zu den Mahlzeiten trank und sonst den Alkohol mied.

Die kleine Gruppe der Hotelgäste fühlte sich privilegiert gegenüber den anderen Besuchern der Bar. Sie waren etwa zwanzig und hielten bewußt eine strenge Hierarchie aufrecht: es gab die Stars des Nachtlebens, wie die Meyers, und die anderen, brave Bürger, die aus Neugier und aus Snobismus von der geraden Straße der ruhigen Luxushotels abgekommen waren, um sich in diesem Murène einzuquartieren, wo so viele aufregende Dinge geschahen und wo man so viele berühmte Leute sah. Dabei ließen sich die wirklichen Berühmtheiten im Monat August nur selten sehen, und diese braven Leute wären ganz schön angeführt, wenn sie nicht ihren Wunsch, mit Stars unter einem Dach zu leben, für die Realität hielten. Und so hielten sie Annie Meyer für einen großen Filmstar, und Collobrières war in ihren Augen der Produzent von mindestens zwanzig Filmen.

Laszlo Frokian, beglückt, sich auf die sonnengebräunte Schulter seiner Tochter stützen zu können, ließ sich dazu hinreißen, etwas mehr als gewöhnlich zu trinken. Er war an diesem Abend ausgesprochen guter Laune. Die Gruppe um die Meyers stand am Ende der Bar neben Théodose und lachte am lautesten von allen Gästen. Man wartete auf Sarah, die immer noch nicht fertig war mit ihrer Toilette. Laszlo Frokian war an diesem Abend zumindest ganz einverstanden, daß sie ihn hierhergeschleppt hatte. Sie hatte recht, in den Luxushotels von Cannes schlief man ein. Man wurde frühzeitig alt. Er hörte mit einem freundlichen Lächeln Fabrice Janin zu, der von seinen Abenteuern als Unterwassertaucher berichtete: er hatte die wunderschöne Amphore, die neben dem Portal des Murène stand, selbst gefunden.

Madame Mag lächelte mit ihren dünnen Lippen wie jeden Abend um diese Zeit. Das Klirren der Gläser in der Bar bedeutete für sie nichts anderes als eine wohlgefüllte Kasse. Sarah Frokian, die diesmal mit ihrem Schmuck sparsam umgegangen war, bahnte sich einen Weg zur Theke. Sie trug ein langes, dunkelblaues Seidenkleid mit gewagtem Ausschnitt. Keinen Schmuck, außer einem Saphirring an der Hand und einem als Brosche gefaßten Diamanten. Sogar Laszlo fand sie sehr schön mit ihrem blonden, kunstvoll unordentlichen Haar. Sie sah ungeheuer jugendlich aus. Das hier ist der Ort, an dem sie sich wohl fühlt, sagte er sich.

Sie küßte Théodose auf die Wangen. Das gehörte zum Ritus. Sie übergab ihm ein mit einem Riemen verschlossenes Lederköfferchen und eine schwarze Brieftasche aus Kroko.

»Da«, sagte sie zu ihm, »seien Sie so lieb und schließen Sie es in Ihren Tresor ein.«

»Er ist zwar schon mehr als voll«, erwiderte Théodose mit einem etwas selbstgefälligen Lächeln, »aber ich finde schon noch ein kleines Plätzchen.«

»Es ist sehr wichtig«, sagte Sarah eindringlich.

»Montag miete ich einen Tresor in der Bank«, bemerkte Laszlo, »wenn wir uns entschließen, länger zu bleiben. Ich will Sie damit nicht belästigen.«

»Aber nein, das war doch nur ein Scherz... Natürlich ist Platz genug. Das heißt, Sie können es halten, wie Sie wollen.«

Théodose legte das Köfferchen und die Brieftasche in ein Regal unter die Bar.

»Ist das Ihr Tresor?« erkundigte sich Laszlo besorgt.

»Ich sagte Ihnen doch, es sei sehr wichtig«, fügte Sarah hinzu.

»Dann geben Sie es am besten gleich mir«, sagte Madame Mag, die zu ihnen getreten war. »Ich werde es sofort einschließen. Sie haben recht. Wir sind zwar alle hier eine große Familie, und es ist nie das geringste vorgekommen, aber Sie sind dann wenigstens beruhigt.«

Gegen 21 Uhr begannen sich in der fröhlichen Bargesellschaft des Murène zwei unterschiedliche Gruppen herauszukristallisieren. Es gab die, die hingingen, und die, die nicht hingingen. Die ersteren scharten sich jetzt immer enger um die Meyers, die anderen verließen die Bar in kleinen Grüppchen und verbargen ihre Enttäuschung hinter der geschäftigen Miene von Leuten, die etwas ungeheuer Wichtiges vorhaben. Es war die »Kenya«, die Jacht der berühmten Lady Brandon, ein Schoner, fünfunddreißig Meter lang, der unter britischer Flagge segelte und seit einer Woche im Hafen vor Anker lag, auf die lediglich die Privilegierten geladen waren. Lady Brandon setzte nie einen Fuß an Land. Boote holten die Gäste ab und brachten sie wieder zurück. Lady Brandon fühlte sich nur in gebührender Entfernung von der Küste wohl. Sie regierte als absolute Herrscherin über ein winziges Königreich auf See.

An diesem Abend hatte sie ihrem Personal freigegeben, wie jedesmal, wenn sie eine dieser speziellen Partys organisierte, von denen ihre Gäste stets hingerissen waren und die ihr den freundschaftlichen Spitznamen »Königin der Orgie« eingetragen hatten.

Als Lord Brandon, ein alter Freund Churchills, Jane heiratete, war er fünfundsiebzig Jahre alt. Sie hatte gerade ihren zweiundzwanzigsten Geburtstag gefeiert. Er besaß genügend Taktgefühl, stillschweigend nach zwei Skandalen zu sterben, in die Börsenmakler, Spione, Aristokraten, Politiker und natürlich die junge Lady Brandon verwickelt waren. Seitdem durchkreuzte sie die Meere und trug ihre Legende mit sich. Man schrieb ihr ganze

Armeen von Liebhabern zu, die sie zufällig am Hafen auflas oder wieder absetzte. Man behauptete ebenfalls, daß sie sich zusammen mit Jackie Craven, ihrer unzertrennlichen Freundin, zweimal in der Woche aufopferte, um das sexuelle Wohlbefinden ihrer Besatzung zu sichern... Aber was erzählte man nicht alles über Lady Brandon?

»Jackie ist Donnerstag an Land gegangen«, berichtete Fabrice Janin, noch ganz erregt bei dem Gedanken an dieses außerordentliche Ereignis. »Ich habe sie im Hafen von Cap d'Antibes getroffen. Sie suchte einen Tierarzt für ihren Hund.«

»Ich habe sie früher einmal gut gekannt«, sagte Théodose...

Man schwieg und wartete darauf, daß er fortfuhr. Aber er sagte kein Wort weiter. Durch diese Art dahingestreuter Bemerkungen über eine geheimnisvolle Vergangenheit, die dem Uneingeweihten rätselhaft blieb, behauptete er seine Macht über diese Gesellschaft von Snobs aller Art, die ihm zu seinem Reichtum verholfen hatten.

»In meinem Boot kann ich fünf Personen mitnehmen«, sagte Patrick Meyer.

»Ab halb zehn Uhr fahren im Pendelverkehr zwei Boote von der Kenya zum Hafen«, bemerkte mit wissender Miene ein Unbekannter mit sonnverbranntem Teint, dem es gelungen war, sich einen Platz an der Theke inmitten der Gruppe der Auserwählten zu sichern.

Erst jetzt bemerkten die anderen seine Gegenwart. Mit gleichgültigem Blick sah man über ihn hinweg.

»Ich nehme Annie, Sarah, Laszlo und François Collobrière mit, einen Platz habe ich dann noch frei«, erklärte Patrick.

»Geh du nur, Fabrice«, sagte Théodose. »Ich bin ein wenig müde.«

Es hörte sich so an, als erteilte ein Vater seinem Sohn die Erlaubnis zu einem abendlichen Ausgang.

Diese Partys waren alle gleich. Und so fühlten sich die Gäste von Lady Brandon auch gleich wie zu Hause. Laszlo Frokian hatte beschlossen, zumindest an diesem Abend mitzuspielen. Er bemühte sich vergeblich, sich einen Rausch anzutrinken; der genossene Alkohol stimmte ihn lediglich immer melancholischer. Gegen die Reling gelehnt gab er sich angesichts der lichterglitzernden Küste romantischen Träumen hin. Er war vertieft in seine Erinnerungen von Kreuzfahrten. Er hörte nicht mehr die Musik, die Gesprächsfetzen, das erregte Lachen. Er vergaß Sarah, die lauter lachte als alle anderen. Lady Brandon hatte sie zur Begrüßung freundschaftlich auf beide Wangen geküßt, und jetzt tanzte sie, eng an den blendendweißen Abendanzug von Glen Marsh geschmiegt, den athletisch gebauten Star des Films »Die Geier des Westens«, der nie zeigte, daß er betrunken war, bis er stocksteif vom Stuhl fiel, um in einen zwölf Stunden dauernden Schlaf zu verfallen.

Lady Brandon hatte es so eingerichtet, daß die Frauen bei dieser Party weitaus in der Überzahl waren. Und so hatte sich die hellerleuchtete Jacht in einen schwimmenden Harem verwandelt. Die junge Millionärin machte sich einen Scherz daraus, die Gäste zu beunruhigen, indem sie ihnen weismachte, daß mit Ferngläsern bewaffnete Voyeure die Kenya Tag und Nacht beobachteten. Und gerade seien ein paar verdächtige Boote ganz in der Nähe gesichtet worden. Vor zwei Tagen hätten zwei Gangster vom Hafen versucht, heimlich an Bord zu gehen. Sie waren ziemlich verdattert gewesen, als Lady Brandon die Strickleiter herunterließ. Und sie würden sich sicher noch lange an den herzlichen Empfang erinnern, der ihnen zuteil geworden war.

»Vielleicht kommen sie heute abend«, sagte die dicke Gräfin von Vergne mit einem Kannibalenlachen.

»Schon möglich. Jackie hat ihnen gesagt, daß sie uns stets willkommen sind. Sie haben versprochen, ein paar Kumpel mitzubringen. Sie sind ganz reizend, diese jungen Leute. Man muß sie nur zu nehmen wissen.«

»Sehen Sie«, sagte eine Stimme dicht neben Laszlo Frokian, »solche Feste erinnern mich immer an die Dekadenz des römischen Imperiums. In dieser Nachkriegszeit, die kein Ende nehmen will, ist das wohl unvermeidlich ...«

Laszlo, der in Gedanken irgendwo vor der Küste von Valparaiso kreuzte, zuckte zusammen und murmelte:

»Sie haben mich aber erschreckt.«

»Darf ich mich vorstellen: Maurice Werner, Detektiv ... Privatdetektiv.«

»Aha ...«

»Es gibt so viele Dinge, die bei diesen nächtlichen Festen herumliegen ... Die Handtaschen der Damen zum Beispiel und ihr Schmuck ... Natürlich legt man davon im Verlauf des Abends so einiges ab«, fügte er mit einem kleinen, bitteren Lachen hinzu. »... und Lady Brandons Silber ist auch nicht zu verachten ... Haben Sie in dem kleinen Salon den Renoir bemerkt? Ein bezauberndes Mädchen, das sehr viel reizvoller ist als die meisten der anwesenden Damen hier«, fügte der Detektiv hinzu. »Jedesmal, wenn Lady Brandon an der Côte anlegt, nimmt sie meine Dienste in Anspruch ... Hier ist meine Visitenkarte.«

»Was soll ich denn damit anfangen?« fragte Laszlo, der vom Whisky allmählich Kopfschmerzen bekam.

»Nehmen Sie sie nur, man kann ja nie wissen ...«

Und Maurice Werner verschwand so leise, wie er gekommen war.

»Gott sei Dank, daß Sarah nicht ihren ganzen Schmuck mit sich herumträgt«, sagte sich Laszlo, den die Worte des Privatdetektivs doch etwas beunruhigt hatten.

Nach dem Mittagessen hatte er eine Weile mit Rechtsanwalt Carlotti geplaudert, nachdem die Gäste aus Marseille ihren Tisch verlassen hatten.

»Sehen Sie, Sie haben meinen Rat befolgt«, hatte ihm Carlotti gesagt. »Sie erinnern sich doch noch an meine Worte? Eines Tages taucht jeder im Murène auf ... Es gibt nur zwei Orte an der Côte, in denen man sich amüsieren kann: Juan-les-Pins und Saint-Tropez ... Sie werden sehen! Ich komme nächste Woche wieder, und ich wette, daß Sie dann noch immer da sind.«

»... wo stecken Sie denn bloß?« fragte Jackie Craven mit ihrer warmen, ein wenig heiseren Stimme. »Kommen Sie, tanzen Sie mit mir ...«

»Ich fühle mich nicht sehr in Form«, erwiderte Laszlo.

»Dann trinken wir eben ein Gläschen zusammen.«

6

Sergio Piana dankte seinem Schöpfer, daß er ihm einen so wunderschönen Augustmorgen schenkte. Der Himmel war strahlend blau, und Piana, der geborene Südländer, fühlte sich so glücklich wie noch nie. Es war zehn Uhr morgens. Der Playboy der Côte war frisch rasiert. Eine dunkle Sonnenbrille schützte ihn vor seiner Freundin, der Sonne, und vor seinen Feinden, den Neugierigen.

Während der Friseur ihn beflissen rasierte, hatte er die kurze Spalte überfliegen können, die ein anonymer Journalist seinem Ausbruch widmete. Eine ausgezeichnete Zeitung. Erstens brachte sie kein Foto. Sehr wichtig. Und außerdem schloß dieser schlaue Journalist messerscharf, daß der Playboy der Côte ganz zweifellos über die Grenze nach Italien geflüchtet sei, um der fieberhaften Jagd zu entgehen, die sofort eingesetzt hatte. Über Giuseppe Bruti, genannt die Bulldogge, kein Wort. Er war schließlich auch kein Star! ... Ein rascher Blick in den Spiegel, und Sergio faltete befriedigt die Zeitung zusammen.

Er genoß sein Glück. In vollen Zügen atmete er die Luft der Freiheit ein. Ein luxuriöses Schaufenster warf ihm sein Bild zurück. Dank der paar tausend Francs, die er unter dem Waschtisch in seiner Zelle versteckt hatte, konnte er sein allzu auffälliges Hemd und die Sporthose gegen einen eleganten dunkelblauen Seidenanzug eintauschen, ein weißes Hemd und Wildlederschuhe.

Seinen größten Erfolg jedoch hatte er, als er die Badehose anprobierte, die seinen athletischen Körper nur spärlich verhüllte. Sergio Piana konstatierte ohne falsche Bescheidenheit, daß die Verkäuferin für seinen Charme recht empfänglich war... Er verzauberte sie vollends mit seinem berühmten Lächeln, das als Zahnpastareklame bestimmt umwerfend wirken würde. Die Hände des jungen Mädchens zitterten leicht, als sie das alte Hemd und die Hose, die er nicht mehr brauchte, in eine große Papiertüte packte...

Vor dem Casino rief Sergio Piana ein Taxi. Er ließ sich nach Théoule fahren. Ihm blieb fast das Herz stehen, als der Taxichauffeur, dem er gerade das Geld für die Fahrt geben wollte, zu ihm sagte:

»Komisch, es kommt mir so vor, als hätte ich Sie schon einmal gesehen.«

Aber eine von Sergio Pianas Fähigkeiten bestand darin, in jeder Situation blitzschnell die Fassung wiederzugewinnen. Er lächelte den Taxichauffeur strahlend an, siegessicher und mit erhobenem Kinn:

»Kein Wunder. Ich bin Antoine Bonifaci, der Fußballer der Nationalmannschaft.«

Willfährig kritzelte er sein Autogramm auf das Stück Papier, das der Chauffeur ihm hinhielt, und verschwand im Postamt. Er blätterte im Branchen-Fernsprechbuch. Unter der Rubrik Immobilienmakler fand er den Namen von José Pelegrini, einem Landsmann. Dieser angebliche Immobilienmakler übte in Wirklichkeit das ehrbare Metier eines Hehlers aus, er war spezialisiert auf Schmuck und Edelsteine, aber er brachte auch noch andere Dinge an den Mann.

Sergio Piana und José Pelegrini kannten sich bereits seit drei Jahren. Und zwar von einem gemeinsamen Aufenthalt im Gefängnis her, in dem der eine wegen Untreue, der andere wegen Diebstahls saß.

Sie hatten ihre Zelle miteinander geteilt. Sie hatten sich gegenseitig kleine Dienste erwiesen. Und einander versprochen, sich wieder zu treffen, sobald sie diesem Kerkerparadies den Rücken gekehrt hätten. José Pelegrini wurde als erster freigelassen. Wie alle Persönlichkeiten der Unterwelt hatte er Carlotti zum Anwalt. Ein teurer Anwalt, aber die Investition lohnte sich. Nach sechs Monaten Untersuchungshaft hatte der Prozeß gegen José mit einem Freispruch mangels Beweisen geendet. Die Zeugen der Anklage hatte ihre Aussage widerrufen ... Rechtsanwalt Carlotti war eigens von Marseille gekommen, um seinem glücklichen Mandanten die gute Nachricht zu überbringen. Er hatte ihm lediglich seine Reisespesen in Rechnung gestellt, und doch hatte Pelegrini die Taktlosigkeit besessen, ein saures Gesicht zu ziehen. Aber immerhin, das Resultat konnte nicht besser sein. Und José schwor sich, die Ausgaben für die Zeugen und den Anwalt wieder hereinzuholen, und zwar durch einträglichere und weniger gefährliche Geschäfte.

Als José das Gefängnis verließ, war das für Sergio Piana ein ziemlicher Schock gewesen. Aber er blieb hart: Keine Päckchen, keine Geldüberweisungen, die die Aufmerksamkeit der Polizei auf ihn hätte lenken können. Und heute war er frei. Durch den Hörer drang jetzt Josés Stimme an sein Ohr, der singende Tonfall seines Heimatlandes. Eine halbe Stunde später umarmten sich die beiden Männer in der gemütlich möblierten Villa etwas oberhalb von Théoule, die José seinem Freund zur Verfügung stellen wollte.

»Für meine Freunde habe ich immer ein Asyl«, sagte José. »Der Eigentümer dieser Villa ist gerade in Brasilien, noch für den ganzen Monat. Im September sehen wir dann weiter ...«

Im September, dachte Sergio Piana, bin ich bereits weit weg, mit prallen Taschen nach zwei oder drei aufsehenerregenden Coups an der Côte. In den Luxushotels wird man mich nicht so rasch vergessen ... Trotzdem nickte er dankbar.

»Du kannst mich auch ruhig irgendwo anders unterbringen«, sagte er. »Mir macht das nichts aus, ich kann auch mit weniger Komfort leben. Es kann auch ruhig etwas weiter von der Côte entfernt sein. Das Wichtigste ist, daß es etwas abseits liegt und die Bullen dort nicht herumspionieren.«

»Und Giuseppe?«

»Der ist seine eigenen Wege gegangen«, erwiderte Sergio. »Weißt du, die Bulldogge ist eine ständige Gefahr. Er ist zu auffallend. Er hat mir erzählt, er würde nach Gréolières gehen und dort bei einem Verwandten untertauchen, der einen Bauernhof hat. Aber ich kann mich jederzeit mit ihm in Verbindung setzen. Wenn ich einen Job für ihn habe, zum Beispiel...«

Ein wirklich hübsches Domizil. Es fehlte an nichts. Als hätte José mit seinem Kommen geradezu gerechnet. Whisky, amerikanische Zigaretten, kühlgestellter Champagner, Konservenbüchsen, Zwieback, Kondensmilch, Wein. Der Kühlschrank war voll. Auf einem Regal standen ein Plattenspieler und Schallplatten – die aktuellsten Hits. Die Küchentür führte auf einen Maultierpfad, der sich zwischen den Felsen dahinschlängelte.

»Von hier aus sieht man jeden kommen«, erklärte José. »Und dort ist das Gebirge... Man kann sich leicht aus dem Staub machen.«

»Va bene... Sogar ein Telefon hast du!«

»Ja, aber sei vorsichtig. Wenn ich dich anrufe, läßt du es zweimal läuten, und dann rufe ich zurück. Einverstanden?«

Die beiden Freunde schlugen sich gegenseitig auf die Schultern. José setzte sich wieder an das Steuer seines Jaguars.

Sergio Piana genoß das Leben, er entspannte sich. Er schaute mit Besitzerstolz in den Kühlschrank, öffnete eine Flasche Obstsaft und trank zwei Gläser hintereinander. Er knöpfte seine Jacke und sein Hemd auf. Mit nacktem Oberkörper legte er sich auf den Liegestuhl, der im Schatten einer großen Pinie stand. Er vertiefte sich in die Lektüre einer Filmzeitschrift.

Es waren ruhige Tage der Erholung. Sergio Piana ließ sich von der Zeit einlullen. Jeden Morgen las er die Zeitung, die José Pelegrini ihm zusammen mit den frischen Croissants brachte, und konstatierte mit Befriedigung, daß in der Presse sein Ausbruch nicht mehr erwähnt wurde; auch von einer Polizeifahndung war nicht mehr die Rede. Sein Milchkaffee, den er auf der sonnigen Terrasse schlürfte, schmeckte ihm von Tag zu Tag besser. Er fühlte sich jetzt einigermaßen sicher. Er sagte sich, daß die Polizei andere und wichtigere Aufgaben hatte: die Kommunisten aus den besetzten Postämtern zu jagen und die Bombenanschläge auf die Eisenbahnlinien zu verhindern. Auch im Radio wurde der Name Sergio Piana nicht mehr erwähnt.

Beruhigt begann er, die ersten Schritte rings um das Haus zu wagen, dann führten ihn seine Wanderungen jedes Mal ein Stückchen weiter. Er spazierte in Richtung Théoule. Er ging bis zur Galère, wobei er die Straße benutzte, die am Meer entlang über die Felsen führte. Per Autostopp kehrte er zurück. Kein Passant konnte ahnen, daß dieser gutaussehende, teuer gekleidete junge Mann, der auf einem Meilenstein saß und die sich im Meer spiegelnden letzten Strahlen der untergehenden Sonne betrachtete, kein anderer war als der berühmte Playboy der Côte, der seine Krallen in der Erwartung eines neuen Coups, der noch einträglicher sein sollte als die früheren, nur vorübergehend eingezogen hatte.

Am fünften Tag wagte Sergio sich von seinen Felsen herunter. Der Strand zog ihn unwiderstehlich an. Er hatte einen ruhigen Flecken entdeckt, nicht weit entfernt vom Restaurant Marco-Polo und dem kleinen Hafen, wo die Motorboote anlegten, wenn die Wasserskiläufer sich von ihrem Seil getrennt hatten. Er legte sich in den Sand, um die Sonnenbräune auf seinem athletischen Körper zu vertiefen. Faul ließ er seinen Blick über die wenigen Wolken wandern, die der Mistral-Wind in Richtung Italien blies.

In ein paar Tagen würde er zu Hause in San Remo sein, dann in Genua, davon war er überzeugt.

Nach dem großen Coup im Carlton.

Denn seine Wahl war schließlich auf das Carlton gefallen. Es schien ihm ein Kinderspiel zu sein, an der Fassade entlangzuklettern. Das Carlton hatte dreihundertzweiundvierzig Zimmer. Es müßte mit dem Teufel zugehen, wenn bei dieser Hitze alle Balkontüren des Nachts geschlossen wären.

Morgen, bei Einbruch der Dämmerung, würde er auf die Croisette gehen und mit Hilfe eines Fernglases die alleinstehenden Frauen beobachten, deren Schmuck die Mühe lohnte ... Er würde ihre Rückkehr abwarten. Und aufpassen, wann die Lichter in ihren Zimmern ausgingen.

Am Abend darauf würde er bis zur letzten Etage hinaufklettern und, im Schatten auf dem Steinvorsprung hockend, der sich an den Dachrinnen entlangzog, auf den günstigen Augenblick warten. Mit etwas Glück konnte schon nach drei oder vier Blitzvisiten sein Vermögen gemacht sein.

Er wußte aus Erfahrung, daß die Vorsicht der Frauen durch Müdigkeit, Alkohol und Liebe eingeschläfert wurde ... Und nach einer langen Party wanderte der Schmuck selten in die Tresore zurück.

Der erste Ort, wo die Suche meistens lohnte, waren die Kommoden, die Nachttische ... Oder unter dem Kopfkissen. Man mußte nur geschickt genug sein, um die Schlafenden nicht zu wecken. Sergio seufzte zufrieden: die Gelenkigkeit, die Schnelligkeit, ja sogar eine katzenhafte Geschmeidigkeit waren Gaben, mit denen die Natur ihn großzügig beschenkt hatte ...

»Verzeihung, Monsieur ...«

Eine weibliche Stimme, eine leise und warme Stimme. Sergio öffnete die Augen. Über ihm stand eine junge Frau mit sonnengebräuntem Körper, provozierenden Brüsten, einem Mini-Bikini, langen, schlanken Schenkeln. Die Unbekannte wollte offenbar zum Bootssteg, und er versperrte ihr den Weg. Sergio Piana stand auf und lächelte. Mit raschem Blick schätzte er das Alter der jungen Frau: achtundzwanzig oder dreißig Jahre alt, nicht mehr. Am Ringfinger trug sie einen Platinehering zusammen mit einem riesigen Solitär. Sergios Nasenflügel bebten.

»Entschuldigen Sie«, sagte er, »ich wußte nicht, daß das hier ein Durchgang ist.«

Die junge Frau erwiderte charmant sein strahlendes Lächeln.

Sergio verbeugte sich.

»Graf d'Alessandro«, stellte er sich vor, mit seinem singenden Akzent.

Den Satz begleitete ein schmeichelnder Blick. Ein Blick, dessen Macht er genau kannte und den die Journalisten des »Radar« die Geheimwaffe des Playboys nannten.

»Annie Meyer«, erwiderte die Unbekannte und errötete unwillkürlich. »Ich muß zu meinem Motorboot, um nach Juan zurückzufahren.«

Eine unverhoffte Gelegenheit. Seit drei Jahren, sieben Monaten und vierundzwanzig Tagen hatte Sergio keine Frau mehr gehabt. Diese gefiel ihm. Und er schien ihr auch nicht zu mißfallen. Er nützte seinen Vorteil.

»Allein? Und Sie haben keine Angst?«

Annie Meyer brach in schallendes Lachen aus. Die Naivität des Grafen amüsierte sie.

»Für wie alt halten Sie mich? Sie machen wohl einen Scherz! Außerdem ist das Meer spiegelglatt, und Juan ist nicht weit entfernt. Ein paar Meilen nur, hinter dem Felsvorsprung der Croisette ...«

Als sie sich umdrehte, um ihm die Richtung zu zeigen, fühlte sich Sergio von ihrem kecken Profil und ihren festen Brüsten wie elektrisiert. Er senkte den Blick zu dem schmalen Streifen weißer Haut, den ihr Bikini indiskreterweise freigab ...

»Ich bin schon seit Monaten nicht mehr mit einem Außenbordmotor gefahren«, murmelte er.

»Wollen Sie mitkommen?«

Annie Meyer reichte ihm die Hand. Sergio traute seinen Ohren kaum. Und schon saß er dicht neben dem Schenkel der jungen Frau auf der Vorderbank. Der Motor begann zu brummen. Der Vordersteven durchschnitt die Wellen und schlingerte ein wenig, während ihre Geschwindigkeit zunahm. Graf d'Alessandro legte seinen Arm um Annies Schultern. Sergio Piana hatte die Technik des leidenschaftlichen Küssens nicht verlernt.

»Sehen Sie«, sagte Sergio, während das Boot sanft in einer Bucht der Insel Sainte-Marguerite schaukelte, »seit meine junge Frau mich verlassen hat, ist das Leben für mich so langweilig geworden.«

Er fand genau die richtigen Worte, die ihr Ziel nicht verfehlten. Annie Meyer schmiegte sich enger an die Brust ihres Begleiters; seine Schönheit, sein muskulöser Körper verwirrten sie.

Sie hob den Kopf. Ihre Augen, ihre Lippen verlangten nach einem Kuß. Sie wußte nichts von dem Grafen d'Alessandro, aber schon verglich sie ihn mit ihrem Mann, diesem Operetten-Playboy, der nichts anderes im Kopf hatte, als ohne sie mit dieser alten Tante Collobrières auszugehen oder Orgien zu veranstalten.

D'Alessandro war von anderem Schlage. Und außerdem italienischer Adel. Hatte er ihr vorhin nicht erzählt, daß seine Eltern im Schloß von Rapallo residierten? Sie kannte Rapallo nicht. Sie hatte schon davon gehört, aber ihr Gatte wollte ja nie woanders hinfahren als an die Côte d'Azur, nach Cannes, Saint-Tropez oder Juan-les-Pins.

»Ich muß wieder zurück«, sagte Sergio. »Meine Sachen sind noch am Strand ...«

Nur widerwillig gab Annie ihn frei. Sie schlang ihre Arme um seinen Hals, preßte erneut ihre Lippen auf die seinen und sagte schließlich mit verliebter Stimme:

»Ich setze Sie dort ab.«

Der Motor heulte auf, aber sie gab noch kein Gas.

»Wann sehe ich Sie wieder?«

Annie zog einen so reizenden Flunsch, daß der Graf sich wieder über sie beugte.

»Morgen. Mein Mann macht einen Bootsausflug mit einem seiner Freunde. Ich bleibe allein in Juan. Ich wohne im Murène, Sie wissen doch ... Das Hotel von Théodose. Wenn Sie wollen, können Sie mich dort besuchen.«

Sergios Herz schlug schneller. War der Traum nicht zu schön, um wahr zu sein?

»Ist das nicht zu gefährlich?«

»Aber nein, absolut nicht. Sie können den Hintereingang benutzen. Den Dienstboteneingang, am Chemin des Sables ... Gleich links hinter dem Gittertor ist die Waschküche. Rechts führt eine Treppe zu den Etagen. Mein Zimmer ist im ersten Stock, die zweite Tür gleich links. Nummer sechs. Ganz einfach.«

»Kein Problem«, erwiderte Sergio. »Ich werde kommen. Um wieviel Uhr?«

»Nach zehn Uhr. Sollte etwas schiefgehen, werde ich mein Frotteehandtuch auf den Balkon hängen. Es ist grün mit roten Blümchen.«

Jetzt gab sie Gas, das Motorboot machte einen Sprung vorwärts, sie drehte gekonnt und schlug die Richtung nach Théoule ein. Eng aneinandergeschmiegt bewunderten sie das Meer, das sich vor dem Bug öffnete, als wolle es ihn verschlingen.

Sergio Piana war glücklich.

Das Carlton hatte er bereits aufgegeben.

Vorhin hatte er erfahren, daß das kleine Murène hinter seinen Mauern ebenso viele Pretiosen verbarg wie das größte Luxushotel. Es mußte ein Kinderspiel sein, die näheren Einzelheiten auszukundschaften. Seine zukünftige Geliebte wohnte dort schließlich. Wie dumm von ihm, daß er nicht eher ans Murène gedacht hatte. Die Sache war bereits so gut wie gelaufen.

Er mußte einen Schutzengel haben, der über ihn wachte. Und nicht umsonst betrachtete er die Côte als sein Paradies.

Es war der vierte Tag unseres Dolce far niente, die geheiligte Stunde der Siesta. Wir waren Arm in Arm eingenickt, und ich träumte gerade, daß wir beide auf einer verlassenen Insel lebten, im Schatten der Kokospalmen, als ein gräßlicher, in dieser Landschaft völlig ungewöhnlicher Laut mich aus dem Bett springen ließ.

»Verdammt, das Telefon!«

Wir hatten es völlig vergessen. Jetzt machte es sich lautstark in unserem winzigen Flur bemerkbar. Fast wäre ich auf dem gewachsten Parkettboden ausgerutscht, in elegantem Bogen stürzte ich auf den Apparat zu, packte den Hörer und brüllte mit der lieblichen Stimme eines Polypen in einem drittklassigen Krimi:

»Hallo!!!«

Am anderen Ende fragte die authentische Stimme eines Polizeibeamten erstaunt:

»Borniche? Sagen Sie, was machen Sie denn da?«

Also das ist doch die Höhe! Man fragt mich, was ich bei mir zu Hause mache. Schön, ich bin im Urlaub, aber ich habe doch wohl das Recht, meine Ferien zu Hause zu verbringen, oder? Die einzige Dummheit, die ich begangen habe, war, daß ich mir ein Telefon zugelegt habe ... Hätte ich nur Marlyse an den Apparat gehen lassen ...

»Hören Sie, Borniche!«

Was blieb mir denn anderes übrig, als der bezaubernden Stimme der rechten Hand des Direktors zu lauschen, Hauptkommissar Joudon, der aufgrund einer Mißbildung der Fußsohle aus dem aktiven Dienst ausscheiden mußte? Diesmal war es nicht Vieuchêne, der mir den Urlaub verdarb. Er war nämlich auch in Ferien und führte seinen stattlichen Bauch an den Stränden der Côte d'Azur spazieren. Bevor ich etwas erwidern konnte, befahl mir eine deutliche, keinen Widerspruch duldende Stimme:

»Kommen Sie sofort ins Büro. Der Direktor will Sie sprechen. In Juan-les-Pins wurde ein Einbruch verübt.«

Er hängte auf.

»Wer war das?« fragte Marlyse, die auf der Schwelle des Schlafzimmers in ihrer natürlichsten Kleidung – im Evakostüm – erschien.

Ich küßte sie zärtlich, bevor ich melancholisch antwortete:

»Plattfußindianer, mein Liebling. Ich muß sofort ins Büro. Ich fürchte, daß unsere Ferien endgültig zu Ende sind.«

Da sie wohl sah, daß diese Aussicht mich nicht allzusehr begeisterte, erklärte sie mir tröstend:

»Weißt du, eines Tages wären sie sowieso zu Ende gewesen. Die Hauptsache ist, daß wir sie genossen haben.«

Eine kalte Dusche, um mich richtig wachzumachen, und schon war ich auf dem Weg in die Rue des Saussaies. Auf der Plattform des Busses rauchte ich eine Zigarette nach der anderen. Ich hatte wirklich nicht die geringste Lust, Räuber und Gendarm zu spielen.

»Na, Borniche, haben Sie sich gut erholt?«

»So einigermaßen, Herr Direktor.«

Direktor Albert Biget lehnte sich behaglich in seinem Sessel zurück, in der imponierenden Haltung eines Ministers inmitten einer wichtigen Konferenz.

»Das freut mich. Da, lesen Sie.«

Er reichte mir über seinen Schreibtisch hinweg eine Telex-Nachricht, die ich noch im Stehen rasch überflog:

»Sonderdezernat von Marseille an Sûreté Paris.

Im Hotel La Murène in Juan-les-Pins ist ein Einbruch verübt worden. Gegen Mitternacht, als alle Gäste schliefen, nutzten zwei bisher unbekannte Männer die Dunkelheit und die leichte Zugänglichkeit der Balkontür, die in das Schlafzimmer von Madame Magda Ruggieri führt, in dem sich der Tresor des Hotels befand, stiegen auf das Dach eines Autos und gelangten so in das Zimmer. Madame Ruggieri, die aus dem Schlaf aufschreckte, sah einen ihrer Angreifer, der einen Revolver in der Hand hielt, während der andere, mit einem Messer bewaffnet, ihr den Befehl gab, den Tresor zu öffnen, der erhebliche Geldsummen und wertvollen Schmuck enthielt, die die Gäste dem Hotel zur Verwahrung übergeben hatten. Nachdem die Räuber den Tresor geleert hatten, was nicht mehr als ein paar Sekunden gedauert hatte, fesselten und knebelten sie die Geschäftsführerin des Hotels. – Erst um vier Uhr morgens gelang es dem Opfer, das einen schweren Schock erlitten hatte, seinen Knebel zu entfernen und Alarm zu schlagen. – Der Wert der Beute dürfte sich auf mehr als hundert Millionen belaufen. – Das Kommissariat von Juan-les-Pins war kurz darauf zur Stelle, ebenso Kommissar Pedroni aus Marseille und sein Dezernat für Raubüberfall. – Erwähnenswert ist an dieser Stelle, daß ähnliche Einbrüche in dieser Gegend von Sergio Piana, mit Spitznamen der Playboy der Côte d'Azur, begangen worden sind. Piana ist erst vor kurzem aus der Strafanstalt von Monaco ausgebrochen. Nach ihm laufen intensive Fahndungen. Ende.«

Ich legte das Telex zurück auf den Schreibtisch.

»Verstehen Sie mich recht, Borniche. Ich schicke Sie nicht hinunter, um die Untersuchung selbst in die Hand zu nehmen. Lediglich als eine Art Beobachter. Der Fall ist sehr wichtig, die Opfer verfügen über die besten Beziehungen. Es wird Zeit, daß wir mal nachsehen, was an diesen ganzen Diebstählen an der Côte dran ist. Der Minister möchte unterrichtet sein. Aber Vorsicht, nicht wahr! Gehen Sie diplomatisch, mit Fingerspitzengefühl vor!«

Ich sagte mir, daß ich das mit Sicherheit benötigen würde ... In Juan-les-Pins würden sich drei Abteilungen der Polizei gegenüberstehen. Zunächst einmal die Ortspolizei. Sie hatte die ersten Untersuchungen geführt, den Staatsanwalt benachrichtigt und das Sonderdezernat von Marseille. Dann erschien Marseille auf dem Plan. Die Polizeibeamten von Marseille waren vom Untersuchungsrichter offiziell beauftragt worden, die Untersuchung zu führen, weil ihre Kompetenz sich über den ganzen Mittelmeerraum erstreckte. Und jetzt kam noch Paris. Das Sonderdezernat von Marseille hatte, wie es sich gehörte, die Sûreté unterrichtet, die dem Innenministerium unterstand und der, ebenso wie ich, auch die Polizeibeamten von Marseille unterstellt waren. Und nun hielt man es für angebracht, auch noch mich als Beobachter an den Tatort zu schicken. Ziemlich viele Leute auf einmal, fand ich.

Mit Bitterkeit im Herzen begab ich mich in das Verwaltungsbüro. Man überreichte mir eine schriftliche Bestätigung meines Auftrages sowie ein Zweiter-Klasse-Billett – die Erste Klasse war den Kommissaren vorbehalten –, und ich hatte gerade noch Zeit, wieder auf die Plattform des 52ers zu springen, an der Oper umzusteigen und von dort aus mit dem 68er zur Place Clichy zu fahren. Es blieb mir nichts anderes übrig, als möglichst rasch meinen Koffer zu packen. Während der Omnibusfahrt dachte ich grimmig darüber nach, wie man mich wohl in Juan-les-Pins empfangen würde. Natürlich würde meine Anwesenheit den Kollegen aus dem Süden ungeheuer mißfallen. Man schätzte es ganz und gar nicht, wenn die Pariser sich in die Fälle der Provinz einmischten. Dem Gesetz nach war die Polizei von Marseille mit dem Fall befaßt. Aber wenn Kommissar Pedroni auch dem Rang nach über mir stand, so war er mir doch vorübergehend unterstellt, denn ich würde in Juan-les-Pins sozusagen den Direktor der Sûreté repräsentieren ... Ich kannte den menschlichen Charakter gut genug, um vorauszusehen, daß meiner keine liebenswürdigen Mienen harrten. Ein schöner Anfang für dieses Jahr!

»So, an die Côte d'Azur fährst du also«, sagte Marlyse und packte sorgfältig ein paar leichte Sachen in meinen Koffer.

Die Sachen, die ich in Fouras getragen hatte ... Das erinnerte sie an ihre Träume von Saint-Tropez, und sie wurde ganz nachdenklich

»Tja ...«

»Schade, daß ich nicht mit dir fahren kann ...«

»Ja, denkst du etwa, daß mich das amüsiert? Mit den ganzen Unruhen im Augenblick, den Streiks und was weiß ich ... Glaub ja nicht, daß das ein Vergnügen für mich wird ... Stell dir vor, es wimmelt dort von Leuten, die Ferien machen, und ich muß arbeiten ...«

»Trotzdem, Juan-les-Pins ...«

Ich breitete die Arme in einer Geste der Ohnmacht aus:

»Natürlich, Juan-les-Pins ... Aber vergiß nicht, daß unsere Ferien zu Ende sind, mein Liebling. Du mußt schließlich auch in drei Tagen wieder mit der Arbeit anfangen.«

An der Gare de Lyon war der Teufel los. Wegen der Streiks verkehrten nur wenige Züge, und ich mußte mich in ein überfülltes 2.-Klasse-Abteil drängen, wo ich zwischen einem Jungen saß, der mir andauernd Fußtritte verpaßte, und einer eleganten Dame, die von Wolken billigen Parfums umhüllt war. Um 20.30 Uhr setzte der Zug sich in Bewegung. Natürlich war nicht daran zu denken, sich bequem auszustrecken und zu schlafen. Zum Trost sagte ich mir, daß es in der 1. Klasse sicher genauso war. Wenn ich mir überlegte, daß ich diese unbequeme Fahrt – von meinem unterbrochenen Urlaub ganz zu schweigen – den Lorbeeren verdankte, zu denen mir, wenn auch unabsichtlich, die Pariser Verbrecherkreise verholfen hatten ...

Zu allem Unglück saß ich in dem letzten Wagen, wo man am meisten durchgerüttelt wurde. Trotzdem gelang es mir, etwas einzunicken. Von Zeit zu Zeit erwachte ich, verfiel jedoch immer wieder in einen unruhigen Halbschlaf. Mein Mund war trocken, aber ich war zu benommen, um aufzustehen. Übrigens war der Gang so überfüllt, daß ich über die Mitreisenden und Stapel von Gepäck hätte hinwegklettern müssen – wie in alten Besatzungszeiten.

7

Toulon. Es war noch nicht hell, und doch ging die Deckenbeleuchtung des Abteils plötzlich aus. Ich stand im Gang, mit dem Rücken gegen die Glastür meines Abteils gelehnt, das acht Personen als abgeschlossener Schlafsaal gedient hatte und in dem es wie in einem Raubtierkäfig roch, und zündete mir meine erste Zigarette an. Ein paar Züge und der blonde Tabak vertrieb ein wenig die Ausdünstungen der Nacht. Der blaue Rauch kringelte sich in der Luft wie der Duft eines Räucherstäbchens.

Ich träumte vor mich hin, ich stellte mir Fragen. Fast hätte ich mit mir selbst gesprochen, wie jene alten Leute, die man auf den Parkbänken sitzen sieht. Was erwartete mich in Juan-les-Pins? Ich war noch nie dort gewesen. Wie jeder andere wußte ich, daß man sich dort ungeheuer amüsierte, ohne sich um die Schattenseiten des Lebens zu sorgen. Jedenfalls war das die allgemeine Vorstellung. Ich habe noch nie allzusehr an goldene Märchen geglaubt, an zauberhafte Nächte, an das Glück, das man im Gewimmel der Stars und Playboys zu finden hofft ... Ich war überzeugt davon, daß es in diesem Paradies von Juan wie überall woanders auch ein gut Teil verborgener Melancholie, versteckten Elends und sittlicher Verworfenheit gab. Kurz und gut, die natürliche Bürde der Menschheit ...

»Du Glückspilz«, hatte Hidoine zu mir gesagt. »Da unten langweilst du dich sicher nicht. Nimmst du wenigstens deine Badehose mit?«

Hidoine war mein Kollege, mein Begleiter, mein Freund. Er war mein Double, mein »Pfeil«, wie wir in unserem sonderbaren Jargon zu sagen pflegen. Die Polizisten, die Gendarmen und die Soldaten machen immer zu zweit die Runde, das weiß jedes Kind. Und ich hatte stets Hidoine an meiner Seite, wenn ich losmarschierte. Seit wir in den Dienst der Sûreté eingetreten waren, hatten wir uns nie auch nur einen Augenblick verlassen. Er war mein Sancho Pansa, und man sah nie Borniche ohne Hidoine, Hidoine ohne Borniche. Kommissar Vieuchêne, unser verehrter Chef, hatte das sofort begriffen, als er uns beiden das gleiche Büro zuwies, Zimmer Nr. 523, ein winziges Kabuff mit beigen Wänden, verschwenderisch ausgestattet mit zwei Tischen aus hellem Holz, zwei Stühlen, einem Telefon und einer Schreibmaschine, deren Tasten durch das ständige Hämmern allzu kräftiger Finger durcheinandergeraten waren.

Hidoine war nicht größer als ich, und wir waren etwa gleich alt: vierunddreißig Jahre. Er war drahtiger, magerer, aber er hatte wohlgeformte Züge, lebhafte und intelligente Augen. Seine Ferien waren ihm heilig. Er nahm sie stets im Juli und verbrachte seinen Urlaub auf einem verlassenen Kieselstrand an der Nordsee. Es war mir völlig unklar, wie er das machte, aber, ob es regnete oder stürmte, stets kehrte er in unser Büro in der Rue des Saussaies mit einer schokoladenbraunen Farbe zurück, und, oh Wunder, nie war er zur Stelle, wenn die Arbeit rief. Denn eigentlich wäre nämlich die Reihe an ihm gewesen, nach Juan-les-Pins zu fahren, aber mich hatte man angerufen. Und da besaß er noch die Frechheit, mich einen Glückspilz zu nennen.

Er hatte mir einen kräftigen Schlag auf die Schulter versetzt und verständnisinnig mit den Augen gezwinkert. Hätte ich ihm gesagt, daß ich ganz gut auch ohne diesen Luxusbadeort von Juan-les-Pins auskommen könnte, hätte er mir kein Wort geglaubt... Und meine arme Marlyse, die jetzt allein in unserer frisch gestrichenen Zweizimmerwohnung saß? Sie hatte doch so sehr von der Côte d'Azur geträumt. Eine Woge von Melancholie erfaßte mich. Wenn meine Untersuchungen sich noch länger hinzogen, konnte ich ja versuchen, sie nachkommen zu lassen. Das Wichtigste war, erst einmal ein Zimmer zu finden. In dieser Jahreszeit bestimmt keine leichte Sache!

Eine polizeiliche Untersuchung an der Côte, das war für mich Neuland. Eigentlich war ich aus Paris noch nicht viel herausgekommen. Ein Ausflug nach Deauville 1949, wegen eines Einbruchs in das Schmuckgeschäft von Van Cleef und Arpels. Eine kurze

Stippvisite nach Cannes wegen des Diebstahls der Begum-Juwelen, eine andere nach Bandol, als man der Môme Moineau ihren Schmuck gestohlen hatte... Einen Weltreisenden konnte man mich wahrhaftig nicht nennen.

Ich rauchte eine Zigarette nach der anderen, während der Zug sich ächzend und schnaubend durch verlassene Ebenen schlängelte, durch vertrocknetes Gesträuch, aus dem sich hier und da felsiges Gestein erhob, das wie eine Geistererscheinung rasch wieder verschwand, wie ein vorüberhuschendes Traumbild in dem geheimnisvollen Licht des Morgengrauens. Die Züge schienen sich auf einem Netz voller Gleise aufzulösen. Das Pfeifen der Dampflokomotive hallte lange nach und unterbrach gespenstisch das Schweigen, das über der Ebene lag.

Und plötzlich waren die Schatten verschwunden. Alles erstand neu in einem orangefarbenen Licht, das die Wiedergeburt der Sonne verkündete.

Sieben Uhr. Durch das schmutzige Abteilfenster konnte ich einen Namen entziffern, der in roten Lettern auf weißem Untergrund an einem Wasserturm stand: Le Muy. Und dann sah ich auf einmal, als wir aus einem Tunnel kamen, den zwei riesige Felsen überdachten, einen leichten, in der aufgehenden Sonne rosafarben schimmernden Dunst, der ganz anders war als der, der über der Ebene lag. Das Meer! Plötzlich durchströmte mich ein Glücksgefühl. Eine Art Rausch ergriff mich. Ich hatte keine Sehnsucht mehr nach Paris. Ein leichter Duft nach Abenteuer stieg mir in die Nase.

Fréjus-Saint-Raphaël-Théoule-Cannes. Kaum hatte sich die Wagentür geöffnet, begann das große Gedränge. Die Fahrgäste drängelten sich auf dem Gang, als ob ihr Leben von einer Sekunde abhinge. Die Menschenmasse stieß mich vorwärts. Ich bahnte mir den Weg mit meinen Ellbogen, sprang hinunter auf den Bahnsteig, überquerte rasch das Gleis und kaufte mir das ›Écho de l'Esterel‹.

Die Titelseite sprang mir geradezu ins Gesicht. Eine riesige Überschrift.

»SENSATIONELLER EINBRUCH

IM HOTEL LA MURÈNE IN JUAN-LES-PINS.

›Es wird noch drei Tage dauern, bis dieser Fall aufgeklärt ist‹, erklärt Kommissar Borniche, eigens aus Paris angekommen, um die polizeiliche Untersuchung zu leiten.«

Ich traute meinen Augen nicht. Oh, ich hätte nichts dagegen gehabt, Kommissar zu sein, nur leider eilten die Journalisten den Ereignissen voraus. Und ich wußte auch nicht, wem gegenüber ich ein so definitives Urteil über einen Fall abgegeben haben konnte, von dem ich noch gar nichts wußte. Es fing nicht gerade gut an. So wie ich Kommissar Pedroni kannte, einen ziemlich empfindlichen Kollegen, würde er mir nie glauben, daß ich diese Erklärung gegenüber der Presse überhaupt nicht abgegeben hatte. Zwischen der Direktion und den Kommissariaten in der Provinz herrschte sowieso nicht eitel Sonnenschein ...

Und der Boden, den ich eben jetzt auf Wunsch selbiger Direktion betrat, war heißer denn je.

Es war ja ganz angenehm gewesen, zehn Minuten frische Luft zu schnappen und meine Erklärungen in einem Lokalblatt zu lesen, das offensichtlich zu Scherzen aufgelegt war. Aber um meinen Platz im Gang wiederzufinden, bedurfte es sportlicher Höchstleistungen. Ich stieg über Berge von Koffern, rempelte verdrossen dreinsehende Familienväter an, und fast hätte ich mich auch noch mit zwei Seeleuten angelegt, die inzwischen meinen Platz eingenommen hatten. Endlich setzte der Zug sich wieder in Bewegung. Ich hatte gerade noch Zeit, bis zu meiner Ankunft in Juan-les-Pins den Artikel im ›Écho de l'Esterel‹ zu Ende zu lesen und meinen Koffer aus dem Abteilnetz herauszufischen. Es gab wirklich keinen einleuchtenden Grund, alle anderen Reisenden anzuschnauzen, aber meine Laune war auf den Nullpunkt gesunken. Die Euphorie, die mich eben noch erfüllt hatte, der Rausch des Abenteuers, der große Tatendrang waren dahin. Die Zigarette vermochte nicht mehr, den bitteren Geschmack in meinem Mund zu vertreiben.

Das Bild von Sarah Frokian, der Gattin des am meisten durch den Einbruch Geschädigten, war ziemlich undeutlich. Trotzdem sah man, daß sie blond war, nicht sehr groß, aber appetitlich. Als der Journalist sie fotografierte, mußte sie wohl geweint haben. Jedenfalls machte sie auf dem Bild ein komisches Gesicht.

Das Foto von Madame Mag, der Geschäftsführerin des Murène, war sehr viel deutlicher. Schade, daß es nicht umgekehrt war, denn Madame Mag war mir ganz und gar nicht sympathisch. Mit ihrem Haarknoten und der Brille auf der Nase sah sie aus wie ein alter Hausdrachen oder eine giftige Portiersfrau. Sie amüsierte sich sicher nicht oft.

Das dritte Foto – das ›Écho‹ hatte ganze Arbeit geleistet – zeigte den Balkon, über den die Diebe in das Schlafzimmer der unglückseligen Madame Mag eingestiegen waren.

Während der Zug holpernd die letzten Kilometer zurücklegte, die mich noch von Juan-les-Pins trennten, überflog ich den Artikel:

»Juan-les-Pins. Von unserem Sonderkorrespondenten...

Die Polizeibeamten von Juan-les-Pins und Marseille haben mit den Untersuchungen begonnen ... ›Es ist ein komplizierter Fall, es wird noch drei Tage dauern‹, erklärte Kommissar Borniche, der den Fall übernommen hat, ein – zusätzlicher – Beweis dafür, daß wir es hier mit einem Einbruch großen Stils zu tun haben.

Die Diebe sind in das Schlafzimmer Madame Ruggieris eingestiegen, die seit fünf Jahren die Geschäftsführerin des Hotels ist. Madame Ruggieri war gerade zu Bett gegangen und wollte ihre Nachttischlampe ausmachen, als sie die beiden unbekannten Täter bemerkte. Sie bedrohten sie mit einem Revolver und einem Messer und befahlen ihr, sie zum Tresor zu führen. Madame Mag blieb keine andere Wahl, als den Schlüssel aus ihrem Nachttisch zu nehmen und sich in das Badezimmer zu begeben, zu dem eine Verbindungstür von ihrem Schlafzimmer aus führt. Dort war der Tresor des Hotels versteckt, eine eiserne Kassette mit den Maßen 35×32 Zentimeter, die lediglich auf zwei Brettern stand. Um keine Fingerabdrücke zu hinterlassen, zwangen die Diebe Madame Mag, selbst den Schmuck und die Geldscheine aus dem Tresor zu nehmen und die Beute in ein Frotteehandtuch einzuwickeln. Dann knebelten sie sie mit einem andren Handtuch und fesselten ihre Handgelenke mit einer Schnur. Sie flohen, indem sie vom Balkon sprangen. ›Nachdem die Einbrecher geflüchtet waren, verlor ich das Bewußtsein‹, erklärte Madame Ruggieri. ›Ich erwachte aus meiner Ohnmacht erst vier Stunden später. Dann gelang es mir, die Fesseln abzustreifen.

... Monsieur Laszlo Frokian, ein Juwelier aus Paris, ist durch den Einbruch besonders hart getroffen. Ihm wurde Schmuck im Wert von hundert Millionen Francs gestohlen – etwa die Hälfte dessen, was im August 1949 bei dem Einbruch in die Begum-Villa erbeutet wurde. Erst gegen zehn Uhr vormittags erfuhr Herr Frokian von dem Vorfall durch das Zimmermädchen, Gisèle Venturi, die ihm sein Frühstück brachte. Für den Juwelenhändler aus der Avenue Montaigne bedeutet dieser Diebstahl einen erheblichen Verlust. Madame Frokian verlor ihren gesamten eigenen Schmuck und eine Brieftasche mit 500 000 Francs Inhalt. Bei den von dem Juwelier in den Tresor eingeschlossenen Edelsteinen und Brillanten handelt es sich fast um den gesamten Bestand seines Schmuckgeschäftes.

... Etwa ein Dutzend andere Hotelgäste, die dem Hoteltresor Schmuck und Wertsachen anvertraut hatten, zählt ebenfalls zu den Opfern des Einbruchs: Monsieur Ludwig Baerhof, sechsundvierzig Jahre alt, Schweizer Geschäftsmann, Madame Meyer aus

Paris, Monsieur Charles Bernard, belgischer Schriftsteller, und einige andere.

... Seit gestern haben die Untersuchungen kaum erwähnenswerte Fortschritte gemacht...«

Mir reichte meine Lektüre. Wenn all diese Erklärungen ebenso wahr sind wie die, die mir das ›Écho de l'Esterel‹ unterschob, obwohl ich noch immer im Zug saß...

... Und Marlyse schlief um diese Zeit sicher noch tief. Ohne mich... Sie hatte bestimmt ihr Laken zurückgeworfen, weil es in unserer Dachgeschoßwohnung so heiß war. Die Sonne fiel wahrscheinlich jetzt durch die Rolladenritzen und wanderte über ihre nackte Haut. Vielleicht streckte sie ihre Hand aus, um mich zu berühren. Verdammt! Und statt den Duft ihrer Haare einzuatmen, ließ ich mich hier von dem Zug durch die Gegend schaukeln, der soeben in einer Wolke zischenden Dampfes hielt.

Ich war angekommen.

Hier begann mein Leidensweg.

Nie hatte das Wort »Ausgang«, das mir den Weg durch den kleinen Bahnhof wies, einen so unheilvollen Beiklang für mich beinhaltet.

Ich hatte den Eindruck, daß der Journalist des ›Écho de l'Esterel‹ ganze Arbeit geleistet hatte. Ich konnte mich umsehen, soviel ich wollte, aber der Inspektor aus Marseille, der mich in Empfang nehmen sollte, war offensichtlich nicht erschienen. Ich stand da wie bestellt und nicht abgeholt, mit meinem Kunstlederkoffer zwischen den Beinen. Mein zerdrückter Anzug war viel zu schwer. Der muffige Abteilgeruch haftete noch an ihm. Ich fühlte mich schmutzig, melancholisch und häßlich.

Eine Viertelstunde, zwanzig Minuten. Ich hatte allmählich genug von der Warterei. Vielleicht war mein Spürhund aus Marseille aufgehalten worden. Eine dringendere Aufgabe, ein geplatzter Reifen... Hm. Ich war überzeugt davon, daß ich hier noch lange warten konnte.

In recht früher Morgenstunde, zu der sie für gewöhnlich zu Bett ging, tauchte Sarah Frokian aus einem unruhigen Schlaf auf, zu dem ihr die Schlaftabletten verholfen hatten, die Théodose ihr spät in der Nacht reichlich verabfolgt hatte. Ein weiser Entschluß: sie hatte die ganze Hotelbar mit ihrer Hysterie in Atem gehalten, und nur eine genügende Dosis schlafspendender Tabletten konnte dem ein Ende setzen.

»Welch ein Alptraum«, murmelte sie.

Sie vergrub ihren Kopf in den Kissen, in dem vergeblichen Bemühen, wieder in Bewußtlosigkeit zu versinken, um zu vergessen... In ihrer Benommenheit durchlebte sie das Drama wieder und wieder. Sie fühlte sich häßlich und alt; die Tränen kamen ihr. Sie war davon überzeugt, daß die braunen Haarwurzeln seit dem vergangenen Abend Zentimeter um Zentimeter nachgewachsen waren, daß ihre Falten sich vertieft hatten. Sie schwitzte und fand sich selbst widerlich – sie, die mehrmals am Tag badete, um den geringsten Schweißgeruch abzuwaschen.

»Was soll das Ganze überhaupt noch? Ich habe nur noch einen einzigen Ausweg, den Tod, nachdem ich zur Bettlerin geworden bin...«

Sie versuchte, nach der Wasserkaraffe auf dem Nachttisch zu greifen, und warf sie um. Ihre Ungeschicklichkeit löste einen Weinkrampf bei ihr aus. Sarah verfluchte ohne Ansehen der Person ihre Tochter, ihren Schwiegersohn, ihren Mann und die Familie Frokian bis ins zwanzigste Glied, das Murène, seinen Besitzer, sein gesamtes Personal und diese Trottel von Polypen, die den ganzen gestrigen Tag damit verbracht hatten, dumm herumzustehen, und offenbar nicht wußten, was sie tun sollten.

Sie mußte ihre Wut an irgend jemandem abreagieren. Sonst würde sie noch verrückt werden. Sie schrie: »Laszlo!«

Dann erinnerte sie sich daran, daß er gestern geschworen hatte, kein Wort mehr mit ihr zu reden, bis der Schmuck wieder aufgetaucht sei. Als ob sie daran Schuld hätte! Er stand ja neben ihr, als sie Théodose den Schmuckkasten übergeben hatte, als diese gräßliche Madame Mag ihn zusammen mit ihrer Brieftasche genommen hatte, um alles in Sicherheit zu bringen. In Sicherheit! Laszlo hätte mißtrauischer sein sollen, er, der niemandem traute, selbst seinem Buchhalter nicht, und seine Geheimnisse eifersüchtig in seinem Notizbuch hütete!

... Ein feines Hotel! Eine Versammlung von Gaunern, ein Klub von Hundertfünfundsiebzigern. Nie hatte man ihr, Sarah Frokian, so etwas angetan. Dabei hatte sie weiß Gott viele Hotels kennengelernt im Laufe ihrer Reisen. In Neapel hatte man ihr alle Kleider gestohlen, ausgenommen das, das sie gerade anhatte. In Beirut war ihre Uhr vom Rand eines Swimming-pools verschwunden. Ein brasilianischer Taxichauffeur war mit ihrer Krokodilledertasche abgehauen, die sie gerade gekauft hatte... Aber nie hatte man ihr etwas aus dem Hoteltresor entwendet. Für sie war ein Tresor so sicher wie die Bank von Frankreich...

»Herein! Ach, du bist's?«

»Mamy, ich bin gekommen, um dich zu beruhigen.«

Patrick Meyer setzte sich vertraulich auf den Bettrand. Er ergriff ihre Hand.

»Aber du hast ja Fieber... Deine Hand ist ganz heiß...«

»Dazu hätte schon ein geringerer Anlaß genügt, oder?«

»Dein Schluchzen hat Annie aufgeweckt, Mamy. Sie ist auch ganz außer sich. Sie kann nicht mehr einschlafen. Das Hotel hat so dünne Wände, weißt du...«

»Wieso haben die dünnen Wände dann vergangene Nacht nichts genützt?« knurrte Sarah. »Du bist wirklich von beneidenswerter Gelassenheit. Du tust so, als hätte man dich verschont. Zugegeben, fünfhunderttausend Francs ist für euch vielleicht nicht viel...«

Patrick zuckte fast unmerklich mit den Schultern.

»Gegenüber den hundert Millionen, die Laszlo mit seinem Schmuck verliert, nein.«

»Und mein Schmuck! Den vergißt du wohl, oder?«

»Wer weiß, was wirklich in dem Tresor lag«, sagte er lächelnd... »Nein, Mamy, ich vergesse ihn nicht. Ich verstehe dich ja. Gestern habe ich sogar mit Paris telefoniert. Die Polizeidirektion schickt einen Inspektor, der den Fall aufklären soll. Kannst du dich da beklagen?«

Er tätschelte ihr die Hand mit aufmunterndem Lächeln. Sie schluckte eine letzte Träne hinunter; die tröstenden Worte des jungen Mannes hatten ihre Wirkung nicht verfehlt.

»Ich mache mich jetzt ein bißchen frisch«, erwiderte sie. »Sieh mich nicht so an, ich fühle mich ungeheuer häßlich.«

»Wenn die Koketterie wieder ihr Recht verlangt, ist das schon ein gutes Zeichen«, sagte Patrick. »Übrigens, weißt du, wen sie uns aus Paris schicken? Borniche! Keinen Geringeren als ihn. Ich war vorhin bei Laszlo. Er hat die ganze Nacht kein Auge zugetan, aber er beginnt, wieder Hoffnung zu schöpfen.«

»Ach, Laszlo! Das ist ja nicht das erste Mal, daß man ihm seinen Schmuck stiehlt«, sagte sie. »Übrigens bin ich überzeugt davon, daß man schon in Cannes auf uns aufmerksam geworden ist und uns seitdem verfolgt. Vielleicht schon, seit wir Paris verlassen haben.«

Es war nicht mehr das Zischen der Dampflokomotive, die sich durch die Ebene schlängelte. Es war die Kaffeemaschine, die hinter mir gurgelnde Geräusche ausstieß, während der Kaffee in die Tasse tropfte. Ein Kaffee, der mit einem Espresso nicht die geringste Ähnlichkeit hatte, aber zumindest schwarz, heiß und süß war. Sogar ein bißchen Schaum zitterte auf der Oberfläche, während meine Nasenflügel den Duft einatmeten. Mein Magen knurrte vor Hunger. Ich nahm mir ein nicht sehr knuspriges Hörnchen. Gestern abend vor der Abreise war ich zu nervös gewesen, um noch etwas zu essen. Marlyse hatte ein Sandwich mit in den Koffer gepackt: Schinken und Gruyère auf liebevoll gestrichenem Butterbrot. Die ganze Nacht hindurch hatte ich den Koffer mit dem Sandwich im Gepäcknetz des Abteils wütend angestarrt. Um ihn unter dem Berg von Taschen hervorzuziehen, unter denen ihn meine Nachbarin begraben hatte, hätte ich ein Akrobat sein müssen. Und dieser Drachen, der während der ganzen Fahrt unter meinem Sandwich schnarchte...

Die Kneipe war nicht gerade dazu angetan, dem erschöpften Reisenden zu einer netten kleinen Ruhepause zu verhelfen. Ich stand neben der Theke, zur Tür gewandt, und hielt immer noch nach dem Inspektor aus Marseille Ausschau. Das Zischen der Kaffeemaschine ließ mich zusammenzucken. Ich hatte die Nase voll. Nicht genug, daß der Wirt andauernd hustete – die Gäste sahen auch nicht gerade appetitlich aus. Inmitten des Gepäcks von Reisenden, die auf einen Bus warteten, hatte es sich eine Gruppe junger Leute bequem gemacht, die offenbar die Nacht durchgezecht hatten. Sie wirkten so, als hätten sie sich in den Mülleimern der Stadt herumgetrieben, bevor sie hier landeten.

Die wappenbesetzte Mütze eines Städtischen Bediensteten beugte sich über eine Zeitung, die auf der Theke ausgebreitet lag, während eine nicht ganz einwandfreie Hemdmanschette ein Glas Rotwein an die Lippen dieses Trunkenbolds führte.

»Verzeihung, Monsieur, ist es weit zum Kommissariat?«

Der Mann mit der Mütze sah von dem Artikel auf, der von den Heldentaten Louison Bobets bei der Tour de France berichtete. Er schlürfte erst einmal geräuschvoll seinen Wein, bevor er erwiderte:

»In der Post.«

»In der Post? Was meinen Sie damit, in der Post? Ich bin nicht von hier, wissen Sie?«

Der Angestellte trennte sich erneut mit Bedauern von der Tour de France. Er fand allmählich, daß ich etwas zu weit ginge und die Tatsache, daß man nicht von hier war, noch lange kein Grund war, ihn in der Lektüre seiner Zeitung zu stören. Um seinen Kummer zu lindern, nahm er erneut einen kräftigen Schluck. Er stellte sein leeres Glas ab, bevor er mit dem Kinn auf die Straße deutete, die am Bahnhof entlangführte, und murmelte:

»Gehen Sie die Avenue de l'Esterel immer geradeaus. Dann

sehen Sie die frühere Post. In dem Gebäude ist das Kommissariat. Sie sehen auch schon die Fahne drauf.«

»Und die Stadtverwaltung?«

»Es gibt keine Stadtverwaltung hier«, erklärte er kategorisch. »Juan-les-Pins gehört nämlich zu Cap d'Antibes... Wollen Sie nun aufs Kommissariat oder zur Stadtverwaltung? Vielleicht entscheiden Sie sich!«

»Zum Kommissariat.«

Er zuckte mit den Schultern und starrte mich neugierig an, bevor er sich wieder in seine Zeitung vertiefte. Er hielt mich für einen Verbrecher, der sich freiwillig stellen wollte... Vielleicht sogar für den Einbrecher vom Murène? Der Wirt zählte argwöhnisch das Kleingeld, das ich ihm hinlegte, und ich verließ das Café auf der Suche nach einer Fahne. Nach ein paar Schritten fand ich mich auf dem Boulevard Guillaumont wieder, gegenüber dem Sandstrand und dem Meer. Es war nicht einmal acht Uhr morgens, und schon wimmelte es von Touristen. Die Eisverkäufer standen hinter ihren bunten Karren, und die Tretboote warteten nebeneinander aufgereiht vor den ausgestreckten Körpern der Sonnenbrandfanatiker. Während ich mit meinem Kunstlederkoffer inmitten dieser unbeschwerten Ferienatmosphäre von Minute zu Minute verdächtiger wirkte.

Auf, auf, Borniche, du mußt den Kelch bis zur Neige trinken und deine Schritte in Richtung der von Bäumen und Luxusgeschäften gesäumten Avenue lenken. Die Wirtschaftskrise war an diesem Ort wohl spurlos vorübergegangen. Und die Geschäfte hatten unter den Streiks offensichtlich auch nicht gelitten.

Ein reizendes dunkelhaariges Geschöpf mit schwindelerregendem Ausschnitt und sonnengebräunten Beinen war gerade damit beschäftigt, ein Schaufenster mit Strandartikeln zu dekorieren. Ich genoß den Anblick, und da ich wirklich nicht aussah wie der klassische Weiberheld, zögerte ich nicht, sie zu fragen:

»Verzeihung, Mademoiselle, kennen Sie zufällig ein nicht allzu teures Hotel hier in der Nähe?«

Sie wandte mir das typisch breitknochige, lachende Gesicht einer Südfranzösin zu, betrachtete mein unrasiertes Kinn, musterte meinen Koffer und sah darin offenbar nichts Besorgniserregendes, denn sie rief einer fülligen Blondine, von der ich durch das Schaufenster nur den Oberkörper sah, zu:

»Madame, dieser Herr sucht ein nicht zu teures Hotel.«

Die Chefin war merklich ungnädiger mir gegenüber als ihre Verkäuferin. Sie trat aus dem Laden und sah mich mit gerunzelter Stirn abschätzend an:

»Das Redoute ist nicht schlecht«, sagte sie. »Es ist auch nicht teuer. Fragt sich, was Sie ausgeben wollen ...«

Offensichtlich hielt sie mich nicht für Rothschild. Nach schön. In meiner Situation konnte ich mir nicht das Provençal leisten, dessen schmucker Minicar, auf dem in Riesenlettern der Name des Hotels stand, vor dem Bahnhof auf die Gäste gewartet hatte.

»Ist es weit vom Meer?«

Als wäre ich hier in Urlaub!

Die Chefin schüttelte den Kopf.

»Nein ... Sie können es sogar vom Hotel aus sehen. Es ist in der Rue des Iles, die erste rechts hinter der Rue Saint-Honorat.«

Die reizende Verkäuferin hatte mir geantwortet, mit einem herzerfrischenden Lächeln ... Welch poetische Namen die Straßen hier hatten: Inselstraße, Saint-Honorat-Straße, Sainte-Marquerite-Straße, Strandallee, Palmen-Avenue, Lorbeer-Avenue, Sonnenallee ... Wo waren die Aristide-Briand-, Jules-Guesde-, Gambetta-, Jules-Vallès-Straßen der Pariser Vororte geblieben, wo die Gesichter so grau sind wie der Himmel? Ich konnte mir meine hübsche Verkäuferin von Badeanzügen, Sonnenbrillen und Sonnenmilch absolut nicht in einem dieser Hochhäuser des sozialen Wohnungsbaus vorstellen, die seit dem Krieg wie die Pilze aus dem Boden wuchsen. Dieses schöne Kind konnte sich nur in solch einem Traumklima entfalten ...

... Ich beschloß, gleich im Hotel eine Postkarte an Marlyse zu schreiben. Sie sollte einen kleinen Gruß aus diesen lieblichen Gefilden bekommen. Erst einmal eine ordentliche Dusche – die hatte ich wirklich nötig –, ein paar Zeilen an Marlyse, und dann würde ich mich zu diesem komischen Polizeikommissariat aufmachen ... In der ehemaligen Post!

»Mein Lieber«, sagte Rechtsanwalt Carlotti und hob die Hände in dramatischer Geste. »Das ist eine böse Geschichte für uns alle. Die gesamte französische Polizei ist auf den Beinen ... Borniche ist bereits aus Paris unterwegs. Vieuchêne verbringt seine Ferien hier in der Gegend. Pedroni schnaubt vor Wut, er kehrt das Unterste zuoberst ... Sie können mir glauben, hier wird es ein Verhör nach dem anderen geben. Und man weiß nie, was im Endeffekt herauskommt.«

»Hoppla«, sagte Pascal Baldacci, »man wird mir doch nicht etwa den Einbruch anhängen wollen, nur weil ich im Murène abgestiegen bin, oder?«

»Nicht unbedingt ... Aber die verdächtigen Typen, für die man sich bereits seit geraumer Zeit interessiert, haben bestimmt keine angenehme Zeit vor sich, das ist sicher. Mit Pedroni ist schon nicht gut Kirschen essen. Aber mit Borniche fängt der ganze Zirkus noch einmal von vorne an.«

»Ich hab' mit der Sache nichts zu tun«, erklärte Baldacci eigensinnig.

»Ich will davon nichts wissen«, sagte Carlotti ... »Aber warum bist du dann überhaupt zu mir gekommen?«

»Damit Sie sich bereit halten. Bei den Bullen kann man nie wissen.«

»Und es war nicht zufällig etwa, weil ich Frokian kenne? Ein kleines Geschäft vielleicht?«

»Ich hab' Ihnen gesagt, daß ich mit der Sache nichts zu tun habe, Herr Anwalt. Aber wenn man mir auf die Zehen tritt, will ich mich auf Sie verlassen können.«

»Natürlich, natürlich ... Antoines Freunde sind auch meine Freunde. Nur, wenn es soweit ist, müßtest du schon ein wenig gesprächiger werden. Rizzato und Arrighi sind doch gute Freunde von dir, oder?«

Charles Bernard verbarg seine Melancholie hinter einer dunklen Sonnenbrille; er war neunundzwanzig Jahre alt, und seit seinem ersten Roman, dem »Antlitz des Orpheus«, den er vor fünf Jahren geschrieben hatte, fehlte ihm stets die entscheidende Stimme zum Prix Goncourt. Zusammen mit seinem vorzeitig kahl gewordenen Kopf verlieh ihm die Sonnenbrille etwas von einem Mondmenschen. Wie alle Gäste des Murène durfte er das Hotel nicht verlassen. In philosophischer Ruhe hatte er sich in den entlegensten Winkel des Gartens zurückgezogen, um dem Reigen der Polypen, der Opfer und eventueller Verdächtiger zu entgehen.

Charles Bernard war nicht reich. Seinen Aufenthalt im Murène verdankte er der Großzügigkeit seines Onkels, eines vermögenden Geschäftsmannes aus Ixelles, seinem Heimatort. Schon seit langem träumte Charles davon, zwei oder drei Wochen in einem Badeort en vogue an der Côte d'Azur zu verbringen, die für ihn wie für viele Belgier ein fernes Paradies bedeutete. Seine Bücher – ein ehrenwerter Versuch, surrealistische Themen wieder aufzugreifen – verkauften sich schlecht, aber sie trugen ihm in seinem Land die Aufmerksamkeit der Kritik ein und das Interesse einer Leserschar, die den Werken ihrer eigenen Landsleute gegenüber stets aufgeschlossen war. Der Onkel konnte es Charles nicht gut abschlagen, ihm seine Ferien zu finanzieren, die – wie Charles ihm versprochen hatte – eifrigen Studien dienen sollten: es war sein Name, der Name der Bernards aus Ixelles, der im Endeffekt von dieser Großzügigkeit profitieren würde. Charles' dichterische Phantasie, angeregt durch das Mittelmeer, das ihm zum Schlüsselerlebnis werden konnte, und der Umgang mit Leuten der Gesellschaft würden mit Sicherheit dem »Traumvorhang«, jenem Werk, an dem der Schriftsteller, wie er versicherte, Tag und Nacht arbeitete, diesmal die nötige Zahl der Stimmen für den Goncourt eintragen – vielleicht den Ruhm!

Nach zehn Tagen Müßiggang vergaß Charles Bernard alles, sogar das Thema des »Traumvorhangs«. Da es ihm nicht an belgischem Humor fehlte, sagte er sich gelassen, daß sein Buch wahrscheinlich zu einem »Nebelvorhang« werden würde, so nebulös erschien ihm jetzt sein Vorhaben. Davon abgesehen litt er durchaus nicht an Langeweile. Er aß viel, trank viel und schwamm ein wenig. Er war jungfräulich geblieben, aber darauf war er stolz, denn seine natürliche Trägheit verbot ihm jegliche Anstrengung sowohl gegenüber dem weiblichen als auch gegenüber dem männlichen Geschlecht. Übrigens wüßte er auch gar nicht, für welches er sich entscheiden sollte. Er, der, im Kult der Antike erzogen, mit neunzehn von einem Leutnant der Wehrmacht umworben worden war und im übrigen eine Vorliebe für surrealistische Doppelsinnigkeiten besaß, hatte den Entschluß gefaßt, sich selbst zu genügen. Zumindest auf sexuellem Gebiet, denn was das übrige betraf, so suchte er den Umgang und das Gespräch ihm verwandter Seelen so eifrig, daß er schon fast lästig fiel. Er hatte bereits alle Tische des Murène heimgesucht, mit hartnäckiger Aufdringlichkeit. In der Bar konnte man ihm wenigstens aus dem Weg gehen. Théodose drückte die öffentliche Meinung so aus:

»Er geht einem ein wenig auf die Nerven, aber sonst ist er ganz nett...«

Charles hatte bei dem nächtlichen Einbruch alles verloren: die zweihunderttausend Francs, die ihm von dem großzügigen Geschenk seines Onkels noch geblieben waren und die bis zum Ende seines Aufenthalts hätten reichen sollen. Natürlich konnte er einen SOS-Brief an seinen Onkel in Ixelles schicken, wenn die unberechenbaren Streiks in Frankreich nicht gerade den Postverkehr lahmlegten. Er würde dem Brief einen Ausschnitt aus den Morgenzeitungen beilegen, die den Vorfall weidlich ausschlachteten und dem Murène ganze Spalten widmeten. Der Onkel würde daraus ersehen, daß sein gutes belgisches Geld von seinem teuren Neffen nicht verschwendet worden war... Es sei denn, dachte Charles lächelnd, er denkt, ich habe den Einbruch selbst verübt...

Nein, er hielte mich bestimmt nicht für fähig, diese arme Madame Mag zu fesseln und zu knebeln. Und außerdem, was sollte ich schon mit hundert Millionen in Schmuck anfangen? Ich müßte einen Käufer dafür finden.

Laszlo Frokian schleppte einen blauen Liegestuhl und suchte ebenfalls nach einem ruhigen Eckchen. Charles Bernard, der ausnahmsweise keine Lust hatte, mit jemandem zu plaudern, sondern in Ruhe nachdenken wollte, beobachtete ihn besorgt aus den Augenwinkeln. Hoffentlich wollte er sich nicht ausgerechnet neben ihn setzen! ... Nein, er grüßte ihn leicht mit dem Kopf und entfernte sich in Richtung eines betäubend duftenden Eukalyptusbaumes. Im Grunde genommen, überlegte Charles, würde diese Geschichte einen hervorragenden Stoff für einen Roman abgeben: Die Gäste, die gezwungen waren, miteinander unter einem Dach zu leben, würden sich am Ende nicht mehr ausstehen können. Selbst ich, der gestern noch die Gesellschaft all dieser Leute suchte, bemühe mich, sie auf Distanz zu halten, seit ich gezwungen bin, hier fürs erste mit ihnen auszuharren. Aber selbst wenn die Polizei uns jetzt erklärte, wir könnten gehen, wohin wir wollen, was täten wir wohl ohne Geld, solange die Untersuchungen noch nicht abgeschlossen waren? Niemand würde das Hotel verlassen wollen, bevor er nicht sein Hab und Gut wiederhatte. Zumindest nicht, bevor der Fall nicht wenigstens geklärt war. Für die paar Tage waren alle Gäste gleichsam Gefangene. Die Gefangenen des Murène, das wäre doch ein Titel!

Charles Bernard fragte sich, ob er sich sofort an einen Entwurf seines Romans machen sollte. Er beschloß, die weiteren Ergebnisse der polizeilichen Untersuchung abzuwarten. Das wichtigste war erst einmal, nach Ixelles zu schreiben und um eine kleine Unterstützung zu bitten. Er riß sorgfältig die erste Seite des ›Écho de l'Esterel‹ aus, die er dem Brief beifügen wollte:

»SENSATIONELLER EINBRUCH
IM HOTEL LA MURÈNE IN JUAN-LES-PINS

›Es wird noch drei Tage dauern, bis dieser Fall aufgeklärt ist‹, erklärt Kommissar Borniche, eigens aus Paris angekommen, um die polizeiliche Untersuchung zu leiten.«

»Ein Einzel- oder ein Doppelzimmer?«

Der Hotelbesitzer war klein, breitschultrig, schwarzhaarig und dunkelhäutig. Er schielte schrecklich, als ob seine Augen sich bemühten, gleichzeitig der Wölbung seiner langen Hakennase zu folgen. Er trug eine Art Kochmütze von zweifelhafter Sauberkeit, die wie ein schlechtgebackener Blätterteig in sich zusammenfiel. Ich betrachtete fasziniert die Blutflecken auf seiner Schürze unterhalb der kleinkarierten Bäckerweste... Was hatte er wohl soeben geschlachtet?

»Ich bin allein. Es ist nur für zwei oder drei Tage.«

Mit seiner Metzgerhand hielt er mir den Meldezettel hin, auf den ich meinen Namen – Vornamen – Geburtstag – und -Ort sowie meine Unterschrift setzte.

»Und Ihr Beruf? Sie haben doch auch einen Beruf, nicht wahr? Den müssen Sie auch draufschreiben, so verlangt es das Gesetz.«

Welch ein gewissenhafter Hotelier! Ob man wohl in allen Hotels von Juan-les-Pins so streng war, zum Beispiel auch im Murène? Ich hatte diese Spalte absichtlich nicht ausgefüllt, weil ich mich ein bißchen schämte: wenn man ein Polizeibeamter aus Paris ist, der von der Direktion der Sûreté auf persönliche und dringende Empfehlung eines Innenministers abgeordnet wurde, steigt man nicht in einem Hotel dritter Klasse ab. Wobei die dritte Klasse eher übertrieben war.

Am liebsten hätte ich mich feige davongemacht, aber ich hatte nur sehr wenig Geld bei mir. Die Ferien in Fouras-les-Bains hatten mich fast ruiniert, und meine letzten Ersparnisse waren in den Farbengeschäften für die Renovierung meines Zwei-Zimmer-Appartements draufgegangen. Mein Gehalt bekam ich erst Ende des Monats, um nicht zu sagen Anfang September, und nicht hier, sondern in Paris! Und außerdem per Scheck, denn die Finanzverwaltung, die für den Haushalt des Innenministeriums zuständig war, hatte im vergangenen Jahr beschlossen, daß die Beamten in Zukunft ihr Gehalt nicht mehr bar erhalten sollten, um die langen Schlangen bei der Kassenverwaltung in der Rue Notre-Dame-des-Victoires zu vermeiden. Na schön. Ich nahm den Meldezettel und schrieb mit meiner Sonntagsschrift: »Inspektor der Sûreté«.

Mit dem Hotelbesitzer ging eine Verwandlung vor sich, wie man sie wirklich nur selten erlebt. Ein Lächeln verschönte seine dunklen Bartstoppeln. Sein linkes Auge versuchte einen Augenblick lang, parallel mit dem rechten zu schauen. Er jubilierte:

»Nein, sagen Sie, sind Sie das, von dem die Zeitungen schreiben? Ich dachte, Sie wären schon länger hier... Ein böser Fall, nicht wahr?« fügte er augenzwinkernd hinzu. »Willkommen bei uns, Herr Inspektor!«

Er bedachte mich mit einem Händedruck, dem typischen Händedruck des Hoteliers, den er für besondere Gäste reserviert, und erklärte mir, er würde mir Zimmer Nr. 7 geben, das beste. Ich könnte gleich hinaufgehen – was mir mehr als recht war, denn die Erschöpfung von der Reise begann sich bemerkbar zu machen; ich nahm alles nur noch wie durch einen watteartigen Nebel wahr. Und statt meines Kollegen aus Marseille, der mich versetzt hatte, kümmerte sich nun dieser brave Hotelbesitzer um mich, der auf mich ganz und gar nicht mehr den Eindruck machte, als sei er aus der »Auberge rouge« entsprungen. Meinen Luxuskoffer in der Hand stieg ich hinter ihm die frisch gebohnerten Treppenstufen hinauf. Das Mobiliar war einfach, aber gepflegt, ein gutes Zeichen. Die Treppe knarrte zwischen dem ersten und zweiten Stock, aber was machte das schon? Ich hatte ja nicht die Absicht, mich mit den vorsichtigen Schritten eines Ehebrechers in mein Zimmer zu schleichen, oder? Mein Gott, wie weit war es wohl noch bis zu meinem Zimmer?

Noch ein Treppenabsatz, ein langer Flur und endlich stand ich vor der Tür mit der Nummer 7, und wie immer wollte sich der Schlüssel nicht in dem quietschenden Schloß drehen... Der Wirt zog die Rolläden hoch, während ich wie erstarrt von einem ohrenbetäubenden Lärm stehenblieb.

»Das ist weiter nichts«, sagte er. »Die Bahngleise sind gleich in der Nähe, und der Zug fährt hier über eine Eisenbrücke. Aber nachts ist es ruhig. Übrigens hätte ich auch gar kein anderes Zimmer im Augenblick, und es ist das einzige mit Blick auf das Meer... Sehen Sie mal.«

Zwischen zwei im Bau befindlichen Hochhäusern entdeckte ich, wenn ich mir den Hals verrenkte, ein winziges blaues Viereck, das fast ständig von Autos verdeckt wurde, die in beiderlei Richtungen auf der Uferstraße vorüberflitzten. Der Hotelbesitzer klopfte mit seiner nicht gerade sauberen Hand auf das Kopfkissen. Er ließ sich auf die Matratze fallen, um mir zu beweisen, von welch ausgezeichneter Qualität sie war; er konnte es sich auch nicht verkneifen, den großen Hercule Poirot zu spielen:

»Hier behaupten alle, Piana hätte den Einbruch auf dem Gewissen. Und ich glaube auch, daß er es war... Wenn Sie wüßten, was der alles angestellt hat, bevor man ihn hinter Schloß und Riegel brachte! Übrigens hätten sie ihn ruhig ein bißchen besser bewachen können, den schönen Sergio. Wenn das so weitergeht, schickt man diese ganzen Brüder auch noch in Urlaub... Ach, die Toiletten!«

Er ging mir voran auf den Flur. Hinter einer Tür, die in Höhe der Toilettenschüssel mit einem Spion ausgestattet war, entdeckte ich das WC. Daneben, in einer düsteren Rumpelkammer ohne

Fenster, war eine Art Gartenschlauch mit einer besseren Gießkannentülle an der Wand befestigt. Das also war die Dusche.

»Gibt es kein warmes Wasser?«

Erstaunt zuckte der Hotelbesitzer mit den Schultern.

»Bei der Wärme draußen«, brummelte er, »ist das doch gar nicht nötig. Wenn Sie wollen, lasse ich Ihnen einen Topf morgens zum Rasieren hinaufbringen ... Sie nehmen doch die Mahlzeiten bei uns ein, nicht wahr? Sie werden sehen, meine Küche ... Das ist etwas anderes als im Murène, und bedeutend billiger!«

Während er in ein schallendes Gelächter ausbrach, packte mich wieder der drängende Wunsch, mich davonzumachen. Die ewige Geldnot hielt mich zurück. Wenigstens wäre ich nicht gezwungen, meine Mahlzeiten sofort zu bezahlen. Ich könnte warten, bis ich eine Geldüberweisung bekäme.

»Einverstanden, ich esse bei Ihnen.«

Die Tür schloß sich hinter ihm. Ich packte meinen Koffer aus und räumte alles in den Schrank ein. Das war rasch getan: drei kurzärmlige Hemden, zwei Hosen, vier Paar Socken, ebenso viele Slips, ein Taschentuch: das Nötigste für ein paar Tage. Dazu meinen grauen Flanellanzug, den ich nur an höchsten Fest- und Feiertagen anzog:

»Falls es einen Empfang beim Bürgermeister oder so gibt«, hatte Marlyse gesagt, während sie mir die Hose bügelte.

Die – gezwungenermaßen – kalte Dusche weckte Borniche aus seinem Halbschlaf. Rasiert, sauber und munter zog ich mein elegantes Lacoste-Sommerhemd an. Es war neun Uhr. Diesmal würde ich den Weg zum Polizeikommissariat entschlossenen Schrittes einschlagen.

8

»Nein, so was«, murmelte Roberto Grimaldi, »das ist ihr Foto, ihr Name steht darunter, das muß sie sein ...«

Paul Grimaud riß dem jungen Boy die Zeitung aus der Hand.

»Na und, dir kann es doch egal sein«, sagte er, »dir hat man doch die Steine nicht geklaut ... Du kannst vor den Gästen hier nicht einfach Zeitung lesen.«

Er faltete sorgfältig das ›Écho de l'Esterel‹ zusammen und übergab es wieder dem Empfangschef.

»Hundert Millionen«, fuhr Roberto fort, »stell dir das mal vor! Das ist eine ganz schöne Summe!«

Paul Grimaud stellte sich neben ihn.

»Na, du hast ihre Diamanten ja wohl gesehen, oder?«

»Nicht alle... Und hättest du gedacht, daß sie so viel wert sind?«

»Ich weiß nicht«, sagte Grimaud, »darin kenne ich mich nicht aus. Aber deine Josée, die wird das ungeheuer interessieren... Der Anblick dieser Klunkern hat sie ganz krank gemacht. Siehst du, ich finde das gerecht. Sie hatte sich ausgerechnet, daß sie sich nach zwanzig Jahren Arbeit mit ihrem Lohn als Zimmermädchen nicht einmal die Ohrringe hätte leisten können... Geheult hat sie vor Zorn! Na ja, jetzt sind sie weg, die Ohrringe!«

»Hundert Millionen«, sagte Roberto. »Hundert Millionen!«

»Du hast doch gelesen, was sie in der Zeitung schreiben: ein äußerst undurchsichtiger Fall... Also wenn du mich fragst, ich finde diesen Fall ziemlich klar. Ich kann dir sogar sagen, wer das Ding gedreht hat.«

Paul Grimaud ließ einen dramatischen Augenblick des Schweigens vergehen, bevor er seiner sicheren Überzeugung mit einer Stimme Ausdruck gab, die keinen Widerspruch duldete:

»Sergio Piana.«

»Wenn ich mir überlege, daß sie damit einfach spazierenging«, sagte Roberto. »In jener Nacht nach der Party hätte sie jeder umbringen können...«

»Glaubst du? Piana hat da seine eigene Methode. Es ist leichter, so einen Papptresor zu öffnen... Dieses Murène muß ja ein schöner Laden sein! Siehst du, Roberto, mit den Hotels ist es so wie mit den Restaurants. Sie schießen wie Pilze aus dem Boden und gehen wieder ein... Mit diesen kleinen, vornehmen Hotels muß es ja so kommen. Das Murène ist bereits gestorben. Es treibt wie ein toter Fisch mit dem Bauch nach oben auf dem Wasser. In unseren Palästen gibt es natürlich auch hin und wieder einen Skandal. Aber wir sind eben solide... Nicht einmal Piana kann uns etwas anhaben«, fügte er mit jenem naiven Stolz des Dieners hinzu, der sich mit seinem Herrn solidarisiert.

»Also du glaubst, es war Piana?«

»Natürlich war er's. Das ist so offensichtlich, daß sogar die Polypen noch drauf kommen werden... Sieh mal, da kommt einer, der sich die Hände reiben wird!«

»Guten Tag, mein Sohn«, sagte der Graf von Essarts mit ungewöhnlicher Liebenswürdigkeit.

Die Krankenschwester und der Rollstuhl verlangsamten ihr Tempo vor dem Empfangschef. Vergnügten Blicks strich sich der Graf über sein dichtes Haar und nestelte an seinem perlgrauen

Ziertaschentuch. Das Ereignis des Tages hatte ihn sichtlich um zehn Jahre verjüngt. Es fehlte nicht viel, dachte Paul Grimaud, und er steht auf und wandelt; das wäre das Wunder des Murène. Seine rechte Hand ruhte triumphierend auf dem ›Écho de l'Esterel‹, das auf seinen Knien lag.

»Einen schönen Tag noch«, rief er gutgelaunt, als er in seinem Rollstuhl das Hotel verließ.

»Danke schön, Herr Graf.«

»Also, fahren Sie weiter!«

Er rollte mit der Selbstsicherheit eines Flottenadmirals dem Meer entgegen, auf der anderen Seite der Croisette. Der Gedanke, daß man diesem Hochstapler, wie er ihn nannte, hundert Millionen gestohlen hatte, garantierte ihm ein wolkenloses Glück für mehrere Tage. Kein Zweifel, daß seine Krankenschwester darüber ebenso erfreut war.

»Ich habe ihn noch nie so gutgelaunt gesehen«, sagte Paul Grimaud. »Frokian hätte ihn mit nichts so erfreuen können, es sei denn mit seiner Beerdigung.«

»Dabei hat er ihm doch gar nichts getan«, sagte Roberto.

»Nein, aber er atmet dieselbe Luft wie er, das reicht schon ... All diese Leute«, schloß er philosophisch, »sind wie im Aquarium. Wir sind auf der anderen Seite der Scheibe. Wir sehen nur zu.«

Die kleine Rothaarige mit den üppigen Formen räkelte sich im Bett. Sophie wußte ihre Kurven bewundernswert zur Geltung zu bringen, ihre Brust herauszustrecken, ihren Po zu zeigen. Sie träumte davon, die Rolle der Nana im Theater zu spielen, in einem zwei Meter mal zwei Meter breiten, mit Fellen bedeckten Bett. Zu diesem Zwecke übte sie sich auch in ihren katzenhaften Gesten, die, davon war sie überzeugt, die morgendliche Leidenschaft ihrer Liebhaber herausfordern mußten. Das Zimmer im Carlton, in dem sie sich gerade befand, inspirierte sie besonders. Sie fuhr sich mit den Fingern durchs Haar und bot ihre Lippen in gespielt kindlicher Schnute dar. Was sie aber nicht wußte, war, daß die nächtlichen Zechgelage ihren Atem verpesteten.

»Geh zur Seite«, sagte Kravetz. »Du riechst aus dem Mund.«

»Oh, Liebling ...«

Sie brach in Tränen aus. In den drittklassigen melodramatischen Rollen, die sie für gewöhnlich gerade noch bekommen konnte, hatte sie des öfteren auf Befehl zu weinen. Sie hatte darin Übung. Große Tropfen rollten langsam und glitzernd ihre Wangen herab.

»Herrgott, hör doch auf, du siehst doch, daß ich lese.«

Kravetz streckte die Hand nach dem Frühstückstablett auf dem Nachttisch aus und goß sich eine Tasse Kaffee ein.

»Lauwarm«, sagte er. »Ein Sauladen, dieses Carlton.«

»Aber Liebling, du hast ihn doch absichtlich kalt werden lassen... Du bist schlechter Laune, ist irgendwas passiert?«

Sophie hatte die Methode gewechselt. Da die Tränen nicht wirkten, versuchte sie es mit freundschaftlicher Besorgtheit.

»Sag, hast du vielleicht Ärger?«

»Scheiße«, erwiderte Kravetz.

Das ›Écho de l'Esterel‹ lag ausgebreitet auf dem Bett und begleitete sein Frühstück:

»Es wird noch drei Tage dauern, bis dieser Fall aufgeklärt ist«, brummte er. »Nie wird dieser Fall aufgeklärt. Da hat dieser Halunke von Frokian wieder ein Ding gedreht. Er weiß ja, wie man die Versicherungen begaunert. Ich wette, in diesem verdammten Tresor war nicht einmal ein Kieselstein drin. Er hat seine Pretiosen schon längst an den Mann gebracht und lacht sich eins ins Fäustchen, weil ihm nichts nachzuweisen ist...: Der Borniche wird rennen, bis ihm die Zunge aus dem Hals hängt.«

Sophie las aufmerksam den Bericht in der Zeitung. Sie kniff dabei die Augen zusammen, denn sie war kurzsichtig.

»Versteh' ich nicht«, sagte sie.

Was sie nicht verstehen konnte, war, daß Kravetz trotz seines protzigen Auftretens und seines Rolls seine letzte Karte ausgespielt hatte, als er versuchte Frokian für seine Theaterpläne zu interessieren. Der mächtige Kravetz war nur reich an hochtrabenden Worten. Lediglich die Großzügigkeit seiner Bank gestattete es ihm noch, sich über Wasser zu halten – aber nicht mehr für lange.

Sarah Frokians Theaterbesessenheit hatte ihn wieder neue Hoffnung schöpfen lassen. Es war einfach. Sie brachte ihr Boulevardtheater mit ein. Frokian lieferte das nötige Bargeld. Kravetz zahlte seinen Gesellschaftsanteil mit zweifelhaften Wechseln und veranschlagte seine Arbeit als künstlerischer Leiter und Werbefachmann äußerst hoch... Trotz Frokians beharrlichen Weigerungen verlor er nicht die Hoffnung. Im Notfall hätte auch schon Sarahs persönliches Vermögen genügt. Aber jetzt hatte er keine Chance mehr. Entweder hatten die Frokians wirklich hundert Millionen verloren, dann war das kaum der geeignete Augenblick, sie um Geld anzugehen. Oder Frokian tat nur so, als hätte er sie verloren, dann würde er aber nicht den Verdacht dadurch auf sich lenken, indem er ein Theater subventionierte...

»Verdammter Mist«, murmelte er. »Und du mach, daß du rauskommst. Ich habe genug von dir.«

Die rothaarige Sophie versuchte es jetzt weder mit Tränen noch mit Liebenswürdigkeit. Sie begab sich mit der Miene einer beleidigten Gräfin ins Badezimmer. Sie hatte im Augenblick wirklich kein Glück. Schon viermal seit Anfang des Monats hatte man sie vor die Tür gesetzt. Und immer aus dem gleichen Grund. Irgendwelche Geldgeschichten, von denen sie nichts verstand und die diese Herren derart erbitterten ... Und in einem solchen Fall, das wußte sie genau, nützte Hartnäckigkeit überhaupt nichts.

Endlich hatte ich es gefunden, dieses legendäre, ehemalige Postamt. Es war wirklich kein schöner Anblick. Die, die immer noch an der Armut der Polizei zweifeln, sollten sich diese Baracke einmal anschauen. Jetzt hauste die Polizei bereits in Büros, die der Post zu schäbig waren. Man verlangt immer von den Polypen, daß sie gegenüber der Öffentlichkeit ein freundliches, heiteres Wesen zur Schau stellen, und dann läßt man sie in Löchern hocken, die bei allen anderen Beamten sofort einen unbegrenzten Streik auslösen würden. Hier konnte man ja nur zum Pessimisten und übelgelaunten Griesgram werden!

Ich betrat einen Korridor mit schmutzigen Wänden, an denen, abgesehen vom Fliegendreck, mit Reißzwecken befestigte Fahndungsblätter hingen. Ein verlockendes Plakat forderte die Jugend des Landes auf, die Polizeikarriere einzuschlagen, die so unschätzbare Vorteile bot ... Um davon überzeugt zu sein, brauchte man nur einen Blick in den Empfangsraum zu werfen, auf den Boden mit den Steinfliesen, der von den Füßen der Besucher des einstigen Postamts zerkratzt und abgetreten war.

Die linke Tür führte in die Wachstube, wo vier Polizisten in blauen Hemden gähnten. Präsident Auriol in Galauniform betrachtete sie von oben mit mißmutigem Blick. Es stank nach kaltem Tabak, dem Leder der Waffengurte, dem Benzin aus den Reservekanistern und dem Schweiß der Hüter des Gesetzes. Andere Gürtel mit Revolvertaschen hingen neben Uniformröcken und Dienstmützen an Nägeln an der Wand und warteten offensichtlich auf den Angriff der Apachen.

In eben diesem Raum saß auf einer wohl alterslosen Bank ein junges schwedisches Paar, das man wegen Landstreicherei aufgegriffen hatte und das nun einige Stunden seiner holden Jugend damit verbringen mußte, auf ein Verhör zu warten. Und es sah so aus, als würde das noch eine Weile dauern, denn sicher sprach hier niemand schwedisch oder englisch. Und davon hing die Entscheidung ab, ob man diese beiden langmähnigen, verliebten Kinder mit ihrer verstummten Gitarre hinter Schloß und Riegel setzen oder sie wieder an den sonnigen Strand entlassen sollte.

Ich überließ sie ihrem traurigen Schicksal. Auf der anderen Seite des Flurs öffnete ich eine quietschende Doppeltür. Hinter einer Art Tresen tauchte ein Eierkopf auf wie im reinsten Kasperletheater. Ich näherte mich. Der Eierkopf schnellte nach vorn. Eine Stimme knurrte:

»Was wollen Sie hier?«

Er sah so aus, als wollte er mich sofort zum Frühstück verspeisen, dieser hölzerne Teufel. In Juan-les-Pins war das nicht anders als in Paris, in Brest oder sonstwo. Je weiter man in der Polizeihierarchie hinabstieg, desto größer waren die Gleichgültigkeit und die Unhöflichkeit, denen man begegnete; es schien so, als bereitete es diesen Leuten ein sadistisches Vergnügen, ihre Autorität zu beweisen. Ich hoffe, daß sich auch das einmal ändern wird, aber ich fürchte, daß es noch eine Weile dauert.

Aber ich konnte genauso gut bellen wie er. Und ich bellte: »Borniche, von der Direktion. Ist der Kommissar da?«

Ich wußte doch, daß er liebenswürdig sein konnte, dieser reizende Polyp. Er zerfloß jetzt geradezu vor überwältigender Beflissenheit, die das Zauberwort »Direktion« ausgelöst hatte. Der Spezialist des Schlagstocks würde sich in kleine Stücke reißen lassen, um dem Abgesandten aus Paris den geringsten Wunsch zu erfüllen. Der reizende Polyp hatte sich bereits seine Mütze aufgesetzt. Er klopfte dreimal diskret an die Tür zum Büro des geheiligten Chefs:

»Die Direktion, Herr Kommissar.«

Und wie salbungsvoll er das sagte, »die Direktion«. Chefinspektor Tiret, der das Amt des Kommissars in Juan-les-Pins versah, sprang aus seinem Sessel auf.

»Borniche«, sagte ich.

Und schon bot er mir seinen Sessel an.

Ich wollte ihn aber gar nicht. Ich setzte mich auf einen Stuhl vor den einfachen Tannenholztisch.

»Die Direktion hat mich bereits von Ihrem Besuch in Kenntnis gesetzt«, sagte er. »Ich hatte Pedroni Bescheid gesagt. Er hatte jemanden an den Bahnhof geschickt.«

Ich schüttelte gramvoll das Haupt. Tirets kleine Knopfaugen wurden vor Erstaunen riesig. Sein Mund glich einem Karpfenmaul, als er erwiderte:

»Dabei hatte er doch ...«

»Lassen wir das«, sagte ich. »Ich habe mich auch so zurechtgefunden. Ich habe ein ganz passables Hotel für ein paar Tage ausfindig gemacht. Länger hoffe ich nicht bleiben zu müssen. Berichten Sie mir in kurzen Worten von dem Fall. Ich muß nachher gleich die Direktion anrufen.«

Dieses Zauberwort ließ Tiret in fast religiöse Andacht versinken. Er begann:

»Es wäre natürlich besser, wenn Sie die Örtlichkeiten kennen würden. Das Murène liegt inmitten eines Pinienhaines ... Haben Sie meine Presseerklärung im ›Nice-Matin‹ gelesen?«

»Nein. Ich habe nur das ›Echo de l'Esterel‹ gelesen.«

Ich hörte ihm nur mit halbem Ohr zu.

Gestern war er noch bei Morgengrauen mit Grosbois und Padovani an den Tatort geeilt. Am Nachmittag waren die Kollegen aus Marseille gekommen. Um vier Uhr nachmittags hatte in Gegenwart des Staatanwalts Grasse und des Untersuchungsrichters eine Art Lokaltermin stattgefunden. Madame Mag hatte alles bis ins Detail hinein rekonstruiert; nur die Einbrecher konnte sie kaum beschreiben.

»Wissen Sie, sie ist kurzsichtig, und als die Einbrecher bei ihr einstiegen, hatte sie ihre Brille nicht auf. Außerdem war sie viel zu aufgeregt, um sie sich genau anzuschauen. Eine Kleinigkeit wenigstens: der eine trug ein rostbraunes Hemd und eine blaue Mechanikerhose ... Und das, Monsieur Borniche, ist zumindest ein Fingerzeig: Das sind auch die Kleidungsstücke, die Piana trug, als er mit Bruti zusammen aus der Strafanstalt von Monaco ausbrach. Madame Mag erklärte auch, daß einer der beiden untersetzt und breitschultrig war, das könnte Bruti gewesen sein. Na ja, das ist auch die einzige Spur, die wir im Augenblick haben ... Kein Anhaltspunkt sonst, keine Fingerabdrücke. Keinerlei Spuren am Balkongeländer und auch nicht auf dem Dach der Autos, die unterhalb des Geländers geparkt waren. Mag behauptet ja, daß sie über den Balkon eingestiegen sind. Kurz und gut, ein vollendetes Verbrechen ... Pedroni traf gestern abend ein. Er hat noch bis spät in die Nacht hinein die Zeugen verhört. Aber wir tappen immer noch im dunkeln ...«

Da ich die Zeitung bereits gelesen hatte und mit Pedroni noch selbst sprechen würde, interessierte mich Tirets Bericht nicht besonders. Aber da er nun mal unbedingt seine Nützlichkeit beweisen wollte, fuhr ich meinerseits fort, ihm mit den sichtbarsten Zeichen größter Aufmerksamkeit zu lauschen. Um mir die

Zeit zu vertreiben, verfaßte ich in Gedanken eine Personenbeschreibung von Tiret. Was ich bemerkte, was ich bereits wußte. Berufskrankheit. Und da die Höflichkeit mir befahl, mich nicht gleich wieder aus dem Staub zu machen...

»Um Mitternacht hatten wir bereits vierzig Zeugenvernehmungen hinter uns gebracht. Stellen Sie sich das einmal vor...«

Ich notierte: kurzgeschnittenes, an den Schläfen leicht ergrautes Haar, breite Schultern, schlechtgebundene Krawatte mit lockerem Knoten. Unter dem Schreibtisch schauten aus den Golfhosen Wollsocken hervor mit kleinen roten Pompons. Seine gelben Schuhe mit der hohen Kreppsohle hafteten an dem Linoleumfußboden wie Saugnäpfe.

Der eher füllige Tiret galt als gutmütig und jovial, aber wenn etwas schieflief, taten seine Leute besser daran, draußen den Verkehr zu regeln. Einen seiner Polizisten soll er schon einmal bis zur Avenue de l'Esterel mit seinem Toben verfolgt haben.

Mit seinen fünfundvierzig Jahren – davon zwanzig Jahre guter und treuer Dienste für die Polizei – war Chefinspektor Tiret, der die Funktionen eines Kommissars wahrnahm, ein bitterer Mann geworden. 1943 hatte man ihn zum Inspektor ernannt, nach einem Examen, das ihm schwierig, um nicht zu sagen unerreichbar erschien. Er hatte es bestanden. Er sah sich bereits auf dem Weg des Ruhms. Doch kaum hatte man ihn nach Grenoble versetzt, landete er schon auf der Anklagebank: man beschuldigte ihn, die Resistance mit Brot und Zigaretten versorgt zu haben. Er hätte deportiert werden können. Er wurde nur entlassen. Bis zur Befreiung verdiente er sich das Nötigste zum Leben in einer Schreinerei.

1944 wurde er mit allen Ehren wieder eingestellt. Man ernannte ihn zum Chefinspektor. Aber der Held war des Kampfes müde; er bat ins Polizeikommissariat von Juan-les-Pins versetzt zu werden. Auf Grund seiner Vergangenheit erfüllte man ihm diesen Wunsch. Nur, er hätte gern den Titel Kommissar gehabt, den manch anderer Polizeibeamter bei der Befreiung ohne Schwierigkeit verliehen bekommen hatte. Damit hätte er nach zehn Jahren den Polizeidienst quittieren können mit einer Beförderung und einer anständigen Rente.

Er hatte alles mögliche versucht. Eine dicke Akte mit wahren oder Gefälligkeitszeugnissen. Ein in der Politik tätiger Anwalt, der das Innenministerium zu seinen Gunsten zu beeinflussen suchte. Unzählige Male hatte er in der Präfektur der Alpes-Maritimes gekatzbuckelt. Dauernd Einladungen an den Bürgermeister verschickt... Und doch blieb er zu seiner großen Verzweiflung Chefinspektor von Juan-les-Pins, und daran schien sich auch nichts zu ändern.

Und zu allem Übel hatte man jetzt auch noch einen Einbruch in seinem Bezirk verübt, mitten im Monat August, und die Geschädigten gehörten alle zur Pariser High Society! Er würde auf diese Publicity gern verzichten. Vor allem, da er nicht die geringste Möglichkeit sah, der Diebe und des Schmuckes habhaft zu werden. Gott sei Dank konnte er den Fall auf die Kollegen von Marseille abwälzen! Er hatte sofort den Leiter des Dezernats angerufen, der wiederum Kommissar Pedroni verständigt hatte, der gerade in Urlaub war. Und jetzt fühlte er sich ausgesprochen erleichtert, daß sich die Direktion der Sûreté höchstpersönlich um diesen Fall kümmerte, der soviel Staub aufwirbelte. Wenn alle Mühe umsonst war, konnte man ihn wenigstens nicht dafür verantwortlich machen...

»... Sehen Sie, Monsieur Borniche, wenn Sie sich erst mal selbst ein Bild von der Sache gemacht haben... Ich werde Sie gleich hinfahren.«

Ich lehnte sein Angebot ziemlich kühl ab.

»Das ist nicht nötig. Niemand hat mich am Bahnhof abgeholt, und niemand hat mir ein Hotel besorgt... Da werde ich auch das Murène allein finden. Es ist bei dem Pinienwäldchen, nicht wahr? Ein paar Schritte vom Casino entfernt? Schön, dann also auf Wiedersehen, mein Lieber...«

Als ich wieder auf der Avenue de l'Esterel stand und dieses Loch hinter mir gelassen hatte, das nach Schmutz und Langeweile roch, fühlte ich mich wie neugeboren. Ich atmete auf. Fast hätte ich einen Luftsprung getan. Die Touristinnen hatten braune Schenkel und fröhliche Mienen. Die Sonne brannte auf den Sandstrand herunter. Ach, Marlyse, wie schön wäre es, wenn wir diese Sonne gemeinsam genießen, uns am Ufer in den Sand legen und in den Wellen Fangen spielen könnten...

All diese hübschen Frauen entzückten mich, und ich begann, dieses morgendliche Juan-les-Pins zu lieben, dieses Erwachen braungebrannter Körper unter dem strahlendblauen Himmel. Die Stadt zog sich am Strand entlang. Ich näherte mich dem Casino. Alles war geschäftig auf den Beinen, ein buntes Gewimmel. Die Läden hier waren viel luxuriöser als auf der Avenue de l'Esterel. Dort war der Supermarkt für Touristen. Hier die Maßgeschäfte für die Jet Society. Bis zu dem runden Platz im Pinienwäldchen ergötzte ich mich an all den schönen Dingen in den Schaufenstern und den ebenso schönen Mädchen, die all diese Dinge verkauften, die hin- und herliefen, schwatzten und lachten. Wenn sie sich bewegten, schien jede ihrer Gesten wie eine Zärtlichkeit zu sein ...

»Verzeihung, wie komme ich zum Murène?«

»Da lang«, erwiderte mir ein komischer Typ mit sonnverbranntem Gesicht, der mit seinem Birkenbesen einen Haufen Konfetti zusammenkehrte, Überbleibsel eines nächtlichen Festes.

Das Murène ...

Ich sah es immer noch nicht. Dieses Murène wurde für mich bald zu einem sagenhaften Seeungeheuer. Plakate am Casino kündigten Auftritte von Luis Mariano und Roger Nicolas an. Ich lief weiter am Pinienwald entlang und hielt eine spazierengehende Touristin mit langen braunen Beinen an.

»Das Murène ist gleich dort, aber es wimmelt dort von Polypen.«

Das Hotel war keine fünfzig Meter entfernt, und doch sah ich es noch immer nicht. Es lag verborgen inmitten eines Parks. Der Eingang gab sich geheimnisvoll: zwei weiße Steinsäulen mit einer Sphinx darauf.

»He da, Sie! Das ist nicht für Lieferanten. Gehen Sie hinten herum, zum Chemin des Sables, dort ist der Lieferanteneingang.«

Jetzt hielt man mich auch schon für einen Lieferanten. Mein Sommerhemd und meine graue Leinenhose waren wohl nicht vornehm genug, um mich in die hochehrwürdige Kategorie der Feriengäste einzureihen. Dabei glaubte ich, genügend für mein Lokalkolorit getan zu haben ... Weiß Gott, zwischen Fouras-les-Bains und Juan-les-Pins lagen nicht nur ein paar hundert Kilometer, sondern eine ganze Welt!

Dort war also das schmiedeeiserne Tor des Murène, das sich auf eine runde, piniengesäumte Allee hin öffnete.

Die Gebäude dahinter waren niedrig, eng aneinandergebaut, als wollten sie sich beschützen. Es roch nach Geld. Links vom Dienstbotentrakt standen in einer Reihe die typischen Autos der Reichen: Porsche, Bentley, Rolls, Mercedes, das Feinste, was die Automobilindustrie zu bieten hatte. Sonderbar, aber ich konnte nur einen angewiderten Blick darauf werfen, als wären diese Tonnen von Stahl und Chrom durch die Fron anderer Menschen geschaffen, von ihrem Schweiß befleckt. Doch dann sagte ich mir, daß sich schließlich nicht jeder einen 2 oder 4 CV kaufen konnte. Aber das herausfordernde Schauspiel der Privilegierten hatte mir schon immer die Laune verdorben.

... Dieser staubige alte Schlitten dort sah jedoch nicht wie ein Privilegierten-Fahrzeug aus.

Sie hatte recht gehabt, die Touristin mit den langen Beinen. Hier wimmelte es von Polypen. Und das Kraftfahrzeugschild mit der Nummer Bouches-du-Rhône erklärte mir alles: es war das Sonderdezernat aus Marseille. Es war Pedroni.

Der Empfangschef schätzte meine sommerliche Kleidung von Fouras-les-Bains nicht. Er rief mich mit einer dümmlichen, arroganten und provozierenden Stimme an:

»Sie wünschen, Monsieur?«

An diesem überbetonten »Monsieur«, das höflich klingen sollte, verschluckte er sich fast. Dieser Lakai von Luxushotels hielt sich für schlau genug, um zu urteilen, zu kategorisieren, zu akzeptieren oder hinauszuweisen, wie die Gedankenleser in den Casinos. Man lächelt einem zu oder setzt einen vor die Tür.

Ich sagte mir, daß er in ein paar Sekunden seinen mageren Oberkörper bis zum Boden beugen würde. Wie das Wort »Direktion« im Kommissariat des ehrenwerten Tiret würde meine Polizeimarke Wunder vollbringen. Vor dieser gelben Marke, auf der die Buchstaben »Polizei« mit blauer Farbe auf weißer Emaille standen – darüber die Embleme des Staates –, hab' ich schon so manchen katzbuckeln sehen, und wie! Mal sehen, wie diese Kasperlefigur angesichts meiner Dienstmarke reagierte ... Ich suchte in meinen Taschen ... Natürlich, ich hatte sie in Paris vergessen. Schön, das machte auch nichts.

»Polizei«, sagt ich in autoritärem Ton. »Sind die Kollegen von Marseille hier?«

Sogar ohne Dienstmarke war der Erfolg umwerfend. Die Larve wand sich, krümmte sich, verschwand fast ... Sie zog den Kopf ein, ihr Blick wurde weich wie Samt, und schon öffnete sich die Tür.

»Sie sind gerade bei meiner Schwester, Monsieur. Wenn Monsieur sich zum Empfang bemühen möchten ...«

»Ihre Schwester?«

Ich hatte diese Frage mit meiner liebenswürdigsten Polypenmiene gestellt. Ich erntete ein schüchternes Lächeln:

»Ja, Monsieur. Bei meiner Schwester Magda. Magda Ruggieri. Madame Mag, wie man sie auch nennt. In ihr Zimmer sind die Diebe eingestiegen ... Wenn Sie mir folgen wollen, Monsieur.«

Ich stieg zwei Marmorstufen empor.

Der Portier, eine Marionette in blauer Livree mit goldenen Schlüsseln auf den Schulterklappen, lief geschäftig auf seiner kleinen Bühne hin und her, einer Art Käfig aus exotischem Holz.

Empiresessel standen um das Fenster gruppiert. Ein Rasensprenger berieselte die Wiese und dampfte in der Sonne. Ich betrachtete diese Sessel und die wechselnden Bewegungen des Sprengers wie ein Bild aus einer anderen Zeit.

»Monsieur...«

Der also auch... Es war weder eine Frage noch ein Ausruf, sondern reine Arroganz. Diesmal war es der Concierge. Ein kleines, fettes Männchen, mit einem beeindruckenden Glatzkopf, der im Licht, das durch die Glastür hereinfiel, glänzte.

»Monsieur!«

Dieser arrogante Ton brachte mich in Harnisch. Übrigens ging mir hier so langsam alles auf die Nerven. Ich starrte einen Augenblick auf seine Glatze, bevor ich so herablassend wie möglich entgegnete:

»Inspektor Borniche aus Paris. Ich möchte Kommissar Pedroni sprechen.«

Der Glatzkopf glänzte nicht mehr, seine Miene fiel in sich zusammen, und seine Lippen formten ein paar stammelnde Worte:

»Oh, entschuldigen Sie... Man kann ja nicht alles wissen... Ich hielt Sie für einen Journalisten...«

Eine fleischige Hand machte sich am Telefon zu schaffen. Der Portier wählte eine interne Nummer, murmelte ein paar Worte mit leiser Stimme und hängte dann wieder auf. Er deutete auf eine Spiegeltür unterhalb der Treppe.

»Er wird gleich da sein, Monsieur, Madame Mag sagt ihm Bescheid. Wenn Sie vielleicht in dem kleinen Salon auf ihn warten würden... Dort ist es ruhiger... Denn der Kommissar hat bis auf weiteres allen befohlen, das Hotel nicht zu verlassen, ja, Monsieur, nicht nur dem Personal, sondern auch den Gästen, und da bleibt es nicht aus, daß es etwas lauter zugeht als gewöhnlich. Aber die Polizei von Marseille, die leistet wirklich gute Arbeit, wissen Sie!«

»Davon bin ich überzeugt«, erwiderte ich.

Ich überraschte den unsicheren Blick dieser Larve Ruggieri, dieses Lümmels, der wie angewachsen dastand und mich mit dümmlichem Lächeln und den Händen in der Hosentasche anstarrte.

»Worauf warten Sie denn noch, Jean-Jacques?« krächzte der Portier.

Jean-Jacques nahm seine Hände aus den Hosentaschen.

»Er ist der Bruder der Geschäftsführerin«, erklärte mir der Portier. »Sonst kein schlechter Junge, aber ein bißchen zurückgeblieben. Seine Leidenschaft sind Krimis ... Solche Geschichten mit Polizisten, Herr Inspektor.«

»Und wie steht's mit Ihnen?« fragte ich, »mögen Sie solche Geschichten mit Polizisten?«

»Tja, ich weiß nicht ...«

Offensichtlich mochte er sie nicht. Er mochte auch den jungen Jean-Jacques nicht. Das sah man schon an der Art, wie er ihn eben zurechtgewiesen hatte. Ich sagte mir, daß das ganz nützlich sein konnte. Ich hatte da eine echte Polypenidee: teilen, um zu herrschen. Ein altes System, das immer funktionierte.

Er kannte das Murène bestimmt in- und auswendig, dieser Jean-Jacques. Die Worte meines ersten Abteilungsleiters kamen mir in den Sinn. Damals fing ich gerade bei der Polizei an. »Eine Untersuchung, Borniche, ist wie ein Wollknäuel. Man muß nur den richtigen Anfang finden.« Und Jean-Jacques, der Bruder der Geschäftsführerin, könnte durchaus dieser Anfang sein. Ich hatte den Eindruck, meinen Wollfaden bereits in der Hand zu halten; das wichtigste war jetzt, ihn nicht zu zerreißen ...

9

»Möchten Sie etwas trinken? Bei dieser Hitze ...«

»Danke. Nicht jetzt.«

Das Angebot des Portiers lenkte meine Aufmerksamkeit auf die beiden Barkeeper in weißer Jacke, die sich hinter der Bar zu schaffen machten. Noch zwei Personen mehr in diesem Puzzle, in dem die einzelnen Teile sich langsam ineinanderfügten. Ich spürte, daß mir hier tausend Dinge entgehen konnten. Es war, wie wenn man mit professionellen Betrügern Karten spielt. Ein Augenblick der Zerstreutheit konnte verhängnisvoll werden. Einer dieser beiden Meister im Getränkemixen war ziemlich klein. Er hatte brillantineglänzendes Haar, das schon schütter zu werden begann, und ein pausbäckiges Gesicht. Er war ein Virtuose im Umgang mit Cognacschwenkern. Er polierte sie liebevoll. Dann stellte er sie mit besonderer Sorgfalt auf das Regal zu seiner Rechten. Ich fand, er sah aufrichtig aus, gutmütig und offen.

Sein Kollege war eine Klasse darüber. Er mußte große Sorgfalt darauf verwandt haben, sein flachsblondes Haar streng nach hinten zu kämmen. Durch seine Stupsnase und seine wulstigen Lippen wirkte er wie ein Pariser Gassenjunge, so wie man ihn auf allen Postkarten sieht. Wie schon am Vormittag in dem kleinen

Café am Bahnhof machte mich das zischende, ja, ohrenbetäubende Geräusch der Kaffeemaschine nervös. Der Gassenjunge setzte mit geübter Bewegung den Filter mit dem gemahlenen Kaffee ein. Er betätigte den Dampfhebel mit den gemessenen Bewegungen eines Lokomotivführers. Das erinnerte mich an meinen Nachtzug, der durch die ländlichen Ebenen ratterte.

Der Portier sah mich an; er erwartete eine Frage. Da ich nichts sagte, eröffnete er wieder das Gespräch und bemerkte mit einer Kopfbewegung zur Bar hin:

»Jacques Brocas, er stammt aus Savoyen. Und Jean Trachelle, er ist Pariser wie ich. Es sind Aushilfskellner. Sie sind nur für die Saison eingestellt.«

»Sie sind aus Paris?«

»Fast... Aus Bagneux...«

»Na so was«, erklärte ich mit einem entwaffnend aufrichtigen Lächeln. »Ich auch.«

Ja, ich log, ich log schlau und ohne Skrupel. Das ist nun mal unser Beruf. Wenn man einen zukünftigen Zeugen für sich einnehmen will, wenn er gesprächig werden soll und aufgeschlossen, dann muß man seine Ansichten teilen, muß aus seiner Gegend, am besten aus seinem Dorf stammen. Und man gewinnt vollends sein Vertrauen, wenn man so tun kann, als kenne man den Lebensmittelhändler an der Ecke, den Bürgermeister, den Viehhirten, den Pfarrer und möglichst auch den Herrn Lehrer, wie man früher so schön sagte.

Da der Portier aus Bagneux stammte, konnte ich von dort genausogut herkommen.

Gott sei Dank kannte ich diese Stadt. Die Rue Jean-Jaurès barg keinerlei Geheimnisse für mich. Ich hatte dort vor kurzem eine Hausdurchsuchung gemacht.

»Nummer 23«, erklärte ich.

»Na so was, meine Schwester wohnt gleich daneben, Nummer 21.«

Wir lächelten beide, befriedigt über das Wunder, wie klein doch die Welt war. Die Partie war gewonnen. Und zwar bereits die zweite. Jean-Jacques und der Portier in der tressenbesetzten Jacke.

»Brugnon heißt sie. Yvonne Brugnon. Und ich Aristide.«

Er lächelte und entblößte dabei einen Goldzahn.

Ich hätte schwören können, daß er Aristide hieß. Genauso sah er auch aus. Meine Laune steigerte sich zusehends. Bei einem Portier aus Paris konnte dieser Pedroni aus Marseille sehen, wo er blieb. Ich hatte bereits meinen Alliierten am Tatort, am ersten Tag, in den ersten Minuten.

Und was dieser Aristide alles für Geheimnisse wissen mußte!

Aristides goldener Schlüsselbund, eine Goldmine!

Aristide Ali-Baba.

Ich leckte mir bereits die Lippen.

Dann sah ich auf meine Uhr. Ich stand jetzt hier seit viereinhalb Minuten und hatte bereits zwei Trümpfe in der Hand. Gut gespielt. Vieuchêne würde mir ein etwas verkrampftes Lächeln gönnen, was für ihn schon viel bedeutete.

»Die Spitzel, Borniche, die Spitzel... Die Polizei besteht aus lauter Drähten, wie ein gutgehendes Elektrosystem...«

Überhaupt, wo steckte Vieuchêne jetzt? Ich hatte nichts von ihm gehört. Wahrscheinlich bräunte er seinen Schwabbelbauch zwischen Nizza und Tourette-sur-Loup, seiner Lieblingsgegend. Weit entfernt von indiskreten Blicken. Kurz und gut, er frönte dem Privatleben. Er hätschelte es. Recht hatte er. Sicher streichelte er eine hübsche Puppe. Er trank seinen Pastis. Er genoß seine Einsamkeit zu zweit. Gewiß, er hatte recht. Er genoß dieses seltene Glück, der Dicke!

»So ein winzig kleiner Seitensprung hat auch manchmal etwas für sich...«

Eines Tages hatte er mir gegenüber diese Bemerkung fallengelassen, und seine Buddha-Augen waren dabei in Gedanken an einen alten Traum ganz glänzend geworden.

Wenn ich so etwas tat, mußte es gleich alle Welt wissen. Ich erzählte er überall herum, ich verkündete es lauthals. Vielleicht aus lauter Glück darüber? Oder vielleicht auch, weil ich mich insgeheim schämte? Ich weiß es nicht. Ich will es nicht wissen. Aber ich wirkte stets wie ein Schmierenkomödiant, wenn ich mich auf Abwege begab. Und natürlich machte man sich über mich lustig. Man beneidete mich, man kritisierte mich... Man schickte Marlyse anonyme Briefe. Man stürzte sich auf die Gelegenheit und versuchte, mir meine Marlyse zu nehmen. Ja, der Dicke hatte einmal alles dazu getan, aber es war ihm nicht gelungen. Acht Tage lang hatten wir kein Wort mehr miteinander gesprochen. Dann hatte er meine Spesenrechnung etwas frisiert, damit ich wieder zu Geld kam. Damit hatte er sich meine Verzeihung erkauft. Trotzdem war noch immer ein leiser Groll zurückgeblieben.

Und in diesem Augenblick stellte ich ihn mir zu gern vor, wie er häßlich und dick, ein wahres Monstrum, am Strand lag. Oder besser noch, wie er herumspazierte, mit weißem Bauch, der aus seinen Shorts hervorquoll, wie er sein Fett an der Sonne röstete, eine Bademütze auf dem Kopf, und auf einer Generalstabskarte nach einsamen Wanderwegen suchte.

Eins war erstaunlich: daß er noch nicht hier war. Oder aber, er hielt sich still in seinem Winkel versteckt, um plötzlich und unerwartet aufzutauchen.

Um mir zu helfen, das Wollknäuel zu entwirren – wenn ich erst einmal den richtigen Faden erwischt hatte.

Es war wirklich wie auf der Bühne. Auf ihn hatte ich gerade gewartet. Ohne ihn zu kennen. Zunächst einmal seine Brille. Goldeingefaßte Brillengläser. Und graue Schläfen. Schwarzes Haar. Gefärbt?

Ja, vielleicht gefärbt. Jedenfalls war es der Oberkellner, das sah man.

»Wie heißt er?«

»Rizzato. Albert Rizzato. Er ist Korse. Nach Monsieur Théodose und Madame Mag ist er der Chef hier ... Madame Mag hat ihn engagiert. Ich frage mich, wo sie den aufgegabelt hat.«

Die Stimme meines Aristide klang bitter, und seine Miene war säuerlich. Ganz offensichtlich hatte er für den Korsen nichts übrig. Ich beobachtete Rizzato und hatte den Eindruck, einen Leichenbestatter vor mir zu haben. Er hatte etwas Zeremonielles, etwas Gravitätisches, etwas ungeheuer Tristes an sich. Dieser Leichenbitter mit seiner Hakennase und seinen schmalen Lippen wirkte irgendwie unangenehm. Er sah falsch aus. Er hatte etwas Schurkisches an sich.

Der Portier schien meiner Meinung zu sein.

»Sagen Sie, den können Sie nicht ausstehen, nicht wahr?«

»Nein.«

Er hatte das sehr kategorisch gesagt, ohne Widerspruch zu dulden. Und er fügte hinzu:

»Er und Arrighi – der Tauchlehrer – reden in einem fort nur in ihrem korsischen Kauderwelsch. Kein Mensch versteht ein Wort davon. Und manchmal kommen noch vier, fünf oder sechs andere Typen, die auch kein anständiges Wort Französisch sprechen ... Es ist wie die Mafia!«

»Ja, ja«, erklärte ich mitfühlend. »Wenn man die Sprache der anderen nicht versteht, geht einem das ganz schön auf die Nerven.«

»Manchmal ist es besonders schlimm. Ich könnte dann aus der Haut fahren. Wenn ich auch nur ein Wort von ihrem komischen Dialekt höre, werde ich schon sauer. Ach, gerade vor ein paar

Tagen saß Carlotti, der Anwalt, bei uns zum Mittagessen im Garten. Sie kennen ihn doch ...?«

»Ja, ja ... dem Namen nach ...«

»... Sie kennen sicher vor allem seine Mandanten, Herr Inspektor ... Ja, also, wo waren wir gerade stehengeblieben? Ach ja, diese Korsen, diese Korsen, mit Händen und Füßen reden sie miteinander, sie fuchteln in der Gegend herum ...«

»Kommen denn so viele hierher?« fragte ich mit dem uninteressiertesten Gesicht von der Welt.

Aristide nickte eifrig mit dem Kopf.

»Mit amerikanischen Wagen fahren sie hier vor. Wissen Sie, Herr Inspektor, ich frage mich nur, wo diese Leute all das Geld her haben.«

»Das«, erwiderte ich, »frage ich mich auch manchmal. Aber war Carlotti denn allein hier?«

Ich wurde wieder zum Polypen. Aber ich hatte ja wohl kaum aufgehört, es zu sein. Jedenfalls reagierte mein Aristide hervorragend. Er hatte sogleich alle Namen bereit ...

»Wo denken Sie hin! Er hatte schon seine Gesellschaft ... Nicht gerade die beste ... Die Guérinis, den schönen Murraciole aus Cannes und ... und ... warten Sie.«

Er blätterte in einem Aktenordner, fand das Melderegister für die Polizei und suchte fieberhaft nach den richtigen Daten. Sein Finger fuhr die Zeilen entlang. Ich wartete. Der Finger hatte den Namen gefunden.

»Pascal Baldacci«, sagte Aristide. »Zweimal hat er im Murène geschlafen. Und nicht allein, wissen Sie ... Er war da nicht sehr wählerisch. Albert und er steckten immer die Köpfe zusammen ... Sie sprachen ganz leise, als hätten sie Angst, jemand könnte sie belauschen. Wenn ich an ihrem Tisch vorbeikam, sagten sie kein Wort mehr.«

»Dabei konnten Sie sie doch gar nicht verstehen.«

»Nein ... Aber wenn sie so plötzlich stumm wie die Karpfen wurden, war doch irgend etwas im Busch, glauben Sie nicht?«

»Zehn zu eins«, erwiderte ich. »Sie sind ein hervorragender Beobachter ...«

Sieben Minuten. Das sagte mir meine Uhr. Erst vor sieben Minuten hatte ich die Hotelhalle betreten. Aristide hatte nicht viel für die Polizei übrig. Aber noch viel weniger für die Unterwelt ...

Pedroni war noch immer nicht erschienen.

»Sind Sie sicher, daß Madame Mag ihm Bescheid gesagt hat?«

Der Portier nickte bestätigend.

»Ich habe selbst mit ihr gesprochen, sie war in ihrem Zimmer ... Kommissar Pedroni ist schon seit heute morgen bei ihr ... Er muß jeden Moment hier sein.«

Dieser brave Aristide! Damit ich nicht die Geduld verlor, gab er mir noch ein paar Hinweise, um die ich ihn nicht einmal gebeten hatte.

»Wir sind im ganzen neun im Hotel: ich, Jean-Jacques Ruggieri, die beiden Barkeeper, der Empfangschef und die beiden Zimmermädchen, Alphonsine Bovetti und Gisèle Venturi.«

»Auch aus Korsika?«

»Nein, die sind von hier. Es gibt hier viele Namen, die italienisch klingen ... Und außerdem der Küchenchef Garetteau und der Schwimmlehrer Arrighi, ein Freund von Albert. Der kleine Cornetto, der für das Gepäck zuständig war, hat das Hotel ein paar Tage vor dem Einbruch verlassen.«

Sieh da, sieh da ...

Der Portier spürte, was ich mir dabei dachte. Und da der Hotelboy wohl einer seiner Freunde war, eilte er ihm zu Hilfe.

»Er ist wirklich über jeden Zweifel erhaben, der Junge, für sein Alter war er ungeheuer ernsthaft. Und er ging nur, weil er sich mit Jean-Jacques nicht besonders verstand. Er arbeitet jetzt in Cannes, im Miramar ...«

Welch sonderbare, dumpfe und deprimierende Atmosphäre. Diese ganzen Leute, die seit einem Tag das Hotel nicht mehr verlassen durften, würden bald wie die Raubtiere im Käfig auf und ab gehen. Tiret und Pedroni hatten unmöglich schon alle gründlich vernehmen können. Einige Paare rauchten im großen Salon, lasen und führten ihre Langeweile zwischen den Tischen des Speisesaals und der Hotelhalle spazieren, weil sie absolut nichts zu tun hatten. Andere, die ich noch nicht gesehen hatte, waren wahrscheinlich auf ihren Zimmern und bräunten sich nackt auf ihrem Balkon.

Wenn Marlyse dieses traurige Schauspiel sähe, diese gereizte, gespannte Atmosphäre spürte, würde sicher auch sie, wie ich in diesem Augenblick, gerührt an unseren kleinen Strand in Fouras denken, wo alles ganz einfach war und nur Arbeiterfamilien ohne Probleme ihren Urlaub verbrachten. Würde sie sich in dieser Halle wohl fühlen, von der aus man in den luxuriös möblierten Salon hinübersehen konnte? Inmitten dieser Gemälde, dieser Kristallleuchter, dieser samtbezogenen Polstersessel rings um die Tische mit den blütenweißen Tischdecken?

Bald würden die Gäste die Geduld verlieren, und uns würde man die Schuld geben. Die Presse würde sich gegen uns verbünden. Ich sah bereits die Schlagzeilen: »Das Hotel Murène, in ein Gefängnis verwandelt, gibt sein Geheimnis nicht preis, im Murène gehen die Polizeiverhöre weiter – vergeblich!«

Aber nachdem Tiret mir gegenüber behauptet hatte, Piana hätte das Ding gedreht, wozu sperrte man dann diese ganzen Touristen ein? Ich hätte weiß Gott was drum gegeben, wenn ich mich um diesen Fall hätte drücken können.

»Nein, Fabrice, von einem solchen Schlag werde ich mich nie wieder erholen.«

»Théodose, das ist doch Unsinn...«

In der Villa César nahm Fabrice gerade sein Bad. Théodose saß auf dem Rand der Badewanne und hatte rotgeränderte Augen. Er war um Jahre gealtert – er war ein geschlagener Mann. Zerstreut streichelte er die von Seifenschaum bedeckte Schulter seines Freundes, als suche er nach einem Halt.

»Mein ganzes Geld wird dabei draufgehen, wenn ich die Entschädigung zahlen muß. Du weißt doch, ich bin nicht versichert.«

»Man wird den Schmuck schon wiederfinden. Es wimmelt doch von Polypen im Hotel.«

»Na, viel haben sie noch nicht herausgefunden.«

»Bürste mir den Rücken«, sagte Fabrice.

Während Théodose die langstielige Bürste zur Hand nahm, schloß Fabrice die Augen. In einem warmen Bad mit viel blauem Schaum fühlte er sich stets ungeheuer wohl. Als er noch ein Kind gewesen war, hatte seine Mutter, die Frau des Botschafters Janin, sich damit vergnügt, ihn »wie einen Weihnachtsmann«, wie sie sich auszudrücken pflegte, über und über mit Schaum einzuhüllen. Während Théodose, dem die Anstrengung und der Dampf das Blut ins Gesicht trieben, mit der Bürste den braunen, muskulösen Rücken (»mein Apollo«, nannte er ihn manchmal voller Ernst) bearbeitete, fühlte Fabrice sich in seine Kindheit und ihre süßen Freuden zurückversetzt. Das rosa Bad in einer Villa auf einem Hügel von Tunesien, dessen Vorhänge sich sanft in einer lauen Brise blähten. Am Ufer eines Flusses in Indochina, in dem grünen Swimming-pool in der Mitte des Innenhofs, in dem eine schwüle Hitze herrschte. Die sanften Hände seiner Mutter verrieben das Eau de Cologne auf der rosa Kinderhaut...

»Nicht so stark«, befahl Fabrice, »du tust mir weh.«

»Entschuldige«, erwiderte Théodose mit der Unterwürfigkeit eines alten Dieners.

»Das Geld findet man sicher nicht wieder, das wäre wirklich ein

Wunder«, erklärte Fabrice. »Aber der Schmuck, der ist doch unverkäuflich, oder? Man müßte ihn aus der Fassung nehmen und die Steine in alle vier Erdteile verkaufen ...«

»So unmöglich ist das nicht«, erwiderte Théodose. »Es hat schon genug solcher Fälle gegeben ... Manchmal dauert es Jahre, bevor man sie wiederfindet ... Wenn man sie überhaupt wiederfindet. Und was mache ich in der Zwischenzeit?«

»Du hörst erst einmal auf, dir Sorgen zu machen, und wartest in Ruhe das Ergebnis der Untersuchung ab. Man sagt der Pariser Polizei enorm viel Gutes nach.«

»Man sagt auch Pedroni nur Gutes nach, und der tappt bereits seit zwei Tagen im dunkeln.«

»Als mein Vater Botschafter in der Türkei war«, sagte Fabrice, »hatte es auch einmal einen Schmuckdiebstahl im Botschaftsgebäude gegeben. Der Dieb war über den Balkon eingestiegen, genauso wie die beiden Einbrecher, die auf den Balkon dieser armen Mag geklettert sind.«

»Du denkst an Piana, wie fast jeder.«

»Ich denke an niemanden ... Natürlich gibt es einiges, was dafür spricht, aber ...«

»Ich muß mal ins Murène hinübergehen, um zu sehen, was dort vorgeht«, sagte Théodose.

»Ich trockne mich nur rasch ab und begleite dich.«

»Im Grunde genommen«, sagte ich mir, »bin ich ja nur als Beobachter hier. Sollen Pedroni und seine Mitarbeiter doch sehen, wie sie fertig werden ... Aber ich bringe es wohl doch nicht über mich, sie allein in der Tinte sitzenzulassen. Das ist einfach nicht meine Art.«

Zerstreut fragte ich den Portier, nur um irgend etwas zu sagen:

»Sie haben eben den Küchenchef erwähnt?«

»Garetteau? Ein As, ein Star, einer der besten Köche Frankreichs ... Er stammt aus Burgund. Ihm haben wir es zu verdanken, wenn wir jetzt einen zweiten Stern im Michelin bekommen. Ein wahres Kunstwerk, seine Menüs, na, Sie werden ja selbst sehen.«

Ich hatte nicht übel Lust, ihm zu erwidern, daß meine Mittel mir lediglich das Hotel de la Redoute erlaubten und daß die Chancen gering waren, daß ich je die Kunst des berühmten Garetteau schätzen lernen würde. Aber ich hielt mich zurück.

Der Portier sang noch immer das Loblied des Küchenchefs, als ich einen hochgewachsenen Mann die Treppe herunterkommen sah. Bei meinem Anblick erhellte ein strahlendes Lächeln sein

Gesicht. Ich überließ Aristide seinen Lobeshymnen und ging Pedroni entgegen.

»Mein Lieber, bei meinem Glas Pastis, obwohl alles darauf hindeutet, daß Piana das Ding gedreht hat...«

Der Kommissar aus Marseille lehnte sich bequem in einem Sessel des kleinen Salons zurück und strich sich mit seinen langen, gepflegten Fingern das schwarze, leicht gewellte und dichte Haar zurück.

Pedroni war ein guter Polyp, und das wußte er auch. Mit seinen dreißig Jahren war er geradezu das Musterbeispiel eines Polizisten, ruhig, logisch, ausdauernd und mit einem Gefühl fürs Detail. Er konnte eine Intuition haben, aber er überschätzte sie auch nicht. Er vernachlässigte nicht die langweilige Routinearbeit: die Archive, die Register der Kriminalpolizei, der Verkehrspolizei, der Militärpolizei... Es war ja nichts zentralisiert, und er mußte sich immer wie ein armer Teufel mit dem Clan der Beamten herumschlagen, die mit geradezu krankhafter Eifersucht auf ihren eigenen Akten hockten, besorgt, daß auch andere Beamte einmal darin nachschlagen könnten.

Er war der Mann, von dem man sagte:

»Geh doch zu Pedroni! Bestimmt hat der eine Idee.«

Ja, er hatte Ideen, Pedroni. Er hatte für jeden einen guten Rat, gab bereitwillig Auskünfte. Er wußte zwischen den Zeilen eines Vernehmungsprotokolls zu lesen, die Stimmen der Zeugen zu interpretieren... Sein Netz von Spitzeln galt als sehr beachtlich. Und man sah ihn bereits als sicheren Nachfolger des unermüdlichen Mattéoli an der Spitze des Dezernats für Raubüberfall in Marseille.

Und doch, wenn das Leben der Menschen stets in einer geraden Linie verliefe, wäre Pedroni nie Polizist geworden. Er hatte zunächst Rechtswissenschaft studiert und wollte Anwalt werden. In schwarzer Robe hätte Pedroni sicher Erfolg gehabt. Er war hochgewachsen, hatte einen lebhaften Blick, ein freundliches Lächeln und eine stets gelassene Miene... Und dann, ohne daß er hätte sagen können, warum und wie, fühlte er sich plötzlich zum Polizeibeamten berufen. Möglicherweise auf Grund eines noch immer unaufgeklärten Mordes an zwei Kindern. Er hatte gerade seine Doktorarbeit beendet. Und er bewarb sich um den Posten eines Kommissars. In Marseille, wo er auch geboren war, stach er die alten Routiniers des Dezernats aus...

Pedroni hatte viele Freunde bei der Presse. Nicht etwa, weil er die Publicity liebte. Sondern weil die Presse auch ab und zu den Polizisten behilflich ist, indem sie Informationen gibt, Hinweise weiterleitet, Zeugenaussagen provoziert. Pedroni verteidigte auch seine Mitarbeiter, wenn sie gelegentlich angegriffen wurden. Aber er haßte es, wenn man seine Nase in eine Untersuchung steckte, mit der er allein mit seinen Leuten beauftragt worden war ... Und ich, was tat ich denn hier anderes, als meine Nase in seinen Fall hineinzustecken?

Ich war durchaus nicht auf einen so loyalen und aufrichtig warmen Händedruck vorbereitet.

»Ja, Borniche, bei meinem Glas Pastis! ... Ich war gerade in Urlaub. Ich hatte noch eine gute Woche vor mir« – ach nein, dachte ich, genauso wie ich –, »und gestern wurde ich überraschend ins Büro zurückzitiert. Und ich erfuhr von dem Einbruch.«

Pedroni setzte sich mit Tiret in Juan in Verbindung. Und dann sofort in den Zug, zusammen mit seinem getreuen Darnis, dessen Talent eher in der Archivarbeit als im Herumschnüffeln bestand, mit Jean Blaque, dessen Stärke mehr in seinen Fäusten lag, und mit einem Inspektor des polizeilichen Erkennungsdienstes, der mit seinem Fotoapparat bewaffnet war, seinem Puder, um Fingerabdrücke festzustellen, und einer Schachtel mit Handschuhen und Pinseln ...

»Keinerlei Fingerabdrücke. Saubere Arbeit«, fuhr Pedroni fort. »Mags Schlafzimmer liegt am Chemin des Sables, direkt über dem Dienstboteneingang des Hotels. Es ist im ersten Stock. Mag läßt nachts immer die Balkontür offen, damit sie besser schlafen kann ... In der Nacht des Einbruchs hatte Suzan Fuchs ihren Wagen unter dem Balkon geparkt. Die Tochter der Millionärin Mary Fuchs, sagt Ihnen das was? Sie sind beide mannstoll und treiben sich mit jedem x-beliebigen rum.

Ungefähr zwanzig Minuten nach Mitternacht, Mag wußte die Uhrzeit ziemlich genau, drangen zwei Männer vom Balkon aus in ihr Schlafzimmer ein. Sie bedrohten sie. Sie zwangen sie, den Tresor zu öffnen, ihn auszuräumen und selbst den Schmuck in ein Frotteehandtuch zu packen, das sie ihr gaben. Dann fesselten sie sie, knebelten sie und verschwanden. Sie weiß nicht einmal, auf welchem Weg sie das Zimmer verließen. Sie konnte erst Alarm schlagen, als sie sich von ihren Fesseln befreit hatte. So, jetzt wissen Sie ebensoviel wie ich.«

»Ebensoviel wie jeder andere auch«, sagte ich mir.

Und erkundigte mich, warum Tiret so überzeugt war, daß Piana das Ding gedreht hatte.

»Die Beschreibung, die sie von dem einen Mann gab, weist eindeutig auf Piana als Täter hin: Die gleiche Körpergröße, die gleichen Kleider, gelbes Hemd, hellblaue Hose, Leinenschuhe ... Italienischer, vielleicht südamerikanischer Akzent. Natürlich kann Mag sich auch irren. Ich habe mich mit meinen Spitzeln in Verbindung gesetzt und versuche, seine Spur zu finden. Die Grenzen habe ich bereits abriegeln lassen.«

»Und der Wagen dieser Suzan Fuchs?«

»Reiner Zufall. Jedenfalls fanden wir keine Kletterspuren, weder auf der Motorhaube noch auf dem Dach. Übrigens auch nicht auf dem Balkon. Die Gitterstäbe sind nicht besonders stabil. Es hätte sich niemand an ihnen hochziehen können. Deshalb sehe ich auch nur zwei Möglichkeiten: entweder hielten sich Piana und sein Komplize, vielleicht Bruti, bereits auf dem Balkon versteckt, als Mag gegen Mitternacht in ihr Zimmer ging, und dann müssen sie einen Komplizen im Hotel gehabt haben, oder sie gingen einfach das Risiko ein und betraten das Hotel durch den Dienstboteneingang. Sie werden sehen, man kann das Hotel ungehindert durch die Hintertür betreten, ohne vom Empfang aus oder überhaupt von der Hotelhalle aus gesehen zu werden.«

»Noch eine Frage. Was halten Sie von Madame Mag?«

»Sie hat einen schweren Schock erlitten. Der Arzt hat mich gebeten, sie bei den Verhören sehr zu schonen. Sie liegt noch immer im Bett. Ich weiß nicht, ob wir aus ihr noch viel herausbekommen werden ... Und sie ist besonders niedergeschlagen, weil niemand der Geschädigten versichert ist und Théodose, der Besitzer des Hotels, wohl Schadenersatz leisten muß. Und er ist auch nicht versichert. Tja, so weit sind wir. Wenn Sie die Gäste vernehmen wollen, tun Sie das ruhig. Mit mir oder allein. Ich lasse Ihnen völlig freie Hand.«

Ich hob protestierend den Arm.

»Sie wissen doch ... Ich bin ja nur als Beobachter hier ...«

Pedroni schlug mir freundschaftlich auf das Knie.

»Erzählen Sie das einem anderen«, sagte er und zwinkerte mir zu. »Da kenne ich Sie zu gut. Sobald ich Ihnen den Rücken kehre, schnüffeln Sie allein herum. Ich mache Ihnen einen Vorschlag: legen wir die Karten offen auf den Tisch. Spielen wir nicht Versteck miteinander. Einverstanden?«

Pedronis Vorschlag schien aufrichtig zu sein, aber sein allzu betontes Lächeln stimmte mich etwas besorgt. Ich mußte auf der Hut vor ihm sein. Aber natürlich erwiderte ich, ohne zu zögern:

»Einverstanden.«

Madame Mags Schlafzimmer entsprach dem luxuriösen Murène in keinster Weise. Es war ärmlich möbliert. Neben dem niedrigen Bett standen auf einem einfachen Nachttisch ein Wecker und eine kleine Stehlampe. Ein Frisiertisch, ein Stuhl, ein paar Bilder. Über dem Bett ein Kruzifix mit vertrockneten Buchsbaumzweigen. Auf der Kommode lag ein Rosenkranz in einem Schälchen. Madame Mag war gläubig und zeigte das auch.

Durch die offene Badezimmertür konnte ich einen Blick auf den berühmten Tresor werfen, dessen Tür offenstand und den der polizeiliche Erkennungsdienst mit weißem Puder bestreut hatte, um Fingerabdrücke festzustellen. Ein Wäscheschrank stand ebenfalls offen sowie rechts davon ein Kleiderschrank, in dem ein paar Kleider und ein Kostüm hingen. Man sah, daß in diesem Zimmer das Unterste zuoberst gekehrt worden war.

»Ja, wir haben überall gesucht«, erklärte Pedroni. »Aber ich sagte Ihnen ja bereits, nicht der kleinste Hinweis. Der Erkennungsdienst war wirklich gründlich. Weder auf dem Wagen unter dem Balkon noch auf dem Balkon selbst, ebensowenig auf dem Tresor oder auf den anderen Möbeln ... Keine Fingerabdrücke, außer den Ihren natürlich, Madame.«

»Natürlich«, sagte Mag mit schwacher Stimme, »denn ich mußte den Tresor ja öffnen.«

»Ja, das sagte man mir«, wandte ich mich jetzt an sie. »Würden Sie mir das Ganze noch einmal berichten?«

Madame Mag stieß einen Seufzer aus, zog die Decke bis unters Kinn und verkündete mit schwacher Stimme:

»Ich habe schon alles, was ich weiß, Kommissar Tiret berichtet ... Und Ihnen«, fügte sie mit einem Blick auf Pedroni hinzu. »Sie wollen mich doch nicht etwa zwingen, das alles zu wiederholen. Sie sehen doch, in welchem Zustand ich bin.«

Ich setzte eine bedauernde Miene auf, die ich für seltene Anlässe reserviere.

»Es tut mir entsetzlich leid, Madame. Ich muß einen Bericht über alle Einzelheiten dieses Einbruchs nach Paris schicken. Der Minister persönlich besteht darauf.«

Ich übertrieb ein wenig, aber offenbar war Madame Mag von meinen Worten beeindruckt. Sie schaute mich über ihre dicken Brillengläser hinweg an, streckte eine Hand aus der Decke, strich sich den häßlichen Haarknoten glatt und streichelte einen Dackel, der genüßlich auf dem Bett ausgestreckt lag. Madame Mag schwieg einen Augenblick, um zu dokumentieren, daß dieses ganze Gerede völlig unnütz war und ich ebensogut meine Kollegen fragen könnte. Schließlich faßte sie einen Entschluß und erklärte mit tonloser Stimme und einer Miene, die noch altjüngferlicher und märtyrerhafter als sonst klang:

»Was ich nicht begreife, ist, woher die Einbrecher wußten, daß der Tresor in meinem Badezimmer stand. Das ist doch für ein Hotel ganz und gar ungewöhnlich. Er hätte ebensogut woanders stehen können. Und normalerweise enthält er auch nicht viele Wertsachen. Die Diebe wußte also, daß in dieser Nacht ungewöhnlich viel darin deponiert war...«

Sie zog ihr Laken noch ein wenig höher und schien einer Ohnmacht nahe zu sein. Offenbar hatte sie einen ziemlichen Schock erlitten. Aber sie fuhr trotz allem fort:

»Jedenfalls hielten sie sich auf dem Balkon versteckt und warteten auf mich. Vielleicht sind sie durch den Dienstboteneingang neben der Wäschekammer hereingekommen. Aber auch da müssen sie sich ausgekannt haben...«

Sie richtete sich auf, streckte ihren mageren Hals aus der Decke. Sie beugte das bebrillte Gesicht über den Nachttisch. Die knochigen Finger griffen nach einer Tablette und steckten sie in den dünnlippigen Mund. Madame Mag schluckte sie mit etwas Wasser und wischte sich dann die Lippen mit einem Taschentuch ab.

»Das ist ein Beruhigungsmittel, das mein Arzt mir verschrieben hat«, erklärte sie. »Diese Geschichte bringt mich noch um, wenn Sie wüßten... Es war schrecklich. Ich hatte gerade das Licht ausgemacht, nachdem ich mich gewaschen und mein Abendgebet gesprochen hatte. Ich drehte mich gerade zur Balkontür, weil ich auf der Seite am liebsten schlafe, als zwei Schatten im Türrahmen auftauchten. Einer hielt eine Taschenlampe in der Hand. Ich hatte solche Angst, daß ich keinen Ton herausbrachte...«

»Hatten Sie die Rolläden nicht heruntergelassen?«

»Das tue ich nie. Das Fenster geht nach Norden, auf den Chemin des Sables. Ich habe kein Gegenüber.«

»Und der Lärm...«

»Daran bin ich gewöhnt... Die Orchester des Tagada und des Maxime klingen nur sehr gedämpft herüber... Also, die beiden Männer traten in das Zimmer. Ich konnte sie nur schemenhaft wahrnehmen. Es war dunkel, und ich hatte vor dem Schlafengehen meine Brille abgelegt...«

Madame Mag seufzte erneut tief auf. Die Erinnerung an das Geschehene regte sie offensichtlich noch sehr auf. Pedroni hielt es für angebracht, ihr einen kleinen Anstoß zu geben. Er bemerkte:

»Und da richtete der Größere der beiden seinen Revolver auf Sie...«

Sie mußte ihre Aussage inzwischen schon auswendig können, denn sie fuhr sogleich fort:

»... Und dabei sagte er: ›Wir wollen den Schmuck. Wenn Sie nicht schreien, wird Ihnen auch nichts passieren!‹ Er richtete seine Taschenlampe auf mich, so daß ich ganz geblendet war. Mein Hund Onésime begann zu knurren. Der Kleinere der beiden, ein untersetzter, kräftiger Kerl, warf sich auf den armen Onésime, er hatte ein Messer in der Hand. Ich bat ihn: ›Lassen Sie ihn gehen, er wird nicht bellen.‹ Ich beruhigte den Hund. Dann sagte ich den beiden Einbrechern: ›Ich bin nur eine einfache Angestellte. Ich habe keinen Schmuck und kein Geld.‹ – ›Wir reden von dem Tresor‹, sagte der Größere der beiden. ›Beeilen Sie sich!‹«

Madame Mag schwieg erschöpft, die Augen hinter den dicken Brillengläsern schlossen sich. Aber nach einem kurzen Augenblick fuhr sie in ihrem Bericht fort:

»Was blieb mir anderes übrig? Ich nahm den Schlüssel aus der Nachttischschublade und gab ihn ihm ... Er wollte ihn gar nicht. ›Nein‹, sagte er, ›Sie sollen ihn selbst öffnen.‹ Ich stand auf, tastete mich ins Badezimmer und öffnete den Tresor, der nur ein einfaches Schloß ohne Zahlenkombination besitzt. Die Taschenlampe leuchtete mir dabei. Der Größere der beiden nahm ein Frotteehandtuch und breitete es auf dem Boden aus. ›Räumen Sie den Tresor aus, und legen Sie alles hier drauf.‹ Ich kniete mich also auf den Boden, leerte den Tresor und legte alles auf das Handtuch ... Mit einer Hand faßte der Mann die vier Handtuchenden und übergab das kleine Bündel seinem Komplizen, dem untersetzten Dicken. Er befahl mir, wieder zu Bett zu gehen. Dann ging er auf den Balkon, riß die Wäscheleine ab und fesselte meine Füße und die Handgelenke. Ich stöhnte. Er steckte mir einen Lappen in den Mund. Ich erstickte fast. Dann verlor ich das Bewußtsein. Erst bei Morgengrauen erwachte ich aus der Ohnmacht. Ich bemühte mich, meine Fesseln loszuwerden, was mir schließlich nach einiger Anstrengung auch gelang. Ich rief dann einen Nachbarn zu Hilfe, der gerade den Chemin des Sables entlangging ...«

»Sie konnten sich auch des Knebels entledigen?«

Sie sah mich erschöpft an:

»Ja ... Aber ich weiß nicht mehr genau, wann.«

»Na schön ... Noch eine Frage: Wie waren Ihre Einbrecher angezogen?«

»Auch das habe ich bereits gesagt ...«

Schweißtropfen perlten auf ihrer Stirn. Sie fuhr fast flüsternd fort:

»So genau konnte ich das nicht sehen, weil es bis auf das Licht der Taschenlampe ja dunkel war. Der Größere trug ein helles Hemd und eine dunkle Hose. Der kleine Untersetzte hatte dunkelblaue Sachen an ... Der Größere – der, der mit mir gesprochen hat – hatte einen südamerikanischen Akzent, jedenfalls kam es mir so vor ... Ich glaube, ich würde ihn wiedererkennen. Es ist mir besonders aufgefallen.«

»Ach ja«, sagte ich. »Warum?«

»Ich weiß nicht ... Diese Stimme hat sich in mein Gedächtnis eingegraben ... und zwar für lange Zeit.«

Die Tür öffnete sich, und eine Krankenschwester in weißem Kittel, die ein Tablett trug, sah uns beide, Pedroni und mich, unfreundlich an.

»Es ist Zeit für Ihre Spritze«, sagte sie.

Madame Mag stöhnte jetzt noch stärker als bisher. Sie streckte sich aus und legte die Hand auf ihre Stirn, als wolle sie einen quälenden Schmerz lindern. Ihre Lippen waren beängstigend blaß. Sie zitterte.

»Der Doktor hat ihr ein paar Tage Ruhe empfohlen«, sagte die Krankenschwester. »Bitte, beherzigen Sie das, meine Herren ...«

»Vier Tage«, präzisierte Pedroni. »Sonnabend ist sie wieder auf den Beinen.«

Madame Mag versuchte zu lächeln, aber sie brachte nur eine Grimasse zustande. Ich beobachtete den sich wandelnden Ausdruck auf diesem blutleeren Gesicht und zog mich mit einer Entschuldigung zurück.

»Ruhen Sie sich jetzt erst einmal aus, Madame. Sie haben es nötig ...«

Wieder schlossen sich die Augen von Madame Mag hinter ihren dicken Brillengläsern.

Ich schritt mit Pedroni die breite Freitreppe hinunter. Die Arme hinter dem Rücken verschränkt, wie die personifizierte Karikatur des nachdenklichen Polypen, gingen wir neben dem schmiedeeisernen Geländer über den blauen Teppich mit großen gelben Blumen.

Als wir unten angelangt waren, wandte Pedroni sich an mich.

»Nun?«

»Tja«, erwiderte ich, »eins ist ganz eindeutig: die Einbrecher sind nicht auf den Balkon geklettert. Sie hatten einen Komplizen im Hotel.«

»Das ist auch meine Meinung. Dieser Komplize hat sie über die Nebentreppe in den ersten Stock gebracht. Mag ließ für gewöhnlich ihren Schlüssel im Schloß stecken. Sie betraten ihr Zimmer und warteten auf dem Balkon. Und auf dem gleichen Weg sind sie auch wieder verschwunden. Der Komplize wußte, wo sich der Tresor befand und was er an diesem Abend enthielt. Er muß also dabeigewesen sein, als man Mag drei Tage zuvor die Schmuckschatulle in der Hotelbar übergab. Und er muß auch gehört haben, daß Madame Frokian extra betonte, es sei sehr wichtig, den Schmuck einzuschließen. Das begrenzt das Feld unserer Nachforschungen, mein lieber Borniche.«

»Und an wen denken Sie dabei, mein lieber Pedroni?«

Er lächelte besonders liebenswürdig:

»An den Komplizen und den Täter.«

»Und das heißt...«

»Daß, wenn wir den Komplizen schnappen, wir auch den Täter haben, mein lieber Borniche, und wenn wir...«

»Und wenn wir den Täter schnappen, haben wir auch den Komplizen, mein lieber Sherlock Holmes. Und bei wem wollen wir anfangen, bitte schön?«

Pedronis Lächeln war offenbar durch nichts zu erschüttern.

»Wir werden uns die Arbeit teilen«, erklärte er. »Ich kümmere mich um Piana. Das ist für mich einfacher als für Sie... Ich habe meine Spitzel an der ganzen Côte... Und Sie beschäftigen sich mit dem Komplizen im Hotel.«

Meine enttäuschte Miene verstärkte sein Lächeln ungemein.

»Ach ja«, sagte ich. »Und wenn das nicht zuviel verlangt ist, mein lieber Pedroni, könnten Sie mir vielleicht dabei helfen. Zum Beispiel könnten Sie mir sagen, wo ich da anfangen soll.«

Pedroni sah mich immer noch lächelnd an, und sein Blick funkelte vor Ironie.

»Mit Ihrer berühmten Intuition«, erklärte er, »schaffen Sie das doch spielend. Wie man sagt, sind Sie das As der französischen Polizei.«

Er nahm eine Zigarette aus dem Päckchen, zündete sie an und verbreitete eine Rauchwolke um sich.

»Das war natürlich nur ein Scherz«, sagte er. »Wir werden beide tun, was in unseren Kräften steht. Morgen fahre ich kurz nach Marseille, um mir frische Wäsche zu holen... Ich muß ein paar dringende Sachen erledigen, weil die Untersuchung sich sicher noch eine Weile hinzieht. Montag nachmittag komme ich zurück, vorher muß ich noch ein paar Dinge überprüfen. Ich fahre mit dem Zug. Wenn Sie also Marius, den Chauffeur, brauchen ... Wenn wir diesen Piana erst hinter Schloß und Riegel haben, sind wir ein ganzes Stück weiter.«

»Natürlich, natürlich«, erwiderte ich. »Aber wenn er leugnet, sitzen wir ganz schön in der Tinte. Keine Zeugen, Mag hat praktisch nichts gesehen ... Keine Fingerabdrücke ...«

Pedroni klopfte mir freundschaftlich auf die Schulter.

»Deshalb brauchen wir ja auch den Komplizen ... Und meiner Ansicht nach dürfte er nicht weit sein ...«

Pedroni hatte recht. Der Komplize war sicher nicht weit. Und mit Aristides Hilfe würde ich schon versuchen, ihn dingfest zu machen.

Aber vorher hatte ich doch wohl auch das Recht, mich um Piana zu kümmern, oder?

Pedroni hatte mich allein gelassen. Ich nutzte die Gelegenheit, um ein wenig in der Gegend herumzuschnüffeln. Jetzt, da ich mit dem Fall etwas vertrauter war, wollte ich sehen, wie es hier wohl so aussah. In diesem angeblichen Paradies für Millionäre mit Bauchbinden-Zigarren, für Filmstars und umjubelte Chansonniers. Für Geschäftemacher mit nicht ganz astreinem Einkommen. Kurz und gut, für alle dicken Bankkonten.

Théodose war seine Oase des Schattens, der Ruhe und der Erholung gelungen. Eins mußte man zugeben: er hatte Talent, dieser ehemalige Tänzer und Antiquitätenhändler. Er hatte drei alte, unterschiedlich hohe Häuser geschickt zusammengefügt und dieses schöne zweistöckige Gebäude daraus gemacht. Ich begriff, warum er diese halbzerfallenen Hütten wieder aufgebaut hatte. Zwischen dem Pinienwald und der Bucht von Juan war das ein einzigartiger Flecken, und sicher war hier jeder Neubau streng verboten. Er hatte es auch fertiggebracht, auf dem sandigen Terrain einen Park anzulegen, geschmückt mit Blumenbeeten, niedrigen Sträuchern und alten Statuen mit der erforderlichen Patina. Für die Innenausstattung hatte er Möbel gewählt, die das Murène in eine zwischen dem 17. und 18. Jahrhundert schwankende Epoche versetzten. Der Moderne verdankte es lediglich den diskreten Komfort.

Ich lief langsam die mit weißem Kies belegten Alleen entlang, zwischen den Wiesen, die dank ständiger Berieselung durch die

Rasensprenger selbst in der ärgsten Hitze ein kräftiges Grün bewahrten und aus denen ein leichter Dampf stieg. Ich verwandelte mich in eine Kamera. Ich registrierte. Das Gebäude hatte die Form eines großen Linienflugzeugs mit einem zweistöckigen Rumpf: der Mittelteil. Die beiden Flügel: der Salon und der Speisesaal. Und das gerundete, in der Sonne blitzende Cockpit: die Empfangshalle. Der Vergleich war nicht vollkommen, aber das Bild blieb mir so besser im Gedächtnis haften für meine weiteren Nachforschungen.

Der Rumpf des Gebäudes sozusagen, immer noch von außen gesehen, hatte, auf zwei Etagen verteilt, fünfundvierzig Fenster. Ich zählte sie zweimal. Das entsprach in etwa den vierundzwanzig Zimmern, die alle Balkone hatten, und den kleineren Fenstern der Badezimmer. In etwa, denn mir fehlten noch drei Fenster, damit die Rechnung ganz aufging. Die Verlängerung der Führerkabine dagegen schien sozusagen wie abgeschnitten und hatte auch keine zweite Etage. Sie führte auf den Chemin des Sables hinaus, und Mags Balkon mit der großen Glastür war nach Norden gewandt. Der Zugang zu diesem Zimmer interessierte mich. Auch Pedroni hatte sich schon dafür interessiert.

Natürlich war des Nachts der Chemin des Sables völlig einsam. Aber ich konnte mir nicht vorstellen, daß Sergio Piana, wenn er auch ein hervorragender Akrobat war, auf diesen wackligen Balkon kletterte und dabei einen Beinbruch riskierte, ein wenig glorreiches Ende für den unwiderstehlichen Playboy der Côte. Also hatten Bruti und er – wenn sie die Einbrecher waren – nur zwei Möglichkeiten: entweder durch das Hauptportal zu spazieren, was mir auf Grund von Aristides krankhafter Wachsamkeit fast ausgeschlossen schien. Oder sie waren durch den Dienstboteneingang in das Hotel geschlichen, der auf den Chemin des Sables hinausführte und dessen Gittertor nie vor Mitternacht geschlossen wurde. Aber dann mußten sie mit den Örtlichkeiten bestens vertraut gewesen sein. Und zum Beispiel gewußt haben, daß eine der beiden Glastüren links in dem kleinen Garten neben der Waschküche zu der zweiten Hoteltreppe führte...

Diese Tür öffnete ich jetzt und befand mich im Inneren des »Flugzeugs«.

Die Holztreppe zum ersten Stock hinauf wirkte eher wie eine wacklige, steile Leiter als wie eine richtige Treppe. An der Wand entlang war ein Seil befestigt, als Ersatz für ein Geländer.

Jetzt kam ich Théodose auf die Schliche... Im Vordergebäude seines Minipalastes hatte er den Luxus installieren lassen, den seine Millionärsgäste zu Recht erwarten durften. Aber zumindest hätte er im Dienstbotentrakt die Wände einmal streichen können und diese Leiterstiege etwas reparieren, auf der ich fast das Gleichgewicht sowie meine Polizeibeamtenwürde verloren hätte.

Das erinnerte mich an die sogenannten schönen Wohnviertel. Alles für die Fassade, nichts für die Dienstboten. Wenn ich Hausdurchsuchungen machte, konnte ich diese Appartements eingehend kennenlernen. Und was ich da gesehen hatte: Breite Korridore, beeindruckende Wohnhalle, überdimensionaler Salon, kleines Empfangszimmer und festlicher Speisesaal. Aber wenn man dann weiter in Richtung Küche ging! Die Farbe blätterte von den Wänden, wenn überhaupt noch Farbe dran war. Risse in der Decke. Eine ekelerregende Küche, Fett- und Rußflecken auf dem mit der Zeit gelb gewordenen Ölfarbenanstrich... Oh, diese Küchen! Eine Unordnung und ein Schmutz, daß einem der Milchkaffee hochkommen konnte, den mir Marlyse jeden Morgen in der winzigen, aber blitzblanken Küche meiner Dachgeschoßwohnung servierte...

...Um diese Zeit etwa machte Marlyse sich fertig, um ins Büro zu gehen. Ich beschloß, ihr am Abend ein paar Zeilen zu schreiben, damit sie nicht ungeduldig würde. Oder noch besser, ich rief sie vom Kommissariat aus an. Dann konnte ich ein bißchen länger mit ihr reden, und außerdem war das am billigsten. Aber im Augenblick hatte ich noch etwas anderes zu tun.

Ich stand jetzt auf dem Treppenabsatz des ersten Stocks. An der Tür geradeaus hing an einem Nagel ein Besen. Ich öffnete die Tür. Dort sah es etwas sauberer aus. Es lag sogar ein Teppich auf dem Boden. Ich erkannte den Flur wieder. Hier war ich bereits mit Pedroni entlanggegangen, als ich links aus Madame Mags Zimmer kam. Was tat sie wohl in diesem Augenblick? Ob sie wohl immer noch unter dem Schock litt? Morgen würde ich sie aufsuchen... Und wohin führte wohl diese Tür rechts?

Na also: Ein langer, luxuriös möblierter Flur mit Bronzeleuchtern, deren Licht auf den flauschigen Teppich fiel, mit kostbaren Möbeln, die vor einer Wandvertäfelung standen. Ja, das war schon ein Hotel! Mit dem genügenden Kleingeld... Nein, ich würde bestimmt hier nicht meinen Urlaub verbringen. Ich hätte viel zuviel Angst, bestohlen zu werden. Entweder von Sergio Piana oder von dem Hotelbesitzer.

Komisch, ich sah keine Möglichkeit, von hier aus in den zweiten Stock zu kommen. Dort hinauf führte nur die Ehrentreppe am anderen Ende. Also hörte der Flur der ersten Etage dort auf, wo ich gerade stand. Man mußte also durch eine erste Tür gehen, um auf den Flur zu gelangen, von dem aus man in Madame Mags Zimmer kam, und dann ihre eigene Zimmertür öffnen. Schön. Auf dem Rückweg zum Dienstboteneingang mußte man zunächst Mags Zimmertür hinter sich schließen, durch die Tür mit dem Besen gehen, die halsbrecherische Treppe hinunterklettern, das Hotel durch den Dienstboteneingang verlassen und dann durch das Gittertor auf den Chemin des Sables gelangen.

Vor Mitternacht natürlich.

Denn danach war das Gittertor geschlosssen. So behauptete man jedenfalls ... Und wenn das Gittertor geschlossen war, wie, bitte schön, konnte man sie dann öffnen? Ganz einfach, mit einem Schlüssel. Und wer besaß diesen Schlüssel? Das war eine wirklich interessante Frage.

Bestimmt nicht die Gäste.

Also ...

Ja, diese Frage war ungeheuer wichtig, und ich mußte mich deswegen entweder mit Aristide oder mit Théodose ins Benehmen setzen. Eher mit Théodose, denn bei Aristide konnte man nie wissen. Es galt auch herauszubekommen, ob der Befehl, um Mitternacht die zweite Gittertür zu schließen, wirklich regelmäßig befolgt wurde.

Ich hatte noch nicht den Anfang meines Wollknäuels gefunden, nein, aber ich spürte, daß ich der Sache näher kam. Ein Komplize befand sich im Hotel. Er hatte Piana und seinem Helfershelfer, Brut, genannt die Bulldogge, den Eingang ermöglicht. War es jemand von der Direktion? Jemand vom Personal, einer, der noch hier arbeitete, oder jemand, den man entlassen hatte? Einer dieser Sommergäste, die anfingen, sich zu langweilen bei ihren dauernden Spaziergängen im Park? Ich mußte Pedroni unbedingt raten, den Hausarrest aufzuheben. Es brachte uns ja nicht weiter, wenn wir sie hier festhielten. Sie würden uns höchstens die Hölle heiß machen. Oder, was noch wahrscheinlicher war, wir mußten uns auf einen Rüffel von oben gefaßt machen. Die Gäste gehörten schließlich alle zur High Society!

Ich warf noch einen letzten Blick in die Waschküche. Vielleicht hatten die Diebe sich hier versteckt gehalten, während sie auf Madame Mag warteten?

Nein. Ich konnte nichts Interessantes in diesen Wäsche- und Handtücherbergen entdecken, die auf dem Boden neben riesigen Zementbecken lagen.

Und diese mittlere Tür, wohin führte die wohl? Ich drehte den

Schlüssel im Schloß und öffnete sie leise. Es war ein ehemaliges Büro. Ich entdeckte ein paar Aktenordner, eine alte Schreibmaschine, herumliegendes Schreibpapier, einen Schrank und ein Feldbett. Und zwei Koffer auf dem Boden ... Auf einer Fotografie auf dem Tisch sah ich das mir wohlbekannte Geiergesicht: es war das Zimmer des Oberkellners Rizzato.

Ich hatte wenig Lust, mich hier überraschen zu lassen. Ohne mit den Ermittlungen beauftragt zu sein und in Abwesenheit des Verdächtigen hatte ich kein Recht, ein Zimmer zu durchsuchen. Und im Augenblick war Pedroni von dem Untersuchungsrichter mit den Ermittlungen beauftragt worden. Ich war hier nur als Beobachter.

Immerhin, beobachten durfte ich ja, und vom Gesetz konnte man ja einmal absehen.

Wie schon so oft.

Ich öffnete einen Koffer, stöberte darin herum.

Verdammt!

Zwischen zwei Unterhemden lag ein langes, breites Messer, das dem der Einbrecher ähnelte – Piana und der Bulldogge –, ein Küchenmesser, genauer gesagt, ein Fleischermesser, das schon seit geraumer Zeit nicht mehr benutzt zu sein schien.

Was hatte dieses Messer hier zu suchen, in Rizzatos Zimmer, in Rizzatos Koffer, in Rizzatos Unterhemden eingewickelt? Hatten Tiret und Pedroni nicht alle Zimmer durchsucht?

Ich stand wie angewurzelt da.

Ich hatte ein Problem zu lösen. Ein einfaches Problem. Mit meinem Gewissen kam ich schon ins reine. Aber ich hatte hier ein Beweisstück, den Anfang meines Wollknäuels. Mit der Moral würde ich mich schon nachher arrangieren. Aber dieses Messer? Wenn ich es daließ, wo ich es gefunden hatte, konnte es von einem Augenblick zum anderen verschwinden.

Warum hatte Rizzato es überhaupt aufgehoben? Leichtsinn? Oder hatte er Angst, beobachtet zu werden, wenn er es fortwarf?

Wenn ich das Messer an mich nähme, würde der Oberkellner schlicht und ergreifend behaupten, es sei nicht sein eigenes, er hätte es nie in Händen gehabt und auch nicht bei sich aufgehoben. Und beweisen konnte ich ihm nichts.

Wenn ich es einfach im Koffer ließ und mit ihm darüber sprach, würde er mich sofort fragen, wie ich es gefunden hätte ... Er konnte sogar behaupten, daß ich es in seinen Koffer gelegt hätte, um den Verdacht auf ihn zu lenken.

Verdammt!

Ein Geräusch.
»Albert, sind Sie da?«
Die Tür öffnete sich einen Spalt. Ich hatte gerade noch Zeit, mich dahinter zu verstecken. Mit angehaltenem Atem wartete ich. Jemand verschloß die Tür wieder. Und zwar mit dem Schlüssel. Und ich war in Rizzatos Zimmer eingesperrt. Ein feines Abenteuer. Ich konnte nur noch durch das Fenster verschwinden. Er würde wahrscheinlich glauben, er hätte es nicht richtig geschlossen ...
Ich öffnete den Fensterriegel. Niemand zu sehen. Eins, zwei, drei kletterte ich auf die Fensterbank. Und schon war ich im Garten. Ich schob die beiden Fensterflügel wieder zusammen, versuchte, sie fest zu schließen ...
»Bleiben Sie so stehen, Herr Kommissar!«
Mir lief es ziemlich eiskalt den Rücken runter. Ich schätze es gar nicht, in flagranti bei meinen Nachforschungen ertappt zu werden. Ich drehte mich um.
Der Journalist des ›Écho de l'Esterel‹ drehte hastig seine Filmrolle in der Kamera weiter.
»Bitte, noch eine Aufnahme! Danke ... Nun, Herr Kommissar, wie weit sind denn Ihre Ermittlungen gediehen?«

10

»Laszlo, so kann es nicht weitergehen. Ich halte das nicht länger aus. Ich werde verrückt, wenn ich noch weiter zwischen diesen Zimmern, diesem Salon und diesem Garten hin- und hergehen muß.«
Seit zwei Tagen hatte Laszlo Frokian seine tägliche Ration von acht Zigaretten weit überschritten. Er redete wieder mit seiner Frau, außerdem war er ständig damit beschäftigt, sein Zigarettenetui nachzufüllen, so daß seine Tochter Annie ihm bereits geraten hatte, doch seine Zigaretten lieber direkt aus dem Päckchen zu nehmen und auf seine Zigarettenspitze aus Elfenbein zu verzichten, die sich mit beängstigender Geschwindigkeit gelb verfärbte. Aber diese vertrauten Gegenstände halfen ihm, seine Nervosität zu verbergen. Aus dem gleichen Grund war er nie so besorgt um die Bügelfalte seiner Hose gewesen, um den Sitz seiner Krawatte und die gepflegten Wellen seines grauen Haars. Er verkündete, daß man großen Schmerz stumm trage und nur die normalen Lebensgewohnheiten einem dabei helfen, Katastrophen zu überstehen ...

»Sarah«, erwiderte er mit gelassener Stimme, »du weißt sehr gut, daß wir das Hotel nicht verlassen dürfen.«

»Das ist doch die Höhe! Erst bestiehlt man uns und dann sperrt man uns ein.«

»Die Polizei hat sicher ihre Gründe für diese Anordnung ... Wenn es noch länger dauern sollte, werde ich Carlotti anrufen. Doch bis dahin ...«

»Warum einen Anwalt? Und warum Carlotti?«

»Er kennt Pedroni ganz gut, und er kennt auch Borniche.«

Ihre jungen Liebhaber wären von Sarah jetzt bitter enttäuscht, wenn sie sie so sehen würden, halb auf dem Bett ausgestreckt, mit ungekämmtem Haar und einem nachlässig übergestreiften Nachthemd, das ihre Schenkel entblößte, auf die Laszlo nicht einmal einen Blick warf.

»Außerdem werde ich durch die Presse ankündigen lassen«, sagte Laszlo, »daß ich eine Belohnung von fünf Millionen für den aussetze, der einen brauchbaren Hinweis auf die Täter gibt. Vielleicht findet sich ein Interessent dafür.«

»Wenn nur endlich bei den Ermittlungen etwas herauskäme«, bemerkte Sarah. »Patrick bemüht sich wenigstens, die Beamten etwas anzutreiben, aber du, du stehst da und sagst keinen Ton ... Du vergräbst dich in dein Schweigen.«

»Du hast doch immer behauptet, daß man uns vielleicht schon von Cannes oder gar von Paris aus gefolgt ist. Dann führen die Nachforschungen zumindest bis ins Miramar, und Gott weiß, was die Polizei dort auskramen wird.«

»Ich habe nichts zu verbergen!« sagte Sarah ein wenig zu rasch.

»Man hat der Polizei immer irgend etwas zu verbergen ... Ich habe Vertrauen zu ihr. Vor drei Jahren, als Borniche Émile Buisson hinter Schloß und Riegel brachte, war ich der erste, der prophezeite, daß dieser Polyp es noch weit bringen wird. Pedroni ist auch nicht schlecht. Er hat seine Fühler überall. Geben wir ihnen noch ein paar Tage.«

»Ich kann nicht mehr«, stöhnte Sarah.

Sie vergrub ihren Kopf in den Kissen und schluchzte vor sich hin. Laszlo überwand seine Gleichgültigkeit, beugte sich über sie und legte ihr seine Hand auf die Schulter. Diese unerwartete Zärtlichkeit ließ ihre Tränen nur noch heftiger fließen. Sie schluchzte:

»Es ist alles meine Schuld.«

»Aber nein«, sagte Laszlo. »Vergiß, daß ich das gesagt habe.

Wir waren nur einfach zu sorglos, das ist alles. Wir hatten die schlechte Angewohnheit aller Reichen. Für uns war der Tresor eines Hotels wie eine Festung...«

»Es ist lieb, daß du das sagst, Laszlo.«

»Im Unglück«, deklamierte Laszlo sentenzenhaft, »muß man fest zueinanderstehen... Außerdem habe ich noch ein paar Diamanten, die ich verkaufen kann, so daß ich ein paar andere günstig erwerben kann. Ich weiß, daß dein ganzer Schmuck weg ist, aber wir finden ihn schon wieder. Übrigens wird sich alles wiederfinden.«

Er zog aus seiner Tasche sein grünes Ledernotizbuch und blätterte liebevoll darin herum, bevor er es wieder einsteckte.

»In diesem Buch stehen alle großen Juwelenhändler der Welt drin«, sagte er. »Die einzigen, denen man diesen Schmuck anbieten kann. Wenn die Diebe nicht die Steine selbst bis zur Unkenntlichkeit schleifen, wird man mich sofort benachrichtigen.«

»O Laszlo«, rief sie, »welch ein Alptraum!«

»Schon seit Tagen höre ich nichts anderes mehr von dir«, sagte er.

Und als sie sich in ihrer Verzweiflung an ihn klammern wollte, schob er sie sanft, aber nachdrücklich von sich.

»Es ist bald Zeit zum Mittagessen. Ich werde noch etwas im Garten spazierengehen. Vielleicht habe ich das Glück, diesen würdigen Herrn Théodose zu treffen, der eigentlich soviel Höflichkeit besitzen sollte, uns fürs erste eine Entschädigung zu zahlen... Und wenn du schon nichts essen willst, laß dir wenigstens etwas Champagner aufs Zimmer bringen, das ist zumindest etwas.«

Jean-Jacques Ruggieri kümmerte sich um Pedronis Anordnung so wenig, daß Laszlo Frokian friedlich hinter seinem Rücken aus dem Hotel spazieren konnte. Ob Jean-Jacques nun im Stehen schlief oder nur vor sich hinträumte, jedenfalls bewirkte seine angeborene Trägheit, daß von Wachsamkeit nicht die Rede sein konnte.

Laszlo Frokian durchquerte den Pinienwald mit raschem, elastischem Schritt. Er betrat das Casino-Café. Er nahm sein seidenes Taschentuch aus der Jacke, um sich die Stirn abzuwischen. Er verstaute sein Taschentuch wieder, um aus einer anderen Tasche seines tadellosen seidenen Anzugs das kleine Notizbuch zu nehmen, das er stets bei sich trug. Er ging zur Kasse, hinter der eine ältliche Frau saß, der dieser hochgewachsene, elegant gekleidete Herr auf den ersten Blick imponierte.

»Würden Sie mir bitte diese Nummer in Paris geben«, sagte er mit gewinnender Stimme.

Die blonde Dame wählte eine Nummer. Und ein paar Minuten später betrat Laszlo eine nicht gerade saubere Telefonkabine, auf deren Wände obszöne Zeichnungen und eindeutige Einladungen zu einem Rendezvous gekritzelt waren. Angewidert bemühte er sich, nicht mit der Wand in Berührung zu kommen, und warf durch die Glasscheibe einen gelangweilten Blick auf den Strand. Die Touristen hier gehörten eindeutig zur Mittelklasse. Der Strand war zwar ganz in der Nähe, dennoch gehörte dieses Viertel von Juan-les-Pins nicht mehr zu dem besten.

»Hallo?«

Eine Stimme mit starkem amerikanischem Akzent meldete sich am Apparat.

»John? Ich bin's, Laszlo.«

Das klang nüchtern, kurz und präzis. Laszlo Frokian liebte keine Höflichkeitsfloskeln, überflüssige Sympathiekundgebungen, mit denen man nur Zeit und Geld verschwendete. Er hörte, wie sein Freund John Drawer am anderen Ende der Leitung mit jemandem in seinem Büro verhandelte. Laszlo hatte ein ungutes Gefühl, eine unerklärliche Furcht bemächtigte sich seiner. Vielleicht war das die Polizei, die aus irgendeinem Grund gerade John verhörte? Es war absurd, es bestand gar kein Grund, diese beiden Fälle miteinander in Verbindung zu bringen, aber er erinnerte sich plötzlich an den verschwundenen Schmuck in der Rue Cadet und an Carlotti, der damals die Verhandlungen geführt hatte; dabei war er seinerzeit gar nicht in Johns Gesellschaft versichert gewesen. Aber jeder wußte, daß John sein Freund war. Am liebsten hätte er aufgehängt. Wie stünde er da, wenn die Polypen herauskriegten, daß er sich wie ein Gymnasiast heimlich aus dem Murène geschlichen hatte, um unbelauscht mit John Drawer telefonieren zu können? Aber es war schon zu spät...

»Laszlo Frokian persönlich!« rief Drawer. »Ich höre. Ich habe gerade meinen Kunden verabschiedet.«

Laszlo war wieder beruhigt. Der alte John. Er hatte ihn in New York kennengelernt, wo er in der First City Bank arbeitete, bevor er nach Paris kam und einer der zahlreichen stellvertretenden Direktoren einer internationalen Versicherungsgesellschaft wurde. Sie hatten sehr viel gemeinsam. Er war der einzige Freund, den Laszlo duzte. Ihm konnte er vertrauen. Als Johns Frau ihren Mann in flagranti beim Ehebruch erwischen wollte, hatte Laszlo ihm einen Freundschaftsdienst erwiesen und die Dinge wieder ins Lot gebracht, obwohl er Janet nicht besonders mochte... Aber eine Scheidung wäre John teuer zu stehen gekommen, und die Dinge lagen ausgesprochen schlecht für ihn. Dabei war John Drawer ein schlauer Fuchs. Er hatte so manchen schwierigen Fall gelöst. Und seine Kunden eher zu seinem persönlichen Vorteil als zu dem der Versicherungsgesellschaft beraten. Beweis dafür war die Cecilia II, eine luxuriöse Jacht, die im Hafen von Beaulieu vor Anker lag und natürlich unter einer Panama-Flagge segelte, so daß er keine Steuern zu zahlen brauchte. John Drawer setzte übrigens im August nie den Fuß auf die Cecilia II. Allein die Idee, in den Süden zu fahren, war ihm verhaßt. Das Menschengewimmel schreckte ihn. Er verbrachte stets den August in Paris, wenn seine Landsleute in Scharen die Hauptstadt heimsuchten. Während Janet ihre Freunde auf der Cecilia II empfing, zeigte John den jungen amerikanischen Touristinnen sein Appartement in der Rue Jacob, was zumindest ebenso angenehm war. Und da fast das ganze Personal in Urlaub war, herrschte er unumschränkt in der Versicherungsgesellschaft.

»Du hast natürlich von dem Einbruch im Murène gehört«, sagte Laszlo.

»Selbst die Eskimos wissen schon Bescheid«, sagte John ... »Du bist jedenfalls auf diese Weise zu einer berühmten Persönlichkeit geworden.«

»Findest du?«

»Ja. Und ich frage mich, was du wohl von mir willst. Deine Stimme klingt so komisch.«

»John, ich bin am Ende. Du mußt mir helfen. Ich weiß, ich bitte dich da um sehr, sehr viel, und ich würde das auch nie tun, wenn ...«

»Erklär schon. Wir werden sehen.«

Laszlo schwitzte in der Kabine. Er hätte am liebsten die Tür geöffnet, aber dazu war jetzt nicht der richtige Augenblick. Er senkte die Stimme:

»John, du mußt mir meinen gestohlenen Schmuck versichern.«

»What?«

»John, ohne Versicherung verliere ich mein ganzes Vermögen.«

»Laszlo, du mußt den Verstand verloren haben. Bereits gestohlene Juwelen versichern. Ruf mich wieder an, wenn du einen klaren Kopf hast. Du solltest einen Arzt aufsuchen.«

»Warte, John. Hast du vor, an die Côte herunterzukommen?«

»Nein. Entschuldige mich, Laszlo, ich habe es eilig. Ich habe noch eine Verabredung. Wohnst du immer noch im Murène? Ich rufe dich dort an.«

»John, du könntest auf einen Sprung herunterkommen, deine Frau besuchen, sehen, ob die Cecilia II in Ordnung ist... Und bringst mir den Vertrag mit.«

»Welchen Vertrag? Hör zu, Laszlo, ich habe dich noch nie in einem solchen Zustand gesehen, aber...«

»Aber ich, John, ich habe dich schon in einem solchen Zustand gesehen und mich dabei anders verhalten. Hör zu. Im August bist du der große Boß. Es liegen noch Stapel von unbearbeiteten Akten bei euch rum...«

»Nein«, erwiderte John. »Ich weiß, worauf du hinauswillst. Aber ich sage nein.«

Laszlo biß die Zähne zusammen. Er gab noch nicht auf. Als rezitiere er eine auswendig gelernte Lektion, erklärte er dem Freund jetzt rasch und eindringlich:

»Ich liefere dir eine exakte Aufstellung der gestohlenen Steine und füge noch ein paar andere hinzu, damit es besser aussieht. Du machst den Vertrag fertig und datierst ihn vor... Ein paar Tage vor dem Einbruch, das reicht ja schon... Und wenn du nicht selbst herkommst, schickst du mir die Deckungszusage. Du siehst, es ist ganz einfach. Sobald ich wieder in Paris bin, zahle ich dir die Prämie bar. Du schreibst mir eine ebenfalls vordatierte Quittung aus. Was bedeutet, daß ich im Augenblick des Einbruchs versichert war.«

»Nein«, erklärte John. »Übrigens ist die Polizei...«

»Welche Polizei? Borniche? Er ist eben erst angekommen, er weiß noch von nichts. Ich habe mit niemandem über die Versicherung gesprochen. Die Journalisten haben erzählt, was ihnen gerade einfiel. Die einen, ich sei versichert, die anderen, ich sei es nicht. Die Polypen aus Marseille haben mich nicht einmal danach gefragt. Sie haben bisher nur etwas über die Umstände des Einbruchs wissen wollen. Und auch das nur sehr oberflächlich. Der Einbrecher interessiert sie, nicht ich.«

Das Schweigen, das nun folgte, ließ Laszlo etwas Hoffnung schöpfen. Er schwitzte. Er spürte, wie die Schweißtropfen ihm den Hals entlangliefen und sein Anzug unter den Armen feucht wurde. Er erstickte. Er hatte Angst, in Ohnmacht zu fallen. Er klammerte sich an dem Telefonapparat wie an einem Rettungsring fest, er spielte ein verzweifeltes Spiel, ein Spiel, in dem es um hundert Millionen ging... John Drawers Stimme klang hart und endgültig:

»Nein, Laszlo. Es tut mir leid. Bitte mich, worum du willst, du weißt, ich bin dein Freund. Aber das ist unmöglich. Es geht um zu hohe Summen. Hätte weniger auf dem Spiel gestanden, hätte ich's versuchen können. Aber so ist es wirklich völlig unmöglich.«

»John ... Die fünf Millionen, die ich zur Belohnung ausgesetzt habe, würde ich mit drei multiplizieren und sie dir bar auf die Hand geben.«

»Wenn ich etwas für dich tun könnte, würde ich es auch so tun. Bring mich nicht in Wut, Laszlo.«

»Ich weiß genau, daß du gelegentlich bei solchen Vorschlägen nicht so kleinlich warst.«

»Nicht, wenn sie von Leuten kamen, die seit dem Fall in der Rue Cadet auf der schwarzen Liste stehen. Der polizeiliche Ermittlungsbericht ist denkbar ungünstig gewesen, deine Versicherungsgesellschaft hat deinen Vertrag gekündigt, nur Carlotti hast du es zu verdanken, daß du noch heil aus dem Ganzen herausgekommen bist. Und alles, was ich für dich tun konnte, war, dir einen Versicherungsvertrag anzubieten. Schon das war schwierig. Denn keine Versicherung wollte dich haben ... Du hast die Prämie nicht zahlen wollen, das ist deine Schuld ... Laszlo, ich muß jetzt aufhängen.«

Laszlo Frokian legte langsam den Hörer auf.

»Das Gespräch wird ganz schön teuer sein«, sagte die Kassiererin. »Warten Sie, die Zentrale sagt es mir gleich durch.«

»Ein teures Gespräch, das kann man wohl sagen«, murmelte Laszlo.

Mit niedergeschlagenem Lächeln bestellte er sich einen Whisky. Er bemühte sich, normal zu atmen, sich für die lärmenden jungen Leute zu interessieren, die um die Flipper herumstanden. Die laute Rockmusik zerrte an seinen Nerven. Und außerdem war sein Zigarettenetui leer.

In mir erwachten wieder die Jagdinstinkte, die diesen Sommer etwas eingeschlafen waren. Ich wollte mich auf die Suche nach Sergio Piana machen, mit Spitznamen der Playboy der Côte d'Azur genannt, und ich würde ihn finden.

Er hielt die ganze Welt zum Narren. Seine Fotografie, von vorn und im Profil, zierte die Titelseite aller Zeitungen. Fernschreiber sandten seine Beschreibung in die entferntesten Kommissariate und Polizeiwachen. Im Radio beschrieb man ihn eingehend von Kopf bis Fuß. Blitztelegramme kreuzten sich, kurz und gut, die Fahndung lief auf Hochtouren. Man war sogar so weit gegangen, daß man, wie in Amerika, eine Belohnung für ihn ausgesetzt hatte:

»Wanted, Sergio Piana ...« Es war verlorene Liebesmüh, Piana blieb verschwunden.

Und natürlich fragte ganz Frankreich sich erneut, wie effektiv seine Polizei arbeitete. Das Innenministerium war ständig damit beschäftigt, Prognosen über die Erfolgschancen zu treffen. An der Côte d'Azur versteckten ängstliche Touristinnen ihren Schmuck.

»Keine Sorge«, versicherten einige Optimisten. »Die Polizei weiß genau, was sie tut.«

Ach ja? Sie sagten sich zweifellos, daß wir unsere Waffen in der Stille wetzten und daß die Zeit, das Glück und die Geduld für uns arbeiteten. Aber leider – nein. Die Zeit verging völlig unnütz, das Glück hatte Ausgang, und meine Geduld begann in dieser wunderschönen Gegend, die mir jedoch fremd, wenn nicht sogar feindlich war, langsam abzubröckeln.

Im Kopf eines Polizeibeamten überstürzen sich geradezu die Gedanken, wenn es darum geht, seinen Vorgesetzten von den negativen Ergebnissen seiner Bemühungen zu unterrichten. Statt ihn zu schrecken, reizt ihn diese Perspektive ungeheuer. Sie zwingt ihn, eine Erklärung zu finden, eine Rechtfertigung, eine Entschuldigung.

Man nennt das die Regenschirmtechnik.

Mein Paradepferd an diesem Morgen hieß Charlot der Normanne.

Charles Delannoy, mein verehrter Spitzel, verbrachte gerade seine Ferien im teuren Cannes.

Wenn er nicht wußte, wie man an Piana rankommen konnte, wußte es niemand, das konnte ich schwören.

Charlot war der einzige, der mir zu dieser Superinformation verhelfen konnte, diesem Tip, bei dem sämtliche Polizeibeamte, und insbesondere die von Marseille, vor Neid erblassen würden ...

Die Sonne strahlte vom Himmel. Unterhalb des Chemin des Collines lag die Bucht von Cannes: ein tiefes Blau durchsetzt mit weißen Segeln. Es sah aus wie auf einer Kitschpostkarte.

Marius, der Chauffeur, den der liebenswürdige Pedroni mir zur Verfügung gestellt hatte, redete für meinen Geschmack ein wenig zuviel. Er wollte unbedingt wissen, was ich in diesem Millionärsviertel zu tun hatte. Natürlich erwartete sein Chef einen Bericht. Seine Fragen amüsierten mich durch ihre ungeheure Naivität. Selbstverständlich gab ich nichts preis. Ein Spitzel ist ein kostbares Gut, das man eifersüchtig hütet. Und seinen Namen dem guten Pedroni zu Ohren kommen zu lassen, wäre wohl das Letzte gewesen, was mir hätte einfallen können.

Während die Reifen des Citroëns in den Haarnadelkurven von Vallauris quietschten, fragte ich mich, wie ich Charlot dem Normannen gegenübertreten sollte.

Er war auf meinen Besuch nicht gefaßt.

Ich hatte zwar das Telefonbuch gewälzt, aber seinen Namen nicht darin gefunden. Und auch unter »Residenz Anita« war er nicht zu finden, so hieß nämlich die Villa, die er sich, ein paar Schritte von dem luxuriösen Yakimour, Aga Khans Besitz, gebaut hatte.

Unser Wagen bog in die Avenue Victoria ein. Ich zeigte dem Chauffeur einen schattigen Parkplatz, nicht weit von einer Kapelle entfernt.

»Am besten, Sie bleiben dort stehen. Dort ist es schattig. Ich halte mich nicht lange auf.«

Marius parkte gehorsam. Ich stieg aus und bog entschlossenen Schritts in die Avenue ein. Ein Blick zurück, um mich zu vergewissern, daß er mir nicht folgte, und schon stand ich vor Yakimour. Dieser Ort weckte angenehme Erinnerungen in mir.

»Offenbar passieren alle Super-Coups im August«, sagte ich mir. Besonders die Juwelenraube. 1949 stahl man der Begum ihren Schmuck im Wert von zweihunderttausend Millionen. Bei Jacques Arpels in Deauville waren es auch ein paar Klunkern für zweihundert Millionen. Dieses Jahr das Murène. Und wer kam wohl nächstes Jahr an die Reihe?«

Noch dreihundert Meter, und ich stand vor dem eindrucksvollen, schmiedeeisernen Portal der Residenz Anita. Charles Delannoy hatte sich ein hübsches Fleckchen ausgesucht und weder beim Material noch bei den Handwerkerrechnungen geknausert. Wenn ich daran dachte, daß er in Paris als der geizigste aller Zuhälter galt!

In Cannes jedenfalls stellte ich fest, daß er offenbar zu den Großen der Unterwelt gehörte.

Ich zog einmal kräftig an der Klingel, um mich bemerkbar zu machen. Ein riesiger Hund mit sabbernder Schnauze sprang an den Gitterstäben hoch. Weiß Gott, Charlot konnte beruhigt schlafen. Mit einem solchen Ungeheuer konnte ihm nichts passieren ...

Die auf Stein gravierte Inschrift »Residenz Anita« erinnerte mich an so manches ... Anita war Charlots erstes Pferdchen gewesen. »Mein Schlachtroß«, wie er sich ausdrückte, während er an seiner ewigen Zigarre zog.

Er hatte sie kennengelernt, als sie noch ein junges Mädchen war, und zwar im Ballhaus Bouscat, einem übel beleumundeten Etablissement in der Rue de Lappe, in dem der Nachwuchs für die Prostitution rekrutiert wurde. Wie für so viele andere hatte Anitas Pariser Leben am Gare Montparnasse begonnen. Sie kam geradewegs aus der Bretagne, ihrer Heimat, um ihr Glück in Paris zu versuchen. Charlot, ein gutaussehender Junge, tanzte gut, wußte gewinnend zu reden. Bald hatte er sie um den Finger gewickelt, der Verführer.

»Annick ist kein richtiger Name«, erklärte er eines Tages. »Anita klingt doch viel exotischer, nicht wahr?«

Schüchtern erklärte sie sich einverstanden. Und um den neuen Namen zu feiern, ließ Charlot ihr die Haare schwarz färben. Er veranlaßte auch, daß sie Spanisch-Unterricht bekam, und schrieb sie in einem Institut für gutes Benehmen ein. Anita war begabt. Sie machte in ihrem neuen Gewerbe Riesenfortschritte. Bald hatte sie ihrem Beschützer so viele Dollars eingebracht – er hatte zu dem republikanischen Franc kein Vertrauen –, daß er sich neue Investitionen leisten konnte: Erst schaffte er sich ein »Double« an, dann folgten fünf weitere Frauen, von denen eine so emsig und arbeitsam war wie die andere.

»Eine für jeden Wochentag«, erklärte Charlot mit strahlendem Lächeln. »Aber meine Nummer eins ist und bleibt Anita. Ein solches Mädchen ist Gold wert.«

Und um seine Worte zu unterstreichen, streckte er voller Überzeugung seinen rechten Daumen nach oben. Das stimmte. Anita war Gold wert. Ihr verdankte er es, daß Charlot nunmehr glückliche Tage des Müßiggangs zwischen zwei Boulespielen verbrachte. Die niederen materiellen Sorgen waren verflogen. Nie gab es einen Irrtum in der Abrechnung, nie ging einer seiner Schützlinge vom rechten Weg des Strichs an der Madeleine oder auf den Champs Élysées ab. Nie gab es auch nur einen Anflug von Auflehnung. Mit Geschick und Diplomatie wußte Anita jede schwierige Situation zu meistern... Sie war wirklich vollkommen!

Und um ihr seine Dankbarkeit zu beweisen, ließ Charlot – eine der Antike würdige Geste – in einer sentimentalen Anwandlung, die er später bitter bereuen sollte, ihren Namen in eine Säule des Portals eingravieren...

Und ihrer beider Glück wäre vollkommen gewesen, wenn Anita nicht eines dreimal verfluchten Tages über einen steinreichen Südamerikaner gestolpert wäre, Reeder von Beruf, der ihr von den verlockenden Ufern des Amazonas vorschwärmte. Er besaß alles:

Jugend, Schönheit, Geld, viel Geld ... Vor Anitas Augen schaukelte die Jacht der Lady Brandon sanft in der Bucht von Cannes. Wie hätte sie da widerstehen können? Anita ließ sich von ihrem Reeder entführen. Sie kehrte dem Mann, der sie erzogen hatte, einfach den Rücken.

Ein schwerer Schlag für Charlot. Sein Haar wurde grau, er alterte um zehn Jahre. Und des öfteren sah man ihn mit rotgeränderten Augen. Er behauptete, es sei eine Bindehautentzündung. Aber die neidischen Kollegen lachten sich eins. Charlots Herrschaft schien endgültig zu Ende zu sein.

Und da tauchte eines Tages Martine auf. Ganz zufällig trat sie in Charlots Leben ein, an einem melancholischen Abend. Natürlich war sie nicht wie Anita! Sie war weniger weiblich, hatte längere Haare, nicht so füllige Brüste. Aber offensichtlich war sie sehr viel energischer. Und sie sprach kein Spanisch!

Charlot hatte sie für ein Butterbrot und ein Ei von einem jungen Juden gekauft, der sie in die Provinz schicken wollte, weil sie ihm in der Hauptstadt nicht genügend einbrachte. Zweifelnd hatte Charlot zunächst sein Investitionsobjekt gemustert. Geringschätzig verzog er den Mund. Doch dann, ohne daß er hätte sagen können, warum und wieso, engagierte er sie, wahrscheinlich, um sich aus der tiefen Niedergeschlagenheit zu befreien, in die der schnöde Undank seines ersten Schützlings ihn gestürzt hatte.

Es war ein geradezu genialer Einfall gewesen.

Denn Martine entpuppte sich sehr rasch als eine größere Meisterin auf dem Gebiet der Liebe, als er gedacht hatte. Und im Umgang mit seinen Schäfchen zeigte sie sich noch weitaus gewiefter als Anita. Nicht nur, daß die Beaufsichtigung einwandfrei klappte, nein, sie widmete sich auch persönlich emsig dem Geschäft. Und brachte dem verblüfften Charlot noch mehr ein als die undankbare Anita ...

Jeden Tag, den Gott werden ließ, beglückwünschte er sich zu seiner Erwerbung.

Und eines Tages, als er, ein Gefühl der Dankbarkeit im Herzen, fand, daß Martine einen Beweis seiner Gunst verdient hatte, beschloß er, Anitas Namen auf dem steinernen Portal durch den Martines zu ersetzen.

Er hatte dem Steinmetz bereits den Auftrag gegeben.

Doch dann überlegte er es sich wieder – von irgendeinem Instinkt getrieben. Er hatte eine andere Idee: Martine schwamm leidenschaftlich gern, und so ließ er ihr direkt vor der verglasten

Front seines Wohnzimmers einen gekachelten Swimming-pool bauen. Blau-weiß, in ihren Lieblingsfarben.

Natürlich hatte auch Martine ihre Fehler – nichts auf dieser Welt ist vollkommen. Ihre Jugend und ihre Sinnenfreude verleiteten sie gelegentlich zu unüberlegten Handlungen, trotz der weisen Ratschläge, die Charlot ihr von Zeit zu Zeit in Form von Prügel verabreichte. Eines Tages fiel sie sogar auf einen Kunden rein: Den schönen René, genannt Spazierstock-René, den Gentlemaneinbrecher, den Charlot nicht ausstehen konnte. Gott sei Dank kam alles wieder ins Lot nach einer gründlichen, handfesten Lektion ihres Beschützers. Und die Moral der Geschichte: die Vernunft siegte über jugendlichen Leichtsinn.

Seitdem war Charlot auf der Hut.

Aber Martine hatte sich verändert. Sie war für ihn mehr als eine Partnerin geworden. Fast eine Ehefrau. Und Charlot, der wieder Vertrauen faßte, versprach ihr, sie eines Tages zu seiner Alleinerbin zu machen ...

Der weiße Kies auf der Allee knirschte unter Charlots Schritten. Schon von weitem erkannte ich ihn an seinem Elefantengang. Und dann stand er vor mir, einen riesigen Strohhut auf dem Kopf, eine Gartenschere in der Hand, nur mit einem hellen Seidenshort bekleidet, über dem sein gewaltiger Bauch schwabbelte. Seine behaarte Brust erinnerte an einen gekochten Hummer, und seine Schultern waren vom Sonnenbrand gezeichnet, wie in früheren Zeiten die Schultern der Sträflinge von Peitschenhieben ... Er zögerte einen kurzen Augenblick, dann rief er aus:

»Nein, so eine Überrasschung!«

Der Schlüssel drehte sich zweimal in dem riesigen Schloß. Ein leichter Schlag auf die Schnauze des Untiers, das mich offensichtlich am liebsten lebendig verspeist hätte, und schon schritt ich an der Seite dieses tätowierten Kolosses die Allee entlang, die zu einem imposanten Feriendomizil führte.

Seine Luxusvilla mit den weißverputzten Mauern stand hinter einer Reihe von Eiben verborgen.

Und dann sah ich auch den Swimmingpool, an dessen Rand Martine nackt und sonnengebräunt saß.

Martine ...

Sie versuchte nicht, ihre Blöße zu bedecken.

Vielleicht hatte sie mich nicht gesehen?

In dem großen Salon war es angenehm kühl. Die Klimaanlage lief. Angesichts der wertvollen Gemälde an den Wänden kam ich mir vor wie in einer Galerie. Charlot war ein Kunstexperte. Er bot mir einen niedrigen Sessel an. Ich lehnte mich behaglich gegen das dunkelbraune Lederpolster.

»Freut mich, dich zu sehen, Charlot ... Wie gehen die Geschäfte?«

Charles Delannoy zuckte mit den Schultern. Seine Schlägerhände entkorkten eine Flasche Champagner – echten, guten, den besten.

Er brummte:

»Könnte besser sein. Diese verdammten Streiks werden mich noch teuer zu stehen kommen.«

Um ihm mein Interesse zu bekunden, hielt ich es für angebracht, fragend die Stirn zu runzeln:

»Inwiefern?«

»Na, das ist doch ganz einfach. Wovon lebe ich denn? Vom Tourismus. Kommen genügend Touristen, blüht das Gewerbe. Und mit diesen Streiks ...«

Er seufzte tief.

»Und die sechs Mädchen, die ich laufen habe ... Sie können sich nicht vorstellen, was die einen kosten. Schließlich muß ich sie ja unterhalten ... Es ist wirklich ein Elend!«

Der Champagner schäumte über und floß am Kelch hinab auf die Tischdecke. Charlot drückte mit seinem schaufelförmigen Zeigefinger die Luftbläschen aus. Dann verrieb er ein paar Tropfen Champagner hinter seinem Ohr.

»Das bringt Glück«, sagte er und füllte sein Glas. »Ihre Geschäfte scheinen übrigens nicht schlechtzugehen ... Émile Buisson, Spazierstock-René, Pierrot le Fou ... Keine schlechte Sammlung! Wenn Sie jetzt noch die Typen schnappen, die den Bruch vom Murène auf dem Gewissen haben ...«

Er hob sein Glas in Stirnhöhe, um einen Toast auf mich auszubringen. Wir tranken ein paar Schlucke eisgekühlten Champagners, dann ging ich resolut zum Angriff über:

»Du hast ins Schwarze getroffen, Charlot. Genau deswegen bin ich nämlich hier.«

Er zuckte zusammen:

»Was willst du damit sagen?«

Der Champagner war wirklich köstlich ... Ich erwiderte: »Du mußt mir einen kleinen Dienst erweisen, mein Lieber. Du weißt, ich bin auch nicht undankbar.«

Charlot nahm erst einmal einen kräftigen Schluck. Er wischte sich die Lippen mit seinem behaarten Handrücken ab. Dann stellte er mit besorgter Miene seinen Kelch zurück. Er hatte ein so friedliches Leben geführt, zwischen Martine und seiner Gießkanne, und nun kam ich und belästigte ihn mit meinen Geschichten.

»Darum geht's gar nicht«, sagte er... »Aber ich habe keine Ahnung von dieser Sache.«

»Piana hat das Ding gedreht«, erklärte ich. »Also muß ich Piana schnappen... Sergio Piana, der kürzlich aus der Strafanstalt von Monaco ausgebrochen ist. Kennst du ihn?«

»Ich habe den Typ noch nie gesehen, das schwöre ich Ihnen«, sagte Charlot mit einer theatralischen Geste der Hilflosigkeit. »Ich würde Ihnen ja furchtbar gern helfen, aber ich weiß wirklich nicht, wie.«

»Du hast doch Freunde, oder nicht? Den Schmuck, den er gestohlen hat, muß er an irgend jemanden verhökern. Du hast doch überall deine Freunde. Ich habe sogar einen Namen im Hotelregister vom Murène entdeckt, der dir nicht unbekannt ist... Baldacci, zum Beispiel!«

Nachdem ich den Namen genannt hatte, sah ich Charlot aufmerksam an. Seine Augen weiteten sich vor Staunen.

»Der kleine Pascal aus Toulon?«

Ich nickte.

»Also der«, erklärte Charlot, »hat mit der Sache sicher nichts zu tun. Er ist dazu viel zu dämlich.«

»Vielleicht, aber möglicherweise hat er seine Hand mit im Spiel gehabt. Wenn du dich in Marseille oder in Nizza etwas umhörst, kriegst du sicher etwas raus... Das ist doch ganz einfach...«

»Einfach!« rief Charlot. »Einfach! Und so was sagen Sie... Im übrigen bin ich im Urlaub, ich kann nicht so mir nichts, dir nichts Nachrichten einholen. Ich muß sie an mich herankommen lassen, Zeit gewinnen... Und außerdem habe ich keine Lust, mich als Polizeispitzel mit einer Kugel im Kopf im Rinnstein wiederzufinden!«

Charlot schwieg, um seinen Protest zu dokumentieren. Offenbar schwirrte jetzt eine Unmenge Gedanken durch seinen Kopf. Ich nützte die Atempause, um einen Schluck Champagner zu mir zu nehmen, der mich in eine wahrhaft euphorische Stimmung zu versetzen begann. Ich stellte mein Glas ab. Und wartete.

»Wieviel?« fragte Charlot mit neu erwachtem Interesse.

Schließlich war Charlot Geschäftsmann. Und jetzt hörte er in Gedanken die Kasse klingeln.

»Was soll das heißen?«

Er ließ ein bescheidenes Lachen hören:

»Na, ist das so schwer zu verstehen? Wenn ich schon den Spitzel spielen soll, muß es sich wenigstens rentieren. Eine Hand wäscht die andere. Das ist doch nur normal, oder?«

Er versank in nachdenkliches Schweigen.

»Hören Sie... Ich verlange ja nicht viel. Sagen wir, eine Million. Ich habe ja auch Unkosten...«

Ich hörte nur noch mit halbem Ohr zu. Denn ich vernahm barfüßige Schritte auf dem Marmorfußboden... Martine trat durch die Flügeltür von draußen herein. Sie hatte vergessen, das Oberteil ihres Bikinis anzuziehen. Ich bewunderte gebührend ihren jungen, schlanken, von Sonnenlicht umflossenen Körper mit den beiden dunklen Brustwarzen und wurde leicht nervös dabei. Es fiel mir schwer, ein unbeteiligtes Gesicht zu machen. Ich spürte eine Mischung von Verlangen und Verlegenheit. Fast hätte ich vergessen, weshalb ich eigentlich hier war. Mir wurde ganz flau im Magen.

»Monsieur Borniche«, rief sie und streckte mir die Hand entgegen. »Nein, so eine Überraschung! Sie essen doch mit uns zu Abend?«

... Drei Jahre zuvor hatte ich sie in Paris in einem Hotelzimmer in der Rue Godot-de-Mauroy ebenso leicht bekleidet gesehen. Damals machte ich Jagd auf Spazierstock-René, mit dem sie sich eingelassen hatte. Eine nicht sehr angenehme Erinnerung für sie...

»Martine hat recht«, sagte Charlot. »Sie haben es doch sicher nicht eilig. Wir haben ein Gästezimmer. Ich lasse gleich frisch beziehen.«

»Ausgeschlossen«, erwiderte ich. »Marlyse kommt heute abend aus Paris.«

»Na und? Dann holen wir sie zusammen am Bahnhof ab. Eine gute Idee, sie runterkommen zu lassen. Die Meerluft wird ihr guttun... Und hier in der Villa kann man herrliche Ferien verbringen. Keine Angst, niemand wird etwas davon erfahren.«

»Nein, Charlot, wirklich, es geht nicht. Ich kann jetzt doch nicht an Ferien denken, dieser Gauner von Pedroni hat nichts anderes im Sinn, als mir ein Schnippchen zu schlagen...«

»Sagen Sie, in Wirklichkeit haben Sie doch vor, ihm ein Schnippchen zu schlagen«, grinste Charlot. »Er ist doch mit der Untersuchung beauftragt, oder?... Es ist wirklich zu komisch, daß ihr Bullen euch untereinander immer eins auszuwischen versucht...«

Er leerte einen halben Kelch Champagner in einem Zug und fuhr dann in seinen ironischen Betrachtungen fort.

»Einmal führt ihr die Kripo an der Nase herum, ein andermal legt sie euch rein. Und das schönste ist, sogar die verschiedenen Dezernate in der Sûreté versuchen, sich gegenseitig einzuseifen. Es ist wirklich zu komisch. Übrigens lachen wir uns über eure Gaunereien eins ins Fäustchen in unseren Kreisen.«

Und was das schlimmste war, Charlot hatte recht! Was sollte eigentlich dieser stumme, heimtückische Bruderkrieg zwischen Kollegen, die, wenn auch in einer anderen Abteilung, einem anderen Dezernat, alle zu der gleichen Familie gehörten?

Charlot riß mich aus meinen Überlegungen:

»... Aber lassen wir das. Was den Bruch betrifft, will ich sehen, was ich tun kann. Nur, ich finde, wir sollten uns da noch einigen ...«

»Und wie?«

»Wenn der ganze Schmuck gefunden wird, zahlt der alte Frokian mir fünf Millionen. Findet man nur die Hälfte, bin ich auch mit drei Scheinchen zufrieden. Und eine Million, wenn die Einbrecher ohne Beute geschnappt werden. Einverstanden?«

»Ich werde mit ihm darüber reden«, erwiderte ich. »Inzwischen mach dich an die Arbeit, sieh mal zu, was du bei Pascal rauskriegst, ich glaube, das ist kein schlechter Tip.«

»Ich sagte Ihnen doch schon, daß er mit solch einem Ding nichts zu tun hat«, versicherte Charlot. »Er hat ein paar Mädchen, die für ihn auf den Strich gehen, da wird er sich doch nicht auf einen Bruch einlassen!«

»Mag sein. Aber er ist trotzdem vor nicht ganz zwei Monaten im Murène gewesen. Wahrscheinlich, um Rizzato zu besuchen. Kennst du den?«

Charlot grinste und nickte bestätigend.

»Und ob! Ein alter Freund von Antoine Guérini. Er hatte in der Rue Longue in Marseille eine Abschleppkneipe.«

»Vielleicht auch ein Kumpel von Baldacci, oder?«

Charlot sah mit einem Mal recht nachdenklich drein.

»Ich kann Ihnen im Augenblick noch nichts versprechen«, sagte er nach einem Augenblick des Schweigens. »Rufen Sie mich morgen an ... Nein, besser übermorgen. Denn morgen spiele ich eine Partie Boule mit dem langen Louis. Sie kennen ihn, sein Spitzname war der Kanonier ...«

»Ich erinnere mich nicht ...«

»Doch, natürlich. Der Kerl, der den Grafen von Crisantin um

achtzig Millionen geprellt hat, erinnern Sie sich nicht mehr an den Fall? Der Trottel schlief mit einer Wasserflasche unter dem Kopfkissen. Louis hatte zwei Kilo Sand hineinpraktiziert, und der andere glaubte, es handle sich um schweres Wasser! Der Kanonier hatte sich ihm unter dem Namen General Combaluzier vorgestellt ... Zu komisch, die Geschichte! Den Namen hatte er auf dem Weg zum Grafen auf einem Haustürschild gesehen. Er hatte ihm weisgemacht, er sei von der Abwehr. Vielleicht kann ich durch ihn ...«

»Wieso durch ihn?«

»Lassen Sie mich nur machen ... Wenn sich einer in dieser Sache nasse Füße holen muß, soll es ruhig der Kanonier sein. Natürlich ohne daß er es weiß. Rufen Sie mich übermorgen kurz an. Ich habe eine Geheimnummer, damit ich nicht dauernd belästigt werde, aber ich schreibe sie Ihnen gleich auf ...«

Aus dem Schubfach eines Sekretärs, der in der Ecke des Zimmers stand, nahm er eine Visitenkarte und reichte sie mir. Er goß sich wieder das Glas voll und leerte es in einem Zug.

»Liebling«, sagte Martine und erschien nur mit einem Slip bekleidet, ein Sommerkleid über dem Arm, an der Tür, »ich muß nach Cannes runter. Bist du so lieb und hilfst mir beim Anziehen?«

Ich hatte die Residenz Anita verlassen.

Kein schlechter Anfang. Nach meiner langen Besprechung mit Charlot, der übliche Dialog zwischen Räuber und Gendarm, war mir wohler zumute. Ich hatte meine Bauern auf dem Schachbrett gesetzt – und die Unterwelt würde für mich ziehen. Ich konnte zufrieden sein. Ich hatte drei Fliegen mit einem Schlag zwar noch nicht getroffen, aber fast.

Zunächst einmal Sergio Piana. Darüber machte ich mir schon keine Gedanken mehr. Charlot würde sich in Stücke reißen, um ihn ausfindig zu machen und ihn mir sozusagen frei Haus zu liefern.

Außerdem Baldacci. Wenn Pascal mit dem Bruch im Murène etwas zu tun hatte, direkt oder indirekt, würde ich es erfahren.

Und schließlich Rizzato. Ich würde nicht meine Hand dafür ins Feuer legen, daß er unschuldig war. Sein Galgenvogelgesicht ließ mir den Frühstückskaffee hochkommen. Um den mußte ich mich übrigens rasch kümmern, denn ich hatte den Eindruck, daß er log. Das waren jetzt drei Spuren. Vielleicht auch nur zwei, wenn Rizzato und Baldacci zusammenarbeiteten ... Gott sei Dank, daß Charlot so scharf auf Kohlen war!

Er war meine Trumpfkarte in diesem Spiel, wenn er sich nur ein bißchen Mühe gab. Um ihm seine Belohnung zu garantieren, würde ich auch noch klammheimlich mit diesem Frokian verhandeln müssen, der mir ziemlich unsympatisch war, aber meine persönlichen Gefühle hatten schließlich mit diesem Fall nichts zu tun. In der Zwischenzeit konnte ich einige Routinearbeiten erledigen, vielleicht sogar am nächsten Tag nach Monaco fahren und die Gefängnisaufseher nach Pianas Busenfreunden innerhalb und außerhalb der Gefängnismauern ausfragen. Man konnte nie wissen ... Ich war noch immer in meine Gedanken vertieft und wollte gerade auf Marius' Dienstwagen zugehen, als mich das grelle Quietschen von Reifen hinter mir aus meinen Überlegungen riß. Martine saß mit flatterndem Haar am Steuer ihres hellblauen Alfa-Romeo-Cabrios und rief mir zu:

»Sie haben mir noch gar nicht gesagt, wo Sie wohnen!«

»La Redoute, in Juan, in der Rue des Iles«, erwiderte ich etwas verlegen wegen meines schäbigen Quartiers.

Martine lachte schallend:

»Sie wohnen bei Gino! Herzlichen Glückwunsch, mein kleiner Bulle! Das ist nämlich ein Bordell! Das ist wirklich eine hinreißende Geschichte!«

Sie lachte immer noch schallend, während sie wieder Gas gab.

11

In dem Antiquitätenladen an der Stadtmauer von Antibes stand das Barometer auf Sturm, obgleich das Meer draußen spiegelglatt war. Karl der Große, der noch magerer und zittriger denn je wirkte, noch gebückter ging und noch mehr soff als früher, kam aus seiner Wut nicht mehr heraus.

»Da sieht man mal wieder, wie weit man mit der Hotellerie kommt«, fauchte er. »Ich habe es ihm immer gesagt, meinem lieben, guten Théodose. Das ist das Ergebnis, wenn man die Kunst um des Geschäfts willen verrät. Die Kunst rächt sich, das ist alles.«

Die alte Gräfin von Carental, die gern ein paar Brüsseler Spitzen verkauft hätte, nickte ernst.

»Es ist ein großes Unglück, Monsieur.«

»Das ist es, Frau Gräfin, ein großes Unglück. Ein nicht wiedergutzumachendes Unglück ...«

Er wandte sich ab, um einen Schluck aus seinem Silberflakon zu trinken.

»In der heutigen Zeit, Monsieur, gibt es so viele unehrliche Menschen. Gott sei Dank, daß noch ein paar von unserem Schlag geblieben sind... Wieviel, meinten Sie, könnten Sie für diese schönen Spitzen geben, die ich nur aus bitterer Not...?«

»Ach ja«, sagte Karl der Große, dessen Zittern mit einem Mal aufgehört hatte. »Frau Gräfin, ich weiß nicht, wie ich es Ihnen sagen soll... Es tut mir schrecklich leid, aber ich kann Ihnen die Spitzen nicht abkaufen...«

»Wieso? Ja, warum denn?«

»Kommen Sie, ich zeige es Ihnen«, sagte Karl der Große.

Er führte die alte Dame geschickt an den herumstehenden Möbeln und Kartons vorbei bis zur Garage, die als Lager diente. Sie bildeten ein sonderbares Paar, diese beiden Geschöpfe eines anderen Zeitalters, die einander bei der Hand hielten, als wollten sie inmitten dieser Gegenstände aus früheren Jahrhunderten eine Art phantastisches Ballett tanzen...

»Was ist...?« fragte die Gräfin.

»Sie werden sehen«, sagte Karl der Große. »Sie werden sehen.«

Vor einer riesigen schwarzen Ledertruhe ließ er die Hand der Gräfin los. Als er den Deckel hob, sah es fast so aus, als würde er hineinfallen.

Die Gräfin trat zu ihm und beugte sich über die Truhe.

»Ich verstehe«, murmelte sie. »Vielleicht sind meine Spitzen schöner, aber...«

»Vielleicht, aber... Außerdem kommen Sie im unpassendsten Augenblick. Ein andermal vielleicht...«

Kaum war Karl der Große wieder allein, nahm er erneut seine Zuflucht zu dem Silberflakon. War es der Alkohol, der seine Tränen löste? Er ließ sich auf einen zierlichen Louis-XV-Lehnsessel fallen und schluchzte. Am Morgen hatte Théodose ihn gebeten, eine komplette Inventarliste des Geschäfts aufzustellen. Er hatte nichts weiter dazu gesagt, aber Karl der Große wußte sehr wohl, daß er sich einen Überblick über seine verfügbaren Besitztümer verschaffen wollte für den Fall, daß er die Opfer des Einbruchs zumindest zum Teil entschädigen mußte.

Mit Trauer im Herzen sah der Alte sein geliebtes Geschäft bereits im Rauch aufgehen wie einen allzu schönen Traum.

»Wenn ich die zu fassen bekomme, die das auf dem Gewissen haben«, brummte er.

Er nahm voller Wut einen neuen Schluck. Sein Haß gegen Fabrice brach sich jetzt ungedämmt Bahn. Ihn hielt er für verantwortlich dafür, daß Théodose in die Hotellerie eingestiegen war, der Grund all dieses Übels. Er wetterte:

»Du Satansbraten, du kleiner Gigolo, du Galgenvogel! Ohne dich säße Théodose jetzt nicht in der Tinte, dem Ruin oder der Schande preisgegeben!«

Er fluchte endlos weiter, rief die alten Möbel und Nippsachen, seine getreuen Komplizen, die ihm betrübt zuzuzwinkern schienen, zu Zeugen an.

»Dieser Schweinehund von Fabrice!« schloß er und schmetterte – welch ein Sakrileg! – den leeren Flakon gegen die Wand.

Als er sich wieder etwas beruhigt hatte, hob er ihn auf, vergewisserte sich, ob er auch keine Beule abbekommen hatte, und setzte sich seufzend an das dicke Heft, in dem er auf Befehl seines unglückseligen Chefs das Inventar verzeichnete.

Charlot der Normanne schlug die Wagentür seines rotgepolsterten weißen Mercedes-Coupé zu. Dann warf er ihm noch wie stets einen Blick voll befriedigten Stolzes zu und machte sich auf den Weg.

Mit raschen Schritten überquerte er die Rue d'Antibes. Während er auf das Petit Carlton zuging, blickte er verstohlen in die Schaufenster, um sich zu vergewissern, daß er nicht verfolgt wurde. Die Glasscheiben warfen ihm ein Bild zurück, das er nicht ungern sah: einen breitrandigen beigen Panamahut, Leinenanzug, weiße Mokassins, eine breite gelbe Seidenkrawatte mit roten Pünktchen und passendes Ziertüchlein. Und, zu Abrundung seiner Erscheinung, dunkle Sonnenbrille.

Charlot machte sich Sorgen. An diesem sonnigen Morgen las man in den Zeitungen von nichts anderem als dem Einbruch im Murène; die gesamte Presse sang das Loblied der Polizeibeamten von Marseille, die, daran bestand gar kein Zweifel, schon in den nächsten Tagen Sergio Piana hinter Schloß und Riegel bringen würden. »Wenn Borniche sich reinlegen läßt«, dachte Charlot, »verliere ich fünf Millionen und ziehe mir auf ewig seinen Zorn zu. Was hat dieser gottverdammte Bulle eigentlich hier zu suchen? Ich hatte ein so ruhiges Leben!«

Er lief jetzt rascher. Die Tür zum Petit Carlton stand offen. Charlot warf einen Blick auf die Theke, die wohlgefüllten Flaschenregale und die hohen Barhocker. Jean-Félix Murraciole saß dort gemütlich vor einem Pastis.

»Grüß dich«, sagte Charlot und hob grüßend die Hand. »Wie geht's?«

Jean-Félix Murraciole stellte sein Glas ab. Ohne aufzustehen streckte er lässig seine sonnengebräunte Hand aus. An seinem Finger blitzte ein großer versilberter Siegelring, auf dem das Wahrzeichen Korsikas eingraviert war: Der Kopf eines Mohren mit einer Binde um die Stirn.

»Es geht so! Übrigens kommst du zu früh«, sagte er mit seiner warmen Stimme. »Guérini hat angerufen, daß der Kanonier frühestens in einer halben Stunde da sein wird. Sie sind spät ins Bett gekommen. Sie haben in Martigues ein bißchen auf den Putz gehauen.«

»Na schön«, brummte Charlot, der anfing, ziemlich gereizt zu werden.

»Du trinkst doch ein Glas«, bemerkte Jean-Félix in einem Ton, der eher eine Feststellung als eine Frage enthielt.

Charlot akzeptierte widerwillig. Er wollte keinen Alkohol mehr trinken, um sein Gewicht zu halten. Eine Flasche Champagner von Zeit zu Zeit, ein Glas Wein, das war alles. Martine hatte ihn dazu gebracht, auf seine Linie zu achten, beim Essen nicht mehr soviel zu trinken, auf Brot und Soßen zu verzichten. Vor allem war es ihr nach erbitterten Kämpfen gelungen, ihn davon abzuhalten, sich ständig in den Bars herumzutreiben, wo er den lieben langen Tag lang an einem Pokertisch hockte, rauchte, trank und gelbe Finger vom vielen Nikotin bekam.

»Da hast du was davon, wenn deine Pumpe und deine beiden Schnauferchen nicht mehr mitmachen«, predigte sie ihm.

Charlot lächelte darüber, daß Martine derartige Ausdrücke gebrauchte, die in ihrem Munde ungewöhnlich klangen, und das Herz als Pumpe und die Lungen als Schnauferchen bezeichnete.

Murraciole gähnte. Er war schon seit frühmorgens auf den Beinen.

»Was führt dich eigentlich her? Man hat dich lange nicht mehr gesehen.«

Charlot zögerte, bevor er offen antwortete. Aber Jean-Félix war Stammgast in allen übel beleumundeten Kneipen. Vielleicht hatte er etwas davon gehört, wo Piana sich versteckt hielt. Er beschloß, alles auf eine Karte zu setzen.

»Hast du die Zeitungen gelesen?« fragte er und tat recht geheimnisvoll.

»Ja, warum?«

»Der Bruch im Murène.«

Der Korse hob fragend das Kinn, um seine Unwissenheit zu bekunden. Er begriff nicht recht, worauf Charlot hinauswollte.

Was hatte denn er mit dem Murène zu tun? Was Jean-Félix interessierte, waren Überfälle, ordentliche Raubüberfälle, weswegen er auch bereits zu fünf Jahren Zwangsarbeit verurteilt worden war, trotz seiner rührenden Unschuldsbeteuerungen. Aus einem Wagen springen und dem vor Furcht zitternden Kassierer die Maschinenpistole vor die Nase halten, das war Männerarbeit, rasch getan und gut getan. Diese Diebstähle in Luxushotels, die überließ er den Amateuren, den Gigolos. Damit hatte er nichts zu tun. Er zuckte die Schultern.

»Wieso interessiert dich das?« fragte er gelangweilt.

Charlot hatte seine Idee, seinen Plan, eine hübsche Falle, in die Jean-Félix, der sich durch keine übergroße Intelligenz auszeichnete, sicher hineintappen würde.

Ebenso wie Louis der Kanonier, der jetzt sicher am Steuer seines Mercedes-Cabrios – sonderbar, daß die Unterwelt eine solche Vorliebe für Mercedes hatte – über die Route Nationale 7 raste. Er mußte Fréjus bereits hinter sich gelassen haben, der Kanonier. »Hoffen wir«, sagte sich Charlot, »daß er sich nicht auf der Küstenstraße in einer Kurve den Hals bricht, vor allem, wenn er nur wenig geschlafen hat.«

»Ich will dir sagen, warum mich das interessiert«, sagte Charlot. »Ich kenne einen Hehler, der mir zehn Prozent für den Ankauf der Steinchen zahlt. Zehn Prozent, das ist doch ein Wort, oder? Ein ganz hübsches Sümmchen... Nicht schlecht, nicht wahr?«

»Nicht schlecht«, wiederholte Murraciole nachdenklich. »Zehn Prozent... für dich?«

»Es läuft«, dachte Charlot.

»Die ich natürlich teile«, sagte er. »Halbe halbe mit dem Typ, der mich zu Piana bringt. Denn ich kenne diesen Piana nicht...«

»Weißt du«, sagte Jean-Félix, und seine Stimme klang dabei leicht verächtlich, »wir verkehren mit den Spaghettifressern nicht... Ich habe auch nie begriffen, warum Carlotti ihn vor den Geschworenen verteidigt hat... Wahrscheinlich wegen der Publicity: Der Playboy der Côte d'Azur das klang recht gut...«

Er verzog leicht den Mund zum Zeichen seiner Mißbilligung.

»Carlotti, der Anwalt aus Marseille?« fragte Charlot.

»Ja, genau der, ein Landsmann... ein Freund von Antoine! Er könnte uns vielleicht helfen. Aber wenn für ihn dabei nichts herausspringt, beruft er sich bestimmt auf seine anwaltliche Schweigepflicht.«

Charlot runzelte die Stirn.

»Wenn wir durch ein Dutzend teilen müssen, lohnt sich die Sache nicht mehr«, sagte Charlot.

Jean-Félix Murraciole legte seine Stirn in Falten, ein Zeichen intensiven Nachdenkens. Er brauchte seine Zeit, aber dann hatte er's.

»Ich habe eine Idee«, sagte er. »Ich werde mal Antoine fragen. Der könnte bei Carlotti unauffällig auf den Busch klopfen. Mich würd's nicht wundern, wenn Piana sich seit seinem Ausbruch bereits mit ihm in Verbindung gesetzt hätte.«

»Das ist wahr«, nickte Charlot.

Der Barkeeper erkundigte sich nach seinen Wünschen: ein Mineralwasser, nur um mit seinem alten Kumpel anzustoßen. Kaum hatte er sich wieder entfernt, fuhr Charlot fort:

»Ich hatte schon an den kleinen Pascal gedacht... Er hat ein paarmal im Murène übernachtet. Vielleicht war er es, der Piana den Tip gegeben hat...«

Jean-Félix Murraciole zuckte verächtlich mit den Schultern.

»Sag mal, du hast sie wohl nicht mehr alle! Pascal ist ein Lude, der taugt zu solchen Dingern nicht.«

Charlot schätzte diese Bemerkung ganz und gar nicht. Aber er überging sie, als hätte er sie nicht gehört.

»Ach, weißt du... Es war nur so eine Idee. Für mich ist es nur wichtig, mich mit Piana so rasch wie möglich in Verbindung zu setzen, bevor er den Schmuck zerlegt hat. Es sei denn... Es sei denn, daß Albert Rizzato hinter der Sache steckt. Er hat Piana vielleicht in Marseille kennengelernt...«

»Nein«, erklärte Murraciole überzeugt. »Albert ist Korse, und die Spaghettifresser...«

»Ich weiß«, unterbrach ihn Charlot ebenso bestimmt. »Aber wenn es um einen solchen Haufen Kohlen geht, verstehst du, vergißt du vielleicht den Rassismus. Da zählt nur noch eins, nicht wahr?«

Charlot und Jean-Félix dachten schweigend nach, während die Zeit verging... Charlot hielt sich bereits für das As der Polizeispitzel, so hervorragend schienen seine Hilfstruppen zu funktionieren. Rechtsanwalt Carlotti würde gleich von mehreren Seiten attackiert werden. Also hatte er eine hervorragende Chance, Sergio Piana ausfindig zu machen und Borniche einen Gefallen zu tun. Er wußte, daß man ihn diskreterweise nicht nach dem Namen seines Hehlers fragen würde. Das verstieße gegen die Gesetze der Unterwelt.

Wenn Sergio Piana geschnappt wurde, fiel auf ihn nicht mehr

Verdacht als auf Jean-Félix Murraciole, Louis den Kanonier oder Antoine Guérini. Ihm konnte man das nicht anlasten, und er würde Frokians Belohnung kassieren.

Es lief wirklich alles bestens.

Dank Jean-Félix sah das Ganze gar nicht so übel aus, wie er zuerst befürchtet hatte. Borniche hatte eine gute Idee gehabt, als er ihn in der Residenz Anita besuchte. Der Himmel war Charlot freundlich gesinnt.

Jean-Félix Murraciole überdachte seine Chancen, ohne Risiko ganz nebenbei ein paar Scheinchen zu verdienen. Wenn Charlot einen Hehler hatte, der die Klunkern ankaufen wollte, mußte man sich rasch mit Carlotti in Verbindung setzen, und zwar mit Hilfe von Antoine Guérini. Das Dumme war, daß der Kanonier noch mit drinsteckte. Aber brauchte man denn eigentlich den Kanonier? Schön, Charlot hatte eine Verabredung mit ihm, aber einzig und allein, um Kontakt mit Antoine aufzunehmen. Das konnte Jean-Félix auch ... Und zwar ganz allein. Ja, ganz allein. Und wenn alles gutging, würde er die Hälfte von Charlots Anteil kassieren. Etwa fünf Millionen ... Genausoviel hatte übrigens der Juwelier als Belohnung ausgesetzt, dieser Frokian ...

Nein, den Kanonier brauchte er wirklich nicht.

»Hör mal, Charlot«, sagte plötzlich Jean-Félix, »ich bleibe sowieso hier. Wenn der Kanonier kommt, kann ich ihm die Sache ebenso gut erklären. Wenn er will, kann er ja nachher noch bei dir vorbeifahren. Aber wenn du's jetzt eilig hast ...«

Charlot brauchte nicht erst auf die Uhr zu schauen, um zu wissen, daß er jetzt besser wieder ging. Er hatte getan, was zu tun war. Jetzt mußte er nur noch abwarten. Je mehr er darüber nachdachte, desto größer wurde seine Überzeugung, daß irgend jemand, der im Hotel Murène wohnte oder arbeitete, seine Hand dabei im Spiel gehabt hatte. Der Kreis war geschlossen: Carlotti, Pianas Anwalt, verkehrte auch im Murène, natürlich als Gast ... Aber er war auch ein Freund von Rizzato und Baldacci. Und – welch seltsamer Zufall – der eine war Oberkellner im Murène, der andere Gast.

Für Charlot war die Sache klar: die beiden hatten Piana von früher gekannt. Gleich nach seinem Ausbruch hatte Piana sich mit ihnen in Verbindung gesetzt – oder zumindest mit einem von beiden – und auf diese Weise den Tip erhalten.

Rizzato hatte die besseren Möglichkeiten, denn er befand sich ständig im Hotel. Er hatte Piana durch einen unbewachten Nebeneingang hereingelassen. Er hatte ihn hinauf auf den Balkon gebracht. Und nachher hatte er ihm geholfen, wieder aus dem Hotel hinauszukommen.

Albert war mit allen Wassern gewaschen.

Vor allem war er ein Typ, der vor den Bullen bestimmt nicht gleich auspackte. Aber wenn die Polizei ihn erst einmal verdächtigte und in seiner Vergangenheit herumstöberte, würde sie ihn schon gehörig bearbeiten, und dann ... Pedronis Leute hatten keine sanften Methoden!

Man hatte an der Côte noch nicht vergessen, wie sie bei dem Fall mit den Begum-Juwelen vorgegangen waren ... Als Mémé Ruberti in das Büro des Richters Sacotte geführt wurde, konnte er kein Glied mehr rühren, so kräftig hatte man ihn bearbeitet.

»Hat man Sie geschlagen, Ruberti?«

»Nein, Herr Untersuchungsrichter, ich bin auf der Treppe ausgerutscht und hingefallen.«

Das war ein Mann, dieser Ruberti. Rizzato wahrscheinlich auch, aber man konnte ja nie wissen. Jedenfalls gehörte Baldacci nicht zu diesem Schlag. Er würde eher singen.

Vielleicht wäre es eine gute Idee, wenn Borniche ihn sich einmal vorknöpfen würde.

Um so besser, wenn er dann auspackte. Denn auf jeden Fall würden die anderen untereinander anfangen, geschwätzig zu werden, wenn sie erst erfuhren, daß man ihn verdächtigte. Er, Charlot, würde von Murraciole oder dem Kanonier sofort darüber informiert werden, und er konnte dann Borniche die Nachrichten weitergeben ... Schön, er brauchte hier nicht länger zu warten.

Charlot leerte sein Glas in einem Zug und sah auf die Uhr.

»Du hast recht«, sagte er. »Martine wartet nämlich auf mich. Wenn der Kanonier auftaucht, ich bin den ganzen Nachmittag zu Hause. Sonst ...«

Er wußte ganz genau, daß der Kanonier ihn nicht besuchen würde, weil Murraciole ihm irgendeine Geschichte auftischen würde, um allein im Rennen zu bleiben.

»Ciao«, sagte Jean-Félix und erhob sich sogar von seinem Barhocker, um Charlot fast bis zur Tür zu geleiten. »Ich werde ihm die Sache erklären, aber verlaß dich drauf, ich versuche auch, was ich für dich tun kann ...«

Bedächtigen Schritts ging der Normanne wieder die Rue d'Antibes hinunter; er war seiner Sache jetzt völlig sicher. Jean-Félix sah ihm von der Schwelle des Petit Carlton aus nach. Als er um die Ecke gebogen war, ging Jean-Félix wieder in die Bar zurück.

»Ich bin gleich wieder da«, sagte er zu dem Barkeeper. »Ich will nur rasch die Zeitung kaufen. Wenn der Kanonier inzwischen kommt, sag ihm, er möchte auf mich warten.«

Langsam schlenderte Jean-Félix Murraciole in Richtung der Rue des Belges, ging einmal um den Block herum, tat so, als sei er in die Betrachtung der Gedenktafel an der Kirche Notre-Dame-de-Bon-Voyage vertieft, auf der geschrieben stand, daß Napoléon an diesem Ort kampierte, bevor er auf die Insel Elba zurückkehrte; in Wirklichkeit jedoch warf er einen vorsichtigen Blick in die Runde.

Beruhigt betrat er dann die Hauptpost. Er nahm das Telefonbuch und hielt es der Telefonistin hin.

»Entschuldigen Sie«, sagte er, »ich möchte gern das Hotel Murène in Juan-les-Pins anrufen, aber ich kann nicht lesen.«

Die Telefonistin zuckte leicht verächtlich mit den Schultern. Dann suchte sie jedoch willfährig die Nummer heraus, wählte sie, hob den Kopf und rief:

»Kabine Nr. 2!«

Einen Augenblick beobachtete sie amüsiert, wie Jean-Félix hinter der Glastür der Kabine gestenreich zu palavern schien. Diese Korsen...

»Ist Kommissar Pedroni zu sprechen?« fragte Jean-Félix. Und ein paar Sekunden später sprach er mit ihm:

»Ich bin's, Jeannot, Herr Kommissar. Ich habe Ihnen etwas Wichtiges mitzuteilen. Können wir uns treffen?«

Nie hatte Ludwig Baerhof das Leben so genossen. Während im Hotel Murène Trübsal und Bestürzung herrschten, freute er sich des Lebens, blühte geradezu auf und war glücklich über die verlängerten Ferien, dieser Gauner. Er hätte schon wieder in Zürich zurück sein sollen. Als Kommissar Pedroni für die Gäste Hausarrest anordnete, jubilierte er vor Glück.

Ludwig Baerhof hatte nur wenig Geld im Tresor gehabt. Knapp hunderttausend französische Francs, und die waren sowieso nichts wert. Sein gutes Schweizer Geld bewahrte er stets in einer speziell angefertigten Tasche im Kofferraum seines Porsche auf. Natürlich war er über den Einbruch entrüstet gewesen. Nur in Frankreich können einem solche Dinge passieren. Sein Freund Zeyer, Prokurist der Schweizer Unionsbank, hatte schallend gelacht, als Baerhof ihm am Telefon die Geschichte des sogenannten Tresors erzählt hatte, eine Sardinenbüchse, die auf zwei Brettern im Badezimmer von Madame Mag stand...

Aber das war ja alles nicht so wichtig. Wichtig war Gisèle. Und seit er das Murène nicht verlassen durfte, kam er kaum noch aus dem Bett heraus, und das war so anstrengend, daß er, der sportlich gestählte Freikörperkulturanhänger, gelegentlich etwas wacklig auf seinen muskulösen Beinen stand. Ihre Liebesspiele unterbrachen in regelmäßigen Abständen den Dienst des Zimmermädchens. Die allgemeine Aufregung des Hotels, über das der Ausnahmezustand verhängt war, löste in diesem braven Schweizer Bürger, der ein Freund der deutschen Ordnung war, eine südländisch-erotische Trägheit aus, die ausgesprochen überraschend war.

»Gisèle«, murmelte er.

Er streckte den Arm nach dem leeren Platz in seinem Bett aus und öffnete halb die Augen. Er wußte nicht mehr, ob es Morgen oder Nachmittag war. Alles, was er wußte, war, daß Gisèle nicht bei ihm war und daß er Durst hatte. Ein Blick auf die Flasche Rosé, die auf seinem Nachttisch stand... sie war leer. Denn Ludwig Baerhof trank nicht etwa mehr den Wein bedächtig in Dezilitern, diesen winzigen Gläsern, wie sie in seinem Heimatland üblich sind, sondern gleich flaschenweise. Er wunderte sich selbst über das, was er mit einem leisen, selbstzufriedenen Lächeln »meinen unerwarteten Hang zur Orgie« nannte.

Gisèle Venturi war am Ende ihrer Kräfte.

»Mach nur so weiter«, sagte Alphonsine, das zweite Zimmermädchen, mit einem vielsagenden Seitenblick zu ihr, »und du endest im Sanatorium wie mein armer Mann...«

Fast wäre Gisèle ohnmächtig geworden, als sie in Zimmer 6, dem der Meyers, die Badewanne saubermachte. Baerhof war unersättlich. Und während er schlief, trank, aß und sich erholte, verbrachte sie ihre Zeit damit, die Zimmer sauberzumachen, die noch nie so schmutzig gewesen waren, wie seit das Hotel einer belagerten Festung glich. Die Polypen und Journalisten machten überall Dreck.

»Alles Schweine«, sagte Alphonsine. »Und keinen Pfennig Trinkgeld, nichts!«

Gisèle war völlig erschöpft, aber nichtsdestotrotz schlüpfte sie jedesmal zu ihrem Ludwig ins Zimmer, sobald sie auch nur einen Augenblick Zeit hatte. Vergangene Nacht hatte sie geträumt, daß er es mit ihr trieb, während sie das Bett von Zimmer Nr. 11 saubermachte, in dem der belgische Schriftsteller wohnte, der sie gelegentlich verständnisinnig anblinzelte... Die natürliche Sinnlichkeit dieser voll erblühten Frau wurde vollauf befriedigt. Sie war so geschwächt, daß sie sich zum Essen geradezu zwingen mußte. Manchmal war sie direkt geistesabwesend. Ja es ging so weit, daß sie Monsieur Théodose vergangenen Nachmittag mit

»ja, Madame« geantwortet hatte; er hatte genügend Humor besessen, darüber zu lachen – wahrscheinlich dachte er, als er ihren verstörten Blick sah, daß die Ereignisse sie etwas mitgenommen hatten.

Aber es waren nicht die Ereignisse, es war Ludwig.

Er brauchte jetzt nicht einmal mehr zu läuten. Kaum hatte sie einen Augenblick frei, ging sie zu ihm ins Zimmer, um zu sehen, ob er nichts brauchte. Wein – oder etwas anderes. Meistens war es beides. Und dabei war sie noch nicht einmal mit ihm im Porsche ausgefahren, in diesem Porsche, der ihr so in die Augen stach, wenn sie sich aus dem Fenster beugte – eine Augenweide neben den verstaubten Dienstwagen der Polypen.

»Gisèle!«

Er rief sie leise von der Tür aus. Er hatte wohl geahnt, daß sie ihm gerade eine Flasche Rosé in einem Eiskübel bringen wollte. Sie trat in sein Zimmer und schob den Riegel vor. Und das war wirklich vernünftig. Denn er hatte sich in seinem Bett aufgerichtet und verschlang sie mit gierigen Augen. Sein unrasiertes Gesicht wirkte fast erschreckend. Kaum hatte sie den Eiskübel neben das Bett gestellt, packte er sie; ihr Rock war so kurz, daß es keiner großen Umstände bedurfte, um sie auszuziehen. Sie wußte nicht einmal mehr, ob sie seinem Verlangen nachgeben sollte oder nicht. Sie war völlig willenlos. »Mein Gott«, dachte sie, »welch ein Irrenhaus!« Baerhof warf sich mit seinem ganzen Gewicht auf sie; er keuchte wie ein Tier. Sie dachte noch daran, daß sie am Morgen das Bett nicht gemacht hatte. Und dann dachte sie an gar nichts mehr.

Pascal Baldacci spazierte den Boulevard d'Arenc am Meer entlang. Die glühende Hitze an diesem Sonntag im August in Marseille verwandelte den Asphalt in Kaugummi. Pascal Baldacci schwitzte. Sein bordeauxrotes Sporthemd und seine hellblauen Gabardinehosen klebten geradezu an seiner Haut. Seine Füße in den Krokodillederschuhen waren geschwollen. Ständig mußte er sich seine breite Stirn abwischen.

Und doch verlangsamte er nicht seinen Schritt. Er war beunruhigt.

Seit sein Name, den man im Hotelregister des Murène gefunden hatte, in der Presse erwähnt worden war, schlief er nicht mehr.

Er hatte Angst.

Zweimal war bereits ein Polizeibeamter bei ihm aufgetaucht,

der ihn »in eigener Sache« zu sprechen wünschte. Ein großer Kraushaariger, der ohne korsischen Akzent sprach...

Pascal Baldacci spielte gerade seine tägliche Partie Boule im Schatten der Festung Saint-Jean, als seine Frau ihn von diesem Besuch verständigte. Er hatte es für klüger gehalten, die Nacht bei einem Freund zu verbringen, um etwas Zeit zu gewinnen und vielleicht durch einen Landsmann bei der Polizei zu erfahren, was man von ihm wollte. Auf dem Vorladungsschreiben stand unmißverständlich, daß man ihn zu sehen wünschte. Die Worte »persönliches Erscheinen unerläßlich« waren dick mit rotem Bleistift unterstrichen.

Pascal Baldacci fand, daß er Grund zur Beunruhigung hatte. Er wußte aus Erfahrung, daß man, wenn man ins Polizeipräsidium vorgeladen wurde, nie sicher war, wann man wieder herauskam. Er erinnerte sich noch zu gut an das, was ihm im vergangenen Jahr im April passiert war.

Seine Bar »Zur Windmühle« mit Restaurantbetrieb lief auf Hochtouren. Pascal hatte schlauerweise drei Zimmer im ersten Stock in »Empfangszimmer« für seine nordafrikanischen Gäste umgewandelt. Drei Kellnerinnen bedienten dort oben. Die Geschäfte waren glänzend. Und sie hätten es zur großen Zufriedenheit von Pascal noch lange bleiben können, wenn Kommissar Pedroni nicht ein solcher Spielverderber gewesen wäre und dem Sittendezernat einen Tip bezüglich seines Etablissements gegeben hätte.

Ein Monat Gefängnis und die endgültige Schließung seiner Goldgrube waren die Strafe für Baldaccis Verfehlung, zum großen Bedauern seiner Kundschaft. Seither war Pascal auf der Hut.

Er hatte seine Dämchen in die beliebtesten Badeorte der Côte d'Azur geschickt, nach Saint Tropez, nach Cannes und Juan-les-Pins, wo es von Touristen und Seeleuten der amerikanischen Flotte wimmelte. Die pittoreske Persönlichkeit von Gaston la Raclette, einem Pariser Zuhälter, der die Prostitution zwischen Villefranche und Menton unter alleiniger Kontrolle hatte, war der Grund gewesen, daß er sich auf diesem Terrain nicht weiter vorwagte. Er bedauerte das sehr, denn die Einkünfte in der wunderschönen Bucht von Villefranche übertrafen all seine Erwartungen...

Auf Pascal Baldaccis Personalausweis stand in der Rubrik »Beruf« Schiffsanstreicher. Seine Brieftasche steckte voller gefälschter Lohnzettel, mit denen er das Gesetz über die Zuhälterei zu umgehen hoffte. Aber trotz all dieser Vorsichtsmaßnahmen wußte er, daß Kommissar Pedroni sich über seine Aktivitäten nicht täuschen ließ. Er würde ihn nach dem Grund seines Aufenthalts im Hotel Murène fragen, nach seinem Alibi für die Nacht des Einbruchs, seinen Bekanntschaften, seinen Beziehungen ... War er nicht seit zwanzig Jahren ein Freund Albert Rizzatos?

Pascal Baldacci hatte erst sehr gezögert, bevor er ins Murène ging. Das Hotel war für ihn zu fein. Antoine Guérini und Albert Rizzato hatten ihn jedoch immer wieder gedrängt. Sonst wäre er sicher nie dort abgestiegen. Und brauchte sich jetzt keine Sorgen zu machen.

Pascal lief rascher. Er hatte sich mit seiner Frau in der Bar Sévigné verabredet, die an diesem Sonntagnachmittag sicher wie ausgestorben war. Und dann würde er weitersehen ...

Rose sollte ihm etwas frische Wäsche bringen. Vor allem würde sie ihm sagen, was es mit diesen Polypen auf sich hatte. Ihm würde schon irgend etwas einfallen.

Auf dem unbebauten Gelände neben dem Boulevard führte eine Mutter ihre Kinder spazieren. Der Größte war etwa zehn Jahre alt. Er sprang mit geschlossenen Füßen auf einem Metallrost, den jemand in das kümmerliche Gebüsch geworfen hatte. Ein paar Möwen schwangen sich in den einförmig blauen Himmel und stießen schrille Schreie aus.

Es war nicht nur Pedronis Vorladung, die Pascal Baldacci beunruhigte. Das Schlimmste war: wenn man soviel Aufhebens um seinen Namen machte, würde die Unterwelt ihn verdächtigen, den Coup seines Lebens gelandet zu haben oder zumindest seine Hand dabei im Spiel gehabt zu haben. Und das war gefährlich.

Denn an der Côte gab es keine Einzelgänger.

Man würde von ihm eine Erklärung verlangen. Und ihn zur Kasse bitten. Und diese jungen Wölfe, die die dunklen Geschäfte kontrollierten, waren nicht gerade bescheiden in ihren Forderungen. Und auch nicht zimperlich in ihren Mitteln, diese Hundesöhne! Die Zeiten der Überfälle auf Geldtransporte waren endgültig vorbei. Übrigens wurde das auch immer schwieriger mit den neuen Sicherheitsvorkehrungen der Banken. Was sich noch auszahlte, war ein bewaffneter Überfall auf ein Restaurant oder eine schicke Bar mit einer entsprechenden Zahlungsaufforderung an den Besitzer. Wenn er nicht wollte, daß sein Lokal kurz und klein geschlagen wurde – und er selbst auch mit heiler Haut davonkommen wollte –, hieß es nachzugeben. Zu zahlen, und zwar rasch, was man von ihm verlangte. Nie drangen irgendwelche Klagen bis ins Kommissariat. Geschäfte, die Gold wert waren. Diese neuen

Methoden waren den alten Gangstern nicht ganz geheuer, aber was sollte man machen?...

... Inzwischen hatte man Rizzato sicher nach allen Regeln der Kunst verhört, überlegte sich Pascal Baldacci. Seine Vergangenheit mußte ganze Seiten von Vernehmungsprotokollen füllen. Man würde seine Beziehungen mit den Guérinis, Antoine, Mémé und den anderen Korsen genau unter die Lupe nehmen...

Der Schatten von Baldaccis untersetzter Gestalt folgte ihm treulich auf dem glühenden Asphalt... Und plötzlich wanderte ein anderer Schatten neben ihm:

»Pascal, hallo!«

Überrascht drehte er sich um.

Diese kühle, befehlende Stimme, die ihn inmitten seiner Gedanken unterbrach, erschreckte ihn.

Pedroni? Nein.

Ein kleiner Mann mit dunkelbraunem Hut, sonnengebräuntem Gesicht, schwarzen Augen, der einen blauen Anzug trug. Ganz unverkennbar ein Korse. In seiner Hand blitzte ein Colt. Pascal begriff nicht.

»Komm mit!«

»Aber...«

Die Stimme klang jetzt noch herrischer.

»Komm, habe ich dir gesagt. Und vor allem, mach keinen Lärm.«

Nur ein paar Meter von ihnen entfernt wartete ein Wagen auf sie, den er nicht hatte herannahen hören. Pascal spürte ein flaues Gefühl im Magen. Er hatte doch recht gehabt, sich wegen dieser Vorladung Sorgen zu machen. Jetzt verhaftete man ihn wegen des Einbruchs im Murène. Statt sich heimlich davonzuschleichen, wäre es besser gewesen, der Vorladung Folge zu leisten, offen die Fragen der Polizeibeamten zu beantworten und zu versuchen, seine Schuld am Einbruch abzustreiten... Es gab schließlich keinerlei Beweis gegen ihn...

Die hintere Wagentür wurde von innen geöffnet. Pascal Baldacci stieg, immer noch den Colt im Nacken, ein und nahm auf dem Rücksitz Platz. Vorn auf dem Beifahrersitz saß ein anderer Mann, den er nicht kannte. Auch er war bewaffnet. Das Gesicht des jungen blonden Typs am Steuer konnte er nicht sehen.

Pascal Baldacci saß hinten zwischen zwei ihm ebenfalls unbekannten Männern. Er wunderte sich. Fragend sah er sich um.

Die Männer schienen ganz und gar keine Polizeibeamten zu sein.

Ja, aber heutzutage, dachte er, ist niemand einem Gangster ähnlicher als ein Polizeibeamter und ein Polizeibeamter einem Gangster. Sie kleideten sich fast gleich, verkehrten in denselben Kneipen, hatten fast das gleiche Benehmen, die gleichen Gesten, die gleiche Art, ihre Zigarette zu halten...

Der Wagen setzte sich in Bewegung.

Langsam holperte er über den nicht asphaltierten Weg des unbebauten Geländes. Pascal verstand überhaupt nichts mehr.

Der Wagen fuhr noch etwa zweihundert Meter weiter und entfernte sich von dem Boulevard. Die hintere Tür wurde geöffnet. Der kleine, untersetzte Mann, der ihn vorhin mit seinem Colt bedroht hatte, stieg langsam aus.

»Komm«, sagte er. »Wir haben mit dir zu reden.«

Pascal gehorchte. Er begriff jetzt überhaupt nichts mehr. Die Polizei ging doch nicht auf diese Art vor. Es sei denn, daß...

Eine ähnliche Geschichte fiel ihm jetzt ein. Es mußte etwa zwei Jahre her sein. Sein Freund Jules der Schwarze, der unerbittliche, der schreckliche Jules, der König der Raubüberfälle, ein erbitterter Feind der Bullen, auf die er auch mehrere Male geschossen hatte, Jules, der nie etwas gestanden hatte, eben dieser Jules wurde eines Tages geschnappt, als er aus einer Bar der Rue Longue herauskam. Man zwang ihn, in einen Wagen zu steigen. Die Polizeibeamten schlugen jedoch nicht den Weg zum Präsidium ein. Nein. Unter dem Vorwand einer Zeugengegenüberstellung brachten sie ihn in den Wald von Cuges-les-Pins, einer wahren Einöde. Niemand konnte dort die Fragen hören, die Antworten, die Schläge und die Schreie... Jules gestand immer noch nicht. Da ging ein Bulle auf ihn zu und hielt ihm eine großkalibrige Pistole an die Stirn. Und sein Blick war so drohend, seine Miene so hart, und seine Kollegen sahen in diesem schicksalsschweren Augenblick so finster drein, daß Jules plötzlich glaubte, sein letztes Stündlein habe geschlagen. Und er gestand. Die Polizeibeamten, höchstbefriedigt, daß sie endlich ein Geständnis des Gangsters hatten, fuhren mit ihm nach Marseille zurück. Dort begann Jules zu ihrer großen Überraschung, die offenkundigen Tatsachen höhnisch zu leugnen. Er versicherte, kein Wort gesagt zu haben, behauptete, sie hätten geträumt. Und mit seinem hartnäckigen Leugnen brachte er es fertig, daß man ihn wieder auf freien Fuß setzte. Selbstverständlich weigerte er sich, das Vernehmungsprotokoll zu unterzeichnen, denn er hatte ja überhaupt keinen Ton gesagt... Jedenfalls gab er keinen seiner Komplizen preis und gestand nicht seine Mittäterschaft bei dem Raubüberfall...

Offenbar hatten die Polizeibeamten jetzt etwas Ähnliches vor. Man wollte ihn, Pascal, einschüchtern, ihn zwingen, etwas über den Juwelenraub im Murène auszusagen ... Und das Versteck der Beute zu verraten ...

»Wer sind Sie eigentlich?« fragte er.

Er hatte sich jetzt wieder etwas beruhigt. Mitten in der Stadt konnte man ihm wohl drohen, aber die Drohungen kaum in die Tat umsetzen. Hier gab es Zeugen, die sehen, die hören könnten ...

Pascal täuschte sich.

Statt einer Antwort bellte ein Schuß auf und hallte über das Brachland. Die Kugel zersplitterte seine Sonnenbrille, traf ihn zwischen den Augenbrauen und zerschmetterte seine Schädeldekke; Pascal Baldacci sank zu Boden. Noch drei andere Kugeln trafen ihn: am Kinn, ins Herz und in die Leistengegend.

Eine Tasche seines Sporthemds, in der ein Päckchen Zigaretten steckte, wurde durch den dicht abgefeuerten Schuß versengt. Das Blut tränkte seine sorgfältig gebügelte Gabardinehose. Innerhalb von ein paar Sekunden hatte man Pascal Baldacci in ein Sieb verwandelt und ihn in die sogenannte bessere Welt geschickt, in der er niemandem mehr Rechenschaft abzulegen hatte, zumindest nicht der Polizei und nicht der Unterwelt.

Sein Körper lag jetzt in dem vertrockneten Gras neben dem alten Metallrost, auf den noch kurz zuvor das Kind herumgesprungen war, und seine Augen starrten gen Himmel. Etwas weiter entfernt stieß die Mutter, die die Szene beobachtet hatte, gellende Hilferufe aus und rannte mit ihren Sprößlingen entsetzt davon.

An diesem sonnigen Sonntag verzeichnete die Polizei im Murène-Fall einen Verdächtigen weniger, aber ein Geheimnis mehr.

12

»Erschossen!«

»Was?«

»Abgeknallt, wenn ich es Ihnen sage! Kurz und gut, sie haben ihm das Gehirn ausgepustet! ... Man hat ihn mit ausgebreiteten Armen auf einem Brachland in Marseille gefunden ... Was sagen Sie nun?«

Charlots Stimme, die durch den Hörer drang, überschlug sich fast.

Ich stand an der Theke des Hotels La Redoute, zwischen der

mit provenčalischen Ziegeln gekachelten Wand und meinem leeren Glas, und preßte den Hörer an mein Ohr, um trotz des Tumults in der Bar wenigstens ein paar Worte zu verstehen, während Gino strahlend einen Pastis nach dem anderen ausschenkte. Und noch eine Runde! Er hatte schon kein einziges sauberes Glas mehr. Eine Goldgrube, diese Apéritifflasche!

Es war gegen acht Uhr abends. Die Journalisten hatten allmählich Hunger und schickten sich an, in den Speisesaal hinüberzugehen. Alle waren sie hier versammelt. Vom ›Figaro‹ und vom ›Aurore‹, vom ›France-Soir‹ und dem ›Parisien libéré‹ und noch eine Menge andere, ich wußte sie gar nicht alle auswendig, von ›France Dimanche‹ und dem ›Détective‹. Es war der große Ansturm auf das Redoute! Um sie alle unterbringen zu können, hatte Gino erst einmal alle weniger einträglichen Gäste, deren Abreise der Eisenbahnstreik verzögert hatte, vor die Tür gesetzt. Diese Gelegenheit konnte er sich nicht entgehen lassen. Ein Bulle unter seinem Dach, der mit den Ermittlungen des Juwelenraubs im Murène beauftragt war, das war eine echte Sensation; seine Pastisflasche leerte sich im Handumdrehen – wer zahlte die nächste Runde?

In aller Bescheidenheit: ich wirkte wie ein Magnet... Und Journalisten leben nicht wie Asketen: sie trinken, essen, rauchen, telefonieren und setzen alles auf die Spesenrechnung. Gino stand jeden Tag auf der Titelseite der Zeitungen. Er war eine Berühmtheit geworden.

Mit verständnisinnigem Blick gab er seinen Pariser Gästen seine Informationen preis, wie sie der Besitzer des »Hotel des Négociants«, knapp zweihundert Meter weiter entfernt, wo die Kollegen aus Marseille abgestiegen waren, seinen Gästen hinter vorgehaltener Hand servierte.

Das war kein Krieg mehr zwischen den einzelnen Polizeidezernaten, das war die reinste Pressefehde.

Es hatten sich rasch zwei Fronten gebildet, die klar voneinander abzugrenzen waren und sich mit hocherhobener Feder Konkurrenz machten. Die der Pariser Zeitungen, also die meine, im Redoute; die der Regionalzeitungen der Côte, die Konkurrenz, die im »Négociants« logierte. Mit ihren wahren oder falschen – meistens eher falschen als wahren – Neuigkeiten hielten die beiden Wirte ganz Frankreich in Atem.

Der Fall des Murène war uns über den Kopf gewachsen. Er hatte nationale Dimensionen angenommen. Die Zeitungsverkäufer schrien sich die Lunge aus dem Leib. Immerhin, sie verdienten mehr als je zuvor mit ihren Extraausgaben. Gino, der Star des Tages, trieb es sogar so weit, daß er sich auf der Schwelle seines Hotels fotografieren ließ.

Man fragte ihn aus, man bat ihn um Rat, man belagerte ihn geradezu. Er gab ein Autogramm nach dem anderen, während die Interviews seines Konkurrenten, für die er nur ein verächtliches Lächeln übrig hatte, von Radio Monte-Carlo über den Äther ausgesandt wurden. Alles lief wie geölt ... für ihn. Nicht für uns. Ich wartete tagtäglich darauf, einen strengen Verweis des Bosses aus Paris einzustecken.

»Wen haben sie umgelegt?«

Meinen Worten folgte ein tiefes Schweigen in der Bar. Die Stirnen der Journalisten legten sich in Falten.

»Baldacci! Den kleinen Pascal, über den wir gesprochen hatten. Haben Sie denn kein Radio gehört?«

Nein, ich hatte kein Radio gehört, und zwar aus gutem Grund. Ich hatte nämlich diesen ganzen herrlichen Augustsonntag im Murène verbracht, in der geheimen Hoffnung, den entscheidenden Tip zu erhalten. Ich hatte mit Aristide geredet, mit Jean-Jacques diskutiert, bei Trachelle auf den Busch geklopft ... Nichts! Nicht einmal der geringste Verdacht, der kleinste Anhaltspunkt. Das einzige, was mir inzwischen ganz eindeutig zu sein schien, war, daß die Diebe nicht über den Balkon geklettert waren. Sie waren durch das Hotel in Mags Zimmer gelangt.

Aber Sergio Pianas Foto, das ich ständig mit mir herumtrug und bei jeder denkbaren Gelegenheit vorzeigte, sagte keinem etwas.

Man hatte Sergio Piana nie im Murène gesehen.

»... Und was hältst du von der Sache?« fragte ich.

Charlot schien sich die Antwort auf meine Frage eine Weile zu überlegen, dann drang seine Stimme erneut an mein Ohr:

»Daß Sie vielleicht recht hatten. Pascal hat die Sache ausgekundschaftet und wurde umgelegt, als es ums Teilen ging. Sagen Sie, hört uns auch keiner zu?«

»Nein, nein. Keine Sorge.«

»Schön ... Können Sie mich wenigstens verstehen?«

»Klar.«

Ich antwortete so einsilbig, damit die Journalisten nichts mitbekamen. Sonst würden sie mich mit einem Hagel von Fragen überschütten. Das Schweigen hinter mir verriet gespannte Aufmerksamkeit.

»Die Brücken sind jetzt leider abgebrochen«, fuhr Charlot fort. »Wenn wir annehmen, daß Pascals Kumpel, Sie wissen schon, wen ich meine, der Oberkellner, das Ding gedreht hat, dann sitzen wir jetzt schön in der Tinte ... Tote reden nicht!«

»So ist es«, erwiderte ich.

»Vielleicht haben sie Piana auch um die Ecke gebracht, als er ihnen die Beute übergab. Denn Sie haben ihn ja immer noch nicht gefunden, oder?«

Nein, wir hatten ihn immer noch nicht gefunden. Sergio Piana spazierte noch frei herum. Aber die Bemerkung des Normannen klang mir recht unangenehm in den Ohren. Wenn seine Annahme richtig war, konnte ich den Juwelen vom Murène adieu sagen.

Der Kreis der Journalisten hatte sich enger um mich geschlossen. Alle Ohren versuchten, ein paar Worte von dem aufzuschnappen, was am anderen Ende der Leitung gesagt wurde.

»Was ich nicht begreife«, fuhr Charlot fort, »weshalb wissen Sie denn von der ganzen Sache nichts? Pedroni hatte Baldacci eine Vorladung geschickt. Also hatte er doch sicher so seine Ideen ...«

Das war ein Schlag für mich, der mich fast umwarf. Pedroni hatte Baldacci vorgeladen! Ohne mein Wissen! Und er hatte behauptet, offen die Karten auf den Tisch legen zu wollen.

Der Schweinehund.

Aber das würde ich ihm heimzahlen ... Das heißt – war ich ihm gegenüber eigentlich offen gewesen? Hatte ich ihm von meinem Besuch bei Charlot dem Normannen erzählt? Im Grunde genommen glich sich das wieder aus. Eins zu eins.

»Ich rufe dich morgen wieder an«, sagte ich. »Ich werde über all das nachdenken.«

Als ich den Hörer aufgelegt hatte, hagelte es Fragen von allen Seiten. Ich hatte weiter nichts zu verbergen. Im Radio hatte man von der Entdeckung der Leiche berichtet. Ich trank einen Schluck Pastis. Dann erklärte ich, sorgsam meine Worte wägend:

»Ein Anruf aus dem Präsidium von Marseille. Man hat mir gerade mitgeteilt, daß man die Leiche von Pascal Baldacci gefunden hat. Er war einige Male Gast im Hotel Murène gewesen ... Das ist alles! Mehr weiß ich nicht.«

»Sind Sie deshalb so verärgert?« fragte René Delpeche vom ›France-Soir‹.

Ich drehte mich um und sah ihn an.

»Versetzen Sie sich an meine Stelle. Baldacci war einer der Verdächtigen, der uns möglicherweise zu dem eigentlichen Täter hätte führen können. Jetzt ist es aus.«

»Worüber beklagen Sie sich denn?« fragte Charles Beaudouin vom ›Aurore‹. »Das ist doch ein Verdächtiger weniger.«

»Na, ja. Aber das bringt uns auch nicht weiter. Im Gegenteil ... Guten Appetit, meine Herren.«

Ich hatte keinen Hunger. Ich war, ohne zu Abend zu essen, hinaufgegangen. Ich hatte die Ellbogen auf die Fensterbank in meinem Zimmer gestützt. Hinter den Neubauten, die mir zum Teil den Blick auf den Boulevard versperrten, konnte ich das Meer sehen, über dem dunkle Wolken lagen. Die Scheinwerfer des Leuchtturms von Antibes strichen in regelmäßigen Abständen über die benachbarten Gebäude. Ein Zug, der letzte, so hoffte ich, ließ die Eisenbrücke erzittern und die Fensterscheiben in meinem Zimmer klirren. Er trug die Karte, auf die ich vorhin in aller Eile ein paar Worte für Marlyse gekritzelt hatte, nach Paris.

Ich langweilte mich. Ich brauchte sie. Ihre Gegenwart, ihren Körper, ihre Hilfe.

Wenn ich doch wenigstens Telefon in meinem Zimmer hätte!

Aber unten konnte ich nicht mit ihr sprechen, wo alles durcheinanderredete, jeder zuhörte. Wie konnte ich ihr da jene Worte sagen, die ich ihr während unserer drei Urlaubswochen ins Ohr geflüstert hatte?

Wenn ich mich dazu aufraffen könnte, würde ich ihr einen langen Brief schreiben, um ihr von meiner Mutlosigkeit, meiner Niedergeschlagenheit zu berichten. Daß ich am liebsten dieser ganzen Gegend den Rücken kehren würde, in der mir alles künstlich und überflüssig erschien ... Ich erinnerte mich an Fouras: den Strand, die Spaziergänge nach dem Abendessen, Hand in Hand, das Omelette Norvégienne ... All das schien so weit entfernt zu sein.

Charlot hatte mich trübsinnig gestimmt. Ich mußte ganz von vorn anfangen. Und mich überdies vor Pedroni in acht nehmen.

Ich war allein.

Allein inmitten dieser glitzernden Unter- oder Halbwelt, rückhaltlos allein, ohne Geld oder zumindest fast ohne, und fühlte mich gezwungen, den Journalisten oder möglichen Zeugen aus dem Weg zu gehen, um nicht auch eine Runde ausgeben zu müssen.

Allein gegen alle, für die ich der Gegner war, trotz des höflichen Lächelns, das man mir gegenüber aufsetzte. Der Gegner für die Gäste des Murène, das Personal, die Direktion. Der Gegner für die Polizeibeamten aus Marseille. Die Direktion in Paris hatte mich – so lautete der offizielle Ausdruck – als

Beobachter geschickt, aber in Wirklichkeit, um sie zu bespitzeln. Das dachte man von mir, davon war ich überzeugt.

Ich mußte Sergio Piana finden. Um jeden Preis. Oder einen anderen, der in die Sache verwickelt war, das war mir egal. Das Ding war im Murène ausgeknobelt worden, dessen war ich sicher. Und der Tip war dann weitergegeben worden – weshalb? Es stand eins zu hunderttausend, daß Piana gewußt hatte, wo sich der Tresor befand, denn er war ja nie ins Hotel gekommen. Also hatte ihm das jemand verraten. Oder...

Wenn es gar nicht Piana gewesen war?

Wenn es jemand war, der ihm lediglich ähnlich sah, gleich groß war, die gleiche Figur hatte. Jemand, der in jener Nacht eine Hose und ein Hemd trug, die Pianas Kleidung zum Verwechseln ähnlich sahen – immerhin ein sonderbarer Zufall. Oder, was auch möglich war: Madame Mag war schließlich kurzsichtig, ungeheuer kurzsichtig. Vor dem Einschlafen hatte sie ihre Brille auf den Nachttisch gelegt. Was hatte sie schon von den Einbrechern im Lichtkreis der Taschenlampe wahrnehmen können? Nicht viel. Vielleicht hatte sie die Farben miteinander verwechselt, oder Pianas Beschreibung, die kurz zuvor durch die ganze Presse gegangen war, hatte sie so beeindruckt, daß...

Blieb noch die Stimme, eine Stimme mit italienischem oder südamerikanischem Akzent. Eine Stimme, die auffiel. Das war noch ein Geheimnis. Wer im Murène hatte eine ähnliche Stimme oder konnte sie mit einigermaßen Erfolg imitieren? Ich hatte das ganze Personal Revue passieren lassen, niemand entsprach der Beschreibung. Weder was die Stimme betraf, noch was das Äußere anging... Vielleicht Trachelle? Der Pariser Barkeeper war groß und verhältnismäßig jung. Vielleicht war er ein guter Imitator. Aber ich glaubte nicht so recht daran.

Was mich überraschte, war die Art, wie der Einbruch begangen worden war. Das entsprach so ganz und gar nicht Pianas Arbeitsweise. Er arbeitete im Dunkeln, leise und schnell. Er knebelte seine Opfer nicht, fesselte sie nicht...

Wo steckte Sergio Piana bloß, der berühmte Playboy der Côte? Lag er mit ausgestreckten Armen wie Baldacci irgendwo in der Provence in einem verlassenen Winkel, wo ein Spaziergänger eines Tages seinen halbverwesten Leichnam finden würde?

Von ihm, von seiner Schuld oder seiner Unschuld, hing von nun an der Erfolg meiner Untersuchung ab. Ich hatte es von Anfang an gewußt. Man mußte Piana schnappen, tot oder lebendig.

Morgen würde ich Charlot anrufen, um mich mit ihm in Antibes bei Zaza zu treffen. Einem gemeinsamen Freund. Dort würde niemand uns aufstöbern und unsere Unterhaltung belauschen.

Zaza besaß dort eine Bar, die als chic galt, mit Fischernetzen und Glaskugeln an der Decke und den Wänden. Zaza hatte sie »Die Sardinenbüchse« getauft. Hinter der winzigen Theke aus imitiertem Mahagoni thronte Zazas Frau, mit mahagonifarbenem Haar, durch nichts zu erschüttern und gierig auf die Einnahmen bedacht. Mylène, die Kellnerin, zeigte unter ihrem superkurzen Miniröckchen ein Paar Beine, die einen Heiligen in Versuchung geführt hätten. Ich kannte dieses Kind der Sünde schon von Paris her. Sie hatte schon bei Zaza in der Rue Montmartre gearbeitet. Sie war die Säule des Etablissements. Eine Säule, die Zaza von Zeit zu Zeit auch gern umfaßte ...

Über der Bar lagen zwei Zimmer für besondere Gäste. Man ging durch eine Geheimtreppe nach oben. Charlot hatte mir das eines Tages erzählt, zwischen zwei Cognacs im Ange Rouge in der Rue Fontaine:

»Sie werden sehen, sie haben das ganz geschickt aufgezogen. Die Gäste haben keine Razzia zu befürchten. Und im Keller haben sie kistenweise amerikanische Zigaretten gestapelt. Der Mensch muß schließlich von irgendwas leben, oder?«

Natürlich mußte man von irgendwas leben, und deshalb drückte die Polizei auch ein Auge zu und verlangte zum Dank dafür von Zaza, daß er von Zeit zu Zeit ein paar kleine Informationen lieferte. Ja, dort würde ich Charlot morgen treffen ...

... Ich zuckte zusammen. Jemand trampelte die Treppe hinauf. Es hörte sich so an, als holpere ein schwerer Sack über die Stufen. Es klopfte heftig an meine Tür. Und Gino rief:

»Machen Sie auf, Herr Inspektor!«

Ich öffnete. Gino keuchte vor Anstrengung, schielte noch mehr als gewöhnlich und sagte schließlich:

»Ich habe gerade einen Anruf für Sie bekommen. Kommissar Vieuchêne wird morgen mittag hier sein.«

»Danke schön«, sagte ich und schlug die Tür hinter ihm zu.

Scheiße, dachte ich insgeheim.

Vieuchêne war im Anmarsch. Das hatte mir gerade noch gefehlt.

»Diesmal brauche ich das Geld«, sagte Casta. »Du vertröstet mich jetzt schon zwei Wochen lang.«

»Ich sage dir doch, daß ich es nicht flüssig habe«, erwiderte Collobrières. »Ein vorübergehender Engpaß ...«

»Hör zu, François, daß du dämlich genug bist, um fünf Millionen im Spiel zu verlieren, schön. Daß ich, dein Freund, dämlich genug war, sie dir zu leihen, auch gut. Aber daß du sie mir zwei Wochen später immer noch nicht zurückgegeben hast, das finde ich ganz und gar nicht richtig ... Und vergiß nicht, daß es sich um fünf Millionen handelt.«

Von dem Balkon der »Résidence du Loup« aus, auf dem ein Tisch und vier Korbsessel standen, deutete Collobrières auf Castas Buick, der in der Allee des Parks stand:

»Du willst doch nicht etwa behaupten, daß es dir auf ein paar Tage ankommt.«

»Nicht auf ein paar Tage, auf ein paar Stunden. Heute abend noch brauche ich das Geld.«

»Hör zu, Casta, ich will es dir erklären. Das ist alles wegen dieser Geschichte im Murène.«

»Was hat denn das Murène damit zu tun?«

»Hör zu ... Du kennst doch meinen Freund Patrick, Patrick Meyer. Er wollte mich seinem Schwiegervater vorstellen. Und sein Schwiegervater ist Frokian, der Typ, der hundert Millionen bei dem Einbruch verloren hat. Und mit ihm hatte ich gerechnet, um es dir zurückzuzahlen. Du siehst, es ist wirklich nicht der richtige Augenblick, um ...«

»Das ist mir egal. Sieh zu, wo du es herkriegst.«

»Gib mir noch acht Tage.«

»Nein.«

François Collobrières schloß die Augen. Sein Wolfsgesicht war vor Angst verzerrt. Er hatte die Bande von Casta, dem Wucherer, bereits bei der Arbeit gesehen. Jim, der Barkeeper im »Étoile de Mer«, hatte nicht einen Zahn mehr, als sie ihn wieder verließen. Auch er hatte beim Spiel verloren. Er hatte sich von Casta drei Millionen geliehen. Und die eingeschlagenen Zähne waren die Strafe für nur einen Tag Rückstand in der Zahlung.

François Collobrières war weder ein Held noch ein hartgesottener Typ.

Casta hatte seinen kleinen Strohhut wieder aufgesetzt, den er vorhin ordentlich auf den Tisch gelegt hatte. Seine Lippen waren so schmal, daß sie die Worte zu zerschneiden schienen.

»Heute abend fünf Uhr im ›Marine‹«, sagte er. »Fünf Uhr, fünf Millionen, vergiß nicht.«

Collobrières sah dem Buick nach, der sich lautlos in der Allee entfernte. Er wußte, daß er das Geld bekommen würde. Sogar noch sehr viel mehr als das, was er schuldete. Er brauchte sich nur zu bücken, um es aufzuheben. Aber bis heute abend – unmöglich! Und er, Collobrières, der zukünftige Millionär, sollte sich wegen fünf Millionen die Zähne einschlagen lassen ... Er sah sich traurig um. Schon betrachtete er dieses Appartement nicht mehr als das seine. Sein Koffer würde rasch gepackt sein. Dabei hatte er sich in der »Résidence du Loup« so wohl gefühlt. Das richtige Maß an Luxus und ein wenig Verworfenheit. Kleine Geheimnisse, die einem zugetragen wurden und dadurch hier und da ein kleines Sümmchen extra. Gutaussehende junge Leute. Damen reiferen Alters, ein amüsantes Leben, nicht so wie in diesen langweiligen Luxushotels für die guten Bürger.

Die »Résidence du Loup« war wie Juan-les-Pins: eine Mischung von Kurven und Kohlen, was dem zynischen Philosophen, als den François Collobrières sich gerne sah, ganz und gar entsprach. Und das alles mußte er nun verlassen, wahrscheinlich für ziemlich lange Zeit. Zumindest, bis er die fünf Millionen auftreiben konnte. Aber bis dahin brauchte er sieben, vielleicht acht ... In solchen Fällen stiegen die Zinsen unheimlich schnell, und Casta brauchte dazu keine Rechenmaschine.

Collobrières fragte sich, mit welchem Zug er fahren sollte. Er wußte stets die Abfahrtszeiten von allen Zügen, in sämtliche Richtungen. Für unvorhergesehene Abreisen war das recht nützlich. Der Beweis ... Nach Grenoble würde er fahren und von dort in die Gegend von Annecy. Die Bergluft der Savoyen würde die Alpträume der Côte schon vertreiben.

»Im Grunde genommen«, sagte er sich, »sind die Savoyen für ein paar Tage durchaus erträglich.«

Zumindest erträglicher als die unsanfte Behandlung von Castas Bande.

Vieuchêne war eingetroffen. Offen gestanden, es hätte mich auch gewundert, wenn er nicht gekommen wäre. Sonnengebräunt, mit geblümten Bermudashorts, aus denen sein wabbeliger Bauch hervorquoll, saß er auf der Terrasse des Casino-Cafés, mit Blick zum Meer. Die Ärmel seines Frotteehemdes hatte er über den Schultern zusammengeknotet. Genau sieben Minuten nach zwölf Uhr war er, Gott weiß woher, am Steuer seines knatternden Wagens, der mehr Benzin als Kilometer fraß, in Juan aufgetaucht.

Er hatte kurz vor dem Redoute gehalten, die Wagentür zugeschlagen, vor sich hingebrummt, er hätte ja gewußt, daß ich noch nicht da wäre, sich wieder ans Steuer seiner Blechkiste gesetzt und sie schlecht und recht vor dem Tagada geparkt. Als ich in mein Hotel zurückkam, richtete man mir als erstes aus, daß ich mich unverzüglich zu ihm zu begeben hätte. Ein braver Beamter hat den Befehlen seines Vorgesetzten Folge zu leisten. Und so eilte ich sofort zu ihm.

Jetzt saß ich neben ihm auf der Terrasse und wartete darauf, seine Fragen über mich ergehen zu lassen.

»Also, Borniche, fangen Sie an. Ich möchte gerne wissen, was für einen Eindruck Sie von der Sache haben.«

Kommissar Vieuchêne lehnte sich etwas bequemer in seinem Sessel zurück, bewegte seine Zehen in seinen Lieblingssandalen und schlürfte seinen Pastis.

»Alles deutet darauf hin, daß der Täter einen Komplizen im Hotel hatte, Chef. Sergio Piana konnte den Coup nicht improvisieren. Er hatte jemanden, der die Sache ausgekundschaftet hat. Pedroni und ich versuchen herauszubekommen, wer es war... Kein leichter Job...«

Der Dicke richtete sich einen Augenblick auf und hob die Hand:

»Das weiß ich auch«, sagte er. »Wenn es so leicht wäre, hätte man uns ja nicht gebraucht. Also?«

Ich legte ihm in allen Einzelheiten dar, was ich inzwischen herausbekommen und welche Folgerungen ich daraus gezogen hatte. Er erwiderte mir äußerst höflich, daß ich meine Zeit vergeudete und er die Zeitungen bereits gelesen hätte.

»Also, Borniche, fassen Sie sich kurz. Wir wollen ja nicht ewig hier bleiben.«

Ich sah ihn einen Augenblick reichlich verblüfft und schweigend an. Dann fuhr ich nichtsdestotrotz fort:

»Und außerdem hat man Madame Mag mit einem Stück Wäscheseil gefesselt, das auf dem Balkon hing.«

»Sie sagten vorhin, der Balkon sei ziemlich wacklig...«

»Ja, wenn man länger auf ihm herumläuft. Aber das Seil hatte man dicht am Fenster abgeschnitten... Madame Mag lag mindestens vier Stunden mit dem Knebel im Mund in ihrem Zimmer...«

»Ach nein!«

»Das hat sie wenigstens behauptet. Mir erschien das auch ziemlich lange, finden Sie nicht?«

»Und der Knebel?«

»Wieso, der Knebel?«

»War er trocken oder feucht?«

»Wie Tiret sagt, war er noch feucht, als er am Tatort eintraf. Als die Kollegen von Marseille aufkreuzten, war er natürlich schon trocken. Madame Mags Hand- und Fußgelenke zeigten aber deutlich die Spur der Fesseln.«

»Waren die Spuren tief?«

»Tja, nach dem, was Tiret sagte, nicht allzusehr ... Aber trotzdem tief genug, um Spuren in der Haut zu hinterlassen.«

»Klären Sie diese Sache mit ihr, Borniche!«

»Das würde ich gern, Chef, aber sie schläft ja den ganzen Tag. Sie steht immer noch unter ärztlicher Aufsicht und stopft sich mit Beruhigungstabletten voll.«

»Und Piana?«

»Er ist wie vom Erdboden verschwunden. Ich habe mich mit einem unserer Spitzel an der Côte in Verbindung gesetzt ... Ich warte ständig auf Nachricht von ihm ... Übrigens, was ich Ihnen noch sagen wollte, in dem Zimmer des Oberkellners, Rizzato, habe ich ein Messer gefunden ... Höchst seltsam, nicht wahr? Ich werde ihn morgen deswegen in die Zange nehmen. Wenn Sie wollen, können Sie dabei sein.«

Mein Vorschlag entlockte dem Dicken ein etwas gequältes Grinsen.

»Unmöglich, Borniche. Ich rufe nur noch in Paris an, um die Direktion zu informieren, dann fahre ich gleich wieder weg. Sollte man nach mir fragen, haben Sie mich sozusagen gerade noch gesehen, nicht wahr?«

»Klar, Chef.«

»Ich werde Sie regelmäßig zweimal pro Tag in Ihrem Hotel anrufen. Versuchen Sie wenigstens, auch da zu sein. Nicht wie heute morgen.«

Jetzt war es an mir, gequält zu grinsen:

»Aber ich war doch beschäftigt, Chef, ich ... «

Er hörte mir gar nicht mehr zu, trank sein Glas leer und stand auf. Ich stellte fest, daß er bereits bezahlt hatte, bevor ich kam. Er sah aus wie Monsieur Hulot in Urlaub. Ich stellte ihn mir in diesem Aufzug im Büro vor, mit seinem schwarzen Hut mit breiter Krempe auf dem Kopf und seinem Regenschirm in der Hand. Ich biß mir auf die Lippen, um nicht laut aufzulachen.

»Viele Verdächtige?«

»Eine ganze Menge. Wir forschen in den Archiven nach, aber das dauert alles seine Zeit. Ich habe den Eindruck, daß ... «

»Es handelt sich nicht um Eindrücke, Borniche. Was zählt, ist die Gewißheit. Wie steht's damit im Augenblick in bezug auf den Oberkellner? Kann ich irgendeine Pressemitteilung rauslassen?«

»Nein, Chef ... Wir haben nichts in der Hand.«

»Also, was jetzt not tut, ist, daß Sie Piana und seinen Komplizen, den, der ihm den Tip gegeben hat, hinter Schloß und Riegel setzen und ...«

Jetzt hatte ich wirklich die Nase voll; ich konnte meine Bitterkeit nicht länger hinunterschlucken:

»... Und den Schmuck wiederfinden, Chef, das wollten Sie doch sagen?«

Der Dicke antwortete mir, ohne zu zögern:

»Dazu sind Sie doch hier, mein Lieber, oder?«

Da hatte er recht ... Ich war hier, daran bestand kein Zweifel ... Ich dankte meinem guten Stern, daß ich an jenem Tag in meinem Zweizimmerappartement, in dem es so durchdringend nach Farbe roch, den Hörer abgenommen hatte ...

Plötzlich befielen mich Zweifel, ob ich in diesem Fall Erfolg haben würde.

Ich war da, wie der Dicke eben gesagt hatte.

Und wie ich fürchtete, noch für eine ganze Weile.

Vieuchêne stand auf, um zu seinem Wagen zurückzugehen. Ich sah ihm nach und machte keine Anstalten, ihn zu begleiten.

Ich hatte plötzlich überhaupt keinen Hunger mehr.

»Rita und der Prinz?«

»Genau. Rita Hayworth und Ali Khan. Wenn diese Scheidungsgeschichte nicht dazwischengekommen wäre, wären sie gekommen. Sie hatte es schon seit langem versprochen, wie man mir erzählt hat.«

Die beiden zuletzt angekommenen Gäste des großen Festes, das Lady Brandon auf der »Kenya« zu Ehren des zweiundzwanzigsten Geburtstages ihrer Freundin Jackie Craven gab, suchten fieberhaft in der Menge der Smokings und Abendkleider ein paar Berühmtheiten zu entdecken.

»Das da ist Glen Marsh.«

»Glaubst du, oh, Louis ...«

Die junge Frau schmiegte sich bewundernd an ihren Louis, der sich wie ein Pfau in die Brust warf, als sei er der Star des berühmten Westerns.

Louis war zwei- oder dreimal an Bord der »Kenya« gekommen, um Lady Brandon und Jackie Craven zu frisieren, und hatte die Bemerkung, die Jackie über ihren Geburtstag fallenließ, für eine

Einladung gehalten. Er war derart erpicht darauf gewesen, zu dieser Party zu kommen, daß er seine Wünsche als Realität betrachtet hatte.

Claire, seine Frau, und er waren etwas kühl von dem Empfangskomitee an Bord begrüßt worden. Aber immerhin, sie waren hier, und er gab sich Mühe, Claire alles zu zeigen, um sie die demütigende Situation auf der Schiffsbrücke vergessen zu lassen, als einer der Herren hineinging, »um sich zu erkundigen«.

Maurice Werner, der Detektiv, sah sie mißtrauisch an. Er mochte solche Gäste, die nicht dazugehörten, nicht. Das komplizierte ihm die Arbeit. Hatten sie vielleicht Absichten auf den Renoir oder das Silber? Diese beiden sahen recht harmlos und nett aus, aber oft waren das die schlimmsten. Man brauchte ja nur an den Einbruch im Murène zu denken. Bestimmt hatte einer das Ding gedreht, den man am wenigsten im Verdacht hatte. Borniche und seine Kollegen verschwendeten nur ihre Zeit mit diesem Sergio Piana. Maurice Werner verfolgte diesen Fall nämlich mit besonderem Interesse. Wenn es ihm gelang, die Polypen zu überrunden und dafür die von Frokian ausgesetzte Belohnung zu kassieren ...

»Ich taufe dich«, rief die Gräfin von Vergne mit ihrer Männerstimme. »Ein Geburtstag ist wie eine neue Taufe.«

Sie besprengte Jackie Craven reichlich mit Champagner aus der Flasche, die sie gerade geöffnet hatte. An Deck der »Kenya« spielte das Orchester die neuesten Tänze. Aber um diese Zeit waren schon alle stockbetrunken und wußten kaum noch, was sie tanzten.

»Laß mich, Louis«, sagte Claire. »Mir dreht sich schon alles.«

Aber er zog sie mit sich fort. Im Vorübergehen griff er nach einem Glas Champagner und leerte es, während er weitertanzte.

Jackies Oberteil, das von dem Champagner durchsichtig geworden war, klebte an ihrer Haut und enthüllte ihre herrlichen Brüste, die offensichtlich keines Halts bedurften. Lady Brandon ließ Jackie nicht aus den Augen. Sie hatte zu sehr Angst, daß ein anderer, ob nun Mann oder Frau, sie ihr wegnehmen könnte. Vor zwei Tagen war sie schon einmal bis zum Morgen ausgeblieben. Lady Brandon hatte die ganze Nacht kein Auge zugetan.

Claire ließ sich in einen Sessel fallen. Ein erschöpfter Playboy reichte ihr ein Glas Champagner. Louis tanzte noch immer unermüdlich. Als sie das zweite Glas Champagner geleert hatte, begannen die Dinge vor Claires Augen wieder an den richtigen Platz zu rücken. Die beginnende Trunkenheit verlieh ihr ein trügerisches Gleichgewicht. Sie lächelte zufrieden bei dem Gedanken, daß sie morgen ihren Kolleginnen im Büro alles erzählen würde. Schon den ganzen Sommer lang waren die Klatschspalten des ›Nice-Matin‹ voll von Berichten über die Feste bei Lady Brandon gewesen. Und außerdem erzählte man sich noch so viele Dinge hinter vorgehaltener Hand... Claire war darauf gefaßt gewesen, nackte, ineinander verschlungene Körper zu sehen, so, wie sie sich ab und zu in ihren lüsternen Träumen eine Orgie vorstellte. Schon seit dem Vorabend fieberte sie vor Erregung bei dem Gedanken an all das, was sie sehen würde, was man ihr alles antun würde – natürlich hatte sie Louis nichts davon gesagt...

Ein drittes Glas bestätigte Claire in ihrer Enttäuschung. Eigentlich geschah hier überhaupt nichts. Natürlich trank man sehr viel. Natürlich tanzten Frauen miteinander und küßten sich. Natürlich war es besser, daß Louis so in seine Verrenkungen vertieft war, daß er nicht die Hand des Playboys beobachten konnte, der ihr den Nacken streichelte... Aber alles in allem hatte sie ganz andere Dinge erwartet. Zunächst einmal waren viel zuviele Leute auf diesem Fest. Das Wort Geburtstag war in ihrer Vorstellung mit einer sehr viel intimeren Party verbunden, einer Party, wo man Dinge trieb..., sie wußte nicht genau, was, aber sicher sehr unmoralische Dinge...

»... Wie bitte?«

»Kennen Sie denn schon ihr Badezimmer aus rosa Marmor?« wiederholte geduldig der erschöpfte Playboy. »Sie müssen es unbedingt gesehen haben. Kommen Sie, ich zeige es Ihnen... Übrigens, ich heiße Jean-Philippe...«

Claire folgte ihm. Sicher spielten sich dort doch noch andere Dinge ab.

»Wenn ich daran denke«, sagte Lady Brandon, »daß Annie und Patrick dieses verdammte Hotel nicht verlassen dürfen, wie Schulkinder, die nachsitzen müssen...«

»Wie Soldaten, die sich der Armee des Lasters entziehen«, sagte Gerbert, ein Architekt, mit komischem Ernst.

»Fehlt sie dir denn so sehr, die kleine Meyer?« fragte Jackie – bemüht, Lady Brandon, die eine Vorliebe für kleine Eifersuchtsszenen hatte, zu amüsieren.

»Ja, sie fehlt mir. Sie ist ein tolles Weib!«

»Er ist auch nicht ohne«, sagte der Oberst von Miremont, der den Spitzamen die »Tante des Regiments« trug.

»Den überlasse ich Ihnen gern, teurer Oberst. Übrigens ist er ein Arschloch.«

Lady Brandon liebte es, von Zeit zu Zeit ein vulgäres Wort fallenzulassen, das mit dem Benehmen der großen Dame kontrastierte, das sie sonst stets an den Tag legte. Der Oberst kannte das Spiel bereits. Er zuckte fast unmerklich mit den Schultern.

»Annie ist im Bett eine Nutzbegabung«, fuhr Lady Brandon fort. »Eine Seltenheit heutzutage... Dieses Fest ist wirklich stumpfsinnig. Wir haben zu viele Leute eingeladen. Meine kleine Jackie, gib mir doch noch etwas zu trinken, bitte...«

»Sie als treue Leserin von Agatha Christie«, sagte Gerbert, »haben doch sicher Ihre eigene Idee über den Einbruch im Murène?«

»Nicht die geringste. Aber ich glaube nicht, daß es Piana war. Er ist zu gut aussehend und zu vornehm für einen derart vulgären Einbruch. Ich kann mir absolut nicht vorstellen, wie er diese arme Frau knebelt und fesselt. Das ist einfach lächerlich. Man muß schon Polizist sein, um eine so abwegige Idee zu haben.«

»Kennen Sie ihn denn?« fragte der Oberst.

»Ich habe ihn bei einem Empfang der Prinzessin von Albanien getroffen. Wir plauderten einen Augenblick miteinander, ich weiß nicht mehr, worüber. Ich habe ihn sofort wiedererkannt, als ich sein Foto in den Zeitungen sah, damals, als er verhaftet wurde. An jenem Abend nannte er sich Marquis von Oliveira... Marquis von Oliveira! Wie Jackie in ihrer Teenagersprache zu sagen pflegt, ein klasse Einfall...«

»Haben Sie bemerkt«, sagte Gerbert, »daß die Frauen in letzter Zeit kaum noch Schmuck tragen? Sie verschließen alles im Tresor...«

»Die arme Sarah hätte besser daran getan, ihren Schmuck in dieser Nacht zu tragen«, bemerkte Lady Brandon. »Dann hätte man ihn ihr auch nicht gestohlen...«

»Es sei denn, auf dem Feld der Ehre«, bemerkte Gerbert und lachte.

»Stimmt, sie soll ebenso temperamentvoll sein wie ihre Tochter«, sagte Lady Brandon... »Aber was macht denn dieser Louis hier? Hast du den Friseur eingeladen?«

»Nicht direkt, er nahm an, ich hätte ihn eingeladen«, sagte Jackie.

»Und dann wundern wir uns noch, daß der Abend verdorben ist...«

Zwar behaupteten die anderen Gäste sofort das Gegenteil, aber Lady Brandons Laune verdüsterte sich. Während Louis nach seiner Frau suchte, ohne zu wissen, daß sie von den Ereignissen in dem rosa Badezimmer, in dem endlich »etwas passierte«, keineswegs enttäuscht war, beschloß Lady Brandon, bei Morgengrauen den Anker zu lichten. Die Côte war wirklich zu vulgär geworden. Diebstahl und Raub waren an der Tagesordnung, keine Spur von Amüsement mehr. Nur noch Kleinbürger konnten sich hier wohl fühlen. Die »Kenya« hatte schon zu lange vor Anker gelegen. Wenn sie diese ganzen Leute nur loswerden könnte, dann würde sie sofort die Segel setzen. Bei dem Gedanken an die Abreise überkam sie wie stets eine übermütige Laune. Sie füllte die Champagnerkelche des kleinen Kreises intimer Freunde, die sich über ihre plötzliche Verwandlung wunderten. Ihre Augen blitzten, und sie rief voller Begeisterung:

»Wer mich liebt, folgt mir! Morgen geht es nach Capri!«

Louis erschien an Deck; er zerrte unsanft die arme Claire hinter sich her, die er nur mit Mühe ihren Bewunderern entreißen konnte. Leider sowieso zu spät, das hatte er mit eigenen Augen konstatieren können. Wütend und grußlos lief er an Lady Brandon und ihren Freunden vorbei.

»Was ist denn passiert?« fragte der Oberst. »Hat dieser Mann den Verstand verloren ...?«

»Das ist doch nicht schwer zu verstehen«, sagte Lady Brandon. »Sie sehen, es wird Zeit, daß wir die Anker lichten. Wir haben keinen Friseur mehr ... Trinken wir auf das Wohl der Friseure von Capri!«

Und während Louis, der immer noch die schluchzende Claire am Arm gepackt hielt, das Fallreep hinunterging, hörte er den Chor der bezechten, spöttischen Stimmen:

»Auf das Wohl der Friseure von Capri!«

13

Sollte ich ihn Barouleau nennen oder Théodose, wie alle seine Freunde?

Ich entschied mich für Théodose.

Er rutschte unbehaglich auf seinem Stuhl im Kommissariat hin und her, wo ich ihn hinbeordert hatte. Chefinspektor Tiret hatte mir freundlicherweise sein Büro zur Verfügung gestellt, und ich nahm mir reichlich Zeit für dieses Verhör.

Ich verfuhr nicht nach der gleichen Methode wie Pedroni. Ich vernahm die Hauptverdächtigen lieber in den Diensträumen. Ein Ort wie ausersehen, einem die Zunge zu lösen. Die richtige Umgebung. Und die richtige Atmosphäre. Und was für eine Atmosphäre!

Wenn der Zeuge ins Büro trat, war er bereits durch den zweideutigen Ausdruck in der Vorladung, die er erhalten hatte, unsicher geworden: »In eigener Sache«. Man hat immer eine eigene Sache... Und der Besucher hat nur einen Wunsch: auszupacken und so rasch wie möglich wieder zu verschwinden. Deshalb ist er auch bereit, der Justiz zu helfen. Um möglichst rasch wieder gehen zu können, das ist alles. Er tut es wider Willen, aber er tut es. Allein das Resultat zählt. Und das kleine vorgedruckte Formular mit der Vorladung versetzt die abgebrühtesten Typen in einen Zustand unangenehmer Erwartung.

Sicher befand sich Théodose zum ersten Mal in Tirets Büro. Dieser Ort war eines Maître de Plaisir von Juan-les-Pins unwürdig. Als ich ihm den Stuhl der Verdächtigen anbot, glaubte ich, ein leises Beben seiner Nasenflügel wahrzunehmen, das seinen Widerwillen dokumentierte.

Er sah sich mit seinen runden Augen kurz um, dann richtete er einen vorwurfsvollen Blick auf mich. Wie hatte ich es über mich bringen können, ihn in dieses Loch kommen zu lassen, wo der Geruch allein einem schon den Magen umdrehte?

»Wirklich, Herr Inspektor, ich wüßte nicht, was ich Ihnen noch sagen könnte. Ich habe bereits alles Kommissar Pedroni erzählt, wissen Sie...«

Dabei hatte er sich in Schale geschmissen für seinen Besuch bei mir, der Herr Théodose: rosa Hemd, durch dessen Ausschnitt man ein Goldkettchen auf seiner behaarten Brust sah, blaue Hose, weiße Schuhe. Sein Haar fiel in leichten Wellen nach hinten, es war sorgfältig gekämmt, jedoch an einigen Stellen bereits so schütter, daß man die sonnengebräunten, kahlen Stellen bemerkte. An seinem linken Ringfinger trug er stolz einen riesigen Rubinring.

»Sie hatten keine leichte Jugend, Théodose«, sagte ich mit honigsüßer Stimme. »Seitdem hat das Leben Sie verwöhnt... Sie hatten Erfolg. Die Zeiten des ›Perroquet Rose‹ sind weit...«

Ich wußte, das war unfair. Denn das war eine Anspielung auf Zeiten, die bereits fünfundzwanzig Jahre zurücklagen und über deren Einzelheiten mich die Archive unterrichtet hatten. Claude Barouleau bewegte sich damals in den homosexuellen Kreisen von Paris. Er war ohne Geld, ohne Verbindungen und ohne Verwandte aus seiner Heimat Burgund in die Hauptstadt gekommen. Er hatte in der Gegend von Autun seine frisch geschiedene Mutter zurückgelassen, die Schneiderin von Beruf war und ihn sozusagen zwischen Kleiderstoffen und Nähnadel erzogen hatte.

Durch irgendein heimtückisches Hormon dazu verdammt, zeigte Claude schon früh eine Vorliebe dafür, sich als Mädchen anzuziehen. Mit siebzehn Jahren ereilte seinen ersten Liebhaber, einen Industriellen aus Château-Chinon, in seinen Armen der beneidenswerte Tod des Präsidenten Félix Faure.

Eine Katastrophe! Sein Schicksal war damit besiegelt. Claude mußte aus seinem Heimatort fliehen und sein Glück in Paris versuchen. In den Bars der Champs Élysées verkehrte er in dem geschlossenen Kreis der Homosexuellen. Er hatte Verbindungen zu Männern unterschiedlichster Herkunft. Ein einflußreicher Freund setzte sich für ihn ein – Claude wurde Tänzer. Er erntete seine ersten Lorbeeren auf der Bühne des »Chochotte«, später im »Perroquet Rose«, den beiden bekanntesten Cabarets der 30er Jahre.

Stufe um Stufe erklomm er die Leiter des Erfolgs. Ein bekannter Star wurde sein Mäzen, er stellte eine eigene Revuetruppe zusammen. Außer seinem Hang zu frivolen Liebschaften entwickelte er eine echte Begabung für den Tanz, das Chanson und Antiquitäten. In den literarischen Salons riß man sich um den berühmten Claude, der sich inzwischen Théodose nannte. Sein Esprit, seine Intelligenz, sein Taktgefühl machten ihn zu einem der Könige des Pariser Nachtlebens.

Und plötzlich war Théodose verschwunden. Er ließ alles zurück: Freunde, Mäzene, Verbindungen, Theater ... Sein Schritt löste allgemeine Verwunderung aus. Zunächst ließ er sich in Monaco nieder, wo er ein Antiquitätengeschäft eröffnete, dann in Nizza, dann in Antibes und schließich in Juan-les-Pins. Er war der Besitzer des Murène geworden, das er völlig neu aufgebaut hatte und in dem er die internationale High Society empfing. So gut es ging, hielt er sich von seinen früheren Bekannten fern, bedauernswerte Opfer ihrer homosexuellen Triebe, an denen die Jahre nicht so spurlos vorübergegangen waren.

Ja, mein Herr Théodose hatte in den unterschiedlichsten Kreisen verkehrt. Sogar in jenen, die der Bürger als Verbrecherkreise bezeichnen würde. Deshalb war er auch nicht umhingekommen, für den Posten des Oberkellners Albert Rizzato zu engagieren, der ihm wärmstens von Carlotti, dem berühmten Anwalt aus Marseille, einem gemeinsamen Freund, empfohlen worden war.

Nach den Akten in den Archiven behaupteten hartnäckige Gerüchte, Théodose betriebe recht eigenartige Geschäfte und widme sich, unter dem Deckmantel seines Antiquitätengeschäfts, etwas zwielichtigen Aktivitäten. In einem anonymen Brief beschuldigte man ihn sogar, Kunstgegenstände an- und wieder zu verkaufen, die von darauf spezialisierten Tätern aus Schlössern gestohlen waren. Man führte diskrete Ermittlungen. Doch dieser Verdacht ließ sich durch nichts erhärten. Der Polizeibericht schloß daraus, daß neidische Konkurrenten ihm einen Strick hatten drehen wollen... Außerdem war es nicht leicht, an Théodose heranzukommen, denn er war häufig zu Gast bei einem Landtagsabgeordneten und empfing ähnlich einflußreiche Leute im Murène...

Die Erinnerung an frühere Zeiten hatte ihn unangenehm berührt, das war offensichtlich. Das Blut war ihm in die Wangen gestiegen. Er sah jetzt aus wie ein wohlgenährter Säugling. Er tat so, als hätte er die Bemerkung überhört. Und fuhr fort:

»Mir ist die Schwierigkeit Ihrer Aufgabe bekannt, lieber Herr Inspektor. Glauben Sie mir, ich wäre der letzte, der sich weigern würde, Ihnen zu helfen, wenn ich nur wüßte, wie. Wie könnte ich Sie unterstützen, Ihnen von Nutzen sein? Ich sehe wirklich keine...«

Ich schenkte ihm mein ermutigendes Lächeln, das mir schon des öfteren zustatten gekommen war.

»Ich werde es Ihnen sagen«, unterbrach ich ihn. »Am besten, wir fangen ganz am Anfang an...«

Er schlug die Beine übereinander und unterdrückte dabei einen leisen Seufzer; offenbar sagte er sich, daß seines Bleibens hier leider noch länger war.

»Ihnen hatte Madame Frokian zuerst die lederne Schatulle übergeben, die den Schmuck enthielt...«

»Lieber Herr Inspektor, ich hatte selbstverständlich keine Ahnung, was sie tatsächlich enthielt. Vergessen Sie das nicht!«

»Selbstverständlich. Aber sie hatte Sie gebeten, die Schatulle im Tresor einzuschließen. Und man läßt für gewöhnlich keine Schatulle in den Tresor legen, wenn sie leer ist oder Kieselsteine enthält... Das ist Ihnen doch auch klar, oder?«

»Ja, natürlich.«

»Schön. Sarah Frokian machte Sie darauf aufmerksam, wie wichtig es ihr war, ihre Wertsachen an einem sicheren Ort aufzubewahren. Ihr Mann fügte noch hinzu, daß er sie gleich am Montag in der Bank deponieren wollte. Und Sie, Sie stellen die Schatulle einfach unter die Theke, und alle Anwensenden konnten Sie dabei beobachten. In diesem Augenblick schaltete sich Madame Mag ein.«

Théodose steckte den Vorwurf ein, ohne mit der Wimper zu zucken. Er rutschte nur noch ein wenig verlegener auf seinem Stuhl herum, das war alles.

»Herr Inspektor, an diesem Abend war die Bar brechend voll. Lady Brandon gab ihr großes Fest auf ihrer Jacht, der ›Kenya‹. Ich hatte alle Hände voll zu tun.«

»Madame Mag nahm also die Schatulle an sich. Sie legte sie in den schäbigen Tresor in ihrem Badezimmer. Eine Art mittelalterliches Monstrum, das man mit einem Schraubenzieher öffnen konnte, aber warum sich erst solche Mühe geben, wenn der Schlüssel doch, welch glücklicher Zufall, in der Nachttischschublade liegt? Das, Théodose, hat mich wirklich verwundert! Weshalb hat ein Hotel wie das Ihre, das so exklusive Gäste beherbergt, nicht einen Tresor, der diesen Namen wirklich verdient? Außerdem sind Sie nicht einmal versichert.«

»Ja, leider«, seufzte Théodose. »Ich bin ein Künstler, für solche Dinge habe ich keinen Sinn. Seit der Eröffnung des Hotels war ja auch nie das geringste vorgefallen ...«

Er zog aus seiner Tasche ein riesiges Seidentaschentuch, gerade groß genug, um einen hübschen Schal für Marlyse abzugeben – rot ist ihre Lieblingsfarbe. Er wischte sich die Stirn. Er fühlte sich äußerst unbehaglich. Aber, das ist eine alte Schulweisheit, Homosexuelle verabscheuen meist jede Erscheinungsform von Stärke oder Macht. Und in diesem gräßlichen Büro gegenüber einem Borniche, der ganz und gar nicht wie seine sanften Spielgefährten wirkte, mußte ihm ja flau im Magen werden. Da es nicht meine Aufgabe war, liebenswürdig mit ihm zu sein, fuhr ich fort:

»Madame Mag verstaute die Schatulle also in Ihrem Tresor, in dem noch andere Wertsachen lagen, denn Sie selbst hatten Sarah Frokian ja erklärt, daß er ›schon mehr als voll sei, daß Sie aber schon noch ein kleines Plätzchen finden würden‹ ... Das stimmt doch?«

»Ja, Herr Inspektor.«

Er täte besser daran, sein Taschenbuch gleich in der Hand zu behalten, dann brauchte er es nicht alle paar Sekunden aus der Tasche zu ziehen und wieder einzustecken.

»Dann wußten Sie also genau über den Inhalt des Tresors Bescheid, nicht wahr?«

»Mag hatte mich informiert. Sie kümmerte sich um diese Sachen. Sie verschloß darin sogar die Einnahmen des Hotels, mein eigenes Geld ... Ich bin nämlich durch den Diebstahl auch persönliches geschädigt ... Mag hatte schon immer gesagt, wir müßten uns einen größeren Tresor anschaffen, einen mit einer Zahlenkombination ... Sie haben recht, wenn ich das gewußt hätte ...«

Mein Herr Théodose wurde liebenswürdig. Er begann, zu Kreuze zu kriechen ..., und vergaß dabei nicht, mir ein wenig zu schmeicheln. Keine ungeschickte Taktik, wenn man in keiner so günstigen Lage war wie ich ...

Übrigens machte es mir ebensowenig Spaß, ihn zu vernehmen, wie ihm, mir Rede und Antwort zu stehen. Ich tat meine Pflicht, das war alles. Mir wäre es weiß Gott lieber gewesen, ich könnte in der Sonne spazierengehen. Er beschrieb mir jetzt sein, wie er es nannte, mönchisches Leben: er stand früh auf. Am Abend, so gegen zehn Uhr, verabschiedete er sich von seinen Gästen im Murène und ging hinüber in seine Villa, die nur ein paar Schritte vom Hotel entfernt war. Er las ein wenig, hörte Schallplatten, am liebsten Kammermusik. Dann machte er noch ein wenig Ordnung und ging dann zu Bett.

Als ich mich erkundigte, welche Rolle Fabrice in seinem Leben spielte, wurde er rot und machte ein verlegenes Gesicht. Dabei tat er sonst keineswegs so geheimnisvoll. In Juan-les-Pins wußte jeder Bescheid. Wahrscheinlich war er deshalb so erregt, weil ich es wagte, den Namen seines blonden Engels in diesem Büro zu erwähnen. Er schlug erneut die Beine übereinander, stellte sie dann wieder gerade nebeneinander, bewegte sich noch unruhiger auf seinem Stuhl.

»Kommt Fabrice abends mit Ihnen zusammen nach Hause?«

»Das hängt davon ab«, erwiderte Théodose leise. »Er ist noch jung ... Manchmal kommt er nicht gleich nach dem Abendessen mit mir mit. Er bleibt noch im Murène, bei seinen Freunden. Oder er geht mit ihnen noch aus ... Es fehlt ja nicht an Nachtbars in Juan!«

»Und an dem Abend des Einbruchs?«

»Da kam er erst nach mir nach Hause. Ich hörte, wie er gegen halb zwölf Uhr unter die Dusche ging. Dann kam er noch in mein Zimmer, um mir gute Nacht zu sagen, und ging hinüber in sein eigenes. Er legte auch noch eine Schallplatte auf: ich hörte die Musik durch die Wand hindurch ... Gegen ein Uhr morgens stand ich auf, um zur Toilette zu gehen. Ich öffnete die Tür zu seinem Zimmer einen Spalt breit. Er schlief wie ein Kind ... Etwa zehn Minuten nach vier Uhr habe ich selbst ihn dann geweckt, als ich den Schlüssel zum Murène holte.«

»Was für einen Schlüssel?«

»Zunächst einmal wurde ich durch heftiges Läuten geweckt. Ich lief ans Fenster. Und sah Bergaud, den Blumenhändler von nebenan. Er rief: ›Gehen Sie rasch hinüber ins Hotel, man hat bei Ihnen eingebrochen!‹ Völlig bestürzt rannte ich noch im Pyjama hinunter und eilte hinüber zum Hotel... Die Gittertür am hinteren Eingang war verschlossen. Bergaud war das völlig unbegreiflich, er sagte, die Tür sei offen gewesen, als er in die Villa hinüberlief, um mich zu benachrichtigen. Ich holte dann meinen Schlüssel zu Hause, während Bergaud vor der Gartenpforte auf mich wartete. Ich schloß auf. Ich lief hinauf in Mags Zimmer und fand alles so vor wie später Ihre Kollegen von der Polizei. Ich klopfte an die Tür des Oberkellners, um ihn zu wecken. Er antwortete erst nach ein paar Minuten. Dann kam er heraus. Er hatte rasch eine Hose angezogen, aber er war noch völlig ungekämmt... Ja, so war es... «

Ich ließ ihm etwas Zeit zum Verschnaufen und fragte dann: »Ist diese Pforte am Chemin des Sables des Nachts offen oder geschlossen?«

»Sie soll um Mitternacht geschlossen werden, entweder von dem Portier oder von Rizzato. Beide haben einen Schlüssel. Den dritten habe ich in Verwahrung, er liegt bei mir in der Schublade des Küchenbuffets.«

»Und niemand kann ihn benutzen?«

»Niemand... Übrigens wüßte ich auch gar nicht, wer ihn benutzen wollte. Wenn die hintere Tür bereits geschlossen ist, braucht man ja nur ums Hotel herumzulaufen und durch die Empfangshalle zu gehen.«

»Das ist wahr«, sagte ich. »Wie erklären Sie sich dann, daß die Tür, die der Blumenhändler noch offen fand, ein paar Sekunden später, bevor Sie kamen, mit dem Schlüssel abgeschlossen wurde?«

Théodose war ratlos. Er wußte keine Antwort. Er hatte Jean-Jacques Ruggieri und den Portier gefragt... Um Mitternacht war die Pforte verschlossen gewesen. Er wußte nicht, was er dazu sagen sollte. Ich warf ein:

»Vielleicht sagen sie das nur, weil sie Angst haben, Sie könnten ihnen Vorwürfe machen?«

»Bestimmt nicht. Ich habe volles Vertrauen zu ihnen.«

»Aber jemand muß doch diese Tür geöffnet haben. Und jemand muß sie danach auch wieder zugeschlossen haben.«

»Ja, aber wer? Bergaud war es nicht, also wer?«

»Und Sie haben keinerlei Verdacht?«

»Mein Gott, das ist schwer zu sagen... Ich will niemanden

beschuldigen. Es käme höchstens noch Rizzato in Frage, der Oberkellner ... Er besitzt auch einen Schlüssel ... «

»Noch eine letzte Frage: Wie war Fabrice gekleidet, als er in Ihr Zimmer kam, um Ihnen gute Nacht zu sagen?«

»Er war im Pyjama, genau wie ich.«

Ich stützte meine Kopf in beide Hände und las das Protokoll der Aussage, die der Blumenhändler Bergaud vor Tiret gemacht hatte. Dreißig fast unleserliche Zeilen, die auf der vorsintflutlichen Schreibmaschine des Kommissariats geschrieben waren:

»Es war genau fünf Minuten nach vier. Ich ging gerade am Chemin des Sables vorbei, als ich Hilferufe hörte, die aus dem Zimmer von Madame Mag kamen. Ich sah zuerst hinauf zum Balkon. Dort war aber niemand. Dann öffnete ich die Gitterpforte und ging durch den Dienstboteneingang hinauf. Ich kenne mich im Hotel ziemlich gut aus, weil ich ein paarmal dort gearbeitet habe. Die Tür zu Madame Mags Zimmer stand offen. Sie selbst lag auf dem Boden, ihre Füße und Hände waren hinter dem Rücken gefesselt. (Ich lachte. Das war mir noch gar nicht aufgefallen: die Hände, ja, aber daß auch ihre Füße im Rücken gefesselt waren, das war zu komisch.) Sie lag auf der Seite, um ihren Hals war eine Serviette geschlungen. Am Boden bemerkte ich einen Stoffetzen. Ich band sie los und legte sie auf ihr Bett. Sie war nur halb bei Bewußtsein. Damit sie wieder zur Besinnung kam, befeuchtete ich den Stoffetzen im Badezimmer mit Wasser und legte ihn ihr wie eine Kompresse auf die Stirn. Sie sagte mir dann, man habe den Tresor ausgeräumt und ich solle sogleich Monsieur Théodose verständigen. Das habe ich auch getan. Was mir komisch vorkam, war, daß die Gittertür auf war, als ich kam und daß sie verschlossen war, als ich mit Théodose zurückkehrte, so daß er seinen eigenen Schlüssel holen mußte. Théodose hat dann den Oberkellner geweckt. Nein, ich habe keinen Verdacht. Ich habe nichts gesehen. Ich habe eine Arbeitsstunde verloren und bitte deshalb um Entschädigung als Zeuge. Vorgelesen, genehmigt und unterschrieben.«

Zwei Dinge waren in dieser Aussage bemerkenswert: daß die Gittertür um sieben nach vier Uhr morgens verschlossen war, nachdem der Blumenhändler vorher die Tür offen gefunden hatte, und eine Dummheit, die er begangen hatte: er hatte Madame Mags Knebel mit Wasser befeuchtet und so ein wichtiges Beweismittel unbrauchbar gemacht ... Wer weiß? Angenommen, der Fetzen Stoff war trocken gewesen ... Nachdem ihn doch das

Opfer mehrere Stunden lang im Mund gehabt haben wollte. Das würde alles ändern! Und bis Madame Mag endlich aus ihrer Benommenheit durch die Beruhigungsmittel erwachte, konnte ich mich ja mal bei einem Arzt erkundigen, ob es physisch denkbar war, daß jemand stundenlang mit einem Knebel im Mund dalag, keinen Speichel absonderte und trotzdem nicht erstickte.

Meinem eleganten und angstschlotternden Herrn Théodose folgte der König der Bestattungsunternehmen, seine Exzellenz Albert Rizzato persönlich. Er stand neben dem Schreibtisch des kahlköpfigen wachhabenden Polizeibeamten. Er strahlte nicht gerade vor guter Laune. Gekleidet war er den Umständen entsprechend: schwarzer Anzug, schwarze Krawatte, schwarze Schuhe und schwarze Socken. Die einzigen weißen Tupfen in diesem Beerdigungsaufzug: das Hemd und sein Gesicht.

»Darf ich bitten? Hier herein.«

Ich habe eine Faible für die Korsen, ihr ernstes, fast schwermütiges Wesen. Ich mag ihre gewisse Trägheit, ihre Gastfreundschaft, das feste Zusammengehörigkeitsgefühl. Sie sind dem Land, in dem sie geboren wurden, treu, hängen an der heimatlichen Scholle. Und ich kannte auch ihre aufbrausende Empfindlichkeit, ihr Gefühl für wahre Autorität... Dieser Rizzato schien mir nicht unbedingt ein waschechter Korse zu sein. Er trottete in gebückter Haltung auf den Stuhl zu, den ich ihm anbot.

»Heißen Sie Rizzato oder Rizzoto?«

»Rizzato, Herr Kommissar.«

Noch einer, der die Zeitungen gelesen hatte und sich in meinem Titel irrte. Trotz der uneingestandenen Befriedigung, die ich über diese schmeichelhafte Beförderung empfand, glaubte ich mich verpflichtet, ihn zu berichtigen:

»Inspektor. Haben Sie einen Ausweis bei sich?«

Er war auf diese Frage wohl gefaßt gewesen. Aus der Tasche seines Traueranzugs zog er ein unkenntliches, zerknittertes und mit Eselsohren behaftetes Stück Papier, das seinen Personalausweis darstellen sollte und das er ebensogut in einem Mülleimer gefunden haben könnte. Es gelang ihm nichtsdestotrotz, den Ausweis zu entfalten. Er reichte ihn mir. Ich nahm ihn mit spitzen Fingern. Und stellte fest, daß Albert fünfundvierzig Jahre alt, in Genua geboren und Kaufmann in Marseille gewesen war.

»Sind Sie Italiener oder Korse?«

»Beides, Herr Kommissar. Verzeihung, Herr Inspektor.«

Seine Stimme klang wirklich unangenehm unaufrichtig. Ich

zwang mich, um unvoreingenommen zu bleiben, diesen nachteiligen Eindruck zu vergessen. Aber er gehörte genau zu der Art von Leuten, die ich nicht ausstehen kann. Da ich keine weitere Frage stellte, zögerte er etwas und sagte dann:

»Mein Vater war Korse und meine Mutter Italienerin. Ich bin in Genua geboren, aber aufgewachsen bin ich in Calenzana...«

»Die Heimat der Guérinis...«

Ich hatte diesen geheiligten Namen ausgesprochen. Rizzato setzte eine Verschwörermiene auf und nickte fast unmerklich mit dem Kopf. Er hustete fast vor Rührung. Meine Intuition war richtig gewesen. Dieser Rizzato hatte italienisches Blut in den Adern. Wie Sergio Piana, mein Playboy auf der Flucht...

»Sie haben in Marseille gewohnt, bevor Sie hierherkamen...«

»In der Rue Longue. Zwanzig Jahre lang. Ich war dort Besitzer einer Bar.«

Die Rue Longue, eine der pittoresken Straßen von Marseille, bietet ein breitgefächertes Angebot, das vom Pfeffersteak bis zu drallen Schenkeln reicht, vom Spargel als Vorspeise bis zur Nutte als Nachtisch. Auf der einen Seite liegen die Canebière und der Markt. Auf der anderen, in Richtung der Rue Thubaneau, waren die Bordelle. Es wimmelte dort von abenteuerlustigen Männern, ein einträgliches Geschäft für die käuflichen Dienerinnen der Lust, die sich ihnen recht offenherzig anpriesen.

»... Rue Longue, ich verstehe... Und wie sind Sie Oberkellner geworden?«

»Vor zwei Monaten las ich eine Anzeige im ›Provencal‹. Ich hatte von meiner eigenen Bar die Nase voll. Sie wissen ja, wie das ist... Die Steuern ruinieren einen, Gauner drohen einem, das Mobiliar zu zerschlagen, die Polizei drängt einen, daß man den Spitzel für sie spielt... Nein, danke schön. Ich zog es vor, meinen Laden zu verkaufen. Hier habe ich wenigstens meine Ruhe.«

Ich konnte es mir nicht verkneifen, ihm mit ironischem Ton zu bedenken zu geben:

»Wie man's nimmt... Schließlich sitzen Sie jetzt hier.«

Albert zuckte fast unmerklich mit den Schultern, offenbar um zu dokumentieren, daß ihm das wenig ausmache. Aber sein Gesicht mit der Hakennase blieb wachsam. Ich warf ihm einen unfreundlichen Blick zu.

»Man hat Sie ja schon des öfteren wegen des Einbruchs im Murène vernommen... Was halten Sie eigentlich von dieser Sache?«

»Ich? Nichts, Herr Inspektor. Überhaupt nichts. Man hat mir

erzählt, was geschehen war ... Am nächsten Morgen, gegen vier Uhr. Ich habe meinen Aussagen nichts hinzuzufügen.«

»Vielleicht ... Aber ich habe im Augenblick die Protokolle nicht zur Hand. Leider sehen wir Polizeibeamten uns häufig gezwungen, immer wieder die gleichen Fragen zu stellen, so, wie der Mörder immer wieder an den Ort des Verbrechens zurückkehrt, wie ein Sprichwort sagt ... Die Behördenmaschinerie, verstehen Sie. Wenn irgendein Detail vergessen wird, moniert das der Untersuchungsrichter. Also, Sie wissen wirklich nichts über den Diebstahl?«

Obgleich ich das Wort *wirklich* übertrieben betont hatte, verzog Rizzato keine Miene. Er war ein alter Gaul, der an solche Vernehmungen gewöhnt war.

»Hatten Sie schon einmal etwas mit der Polizei zu tun?«

»Was hat das mit dem Murène zu tun?«

»Nichts«, erwiderte ich mit der befriedigten Miene dessen, der ins Schwarze getroffen hat. »Ich wollte nur hören, was Sie mir antworten würden.«

»Die Sache ist noch nicht zur Verhandlung gekommen«, erklärte er mit äußerst würdiger Miene. »Jedenfalls bin ich völlig unschuldig.«

Ich balancierte ein Geldstück auf der flachen Hand. Ein Trick, um mich zu entspannen.

»Nun«, bemerkte ich mit der schlauen Miene des Fuchses, der das Gras wachsen hört, »das wird man ja sehen. Jedenfalls geht mich das nichts an ... Wenn Sie sich Carlotti als Anwalt nehmen ... «

»Carlotti ist mein Anwalt«, unterbrach mich Rizzato. »Und er meint, ich brauche mir keine Sorgen zu machen.«

Aristide hatte gut beobachtet. Deshalb war also mein Albert so aufmerksam und zuvorkommend zu dem Staranwalt aus Marseille, wenn dieser sich an dem exquisiten Menü des Murène gütlich tat. Ich beschloß, mich möglichst bald einmal in den Archiven umzusehen. Zu dumm, daß ich mich nicht vorher informiert hatte ... Wenn ich mir überlegte, daß Carlotti auch der Verteidiger des schönen Pianas war ... Welch ein Zufall, würde Pedroni sagen. Dieser Carlotti hatte überall seine Hand im Spiel. Ich fuhr mit der Vernehmung fort, aber ich konnte ein Gefühl der Müdigkeit und Resigniertheit nicht unterdrücken ...

Während Madame Mag die Einbrecher zum Tresor führte, sich fesseln und knebeln ließ, hatte Albert friedlich in seinem Zimmer im Erdgeschoß geschlafen. Offenbar hatte er einen festen Schlaf,

denn er versicherte, nichts gehört zu haben. Er schlief bei geschlossenem Fenster.

»Im Erdgeschoß ist es kühler, wenn man die Fenster geschlossen hält. Vor allem so dicht neben der Waschküche ...«

Rizzato hatte für alles eine Antwort. Er blieb erstaunlich gelassen. Seine Aussagen waren klar und eindeutig.

»Um wieviel Uhr sind Sie an jenem Abend zu Bett gegangen?«

»Früh ... das heißt, nachdem mein Dienst zu Ende war.«

»Und wann war das?«

»Zwanzig nach zehn Uhr ... Vielleicht halb elf ...«

»Gehen Sie immer so früh ins Bett?«

»Nein. An diesem Abend wollte ich sogar ausgehen. Ich hatte mich beeilt, um etwas früher als sonst fertig zu sein. Aber dann bin ich doch nicht mehr zu meiner Verabredung gegangen.«

»War es etwas Wichtiges?«

»Wenn es wichtig gewesen wäre, wäre ich auch hingegangen.«

»Soso ... Also, Sie sind gleich zu Bett gegangen?«

»Wenn Sie es genau wissen wollen, zuerst habe ich mich geduscht. Ich habe noch eine Zigarette geraucht und dabei Zeitung gelesen, dann habe ich das Licht ausgemacht und bin eingeschlafen.«

»Haben Sie keinen Besuch bekommen?«

Er sah mich mit einem bühnenreifen Ausdruck der Überraschung an. Wenn ich ihm weiter solche Fragen stellte, wäre er sicher beleidigt ...

»Besuch? Was für Besuch?«

»Ach, nur so eine Idee ... Ich dachte, nachdem Sie selbst nicht ausgegangen sind, haben Sie vielleicht noch Besuch von dem- oder derjenigen bekommen, mit dem Sie verabredet waren ... Wenn ich mich täusche ...«

»Sie täuschen sich. Es ist niemand gekommen.«

»Schön, sprechen wir nicht mehr darüber.«

Rizzato sah resigniert auf seine schwarzen Schuhe. Er wollte mir wohl zu verstehen geben, daß er keine Ahnung hatte, weshalb er eigentlich hier war. Ich hatte den unangenehmen Eindruck, eine Fliege zu sein, die auf einen schmelzenden Butterberg hinaufklettert.

»Ich finde es trotzdem erstaunlich, daß Sie nichts gehört haben. Weder als der Diebstahl geschah, ungefähr zwanzig Minuten nach Mitternacht, noch gegen vier Uhr morgens, als

Madame Mag um Hilfe rief. Dabei hat sie doch sehr laut gerufen, denn ein Nachbar ging in ihr Zimmer hinauf, befreite sie von ihren Fesseln und weckte dann Théodose ...«

»Bergaud? Entweder hat er den Verstand verloren, oder er träumt ...«

»So?«

»Aber ja. Wie will er denn ins Hotel hineingekommen sein? Die Gittertür hinten war verschlossen.«

»Wie kommen Sie denn darauf?«

Wenn das Tor wirklich um Mitternacht geschlossen war, mußten die Diebe auf jeden Fall bereits vorher im Hotel gewesen sein ... Irgendwo hatten sie sich versteckt ... Vielleicht sogar in Rizzatos Zimmer, wo sie das Küchenmesser an sich nahmen. Als alles vorbei war, gingen sie über die Hintertreppe wieder hinunter; sie konnten ziemlich sicher sein, dort niemandem zu begegnen. Sie gaben Albert das Messer wieder. Sie öffneten mit seinem Schlüssel die Gittertür. Dann verschwanden sie durch den Chemin des Sables ... Warum hatte er anschließend die Tür nicht wieder verschlossen? Um die Polizei hinters Licht zu führen? Um den Verdacht auf den Portier, Théodose oder sonst jemanden zu lenken?

»Wenn Sie so früh schlafen gegangen sind, also vor Mitternacht, konnten Sie doch gar nicht wissen, ob die Tür nun verschlossen war oder nicht. Sie sind doch erst dadurch wach geworden, daß Théodose an Ihre Tür klopfte ...«

Mir schien, daß Rizzato jetzt Angst bekam. Er biß sich auf die Lippen. Sein Blick verlor etwas von seiner leicht gelangweilten Arroganz. Sonderbar, aber ich hatte den Eindruck, eine wunde Stelle bei ihm berührt zu haben. Hör mal, Borniche, sagte ich mir, bist du jetzt vielleicht auf der richtigen Spur, oder bist du es nicht?

»Sehen Sie, Rizzato, uns kommt diese ganze Geschichte reichlich mysteriös vor. Und ich bin überzeugt davon, daß Sie etwas wissen. Nein, beteuern Sie nicht das Gegenteil, ich spüre es, ja, ich weiß es ... Die Gittertür war tatsächlich um Mitternacht geschlossen. Aristide hat es mir bestätigt. Aber um vier Uhr morgens, als Bergaud Mag ihre Fesseln abnahm, war sie offen, und nachdem Bergaud das Hotel wieder verlassen hatte und bevor Théodose im Pyjama mit ihm zurückkam, muß sie jemand wieder verschlossen haben ... innerhalb von zwei Minuten, höchstens! Théodose mußte in die Villa César zurückgehen und seinen eigenen Ersatzschlüssel holen. Da überhaupt nur drei Schlüssel existieren, verstehen Sie vielleicht, was das bedeutet ...«

Rizzato war leichenblaß geworden. Er sah in seiner Trauerkleidung so aus, als ginge er auf seine eigene Beerdigung.

»Wenn ich Sie recht verstehe, sollte ich wohl am besten gleich Carlotti holen? Sie wollen mir dieses Ding anhängen, nicht wahr?«

»Aber nein. Mag hätte Sie ja erkannt. Aber vielleicht hatten Sie diesen Schlüssel gerade verlegt, so daß Sie es nicht bemerkten, daß jemand ihn für ein paar Augenblicke wegnahm. Deshalb habe ich Sie ja gefragt, ob Sie an diesem Abend keinen Besuch bekommen haben ...‹«

Rizzato preßte seine schmalen Lippen zusammen. Er runzelte die Stirn und senkte den Kopf. Ich bemerkte erneut, daß er sich heftig auf die Oberlippe biß. Diesmal sah ich es genau. Gab er auf? Es wäre zu schön, um wahr zu sein ...

»Wo ist dieser Schlüssel?«

»In meinem Zimmer. Ich kann ihn holen gehen.«

»Wir werden gemeinsam gehen.«

Rizzato stand auf, kramte in seinen Taschen und zog plötzlich ein Schlüsselband hervor. Er löste einen Schlüssel von dem Ring und zeigte ihn mir.

»Das ist er«, sagte er. »Eben fiel mir ein, daß ich ihn nach dem Diebstahl mit zu den anderen Schlüsseln getan habe, damit er nicht verschwindet. Man kann nie wissen.«

Er hatte wirklich vorgesorgt, mein Albert!

»Und das Messer?«

Es war mir so herausgerutscht. Rascher, als ich es beabsichtigt hatte. Jetzt war es an mir, nervös zu werden. Ich war auf mich selbst böse. Aber es war zu spät, um noch etwas daran zu ändern. Das Wort war gefallen ... Ich beobachtete Rizzato, um seine Reaktion festzustellen. Ich war darauf gefaßt, daß er verlegen wurde, nervös, sich wieder auf die Lippen biß, heftig schluckte – all jene verräterischen Anzeichen dafür, daß der Schuldige die Nerven verlor ... Nichts!

Er reagierte ruhig, ja, fast gleichgültig.

Ich war verblüfft. Brachte Rizzato nichts aus der Ruhe?

»Was für ein Messer?«

Er sah so einfältig aus, als ginge er gerade zur ersten Kommunion. Wie konnte er mit dieser unerschütterlichen, fast dümmlichen Miene lügen? Offenbar kam man bei ihm nur mit der harten Tour weiter, am besten, ich durchsuchte in seiner Gegenwart sein Zimmer, öffnete den Koffer, nahm das Unterhemd heraus ... Und wenn er es inzwischen beiseite geschafft hatte, das verräterische Messer?

»Sagen Sie, halten Sie mich für bekloppt, Rizzato?«

Für gewöhnlich drückte ich mich etwas gewählter aus, aber mir riß allmählich die Geduld.

»Ich? Nein, Herr Inspektor. Ich glaube, ich weiß, was Sie meinen. Sie reden von dem Küchenmesser. Ich habe es auf meinem Tisch gefunden, als ich meine Stellung im Hotel antrat. Damit es nicht so herumlag, habe ich es in meinen Koffer getan. Kommissar Pedroni hat es auch gesehen. Ich habe es in ein altes Unterhemd gewickelt, um mich nicht zu verletzen. Ganz einfach ...«

Dieser Schuft!

Meine Hoffnungen lösten sich in Luft auf.

Meine schöne Hypothese von Rizzatos Mittäterschaft war keinen Pfifferling mehr wert.

Rizzato war der Stärkere. Und wenn er unschuldig war? Nur ein reiner Zufall, sein fester Schlaf, der Schlüssel, das Messer?

Bei diesem Spiel hatte ich verloren. Ich tobte innerlich vor Wut.

»Die halbe Unterwelt von Marseille hat Sie im Murène besucht ... Guérini, Baldacci und sicher noch ein paar andere ...«

Rizzato bot ein Bild engelsgleicher Geduld, die durch nichts zu erschüttern war. Und gerade das brachte mich auf die Palme.

»Herr Inspektor, ich sagte Ihnen bereits, ich war Barbesitzer in Marseille. Sie wissen, wie das in den Bars läuft. Die braven Bürger sind nicht gerade die einträglichsten Gäste ... Aber die Unterwelt, die zahlt. Ich mag die Leute auch nicht besonders, aber sie zahlen ... Nur, was den Schlüssel, das Messer und all das betrifft, da sind Sie auf dem Holzweg, Herr Inspektor. Ich habe mit der Sache nichts zu tun. Ich habe nichts gesehen und nichts gehört, das ist alles.«

Und das Allerschönste war, ich glaubte ihm sogar. Meine schönen Thesen fielen in sich zusammen. Er hatte Piana nicht die Gittertür geöffnet. Er hatte der Bulldogge nicht sein Messer gegeben. Und er hatte auch die Tür hinter ihnen nicht wieder geschlossen ... Übrigens, was für eine dämliche Idee, denn bevor Théodose kam, hatte Bergaud diese Tür doch wohl offen gefunden? Schön, ich gab es auf. Und tappte ebenso im dunkeln wie vorher.

Pedroni war aus Marseille zurückgekommen. Er zog mich in eine ruhige Ecke im Kommissariat und musterte mich etwas spöttisch. Offenbar sah man mir die Niederlage geradezu an. Seine gutmütige Miene verhieß mir nichts Gutes.

»Fast hätten wir beide eine Riesendummheit begangen«, sagte er ernst.

Er lächelte plötzlich nicht mehr. Seine Züge hatten sich verhärtet. Ja, er sah jetzt fast bösartig aus. Wie ein Stierkämpfer schien er sich auf den großen Kampf vorzubereiten. Er nahm eine Zigarette, zündete sie an und blies den Rauch zum Fenster hinaus. Ich erwiderte nichts. Ich wartete. Ich wollte ihn kommen lassen.

»Wenn ich mich recht erinnere«, sagte er, »wollten wir doch gemeinsam arbeiten, Hand in Hand ... «

Ich setzte meine feierliche Miene auf, die besonderen Anlässen vorbehalten war, und erwiderte in pathetischem Stil, sozusagen die Hand aufs Herz gelegt:

»Daran hat sich auch nichts geändert ... Unter der Bedingung, daß dieser Vertrag von beiden Seiten respektiert wird.«

»Na schön, mein lieber Borniche, wir sind quitt ... Ich dachte, Baldacci könnte mich zu Piana führen. Ich habe ihm eine Vorladung geschickt. Resultat, er ist tot. Sie dagegen haben geglaubt, Charlot der Normanne würde Sie auf Pianas Fährte setzen. Ihr Spitzel ist zwar nicht tot, aber er konnte nichts für Sie tun. Wir haben beide das Spiel verdorben. Alle beide ... «

Er hatte recht, wir hatten beide alles verpatzt. Und ich fühlte mich im Augenblick ganz und gar nicht in Form. Das war wirklich die dümmste, die traurigste, die trübseligste Untersuchung, die ich je ... Oh, Fouras, Montmartre, Marlyse ...

Woher wußte er das alles, dieser verflixte Bulle? Arbeitete Charlot für ihn? Oder hatte er Dummheiten gemacht, weil Laszlo Frokians Belohnung ihm in die Augen stach? Aber das war nicht sehr wahrscheinlich. Der Normanne war ein Schlaukopf ... Und außerdem verdiente er seine Brötchen in Paris, nicht an der Côte. Hier war er nur in Urlaub. Pedroni konnte ihm nichts nützen ... Ich setzte die unbeteiligte Miene dessen auf, dem das alles zu hoch ist. Pedroni sah, daß ich mich über ihn ärgerte. Er nützte die Gelegenheit, um mir einen wortreichen Vortrag zu halten.

»Ganz einfach, mein lieber Borniche. Murraciole ist mein Spitzel. Er erzählte mir, daß Charles Delannoy versuchte, mit Piana unter dem – nicht ungeschickten – Vorwand, einen Hehler für die Murène-Beute zu kennen, Kontakt aufzunehmen ... Ich sah sofort die Beziehung mit dem Besuch, den Sie ihm am Tag zuvor abgestattet hatten ... Marius, der Chauffeur, hat mir alles erzählt. Er hatte von dem Parkplatz aus, wo Sie ausgestiegen waren, beobachtet, wie Sie in der Residenz Anita verschwanden. Da müssen Sie schon etwas früher aufstehen, um Pedroni reinzulegen... Charlot ist Ihr Spitzel, und zwar nicht nur sichtlich, sondern geradezu offensichtlich!«

Ich setzte gerade zu einem lautstarken Protest an, um meinen Charlot zu decken, aber Pedroni unterbrach mich mit einer Handbewegung:

»... Borniche, man muß auch mal verlieren könne. All das bleibt natürlich unter uns. Ist Ihnen denn klar, daß wir bei diesem kleinen Spiel riskieren, daß man uns einfach unsere Spitzel umlegt? Also hören wir mit dem Spielchen auf?«

Ich hörte ihm nicht mehr zu. Ich zuckte ganz ungeniert die Schultern. Sicher war das unhöflich, aber ich machte mir nichts daraus.

Die Côte d'Azur konnte mir gestohlen bleiben.

Hier, weit entfernt von meinem Paris, allein angesichts dieser südländischen Polizeiarmada, hatte ich wenig Chancen, korrekt meine Arbeit zu tun. Da ich nur als Beobachter gekommen war, hätte ich besser daran getan, es bei der Beobachtung zu lassen... Aber inzwischen war ich bereits zu weit gegangen. Ich mußte weitermachen. Die Flucht nach vorn ergreifen, sozusagen...

14

Trotzdem hatte ich während meines Gesprächs mit Pedroni eine ganze Menge Dinge erfahren. Ich ließ ihn die Schau des wichtigen Polizeibeamten abziehen, der seine Akten aus der Schublade zieht. Lag es daran, daß Marlyse mir fehlte, an der Einsamkeit, an dem Abscheu, den ich gegenüber all dem empfand, was mich umgab? Hatte ich es satt, Polizeibeamter zu sein?

Ich sprach mir Vernunft zu, zwang mich, mich für all das zu interessieren. Aber im Grunde genommen war es mir zuwider. Lag denn darin meine wirkliche Aufgabe?

Rizzato. Ich mußte das Problem Rizzato erneut in Angriff nehmen. Pedronis Aufzeichnungen und Notizen, das Ergebnis der Nachforschungen in den Archiven genau studieren. Schon allein das Wort »Archive«... War ich jemand, der in Archiven verstaubte? Um mich innerlich aufzurichten, rief ich mir meine Lieblingsbücher ins Gedächtnis, Balzacs Romanfiguren, seine rätselhaften, unergründlichen Geheimbeamten... Wie wäre Vautrin, nachdem er ein As der Geheimpolizei geworden war, an meinen Leichenbestatter Rizzato herangegangen? Was hätte er herausgefunden? Was man in den Archiven über ihn ausgegraben hatte, war nicht sehr schön. Albert war in eine Einbruchsgeschichte verwickelt, die demnächst in Aix-en-Provence zur Verhandlung kommen sollte. Bei ihm hatte man einen Teil der Beute gefunden. Natürlich schwor er Stein und Bein, er hätte keine Ahnung, woher das Zeug stamme. Und er hatte genügend Verbindungen, um allen Mitwissern den Mund zu stopfen.

In seiner Bar in der Rue Longue verkehrten fast nur Verbrecher. Und außerdem war sie der Schauplatz einer spektakulären Abrechnung gewesen. Deshalb hatte er sie auch verkauft. Er bewegte sich in den Verbrecherkreisen rund um die Opéra: Rauschgifthändler, Zuhälter, Mörder ... Vielleicht hatte er Piana gekannt, obwohl man eine direkte Verbindung nicht feststellen konnte. Und außerdem schuldete er seinem Freund Jo Pugelsi, dem König der Zigaretten-Schmuggler zwischen Tanger und der Côte, seit zwei Jahren fünfhunderttausend Francs. Für einen ehrbaren Oberkellner kein sehr hübsches Bild.

»Wenn die Sache nicht im Murène passiert wäre«, erklärte Pedroni, »hätten wir ihn schon längst zu einem Spaziergang irgendwo in eine einsame Gegend mitgenommen. Am Ende hätte er uns seinen ganzen Lebenslauf verraten ... Aber mit diesem Théodose als seinem Chef sind uns die Hände gebunden. Er würde ein Heidenspektakel machen. Er wurde auf Carlottis Empfehlung eingestellt ... Das ist unser Verdächtiger Nr. 2. Aber wir müssen an die Sache vorsichtig rangehen.«

»Ja«, erwiderte ich, »lassen wir mal unsere Spitzel beiseite. Fangen wir wieder beim Murène an. Und lassen Sie uns einmal davon ausgehen, daß alle in die Sache verwickelt sind ... Geschädigte, Personal, Gäste – und fangen wir wieder ganz von vorn an.«

Wir breiteten auf Tirets Schreibtisch das Plakat »Junge Männer, tretet in den Polizeidienst ein« aus. Pedroni, umgeben von dichtem Zigarettenrauch, unterteilte das riesige Blatt Papier in senkrechte Kolonnen. Obendrüber schrieb er in Großbuchstaben in die Mitte »Juwelenraub im Hotel Murène«. Das war ja noch einfach ...

In der Rubrik der Geschädigten kamen Laszlo und Sarah Frokian an erster Stelle, gefolgt von Annie und Patrick Meyer. Ich hatte meinen Freund Hidoine gebeten, in den Archiven etwas über Frokians Vergangenheit auszugraben, aber bisher hatte ich noch nichts gehört.

»So einfach geht das nicht«, hatte Hidoine in den Hörer gebrüllt. »Wir haben hier schließlich Ferien!«

Ich war eigentlich auch noch in Urlaub, in Juan-les-Pins ... Und was für einem Urlaub!

Als ich mich nach zwei Stunden intensiver Arbeit und einem

leergerauchten Päckchen Philip Morris wieder auf den Weg in mein Hotel machte, enthielt die Liste der zu vernehmenden Personen bereits vierundzwanzig Namen, gleichmäßig verteilt auf die Rubriken »Geschädigte, Gäste, Personal, Verdächtige ...« Nur Mut, Borniche! Und um meinen Mut wiederzufinden, hatte ich beschlossen, Marlyse kommen zu lassen. Das war das einzige Mittel.

Inmitten der sonnengebräunten Touristen sah sie schon wieder ganz blaß aus. Sie hatte von ihrem Personalchef acht Tage Sonderurlaub bekommen.

»Roger«, sagte sie fast als erstes, »du siehst müde aus ... Ist irgendwas nicht in Ordnung?«

Während ich mit ihr Arm in Arm den Boulevard hinunterspazierte, erzählte ich ihr von unseren nicht gerade erfolgreichen Ermittlungen, ich erwähnte alle Namen, die mir in den Sinn kamen, ich versuchte, ihr alles möglichst genau zu schildern, damit sie sich ein Bild von dieser Umgebung machen konnte, in der wir, Pedroni und ich, uns gefangen fühlten und die uns so ungeheuer bedrückte.

»Du redest von allem, als sei es ein Alptraum«, sagte Marlyse.

»Aber es ist einer«, erwiderte ich. »Allein schon unser Hotel, du wirst ja sehen ...«

Gino empfing uns entzückt:

»Eine gute Idee, daß Sie Madame herkommen ließen«, sagte er. »So allein zu leben, ist wirklich ungesund.«

Er sah uns augenzwinkernd nach, während wir die Treppe hinaufgingen.

»Es ist zwar nicht luxuriös«, sagte Marlyse, »aber es ist sauber.«

Sie zog sich langsam und ohne Hast aus. Mein Zölibat hatte mir bereits zu schaffen gemacht. Ein schöner Frauenkörper ist wie dazu geschaffen, einem die Grillen zu vertreiben. Zum Teufel mit Piana und Kompanie. Das war der so lange ersehnte Augenblick der Rast des Kriegers ...

»Sarah?«

»Ja, Laszlo?«

»Kann ich einen Augenblick hereinkommen?«

Sarah Frokian bewegte sich langsam, als trüge sie alles Elend der Welt auf ihren Schultern. Sie schlüpfte in ihre Pantoffeln, zog den Gürtel ihres Morgenmantels enger und schloß die Verbindungstür auf. Mit verdrossener Miene ging sie zurück und setzte sich auf den Bettrand; in ihrer abwartenden Haltung wirkte sie wie die Verkörperung schweigender Enttäuschung.

Der Louis-XVI-Spiegel über der Kommode warf ihr ihre aufgelösten, bleichen Züge zurück, das Resultat einer wiederum schlaflos verbrachten Nacht. Es war elf Uhr. Hinter dem halb vorgezogenen Vorhang lag der sonnendurchflutete Park. Jenseits des Pinienwäldchens glitzerten friedliche kleine Wellen.

»Was hast du, Laszlo?«

»Was ich habe? Man hat mich soeben wie einen gewöhnlichen Verbrecher behandelt. Ich werde mich im Ministerium beschweren... Ich gehe zum Präsidenten der Menschenrechtskommission, wenn es sein muß! Ich habe die Nase voll von diesen verdammten Polypen! Ebenso unhöflich wie unfähig... Der Schlimmste ist dieser Borniche... Er steckt seine große Nase in alles hinein, und stets sieht er so aus, als hätte er einem etwas vorzuwerfen.«

»Das ist sein Beruf, mein Lieber«, sagte Sarah zerstreut.

»Und das alles ist deine Schuld«, rief Laszlo aufgebracht. »Wir verbrachten friedliche Tage in Cannes... Und du mußtest mich in dieses verdammte Murène schleppen, du und deine ganze Familie.«

Sarah betrachtete eingehend ihre Zehen, als sei das im Augenblick das Wichtigste von der Welt. Unwillkürlich griff sie nach dem Fläschchen Nagellack auf der Marmorplatte des Frisiertischs. Laszlo pflanzte sich wütend vor ihr auf.

»So, ist das deine ganze Reaktion?« fragte er. »Das Leben hier wird allmählich unerträglich. Heute morgen rauchte ich meine erste Zigarette im Park, als Borniche auf mich zukam.«

»Gestern hast du doch noch solche Wunderdinge von ihm berichtet... «

»Da habe ich mich eben geirrt. Die Polypen lernt man erst kennen, wenn man mit ihnen zu tun hat. Stell dir vor, er nahm mich mit aufs Kommissariat! Durch ganz Juan-les-Pins mußte ich neben diesem verdammten Polizisten herlaufen.«

»Er hat dir doch nicht etwa Handschellen angelegt?«

Laszlo klappte wütend den Deckel des Zigarettenetuis zu, das er gerade aus seiner Tasche genommen hatte.

»Ich finde deinen Humor köstlich«, sagte er. »Wenn du erst hörst, was er mir zu sagen hatte... «

Sie zuckte zusammen. Hatte Borniche sich vielleicht im Miramar umgehört und ihr Abenteuer mit Roberto Grimaldi entdeckt?

»Erzähle«, sagte sie.

»Er fragt sich, ob die Schatulle, die du der Geschäftsführerin übergeben hast, wirklich den ganzen Schmuck enthielt, den ich als gestohlen gemeldet habe.«

»Warum nicht?« fragte sich Sarah verblüfft. Rouben Frokian, Laszlos Vater, hätte sie so etwas sofort zugetraut ... Rouben war im Gegensatz zu dem hochgewachsenen, eleganten, aristokratischen Laszlo klein, ungepflegt und dick. Sie ähnelten sich wirklich nur, was ihren Geschäftssinn anbetraf ... Wenn sie es sich recht überlegte, war auch Laszlo zu allem fähig ... Zum Beispiel hätte er, als sie das Miramar verließen, den Schmuck in zwei Schatullen verschließen können. In zwei verschiedenen Schatullen, wobei er in die eine die wertvollen Juwelen legte, die für Italien bestimmt waren, in die andere den Schmuck seiner Frau und ein paar weniger wertvolle Stücke. Hatte nicht Patrick, sein Schwiegersohn, noch vor ein paar Tagen lächelnd bemerkt: »Was war denn überhaupt in der Schatulle?«

Natürlich eine einfache Hypothese, aber dennoch überraschend ... Kannte Patrick vielleicht die Wahrheit? Aber dann ...

Nein, das war unmöglich, Patrick konnte es nicht gewesen sein! Vielleicht hatte er seinen zwielichtigen Bekannten einen Tip gegeben?

Sie hatte sich schon oft gefragt, was er mit seinem Geld machte.

Mit vollen Händen gab er es aus!

Vor allem, seit er diesen Collobrières kannte!

Oder hatten Laszlo und Patrick vielleicht zusammengearbeitet und ein ähnliches Ding gedreht wie damals in der Rue Cadet? Trotz der Spuren des Einbruchs war es Laszlo ausgesprochen schwergefallen, die Beweise beizubringen, die die Versicherung verlangte! Wenn Carlotti damals nicht gedroht hätte, einen aufsehenerregenden Prozeß anzustrengen, hätte sie keinen Pfennig bezahlt und sich auf die nicht ganz eindeutigen Ergebnisse der polizeilichen Untersuchung gestützt ... Laszlo hatte damals den Schluß gezogen, daß alle Versicherer Gauner seien, aber später hatte keine einzige Gesellschaft mehr das Geschäft in der Rue Cadet versichern wollen.

»Und was hast du ihm erwidert?« fragte sie.

»Daß er es mit mir zu tun bekäme, wenn er weiterhin derartig beleidigende Vermutungen äußert.«

»Das ist ihm völlig egal, nicht wahr?«

»Völlig! ... Ein derartiger Flegel ... Ich werde ihn zur Verkehrspolizei versetzen lassen, diesen Inspektor! Er steckt seine

Nase in unsere ureigensten persönlichen Angelegenheiten, deine und meine. Er hat sich geradezu beleidigend über die Sache in der Rue Cadet damals ausgelassen ... Ich habe sogar die Akte gesehen, die er über uns hat ... Wahrscheinlich ein Netz von Verleumdungen!«

»Wahrscheinlich«, murmelte Sarah wie gelähmt vor Angst.

»Zwei Stunden lang hat er mich vernommen ... Zwei Stunden lang hat er meine Beziehungen, deine, die von Patrick und Annie genauestens unter die Lupe genommen. Ich hoffe nur, daß die beiden keine Dummheiten gemacht haben.«

Das fehlte gerade noch, dachte Sarah. Aber wer weiß? Laszlo hatte Patrick nie als Schwiegersohn haben wollen. Sie hatte ihn schließlich überredet, er solle an das Glück seiner Tochter denken ... Was wußte Annie eigentlich über Patricks angebliche Immobiliengeschäfte? Ihre Ehe ging so einigermaßen, jeder lebte sein eigenes Leben ...

»Dein Playboy von Schwiegersohn ist ein Schwuler«, fuhr Laszlo gehässig fort. »Ein Schwuler wie dein Théodose mit seinem dicken wackelnden Hintern.«

»Ich dachte, du hättest für Homosexuelle etwas übrig«, sagte Sarah.

»Diese Art kann ich nicht ausstehen. Die reinsten Karikaturen. Und glaub nicht, daß Borniche mit Bemerkungen über Patrick gespart hätte ... Immer nur in Andeutungen, natürlich. Dauernd steckt er mit diesem Collobrières zusammen, was auch kein gutes Licht auf ihn wirft ... Und deine dumme Gans von Tochter, die nie etwas merkt!«

»Deine dumme Gans von Tochter, Laszlo ...«

Einen Augenblick lang musterten sie sich schweigend und haßerfüllt.

»Weißt du, was ich mir überlegt habe im Kommissariat?« fragte Laszlo schließlich. »Nur so ein Gedanke ... Wenn Patrick das Ganze ausgeheckt hätte? Oh, ich wünschte nur allzusehr, daß ich mich irre. Aber möglich ist es durchaus. Diesen schwulen Playboys traue ich alles zu, ständig stecken sie in Geldnöten ... Wer weiß, ob Patrick nicht bei Collobrières ein bißchen angegeben hat? Und ihm gesagt hat, daß wir mit einem Vermögen an Schmuck durch die Gegend reisen ... Du erzählst deiner Tochter ja auch alles, da hast du nun das Resultat ... Collobrières wiederum gab den Tip an jemanden weiter ... Borniche tappt zwar noch im dunklen, aber er läßt nicht locker ... Jetzt hat er vor, ins Miramar zu gehen.«

»Warum ins Miramar?« fragte Sarah mit tonloser Stimme.

»Er will das Personal vernehmen. Vor allem diesen kleinen Boy, du weißt doch, diesen Tolpatsch, den Walter in Saint-François-les-Sources als Aushilfskellner engagiert hatte. Er ist eng mit Josée befreundet, die damals unsere Zimmer machte... Sie kannte deinen Schmuck ja sehr gut!... Ich glaube, er interessiert sich auch für Kravetz, unser Superbulle... Das ist keine Untersuchung mehr, das ist die widerlichste Schnüffelei...«

Hurra! Ich war Piana auf den Fersen.

Ganz allein, ohne Pedroni, ohne den Normannen, ohne Murraciole, ohne Aristide. Ohne jede fremde Hilfe! Es kam mir fast so vor, als brauchte ich nur noch an dem Faden des Wollknäuels zu ziehen, um dem vielgeliebten Playboy die Hand auf die Schulter zu legen.

Ich hatte Annie Meyer vorgeladen und ein wenig mit ihr geplaudert. Sie hatte mit ihrem wohlgerundeten Popo auf dem Stuhl im Büro des Kommissariats Platz genommen, der bereits so unterschiedlichen Hintern wie jenen der Herren Théodose, Rizzato und Frokian als Sitzgelegenheit gedient hatte... Aber ihre Aussagen hatten ja nur die mageren Details bestätigt, die bereits Pedronis Leute zusammengetragen hatten.

Ich war dazu übergegangen, die Gäste des Murène früh am Morgen vorzuladen, damit sie ihre letzten Ferientage so richtig genießen konnten. Annie Meyer erschien um punkt acht Uhr. Das Büro war noch nicht saubergemacht, und im ganzen Haus roch es nach abgestandenem Zigarettenrauch – die Stummel, die die wachhabenden Polizeibeamten im Laufe der Nacht in den gelbverfärbten Aschenbechern ausgedrückt hatten. Gegenüber auf der anderen Straßenseite zog die Apothekerin mit den Rehaugen gerade den Rolladen hoch.

Von meiner Unterhaltung mit der appetitlichen Annie Meyer versprach ich mir nicht viel. Ich wußte, daß auch sie in lautes Jammern über den Verlust ihres Schmucks und ihres Taschengelds ausbrechen würde. Sie hatte sich bereits ausgiebig an Pedronis Schulter ausgeweint. Aber die Familie Frokian ging mir einfach nicht aus dem Sinn. Vielleicht wollte ich mich auch nur einfach revanchieren. Denn Laszlos kühle, verächtliche Überheblichkeit, die er mir gegenüber an den Tag legte, ärgerte mich ungemein. Nicht etwa, daß er mich damit beeindruckt hätte. Seit ich in den Polizeidienst eingetreten war, hatte ich Hunderte von sogenannten hochgestellten Persönlichkeiten vernommen. Weder ihre Versprechungen noch ihre Drohungen noch die Erwähnung ihrer einflußreichen Beziehungen konnten mich einschüchtern ...

Auch die flatterhafte Sarah mit ihrem Wehgeschrei hatte mich nicht rühren können. Sie spielte ihre Rolle mit dem Eifer einer Schauspielschülerin, wobei sie sich der ganzen Skala zwischen affektiertem Getue und schwärzester Verzweiflung bediente. Doch kaum war sie wieder draußen auf der Straße, da setzte sie für die Blitzlichter der Fotografen ihr bezauberndstes Lächeln auf. Sie widerten mich an, diese Leute, bei denen sich Snobismus, Geiz und Imponiergehabe mischten.

»Im Grund genommen sind es alles arme Hunde«, hatte Tirets reizendes Faktotum in seinem heimatlichen Dialekt ganz richtig bemerkt. »Ich möchte nicht an ihrer Stelle sein.«

Und ich ganz sicher auch nicht!

Annie Meyers Kleid, das einen atemberaubenden Einblick in ihr sonnengebäuntes Dekolleté bot, riß mich fast vom Stuhl. Gott sei Dank, daß Marlyse im Redoute auf mich wartete.

»Sie waren ziemlich einsilbig gegenüber meinen Kollegen ... Sie haben ihnen eine ganze Menge verschwiegen.«

Ich hielt meine kleine Vorrede in höflichem Plauderton, aus dem nur eine Spur von Argwohn, ein Hauch von Zweifel, die Andeutung eines Vorwurfs herauszuhören waren. Das gehört mit zum handwerklichen Rüstzeug. Die Waffen meines Berufs sind unsere Liebenswürdigkeit, unsere Überzeugungskraft, unsere Höflichkeit und unser väterlich-tröstender Ton ...

»Ich habe nichts zu verbergen, Herr Inspektor, absolut nichts ...«

Hatte sie vielleicht nicht genug geschlafen? Oder war sie durch die Atmosphäre gegenseitigen Mißtrauens, die im Murène herrschte, mit den Nerven runter? Aber sie war verwirrt, ihre Stimme klang reichlich unsicher.

Als hätte sie einen Sprung bekommen.

Ich lag jetzt auf der Lauer wie ein Jagdhund. Ich schnüffelte, kratzte, wühlte, grub – und beobachtete ... Ich war von meinem Stuhl aufgestanden. Und setzte mich direkt neben Annie Meyer auf den Schreibtischrand, ließ das rechte Bein herunterbaumeln ... Von oben aus betrachtet wirkte ihr Dekolleté noch umwerfender.

»Soso«, bemerkte ich mit gespielt gerührtem Blick. »Ich weiß, wovon ich rede ...«

Und fügte – dabei war es reiner Bluff – hinzu:

»Wie wär's, wenn wir uns einmal über Ihre Flirts unterhielten?«

Ich hatte ins Schwarze getroffen. Ihr Blick wurde unsicher, ihre Nasenflügel bebten einen Augenblick lang. Ich hatte den Nagel auf den Kopf getroffen. Ich beugte mich zu Annie hinab. Ich sah sie scharf an und spitzte die Ohren. Ich bot meine ganze Überredungskunst auf, um sie zu einem offenen Geständnis zu bewegen:

»Denken Sie doch noch einmal scharf nach ... Ich weiß sowieso alles. In Juan geschieht nichts unbemerkt ... Man weiß alles in diesem Nest.«

Annie Meyer starrte mich wie gelähmt an. Alles Blut war aus ihrem Gesicht gewichen. Ich hatte den Finger auf ihre wunde Stelle gelegt. Aber jetzt wurde es Zeit, daß sie endlich auspackte. Ich fuhr aufs Geratewohl fort:

»Und wenn ich Ihnen sage, daß man Sie vor ein paar Tagen mit einem gutaussehenden jungen Mann gesehen hat, der nicht Ihr Mann war?«

Sie preßte die Lippen zusammen, aber sie antwortete immer noch nicht.

Wir waren beide gleich nervös. Sie, die schwieg, aber den Wunsch hatte, sich endlich auszusprechen. Ich, der jetzt ebenfalls schwieg und meine Neugier und Ungeduld bezähmte. Und plötzlich, als ich es am wenigsten erwartete, als ich schon an einen belanglosen Flirt zwischen zwei Tänzen, ein paar Bootsausflüge oder Spaziergänge dachte, sprach sie den Schlüsselsatz aus, der in dem tristen Büro widerhallte:

»Ich wußte ja nicht, daß er es war.«

Ich war unsicher, was ich sagen, wie ich mich verhalten sollte ... Ich hatte Angst, dieses Gerüst, das wie durch ein Wunder in ein paar Sekunden aufgebaut war, durch eine Unvorsichtigkeit wieder zum Einstürzen zu bringen.

»Ich habe es überhaupt erst gemerkt, als ich sein Foto in den Zeitungen sah«, sagte Annie Meyer.

An wen dachte sie bloß, verdammt noch mal?

»Sie sind hier wie im Beichtstuhl«, sagte ich. »Sie können ruhig reden. Ihr Mann wird nie etwas erfahren. Niemand wird je etwas erfahren.«

»Ehrenwort?«

»Ehrenwort.«

Endlich würde ich die Wahrheit erfahren.

Meine Zeugin errötete; ich wußte, sie war bereit, mir alles zu sagen. Ich genoß bereits im voraus das prickelnde Geheimnis. Wer war der glückliche Erwählte? Ein Schauspieler, ein Filmstar? Ein

Boxer oder Fußballer? Ein Bankier? Ein Politiker? Ein Anwalt? ... Gewiß, mit dem Einbruch im Murène hatte er wohl nichts zu tun...

Und es traf mich wie der Blitz:

»Er hatte mir gegenüber vorgegeben, der Graf d'Alessandro zu sein. Erst später erfuhr ich, daß er in Wirklichkeit Piana heißt ... Ich schwöre Ihnen, ich habe ihm nie etwas von der Schatulle gesagt ... Seither habe ich keine Nacht mehr ein Auge zugetan.«

Es ist schwierig, ein Geheimnis für sich zu behalten. Die Last wiegt schwer, irgendwann hält man es nicht mehr aus. Annie Meyer erzählte mir von ihrer Begegnung in Théoule, ihrem Flirt mit dem gutaussehenden Sergio Piana alias Graf d'Alessandro. Er war auch ins Hotel gekommen, wie sie es ihm vorgeschlagen hatte, aber ihr Mann und Collobrières, die eine Motorpanne hatten, waren überraschend wieder aufgetaucht.

»Ich schwöre Ihnen, es ist nichts weiter zwischen uns gewesen ...«

Mir war das völlig schnuppe. Aber ich spürte, daß sie es bedauerte. Übrigens wäre ich auch ganz gern für ein paar Stunden an der Stelle des charmanten Piana gewesen ...

... Aber wie paßten nun Rizzato, Baldacci und Kompanie in dieses Bild? Falsche Fährten! Und die anderen, die kleinen Gauner, über denen die Polizei gerade ihre Falle zuschnappen lassen wollte? Die, die bei dem Gedanken zitterten, daß wir in den Geheimschubfächern ihres Lebens kramen könnten ... Die Herren Théodose, Trachelle, Ruggieri ...

»Kann ich mich auf Ihre Diskretion verlassen?« fragte Annie mit ängstlicher Stimme.

Sie konnte. Sollte Pedroni doch ruhig weiter an seinen Vernehmungsprotokollen basteln. Wenn der Tip gut war, war immer noch Zeit genug, ihm Bescheid zu sagen. Aber er würde nie erfahren, von wem ich ihn bekommen hatte.

Die Bremsen quietschten, der Zug verlangsamte seine Fahrt, und ich war in Théoule angekommen.

Zu Fuß legte ich die paar hundert Meter zurück, die den Bahnhof von dem Strand-Café Marco Polo trennten.

Mit dem Foto in der Hand befragte ich den Besitzer, den Empfangschef und die Kellner am Strand ... Pianas Gesicht kam ihnen vage bekannt vor, aber niemand konnte mir interessante Details mitteilen.

Im Postamt, beim Bürgermeisteramt und in der Gendarmerie

hatte ich nicht viel mehr Erfolg. Ich hatte einfach Pech. Den Leuten war nur das Bild des Playboys in der letzten Nummer des ›Provençal Dimanche‹ aufgefallen. Wenn Piana wirklich der Täter war, mußte er versuchen, den Schmuck irgendwo loszuwerden. Aber wo? An der Côte? In Italien? In Paris?

Vielleicht konnte der gute Charlot mir jetzt etwas nützen.

Der stellvertretende Leiter der Gendarmerie war im Departement Oise geboren, genau wie ich. Damit war unsere Freundschaft besiegelt. Während ich auf meinen Zug nach Juan wartete, traf ich mich mit ihm im »Café de la Poste« zu einem Glas Bier. Er hatte in Übersee gedient, in Madagaskar, Indochina und Guadeloupe, und wartete jetzt auf eine entsprechende Pension. Er hatte vor, sich in das kleine Häuschen zurückzuziehen, das er sich in Orry-la-Ville, am Waldrand von Chantilly, gebaut hatte. Dort würde er seine Kohlköpfe züchten und sich von Zeit zu Zeit an seine vergangenen Feldzüge erinnern ...

»Verdammt!«

Ich war gerade dabei, mir seine Kriegsabzeichen zu betrachten, und zuckte bei seinem Fluch zusammen. Erstaunt sah ich ihn an. Seine wasserblauen Augen starrten mich nachdenklich an.

»Eben ist es mir eingefallen«, sagte er. »Pelegrini! Der Spaghettifresser, der mit Piana zusammen hinter Gittern saß. Sie hatten beide denselben Anwalt. Möglicherweise ist das eine brauchbare Spur. Pelegrini ist Immobilienmakler in Théoule. Vielleicht ist Piana bei ihm untergetaucht?«

In dem Dienstzimmer saß ein Gendarm vor einem ausgedienten Militärfunkgerät. Aus dem Lautsprecher drang eine näselnde Stimme und teilte mit, daß es bei einem Unfall zwischen Théoule und Port-la-Galère zwei Verletzte gegeben habe.

»Verstanden«, sagte der Gendarm. »Ich schicke den Polizeiwagen hin.«

Der Finger des Dezernatsleiters deutete auf einen rot eingezeichneten Punkt zwischen zwei Anhöhen auf der Landkarte.

»Pelegrini besitzt dort ein abgelegenes kleines Häuschen ... Es ist immer geschlossen. Ich glaube, er benutzt es zum Zigarettenschmuggel, aber ich konnte ihm nie etwas beweisen. Er hat keine Nachbarn, die uns einen Tip geben könnten, und das Haus zu überwachen ist unmöglich. Wie wär's, wenn Sie einen Blick darauf werfen würden, als einfacher Spaziergänger zum Beispiel ... ?«

Ich warf nicht nur einen Blick auf die Villa. Ich prägte mir jede Einzelheit genau ein. Zunächst mit gebührender Zurückhaltung, dann mit wachsender Dreistigkeit. Ich spielte den Verirrten und klopfte an die Tür, aber niemand antwortete mir. Jetzt fühlte ich mich völlig sicher. Ich ging ein paarmal um das Haus herum. Die tiefe Stille war eindeutig: dieses Haus war leer.

Und doch hatte jemand vor nicht allzu langer Zeit hier gewohnt.

Etwa zwanzig Meter von der Villa entfernt entdeckte ich im Gestrüpp einen Abfallhaufen: Konservenbüchsen, auf denen sich blaue Fliegen niedergelassen hatten, leere Saftflaschen, zerknüllte amerikanische Zigarettenpäckchen ... Fetzen einer zerrissenen Papier-Tragetasche. Mit der Fußspitze schob ich die einzelnen Teile zusammen. Ich las: »Cimarosa, Rue d'Antibes«.

Zwei Stunden später erkannte eine Verkäuferin bei Cimarosa auf dem Foto ihren Kunden wieder. Er hatte die Sonnenbrille abgelegt, um den leichten Sommeranzug anzuprobieren, den sie ihm verkauft hatte. Sie errötete:

»Ein sehr gutaussehender junger Mann! ... Er hat auch eine Badehose gekauft.«

Und sie fügte hinzu, sie habe einen Tag nach Pianas Besuch in ihrem Laden sein Foto in der Zeitung wiedererkannt. Sie hatte darüber mit der Frau ihres Nachbarn gesprochen, einem Wachtmeister des Kommissariats von Cannet.

Doch dieser uniformierte Intellektuelle hatte seiner Frau geraten, die Sache zu vergessen:

»Deine Freundin spinnt ja.«

Mag sein, aber die Verkäuferin war sich ganz sicher. Sie hatte sogar Piana noch einmal auf der Croisette getroffen, gegenüber dem Carlton. Er schien das Hotel zu beobachten.

Die Jagd auf den Playboy der Côte ging weiter.

Der untersetzte, kleine Pelegrini hatte für Gendarmen nichts übrig. Und noch weniger für rauhe Behandlung. Man hatte ihn am frühen Morgen geweckt und zur Gendarmerie geschleppt. Um sieben Uhr traf ich mit dem ersten Morgenzug ein.

»Wo rennen Sie denn so eilig hin?« hatte mich Gino, der Wirt des Redoute, gefragt. »Sind Sie auf einer heißen Spur?«

Er sah sich bereits vor den Journalisten prahlen und seinen Konkurrenten vom Négociants um ein paar Nasenlängen schlagen ...

»Ich bin zu einer Angelpartie eingeladen.«

Ich hatte mich beeilt, aus dem Hotel zu kommen. Gino hatte mir das Märchen von der Angelpartie wohl nicht ganz geglaubt; jedenfalls hatte er sich wieder in die Lektüre der Lokalzeitungen vertieft. Er kaufte sie alle, vom ›Nice-Matin‹ bis zum ›Provençal‹, außerdem natürlich das ›Écho de l'Esterel‹, die ›Marseillaise‹, den ›Petit Varois‹, den ›Méridional‹, die ›République de Toulon‹, den ›Espoir de Nice et du Sud-Est‹, den ›Patriote‹ ... Jeden Tag hielt er – außer nach seinem Foto – nach einer interessanten Information Ausschau, einer, die sein Konkurrent noch nicht besaß.

Wenn ich der riesigen Wanduhr in der Gendarmerie glauben konnte, hatte Pelegrini genau eine Stunde, fünfzehn Minuten und vierundzwanzig Sekunden lang beharrlich geschwiegen. Um acht Uhr sechzehn warf er einen ängstlichen Blick in die Runde. Und spuckte aus, was er wußte, wobei er seine Rolle dabei zu bagatellisieren versuchte.

Ja, er hatte Piana in seiner Villa auf der Anhöhe von Théoule beherbergt und beköstigt. Aber er wußte nicht, wo er jetzt steckte. Eines Tages war er wie gewöhnlich zu seiner Villa gegangen. Und hatte festgestellt, daß der Playboy verschwunden war. Der Schlüssel lag unter der Regenrinne, wo er ihn immer versteckte. Kein Wort, gar nichts. Und seither hatte er nichts mehr von ihm gehört ... Das war für uns ein harter Schlag. Aber Pelegrini fügte nichts mehr hinzu, trotz der etwas rauhen Behandlung eines ungeduldigen Gendarms. Allerdings, so sagte er, sei ihm nach dem Einbruch im Murène das Verschwinden seines Landsmanns selbst etwas verdächtig vorgekommen.

Die Gendarmen hatten gegen den Italiener zwar genügend Beweise, um ihn für ein paar Monate wegen Personenhehlerei hinter Gitter zu schicken. In dem verlassenen Haus hatten sie unter dem Bett Pianas gelbes Hemd und seine Blue Jeans gefunden. Für Pelegrini bedeutete eine Verhaftung den geschäftlichen Ruin. Also schlugen wir einen Handel vor. Sobald er etwas von Piana hörte, sollte er sofort die Gendarmerie verständigen, die ihrerseits mich benachrichtigen würde. Wir schlugen ihm den Handel vor, er dachte darüber nach und erklärte sich einverstanden.

Pelegrini unterschrieb sein Geständnis. Als er das Büro verließ, war ihm sicherlich nicht sehr wohl zumute.

Mir aber auch nicht. In mein Wollknäuel war sozusagen ein Knoten geraten.

15

Marlyse versöhnte mich mit Juan-les-Pins. Seit sie da war, sah alles ganz anders aus. Der verzwickte Murènefall würde sich bestimmt auch noch aufklären lassen. Jedenfalls verlor er an Bedeutung. Zum ersten Mal seit meiner Ankunft am Bahnhof nach jener gräßlichen Nachtfahrt und seit Beginn dieses verflixten Falls, an dem ich mir die Zähne ausbiß, entspannte ich mich ein wenig. Ich hörte auf, die Côte d'Azur, die Einwohner und die Touristen als anrüchige Statisten vor einem Pappmaché-Bühnenbild, als eine Rotte zweifelhafter Individuen in einer schillernden, trügerischen Märchenwelt anzusehen.

An diesem Morgen konnten sämtliche Missetäter der Welt ruhig schlafen. Gino hatte uns aufmerksamerweise das Frühstück ans Bett gebracht. Milchkaffee, Croissants und die Zeitungen – diesmal ohne ein Foto von ihm.

Ich gab es auf, Marlyse von meinem Ärger und meiner Niedergeschlagenheit während der letzten Tage zu berichten. Gewiß, sie kannte mich gut genug, um mich zu verstehen – aber es würde ihr schwerfallen, mir zu glauben. Ich wollte einen Ruhetag einlegen. Ich beschloß, daß heute Sonntag war. Und berichtete ihr lediglich in groben Zügen von dem Ergebnis der Zeugenvernehmungen und meiner Jagd nach Sergio Piana.

»Weißt du, ich habe das sichere Gefühl«, sagte sie, »daß du es schaffen wirst ... «

Ich reckte und streckte mich genüßlich. Zugegeben, ich mußte ganz von vorn anfangen, von Pianas Aufenthalt in Théoule an. Schön, aber das hatte Zeit bis morgen. Morgen würde ich mich wieder an die Arbeit machen. Und Marlyse konnte sich währenddessen am Strand etwas Sonnenbräune holen.

»Weißt du«, sagte sie, »hier ist es viel lustiger als in Fouras! Und das Eis hier ... «

Das italienische Eis, das in leuchtend bunten Kugeln an jeder Straßenecke feilgeboten wurde, war ihre große Leidenschaft.

Sie hatte es fertiggebracht, in einem winzigen Koffer – »einem Koffer für eine Woche«, hatte sie mit schüchternem Lächeln zu mir gesagt, wie um mich daran zu erinnern, daß sie nicht länger bleiben konnte – fast ihre ganze Sommergarderobe mitzubringen. Ich hatte den Eindruck, daß sie ebenso wie ich mit meinem Lacoste-Hemd nicht ganz den modischen Anforderungen hier entsprach ...

»Nachher gehen wir ein bißchen bummeln, Liebling. Ich habe

eine Boutique entdeckt, in der es bestimmt etwas gibt, das dir gefällt ... Du kannst dir eine hellblaue Hose und eine passende Bluse dazu kaufen, das steht dir doch so gut. Schließlich hast du ja Geld mitgebracht ...«

Das stimmte; sie wußte, daß es um meine Barschaft nicht zum besten stand. Sie hatte ihr ganzes Monatsgehalt abgehoben und alles mitgebracht. Offenbar wollte sie für ihre Begegnung mit der Côte d' Azur gerüstet sein.

»Übrigens«, erwiderte sie, »lade ich dich heute abend zum Abendessen ein ...«

Würde ich ohne schlechtes Gewissen diesen Ferientag genießen können? Jedenfalls würde ich mich bestimmt nicht von Pedroni antreiben lassen. Inzwischen wußte er sicher schon, daß Marlyse angekommen war – der Klatsch aus dem Redoute machte rasch die Runde. Bestimmt gab es einen oder zwei Journalisten, die ein doppeltes Spiel trieben und ihren Kollegen im Négociants die Neuigkeiten brühwarm servierten. Und Pedroni schnappte natürlich jedes Gerücht begierig auf. Na schön – wir waren doch übereingekommen, den Kriegszustand zu beenden ...

»Wissen Sie, Madame Borniche, die Kollegen aus Marseille haben es nicht weit nach Hause. Wenn sie sich langweilen, setzen sie sich einfach in ihren Wagen und sind gleich zu Hause bei ihrer Frau und den Kindern ... Bei Ihnen ist das anders. Gott sei Dank, daß Sie herkommen konnten ... Ihr Mann wurde schon ganz melancholisch.«

Marlyse hatte in reizender Verlegenheit die Augen gesenkt. Sie wußte sehr wohl, daß ich noch immer keine Lust zum Heiraten hatte. Aber sie konnte sich da voll und ganz auf Gino verlassen. Anstatt des Standesbeamten oder des Priesters feierte die Presse unseren Bund: »Die reizende Gattin Kommissar Borniches weilt in unseren Mauern. Wir fotografierten sie bei ihrer Ankunft zusammen mit dem sympathischen Gino, dem Wirt des Hotel de la Redoute, das inzwischen in ganz Frankreich ebenso berühmt geworden ist wie das Murène.« »Aber Gott sei Dank aus einem anderen Grund«, erklärte uns Gino lachend.

In meinem Hotelzimmer herrschte eine träge Hitze. Die morgendliche Stunde des Milchkaffees und der Croissants ging in die Siesta über. Marlyse schlief an meiner Schulter. Ich hörte den Lärm vom Erdgeschoß, das wohlbekannte Gläserklirren und Tellergeklapper. Es waren weniger Gäste da als am Abend, aber der größte Teil der Journalisten aß auch zu Mittag hier. Gino hatte den schlauen Einfall gehabt, mit ihnen einen Pensionspreis auszumachen, den er aber auf der Rechnung nicht aufführte, so daß sie bei ihrer Spesenabrechnung einen kleinen Gewinn herausschlagen konnten.

Ich war ebenfalls eingenickt, aber das Stimmengewirr aus dem Speisesaal rief beklemmende Bilder in mir wach. Ich sah das Murène und seine Umgebung vor mir. Die Gesichter der Hauptdarsteller und der Statisten, die zunächst verschwommen waren, wurden immer deutlicher. Es war heiß. Ich schwitzte, gefoltert von diesem makabren Reigen. Namen fielen mir wieder ein; die Antworten schienen mich zu verspotten. Hämische Blicke verfolgten mich, Lippen, die sich in Lügen verzerrten, Stimmen, die vor Angst unsicher wurden...

Angst bedrückte mich, eine Art Abscheu vor mir selbst. Alle waren sie meine Feinde. Ich fürchtete sie nicht, nein, aber ich litt unter der ganzen Situation. Ich fühlte, wie mir jede menschliche Wärme verlorenging... Marlyse stöhnte leicht, als ich sie schlaftrunken in die Arme nahm, ihren warmen, sanften, zärtlichen Körper an mich drückte.

Meine anderen Fälle, die mir meine Lorbeeren eingetragen hatten, waren ganz anderer Art gewesen. Dort ging es um das Duell eines Spezialisten gegen andere Spezialisten, die Jagd nach dem Verbrecher. Doch hier wußte ich, daß ich bei meiner Suche nach dem Schuldigen Schlamm aufwühlte, daß ich in das Leben von Leuten einbrach, die weder besser noch schlechter waren als wir alle... Sie hatten lediglich das Pech, in die Sache verwickelt zu sein, das war alles. Deshalb mußte ich in ihrem Leben herumstöbern. Wie man in einem Koffer kramt. Oder einen Mülleimer durchwühlt. Die Arbeit eines Lumpensammlers.

Die Wärme dieses Körpers neben mir gab mir die Zärtlichkeit zurück, menschliche Gefühle. Vorher hatte ich mich über alles geärgert. Über meine unterbrochenen Ferien. Meine nicht ganz eindeutige Rolle gegenüber den Kollegen aus Marseille. Und diese ganze zwielichtige Affäre, in der die Verdächtigen ständig wechselten... Und diese zierliche, kleine Person neben mir hatte es fertiggebracht, daß ich jetzt alles wieder in den richtigen Proportionen sah.

Ich seufzte und öffnete die Augen. Ich richtete mich behutsam auf, um Marlyse nicht zu wecken. Durch das weitgeöffnete Fenster sah ich zwischen zwei hohen Neubauten auf dem Boulevard einen Zipfel Meer. Während der letzten Tage war dieses Zimmer mein einziger Zufluchtsort gewesen. Heute schien es mir unserer neu besiegelten Liebe unwürdig. Es war für mich kein Asyl mehr, sondern nichts weiter als ein Raum, in dem jetzt der vertraute Geruch von Marlyse herrschte. Und ich wünschte mir, daß sich statt dieses schäbigen Fensters eine breite Glastür auf einen weißen Sandstrand öffnete, über den wir Hand in Hand liefen, um uns in die Wellen zu werfen.

Gewiß, für Marlyse war es ein ungeheures Erlebnis, eine Woche an der Côte zu verbringen, aber ich fragte mich doch, ob es nicht besser gewesen wäre, allein zu bleiben, ein knurrender Hund auf der Jagd. Vielleicht war ich trotz allem schon dem Ziel ganz nahe? Würde nicht diese Flitterwoche wieder alles verderben?

»Woran denkst du?« fragte Marlyse. »Ich habe nicht richtig geschlafen, weißt du.«

Sie stützte sich auf meine Schulter und setzte sich ebenfalls im Bett auf.

»Unglaublich, wie blau das Wasser ist«, sagte sie. »Wenn man so etwas in einem Film sieht, glaubt man, es sei nur Attrappe. Dabei ist es ganz echt... Du hast Glück gehabt, dieses Hotel zu finden. Mitten in der Saison war das bestimmt nicht leicht.«

Liebe Marlyse! Ich lernte immer wieder von ihr. Denn sie hatte recht, so häßlich war dieses Zimmer gar nicht. Und das exotische Luxushotel hoben wir uns besser fürs nächste Mal auf.

Im September erstickt man in Genua fast vor Hitze. Schon früh am Morgen gaben nicht einmal die Bäume auf der Piazza Verdi noch ein wenig kühlenden Schatten. Dr. Giovanni Castello, Direktor der Squadra mobile, was in etwa der französischen Kripo entsprach und die der Questura von Genua unterstellt war, begab sich eiligen Schrittes in sein Büro. Mit seinem sonnengebräunten Gesicht und dem eleganten weißen, maßgeschneiderten Anzug sah er eher wie ein Filmstar aus als wie ein Polizeikommissar. Man verglich ihn oft mit Clark Gable. Und das wußte er auch. Er pflegte sorgfältig sein schwarzes, brillantineglänzendes Haar und seinen kleinen Schnurrbart.

Der Kommissar hatte gerade drei Wochen Urlaub in den Dolomiten mit Lydia, seiner noch sehr jungen zweiten Frau, verbracht. An diesem Morgen nahm er seinen Dienst wieder auf, in dem Polizeigebäude an der Piazza Corvetto, ganz in der Nähe der Präfektur. Er war darauf gefaßt, auf seinem Schreibtisch einen ganzen Berg von Akten und Papieren vorzufinden, mit dem er sich herumschlagen mußte.

Castello hatte bereits Furcht und Schrecken in der Unterwelt von Mailand und später von Neapel verbreitet. Deshalb hatte man ihn auch nach Genua versetzt, wo man dringend einen guten Mann brauchte. Die Altstadt um den Porto Vecchio und die Bucht delle Grazie herum wurde ständig von Banditen unsicher gemacht. Kaum waren die Touristen im Hafen gelandet, wurden sie auch schon das Opfer von Taschendieben und Räubern, obgleich der Präfekt die Polizeipatrouillen verstärkt hatte. Diesem Unwesen galt Dr. Castellos besondere Sorge.

Der berühmte Polizeibeamte ging die Via De Amicis hinunter, überquerte die Piazza Brignole, lief dann die Giardina Serra entlang, auf der die Vögel ein ohrenbetäubendes Frühkonzert veranstalteten. Möwen kreisten über dem Hafen. Castello sagte sich, daß sie wahrscheinlich Hunger hatten. Und, aus einer Gedankenassoziation heraus, warf er ein Geldstück in den Topf eines Blinden. Diese milde Gabe verstärkte seine gute Laune. Und leichten Herzens betrat er das Dienstgebäude. Lächelnd erwiderte er den Gruß des wachhabenden Carabiniere, lief den Korridor entlang, auf der der Präfektur zugewandten Seite, öffnete die Tür zu seinem Büro und legte die Sonnenbrille ab – eine Geste, die bedeutete, daß jetzt die Arbeit begann, ebenso wie die erste Zigarette, die er sich anzündete, während er einen Blick auf den gigantischen Aktenberg auf seinem Schreibtisch warf. Komprimierte Berichte über die Fälle, die während seiner Abwesenheit vorgefallen waren ...

... Wie zum Beispiel jenes Protokoll, das die Polizei von Savona vor etwa zwei Wochen aufgesetzt hatte. Der Text, in dem es von Orthographiefehlern wimmelte, bezog sich auf eine Verhaftung, die anläßlich einer Patrouille von Carabinieris erfolgt war:

»Heute um elf Uhr wurde ein gewisser Lorenzo Baselli von uns vor der Hauptpost in der Via Palescopa aufgefordert, sich auszuweisen. Er behauptete zunächst, seine Papiere in seinem Lancia gelassen zu haben, den er auf der Piazza del Popolo geparkt hätte. Ohne Argwohn begleitete ihn ein Polizist. In der Via Astengo ergriff Baselli dann die Flucht. Vor dem Dom gelang es uns, ihn einzuholen. Er erklärte, er hätte seine Papiere auf der Rückfahrt von Imperia verloren. Er wurde durchsucht. Er trug keine Waffen bei sich. Er besaß keine Barmittel außer einem Zwanzig-Lire-Schein. Er wurde in das Justizgebäude gebracht und dort wegen Landstreicherei und Fehlens von Ausweispapieren in Haft genommen.«

Castello zuckte die Schultern. Die Ferienstimmung, die bis jetzt noch angehalten hatte, war wie weggeblasen. Dieser idiotische Bericht hatte ihn verärgert. Er läutete seinem Sekretär:

»Domenico, was soll denn dieser Quatsch bedeuten? Dieser langweilige Papierkram, der mit meiner Abteilung überhaupt nichts zu tun hat... Was hat das überhaupt auf meinem Schreibtisch zu suchen? Ich habe doch hier keinen Mülleimer. Wenn man jetzt schon anfängt, mich mit Verhaftungen von Landstreichern zu behelligen...«

Er gab den Bericht seinem Sekretär. Und warf einen Blick auf das nächste Schreiben. Ein bewaffneter Raubüberfall auf eine Straßenbahngesellschaft. Die Täter konnten fast in flagranti erwischt werden. Und das gab Castello wieder seine gute Laune zurück.

Wir hatten eine herrliche Siesta verbracht, voller Zärtlichkeit und Liebe. Und nun liefen Marlyse und ich durch dieses von mir bisher verwünschte Juan-les-Pins, das ich jetzt mit ganz anderen Augen sah. Ich ging zusammen mit ihr in Boutiquen, in denen ich sonst, in meiner Eigenschaft als Polyp, nichts zu suchen hatte. Wir schauten uns um, lachten, weil alles viel zu teuer für uns war, entschuldigten uns und gingen wieder.

Wir amüsierten uns, wir gingen zärtlich Hand in Hand.

Und schließlich fanden wir auch ein Ensemble Bluse-Hose, das unseren Mitteln entsprach und uns gefiel. Es war nicht blau, in Blau hatten sie es nicht mehr, aber rosa. Mit ihrem blonden Haar sah sie darin aus wie jene ewig lächelnden, blauäugigen amerikanischen Puppen-Frauen. Sie strahlte vor Glück. Und rosa war auch das Eis, das wir auf einem kleinen Platz aßen, wo ein Orchester spielte; würdige Damen einer anderen Generation wiegten ihre Köpfe im Rhythmus eines Straußwalzers unter dem Schutz von Sonnenschirmen. Und dieser Walzer vertrieb endgültig den Reigen meiner Verdächtigen. Das ungetrübte Glück meiner rosagekleideten Marlyse war ein rührender Anblick. Sie war noch nicht genug an der Sonne gewesen und noch nicht so braun geworden wie die anderen jungen Frauen, die fröhlich und sorglos den Boulevard entlangschlenderten. Sie wirkte fast ein wenig altmodisch, so wie dieser Walzer, aber dafür um so anziehender. Und je weiter der Nachmittag fortschritt und je entspannter, gelöster und heiterer ich mich fühlte, desto hübscher fand ich sie. Nicht, daß mir dieser Nachmittag Vergessen geschenkt hätte, nein, sondern neue Stärke. Stärke für den kommenden Abend, für den nächsten Tag. Marlyse am Abend und morgen das Murène...

Dann folgte unser Hummer-Diner, in Erinnerung an Fouras. Und die Nacht, die unser Zimmer in eine Art amerikanische Atmosphäre tauchte, durch die Leuchtreklame vom Boulevard und die Scheinwerfer von der Küste. Als wir schließlich einschlafen wollten, zogen wir die Vorhänge zu. Aber sie ließen bereits die ersten Strahlen des dämmernden südlichen Morgens herein, die die Geheimnisse der Nacht vertrieben...

Ich hatte gut geschlafen. Marlyse, meine zärtliche Marlyse, schlief noch immer in ihrer Lieblingshaltung, den rechten Arm unter ihrem zerwühlten blonden Haarschopf.

Ich ließ sie schlafen und dachte an das Murène. An alles. Und noch einmal von Anfang an.

Es gab für mich keinen Grund mehr, noch länger an der Côte zu bleiben. Ich wurde nicht dafür bezahlt, daß ich auf den immer noch problematischen Anruf des Polizeipostens in Théoule wartete. Pedroni war der gleichen Ansicht. Ich hatte ihn über meine Schritte informiert, und er war über diese kleine Geste gerührt gewesen. Sollte dieser Anruf kommen, würde Pedroni sofort mit seinem Dienstwagen zur Stelle sein.

Zunächst einmal wollte er die Untersuchung vorläufig abschließen und dem Untersuchungsrichter ein paar Vernehmungsprotokolle zur Verfügung stellen. Er hatte auch Pelegrini gestern noch einmal verhört, der seine Aussage bestätigt und noch einmal seinen Wunsch bekräftigt hatte, mit der Polizei zusammenzuarbeiten. Die Beweisstücke, die die beiden Männer überführten, hatte er in Verwahrung genommen: Pianas Hose und Hemd.

Der Fall war praktisch gelöst. Und meine Aufgabe beendet.

Ja, natürlich... Piana lief immer noch frei herum. Aber die Ehre der Polizei war gerettet. Sie hatte festgestellt, daß der Playboy der Côte ganz eindeutig der Täter war. Er hatte den Einbruch im Murène auf dem Gewissen. Wir hatten die nötigen Schritte unternommen. Interpol war verständigt. Und wir hatten auch unser Möglichstes getan, um das Verzeichnis der gestohlenen Schmuckstücke unter die Leute zu bringen: alle Polizeidienststellen, Schmuckgeschäfte, Juwelenhändler, Kreditinstitute und Pfandhäuser, die auch nur entfernt für einen Ankauf in Frage kamen, waren benachrichtigt... Der Kreis war geschlossen. Es blieb uns nur noch eins: auf den Sturz des Ikarus, das heißt des Apollo der Luxushotels, zu warten.

Wenn ich nachher ins Kommissariat ging und Pedroni meinen Entschluß, nach Paris zurückzukehren, mitteilte und mich von ihm, seinen Leuten und Tiret verabschiedet, würde Marlyse unsere Koffer packen. Wir konnten noch den Schnellzug um elf Uhr vierzig erwischen. Der »Mistral« war zwar schneller, aber er war auch teurer... Nur erster Klasse und obendrein noch ein Zuschlag...

Wenn wir Glück hatten, würden wir so rechtzeitig am Bahnhof sein, daß wir noch zwei Sitzplätze bekamen.

Und dann, adieu, Juan... Juan-les-Pins, das ich dank Marlyse doch noch ganz hübsch gefunden hatte.

Nein, ich würde sie so rasch nicht vergessen, die Stadt des Murène.

Die Nase an die Fensterscheibe gedrückt, würde ich Toulon vorüberziehen sehen, Marseille, die Weinberge des Rhônetals und die berühmten Weinorte in Burgund, Felder und Wälder... Mâcon Autun, Dijon... Der arme Théodose stammte aus dieser Gegend. Ich war ihm gegenüber ungerecht gewesen. Ich verspürte fast den Wunsch, ihn um Entschuldigung zu bitten. Und sogar Laszlo Frokian. Obwohl er mir gegenüber keineswegs besonders freundlich gewesen war. Er hatte mich sogar zur Verkehrspolizei versetzen lassen wollen! Und seine Tochter... Die würde ich allerdings gern in Paris wiedersehen, wenn alles wieder ins Lot gekommen war.

Marlyse drehte sich um, brummte und schlief wieder ein. Ich hatte sie wohl mit meinem Ellbogen gestoßen. Es war eine Manie von mir, jedesmal, wenn ich nachdachte, die Arme unter dem Kopf zu verschränken. Ich rückte ein wenig von ihr ab...

Im Grunde genommen war dieser Einbruch im Murène gar kein so verzwickter Fall gewesen. Alles hatte von vornherein darauf hingedeutet, daß Piana der Täter war. Ich überdachte noch einmal die Einzelheiten, die Pedroni in seinem Bericht sicher erwähnen würde. Piana und Bruti brachen aus dem Gefängnis aus. In Théoule lernte Piana Frokians Tochter kennen, die ihn ins Murène einlud. Er studierte eingehend die Örtlichkeiten. Dann kehrte er zusammen mit Bruti zurück und landete den wohl aufsehenerregendsten Coup seines Lebens. Der Playboy und die Bulldogge verschwanden. Auch die Beschreibung, die Madame Mag von den Tätern gegeben hatte, paßte auf die beiden. Durch einen Komplizen geriet ich wieder auf Pianas Spur. Die Fahndung dauerte an... Und das war's.

Eigentlich ganz einfach. Vor allem kein Grund, um große Pressekonferenzen abzuhalten, wie dies der eifrige Gino tat, der mir noch meine Rechnung geben mußte...

... Meine Rechnung. Ich wollte nichts von dem Geld nehmen,

das Marlyse mitgebracht hatte. Ich würde mit einem Scheck zahlen und mich, sobald ich in Paris zurück war, um die Deckung bei der Bank kümmern. Bis er dort eingelöst wurde, dauerte es bestimmt eine gute Woche. Natürlich hatte mir die Ankunft von Marlyse zusätzliche Kosten verursacht, die ich kaum mit auf die Spesenrechnung setzen konnte. Aber da gab es noch einige andere Tricks. Ich hatte heimlich ein paar Rechnungen gesammelt, die auf den Tischen liegengeblieben waren. Schließlich war das kein Verbrechen ... Wenn ich mir überlegte, wie manche hohen Tiere das Finanzamt mit ihren Spesen übers Ohr hauten ... Na also ...

Wo steckten wohl in diesem Augenblick Piana und Bruti, diese beiden Halunken? Und was war überhaupt aus der Bulldogge geworden? Niemand interessierte sich für ihn, jeder war nur hinter Piana her. Pelegrini hatte darüber auch kein Wort gesagt. War Bruti zusammen mit Piana in Théoule gewesen, oder hatte er sich woanders versteckt? Ich hoffte nur, daß Pedroni, gründlich, wie er war, sich auch schon diese Frage gestellt hatte. Dieser Teufelskerl von Pedroni! Wenn ich daran dachte, daß er mich anfangs mit Baldacci aufs Kreuz legen wollte!

Der hatte uns übrigens auch auf eine falsche Fährte geführt. Die Sûreté von Marseille hatte seine Mörder bereits verhaftet. Drei korsische Zuhälter, die ihre Ludenehre hatten rächen wollen. Man hatte das Strichmädchen gefunden, das Baldacci ihnen hatte wegschnappen wollen. Sie hatten sie, mit den Scherben eines Glases, das sie am Thekenrand zerbrochen hatten, wie ein Stück Vieh gezeichnet, mit einem doppelten kreuzförmigen Schnitt auf die Wange. Die alte Methode, nach Apachenart. Diese Gangster gingen offenbar nicht mit der Zeit. Und daß Baldacci im Murène mit Rizzato geplaudert hatte, war für uns nicht mehr wichtig.

Einer würde aufatmen, und zwar der Oberkellner! Er würde unsere Abreise mit Champagner begießen: »Und noch ein Glas!« Die heimtückische Visage dieses Leisetreters war mir wirklich zuwider. Und ich hoffte nur, daß die Herren Richter von Aix ihn wegen dieser Hehlereigeschichte nicht laufenließen, trotz des Talents und der Beziehungen des vielseitigen Rechtsanwalts Carlotti. Und daß Théodose ihn rausschmeißen würde. Sonst würde der elegante Herr Hotelbesitzer mit ihm noch manche unangenehme Überraschung erleben.

Um diese Zeit stand der Antiquitätenhändler auf. Er warf einen Blick auf Fabrice, seinen Engel mit den blonden Haaren ... Mein blonder Engel öffnete soeben auch verschlafen ein Auge. Ich hatte sie wohl wieder gestoßen. Wieviel Uhr war es? Fünf Uhr zeigte meine Nickeluhr, die heißgeliebte, unzerbrechliche, solide, die auf dem Stuhl lag, der mir als Nachttisch und Kleiderablage diente. Wir hatten noch Zeit. Ich drehte mich um und tat so, als ob ich wieder einschliefe. Und dachte dabei »armer Théodose«. Wenn man den Schmuck nicht wiederfand, würde er den Schaden aus eigener Tasche zahlen müssen. Er war nicht versichert. Die Anwälte der Geschädigten würden auf sein Hotel, seine Villa, sein Geschäft in Antibes so lange Hypotheken eintragen lassen, bis seine Schuld getilgt war.

Ruiniert wäre er, mein Théodose mit den rosigen Wangen. Und schuld daran war ein Gauner, der nicht einmal einer seiner Liebhaber gewesen war! Und die kokette Annie Meyer war auch nicht ganz unschuldig daran ...

... Dieses Redoute war wirklich ein mieser Laden! Ständig gurgelte es in irgendwelchen Leitungen, wenn nicht gerade die Wasserspülung auf dem Flur betätigt wurde, was jedesmal einen Höllenlärm verursachte ... Der rechte Hahn mußte es sein, der dieses gurgelnde Geräusch verursachte, denn der linke, der Warmwasserhahn, funktionierte ja nicht.

Was hatte dieser Lärm jetzt wieder zu bedeuten? Jemand rannte die Treppe herauf. Es klopfte heftig an meine Tür. Und Gino rief, ganz außer sich vor Erregung:

»Kommen Sie rasch, Herr Inspektor! Kommissar Pedroni wartet unten auf Sie. Es geht um diesen verflixten Piana!«

Das war schon keine Serie von Einbrüchen mehr. Das war eine Sturzflut!

Der Walzer ging weiter. Aber diesmal war's nicht mehr das kleine Orchester von Juan, das spielte. Sondern zumindest die Metropolian Opera. Allenfalls noch die Philharmonie.

Dabei war der Walzertakt von Cap d'Antibes bis zur Corniche, vom Hotel Gray d'Albion in Cannes bis zum Hotel Aioli in Saint Tropez überall der gleiche: ein Affenmensch kletterte über Balkone, öffnete leise nur angelehnte Glastüren, und während die Gäste ruhig schliefen, sammelte er Schmuck und Brieftaschen ein, die auf Nachttischen und Kommoden herumlagen. Dann verschwand er wieder im Dunkel.

Jean Rigaux trällerte seine Chansons auf der Croisette; er sang davon, daß die Côte d'Azur sich in eine Goldküste verwandelt hatte. In den Kommissariaten hagelte es Anzeigen von allen Seiten. Die Journalisten jubilierten. Der Chef des Sonderdezernats von Marseille konnte kaum noch über seinen Berg von Telegrammen hinwegschauen. Von Zeit zu Zeit kehrte er sie alle vom Schreibtisch und expedierte sie ins Kommissariat von Juan-les-Pins, unser Hauptquartier.

Ich hatte erneut alle Hände voll zu tun und war den ganzen Tag lang und noch bis tief in die Nacht hinein Strohwitwer. Marlyse, die sich verlassen fühlte, hatte ein Stück Strand entdeckt, wo die französischen Papagallis sie nicht allzusehr belästigten.

»Einer von Zeit zu Zeit«, sagte sie mit unschuldigem Lächeln. »Wir plaudern fünf Minuten miteinander, wenigstens eine kleine Abwechslung.«

Marlyse war inzwischen berühmt geworden. Ein Riesenfoto auf der Titelseite des ›Echo de l'Esterel‹ zeigte sie an der Seite von »Kommissar« Borniche, auf der Schwelle des Redoute, mit einem lächelnden Gino im Hintergrund. Die Leute erinnerten sich nicht mehr so genau daran, wo sie sie gesehen hatten, sie hielten sie für einen Filmstar oder eine Sängerin und baten sie ständig um Autogramme. Zurückhaltend kritzelte sie lediglich »M. B.«, was schließlich nicht kompromittierend war.

Am Strand hatte Gisèle Venturi, das Zimmermädchen vom Murène, sie angesprochen, offenbar eine glühende Verehrerin von Marlyse. Seit Pedroni das Ausgangsverbot für die Gäste wieder aufgehoben hatte, konnte Gisèle ihren Schweizer dazu bewegen, sie in ihrer Freizeit mit dem Porsche spazierenzufahren ... Ihr alter Traum! Baerhof, der das erotische Ghetto seines Zimmers wieder verlassen konnte, erholte sich langsam. Nachdem seine Schäferstündchen mit Gisèle in etwas größeren Abständen stattfanden, betätigte er sich wieder sportlich. Er unternahm lange Strandläufe, während derer Gisèle vertrauliche Gespräche mit Marlyse führte, die interessante Einblicke in die Sitten und Gebräuche der sonst so strengen deutschen Schweiz erhielt. Und sie hörte auch, daß ich reizend mit Gisèle gewesen und bei der Vernehmung taktvoll und höflich vorgegangen sei, was mir von seiten meiner Gefährtin einen stummen Kommentar in Form eines kleinen Lächelns eintrug.

»Stets galant«, sagte Marlyse. »Sowohl in der Arbeit als auch in der Freizeit.«

»Sie ist ein braves Mädchen«, sagte ich. »Mit dieser Sache hat sie nichts zu tun. Ich habe sie nur der Form halber vernommen. Ich hatte nicht den geringsten Grund, mich wie ein Ungeheuer zu benehmen. Übrigens ist sie nicht mein Typ.«

»Soso, aber entgegen deinen Prinzipien hast du sie auch nicht ins Kommissariat kommen lassen.«

»Um ihr eine ihrer seltenen freien Stunden zu nehmen...«

»Gib's nur zu«, sagte Marlyse, »wenn dieser Baerhof nicht gewesen wäre...«

Im Grund genommen schmeichelte mir ihre Eifersucht. Es war ein kleines Spiel zwischen uns, über das wir uns beide amüsierten; vor allem, da es ungefährlich war.

»Wenn du sie am Strand gesehen hättest«, fuhr sie hinterhältig fort, »hättest du etwas zum Lachen gehabt. Sie und der Schweizer kamen Arm in Arm anspaziert. Sie trug eine riesige gelbe Strandtasche, aus der sie ein geblümtes Badetuch und die letzte Nummer der ›Confidences‹ zog. Baerhof trug bereits seine Athletenausrüstung: gestreifte Bermudashorts. ›Das ist die Frau von Kommissar Borniche‹, stellte sie mich strahlend vor. ›Du weißt schon, Ludwig, er hat dich auch vernommen.‹ Der Schweizer stammelte ein paar Worte, dann brach er zu seinem Strandlauf auf; offenbar war er hochbeglückt, einen Augenblick von seiner Gisèle loszukommen.

Sie breitete ihr Badetuch neben mir aus. Nach tausend Verrenkungen, damit ich ja kein Fleckchen ihrer verführerischen Haut sehen konnte, streifte sie schließlich einen einteiligen schwarzen Badeanzug über, der offenbar für einen spanischen Strand gedacht war, zugeknöpft bis oben hin und mit einer tristen lila Blume mitten auf dem Bauchnabel. ›Als Ihr Mann den armen Ludwig vernahm‹, sagte sie, ›war er kaum imstande, sein Zimmer zu verlassen. Ich hatte fast keine Zeit gehabt, es sauberzumachen, bevor Ihr Mann ihn aufsuchte. Übrigens warf mir der Herr Kommissar einen ganz komischen Blick zu. Sicher wußte er alles über uns beide.‹«

»Um das herauszubekommen, brauchte man kein Sherlock Holmes zu sein«, erwiderte ich. »Ich hatte sofort begriffen, warum Baerhof wie ein alter Mann das Bett nicht verlassen konnte... Dieses Teufelsweib! Sie war übrigens auch ziemlich am Ende ihrer Kräfte. Seine Vernehmung war ebenfalls eine reine Formsache. Ein ehrbarer Schweizer, ja, sogar ein äußerst ehrbarer... Die Polizei von Zürich versicherte das ganz ausdrücklich.«

»Du hast wirklich niemanden ausgelassen«, sagte Marlyse. »Nicht einmal die Geschädigten.«

»Nicht einmal die ehrbaren Schweizer Geschäftsmänner«, erwiderte ich. »Aber du siehst ja, trotz allem sind wir immer noch nicht weitergekommen.«

Nicht weitergekommen ist ein geradezu euphemistischer Ausdruck für die ausgesprochen mißliche Lage, in der wir uns befanden. Man brauchte sich nur die fetten Überschriften in den Zeitungen anzusehen:

»Der flüchtige Piana treibt noch immer sein Unwesen!« »Piana verspottet die gesamte Polizei.« »Was unternehmen unsere Maigrets dagegen?« Piana war auf sämtlichen Titelseiten, Piana war in Menton, Piana war in Draguignan, Piana wurde in Cannes gesehen!

Ein Abgeordneter nahm uns ebenfalls ganz schön in die Zange. Er hatte bereits bei der Regierung interveniert und der mangelnden Fähigkeit zur Zusammenarbeit der einzelnen Polizeidienststellen die Schuld daran gegeben, daß so viele Ermittlungen im Sande verliefen. »Man braucht ja nur den Fall Dominici zu nehmen, den dreifachen Mord von Lurs! Und jetzt haben wir dasselbe bei dem Einbruch im Murène. Diese Leute sind einfach unfähig...« Und so weiter, und so weiter.

Er versicherte, die Polizeibeamten verschwendeten ihre Zeit, sich gegenseitig zu bekriegen, was offenbar einfacher für sie sei, als gegen die Verbrecher ins Feld zu ziehen. Er erkundigte sich, welche Maßnahmen das Innenministerium zu ergreifen beabsichtigte, um den Polizeiapparat zu vereinheitlichen... Kurz und gut, der Murène-Fall nahm politische Dimensionen an. Das hatte uns gerade noch gefehlt.

Das gemeinsame Unglück verband Pedroni und mich. Obwohl das Sprichwort, geteiltes Leid ist halbes Leid, diesmal nicht zutraf. Piana, der die Gegend gar nicht verlassen hatte, gab uns der Lächerlichkeit preis. Wir saßen hier offenbar noch für eine ganze Weile fest. Denn bei dem Stand der Dinge war es völlig unmöglich, die Untersuchung abzubrechen. Bis Piana nicht hinter Schloß und Riegel saß, hatten wir keine Ruhe mehr. Unsere Hauptaufgabe war zunächst, diesen Playboy zu schnappen. Um den Schmuck konnten wir uns auch noch später kümmern.

Pedroni schlug mir vor, die Arbeit zu teilen. Einer sollte hier am Ort bleiben, denn man konnte ja nie wissen! Der andere sollte Ermittlungen über die weiteren Einbrüche anstellen, die man Piana zuschrieb... Natürlich blieb ich hier. Es war keine Rede mehr davon, nach Paris zurückzukehren oder sich dem süßen Nichtstun hinzugeben. Marlyse hatte noch drei Tage Sonderurlaub, auf eigene Kosten. Sie würde mir in Juan Gesellschaft leisten, während Pedroni und seine Leute die Côte abgrasten...

»... Kommissar!« rief der Polizist von der Telefonzentrale.

»Was gibt's?«

»Ein Anruf für Inspektor Borniche. Sein Chef möchte ihn sprechen.«

Der Abgeordnete konnte zufrieden sein mit seinem Werk. Die Journalisten ebenfalls.

Der Dicke war im Anmarsch.

Ein Unglück kommt selten allein.

16

»Per favore, Signore...«

Mißtrauischen Blicks musterte der Wachtmeister den Unbekannten. Noch ein Spaghettifresser, der eine Aufenthaltsgenehmigung brauchte. Die Gastarbeiter in diesem Grenzgebiet waren eine Strafe Gottes.

»Was wollen Sie?« brummte er.

»Den Commissario. Molto importante, Signore. Sehr importante. Per la rapina.«

Der Wachtmeister gab sich keine Mühe, ihn zu verstehen. Er setzte seine Dienstmütze auf, stieg, ohne sich zu beeilen, die Treppe hinauf, klopfte an die Tür des Sekretariats und ging wieder nach unten.

»Hier lang.«

Antonio Liguri betrat das Büro von Kommissar Jonasse am Grenzposten von Garavan. Mit gestenreicher Sprache erklärte er, daß einer seiner Landsleute in Lugano wüßte, wo sich der bei dem Einbruch im Murène erbeutete Schmuck befand...

Es war zu schön, um wahr zu sein. Aber so, wie die Dinge lagen, konnten wir genausogut an Wunder glauben.

Pedroni und ich riskierten ein halbes Dutzend mal unser Leben – von dem der anderen ganz zu schweigen –, während wir die kurvenreiche Strecke entlangrasten. Gott sei Dank hatte der alte Dienstwagen eine einigermaßen gute Straßenlage, sonst...

In einer Stunde hatten wir den Grenzposten erreicht.

Liguri sah sehr selbstsicher aus. Sein Paß war in Ordnung. Er erklärte uns erneut seinen Vorschlag: ein Freund hatte ihn gebeten, als Mittelsmann zwischen ihm und den Geschädigten zu fungieren, aber die Kommission, die er ihm anbot, war ihm nicht hoch genug. Liguri zog die fünf Millionen Belohnung vor. Pedroni und ich verständigten uns sozusagen durch Gedankenübertragung, es bedurfte nicht einmal eines Blickes. Unsere Überlegungen waren übrigens denkbar einfach. Den Schmuck wiederzukriegen, selbst ohne Piana, war immerhin schon etwas. Man konnte immer noch versuchen, zwei Fliegen mit einer Klappe zu schlagen. Zum Beispiel, mit Hilfe von Liguris Freund, Piana in einen einsamen Winkel an der Grenze zu locken ...

Ich musterte Liguri mit dem gestrengen Blick eines Großinquisitors:

»Wer ist dieser Freund?«

Antonio Liguri zögerte, stammelte etwas und wurde dann ungeduldig:

»Ein Kumpel von Piana ... Sergio hat ihm den Schmuck anvertraut, den er nach Italien hinübergebracht hat. Sind Sie nun daran interessiert oder nicht?«

Pedroni bedeutete mir, erst einmal langsam zu treten. Er erwiderte mit liebenswürdiger Stimme:

»Aber natürlich ... Und wie soll die ganze Sache vonstatten gehen?«

Liguri hatte an alles gedacht. Er zerriß einen Fünf-Lire-Schein in zwei Hälften. Die eine Hälfte gab er uns, um sie Frokian zu bringen. Er behielt die andere. Und einer seiner Freunde würde sie Frokian als Erkennungszeichen überreichen. Nach dem Vergleich der beiden halben Fünf-Lire-Scheine sollte der Austausch stattfinden: Der gesamte Schmuck gegen die Auszahlung der Belohnung. Ganz einfach ... Und was Piana anging, so würde man ihm eine hübsche kleine Geschichte erzählen, etwa in dem Stil, daß die Steinchen bei dem Freund, dem er sie übergeben hatte, gestohlen worden seien.

Kommissar Jonasse strahlte. Garavan konnte er hoffentlich bald vergessen. In der Sache steckte eine dicke Beförderung drin. Pedroni sah besorgt aus. Liguri wartete mit steinernem Gesicht. Ich fragte ihn, wo die Übergabe stattfinden solle. Ihm war das egal, vorausgesetzt, daß es in Italien war.

Irgend etwas störte mich an der Sache; etwas war mir nicht ganz geheuer. Ich begriff nicht recht, was Liguri in Wirklichkeit vorhatte. Wenn er uns die Wahrheit gesagt hatte, waren sein Freund und er schlicht und ergreifend zwei miese Halunken.

»Haben Sie auch daran gedacht, uns einen Beweis für die Existenz des Schmucks mitzubringen?« fragte ich. »Ich weiß nicht, irgend etwas ... Zum Beispiel ein Foto des Diebesguts, auf einer neueren Ausgabe einer italienischen Zeitung, deren Datum man genau sehen könnte.«

Nein, Liguri hatte doch nicht an alles gedacht ... Zumindest nicht daran. Meine Frage verwirrte ihn offensichtlich sehr. Einen

Augenblick verzerrten sich seine steinernen Züge zu einer häßlichen Grimasse. Ich war mir jetzt ganz sicher, daß es sich um einen Gauner handelte. Doch noch verriet er sich nicht. Noch nicht.

»In drei Tagen bringe ich Ihnen einen Beweis«, erklärte er. »Abends zwischen sechs und sieben Uhr bin ich wieder hier. Dafür muß mir Herr Frokian aber auch einen kleinen Vorschuß geben für meine Unkosten ... Denn ich muß ja extra nach Lugano fahren! Die Fahrt, das Hotel, das Restaurant ... Vierzigtausend, fünfzigtausend Lire ... Non e troppo, vero?«

Pedroni wartete darauf, daß ich etwas antwortete. Ich hatte begriffen. Dieser Liguri mit seinem steinernen Gesicht war ein kleiner Gelegenheitsgauner. Ein Gauner, wie sie zu Tausenden herumliefen, eifrig die Lokalnachrichten studierend, aus denen oft ein kleiner Profit zu schlagen war ...

... Ich hatte einmal einen gekannt, der hervorragend organisiert war. Er hatte sich einen Gefängnisaufseher-Ausweis machen lassen, schön offiziell, mit blau-weiß-roten Streifen. In den Zeitungen suchte er nach den Namen von jüngst Verhafteten, die hinter Schloß und Riegel saßen. Dann eilte er zu ihrer Familie, behauptete, der Gefangene habe ihn geschickt, und erbeutete auf diese Weise Geld, Lebensmittel und warme Kleidung ... Zwar nur ein kleiner Gauner, aber immerhin brachte ihm sein Geschäft zwischen fünfzehntausend und dreißigtausend Francs pro Tag ein. Auf dem Flohmarkt war er bekannt wie ein bunter Hund. Dort verkaufte er nämlich die erschwindelte Kleidung.

Auf Grund eines sonderbaren Zufalls entdeckte ich sein einträgliches Gewerbe: irrtümlich hatten die Zeitungen eine Notiz über die Verhaftung eines Erpressers gebracht, auf den ich in seiner eigenen Wohnung lauerte. Als es klingelte, stürzte ich an die Tür, um ihn mir zu schnappen. Es war nur der falsche Gefängniswärter! Auf Grund seiner täglichen Lektüre war er herbeigeeilt, hielt mir seinen Ausweis unter die Nase und forderte dann von mir Geld und Lebensmittel für den noch gar nicht verhafteten neuen Gefängnisinsassen. Er hielt noch vor jenem seinen Einzug in das Gefängnis von Saint-Pierre in Versailles. Er hatte ordentlich Buch geführt über seine achthundert Betrügereien; und das Notizbuch führte er stets bei sich. Er gab sein Geld für Lotterielose aus. Oder, was höchst erstaunlich war, er entschädigte seine ersten Opfer: dann strich er die Namen in seinem Notizbuch aus.

Liguri war wahrscheinlich ein ähnlicher kleiner Gauner. Er würde bereitwillig auspacken, wenn wir ihn mit geschickten Fragen bearbeiteten – oder mit handgreiflicheren Argumenten kamen, denn allmählich ging uns diese Sache auf den Wecker. Pedroni ballte bereits ungeduldig die Fäuste hinter seinem Rücken.

Drei Stunden später gestand der ehrenwerte Antonio Liguri, nach einem kurzen Aufenthalt in der Gefängniszelle. Er hatte sich nichts Böses dabei gedacht, dem reichen Laszlo Frokian ein bißchen Kleingeld aus der Tasche zu ziehen, um seinen bescheidenen Lohn etwas aufzubessern.

Noch am gleichen Abend wurde er über die Grenze zurückgeschickt.

Die Fährte von Garavan hatte sich ebenfalls als ein Reinfall entpuppt.

Der berühmte Kommissar Vieuchêne lächelte, als er mir die Hand drückte. Das verstärkte noch meine düstere Ahnung: der Dicke war unausstehlichster Laune. Mit der gebührenden Autorität schickte er sich an, die Besprechung zu leiten, die für elf Uhr in – wie er sich gewählt ausdrückte – »diesem Loch, das ein Kommissariat sein soll, und in diesem Nest, in das sich im Winter kein Hund hinverirrt«, vorgesehen war. Zwischen Nizza und Saint-Laurent-du-Var geriet er in einen Verkehrsstau und stellte mit Entsetzen fest, daß er zu spät kommen würde. Seine sprichwörtliche Pünktlichkeit bekam einen leichten Sprung. Mit dem düsteren Gesicht eines beleidigten Generals schritt er durch den Schwarm von Journalisten, die das Kommissariat belagerten. Dann ließ er sich in Tirets Sessel sinken.

Und bedachte Pedroni und mich mit einem langen, eisigen Blick.

Und mit einer ebenso eisigen Stimme:

»Wie weit sind Sie inzwischen gekommen?«

Natürlich fiel mir das Los zu, ihm zu antworten:

»Nicht sehr viel weiter, Chef. Das heißt ... Wir stehen immer noch am Anfang. Pianas Täterschaft allerdings ist einwandfrei bewiesen ...«

Unter dem unerbittlichen Blick des Dicken schnappte ich einen Augenblick mühsam nach Luft ...

»Einwandfrei, und zwar auf Grund der Aussage von Annie Meyer und der Kleidung, die er bei seinem Ausbruch getragen hat und die wir bei Pelegrini gefunden haben. Leider konnte er uns bisher immer wieder entkommen.«

»Kurz und gut«, brummte Vieuchêne, »Resultat gleich Null auf der ganzen Linie. So ist es doch, nicht wahr?«

Schweigen.

Nun ja, so war es ...

Der Dicke wandte sich an Pedroni:

»Und Sie?«

Jetzt war es an meinem Kollegen aus Marseille, ihm Rede und Antwort zu stehen. Er bemühte sich, ihm einen möglichst getreuen Bericht über unsere Ermittlungen zu geben. Über die ersten Vernehmungen, die Spuren, die leider alle im Sande verlaufen waren, die wenigen Beweisstücke, die wir bisher in Händen hatten. Dann kam er zu den Opfern der letzten Einbrüche: Jack Warner, der amerikanische Filmproduzent, der augenblicklich in der Villa »Aujourd'hui« in Cap d'Antibes weilte, nicht weit von dem Anwesen der Weils, bei denen gerade Mary und Suzan Fuchs als Gäste wohnten. Der holländische Diamantenhändler van Ossbruggen im Schloß von du Puits in der Nähe von Fayence. Die steinreiche Schweizerin Surher in der siebten Etage des Palais Victoria in Monte Carlo. All diese Einbrüche schrieb man Piana zu. Pedroni war nicht wie ich daran gewöhnt, dem Blick des Dicken standzuhalten. Er schwitzte, aber seine Stimme verlor nichts von ihrer Festigkeit.

»Ich bin überzeugt davon«, schloß er, »daß Sergio Piana mit all diesen Diebstählen nichts zu tun hat. Sein Stil ist ein ganz anderer. Und außerdem sitzt der größte Teil dieser falschen Pianas bereits hinter Schloß und Riegel.«

Ich nickte schweigend zum Zeichen meiner Zustimmung. Durch das vergitterte Fenster drang die strahlende Mittagssonne in unser Büro. Freudlos sahen wir, wie sie sich in der verstaubten, mit fettigen Fingerabdrücken übersäten Glasscheibe des Bücherschranks spiegelte. In einer Ecke des Zimmers, in gebührender Entfernung von Vieuchêne, zog Chefinspektor Tiret an einem Cigarillo-Stummel. Er war gelassen. Sehr gelassen. Der Murène-Fall ging ihn nichts an. Er fiel nicht mehr in sein Ressort; denn er hatte ihn gleich zu Anfang abgegeben. Und es verging kaum ein Tag, an dem er sich nicht selbst dazu beglückwünschte.

Der Dicke trommelte mit den Fingern auf den Tisch. Ein besorgniserregendes Zeichen für seine steigende Nervosität, deren Folgen ich nur allzugut kannte. Er wandte sich jetzt an uns mit der unheilschwangeren Stimme des warnenden Propheten. Die Stimme eines Jeremias, aber mit der Autorität eines Moses, der sein Volk durch die Wüste führt:

»Diese Situation ist unerträglich. Der Minister wird ungeduldig, der Direktor der Sûreté ist verärgert, und der Präsident der Kripo bezeugt mir tagtäglich seine Ungehaltenheit. Ich wage schon nicht mehr, ihn anzurufen. Außerdem beklagen die Opfer sich, man habe sie mehr als unhöflich behandelt . . . Sie unter Hausarrest gestellt, obwohl nichts dieses Mittel rechtfertigte. Ich habe all diese Leute auf dem Hals. Sogar die Journalisten. Zuerst haben sie große Stars aus Ihnen gemacht, aber jetzt haben sie den Weihrauch durch eine Giftspritze ersetzt. Wie wir alle haben sie Ihnen anfänglich ihr Vertrauen geschenkt, sie haben gehofft. Jetzt nehmen sie kein Blatt mehr vor den Mund. Von der äußersten Rechten bis zur äußersten Linken ist von nichts anderem mehr die Rede als von diesem neuen Kleinkrieg der Polizeidienststellen untereinander, auf Grund dessen die Ermittlungen ergebnislos verlaufen sein sollen ... Meine Herren, Ihre Verantwortung ist groß. Sind Sie sich darüber im klaren, wie weit Sie es gebracht haben?«

Ein dramatisches Schweigen folgte seiner Gardinenpredigt. Natürlich waren wir uns darüber im klaren ... Aber ich war mir vor allem darüber im klaren, daß mein dicker Boß ein wenig übertrieb. Und ich glaubte keineswegs, daß der Minister, der Direktor der Sûreté und der hochverehrte Präsident der Kripo persönlich sich derart für diesen verflixten Murène-Fall interessierten ...

Bemerkenswert war, daß der Dicke stets die anderen ansprach, wenn es um die Schuldigen für einen Mißerfolg ging. So halste man den Untergebenen die Verantwortung auf:

»Sie haben das und das gemacht ... Sie sind daran schuld, daß ... Sind Sie sich darüber im klaren, wie weit Sie es gebracht haben ...?«

Wenn dagegen alles prächtig lief, wenn nach all unseren Bemühungen der Erfolg schließlich greifbar schien, dann wurde das »Sie« wie ein Wunder durch ein »ich« abgelöst:

»Ich habe Buisson verhaftet ... Ich habe Spazierstock-René verhaftet ... Ich habe Pierrot le Fou verhaftet ... Ich habe ... Ich habe ...«

Ob er nun am Schauplatz des Schlußaktes anwesend war oder nicht – was sehr viel häufiger der Fall war –, er buchte den Erfolg sofort auf sein Konto. Offenbar war das überall das gleiche, nicht nur bei uns, sondern auch bei der Konkurrenz am Quai des Orfèvres. Auf diese Weise verschafften unsere Vorgesetzten sich ihre Beförderungen. Nur so machte man Karriere bei der Polizei. Und daran mußte man sich wohl gewöhnen. Und an uns war es zuzusehen, daß wir nicht wie die Idioten auf der Strecke blieben ...

In seinem leichten anthrazitgrauen Anzug, der gut zu seinem sonnengebräunten Teint paßte, lief Vieuchêne mit grimmiger Miene im Büro auf und ab und blieb dann vor Pedroni stehen. Jetzt war mein werter Kollege an der Reihe.

»Sie, ja, Sie meine ich«, rief der Dicke. »Der Star der Polizisten! Der Schrecken der Unterwelt! Haben Sie denn keinen einzigen Spitzel, der diesen Namen verdient und der Ihnen sagen kann, was aus dem Schmuck geworden ist? Ich habe Ihnen sehr aufmerksam zugehört, Pedroni, und mit großer Nachsicht! Sie haben ständig nur von Piana gesprochen, ein anderer Name ist Ihnen überhaupt nicht eingefallen ... Piana hier und Piana dort ... Er trägt schließlich keine Tarnkappe, dieser Piana ... Er ißt, er trinkt, er schläft, er geht spazieren ... Wie Sie, wie ich. Es muß doch wohl möglich sein, ihn ausfindig zu machen. Und Bruti? Haben Sie sich mal um Bruti gekümmert? Jedermann weiß, daß er strohdumm ist. Haben Sie den wenigstens geschnappt? Nein! Und was, wenn Ihr Piana unschuldig ist? Zumindest, was den Einbruch im Murène angeht ... Haben Sie vielleicht schon mal an diese Möglichkeit gedacht?«

Sein Feldherrnblick schleuderte Blitze auf Pedroni, nagelte ihn fest wie einen toten Schmetterling.

»... Haben Sie sich genügend mit dem Personal des Murène beschäftigt? Von wem konnte der Einbrecher, wer es auch sein mag, verstehen Sie, wer es auch sein mag, erfahren, daß die Schmuckschatulle an jenem Abend im Tresor in Mags Badezimmer eingeschlossen war? Können Sie mir folgen?«

Wir konnten. Vieuchêne ging mit der Logik eines alten Routiniers an den Fall heran. Er hatte recht. Piana, wenn es Piana war, hatte den entsprechenden Tip erhalten. Und zwar nicht von der Frokiantochter, das stand fest. Also von irgend jemand anderem. Und wer war wohl dieser Jemand, wenn nicht Rizzato, der aus Genua stammte wie er und ihn wahrscheinlich in Marseille oder irgendwo anders kennengelernt hatte?

Seit einiger Zeit hatten wir Rizzato etwas vernachlässigt. Wahrscheinlich allzusehr. Aber was konnten wir sonst noch tun? Wir hatten ihn in die Zange genommen. Er hatte auf alles eine Antwort gewußt.

Woran dachte Vieuchêne wohl, der uns schweigend von seinem Sessel aus einen nach dem anderen aufmerksam ansah? Uns wurde direkt unbehaglich unter diesem Blick. Hielt er uns wirklich für so unfähig, wie er es uns glauben machen wollte? Oder sagte er sich vielleicht im Gegenteil, daß dieser Murène-Fall nicht so einfach war, wie er es sich zwischen zwei Spaziergängen am Strand gedacht hatte? Vielleicht begann er, etwas mitfühlender zu werden, bei dem Gedanken daran, daß wir uns in einer uns fremden, feindlichen Luxuswelt bewegen mußten und uns bei dem geringsten Versagen ein Hagel giftiger Pfeile auf die Anklagebank brachte?

Vielleicht dachte er an den dreifachen Mordfall von Lurs, der ganz Frankreich in Unruhe versetzte und dessen Täter noch immer nicht identifiziert war ... Nun, wir würden es erfahren. Sein Blick war wieder normal geworden. Und ich, der ich meinen Chef in- und auswendig kannte, entdeckte sogar ein ironisches Funkeln darin.

Der Dicke hatte eine Lösung gefunden.

Die, die wir so dringend brauchten, um die Fassade zu wahren. Darin konnten wir uns auf ihn verlassen. Er war ein alter Fuchs. Und aufatmend wartete ich auf das, was nun kommen würde.

Er nahm seine Brille aus der Jackentasche, putzte die Gläser mit einem Taschentuch, bis sie blitzblank waren. Mit der rechten Hand griff er in die Innentasche seiner Jacke, zog seine Brieftasche hervor und öffnete sie. Er nahm ein Schreiben heraus, offenbar ein Telex, ich konnte nur einen flüchtigen Blick auf die maschinengeschriebenen Buchstaben werfen. Der Dicke bereitete es jetzt vor sich auf dem Schreibtisch aus und warf uns erneut einen Blick hinter seinen Brillengläsern zu.

Worauf wartete er denn noch, verdammt noch mal, was braute sich da wieder zusammen? Er holte tief Luft, starrte uns immer noch wortlos an. Hielt er sich vielleicht für den fetten Kater und uns für harmlose Mäuse? Als er endlich zu sprechen begann, lagen in seiner Stimme Ironie, Drohung und Triumph zugleich:

»Ich kann Sie nur von Herzen dazu beglückwünschen, meine Herren, daß Sie alles auf die Karte Piana gesetzt haben«, sagte er. »Nur leider hat Piana mit dem Murène-Fall nicht das geringste zu tun. Sie haben völlig danebengetippt.«

»Nicht das geringste«, betonte er übertrieben und warf uns einen Blick voller Verachtung zu. Wir saßen wie erstarrt. Tiret riß die Augen vor Verblüffung weit auf, und seine Hand, die eben den Cigarillo ausdrücken wollte, hielt mitten in der Bewegung inne.

Der Dicke genoß seinen bescheidenen Triumph:

»Ich darf Ihnen das Telex vorlesen, das die Direktion mir zusandte. Es ist völlig eindeutig: ›Interpol Rom an Interpol Paris ... Sergio Piana alias Lorenzo Baselli in Savona verhaftet, identifiziert auf Grund der Fingerabdrücke. Stop. Kommissar Castello von Genua führt die Ermittlungen durch, Piana, der in der Strafanstalt von Genua einsitzt, leugnet Täterschaft im Fall Murène-Hotel. Weitere Informationen folgen. Ende.‹«

Vieuchêne sah fragend von seinem Telex auf. Offenbar war er auf unsere Reaktion gespannt.

Pedroni erwiderte, ohne lange zu überlegen:

»Das beweist noch lange nicht, daß Piana das Ding nicht doch gedreht hat. Wir müssen ihn sofort vernehmen ... Er kann genausogut nach dem Einbruch in Italien verhaftet worden sein ... Dieses Telex hat nichts zu bedeuten.«

Schweigen. Tiret drückte seinen Cigarillo aus. Und der Dicke erwiderte eisig und eindringlich betonend:

»Er hat mit diesem Einbruch nicht das geringste zu tun. Couturier vom B.C.N.[1] hat sich mit Castello in Verbindung gesetzt. Pianas Zeit- und Ortsangaben wurden genauestens überprüft. Er hat auch alles zugegeben, was er seit seinem Ausbruch getrieben hat. Seinen Aufenthalt in Théoule bei Pelegrini. Seine Begegnung mit Annie Meyer, seinen kurzen Besuch im Murène. Seinen Plan, im Carlton, im Miramar oder im Murène einzubrechen. Aber in jener Nacht konnte er gar nicht in Juan-les-Pins gewesen sein, und zwar aus dem einfachen Grund, weil er am Morgen des Einbruchs unter dem falschen Namen Baselli bereits verhaftet wurde. Ist das klar, ja?«

O ja, das war klar.

Unser ganzes Gerüst stürzte in sich zusammen.

Wir mußten wieder ganz von vorn anfangen.

Vieuchêne faltete das Telex zusammen und überreichte es mir. Pedroni seufzte, daß es einen Stein erweichte. Tiret hustete. Und der Boden unter meinen Füßen begann zu schwanken.

Alle Umstände in diesem Fall waren gegen uns gewesen. Alle. Bis zum Schluß. Weshalb hatten wir von Pianas Verhaftung nicht eher erfahren?

»Solange Piana von der italienischen Polizei nicht identifiziert worden war, konnte man uns auch nicht informieren«, fuhr Vieuchêne fort. »Und das hat zehn Tage gedauert. Nun, jetzt wissen Sie ja Bescheid. Sie müssen wieder ganz von vorn anfangen und sich insbesondere um die Gäste des Hotels und das Personal kümmern. Natürlich ist das jetzt nicht mehr so einfach, weil einige Gäste bereits ausgezogen sind. Ich wünsche Ihnen trotzdem viel Glück ... Kommen Sie, Borniche?«

Der Dicke reichte Pedroni und Tiret hoheitsvoll die Hand und

[1] B.C.N.: Büro Central National. Die Filiale von Interpol in Paris.

verließ das Kommissariat, gefolgt von Borniche. Draußen erwarteten uns bereits die Blitzlichter der Fotografen.

»Eine Erklärung, Herr Kommissar?«

Vieuchêne blieb stehen. Die Starrolle ließ er sich selten entgehen. Er setzte das Lächeln eines Erfolgspolitikers auf und erwiderte mit Pathos:

»... Ja, aber nur kurz. Ich habe Sergio Piana in Italien verhaften lassen, wo er sich unter dem falschen Namen Baselli versteckt hielt. Mit dem Murène-Fall hat er nichts zu tun. Wir haben ihn lediglich dazu benutzt, in aller Stille unsere laufenden Ermittlungen weiterzuführen. Im Augenblick verfolgen wir eine wichtige Spur. Meine Herren, auf Wiedersehen.«

Er zog mich am Arm weiter. Am nächsten Tag würde diese aufsehenerregende Erklärung mit den entsprechenden Fotos die Titelseiten der Zeitungen schmücken ...

»Ich habe sehr lange nachgedacht, Borniche ... Kümmern Sie sich um das Hotel. Es gibt da ein paar Dinge, die mir äußerst merkwürdig erscheinen, ja, äußerst merkwürdig.«

Gilles Morand und Paul Neveux verfolgten unterdessen friedlich ihre Karriere als Verbrecherlehrlinge. An demselben Tag, an dem der Dicke uns von Pianas Verhaftung in Kenntnis gesetzt hatte, verließen sie das Hotel de la Frénaie, wo sie unter falschem Namen die Nacht verbracht hatten. Ihre Taschen waren wohlgefüllt.

Am Tag zuvor hatte Neveux mit Hilfe eines Schraubenziehers die Seitenfenster von rund einem Dutzend Autos eingedrückt, die auf dem Trottoir zwischen Juan-les-Pins und Golfe-Juan geparkt waren. Morand stand Schmiere.

Ein einträgliches Geschäft. Ein äußerst unverhofftes sogar, für einen so banalen Gaunerstreich. Im Gepäck eines Holländers, der bei Tétou dinierte und wahrscheinlich vorhatte, des Nachts noch ins Auto zu steigen, nachdem er sein Wiedersehen mit der Côte gehörig begossen hatte, fanden sie eine Schatulle, die zwischen Hemden und Hosen versteckt war. Das Schloß bot keine große Schwierigkeit. Man fragt sich wirklich, warum die Leute ihre Koffer verschließen: wenn sie geklaut werden, macht man sie ja doch auf ...

Neveux packte den Inhalt der Schatulle in die Ledertasche mit den Initialen C.K., die sie in Nizza dem libanesischen Geschäftsmann Khoury gestohlen hatten: eine diamantenbesetzte Krawattennadel, drei goldene Uhren, von denen eine ebenfalls mit Diamanten besetzt war, ein sehr schönes Perlencollier und zwei

Paar Ohrringe. Weil noch ein wenig Platz in der Aktentasche war, legten sie gleich noch eine 6,35er Pistole mit hinein, die sie in einem Seitenfach des Koffers gefunden hatten. Ein kräftiger Fußtritt beförderte die leere Schatulle zwischen die zusammengerollten Sonnenschirme des Restaurants »Bijou-Plage«. Dann begossen die beiden Komplizen ihren Erfolg im »Bivouac« und gingen ziemlich beschwipst zu Bett.

Am Morgen brachten drei Tassen Espresso die beiden wieder auf die Beine. Vor der Gedächtnistafel, die an Napoléons Aufenthalt vor seiner Rückkehr auf die Insel Elba erinnerte, riefen sie ein Taxi. Sie ließen sich nach Saint Raphael fahren, wo sie im »Cormoran« zu Mittag aßen. Gewiß, es hatte ein paar Sterne weniger als das »Beaurivage«, aber sie waren vorsichtig genug, auf ihrer Rückkehr nach Paris diskrete Lokale auszusuchen. Außerdem mußten sie daran denken, die Ausgaben etwas einzuschränken, denn am Pigalle würde ihr Kumpel, der ihnen die Reise an die Côte finanziert hatte, als erstes die Hand aufhalten.

»Wir müssen uns ein wenig Kleingeld verschaffen«, sagte Paul Neveux, als er die Rechnung bezahlte. »In diesem Kaff muß es doch ein paar Schmuckgeschäfte geben ...«

Gilles Morand erwiderte nichts. Er sah düster drein und machte sich Sorgen. Bisher hatten sie Glück gehabt. Aber seit Mougins, wo sie, am Steuer eines gestohlenen Wagens, gerade noch rechtzeitig einer Polizeikontrolle entgangen waren, hatte er ein ungutes Gefühl. Es war eine feine Sache, umsonst seine Ferien an der Côte verbracht zu haben, aber jetzt beunruhigte ihn ernstlich der Gedanke, vielleicht in die Santé zurückzuwandern. Und die ungeheuerliche Dämlichkeit seines Kumpels begann ihm allmählich auf die Nerven zu gehen.

»Was hast du bloß davon, wenn du alle Orte, durch die wir kommen, rot unterstreichst?« fragte er ihn. »Wenn man uns schnappt, sind wir ohnehin beide reif.«

Aber Neveux, der wie alle Dummköpfe eigensinnig und außerdem sehr methodisch veranlagt war, fuhr fort, seine roten Striche in die Michelinkarte einzuzeichnen. Gestern, bevor sie den Wagen des Holländers geknackt hatten, war Morand auch schon ernsthaft wütend geworden. Aber die erkleckliche Beute hatte seine Nerven wieder etwas beruhigt.

»Also, was machen wir jetzt?«

Im Augenblick saßen die beiden auf der Hafenmauer, ließen die Beine baumeln, sahen über das Meer und lauschten dem beruhigenden Plätschern der Wellen, die an die verankerten Boote schlugen.

»Herrgott«, seufzte Paul Neveux, »wenn wir das Ding im Murène gedreht hätten, könnten wir uns jetzt auch so eine Jacht wie die da kaufen ...«

»Und würden mit schwarzer Flagge die Meere durchsegeln«, bemerkte Gilles Morand sarkastisch.

»Trotzdem«, fuhr Neveux fort, »bevor wir nach Paris zurückkehren, müssen wir noch einen ordentlichen Coup landen. Wir wollen doch nicht weiter wie die Landstreicher leben, nicht wahr?«

Gilles Morand vergnügte sich damit, seine Fußspitzen nebeneinanderzustellen und sie wieder auseinanderzusetzen. Er sah Neveux dabei nicht an. Nach einer Weile erwiderte er:

»Mein Sohn, man soll sich nie übernehmen. Ein Ding wie der Bruch im Murène ist für uns eine Nummer zu groß. Sie hatten jemanden im Hotel, der die Sache für sie ausgeknobelt hat. Und da wird es auch gefährlich. Gewiß, unsere Art Arbeit ist weniger einträglich, aber wir riskieren auch weniger. Man muß wissen, was man will.«

Paul Neveux spuckte zwei- oder dreimal ins Wasser, jedesmal ein wenig weiter.

»Das ist doch alles einerlei, du Depp«, murmelte er. »Glaubst du, daß unser Risiko weniger groß ist, wenn wir den Schmuck verhökern? Na komm schon.«

In dem Juweliergeschäft musterte Philéas Désormeaux seinen ersten Kunden an diesem Nachmittag. Er hatte eine Abneigung gegenüber unbekannten Gesichtern. Natürlich, die Kundschaft konnte nicht immer die gleiche bleiben, aber vor allem in diesen unruhigen Zeiten sah er sich stets mit einem gewissen Unbehagen einem fremden Käufer gegenüber ...

Er hatte gerade das Eisengitter vor der Gerbe d'Or hochgezogen und die Ladentür aufgeschlossen. Dann hatte er die Armbänder und Kettchen auf den Verkaufstisch gelegt, die er in die Schaukästen legen wollte.

Paul Neveux kam sofort auf den Kern der Sache zu sprechen, wobei er versuchte, sich möglichst distinguiert zu geben, so wie er es im Kino gesehen hatte:

»Meine Mutter ist leider gezwungen, sich von ihrem Familienschmuck zu trennen, aber sie konnte sich nicht selbst herbemühen ... Wieviel geben Sie mir dafür?«

Er legte die diamantenbesetzte Damenuhr auf den Tisch.

Philéas Désormeaux war ein ruhiger Mann. Die Lokalnachrichten interessierten ihn nicht besonders. Aber alle Schmuckdiebstähle an der Côte ... Das Galgenvogelgesicht dieses Individuums, der den Mann von Welt spielen wollte ... Vorsicht, Vorsicht! Er nahm die Uhr, wog sie in seiner Hand, nahm eine Lupe, betrachtete die Uhr eingehend und legte sie dann zurück auf die Theke.

»Dreißigtausend Francs«, sagte er. »Die Uhr ist aus Gold, aber die Diamanten sind leider unecht.«

Paul Neveux fiel aus allen Wolken. Damit konnten sie zu zweit wohl kaum an eine komfortable Rückreise denken. Er zog das Perlencollier und die Ohrringe aus seiner Tasche.

»Und dafür?«

Diesmal gab es keinen Zweifel mehr, Philéas Désormeaux hatte begriffen. Das beste war natürlich, auf das Spiel des jungen Gauners einzugehen. Er setzte eine mitfühlende Miene auf und bezeigte sein tiefempfundenes Beileid:

»Ich verstehe«, sagte er. »Ihre Mama trennt sich von ihrem Schmuck ... Sie ist krank, nicht wahr, sie ist in Geldnot?«

»Genau das ist es«, sagte Paul Neveux, dessen Gehirn kaum größer war als das eines Kolibris. »Mir wäre es auch lieber gewesen, wenn sie selbst hätte kommen können. Verstehen Sie mich recht, ich muß nach Marseille fahren und bin leider schon etwas spät dran.«

»Ich verstehe«, erwiderte Philéas Désormeaux. »Einen Augenblick ...«

Er nahm seine Lupe, betrachtete die Stücke eingehend und nickte anerkennend.

»Hm, ja ... Das Collier ist echt. Die Ohrringe ebenfalls. Ich könnte Ihnen für alles zusammen hunderttausend Francs bieten. Aber ich lasse nicht mit mir handeln. Das ist mein letztes Wort. Wenn Sie einverstanden sind ...‹«

Das war ein Wort! Paul Neveeux atmete tief auf; das Glück schien seine Brust zu sprengen. Und das verblüffte Gesicht von Gilles erst! Gilles, der vor dem Casino auf ihn wartete ... Seit einiger Zeit war Gilles ein wenig merkwürdig geworden. Fast, als bekäme er plötzlich Manschetten. Paul Neveux bekam nie Manschetten. Er tastete nach seinem Revolver in der Jackentasche.

Und wenn er dem Juwelier dieses Ding da unter die Nase hielte, wenn er die Kasse oder den Tresor öffnete? Der Coup, von dem er immer träumte! Noch besser als der vom Murène! ... Ja, aber wenn etwas schiefging ... Wenn der Tresor leer war ... Wenn der Juwelier anfing, um Hilfe zu rufen ... Paul Neveux ließ den Kolben seiner Waffe wieder los ...

»Einverstanden«, sagte er. »Ich hatte zwar mit mehr gerechnet, aber ich vertraue Ihnen.«

»Das können Sie auch«, sagte der Juwelier und zog ein Scheckheft hervor. »Auf welchen Namen bitte?«

Verdammt! Eine Erfindung des Teufels, diese Schecks! Wenn er den Scheck jetzt zurückwies und Bargeld verlangte, würde das verdächtig aussehen. Er konnte nicht so tun, als hätte er Angst, daß der Scheck nicht gedeckt sei ... Ein Juwelier ist solvent. Er saß in der Falle. Mit verkrampftem Lächeln stammelte er:

»Meine Mutter hätte es lieber in bar gehabt ... Das beste ist, ich frage sie vorher noch mal. Ich nehme den Schmuck wieder an mich und komme in einer Stunde noch einmal vorbei ... Dann bin ich halt ein bißchen später in Marseille, aber das ist jetzt auch schon egal.«

»Wie Sie wollen«, sagte Philéas Désormeaux.

Er sah dem enttäuschten Gauner nach, als er sich in Richtung der Strandpromenade entfernte. Dann nahm er den Hörer ab. Er teilte der Polizei mit, daß der Einbrecher des Murène gerade sein Geschäft verlassen habe, allein, aber wahrscheinlich bewaffnet, denn Philéas Désormeaux hatte die Bewegung beobachtet, mit der er nach seinem Revolver tastete.

»Beeilen Sie sich. Er ist zu Fuß. Er geht in Richtung Casino.«

17

Der Motor der Aronde würde wohl bald sein Leben aushauchen, wenn sie weiter so aufs Gas traten. Der Typ, dem sie den Wagen geklaut hatten, war wirklich nicht zu beneiden. Selbst wenn sie nicht in einer tiefen Schlucht landeten – und das war eigentlich das wahrscheinlichste –, konnte man ihm nur den einen guten Rat geben, bald seinen Motor auszuwechseln.

Mit laut aufheulendem Motor war es der Aronde geglückt, der ersten Straßensperre auszuweichen. Jetzt fuhren sie in atemberaubendem Tempo die kurvenreiche Küstenstraße in Richtung Théoule entlang. Paul Neveux' Blick hing wie gebannt am Rückspiegel. In den Kurven quietschten beängstigend die Reifen. Gilles Morand biß die Zähne zusammen; er erwartete von Sekunde zu Sekunde die Katastrophe. Lange konnte diese Verfolgungsjagd nicht mehr weitergehen. Noch so eine hervorragende Idee, fast vor der Nase des Besitzers dieses Auto zu klauen.

Paul Neveux hatte mit seinem Spatzengehirn seine Entscheidung bereits getroffen. Er kannte die Straße recht gut. Er wußte, daß die Corniche d'Or an der Felsküste entlangführte und sich einige Male steil abfallend über dem Meer erhob. Er wußte, daß er sich nach Boulouris oder Agay auf eine neue Straßensperre gefaßt machen mußte. Und vorher mußten sie den Wagen loswerden. Ihn über die roten Felsküsten ins Meer stürzen lassen. Und dann zu Fuß versuchen, über die Hügel des Esterel auf die Landstraße im Inneren des Landes zu kommen... Alles, nur nicht zurück ins Gefängnis. Lieber trieb er sich noch tagelang in den einsamsten Gegenden hier herum und nährte sich von alten Western-Erinnerungen.

Er konnte nicht mehr Gas geben. Er hatte den Eindruck, daß sein Fuß bald den Boden eindrücken würde. Etwas nervös, die Aronde. Paul Neveux, dessen Traum ein dicker Amerikaner war, holte aus dem Motor heraus, was er konnte.

Mit hundertvierzig auf dem Tacho, der äußersten Grenze, an die wohl selbst der Konstrukteur nicht recht geglaubt hatte, raste die Aronde über den Dramont und an den graublauen Porphyrsteinbrüchen entlang. Auf der geraden Strecke, die an der Küste entlangführte, an der im August 1944 die amerikanische Infanterie gelandet war, hielt Paul Neveux krampfhaft das Steuer fest. »Gleich fängt die Kiste an zu fliegen«, sagte er sich. Noch fünfhundert Meter bis zum Chemin des Collines.

Behelmte Gendarmen sprangen von den Felsen herab. Zwei Jeeps versperrten die Straße auf ganzer Breite. Es war aus. Paul Neveux nahm den Fuß vom Gaspedal. Knapp vor der Straßensperre kam die Aronde zum Stehen. Gilles Morand, der aschgrau im Gesicht war, fand noch die Kraft, bevor er in den Polizeiwagen stieg, zu murmeln:

»Ich habe es dir ja gesagt, du blöder Hund.«

Ich überließ diese Operettengangster der örtlichen Polizeiwache, höchstbefriedigt, daß ich auf Grund der Initialen auf Khourys Aktenmappe und der roten Punkte auf der Michelin-Karte so leichtes Spiel gehabt hatte. Übrigens waren die beiden Stars derart am Boden zerstört, daß sie alles gestanden und fast noch ein wenig mehr. Nur der Form halber gingen wir nicht gerade sanft mit ihnen um. Und außerdem waren Pedroni und ich stocksauer auf die beiden, daß sie uns auch noch diesen Schlag versetzt hatten. Denn diesmal waren wir sicher gewesen, den Erfolg schon in der Tasche zu haben. Wir jubilierten innerlich. Und dann dieser Sturz in ein Meer von Entmutigung und Verzweiflung. Was hätten wir nicht darum gegeben, wenn Morand und Neveux sich als Madame Mags verschwommene Umrisse herausgestellt hätten!

Das Schicksal hatte sich gegen uns verschworen. Wir mußten wieder völlig von vorn anfangen. Und glaubten, wir würden es nie schaffen...

Nie? Nie war wohl doch etwas übertrieben. Das Schicksal hatte noch einmal ein Einsehen mit uns. Und dieses Schicksal nannte sich Darnis. Darnis, Pedronis rechte Hand. Sherlock-Darnis, wie sein Spitzname lautete, weil er so ganz und gar nicht wie ein Detektiv aussah. Er erschien in unserem Hauptquartier und verkündete stolz:

»Ich habe einen Tip!«

Sogleich wandten sich ihm drei aufmerksame Augenpaare zu, die ihn neugierig anstarrten. Tiret schloß sorgfältig das Fenster, wie um das grabesähnliche Schweigen, das sich über sein Büro gesenkt hatte, nicht zu gefährden. Wir warteten voller Spannung auf Darnis' Enthüllungen, der mit absichtlicher Langsamkeit fortfuhr:

»Rizzato hat uns angelogen. Er war zur Zeit des Einbruchs gar nicht in seinem Zimmer.«

»Was?«

Pedroni war aufgesprungen. Er hatte Rizzato als erster vernommen. Und ich hatte mein Glück nach ihm versucht. Wir beide hatten nichts von Belang aus ihm herausquetschen können. Dabei hatten wir unser Möglichstes getan. Tiret, der von dieser unverhofften Wendung der Dinge ganz außer Fassung geraten war, fühlte sich verpflichtet, zumindest vorübergehend seine Rolle »seht selbst, wie Ihr zu Rande kommt, mich geht das alles nichts an« aufzugeben.

»Wo war er denn?« fragte er noch völlig verblüfft.

»Das«, erwiderte Darnis, »weiß ich auch noch nicht. Aber wir können ihn ja fragen. Eins ist sicher, punkt zehn Minuten vor Mitternacht stand er an der Ecke der Rue Exclevin auf dem Chemin des Sables, also etwa zweihundert Meter vom Murène entfernt. Er schien auf jemanden zu warten. Meine Zeugen sind sich völlig sicher. Sie haben sein Foto in der Zeitung wiedererkannt.«

Das erklärte alles. Rizzato wartete auf seine Komplizen, um ihnen den Weg zu zeigen. Wie ein Echo hörte ich jetzt wieder die Worte des Dicken, die er mir zum Abschied gesagt hatte: »Kümmern Sie sich um das Hotel. Es gibt da ein paar Dinge, die mir äußerst merkwürdig erscheinen, ja, äußerst merkwürdig...«

Aber wie hätte ich auch an einen solchen Tip über Rizzato rankommen können! Ich konnte schließlich nicht überall gleichzeitig sein. Meine Kollegen von Marseille hatten einfach das Gesetz der Zahl für sich. Sie zerstreuten sich. Sie liefen überall herum. Sie schnüffelten. Und hielten die Ohren offen. Jetzt kam natürlich Darnis die ehrenvolle Aufgabe zu, Rizzato zu vernehmen, ihn seinen Zeugen gegenüberzustellen, ihn gründlich zu bearbeiten und auf Grund seines Geständnisses die Täter zu überführen.

Die Kollegen von Marseille hatten gewonnen.

Der Dicke würde sich freuen.

»Noch etwas«, fuhr Darnis fort.

Aha, er hatte noch einen Trumpf in der Hand. Was würde unser Maigret uns jetzt noch offenbaren? Konnte er sich denn nicht beeilen? Er zögerte absichtlich; ich wurde schon ganz nervös ... Aber nun fuhr er doch fort:

»Collobrières ist verschwunden. Ich hatte ihm eine Vorladung geschickt, um ihn zu vernehmen. Zwei sogar. Als er dann immer noch nicht kam, ging ich selbst bei ihm vorbei. Und fand meine Vorladungen in seinem Briefkasten. Ich hörte mich ein wenig um. Der Portier der »Résidence du Loup«, ein Kriegsversehrter mit lauter Orden auf der Brust, hat ihn gesehen, wie er zwei Tage nach dem Einbruch mit allen seinen Koffern das Haus verließ ... Und er hat keinen Ton gesagt, keine Adresse hinterlassen. Merkwürdig, nicht wahr? Noch etwas. Collobrières ist groß. Der Einbrecher auch. Wenn man Mags Kurzsichtigkeit berücksichtigt, könnte die Beschreibung auf ihn zutreffen ... Er ist ein alter Bekannter von Rizzato ... Und vor allem ist er Patrick Meyers Busenfreund. Sie waren geradezu unzertrennlich.«

»Was unternehmen wir jetzt?« fragte mich Pedroni.

»Wir schlagen zu.«

»O.k., Darnis, Sie schaffen uns diesen Rizzato her, und dann werden wir ihn mal richtig vernehmen. Danach kümmern wir uns um die beiden Tanten, ich meine Patrick und Collobrières. Einverstanden?«

Das Büro erinnerte an London an einem seiner besten Tage. Wir hatten so viel geraucht, daß man kaum noch die Hand vor Augen sah. Tiret, ganz aufmerksamer Hausherr, öffnete das Fenster. Auf der Straße schrie sich ein Zeitungsverkäufer die Lunge aus dem Leib, um uns zu eröffnen, daß die Polizei einen großen Kriegsrat abhalte, um die Einbrecher des Murène endlich hinter Schloß und Riegel zu bringen, und daß Kommissar Vieuchêne der Presse ein Interview gegeben habe.

Das war der große Augenblick.

Wir waren vollzählig versammelt. Tirets Schreibtisch hatten wir in eine Ecke des Zimmers geschoben, wir hatten den Stuhl, den wir Rizzato anzubieten gedachten, abgestaubt und unsere Stühle im Kreis um den seinen aufgestellt.

Sein Auftreten hatte nichts mehr mit jenem steifen Besuch zu tun, den er mir vor einigen Tagen in seiner Ausgehuniform, seinem imponierenden Leichenbestatteranzug, abgestattet hatte. Der Oberkellner war sozusagen mitten aus dem Dienst gerissen worden. Er stand in Hemdsärmeln vor uns, seine schwarze Fliege saß schief auf der gestärkten Hemdbrust. Mit höflicher Besorgtheit nahm Darnis ihm die Brille ab und legte sie auf den Rand des Bücherschranks. Tiret schloß das Fenster, zog die Vorhänge vor und zündete die mit Fliegendreck beschmutzte Deckenlampe an...

Unser Freund Albert fühlte sich dabei ganz und gar nicht wohl in seiner Haut. Wir aber auch nicht. Würde er gestehen, ja oder nein? War das das Ende des Falles? Eine Weile lang war im Zimmer nur noch Rizzatos rascher, schnaufender Atem zu hören. Ich konnte von ihm nur sein eckiges Profil sehen, seine Raubtiernase, sein fliehendes Kinn.

Pedronis Leute waren wie er selbst in Hemdsärmeln, manche hatten die Ärmel auch noch hochgekrempelt. Es roch nach Tabak, es roch nach Schweiß. Es roch nach Angst.

Darnis, der die Verhandlung leitete, eröffnete das Gespräch in ruhigem, höflichem, geradezu liebenswürdigem Ton:

»Albert... Du hast uns an der Nase herumgeführt. Und zwar ganz gehörig. Du hast ständig beteuert, du hättest am Abend des Einbruchs das Murène nicht verlassen. Nichts gesehen, nichts gehört und so weiter, und so weiter, das Lied kennen wir. Schön. Bis jetzt haben wir dir auch geglaubt. Damit ist es aus. Wir haben Beweise. Du wirst jetzt freundlich, ausführlich und lange reden. Sonst – ich hoffe, du hast mich verstanden. Später kannst du dann noch lange an Carlottis Brust weinen. Carlotti ist uns völlig schnuppe. Aber der Schweiß eines Polypen, der ist teuer. Also, Albert, wir hören.«

Rizzato sah zu Pedroni auf; sein Gesicht war aschfahl. Sein Blick flackerte, und seine Augen, die denen aus dem Aquarium gesprungener Fische ähnelten, starrten auf diese Henkerrunde. Darnis ergriff noch einmal das Wort:

»Wir wissen, daß du dich nicht einschüchtern läßt, Albert. Wir kennen uns ja beide. Von Marseille her, der Rue Longue, erinnerst du dich? Wir wissen, daß du nicht so ohne weiteres zu singen anfängst ... Wenn es keinen Beweis gegen dich gibt ... Aber wir wissen auch, daß du intelligent bist, Albert. Und du hast doch auch etwas gegen die harte Tour. Also, dann mußt du jetzt reden. Du mußt auspacken und uns erzählen, wo du in der Nacht des Einbruchs warst ... Was du um Mitternacht am Chemin des Sables getrieben hast ... Hörst du, Albert?«

Rizzato saß wie angewachsen auf seinem Stuhl und antwortete immer noch nicht. Er senkte den Kopf. Und krümmte den Rücken. Angstvoll wartete er auf die Schläge, die noch nicht kamen. Der Monolog ging weiter ...

»Sei nicht dumm, Albert. Du bist eigensinnig, und das ist ein Fehler. Wir wissen genug, um dich hinter Gitter zu bringen. Vergiß nicht, daß wir dich jederzeit einlochen können. Und daß die Richter in der schönen Stadt Aix auch schon auf dich warten ... Und wenn du dich denen mit einer Anklage wegen Beihilfe zum Einbruch präsentierst, werden die dich auch nicht sehr wohlwollend betrachten ... Verstehst du, Albert?«

Ich hasse Gewalt jeglicher Art, von wem auch immer sie ausgeht. Ich verurteile sie. Ich erinnere mich noch an das Gesicht jenes Kommunisten, der im Büro der fünften Brigade der Sicherheitspolizei von Orléans, wo ich im Mai 1944 meine Laufbahn als Polizeibeamter begonnen hatte, an einen Heizkörper gefesselt war. Er sagte nichts, weil er nicht mehr reden konnte. Er aß nichts mehr, weil er nichts mehr schlucken konnte. Des Nachts wurde er von der deutschen Polizei gefoltert und tagsüber von der französischen bewacht.

Ich weiß nicht, wer er war. Und ich habe auch keine Ahnung, was aus ihm geworden ist. Seinetwegen bin ich desertiert.

Und ich erinnere mich noch an ein anderes Gesicht, das eines Kollaborateurs – die Methoden hatten sich nach der Befreiung nicht geändert –, der mit den Knien auf die Felgen eines Fahrrads gebunden war. Sein Stöhnen verhallte ungehört auf dem Speicher der Rue de Bassano. Der Abteilungsleiter hatte mir meinen Protest nie verziehen.

Man kann auf Gewalt nichts aufbauen. Sie schafft nur Haß. Ich bin Polizeibeamter, kein Folterknecht. Selbst wenn der, der mir gegenübersteht, ein Gewaltverbrecher oder ein Feigling ist. Ich spreche kein Recht, und ich vollziehe es auch nicht – ich bin kein Henker.

Und deshalb zog ich es vor, das Kommissariat zu verlassen und an dem nach Meer und Tang riechenden Strand spazierenzugehen, im Schatten der Pinien. Ich würde später zurückkommen. Ich war zu traurig und zu sehr mit meinen Gedanken beschäftigt, um zu Marlyse zu gehen, die sich an ihrem Lieblingsstrand bräunte. Ich wollte lieber allein sein, einfach so am Strand entlangwandern.

War es feige von mir, den anderen die schmutzige Arbeit zu überlassen? Ich glaube nicht. Für mich besteht die Feigheit darin, sich zu fünft mit aufgekrempelten Hemdsärmeln vor jemandem aufzupflanzen, der allein ist und sich nicht verteidigen kann, und statt des Gehirns die Muskeln spielen zu lassen.

Wo liegt denn da der persönliche Mut, wenn man in seiner Tasche einen Polizeiausweis hat, der einem, unter dem Deckmantel sogenannter legitimer Gewalt, alle Vorrechte einräumt, sogar das Recht zu töten, unter dem oft sehr zweifelhaften Vorwand der Notwehr?

Das Gewissen versteckt sich hinter der administrativen Fassade...

Seit etwa zehn Jahren verkehrte ich in jener merkwürdigen Welt, in der ehrbare Bürger zu Wölfen wurden, um – wie sie behaupten – unsere Freiheiten zu schützen ... »Die Schläger haben die Macht«, sagte sehr oft mein Kollege Poiret, der früher in den Markthallen arbeitete und auf Grund seiner Tätigkeit in der Resistance in den Polizeidienst übernommen wurde.

Die Schläger!

Ich stand vor den Fotos halbnackter Frauen vor dem »Tagada« und versuchte, dieses Wort wieder zu vergessen. Was geschah unterdessen mit Rizzato? Hatten die Schläge ihn weichgemacht? Hockte er halb betäubt auf seinem Stuhl, seiner Selbstsicherheit und des Gebisses beraubt, das ich in seinem Oberkiefer bemerkt zu haben glaubte? Es war mir das letzte Mal so vorgekommen, als säße dieses Gebiß nicht ganz fest...

Es gibt Schläge, die verdammt weh tun, die einen nach vorn oder nach hinten taumeln lassen, die einem den Atem nehmen, aber keinerlei sichtbare Spuren hinterlassen.

Es kommt nur darauf an, die Schläge geschickt genug anzubringen.

Die Technik des Durch-die-Mangel-Drehens!

Die Polizei ist eine Schule der Technik: man lernt, sich geschickt zu decken und andere durch die Mangel zu drehen... Man sollte am Ende der Lehrzeit zwei Diplome erhalten. Einmal für die

Winkelzüge und einmal für den Uppercut: Vielleicht könnte man damit auch in Zivil etwas anfangen ...

Ich sah ihn direkt vor mir, meinen Albert, wie er in seinem Stuhl hing. Das Kinn war ihm auf die Brust gesunken, und starren Blicks stammelte er unzusammenhängende Worte. Dann legte er nach und nach das Geständnis ab, das wir so sehnlichst erwarteten ...

Er erleichterte sein Gewissen, er entspannte sich ...

Das war der große Augenblick der Versöhnung.

Und das bedeutete, daß man sogleich sein Geständnis protokollieren und seine Aussage nach Polizeiart formulieren würde, das heißt, indem man sie richtig interpretierte. Ihr den Sinn gab, der der Verteidigung der Interessen der Gesellschaft und der Geschädigten diente. Er würde unterschreiben. Mehr verlangte man nicht von ihm.

»Im Grund genommen«, sagte der berühmte Spazierstock-René eines Tages zu mir als ich ihn in seiner Zelle in der Santé besuchte, »gehören Sie ebensowenig zur Polizei wie ich zu den Gangstern.«

Das stimmte. Aus Corpsgeist hatte ich damals geschwiegen, aber ich dachte später noch sehr oft darüber nach. Ich träumte von völlig neuen Reformen, die alle Furcht und allen Zwang verbannten. Gewiß, es gäbe weniger Geständnisse – na und? Ein Geständnis ist weder notwendig noch ausreichend. Wenn eine Ermittlung gut geführt ist, wenn die Indizien und die Beweise zur Überzeugung des Richters ausreichen, ist ein Geständnis überflüssig. Denn wenn eine Aussage von keinerlei Zeugenaussage, keinerlei Tatsachenmaterial gestützt wird, ist sie sowieso ungenügend, weil der Angeklagte immer noch widerrufen kann.

Wäre es im Fall Rizzatos nicht viel einfacher gewesen, ihn den Zeugen gegenüberzustellen, die ihn während der Nacht des Einbruchs am Chemin des Sables gesehen hatten? Entweder würden sie bei ihrer Aussage bleiben, und dann saß Rizzato sowieso in der Falle, oder sie hatten sich geirrt ... Aber leider hatte man nicht mich mit der Leitung der Untersuchung betraut. Ich beobachtete nur. Wie immer.

Ich war bereits zweimal vor dem Kommissariat auf- und abgegangen, aber Rizzato hatte das Gebäude nicht verlassen. Ich warf einen Blick nach oben. Die Vorhänge vor Tirets Büro waren immer noch zugezogen. Ich konnte nicht mehr länger warten. Die Neugier trieb mich hinein. Die Tür zum Büro war abgeschlossen. Ich klopfte. Und man öffnete mir.

»Fahr nur, wenn du willst, mein Lieber«, sagte Théodose. »Weißt du, im Augenblick steht mir wirklich nicht der Sinn nach Griechenland oder der Türkei.«

»Du würdest auf andere Gedanken kommen. Wir sind schon seit drei Monaten eingeladen. Was kannst du denn hier noch weiter tun? Weißt du, du ...«

»Ich muß sehen, wie es weitergeht. Und im Notfall alles verkaufen, um die Leute zu entschädigen, wenn die Polizei weiter so im dunkeln tappt wie bisher ...«

»Die Reise wäre eine gute Möglichkeit, all das erst mal zu vergessen ...«

Karl der Große, der stockbesoffen in einer Ecke des Ladens saß, wackelte mit dem Kopf. Er hatte endlich die Inventur des Trödelkrams und der wertvollen Stücke beendet, und seine Verzweiflung hatte ihm den Rest gegeben. Er fand jedoch immer noch die Kraft, trotz der tiefen Benommenheit, die er dem Whisky aus dem Silberflakon verdankte, dem schönen Fabrice von Zeit zu Zeit haßerfüllte Blicke zuzuwerfen.

»Ich kann dich doch nicht mit dem Personal des Hotels, das von den Polypen völlig terrorisiert ist, und diesem alten Trunkenbold im Laden allein lassen ...«

»Mein teurer Fabrice ...«

Théodose, der mit den Nerven am Ende war, wischte sich an dem Seidenhemd des jungen Mannes eine Träne ab.

»Weißt du, daß Frokian mich zu erpressen versucht?« fragte er.

»Ein sauberer Herr«, sagte Fabrice. »Das sieht man schon auf den ersten Blick. Was will er denn noch? Besteht er immer noch auf einer vorläufigen Pauschalzahlung?«

»Jetzt ist es noch schlimmer. Er hat sich Carlotti zum Anwalt genommen. Wir hätten auf der Hut sein und ihn zuerst engagieren müssen. Er verlangt jetzt eine Garantiesumme von dreißig Millionen. Er behauptet, dieser Einbruch hindere ihn daran, sein Geschäft weiter auszuüben ...«

»Und wenn ich noch mal eine Nacht auf der Polizeiwache verbringen muß, ich werde mich um ihn kümmern – wie ich es bei dem kleinen Meyer getan habe. Aber diesmal schlage ich auch sechsmal härter zu, denn er verlangt sechsmal soviel wie die Belohnung, die er ausgesetzt hat.«

»Nein, Fabrice, versprich mir ... Ich hab's mir überlegt, es ist doch besser, daß du nach Griechenland fährst ... Ich komme dann nach ... Du bist so gut, so hilfsbereit, ich müßte dauernd in Angst schweben, daß du wieder Dummheiten machst ...«

»Das geschieht doch nur aus Liebe zu dir, Théodose.«

Die Dummheiten bestanden in zwei Fausthieben, die Patrick Meyer, Laszlo Frokians leicht femininen Schwiegersohn, auf die Matte geschickt hatten. Eines Abends hatte Patrick in der Bar Théodose vor den ebenfalls aufgebrachten Gästen übel beschimpft. Er hatte ihn einen Gauner genannt, ihn beschuldigt, mit allen Gangstern an der Côte zusammenzuarbeiten, um seine Gäste auszurauben. Und ihn aufgefordert, endlich jene Entschädigungssumme zu zahlen, die Théodose im ersten Augenblick der Bestürzung versprochen hatte.

»Sie müssen sich noch etwas gedulden«, hatte Théodose erwidert. »Wenn ich Ihren Herrn Schwiegervater entschädige, bin ich gezwungen, auch alle anderen zu entschädigen. Dazu bin ich nicht in der Lage ... Lassen Sie mir ein wenig Zeit, die Dinge zu ordnen ... Jeder weiß, daß ich ein ehrlicher Mann bin.«

Patrick, der die Front der erbitterten Gäste hinter sich wußte, fühlte sich dadurch stark und schüttete Théodose sein volles Glas ins Gesicht. Théodose, dem der Whisky in den Augen brannte, stolperte und fiel hinter die Bar. Die höchst erheiterten Zuschauer brachen in lautes Gelächter aus.

Da hatte Fabrice zweimal hart zugeschlagen. Patrick landete unter dem Steinway-Flügel. Annies Geschrei hatte zwei Polizisten von Tirets Abteilung auf den Plan gerufen, die friedlich im Park eine Zigarette rauchten. Die Sache hatte im Kommissariat geendet ... Jenem Kommissariat von Juan-les-Pins, das bestimmt in seinen Mauern noch nie so viele Leute gesehen hatte, selbst nicht zu jener Zeit, als dieses Gebäude noch die ehrenwerte Post beherbergte ...

»Wenn du mit mir kämst«, sagte Fabrice, »brauchte ich dich auch nicht zu verteidigen und würde keine Dummheiten machen ...«

»Du Satansbraten«, schrie Karl der Große, »laß dieses Ebenbild Gottes in Ruhe!«

»Halt die Schnauze, du alter Esel«, erwiderte Fabrice. »Sauf, und sei ruhig.«

»Du mußt nachsichtig mit ihm sein«, gab ihm Théodose mit unglücklicher Miene zu bedenken. »Weißt du, er mag mich gern, und deshalb macht er sich auch solche Sorgen.«

»Ja, aber mich mag er ganz und gar nicht«, sagte Fabrice.

»Wo willst du überhaupt hin? Nach Istanbul, nach Athen?«

»Die gemeinsamen Einladungen, die wir haben, können wir ja später absolvieren, wenn du nachkommst«, sagte Fabrice. »Du weißt, mein Vater war als Botschafter in der Türkei und ist ziemlich viel herumgekommen. Also werde ich erst einmal die obligaten Besuche bei den Freunden der Familie hinter mich bringen. Und dann verbringen wir beide ein paar unbeschwerte Ferienwochen.«

»Aber du weißt doch, vor zwei oder drei Monaten kann ich hier nicht weg ...«

»Siehst du, dir tut es schon leid, daß du mich fahren läßt. Sage nichts ... Ich höre es an deiner Stimme ...«

Théodose schwieg. Er schob mit überdrüssiger Miene das große Buch beiseite, in dem Karl der Große mit ungeheurer Sorgfalt jeden einzelnen Gegenstand des Inventars aufgeführt hatte. Er betrachtete jenseits der Stadtmauer das vom abendlichen Dunkel violett gefärbte Meer. Warum mußte sein Glück so jäh zerbrechen? Er hatte soviel Schönheit um sich geschaffen ... Dieses Geschäft, in dem er die Überreste vergangener Jahrhunderte zusammengetragen hatte ... Sein Murène, das er jetzt dreimal verfluchte ... Und Fabrice ...

»Fliegst du, oder nimmst du das Schiff?« fragte er mit einer Stimme, die ihm weit entfernt schien.

»Das Schiff. Ich habe es ja nicht eilig.«

»Ich verstehe ... Das wichtigste ist, daß du fortfährst.«

»Du hast darauf bestanden.«

»Weil ich dich kenne, Fabrice. Ich merke doch, daß du genug von allem hast. Du bist nicht dazu geschaffen, in einer Welt von Verdächtigen und Polizisten zu leben.«

»Und du?«

»Ich bin schon ein alter Mann. Das ist etwas anderes.«

»Und der Engel wird mit seinem feurigen Schwert kommen«, krächzte Karl der Große. »Mit einem einzigen Streich wird er dem Dämon das gehörnte Haupt abhacken ...«

»Ich warte lieber im Auto auf dich«, sagte Fabrice. »Man kommt sich ja hier wie in einem Horrorfilm vor ... Dieser alte Irre inmitten dieses Trödelkrams.«

»Ich komme mit«, sagte Théodose. »Ich habe hier nichts mehr zu tun. Karl der Große hat sowieso alle Kunden verjagt. Du hast recht. Das ist alles nicht sehr lustig für dich.«

Der Rauch bildete einen hellgrauen Kegel unterhalb der Deckenlampe. Tirets Schreibtisch stand wieder an seinem gewohnten Platz. Pedroni und Rizzato unterhielten sich fast freundschaftlich. Offenbar hatte ich zuviel Phantasie gehabt. Alles war zwischen Gentlemen geregelt worden ...

»Albert ist ein kluger Mann«, sagte Pedroni. »Er hat begriffen, daß es keinen Zweck hat, uns einen Haufen Lügen aufzutischen. Der Grund, weshalb er so beharrlich geschwiegen hat, war seine Diskretion.«

Ich war auf alles gefaßt gewesen, nur nicht darauf.

Pedroni war taktvoll genug, angesichts meiner immer länger werdenden Miene nicht in lautes Lachen auszubrechen.

»Er hat die fragliche Nacht nicht in seinem Zimmer verbracht... Nach seinem Dienst hat er sich umgezogen und das Hotel verlassen. Er war mit Mary Fuchs, der Milliardärin, für halb zwölf Uhr am Chemin des Sables verabredet. Sie war zu einer Party bei der Gräfin Damiani eingeladen und hatte ihn etwas warten lassen, bevor die beiden dann zu ihr gingen. Das steht einwandfrei fest. Wir haben die Dame Fuchs gleich angerufen. Sie war etwas verlegen, aber sie bestätigte alles. Wahrscheinlich ist es ihr auch ganz egal. Albert hat sie gegen vier Uhr morgens verlassen und ging dann zurück ins Murène. Deshalb hat er auch nichts gehört.«

Albert Rizzato wandte mir sein offensichtlich erleichtertes, wie erlöst wirkendes Gesicht zu.

»Als ich ging«, sagte er, »war die Gittertür hinten offen. Das war auch ganz in Ordnung so, denn Aristide schloß sie erst um Mitternacht. Als ich zurückkam, stand sie noch immer auf, worüber ich mich sehr wunderte. Ich schloß dann mit meinem eigenen Schlüssel hinter mir ab, weil ich keine Ahnung hatte, was inzwischen passiert war. Als ich den Blumenhändler und Théodose kommen hörte und merkte, was los war, blieb ich erst mal in meinem Zimmer. Ich hatte Angst, mein nächtliches Abenteuer verraten zu müssen oder selbst in falschen Verdacht zu geraten. Wenn Mary Fuchs nicht damit einverstanden gewesen wäre, hätte ich nie etwas gesagt. Lieber hätte ich mich in Stücke reißen lassen.«

Sehr schön, dieses Heldentum eines wahren Gentleman. Doch uns brachte es kein Stück weiter. Albert Rizzato war erleichtert, aber das Geheimnis der Murène blieb immer noch so unergründlich wie am ersten Tag.

»Ich hänge mich bald auf«, murmelte Pedroni.

Wir könnten uns vielleicht am selben Balken aufhängen...

Die Stimmung in meinem Zimmer im Redoute, das sich seit der Ankunft von Marlyse zu einem Liebesnest gemausert hatte, war mehr als niedergeschlagen. Eine kupferfarbene Dämmerung senkte sich über das Stückchen Meer zwischen den Neubauten. Der letzte Zug nach Bordeaux war über die Eisenbahnbrücke gerattert. Ich kannte die An- und Abfahrtszeiten der Züge bereits auswendig. Wenn man mich eines Tages entlassen sollte, konnte ich immer noch zur Eisenbahn gehen.

Fast alle Sonderberichterstatter waren aus Juan-les-Pins abgereist, um sich anderen, interessanteren und aktuelleren Reportagen zu widmen. Als sie sich von mir verabschiedeten, klopften sie mir alle tröstend auf die Schulter: ein bitteres Gefühl...

Nur noch die Journalisten der Lokalzeitungen, die ihr Hauptquartier im »Négociants« aufgeschlagen hatten, hielten die Stellung und schauten gelegentlich ins Redoute hinein; sie benahmen sich allesamt so geziert wie Provinz-Don-Juans und führten ihre Verschwörermiene spazieren...

»Ich habe Durst«, sagte Marlyse.

So vornehm war das Redoute nun wieder nicht, daß es seinen Gästen eine Flasche Mineralwasser ins Zimmer stellte. Ich brummte ungnädig, doch nur aus Prinzip, zog meine Hose an und lief die zwei Treppen hinunter. Im großen Speisesaal saß Ginos Frau und strickte. Erst jetzt bemerkte ich, daß sie etwas rundlich zu werden begann. Böse Zungen murmelten, daß der Bäckergehilfe um die Ecke...

»Eine Flasche Mineralwasser bitte.«

Es war nutzlos, eine bestimmte Marke zu verlangen. Ich hatte diesen Gauner von Gino nämlich in Verdacht, die leeren Flaschen, gleich welcher Marke, mit dem guten Leitungswasser zu füllen, das hier Gott sei Dank wenig kalkhaltig war. Abgesehen von Perrier, das Gino nur für die Whiskytrinker reservierte, gab es im Redoute kein kohlesäurehaltiges Mineralwasser... Ein Glück, daß Marlyse es sowieso nicht mochte.

Mit der gestrengen und dienstbeflissenen Miene eines Oberbuchhalters nahm Gino aus einem Schubfach den Zettel, auf dem er meine Orgien im Redoute festhielt. Er fügte der Rubrik Mineralwasser einen neuen Bleistiftstrich hinzu. Es kam mir so vor, als ob die Striche hinter der Rubrik Wein zahlreicher seien, als es mein Konto erlaubte. Ich nahm die Flasche und schickte mich an, wieder in mein Zimmer hinaufzugehen.

»Hören Sie, Monsieur Borniche... Ich habe über etwas nachgedacht... Vielleicht lachen Sie nur darüber, denn ich bin ja in solchen Sachen Laie...«

Gegenüber Ginos Ideen war ich mißtrauisch. Seit ich in seine Kaschemme gezogen war, verwechselte er Geschäft mit Kumpanei. Ich hatte genug von seinen zweifelhaften Geniestreichen, mit denen er seine Publicity zu erhalten suchte. Aber da ich auch nicht unhöflich sein wollte, drehte ich mich auf der ersten Treppenstufe noch einmal um.

»Na, schießen Sie los.«

Gino nahm seine Schürze ab, legte sie auf die Theke und ging auf mich zu.

»Es ist wegen des Einbruchs. Ich habe mir schon die ganze Zeit den Kopf zerbrochen, aber ich begreife einfach nicht, wie die Einbrecher so gut informiert sein konnten. Sagen Sie, könnten die nicht zufällig aus Cannes gekommen sein?«

Kein schlechter Einfall: das Miramar!

Vielleicht gab es, dank Marlyse, doch noch einen Lichtblick für mich. Denn wenn sie nicht Durst gehabt hätte, wäre ich um diese Zeit nicht in den Speisesaal hinuntergegangen. Ginos Idee war wirklich nicht schlecht. Ich hatte Cannes vergessen... Warum hatte er mir nicht schon früher etwas gesagt?

»Was halten Sie davon, Herr Inspektor?«

»Ich? Nichts. Aber ich finde, Sie hätten einen guten Polizisten abgegeben.«

Während ich die Treppe hinaufging, hörte ich, wie seine Frau leise zu ihm sagte:

»Gino, misch dich doch da nicht ein. Immer quatschst du solchen Unsinn.«

18

Le Bousard war während der einen Hälfte des Jahres unter dem Schnee begraben und während der anderen versank man hier in Schlamm und Jauche. Oder es herrschte eine wüstenähnliche Trockenheit, die den Kuhmist entlang der einzigen Hauptstraße, einer Landstraße dritter Ordnung, die in den Bergen endete, ausdorrte. In diesem alten Dorf, das nur ein paar Kilometer vom Ufer des Sees von Annecy entfernt war, fand man noch alles, was der Luxus-Tourismus wie die Pest meidet. Es gab eine Ferienkolonie der Postbeamten von Romorantin in Bousard, ein Erholungsheim für alte, verdiente Arbeiter, Kinderschwestern, die sich hier diskret um schwererziehbare Kinder kümmerten. Am Ufer des Sees – eine andere Welt. Die berühmten Restaurants, in denen man eine hervorragende Goldforelle serviert bekam – ein ausgesprochener Genuß. Die herrschaftlichen Villen inmitten eines Parks, der bis zu einem Bootssteg ging, wo Kinder für ein paar

Centimes in ihrer schulfreien Zeit die Jachten auf Hochglanz polierten. Zwei parallele Welten, die sich nirgends berührten, obgleich sie so nah beieinanderlagen.

Die Bewohner von Le Bousard besaßen weder den schroffen Stolz der Bergbewohner noch die stets zu einem Scherz aufgelegte Umgänglichkeit der Bauern in der Ebene. Sie lebten kümmerlich vor sich hin, an ihre Ackerscholle gefesselt, sie hatten sich an die alten Pensionäre und die Kinderkolonien gewöhnt, aber sie sahen mit bösem Blick auf die eleganten Frauenzimmer, die sonntags ihre Sprößlinge bei der Kinderschwester besuchten. Durch sie hatte sich ihr Vorurteil gegen die Leute in der Stadt bestätigt, in die sie nur selten fuhren, um notwendige Einkäufe zu erledigen, mit denen sie im übrigen meist den Chauffeur des Busses, dessen Endhaltestelle hier war, beauftragten. Und was die reichen Herrschaften am Seeufer anging, ob Touristen oder Einheimische, so war das für sie eine Welt, die sie ignorierten, wie der Maulwurf die gefiederten Geschöpfe der Luft ignoriert.

Um diese Jahreszeit, Anfang September, begann für Le Bousard bereits der Winter zu nahen. Am See war die Saison zu Ende. Im Père Bise, einem Luxusrestaurant, wurden die Einnahmen gezählt. Die Wintersportorte mußten noch ein bißchen auf die ersten Gäste warten. Den Sommer über hatte Le Bousard unter ungewöhnlicher Dürre gelitten. In dem fast ausgetrockneten Fluß konnte man kaum noch die Wäsche und den Kindern der Kolonie die Füße waschen. Alles verdorrte. Und die Alten behaupteten wie gewöhnlich, sie hätten seit fünfzig Jahren nicht mehr so einen Sommer erlebt. Aber in dieser von Gott gesegneten Landschaft ließ die Antwort der Vorsehung nicht lange auf sich warten. Und seit ein paar Tagen ergossen sich wahre Sturzfluten über Le Bousard.

»Verdammt.«

Laszlo Frokian war etwas zu rasch aus dem Taxi ausgestiegen. Und der Chauffeur, enttäuscht über das magere Trinkgeld nach der langen Fahrt von Annecy bis hierher, war etwas zu rasch wieder angefahren. Das Resultat dieser beiden unglücklichen Umstände war, daß der kleine Lederkoffer in einer Pfütze landete und Laszlo in einem aufgeweichten Kuhfladen am Rand der Dorfstraße saß, direkt unter dem Schild, das den Namen des Ortes trug, der kaum noch leserlich war, weil die Kinder mangels anderer Spiele das Schild zum Ziel ihrer Steinwürfe gemacht hatten.

Die Vorhänge an den Fenstern der ersten beiden Häuser hatten sich um ein paar Zentimeter gehoben. Laszlo fühlte sich beobachtet, während er versuchte, wieder auf die Beine zu kommen. Seine eleganten Wildlederschuhe waren patschnaß, und ehe er noch richtig aufgestanden war, rutschte er bereits wieder aus.

»Verdammte Scheiße!«

Der elegante Laszlo verlor die Kontrolle über seine Ausdrucksweise und gleichzeitig sein Gleichgewicht. Sein feiner Nadelstreifenanzug war ruiniert. Hätte er sich die Zeit genommen, ein ordentliches Hotel zu suchen, statt gleich am Bahnhof in das Taxi zu steigen, wäre jetzt wenigstens sein Koffer mit dem Anzug zum Wechseln noch trocken. Aber er hatte ja nicht gewußt, ob er noch bis zum nächsten Tag bleiben würde oder ob er schon mit dem Nachtzug wieder zurückfahren könnte... Die Nachricht von Collobrières, die ihm Patrick Meyer überbracht hatte, war derart mysteriös gewesen!

Laszlo Frokian fischte seinen Schweinslederkoffer aus der Pfütze, versuchte mit dem Handrücken sein nasses Gesicht abzureiben und im Dunkel etwas zu sehen. Er zählte die Häuser, aber das half ihm auch nicht weiter. Diese windschiefe Hütte, die neben einem Heuschober stand, war das wohl ein Haus oder nicht? Zwei räudige Hunde stürzten laut kläffend auf ihn zu, so daß er fast wieder das Gleichgewicht verloren hätte. Ein rotznäsiger Junge gähnte vor einem Stalltor. Offenbar war er das einzige menschliche Wesen in dieser verregneten Einöde.

»Hello!« rief Laszlo, der unwillkürlich, ohne sichtbaren Grund, in einen englischen Akzent verfiel, wenn er versuchte, die Stimme zu heben.

Er klopfte an eine niedrige Holztür, durch deren Ritzen ein Geruch nach verbranntem Fett drang.

»Was wollen Sie?«

Ein alter Hausdrachen hatte den Riegel beiseite geschoben und starrte ihn neugierig an. Laszlo fuhr erschrocken zurück. Er hatte den Namen vergessen, nach dem er fragen sollte. Fieberhaft suchte er in seinen Taschen nach dem Zettel, auf dem er sich alles notiert hatte.

»Also, was wollen Sie?« wiederholte die Einheimische, die sich ersichtlich anschickte, ihm die Tür wieder vor der Nase zuzuschlagen.

»Ich suche eine Madame Brossard«, sagte Laszlo, der endlich seinen Zettel gefunden hatte.

»Die Tochter oder die Mutter?«

»Es soll eine alte Dame sein, bei der zur Zeit ein Herr wohnt, den sie als Kind in Pflege gehabt hat...«

Der prasselnde Regen übertönte seine Worte, aber die Alte hatte ihn wohl doch verstanden. Der Geruch nach verbranntem Fett nahm ihm fast den Atem.

»Die wohnt dort«, erwiderte kurz angebunden der Hausdrachen, bevor die Tür endgültig vor ihm zugeschlagen wurde.

Sie hatte mit ihrem schmutzigen Finger auf ein niedriges, langgestrecktes Bauernhaus gedeutet, das neben einem riesigen Heuschober stand.

Laszlo Frokian hüpfte über Pfützen und Kuhfladen bis zu Madame Brossards Haus.

»Sie haben sich Zeit gelassen«, sagte Collobrières. »Ich habe Sie schon gestern erwartet.«

Er nahm Laszlo den durchweichten Koffer ab und stellte ihn neben einen altmodischen Regenschirm an die Tür. Er bot Laszlo einen wackligen Stuhl vor dem Herd an, auf dem ein Topf mit Hasenpfeffer brodelte.

»Mélie hat uns die Spezialität des Hauses gekocht. Etwas so Delikates haben Sie bestimmt schon lange nicht mehr gegessen.«

Eine dunkle Gestalt löste sich aus dem finsteren Winkel hinter dem Herd. Eine runzlige, schwarzgekleidete, alterslose Frau. Laszlo wußte nicht, wie er sich verhalten sollte. Er streckte seine Hände zur Begrüßung aus, aber sie rührte sich nicht. Sie lächelte nur und entblößte dabei ihren zahnlosen Mund.

»Sie ist völlig taub«, sagte Collobrières. »Und da sie immer allein gelebt hat, hat sie das Sprechen verlernt.«

»Also ist sie in Wirklichkeit taubstumm«, bemerkte Laszlo völlig geistesabwesend.

»So ist es. Sobald Ihre Kleider wieder trocken sind, essen wir. Wir können ruhig vor ihr reden. Sie versteht ja doch nichts.«

Laszlo spürte, wie die Realität ihm langsam entglitt. Als er vor seinem Teller mit dem duftenden Hasenpfeffer und einer Flasche schwerem Rotwein saß, überkam ihn eine Art Wohlbehagen, das er zu jeder anderen Gelegenheit als tierisch bezeichnet hätte. Er wurde ein wenig schläfrig, er fühlte sich wohl.

»Das ist ein einfacher Landwein«, sagte Collobrières. »Ich habe kein Auto, um nach Annecy zu fahren … Und außerdem sollen mich möglichst wenig Leute sehen, also muß ich mich schon mit dem Dorfkrämer begnügen.«

»Das Essen ist sehr gut«, sagte Laszlo. »Aber warum haben Sie Angst vor den Leuten? Warum haben Sie mich hierher kommen lassen?«

»Ich will es Ihnen erklären ... Hat Patrick Ihnen noch nichts gesagt?«

»Nur, daß ich Sie unbedingt in diesem gottverlassenen Nest aufsuchen soll, wegen des gestohlenen Schmucks. Daß es ungeheuer wichtig sei. Das war alles ... Wissen Sie, seit wir nach Paris zurückgekehrt sind, sehen wir uns nur wenig. Er versucht, Kunden für seine Immobiliengeschäfte anzulocken. Ich schlage mich mit meinen Gläubigern herum ... Ich werde noch Jahre brauchen, bevor ich mich von diesem Schlag wieder erholt habe ... Also, erzählen Sie! Haben Sie Informationen über den Verbleib des Schmuckes? Es geht Ihnen um die Belohnung, nicht wahr? Ich weiß, daß Sie ein Freund von Patrick sind, aber ich warne Sie ... Sie sind nicht der erste, der versucht ...«

»Ich weiß ...«

Collobrières füllte erneut Laszlos Teller, ohne auf dessen abwehrende Handbewegung zu achten.

»Sie müssen noch etwas essen«, sagte Collobrières. »Mélie ist sonst beleidigt.«

Und das stimmte wohl: die dicke Alte, die ständig in ihren zahnlosen Mund Riesenportionen Hasenpfeffer schaufelte, beobachtete aufmerksamen Blicks, ob ihr Gast auch mit Appetit aß. Laszlo wurde langsam betrunken. Schließlich mußte er den Hasenpfeffer hinunterspülen ...

»Ich weiß, daß schon eine Menge Schlauköpfe versucht hat, die Belohnung zu kassieren«, sagte Collobrières. »Aber für mich handelt es sich um eine Frage von Leben oder Tod. Und ich brauche nicht fünf Millionen, sondern acht.«

»Ich habe keine acht Millionen.«

»Hören Sie mir erst einmal ruhig zu. Sie werden die acht Millionen auftreiben müssen und wahrscheinlich noch eine ganze Menge mehr. Sie können dabei nur gewinnen ...«

Laszlo protestierte nicht mehr; das Essen, der Wein und die Wärme machten ihn leicht benommen. »Wir werden sehen«, sagte er sich und stellte fest, daß er zuviel getrunken hatte. Er zündete sich eine Zigarette an, überraschte die Alte dabei, wie sie begehrlich auf sein goldenes Zigarettenetui starrte ... »Eine richtige Räuberhöhle ... Es ist direkt abenteuerlich ...«

»Offen gestanden«, sagte Collobrières, »hatten wir nie die Absicht, mit Ihnen zu verhandeln – weder Patrick noch ich ... Aber ich befinde mich in einer ausgesprochenen Notlage. Sie sehen, ich rede ganz offen mit Ihnen. Kennen Sie einen gewissen Casta? Nein, natürlich nicht, er gehört ja nicht Ihren Kreisen an ... Er ist ein

Wucherer ganz spezieller Art. So wie die Leichenbestatter sich auf die trauernden Hinterbliebenen stürzen, nimmt er sich die armen Teufel vor, die beim Spiel verloren haben. Er leiht ihnen etwas, damit sie ihre Pechsträhne überwinden können... Man hofft immer, seine Pechsträhne zu überwinden, wenn man ein richtiger Spieler ist... Er leiht das Geld mit hundert Prozent Zinsen auf fünfzehn Tage. Und er hat eine Schlägertruppe, die ihm dabei hilft, den Tarif durchzusetzen. Ich schuldete ihm drei Millionen, also zusammen fünf... nicht sechs, weil ich ein Freund von ihm bin. Ich konnte sie ihm nicht zurückzahlen. Deshalb bin ich auch hier. Inzwischen sind es acht... So steht es im Augenblick. Und wenn ich jemals wieder an die Côte zurückkehren will, muß ich sie ihm zahlen.«

»Es tut mir aufrichtig leid für Sie«, sagte Laszlo, »aber wenn man gerade Schmuck im Wert von hundert Millionen verloren hat, wissen Sie...«

»Den gestohlenen Schmuck«, sagte Collobrières, »den habe ich...«

Während die Alte in einer Schüssel mit fettigem Wasser das Geschirr spülte, sprach Laszlo immer eifriger dem schweren Landwein zu, um diese ungeheure Überraschung zu verdauen. Man hatte ihm den einzigen Sessel angeboten, in dem einst der selige Monsieur Brossard, ein Bauer und Trunkenbold, seine Abende verbracht hatte.

Collobrières saß am Tisch und legte eine Patience. Der Regen lief an den Scheiben herunter, und Laszlo dachte nach. Oder vielmehr, er träumte. Die Bilder verschwammen ineinander; er wurde immer schläfriger... Der Graf von Essarts saß höhnisch lächelnd in seinem Rollstuhl im Hotel Miramar. Roberto, der kleine Hotelboy, errötete, während Sarah an ihm vorbeiging. Théodose streichelte liebevoll über die Wangen des blonden Fabrice. Madame Mag sah mit ihrem unergründlichen Blick hinter den dicken Brillengläsern neugierig auf die Lederschatulle, die den Schmuck enthielt...

Und da tauchte auch Lady Brandons Yacht auf, die, während Laszlo in dieser dreckigen Hütte das schwere Essen verdaute, in der Nähe von Capri vor Anker lag. Er sah das unermeßlich blaue Meer vor sich, das man sich in diesem düsteren Loch von Le Bousard gar nicht vorstellen konnte...

Und vor allem tauchten jetzt Patrick Meyer und Collobrières auf; sie hatten sich im Dunkel auf Madame Mags Balkon versteckt. Ihre Rechnung war aufgegangen; Mag war so kurzsichtig, daß sie sie nicht wiedererkannte. Ja, es paßte alles zusammen: Patrick konnte recht gut ausländische Akzente imitieren, und seine Gestalt entsprach ihrer Beschreibung ... Collobrières war allerdings ein wenig untersetzter ... Sie hatten mit der Dummheit der Polizei gerechnet – und das völlig zu Recht. An sie beide hätte Borniche zuallerletzt gedacht: Patrick, einer der Geschädigten, und Collobrières, ein Freund des Schwiegersohns.

Laszlo sah angewidert auf Collobrières, der in diesem Loch, das seiner würdig war, saß und die Karten mischte. Sein Instinkt hatte ihn nicht getäuscht. Ein mieser Lump – ein Freund von Patrick, das sagte alles. Er hatte Annie ja vor dieser Heirat und dem zweifelhaften Umgang ihres Patrick gewarnt – jetzt war es zu spät. Laszlo Frokian verabscheute derartige billige Betrugsmanöver, wie Collobrières sie ihm jetzt vorschlug. Er wäre möglicherweise – aus Abenteuerlust – bereit, einen Millionenschwindel mitzumachen, bei dem Versicherungsgesellschaften, rein abstrakte Geschäftsunternehmen, geschädigt wurden. Aber hier ging es darum, einen Menschen, der ihm obendrein trotz seines dicken Hinterns sympathisch war, aufs Kreuz zu legen: Théodose, die Künstlernatur ... Der allerdings, trotz seiner Versprechungen, immer noch keine Anstalten machte, ihm eine Entschädigungssumme zu zahlen ...

»Ich kann mich nicht so rasch entscheiden«, sagte er. »Übrigens ersticke ich hier, ich brauche frische Luft ...«

»Entweder heute oder nie«, sagte Collobrières. »Morgen muß ich mich mit Casta in Verbindung setzen. Sonst macht er mich womöglich hier noch ausfindig und setzt das Dorf in Brand. Überlegen Sie. Sie müßten doch eigentlich wissen, wo Ihre Interessen liegen ... Wir hätten uns auch nie an Sie gewandt, wenn der Schmuck nicht im Augenblick zu ... heiß wäre. Und wenn ich nicht von Casta in die Zange genommen würde, was Patrick intelligenterweise sofort begriffen hat. Ihnen wird es, in ein paar Wochen vielleicht, ein leichtes sein, mit Ihren internationalen Beziehungen die Steinchen an den Mann zu bringen ...«

»Das sagen Sie.«

»Und was haben Sie davon, wenn Sie sich weigern, dieses Geschäft mit uns zu machen? Théodose wird ihnen keine hundert Millionen geben. Er hat sie nämlich nicht. Und Sie haben nichts in Händen, keine Quittung, die den Wert des Schmucks in Ihrem Tresor bestätigt ... Vergessen Sie nicht, daß Théodose ebensowenig wie Sie versichert ist und alle Opfer des Einbruchs entschädigen muß ... Wenn Sie fünfzehn Millionen, allerhöchstens zwanzig, bekommen, haben Sie noch ungeheures Glück gehabt ... Und auch das nur, weil er aus Rücksicht auf seine Gäste sich verpflichtet fühlt, das Gesicht zu wahren... Sehen Sie, ich habe Glück...«

Collobrières lachte befriedigt, als er die letzte Karte auf dem Tisch umdrehte: Ein Kreuz As.

»Ich verstehe nichts von Patiencen«, erwiderte Laszlo.

»Wenn ich Casta erst mal meine Schulden zurückgezahlt habe«, sagte Collobrières, »sind wir wieder die besten Freunde der Welt. Man kann sich auf ihn verlassen, wenn's darum geht, Théodose das Fürchten zu lehren. Er hat da eine ganze Menge Möglichkeiten. Er würde es fertigbringen, daß Théodose sein letztes Hemd verkauft. Mit Hilfe von Casta kann man aus dem Verkauf des Hotels allein siebzig Millionen herausschlagen. Sagen wir, sogar achtzig. Und bei einer solchen Summe würde er sich mit zehn Prozent zufriedengeben.«

»Bleiben zweiundsiebzig«, murmelte Laszlo unwillkürlich.

»Vierundzwanzig für Sie, vierundzwanzig für Patrick und vierundzwanzig für mich... Abzüglich der acht, die ich von Ihnen als Vorschuß bekomme, natürlich.«

»Nein«, sagte Laszlo. »Sechsunddreißig für mich. Und Sie sehen zu, wie Sie sich mit Patrick auseinandersetzen.«

»Schön, sechsunddreißig. Aber dann reden wir nicht mehr über meine acht.«

»Blieben mir also nur noch achtundzwanzig«, sagte Laszlo, der durch dieses Handeln wieder völlig wach geworden war; er fühlte sich an seine Jugend erinnert, an die guten Ratschläge seines Vaters, seine ersten Erfolge... »Schön, das mit dem Hotel ist keine schlechte Idee, aber was ist mit dem Schmuck?«

»Sie werden bei dem Verkauf nichts verlieren...«

»Weil ich es bin, der ihn anbietet... Ein Hehler würde Ihnen höchstens dreißig Millionen dafür geben... Wenn Sie überhaupt einen Interessenten finden... Interpol ist bereits eingeschaltet... Jedenfalls ist er nicht einmal für mich mehr hundert Millionen wert. Ich muß ihn so verändern, daß er der Beschreibung nicht mehr entspricht... Man darf ihn auf keinen Fall wiedererkennen.«

»Schön, gehen wir von achtzig aus... geteilt durch zwei...«

»Kommt nicht in Frage«, sagte Laszlo.

»Was heißt hier nicht in Frage! Wir waren uns einig, das, was wir aus Théodose rausschlagen können, ehrlich zu teilen, dann gilt das aber auch für den Rest. Das ist doch korrekt, oder?«

»Also nur vierzig für mich.«

»Mit den achtundzwanzig von Théodose macht das schon

achtundsechzig. Hören Sie, Sie sind ein harter Geschäftsmann. Patrick hat mich gewarnt.«

»Trotzdem verliere ich zweiunddreißig Millionen.«

»Sie hätten ja genausogut alles verlieren können.«

Collobrières mischte erneut die Karten, hob ab und legte die beiden ungleichen Hälften auf das Zeitungspapier, das er zum Schutz über das fettige Wachstuch gebreitet hatte.

»Tja ... So ist es. Und wenn wir mit Ihnen nicht handelseinig werden, nehmen wir die Steine einzeln aus der Fassung und verhökern sie einfach irgendwo ... Wir kommen dabei schon auf unsere Kosten ...«

Collobrières schenkte sich ein Glas Schnaps ein, bot Laszlo die Flasche an, der abwehrend die Hand hob, zündete sich langsam eine Zigarette an und blies dann genießerisch den Rauch aus, bevor sich seine schmalen Lippen zu einem Lächeln verzogen.

»Es gibt noch eine Lösung, an die Sie noch gar nicht gedacht haben«, sagte er. »Weder der teure Patrick noch Sie. Wie wäre es, wenn Sie bis zu dem Bauernhaus nebenan wateten, dort hängt ein weißes Emailleschild, auf dem in schwarzen Buchstaben ›Öffentliches Telefon‹ steht. Sie rufen die Polizei an. Bei diesem Hundewetter hätte ich bestimmt keine Lust, mich vor den Polizisten im Gebirge zu verkriechen ...«

»Genau das habe ich jetzt auch vor«, sagte Laszlo. »Es tut mir leid, mein Lieber, aber Sie haben verloren. Und da Sie mich schlecht hier vor den Augen Ihrer alten Amme umbringen und meine Leiche anschließend auf dem Feld vergraben können ...«

»Das wäre nicht sehr korrekt«, sagte Collobrières, der immer noch lächelte.

Laszlo allerdings lächelte nicht mehr. Er brüllte, er fluchte. Er beschwor sämtliche Unbille, die man ihm sowie dem ganzen Murène angetan hatte, die Verhöre, die indiskreten Ermittlungen der Polypen, die Journalisten, die Angst vor dem Bankrott und so weiter.

»Nein«, schloß er. »Ich will mein Eigentum zurück haben, darin liegt mein Interesse. Und wenn Sie erst einmal hinter Schloß und Riegel sitzen, wird das ein leichtes sein, nicht wahr?«

»Der Schmuck befindet sich an einem sicheren Ort.«

»Das lassen Sie nur meine Sorge sein. Wenn Sie nicht reden, wird Patrick reden. Ich kenne ihn, er ist ein Feigling. Er braucht nur die Zelle von außen zu sehen, und schon wird er reden.«

»Ich sehe, daß Sie nichts begriffen haben«, sagte Collobrières.

»Wahrscheinlich, weil Sie nicht die ganze Wahrheit wissen. Also, hören Sie mir zu ...«

Der Regen hatte aufgehört. Laszlo trug die Gummistiefel des seligen Herrn Brossard. Zusammen mit Collobrières wanderte er bis zu dem Ziegenpfad, in den die Landstraße mündete, die nur bis dorthin asphaltiert war.

»Es war Zeit, daß ich an die frische Luft kam«, sagte er. »In der Kate konnte ich kaum noch die Augen aufhalten.«

»Ich habe Ihnen einen ganz schönen Schlag versetzt, nicht wahr?« sagte Collobrières. »Daß alle Welt erfährt, daß Ihr Schwiegersohn ein Dieb ist, das ist Ihnen egal. Im Gegenteil, für Sie ist das eine gute Gelegenheit, ihn loszuwerden, Ihre Tochter zur Scheidung zu bewegen und sie mit jemandem zu verheiraten, der Ihnen mehr zusagt ... Aber was ich Ihnen eben eröffnet habe! Annie ...«

Laszlo antwortete nicht. Er beobachtete, wie von den Berghängen vereinzelt Rauchsäulen aufstiegen.

»Dort oben leben Schafhirten«, sagte Collobrières. »Nicht viel besser als ihre Tiere.«

»Sie sind glücklich«, sagte Laszlo. »Sie haben nie in ihrem Leben einen Diamanten gesehen.«

»Jeder, wie er's gelernt hat«, erwiderte Collobrières. »Könnten Sie einem Mutterschaf helfen, das ein Junges bekommt?«

Laszlo atmete in tiefen Zügen die feuchte Luft ein. Es schien ihm, als könnte er so diesen ganzen Schmutz von sich abwaschen. Er nahm es Collobrières nicht einmal übel, ihn in diese Erpressung verstrickt zu haben ... Gewiß, es wäre ihm egal, wenn Patrick hinter Gitter wanderte. Das wäre sogar eine Erlösung für die Familie. Aber Annie ... Sein einziges Kind, seine geliebte Tochter entehrt und beschmutzt zu sehen ...

Annie, der einzige Mensch, den er je geliebt hatte.

Collobrières hatte ihm nichts erspart. Es war nicht ein Skandal, den er heraufbeschwören konnte, sondern zehn, zwanzig Skandale ... Er besaß Fotos, er kannte Zeugen ... Annie in Stundenhotels ... Annie in Etablissements für Voyeure ... Annie in Lady Brandons diskreter Villa in Aix-en-Provence ... Sergio Piana, der berühmteste Diamantendieb der Côte, auf einem Foto, wie er gerade Annies Zimmer im Murène verläßt, als Patrick und Collobrières etwas früher als vorgesehen heimkamen ... Selbst ohne die Murène-Geschichte könnten ihn diese beiden Hundesöhne erpressen!

Annie würde das nie überwinden. »So ein Leichtsinn«, sagte er sich und versuchte, eine Entschuldigung für sie zu finden. »Es ist meine Schuld, sie ist zu verwöhnt, ich habe ihr alle ihre Launen durchgehen lassen, alle ...«

Collobrières erriet seine Gedanken. Er ließ ihn jetzt ein paar Schritte vorausgehen. Dabei hatte Laszlo Frokian nicht einen Augenblick das Gefühl, allein zu sein. Er fühlte Collobrières Blick wie einen Schlangenbiß in seinem Nacken.

Collobrières, Annies und Patricks böser Geist ... Nein, das war zu einfach! Patrick, Annies böser Geist ... Auch das stimmte nicht. Laszlo mußte sich wohl oder übel eingestehen, daß seine Tochter gar keinen bösen Geist nötig hatte.

»Schön«, sagte er. »Wo ist der Schmuck?«

»An einem sicheren Ort.«

»Hier?«

»Ziemlich weit von hier. Es wäre unvorsichtig, ihn jetzt schon zu holen. Der erste Akt des Unternehmens besteht darin, Théodose bluten zu lassen.«

»Aber wie soll ich denn den Schmuck an den Mann bringen«, fragte Laszlo, »wenn Sie ihn mir nicht geben?«

»Alles zu seiner Zeit. Sie wissen gut genug Bescheid, um Ihre Vorbereitungen zu treffen. Wichtig ist jetzt erst einmal, Théodose wie eine Zitrone auszupressen. Dafür brauche ich Casta. Und die acht Millionen.«

»Und weiter?«

»Wir teilen erst einmal das, was wir aus Théodose herausholen können ... Ein Teil für Sie, einer für Patrick und für mich. Die Steinchen bleiben so lange dort, wo ich sie versteckt habe und wo niemand sie finden kann, bis bei Théodose kein roter Heller mehr zu holen ist. Ich hatte Mühe genug, ein sicheres Versteck zu finden!«

Collobrières lächelte gehässig und fügte hinzu:

»Wenn Théodose so ausgepreßt ist wie eine reife Zitrone, ist es immer noch Zeit genug, die Steinchen zu verhökern.«

Laszlo dachte voller Abscheu daran, daß in diesen schweren Gummistiefeln vor ihm die Schweißfüße eines Bauern gesteckt hatten. Alles war schmutzig an diesem Abend, alles war ekelerregend. Die Weinsoße stieß ihm sauer auf. Er war bereits entschlossen, Collobrières die acht Millionen zu geben, die er verlangte. Das würde ihn zunächst einmal zufriedenstellen. Später würde er weitersehen ... Aber was? Er hatte kaum eine Wahl. Selbst von Annie abgesehen, war es im Grunde genommen ein gutes Geschäft, das dieser Kerl ihm vorschlug. Verloren war verloren. Und es war zweifellos besser, dreißig Millionen zu verlieren als alles ... Zweiunddreißig Millionen waren kein schlechtes Trostpflaster.

Annie!

Jetzt, da ihm die finanzielle Frage in etwa geregelt schien, dachte er voller Verzweiflung an seine Tochter. Eine Verzweiflung, die ihn auf dem schmalen, regennassen Pfad zwischen den schlammigen Gräben zu beiden Seiten, angesichts der wolkenverhangenen, düsteren Berge, dem grauen, tristen, bedrückenden Himmel nicht mehr losließ. Das knarrende Geräusch von Collobrières Lederstiefeln hallte in seinen Ohren ...

Natürlich hatte Annie stets ihre Freiheit gehabt. Und Sarah war sicher nicht die Mutter gewesen, die ihr Moral und Sitte hätte beibringen können. Aber ohne Patrick wäre sie nie so tief gesunken. Wie konnte er als Vater so blind und so nachgiebig sein? Er hätte diesen Patrick erwürgen sollen, ihn wie ein Ungeziefer zertreten. Er hatte ihn von Anfang an verabscheut. Die Szene kam ihm wieder in den Sinn, als sich ihm der Verlobte seiner Tochter in dem Luxusappartement in der Avenue Montaigne vorgestellt hatte. Vergeblich war er bemüht gewesen, diesen Patrick Meyer seine Abneigung nicht allzu deutlich spüren zu lassen. Er hatte der Familie bereits seinen Entschluß mitgeteilt, seine Einwilligung zu verweigern. Man hatte ihn regelrecht gezwungen. Sarah mit ihrer schrillen, anklagenden Stimme. Annie mit ihren Krokodilstränen.

Und dieses ganze Theater um dieses Kerls willen, dessen Schönheit vulgär und mehr als zweideutig war ...

Diese schlaffe Visage, in der sich Laster und Falschheit ausdrückten. Das Gesicht eines Gauners, Betrügers und Erpressers ... Er hatte Sarah und Annie gewarnt, hatte ihnen den schlimmsten Ärger prophezeit. Ja, aber er hatte nachgegeben. Dabei hatte er seine Erkundigungen eingeholt. Sie hätten gar nicht schlimmer sein können. Die beiden Frauen nannten das verharmlosend Verirrungen der Jugend, die man nachsehen müsse. Wenn er erst mit Annie verheiratet sei, würde der Playboy sich schon bessern ... Von wegen!

»Also«, sagte Collobrières, »einverstanden?«

»Einverstanden.«

»Und bitte keinen Scheck, nicht wahr? Sie übergeben die Summe Patrick in bar. Ich hole mir dann bei ihm das Geld.«

... Geld ausgeben, das war das einzige, was Patrick konnte. Und er machte keinen Finger krumm, um es zu verdienen. Außer dieses Mal. Aber wer war der Dumme dabei? Wer zahlte wieder einmal? Laszlo, immer Laszlo. Der Einbruch im Murène, das war Patricks letzter Ausweg, ihn erneut zur Kasse zu bitten, nachdem Laszlo ihm kurz zuvor eindeutig erklärt hatte, daß er keinen roten Heller mehr zahlen würde. Die Szene würde er so bald nicht vergessen. Der Buchhalter der Immobiliengesellschaft hatte Laszlo mitgeteilt, daß die Firma sich außerstande sähe, weiterhin die schwindelerregenden Rechnungen aller Pariser Schwulenbars zu zahlen. Der Gesellschaft drohte der Bankrott. Es konnte so nicht weitergehen. Die Kreditbank für Wiederaufbau hatte bereits jeden Kredit gesperrt.

»Wenn Sie nicht dazu fähig sind, das Unternehmen ordentlich zu führen«, hatte Laszlo ihm erklärt, »übernehme ich es wieder.«

Vielleicht war es dieser Satz gewesen, der alles ausgelöst hatte ...

Vielleicht hatte Patrick es darauf angelegt, Annie immer tiefer sinken zu lassen, um an das Geld des Vaters ranzukommen?

Das war ihm jetzt endgültig gelungen. Eine Scheidung würde alles offenbar werden lassen ...

»Patrick hat dabei nichts zu verlieren.«

Laszlo hatte laut gedacht. Collobrières, der glaubte, daß Laszlo mit ihm gesprochen hätte, lachte laut auf:

»Natürlich hat er nichts zu verlieren. Selbst als es darum ging, den Schmuck zu verstecken, hat er sich geschickt rausgehalten ... Ein besonders Schlauer! Wissen Sie, unter uns gesagt täten Sie gut daran, ihm nicht auf die Zehen zu treten. Er kennt sogar die Nummer Ihres Bankkontos bei der Vereinigten Bankgesellschaft in Lausanne ... Z 99041 ... Die Steuer wäre bestimmt daran interessiert.«

»Ist das alles, was Sie mir zu sagen haben?«

»Von mir aus schon ... Aber wissen Sie, er sagt mir auch nicht alles ...«

Die räudigen Köter schienen am Eingang des Dorfes auf sie gewartet zu haben.

»Von diesem Häuschen aus, mit dem Schild ›Öffentlicher Fernsprecher‹«, sagte Laszlo, »kann ich mir hoffentlich ein Taxi bestellen.«

»Das dürfte zwar möglich sein«, sagte Collobrières, »aber es wird nicht so rasch gehen ... Doch Mélie wird es sich sicher nicht nehmen lassen, Ihnen eine Tasse jenes ausgezeichneten Kaffees anzubieten, der den ganzen Tag lang auf dem Herd kocht. Es bleibt Ihnen sowieso nichts anderes übrig. Der Bus ist längst weg ... Gott sei Dank, daß wir zu Hause sind, es fängt wieder an zu regnen.«

Laszlo dankte für den Kaffee, aber er nahm ein Glas Schnaps an. Was blieb ihm auch anderes übrig, als sich zu betrinken, um diesen Alptraum zu vergessen. Collobrières zeigte sich von seiner liebenswürdigsten Seite. Das Unternehmen war geglückt. Casta würde fürs erste zufrieden sein, wenn er ihm sechs Millionen gab. Also blieben ihm zwei Millionen netto übrig, von denen er Patrick natürlich nichts verraten würde. Und außerdem winkte ihm eine hübsche Rente, wenn Théodose erst einmal anfing zu zahlen. Gott sei Dank, daß der Alte so vernarrt in seine Tochter war, sonst wäre die Sache nicht so einfach gewesen. Er hatte alles geschluckt.

Und was konnte Laszlo denn schon machen, wenn sie ihm später eingestehen mußten, daß weder Patrick noch er die geringste Ahnung hatten, wo der Schmuck sich befand, weil sie mit dem Einbruch gar nichts zu tun hatten?

Collobrières betrachtete hochbefriedigt den reichen, eleganten Laszlo, der Mühe hatte, den schlechten Schnaps herunterzuschlucken. Sein Anzug war zerdrückt. Sein Gesicht aschfahl...

»Wenn Sie etwas zum Umziehen in Ihrem Koffer haben«, sagte er, »können Sie ruhig in das Zimmer nebenan gehen...«

»Zu liebenswürdig«, sagte Laszlo. »Mein Koffer ist auch naß geworden. Im Hotel kann ich das alles in Ordnung bringen lassen.«

Er leerte sein Glas und fügte hinzu:

»Ich habe Ihnen acht Millionen versprochen. Sie werden das Geld bekommen. Und wenn alles gutgeht, auch das übrige. Aber was für eine Garantie geben Sie mir wegen des Schmucks?«

»Sie haben mein Wort«, erklärte Collobrières voller Würde. »Und Patricks Wort. Außerdem brauchen wir Sie, um ihn zu einem anständigen Preis zu verkaufen.«

»Und Ihre Erpressung, was meine Tochter betrifft?«

»Weder Patrick noch ich können ein Interesse daran haben, ihr zu schaden, solange sie uns etwas einbringt. Das heißt, solange Sie vernünftig sind. Wissen Sie, ich bin weiß Gott nicht geldgierig. Alles, was ich will, ist ein friedliches Leben an einem hübschen Ort und nicht zu weit von einem Spielcasino entfernt... Sie werden sehen, nachdem wir jetzt miteinander ins Geschäft gekommen sind, wird alles gutgehn.«

»Das einzige, was Sie finden mußten«, sagte Laszlo düster, »war ein geschickter Anfang.«

»So ist es«, erwiderte Collobrières. »Ich bin mit mir ganz zufrieden. Aber ich muß zugeben, daß Annie uns dabei sehr geholfen hat.«

19

Es war zum ersten Mal, daß ich träumerisch vor einem Rolls stand. Nicht etwa, daß ich ihn gewollt hätte, aber es schien mir so, als ob ganz Cannes sich in diesem chromblitzenden, schwarzlackierten Luxusgefährt spiegelte. Marlyse hielt meine Hand fest in der ihren. Waren wir nicht zu alt für diese Kinderspiele?

Cannes war etwas ganz anderes als das leichtlebige Juan-les-Pins. Hier spürte man bereits die angesammelten Erinnerungen, die eine Stadt prägen. So wie jene alten Häuser, in denen die Erben, erstaunt oder unbekümmert, einen Staub wegzufegen versuchen, der ihnen fremd ist. Ich träumte von der Zeit vor dem Krieg und versuchte, mir den jungen Roger Borniche in dieser Umgebung vorzustellen, der damals noch kein Bulle war und überhaupt nichts Besonderes darstellte, aber die Welt neu für sich entdeckte. Alles war vergessen: Das Murène, der Pinienwald, das Redoute, das Kommissariat, Tirets gleichgültige Miene, Pedronis Phrasen und alles übrige.

Wir blieben stehen, gingen wieder weiter, ich ließ mich willig von Marlyses Hand führen, die sich alles anschauen wollte. Ich gab ihrer Laune nach, ich fühlte mich wie ein gerührter alter Herr. Dabei war ich genauso alt wie sie. War es dieser gottverfluchte Fall, der auf meinen Schultern lastete?

Vorhin, im Zug, hatten wir uns die Zeit damit vertrieben, uns vorzustellen, wie wohl das Hinterland aussah. Wir malten uns die Luxusvillen in jenen Millionärsorten aus, wie zum Beispiel Grasse oder Mougins, und jetzt standen wir vor diesen chromblitzenden Schlitten und betrachteten die großen weißen Segelschiffe im Hafen. Marlyse lachte laut über einen Diener in einer Operetten-Livree, der behutsam die wackligen Schritte eines reichen alten Tattergreises lenkte. Ich blieb vor einem Bentley stehen, dessen Karosserie so blank poliert war, daß ich darin wie in einem Spiegel meinen schäbigen Aufzug betrachten konnte: das helle Sommerhemd, das schon reichlich zerknittert war, die graue, zu kurze Hose, die über den Knien Falten warf. Marlyse hatte unser Bügeleisen mitgebracht. Aber leider Gottes waren Ginos Zimmer nicht mit Steckdosen versehen.

»Sagen Sie, müssen Sie ausgerechnet hier stehenbleiben?«

Der Portier des Carlton herrschte die Landstreicher an, die wir in seinen Augen waren. Offenbar nahmen wir einem Buick den Parkplatz weg. Ich wollte schon Krach schlagen, aber Marlyse drückte beruhigend meine Hand. Wie bringen die Frauen es nur fertig, so besänftigend zu wirken? Ich trällerte ein altes Lied vor mich hin, an das ich mich plötzlich erinnerte: es ging darin um einen Empfang bei einem Minister, während die neugierigen Gaffer auf der Straße sich den Hals verrenkten. Ich zog Marlyse weiter. Zum Kuckuck mit dem tressenbesetzten Portier!

»Roger, wo gehen wir essen?«

Essen? Ich hatte noch gar nicht daran gedacht. Es war fast Mittag. Kein Wunder, daß Marlyse allmählich Hunger bekam. Die Restaurants auf der Croisette waren natürlich für uns unerschwinglich. Es sei denn, wir wollten anschließend Teller waschen oder beim nächsten Kommissariat landen. Die verlockenden Menüs, die überall angeschlagen waren, brachten mir meine keineswegs rosige finanzielle Lage wieder zum Bewußtsein.

»Weißt du, Liebling, ich habe eigentlich gar keinen Hunger ...«

Aber mit solchen mageren Worten ließ sich Marlyses knurrender Magen nicht abspeisen. Wenn sie mir so eindeutige Fragen wie »Wo gehen wir essen?« stellte, so bedeutete das, daß sie genau wußte, was sie wollte.

In der Avenue Pasteur sah ich ein kleines Lokal mit ein paar Tischen auf der Straße, neben den dicht geparkten Buicks und Cadillacs. Ein bescheidenes kleines Restaurant. Aber es war kein Tisch frei. Die Kellnerin sagte uns, wir müßten noch etwas warten. Eine dreiviertel Stunde, vielleicht auch länger. Von der Stirn des hübschen, drallen Mädchens perlte der Schweiß:

»Wenn Sie wollen, setze ich Ihren Namen auf die Warteliste.«

»Wollen wir nicht lieber gehen?«

Das war nur ein schüchterner Vorschlag gewesen. Eigentlich hatte ich keine Lust zu warten. Und am liebsten wäre ich woanders hingegangen, zum Beispiel in die Bahnhofsgegend, wo ich vorhin ein paar kleine, billige Kneipen gesehen hatte, Pizzerias, in denen wir ganz gut zu zweit eine Pizza »mit allem« hätten essen können, ohne uns zu ruinieren ...

Aber Marlyse unterbrach meine Gedanken und entschied: »Also, zwei Plätze! Wir warten.«

Was blieb mir noch anderes übrig, als schweigend zuzustimmen und zum Trost ein Küßchen auf die Wange zu empfangen, was mich nicht daran hinderte, einen ängstlichen Blick auf die Speisekarte zu werfen. So schlimm war es gar nicht: mit einem gemischten Salat, Steak und pommes frites und einem Dessert würden wir gerade noch hinkommen. Wir lehnten uns gegen die Plane eines Lieferwagens.

War es vielleicht der Kloakengestank, der aus den Gullys am

Rand des Bürgersteigs aufstieg, der unsere Vorgänger vertrieb? Jedenfalls war der Tisch rascher frei, als wir dachten. Wir setzten uns, streckten beglückt die Beine aus und gaben unsere Bestellung auf. So versessen aufs Essen war ich gar nicht. Ich begann, mich für die Gegend zu interessieren. Das Hotel Miramar war nicht weit entfernt. Es wirkte altmodisch mit seiner rosa Fassade und den grünen Fensterläden. Aber es hatte seinen Privatstrand, unterhalb der Croisette. Ein weißes Tor führte hinunter ans Meer, mit einem Schild, auf dem in Großbuchstaben stand: »Paul Viallis, diplomierter Schwimmlehrer«. Dieses Tor mußte man passieren, um das Recht zu haben, sich auf den Matratzen in der Sonne zu aalen. Die Dächer der Umkleidekabinen reichten bis zum Brückengeländer. Ein Luftballon tauchte auf, begleitet von fröhlichem Kindergeschrei. Offenbar herrschte ein reges Treiben am Strand. Man hörte das platschende Geräusch, wenn jemand kopfüber ins Wasser sprang.

»Das Wasser ist sicher schön warm«, sagte Marlyse.

Nachher, während ich mich im Miramar umsehen würde, konnte Marlyse an den – nicht besonders sauberen – öffentlichen Strand gehen, den ich ausfindig gemacht hatte, und dort ihre Reize der Sonne aussetzen. Von lobenswertem demokratischem Eifer beseelt, hatte die Stadtverwaltung ein kleines Stück Sandstrand den badefreudigen Einwohnern reserviert. Es wimmelte dort von Sonnenanbetern. Gott sei Dank, daß Marlyse nicht dick war. Vielleicht machte sie auch lieber einen Schaufensterbummel.

Während ich mein zähes Steak kaute, dachte ich daran, daß ich Cornetto, Aristides Schützling, vernehmen wollte, den Gepäckträger, der so plötzlich das Murène verlassen hatte. Unser Fall ähnelte einem Stück Gruyère, dessen Löcher ich nach und nach zu verstopfen begann. Ein erschreckend banaler Vergleich, der mir in den Sinn kam, als ich die Käseplatte auf dem Nachbartisch sah. Es war auffallend wenig Gruyère rund um die Löcher. Ach, wo waren die sahnig-weichen Camemberts von Fouras?

Ich habe mich stets über die Polizeimethoden gewundert, die darin bestehen, am Schreibtisch theoretische Überlegungen anzustellen ... Ich bin sozusagen ein experimentierender Polyp. Wenn ich eine Fährte habe, gehe ich ihr nach. Bis zum Ende. Ich versuche die Teile meines Puzzlespiels zusammenzufügen, ich schlage mich mit den lamentierenden Opfern herum, den widerwilligen Zeugen, den protestierenden Verdächtigen. Ich will alles sehen, alles hören, alles registrieren ... Ich glaube an diese Ameisenarbeit. Ich lauere darauf, daß der Verdächtige aus dem Schatten hervortritt ... Und warte auf den Augenblick, in dem er den entscheidenen Fehler macht, der den ganzen Fall für mich löst ...

»Sie sind eine Kämpfernatur«, hatte Cornélius, der Ex-Boxer, eines Tages zu mir gesagt, »ein Besessener. Sie haben sich in Ihren Job verbissen.«

Vielleicht.

Immerhin gab es dabei Höhen und Tiefen.

Es gab die Entmutigung des vergangenen Tages und den Optimismus des kommenden, oder das Gegenteil. Im Augenblick, während ich mich mit diesem mehr als mittelmäßigen Essen herumschlug, fühlte ich mich wohl. Haken, Swing, Knock out ... ich war bereit! Der rote Landwein – die anderen Weine auf der Karte waren für mich unerschwinglich – war zwar etwas sauer, aber er stimmte mich heiter und zuversichtlich. Marlyse stieß mich unter dem Tisch an, um mich daran zu hindern, vom Nachbartisch die noch fast volle Karaffe zu nehmen, die die Gäste einfach stehengelassen hatten. Als die Kellnerin auftauchte, tat ich so, als hätte ich die Hand nur ausgestreckt, um ein paar Brotkrumen vom Tisch zu wischen ...

Cornetto war ein typischer Straßenjunge, hatte stets einen Witz parat, war mit allem zufrieden und vor allem mit sich selbst. Sein Lächeln war die triumphierende Demonstration von Jugend und Übermut. Er betrat hüpfend das Büro des Empfangschefs, die Hände in den Taschen seines grauen Kittels vergraben.

»Wollten Sie mich sprechen, M'sieur?«

»Genau. Wahrscheinlich weißt du auch, weshalb. Du hast zwei Tage vor dem Einbruch im Murène deine Sachen dort gepackt ...«

»Gott sei Dank. Jetzt kann man mir wenigstens dieses Ding nicht anhängen ...«

Er starrte mich mit gerunzelter Stirn an. Aber offenbar beeindruckte ich ihn nicht sehr. Er schien aufrichtig zu sein, unbekümmert. Ein sympathischer Junge. Genau das, was Aristide gesagt hatte.

»Wie alt bist du?«

»Ich bin neunzehn ... Hören Sie, M'sieur, ich darf hier nicht so lange rumtrödeln, denn der Gast von Nummer 527 wartet auf mich.«

Ich war von seiner gutmütigen Art und von seiner entschlossenen Miene direkt gerührt. Kein Vergleich mit Rizzatos Gaunervisage.

»Ich halte dich nicht lange auf. Sag mir, was du über diesen Einbruch weißt.«

Der Junge zappelte vor Ungeduld. Er hatte es eilig, aber ich auch. Er schob sein Kinn vor zum Zeichen seiner Unwissenheit. Dann zuckte er die Schultern und antwortete mit aufrichtigem Blick:

»Ich weiß nichts, M'sieur. Haben Sie mit Aristide gesprochen?«

»Warum?«

»Weil er alles weiß. Aristide weiß immer alles. Ich habe von der Sache nur durch die Zeitungen erfahren ... Und von Roberto. Er redet ja von nichts anderem mehr!«

»Roberto?«

»Grimaldi. Der Liftboy. Er kannte die Frokians. Und dann ist da noch seine Flamme. Josée, das Zimmermädchen. Sie kannte die beiden auch ganz gut.«

»Wo kann ich diesen Roberto finden?«

»In seiner Koje. Er hat zwischen zwei und vier frei.«

Roberto Grimaldi sah ganz schön verblüfft aus, als ich seine Kammer betrat. Er riß vor Erstaunen die Augen auf und runzelte die Stirn zwischen den schwarzen dichten Brauen, was ihm das Aussehen eines chinesischen Porzellanhunds verlieh. Er stand gerade vor dem Waschbecken, dessen Emaille teilweise abgesprungen war, mit nacktem Oberkörper, das Gesicht voller Seifenschaum, um den Hals hatte er ein Frotteetuch geschlungen. Auf seiner rechten Schulter bemerkte ich ein schmeichelhaftes Mal: einen roten Fleck, der offensichtlich ein Knutschfleck war ...

Der Raum war winzig, er lag oben im Dachgeschoß. Es war gerade Platz für das Feldbett, das an der Wand stand, unter den Fotos von fast nackten Pin-up-girls. Ein Tisch, ein Stuhl, ein weißlackierter Spiegelschrank, der offenbar aus einer Versteigerung von Krankenhausmobiliar stammte. Der Tisch war ziemlich wacklig; unter das wohl zu kurze vierte Tischbein war ein Stück Kork gelegt. Die königsblaue, frisch gebügelte Livree lag auf dem Bett, ebenso wie die Mütze, auf der in Goldbuchstaben der Name des Hotels stand.

»Sind Sie ein Polizist?«

»Du hast es erraten, mein Junge.«

Ich lächelte beruhigend. Es hatte keinen Zweck, dieses Kind zu erschrecken. Er schien sich verblüfft zu fragen, wie ich in diesem Labyrinth von Fluren, in dem sich höchstens das Personal zurechtfand, seine Mansarde gefunden hatte. Ich war wie ein Schlafwandler auf dem Speicher herumgeirrt und hatte versucht, mich an die detaillierte Beschreibung des Pförtners zu erinnern. Überall sah ich mich verdutzten Gesichtern gegenüber. Türen öffneten sich einen Spalt breit, neugierig starren mich Frauen im Unterrock an. Ein paarmal hatte ich mich in der Tür geirrt, was mir bisweilen heftige Flüche eingetragen hatte:

»Scheiße! Was ist denn das für ein Trottel? Kann man in diesem Bordell nicht mal mehr ruhig schlafen?«

Ich bewegte mich in dieser sonderbaren Welt, entdeckte die verborgene Seite eines Luxushotels. Hier war ich weit entfernt von dem zeremoniellen Getue der Unterwürfigkeit, der gepflegten Ausdrucksweise, kurz und gut, der Schokoladenseite. Ich stand hier mitten in den Kulissen. Die Zimmermädchen und Liftboys hatten ihre Kostümierung abgelegt. Und auch ihr Vokabular. Hier herrschte ein anderer Ton, dreckiges Lachen, vulgäre Worte. Ich dachte an die Gespräche in Zolas »Ein feines Haus«, die das Personal von Küche zu Küche über den Hinterhof führt. Und während ich hier durch die engen Flure irrte, erinnerte ich mich an die – ähnliche – Kehrseite der Medaille im Murène, die altersschwache Dienstbotentreppe, Mags Zimmer, Rizzatos Zimmer, beide gleich schäbig ... Während die Hotelhalle, die Salons, die Gästezimmer mit einem fast übertriebenen Luxus ausgestattet waren!

Die Kulissen, das war die Ärmlichkeit, die Trostlosigkeit, in der sich diese Marionetten bewegten.

Marionetten wie ich.

Ich bin ein Polizist, ich bin eine Marionette, eine Kasperlefigur ohne Uniform, an deren Fäden die hohe Verwaltung je nach Lust und Laune zieht, so wie die Millionäre des Carlton und des Miramar an den Fäden jener livrierten Lakaien zogen, mit der diensteifrigen Hilfe der Personalleiter ...

Portiers, Liftboys, Zimmermädchen, Gepäckträger, Kellner, wir alle saßen im gleichen Boot.

Wir dienten. Der Politik oder dem Kapital.

Wir waren Handlanger, mit wöchentlichem oder monatlichem Lohn. Und wenn wir uns besonders angestrengt hatten, durften wir zum Dank an einem Stück Mohrrübe knabbern.

Und dafür zahlte man uns einen Hungerlohn. Die paar Pfennige, die wir im Monat verdienten, gewann oder verspielte einer jener ungekrönten Könige der Côte d'Azur in ein paar Sekunden am Spieltisch ...

Das Gesicht voller Seifenschaum starrte mich Roberto an, als hätte er Angst vor mir.

»Ich habe so was läuten hören, daß du die Frokians kennst«, sagte ich. »Du weißt schon, der Juwelier, der damals im Murène wohnte ... Wegen dieser Sache bin ich hier.«

Der Junge hatte Angst. Sein guter Job, seine Ersparnisse, seine Wäscherei, von der er träumte ... Wenn der Chef des Miramar erfuhr, daß er sozusagen vor der Nase des Ehemanns unbekümmert mit der verführerischen Sarah geschlafen hatte, war alles aus. Wenn die Zeitungen über Sarah und ihn berichteten, konnte er gleich sein Bündel packen. Die Frau des berühmten Laszlo Frokian, der wegen einer völlig belanglosen Geschichte das Carlton verlassen hatte, wo er sozusagen Stammgast war ... Wie konnte er auch solche Dummheiten machen? Er wäre besser zu Bett gegangen, statt sich mit der Kellnerei in jenem Luxuslokal von Saint-François-les-Sources die Nacht um die Ohren zu schlagen.

Und jener Abend, als er auf sein Fahrrad gestiegen war, um noch nach Dienstschluß bis Juan zu fahren und um das Murène herumzustreichen? Dabei war er hundemüde gewesen, aber Sarahs Parfumgeruch hing ihm noch in der Nase. Sarah! Ihretwegen war er nach Juan gefahren, und dort mußte ihn irgend jemand vor dem Murène beobachtet haben – ausgerechnet am Abend vor dem Einbruch. Und außerdem kannte er den Schmuck. Als sie das letzte Mal miteinander geschlafen hatten, lag er auf dem Nachttisch.

Oh, natürlich, er würde nicht im Kittchen landen. Er könnte beweisen, daß er nichts damit zu tun hatte. Aber man würde ihn vor die Tür setzen. Und dann konnte er seinen Waschsalon vergessen.

Er wollte etwas sagen. Aber seine Kehle war wie zugeschnürt. Wer hatte diesem Inspektor mit den dunklen, schmalgeschnittenen Augen, der ihn mit seinem spöttischen Lächeln unverwandt ansah, etwas von ihm erzählt? ... Dieses Murène war wirklich eine nationale Katastrophe! Wer hatte diesen Polypen in seine Dachkammer geschickt? Paul Grimaud, der Portier, sein Vertrauter, sein Vater sozusagen ... ? Paul, dem er alles erzählt hatte ... Seine Liebesabenteuer, seinen Ausflug nach Juan ... Oder war es Meffret gewesen, der alte, eifersüchtige Nachtportier, der nichts anderes zu tun hatte, als an den Türen zu horchen und alles dem Empfangschef weiterzusagen?

Meffret konnte Sarah nicht ausstehen. Bestimmt war er es

gewesen. Übrigens mochte er überhaupt niemanden außer seinen streunenden Kater, dessen verstümmelter Schwanz das Ergebnis des plötzlichen Zuschlagens einer Dienstbotentür war. Meffret hatte diesem gutmütigen Dummkopf von Grimaud die Würmer aus der Nase gezogen und dem Empfangschef die Neuigkeiten noch warm serviert. Und deshalb stand jetzt auch dieser Polyp in seinem Zimmer ...

Ein komischer Polyp, der auf der flachen Hand ein Geldstück hüpfen ließ. Was wußte er eigentlich genau? Er konnte Roberto nicht eine Sache anhängen, mit der er absolut nichts zu tun hatte ... Hatte er bereits Josée, das Dienstmädchen, befragt? Die hatte ihm an dem Tag, an dem er nach Juan fuhr, vor Eifersucht eine ganz schöne Szene gemacht, seine Josée: »Glaub nicht, daß ich ihren Schmuck nicht kenne ... Dich interessieren doch nur ihre Kohlen, nicht wahr?«

Als sie am nächsten Tag die Zeitung las, während sie voller Appetit ein Hörnchen verschlang, das die alte Dame von Nummer 322 liegengelassen hatte, sagte sie: »Na, hast du vielleicht das Ding gedreht? Wenn du willst, bist du gar nicht so dumm ...«

»Sag mal, mein Junge, machst du nun endlich den Mund auf oder nicht? Ich habe dich gebeten, mir etwas von dem Einbruch im Murène zu erzählen und von den Frokians. Hast du verstanden?«

Er starrte mich an wie ein hypnotisiertes Kaninchen. In seinen Zügen lag eine derart panische Angst, als wollte ich ihn geradewegs auf die Guillotine schicken. Er stammelte:

»Ich kann Ihnen nichts darüber sagen, Monsieur. Ich weiß nichts ... Ich schwör's Ihnen!«

Er hatte das in einem Ton gesagt, als wollten ihn Richter in schwarzem Talar an einem Bratspieß rösten.

»Wenn du von der Sache nichts weißt, mein Junge, weshalb regst du dich dann so auf?«

»Ja, Monsieur.«

»Ja, was?«

Er schluckte mühsam. Ich stellte mich ihm gegenüber und sah ihm fest in die Augen.

»Am Tag nach dem Einbruch hast du mit Cornetto darüber gesprochen. Er fand, du hättest ganz komisch reagiert. Ja, du wärst völlig außer dir gewesen. Du kanntest den Schmuck der Frokians recht gut.«

»Wie jeder im Hotel ... Madame trug ihn sehr oft ...«

»Josée gefielen ihre Diamanten auch ganz gut, nicht wahr?«

»Sie ist ein Zimmermädchen, Monsieur. Man träumt immer von den Dingen, die man sich selbst nicht leisten kann ...«

Der Junge war ganz schön schlau. Er redete jetzt wie ein alter Philosoph. Nein, aus dem war bestimmt nichts mehr rauszukriegen. Ich hatte gerade noch eine knappe Stunde, bevor ich wieder mit Marlyse verabredet war. Ich ging noch rasch bei Josée vorbei.

Aber die war noch schlimmer als Roberto. Sie blieb völlig stumm. Ich vertrödelte hier meine Zeit. Ich hatte es satt, weiter mit Windmühlen zu kämpfen. Marlyse hatte sich doch am öffentlichen Strand geaalt. Ihre Nase hatte zuviel Sonne abbekommen. Als wir wieder im Zug nach Juan saßen, hob sie besorgt ihren Zeigefinger:

»Ich lasse dich nie wieder allein in Cannes«, sagte sie. »Hier gibt es ja nur Schwule! Die dicke Fernande hatte mich ja schon gewarnt ...«

»Niemand interessiert sich für mich, Darling«, sagte Suzan Fuchs.

Sie streckte herausfordernd ihre nackten Brüste vor und schmollte.

»Warum hat mich niemand vernommen? Mein Cadillac stand doch in der Nacht des Einbruchs direkt unter Mags Balkon, nicht wahr?« fuhr sie fort.

»Ja, ja«, murmelte Trachelle, den die unersättliche Amerikanerin ziemlich erschöpft hatte.

Ein schwaches Licht fiel in die ehemaligen Stallungen, die man für die Dienstbotenzimmer umgebaut hatte, und hob die reizvollen Kurven der liebesdurstigen Schönen aus dem Dunkel. Ihre Lieblingsstellung, im Schneidersitz auf dem Bett sitzend, gab ihre intimsten weiblichen Reize preis. Trachelle wandte den Blick ab, er hatte genug, er streckte die Waffen. Zerstreut berührte er die rotblonden Haare mit seinen Lippen.

»Nun beklag dich mal nicht«, sagte er. »Die Polypen waren hinter allen her, und daß sie dich nicht behelligt haben, ist bloß normal. Sie wissen genau, daß du nichts mit der Sache zu tun hast, schließlich hast du selbst genügend Kohlen. Und daß sie deinen Cad nicht als Schemel benutzt haben, hat die Polizei gleich zu Anfang festgestellt ... Keine Spuren, kein Borniche ...«

»Sag nicht immer Cad, das klingt so vulgär.«

Trachelle hätte der hübschen Suzan am liebsten erwidert, daß sie, bevor sie ihm Unterricht im Benehmen gab, sich besser anständig hinsetzte.

Er seufzte. Er sagte nichts.

Er suchte seine Jacke und kämmte sich kurz die Haare.

»Ich muß gehen. Brocas kommt heute erst um fünf. Wenn Théodose sieht, daß niemand in der Bar ist ... Und die alte Mag ist wieder ganz schön auf dem Posten. Sie will das ganze Personal rauswerfen ...«

»Bleib noch ein wenig. Ich muß dir etwas sagen, ich habe ein Problem. Ich habe meinen Schlüssel verloren.«

Er hatte wirklich ein Faible für dieses hübsche Mädchen, das immer noch nackt auf seinem Bett saß. Und sah sie jetzt amüsiert und zärtlich an. Sie vergaß immer irgend etwas ... Sie gehörte zu denen, die den Kopf verlieren. Und vor allem ihre Schlüssel ...

Sie würde in ihrer Tasche, auf dem Armaturenbrett ihres Wagens oder in der Manteltasche ihren Schlüsselbund schon wiederfinden. Er zuckte die Schultern.

»Natürlich hast du deine Schlüssel! Sieh erst mal richtig in deiner Tasche nach.«

»Du hast mich nicht verstanden, Jean ... Nicht meine sondern die von der Gittertür ... Vom Chemin des Sables! Albert hatte mir den Schlüssel geliehen, damit ich mir ein Doppel anfertigen lassen konnte ... Du weißt doch, es war immer so kompliziert, weil man nach Mitternacht nicht mehr herein- oder herauskonnte ...«

Trachelles Hände wurden plötzlich feucht und verkrampften sich. Suzan hatte allen Grund, sich Sorgen zu machen. Aber nicht ihretwegen, sondern seinetwegen! Wenn Borniche sich bei dem Schlosser erkundigt hatte, wußte er, daß irgendwo ein Nachschlüssel existierte ... Der Schlosser hatte bestimmt auch gesagt, daß er ihn für Suzan angefertigt hatte. Und Suzan, das bedeutete Trachelle ...

»Wußte der Schlosser, wer du bist?«

Sie schüttelte die blonde Mähne.

»Nein, Liebling. Ich habe im voraus bezahlt und Jean-Jacques hingeschickt, um den Schlüssel abzuholen.«

»Du bist dämlich«, brummte Trachelle. »Du bist wirklich dämlich.«

»Es war doch nur, um bei dir sein zu können. Damit ich raus- und reingehen konnte, wann ich wollte ...«

Jean Trachelle war am Boden zerstört. Es war aus. Mit dem friedlichen Leben war es vorbei. Dieser Job im Murène war nicht mit Gold aufzuwiegen! Man schaffte sich nicht zu Tode und bekam dicke Trinkgelder ... Eigentlich konnte sie ja gar nichts dazu, diese Amerikanerin mit den rundlichen Hüften, die von seiner Pariser Vergangenheit nichts wußte. Niemand wußte etwas davon, nicht einmal Théodose ... So schlimm war es ja auch gar nicht: eine auf

Bewährung ausgesetzte Gefängnisstrafe wegen Körperverletzung. Und eine andere wegen versuchten Betrugs, nur eine ganz kleine Sache. Aber wegen dieses Nachschlüssels würden sie anfangen, in ihren Archiven zu wühlen, Register und Akten zu wälzen ... Und die Polypen würden auf ihn losgehen und versuchen, ihn zu einem Geständnis zu bringen ... Aber was sollte er gestehen?

Was für Hintergedanken hatte Borniche wohl an jenem Tag gehabt, als er mit ihm in der Bar plauderte? Er hatte beobachtet, wie dieser Pariser Polyp mit der langen Nase sich mit Aristide und Jean-Jacques Ruggieri draußen auf dem Parkplatz unterhalten hatte.

Er, Trachelle, wußte noch genau, was er in der Nacht des Einbruchs getan hatte. Er hatte sie mit Suzan in seinem Zimmer verbracht. Und diese Hexe war wie immer unersättlich gewesen. Sie konnte einfach nie genug kriegen.

Gegen Mitternacht war er aufgestanden, um zur Toilette zu gehen. Er hatte Arrighi, Rizzatos Freund, den Schwimmlehrer, getroffen. Die beiden hatten sich kurz zugenickt, im Vorübergehen ... Jetzt, wenn er darüber nachdachte, fragte er sich, warum Arrighi so verlegen gewesen war. Übrigens war er noch völlig angezogen gewesen. Wo hatte er sich wohl herumgetrieben?

Ja, woher war Dominique Arrighi, mit Spitznamen der Frosch genannt, wohl in jener Nacht gekommen? Von links. Von dem linken Flur. Und das war ungefähr um die Zeit des Einbruchs gewesen.

Dieser linke Flur führte zum Nebenausgang hinter Rizzatos Zimmer, also zur Waschküche und also zur Gittertür am Chemin des Sables ...

Die Erleuchtung traf Trachelle wie ein Blitz. Er hatte alles verstanden. Der Frosch hatte den Einbrechern die Pforte geöffnet. Mit Suzans Schlüssel, den er mühelos hatte stiebitzen können, weil sie ja überall ihre Sachen rumliegen ließ. An diesem Abend hatte sie ihn gar nicht gebraucht. Sie war gegen elf Uhr in Trachelles Zimmer gegangen und hatte dort brav auf ihn gewartet, während sie sich die blonde Mähne bürstete.

Der Frosch, dieser Waschlappen, hatte es natürlich nicht gewagt, die Gitterpforte wieder abzuschließen, nachdem seine Komplizen sich davongemacht hatten. Mags Geschrei und die Rufe des Blumenhändlers hatten ihn geweckt. Und als Bergaud verschwunden war, um Théodose in der Villa César zu verständigen, war der Frosch rasch rausgelaufen, um die Pforte doch noch zu verschließen.

Arrighi war Korse.

Wie Rizzato.

Der würde niemals etwas zugeben.

Die waren alle von der gleichen Sorte.

Was für ein Bordell, dieses Murène!

Und dieser Auguste, Rizzatos anderer Kumpel, der Sohn der alten Bovetti, taugte zu nichts anderem, als den lieben langen Tag Boule zu spielen, während sein Vater im Sanatorium krepierte.

»Woran denkst du?« fragte Suzan und schlug ihre braungebrannten Schenkel übereinander.

»Daß ich durch dich ganz schönen Ärger bekommen werde.«

Nein, Trachelle würde keinen Ärger bekommen.

Dagegen Madame Mag...

Wir hielten endlich den Bericht eines Gerichtsmediziners in Händen, der einen Kollegen aus Marseille versuchsweise gefesselt und geknebelt hatte. Der Arme wäre fast erstickt! Außerdem wäre es doch auch interessant zu erfahren, ob der Knebel nun trocken oder naß gewesen war... Ich hatte mir die Aussage des Blumenhändlers Bergaud noch einmal durchgelesen. Er hatte das Frotteehandtuch angefeuchtet, um damit Madame Mags Stirn zu kühlen. Ohne es zu wissen, hatte er damit ein Beweisstück unbrauchbar gemacht. Der Knebel konnte vorher genausogut trocken gewesen sein. Und das bedeutete...

Außerdem stimmte mich dieser Erschöpfungszustand mißtrauisch, der Mag ausgesprochen zupaß zu kommen schien. Ich hatte die Apothekerin gefragt. Sie hatte mir bestätigt, daß Madame Mag sich mit Tabletten vollstopfte: »Das hielte kein Pferd aus«, hatte sie mir bereitwillig und freundlich erklärt.

Und der Augenarzt... Gestern hatte ich mir seine Patientenkartei angesehen, die er sorgfältig geordnet in seiner Praxis aufbewahrte. Madame Mag hatte eine Myopie von –25. Ohne Brille konnte sie unmöglich einen Gegenstand erkennen, der weiter als dreißig Zentimeter entfernt war...

Es gab da eine ganze Menge rätselhafter Dinge bei dieser so unauffälligen, unansehnlichen, bigotten Frau... Diesem Wesen mit übermenschlichen Kräften, das vier Stunden lang, ohne zu ersticken, einen Knebel im Mund gehabt haben wollte...

Gott sei Dank, ihr Befinden schien sich gebessert zu haben. Der Quell ihrer ärztlichen Bescheinigungen war offenbar versiegt.

Jetzt kam sie mir nicht mehr so leicht davon.

Als ich vor ihr stand, brachte mich ihre frömmelnde Miene auf die Idee, ohne Umschweife und direkt zum Angriff überzugehen:

»Madame Mag, schwören Sie mir beim Kreuze Christi, daß nicht Sie selbst den Diebstahl begangen haben!«

Das Kruzifix, das Weihwasserbecken, die Acht-Uhr-Messe jeden Tag... Gott verzeih mir, aber ich hatte da einen sicheren Weg gefunden, die Wahrheit aus ihr herauszukriegen, und das würde ich mir nicht entgehen lassen. Das Heil seiner Seele setzt man nicht so leicht aufs Spiel, nicht wahr?

»Also, ich höre, Madame Mag.«

Sie saß mir gegenüber auf dem berühmten Stuhl im Büro des Kommissariats. Ihre Handtasche hielt sie auf dem Schoß. Mit ihren gefalteten Händen war sie ein Bild biblischer Frömmigkeit. Die dünnen Lippen bewegten sich, aber sie brachte keinen Ton heraus.

»Madame Ruggieri, Sie haben ein Geheimnis. Das ist ganz offensichtlich. Ich spüre das. Die Leute sind fest davon überzeugt, bei jedem ihrer Verhöre immer wieder das gleiche zu sagen. Sie irren sich. Nur wenn man die Wahrheit sagt, unterläuft einem nie ein Fehler. Sie, Madame Mag, haben etwas ganz anderes getan. Sie haben sich hinter Ihren ärztlichen Attesten verschanzt... Ich will Ihnen mal was sagen, Madame Mag, daß Sie vier Stunden lang ohnmächtig gewesen sein wollen, ist völlig unglaubwürdig. Und außerdem...«

Ich beugte mich über ihre Schulter.

»Sie gestatten?«

Ich nahm ihr ihre Brille ab und legte sie vorsichtig auf den Schreibtisch. Dann nahm ich ein Lineal zur Hand, ging ein paar Schritte nach vorn, bis ich etwa einen Meter von ihr entfernt stand, und näherte mich ihr langsam.

»Können Sie mir sagen, was ich in der Hand habe?«

Sie runzelte die Stirn. Sie gab sich offenbar verzweifelte Mühe. Aber sie konnte nichts sehen.

»Ihre Brille? Einen Aschenbecher? Einen Revolver?«

Sie zögerte und sagte dann:

»Einen Revolver.«

»Und jetzt?«

Ich stand vielleicht noch fünfzig Zentimeter von ihrem Gesicht entfernt und streckte meinen Zeigefinger aus.

»Ein Lineal«, sagte sie.

»Nein, das war mein Zeigefinger.«

Ich gab ihr ihre Brille wieder.

»Sehen Sie, Madame Mag, das war ein schlagender Beweis: Sie konnten die Diebe gar nicht erkennen, als sie vom Balkon aus in in Ihr Zimmer traten. Auch der Richter wird Ihnen das nicht abnehmen ...«

Sekunden vergingen. Sie kämpfte mit sich selbst; ich spürte geradezu, wie sie innerlich mit sich rang.

»Madame Mag, ich sage Ihnen jetzt etwas im Vertrauen. Ich bin sehr katholisch und gehe jeden Sonntag zur Kommunion.«

»Ich auch, Herr Borniche.«

»Schön, und da wir beide gläubige Menschen sind, schwören Sie mir jetzt beim Kreuze Christi, daß Sie den Diebstahl nicht begangen haben.«

»Ich schwöre.«

Sie hatte dies mit soviel Überzeugungskraft und so spontan gesagt ...

»Gut. Dann schwören Sie mir jetzt auch, daß Sie nicht wissen, wer die Einbrecher waren.«

»Daß ich ...«

»Ja.«

Sie war im Begriff zu reden, ja, sie ... Verdammt! Jemand klopfte an die Tür. Diese Unterbrechung hatte genügt, sie ihre Fassung wiedergewinnen zu lassen.

Der kahle Kopf des honigsüßen Wachtmeisters schaute zur Tür herein, mit seiner Fistelstimme verkündete er:

»Rechtsanwalt Carlotti ...«

Der berühmte Anwalt trat in das Büro und kam mit ausgestreckter Hand auf mich zu.

»Herr Oberinspektor! Ich kam ganz zufällig gerade vorbei. Man hat mir gesagt, daß Madame Mag in Ihrem Büro ist. Ich nehme doch an, daß es nichts Ernstes ist?«

Der Hundesohn!

Pianas, Frokians, Pelegrinis, Guérinis und Rizzatos Anwalt ... Jetzt kam er schon zu mir ins Kommissariat, um mich zu provozieren, mich um den wohlverdienten Erfolg zu bringen ... Und er lächelte auch noch liebenswürdig mit seinen vorstehenden Zähnen ...

»Ich komme gerade aus dem Büro des Untersuchungsrichters, mein lieber Inspektor. Madame Ruggieri wurde bei dem Einbruch im Murène selbst geschädigt. Sie hat ihre ganzen Ersparnisse dabei verloren. Für sie sind dreißigtausend Francs ein kleines Vermögen ... Deshalb fand ich es auch angebracht, in ihrem Namen eine Anzeige wegen Einbruchs zu erstatten. Und außerdem werden wir bei dem Prozeß als Zivilkläger auftreten.«

So ein gerissener Hund!

Madame Mag war Zivilklägerin. Die Polizei hatte also kein Recht mehr, sie zu verhören. Die Bestimmung der Strafprozeßordnung, die ich sogar auswendig konnte, besagte ganz eindeutig: »Der Zivilkläger darf nur in Gegenwart seines Anwalts verhört oder Zeugen gegenübergestellt werden, es sei denn, er verzichtet ausdrücklich auf dieses Recht. Zu jeder Vernehmung muß er spätestens vierundzwanzig Stunden vor dem festgesetzten Termin mit Einschreibebrief geladen werden ...«

Damit waren mir die Hände gebunden. Und Pedroni ebenfalls. Nur der Untersuchungsrichter konnte in Zukunft Madame Mag vernehmen. Und mit sittsam über ihrem Gebetbuch gesenktem Blick, begleitet von ihrem Rechtsanwalt, würde sie ihm ihre Märchen auftischen ... Rechtsanwalt Carlotti hatte das Recht auf Einsicht in die Protokolle der Vernehmungen. Er würde rechtzeitig gewarnt werden, wenn sich ein Gewitter zusammenbraute, und die Schläge auf seine Art parieren....

Ich war außer mir vor Empörung.

»Ich hoffe, Sie sind mir deswegen nicht böse, Monsieur Borniche?«

Nein.

Weil ich jetzt alles begriffen hatte.

Herzlichen Dank, Carlotti, alter Fuchs.

20

»Ich habe sehr viel Sympathie für Sie, Monsieur Borniche. Sie sind nicht so wie die anderen Polizeibeamten.«

»Danke, Théodose, dabei habe ich Sie doch ganz schön geärgert. Sie haben allen Grund, mir böse zu sein, geben Sie's nur zu.«

»Nein, nein ...«

Wir saßen unter einem großen, schattigen Baum im Pinienwald. Ich hatte den Eindruck, als rezitierten wir einen Dialog aus einem Pagnol-Stück. Die Grillen zirpten, der Koch ging mit seiner makellosen Schürze im Hintergrund hin und her, Blumen dufteten – das Mittelmeer wie auf einer Kitschpostkarte. Théodose hatte soeben eigenhändig einen Orangensaft für mich bereitet. Mein Stuhl stand am Stamm einer italienischen Pinie, deren rote Rinde ich unwillkürlich abschälte. Ich störte die Ameisen auf, die in alle vier Himmelsrichtungen davonrannten. Und plötzlich sagte ich ihm ganz gelassen:

»Théodose, Sie wissen alles. Sie haben mir eben gesagt, daß Sie mich sympathisch finden ... daß Sie Vertrauen zu mir haben ...«

Nach diesem ganzen Zirkus hatte ich endlich begriffen. Aus Intuition oder aus Logik, ich wußte es nicht. Pedroni und ich hatten so viele Zeugen vernommen, nachgeforscht, Vermutungen angestellt, immer wieder überlegt und nachgedacht ... Und eine Schlußfolgerung war ganz eindeutig, und wie alle Dinge, die klar auf der Hand liegen, überraschte sie durch ihre Einfachheit. Die drei, die niemand im Verdacht hatte. Madame Mag, Monsieur Théodose, Monsieur Fabrice ...

Nur sie konnten es sein. Das heißt, einer von ihnen.

Oder vielleicht zwei.

Jedenfalls, das spürte ich, ich war der Lösung auf der Spur. Meine Finger krampften sich um dieses Stück Rinde und zerbröselten es ...

»Théodose, man hat Sie getäuscht.«

Er sagte kein Wort, seine Hände lagen auf dem Tisch. Aber sein Blick wurde unruhig.

»Théodose, man hat Sie verraten.«

Eine ungewöhnliche Erregung hatte sich meiner bemächtigt; sie verlieh mir die Unerschütterlichkeit eines Panzerwagens.

»Ich weiß, daß Sie mit der ganzen Sache nichts zu tun haben, Théodose. Es waren die anderen ... Die beiden anderen ...«

»Ich verstehe nicht, Inspektor.«

Es war ein schwacher Protest, eine kaum wahrnehmbare Geste.

»Als ich noch ein kleiner Junge war, habe ich auch immer die Rinde von den Bäumen geschält, Monsieur Borniche ... Von den Platanen und den Linden ...«

Ich hielt verwirrt inne. Ich hatte soeben ein großes Stück Rinde in Form einer Wolke vom Stamm gelöst.

Das Murène hatte nicht mehr viele Gäste. Der Septemberwind hatte die Côte leergefegt. Es begann bereits, nach zusammengeklappten Sonnenschirmen auszusehen. Auch Marlyse hatte keine Lust mehr. Sie hatte mich schon gefragt, wann ich denn zurückfahren wollte. Sie hatte nur noch einen Tag Urlaub ...

»Du hast doch hier nichts mehr zu tun«, hatte sie zu mir gesagt.

Und es war wohl in diesem Augenblick gewesen, in dem ich alles begriffen hatte. Das heißt, fast alles. Es war eher wie ein Traum. Ich ließ mich von einem unerklärlichen Gefühl treiben, einer mir selbst kaum bewußten Einsicht in das Unabwendbare der Ereignisse. Marlyse war gekommen, Marlyse würde wieder gehen ... Ich selbst war nur mit ein paar Hemden für zwei oder drei Tage gekommen und war immer noch hier.

»Théodose, Sie schützen jemanden, und ich weiß auch, wen.«

»Inspektor, Sie zerstören mein Leben.«

Die Geste war ebenso theatralisch gewesen wie dieser Satz. Die Hand von Théodose, seine weiche Hand mit den manikürten Fingernägeln, verharrte einen Augenblick in der Luft. Dieser Sohn aus Burgund hatte Gesten wie ein römischer Volksredner. Erinnerungen an den »Perroquet Rose«?

»Sie sind ein Kind, Théodose.«

Ich bedauerte diese Worte sofort wieder. Meine Aufgaben gestatten mir nicht, so etwas zu sagen. Ich versuchte, mich selbst zur Raison zu bringen, das grelle, betäubende Zirpen der Grillen rings um mich zu vergessen.

»Ich möchte mit Fabrice reden.«

»Er ist nicht mehr hier.«

Alles trug die Bitterkeit des unwiederbringlich Verlorenen in sich. Er war nicht mehr hier, natürlich.

»Sein Vater hat sich gerade in der Nähe von Straßburg ein kleines Besitztum gekauft. Eine ehemalige Elsässer Großbäckerei aus der Jahrhundertwende, ein sehr passender Alterssitz für einen Botschafter, der sich aus dem öffentlichen Leben zurückgezogen hat... Haben Sie eigentlich bemerkt, man sagt ›öffentliches Leben‹ und ›öffentliches Haus‹ – die gleiche Redewendung...«

Er zwang sich zu einem amüsierten Lächeln, das einem fast ins Herz schnitt. Weshalb war ich plötzlich meiner selbst so sicher? Ich wußte, daß ich auf der ganzen Linie Erfolg haben würde.

»Fabrice ist nicht bei seinem Vater, Théodose. Sagen Sie mir offen, wo er ist.«

Ich wußte, daß ich wieder die Polypenmiene aufgesetzt hatte, die mir selbst verhaßt war. Und um das Bild zu vollenden, fügte ich noch leise hinzu: »Es ist auch für Sie besser.«

Er stand auf.

Ich hatte den Eindruck, er wolle plötzlich davonlaufen, eine völlig alberne Idee, als könne er mir dadurch entkommen. Mein Zigarettenpäckchen war leer. Ich zerknüllte es und warf es auf die makellose Wiese. Weshalb sollte ich mich eigentlich nicht wie ein Bulle benehmen, wenn ich schon einer war?

»Jean-Jacques!«

Théodose hatte laut gerufen. Mags Bruder erschien auf der Schwelle des Murène.

»Ein Päckchen Philip Morris für Herrn Borniche!«

Ein paar Minuten später wurden mir meine Zigaretten auf einer Untertasse, mit einem Streichholzbriefchen daneben, serviert, das das Wappen des Murène trug: der Kopf eines Raubfischs auf himmelblauem Grund.

»Issenheim«, sagte er. »Etwa zehn Kilometer von Straßburg entfernt. Jedermann kennt den Botschafter dort... Aber ich glaube nicht, daß Fabrice Ihnen viel sagen kann... Wissen Sie, Monsieur Borniche, ich habe mich entschlossen, die Opfer des Einbruchs alle ohne Ausnahme zu entschädigen. Die Frokians, die Meyers und die anderen. Oh, ich weiß natürlich, Ihr Stolz als Polizeibeamter... Sie werden den Schmuck nicht wiederfinden.«

»Sagen Sie mir, wo Fabrice ist, Théodose. Es wird alles gutgehen.«

Er sah mich an. Ich hatte noch nie bemerkt, daß seine kleinen Schweinchenaugen so unendlich traurig waren.

»Ich weiß nicht genau, in Griechenland oder in der Türkei«, sagte er mir. »Ich habe ihm geraten zu verreisen. Wir waren schon seit längerem eingeladen... Damit er etwas auf andere Gedanken kam, verstehen Sie... Er nahm sich alles so zu Herzen, viel zu sehr.«

»Natürlich«, erwiderte ich.

»Diese Schlägerei mit Patrick Meyer, diesem kleinen Halunken...«

»Sie haben Sie alle beide verraten, Théodose. Madame Mag und Fabrice. Ich bin nicht Ihr Feind, Théodose. Sie tun mir leid. Wo ist Fabrice?«

»In Istanbul.«

Er war in sich zusammengesunken.

Er weinte, und ich schämte mich.

Ich konnte nichts für ihn tun.

Verdammter Job. Und diese Grillen, die nicht aufhörten, mir die Ohren vollzuzirpen.

Jetzt war alles klar. Ich sollte vor Freude in die Hände klatschen. Ich seufzte leise. Vor mir saß ein Mann und weinte. Eine Fliege wanderte über eine ausgepreßte Orangenhälfte. Ich legte Théodose meine Hand auf die Schulter. Ich rührte mich nicht. Ich murmelte unablässig Worte des Trostes, ich gab meiner Zärtlichkeit für diesen kindgebliebenen, traurigen, alten Mann nach.

Mit der linken Hand verscheuchte ich das Personal, das uns dümmlich von der Küchentür her anstarrte, vor der es sich neugierig versammelt hatte.

Über mangelnde Folklore brauchte ich mich nicht zu beklagen. In Istanbul begegnete ich ihr auf Schritt und Tritt. Ich fühlte mich direkt winzig hinter dem Koloß von Gendarm mit dem aufgezwirbelten Schnurrbart, der mich an jenem Morgen durch die Flure des Polizeipräsidiums geleitete. Es ging hier hörbar geschäftig zu, Stimmen, Rufe, die sich gegenseitig übertönten, Schuhe scharrten über den Zementfußboden des Wachhäuschens. In dem Innenhof, in dem laut aufheulend Motorräder anfuhren, hallte jedes Geräusch wider.

Aber ich fühlte mich durchaus nicht fremd hier. Ich erkannte im Flur den durchdringenden Ledergeruch wieder ... Wie in Juan-les-Pins, wie überall in den Kommissariaten. Offenbar war dieser Geruch allen Polypen der Welt gemeinsam, auch wenn sie einen scharlachroten Fes trugen – es war wie ein Erkennungszeichen.

Kommissar Müsnu Gökcen sprach französisch, wie man mir versichert hatte. Er war der Leiter der Kriminalpolizei von Istanbul. Ich setzte mich auf eine Bank und wartete. Im Augenblick war ich sein erster, sein einziger Besucher. Alle zehn Sekunden marschierte der wachhabende Polizist an mir vorbei – offenbar eine Art Ehrenbezeugung. Dieser Dickwanst in Zuaven-Uniform hatte den Gendarm abgelöst. Aber sein Schnurrbart stand dem seines Kollegen in nichts nach. Jedesmal, wenn er wieder kehrtmachte, bedachte er mich mit einer Grimasse, die wohl ein Lächeln bedeuten sollte. Ich gab ihm seine Grimasse zurück. Ich wurde den unangenehmen Eindruck nicht los, den Angeklagten zu spielen, der darauf wartete, vor seinen Richtern zu erscheinen. Und wie alle Angeklagten der Welt hatte ich mich zu gedulden. Nur war ich daran wohl nicht genügend gewöhnt, denn ich sah ständig nervös auf meine Uhr ... Diese Uhr, die ein türkischer Zöllner bei meiner Ankunft auf dem Flughafen von Yesilkoy aufmerksam von allen Seiten betrachtet hatte; ich hatte keine Ahnung, weshalb. Vielleicht hielt er mich für einen Superspion, der mit dem neuesten Miniatur-Material des französischen Geheimdienstes ausgerüstet war?

Der bärtige Riese, der den stummen Dialog mit meiner Uhr beobachtet hatte, pflanzte sich vor mir auf. Er gab mir mit einer recht verständlichen Gestik zu verstehen, daß sein Chef nicht mehr lange auf sich warten lassen würde. Ich fühlte mich ungeheuer allein in diesem riesigen Polizeigebäude, das ich nur mit Mühe und Not gefunden hatte, nachdem ich ziemlich lange durch breite Straßen mit fremdartig klingenden Namen geirrt war. Wie immer war mein Hotel, das Plaza, ein drittklassiges Etablissement.

Ich hatte es in der Asland-Yataëi-Straße, die in dem modernen Viertel von Beyögul lag, ausfindig gemacht. Aber der Blick war ein anderer als der aus dem Redoute in Juan ... Mein Zimmer ging auf den Bosporus hinaus! Istanbul mit seinen vielen tausend Lichtern hatte mir in der vergangenen Nacht zu Füßen gelegen. Der Galata-Turm, der aus den niedrigen kleinen Holzhäuschen und Gärtchen herausragte. Die tausend Blinklichter der Ferry-Boote, die eine Brücke zwischen Europa und Asien bilden, und der Schiffe, die das Goldene Horn umfahren ... Die Blaue Moschee mit ihrer großen Mittelkuppel und den vier Halbkuppeln ringsherum, die sich von dem sternenbesetzten Himmel abhoben ... Einen Augenblick lang hatte ich fasziniert das Murène, Fabrice und meinen Auftrag vergessen ... Und mich in dem Glauben gewiegt, ein einfacher Tourist zu sein. Aber heute morgen hatte ich früh aufstehen müssen. Es war aus mit den nächtlichen Träumen. Der Angestellte der Air-France-Agentur hatte mir auf der Karte meinen Weg vom Taksim-Platz aus gezeigt. Und so sah ich mich erneut unter meinesgleichen, unter den Polypen. Meinen Brüdern?

Bruder Kommissar erschien endlich. Mit einer knapp einstündigen Verspätung. Er warf mir einen desinteressierten Blick zu und betrat würdigen Schritts sein Büro. Ich stand auf und klopfte an die Tür. Eine herrische Stimme rief auf türkisch etwas, das wohl heißen sollte: »Lassen Sie mich in Ruhe!«

Der Wachtmeister in Zuaven-Uniform eilte herbei. Mit verzweifelten Gesten versuchte er, mir die Unangebrachtheit meines Vorgehens begreiflich zu machen. Ich wartete erneut. Die Tür öffnete sich. Auf der Schwelle erschien der Kommissar. Er aß einen Apfel. Aber das hinderte ihn nicht daran, mich anzuschnauzen und mich auf türkisch zu fragen, was ich hier zu suchen hätte. Hätte ich das gewußt, hätte ich mir ein Taschenwörterbuch eingesteckt. Der Wachtmeister nahm es jetzt auf sich, ihm mit ungeheurer Zungenfertigkeit endlose Erklärungen zu geben. Das Gesicht des Kommissars erhellte sich. Er versteckte den Apfel hinter seinem Rücken, reichte mir die rechte Hand und bat mich einzutreten.

»Entschuldigen Sie ... Ich spreche nicht gut französisch ... Was kann ich für Sie tun?«

Er sprach langsam und suchte dabei nach Worten.

Ich hielt ihn für etwa dreißig. Und er glich dem typischen Türken, wie ich ihn mir vorgestellt hatte, aufs Haar. Ein Türke aus meinen Abenteuerromanen und Comics: er war groß, breitschultrig und schwarzhaarig. Eine Mischung zwischen Armenier,

Kurde, Grieche, Bulgare und Araber... Seine braunen Augen unter den dichten Brauen musterten mich ohne besondere Freundlichkeit. Über ihm, an der weißgekalkten Wand, hing ein Bild von Mustafa Kemal, dem Vater der Türken. Überall hatte das nicht gerade verführerische Antlitz Mustafa Kemals, des Nationalhelden, einen Ehrenplatz: in der Empfangshalle meines Hotels, im Postamt, in dem ich mich vorhin nach dem Weg erkundigt hatte, in allen öffentlichen oder privaten Gebäuden...

Kommissar Gökcen betrachtete eingehend meinen Polizeiausweis und verglich ihn mit den seinen. Ich bremste meine gewöhnliche Zungenfertigkeit und begann in gestenreicher Sprache den Bericht über meine Ermittlungen, die mich nach Istanbul geführt hatten. Ich wies eindringlich auf die Notwendigkeit hin, so rasch wie möglich Fabrice Janin aufzutreiben. Er hörte mir schweigend zu. Als ich geendet hatte, fragte er mich langsam:

»Name... Vorname... Geburtsdatum...«

Ich nahm meine Unterlagen aus meiner Aktentasche. Der Kommissar kritzelte auf einen Zettel die persönlichen Daten. »Einen Augenblick«, sagte er.

Er verließ das Büro, ließ die Tür aber offenstehen. Bestimmt hatte er dem schnurrbärtigen Elefanten diskret einen Wink gegeben, denn dieser setzte sich erneut in Bewegung und lief vor der Tür mit abgezirkelten Bewegungen und verkrampftem Lächeln auf den Lippen auf und ab. Selten habe ich mich so unwohl gefühlt wie bei diesen Kollegen des Landes unter dem Halbmond.

Kommissar-Pascha kehrte zurück, er hielt den Anmeldezettel eines Hotels in der Hand. Offenbar waren die türkischen Fahndungsmethoden auch nicht genialer als die unseren. Wie hätte es auch anders sein können? Beflissen übersetzte er mir die Eintragungen auf dem Meldezettel:

»Ihr Landsmann ist vor ein paar Tagen im Hotel Pera, 98 Mesrutiyet Caddesi, abgestiegen... Offenbar hat er ein Faible für Antiquitäten. Mehr kann ich Ihnen im Moment nicht sagen.«

»Für Antiquitäten?«

Er erklärte mir, daß das Hotel Pera ein Luxushotel sei, das noch aus der Epoche des Orient-Expreß stamme. Ein richtiggehendes Museum. Seine riesigen Säle in orientalischem Rokokostil erinnerten an vergangene Pascha-Zeiten.

»Und wo wohnen Sie, lieber Kollege?«

»Im Plaza«, erwiderte ich.

»Aha«, sage er und schüttelte den Kopf. »Die französische

Polizei hat auch nicht viele Moneten ... So sagt man doch, nicht wahr?«

»Ja, so sagt man«, erwiderte ich.

Nein, die Polizei hat, wie sich mein Kollege ausdrückte, nicht viele Moneten ... Weder in Frankreich noch woanders. Und der Beweis: ich brauchte mich nur an die Predigt des Dicken zu erinnern, bevor ich nach Orly hinausfuhr:

»Borniche, Sie sind wirklich ein gerissener Hund. Seit drei Wochen verbringen Sie auf Kosten des Hauses Ihre Ferien an der Côte. Und jetzt wollen Sie auch noch in die Türkei!«

Ich wußte, daß er sich bereits überlegt hatte, daß ich der einzige war, der Fabrice kannte. Deshalb erwiderte ich auch ungerührt:

»Schicken Sie doch jemand anderen nach Istanbul, Chef. Wissen Sie, diese Art von Reisen ...«

»Sie sind mir immerhin noch lieber als Pedroni ... Ich sehe gar nicht ein, wieso er in diesen Genuß kommen sollte. Aber machen Sie so wenig Spesen wie möglich, Borniche.«

Die Spesen! Wenn ich schon daran dachte! Meine Spesen waren in die Kasse des geschäftstüchtigen Gino vom Redoute gewandert, der so prompt seine Bleistiftstriche auf den fettfleckigen Zettel setzte, auf dem die Rechnung immer länger wurde ... Meine Dienstreise nach Juan-les-Pins hatte mir nicht einen roten Heller Gewinn eingebracht. Und die in die Türkei versprach auch nicht lukrativer zu werden. Und zwar aus gutem Grund ...

Wenn ich in der Rue des Saussaies saß, hatte ich wie alle meine Kollegen einen Anspruch darauf, die fiktiven Spesen ersetzt zu bekommen, die uns die hohe Direktion in ihrer Großzügigkeit zuerkannte. Ein Drittel, zwei Drittel, manchmal sogar drei Drittel, wenn die Kasse einen Überschuß aufwies. Die gewährten Beträge waren proportional nach unseren täglichen Ausgaben berechnet: Ein Drittel bedeutete eine Mahlzeit außer Haus, zwei Drittel zwei Mahlzeiten und drei Drittel zwei Mahlzeiten plus dem Preis für ein Hotelzimmer. Das war praktisch. Und was ganz besonders angenehm war: man konnte die Spesen kassieren, selbst wenn man sein Büro gar nicht verlassen hatte und infolgedessen keine Rechnungen vorweisen konnte. Es genügte, wenn der Abteilungsleiter, der mit seinen eigenen Spesen auch nicht gerade zurückhaltend war, die Ausgaben anerkannte. Nie suchte uns ein Beamter des Rechnungsamts auf, um sich zu vergewissern, ob wir wirklich auswärts waren oder etwa in unseren Büros saßen. Die Kollegen, die gar keine Ermittlungsaufgaben wahrnahmen, hatten auch einen Anspruch auf diese Vergünstigung.

Das war auch nur normal. Die Verteilung mußte gerecht sein. Bei der Kripo war es genauso. Das heißt, fast ... Da der Dienstbereich meiner Kollegen sich auf das Departement Seine beschränkte, konnten sie keine Reisen in die Provinz vortäuschen. Sie kompensierten ihre geringeren Einnahmen auf andere Weise. Sie berechneten Spesen, die einem Dutzend Mahlzeiten pro Tag entsprachen und die – was völlig in Ordnung war – auf die Akten verteilt waren, die sie gerade bearbeiteten. Das war erlaubt. Genauso wie bei der Entschädigung der Privatkläger. Der Richter spricht den Geschädigten einen mehr oder minder hohen Betrag zu, und das wird dann fröhlich aufgeteilt. Denn diese Summe kassieren sie zusätzlich zu ihren »wirklichen« Ausgaben. Eines Tages hatte ich im Sekretariat zufällig einen Blick auf die Spesenabrechnung unserer Abteilung geworfen, die vom Chef gegengezeichnet war. Mindestens vierzig Beamte hatten sich ein entlegenes Dorf im Departement Seine-et-Marne ausgesucht, wo sie angeblich übernachtet hatten. Und der Clou des Ganzen war, daß es in diesem Ort, wo Hund und Katze sich gute Nacht sagten, kein einziges Hotel gab. Daß die ehrenwerten Beamten des Rechnungshofs bei dieser Lektüre keine Kopfschmerzen bekamen! ...

Während es in Juan-les-Pins geradezu von Hotels wimmelte! Und der Dicke konnte wahrhaftig nicht behaupten, daß ich bei dieser Reise Geld gespart hätte. Sogar mein ganzes Monatsgehalt war dabei draufgegangen ...

»Ich will mich mal erkundigen, ob er noch immer dort wohnt«, sagte Kommissar Müsnu Gökcen.

O wei!

Bei diesen diskreten Erkundigungen, das tägliche Brot jedes Polizeibeamten, konnte es allzu leicht passieren, daß sie ein Schlag ins Wasser waren. Wenn der Hotelbesitzer seinem Gast einen Wink gab, verschwand Fabrice auf Nimmerwiedersehen.

Mein Kommissar lächelte plötzlich verständnisinnig. Er hatte meine Besorgnis verstanden und beruhigte mich:

»Lieber Kollege, bei uns gibt es solche Indiskretionen nicht. Die Polizei ist gut organisiert. Wir müssen uns mit Kommunisten, Spionen und Waffenschmugglern herumschlagen. Wenn die Hotelbesitzer nicht mit uns zusammenarbeiten, gehen sie kaputt ... So sagt man doch, nicht wahr?«

»Ja ...«

»Ist es in Frankreich genauso?«

»Nein ...«

Müsnu hatte inzwischen eine Telefonnummer auf seinem Apparat gewählt. Er sprach ungeheuer beredt auf seinen Gesprächspartner ein.

Ich bekam dabei nur ein paar immer wiederkehrende Worte mit: »Evvet«, »Hayir« und »Tessekür ederim«!

Resigniert wartete ich das Ende des Gesprächs ab.

Endlich hängte Müsnu wieder ein.

»Ich habe soeben erfahren, daß Ihr Mann das Hotel um neun Uhr heute früh verlassen hat. Er hat nicht gesagt, wohin er weiterfahren wollte. Aber nach einem Gespräch, das er gestern geführt hat, beabsichtigte er wohl, nach Izmir weiterzureisen. Eine hübsche Stadt. Kennen Sie sie?«

Leider nein, ich kannte sie nicht.

Ich war ja gerade erst angekommen! Und zwar auf der Suche nach dem schönen Fabrice. Alles andere war mir ziemlich gleichgültig.

Izmir! Ich konnte ihm ja schließlich nicht quer durch die Türkei hinterherrennen.

Ich bat inständigst den Bruder Kommissar, mir Hilfe und Beistand zu gewähren. Er hob die Hände, eine offenbar internationale Geste ohnmächtigen Bedauerns:

»Jenseits des Bosporus hört mein Zugeständigkeitsbereich auf. Das wäre Sache der Gendarmerie. Aber Sie können sowieso nichts weiter machen. Sie haben keinen Haftbefehl, und von Interpol liegt nichts gegen diesen Janin vor ... Sie sehen ja, ich habe nur seinen Anmeldezettel vom Hotel. Keine Akte. Ich gebe Ihnen einen guten Rat: Sehen Sie sich Istanbul an. Es gibt so viele Sehenswürdigkeiten hier: das Topkapi Serail, die Hagia Sophia, der große Bazar ... Sie können Ihrer Frau ein paar hübsche Geschenke mitbringen, Teppiche, Wildlederjacken, alten Silberschmuck ... Heute abend lade ich Sie ins Galata Kulesi oder ins Koniali ein. Oder, wenn Sie lieber wollen, ans Bosporus-Ufer. Dort ißt man den besten gegrillten Fisch der ganzen Küste ...«

»Sehr gern ...«

Ich konnte die Einladung nicht gut ablehnen, aber ich fragte mich besorgt, wie ich jetzt an Fabrice herankommen sollte.

Da hatte ich eine Idee.

Wenn ich zum Abendessen nicht mehr in Istanbul war, mußte Bruder Müsnu wohl oder übel ohne mich auskommen. Ich konnte ihm ja noch rechtzeitig Bescheid sagen.

Grauer, militärisch geschnittener Anzug. Graues Hemd. Graue Krawatte. Weiße Zähne, wie geschaffen, um die Spitze einer dicken Havanna abzubeißen. Eine Catcherfigur. Graumeliertes, kurzgeschnittenes Haar. Eine Stahlbrille, hinter deren Gläsern seine Augen mich kalt musterten... Das war der gefürchtete Mann der Geheimpolizei, Oberst Ziya Löletsky.

Ein hervorragend dolmetschender Beamter übersetzte ihm meinen Bericht über den Stand meiner Ermittlungen. Ich erzählte ihm alles. Auch von meinem Besuch bei der Kriminalpolizei und dem harten Schlag, den mir das Verschwinden von Fabrice versetzt hatte.

Hinterhältig flocht ich beiläufig zwischen zwei Sätzen ein, daß mein Fabrice nicht nur ein Juwelendieb, sondern ohne Zweifel auch ein Waffenschmuggler sei...

Mir wurde sofort klar, daß ich wohl etwas zu weit gegangen war. Jedenfalls löste meine Erklärung in der Gendarmerie von Istanbul einen ziemlichen Aufruhr aus. Gott sei Dank war Paris gut dreitausend Kilometer entfernt. Niemand konnte mir so rasch das Gegenteil beweisen.

Oberst Ziya Löletsky telefonierte höchstpersönlich mit dem Hotel Pera.

Hocherfreut erkannte ich die mir wohlvertrauten Worte »Evvet«, »Hayir« und »Tessekür ederim« wieder. Ich hatte inzwischen erfahren, daß sie »ja«, »nein« und »danke« bedeuteten. Doch um zu verstehen, daß man den Oberst von der Abreise des schönen Fabrice informierte, brauchte man kein Sprachenstudium absolviert und nicht einmal die Berlitz-School besucht zu haben.

Aber als er aufhängte, hob er seine Hände mit den runden Wurstfingern in einer Geste, die meine Besorgnis zerstreuen sollte.

Der Militär-Dolmetscher übersetzte.

»Der Oberst hat den Namen der Leihwagenfirma erfahren, bei der er ein Auto gemietet hat. Nur noch einen Augenblick bitte...«

Der Rest war ein Kinderspiel. Die Leihwagenfirma Gokailti teilte uns das polizeiliche Kennzeichen des Wagens, eines Oldsmobile, mit, den Fabrice in einer Woche in Istanbul wieder zurückgeben wollte.

»Der Oberst sagt, Sie sollten inzwischen ein wenig spazierengehen, während wir auf die Rückkehr dieses Herrn warten.«

»Und wenn er den Wagen woanders abgibt? Zum Beispiel in Izmir, und sich von dort aus nach Griechenland einschifft?«

Der Oberst zog aus seiner Westentasche eine überdimensionale Stahluhr. Er reichte dem Dolmetscher eine handschriftliche Notiz.

»Ich gebe jetzt per Funk eine Nachricht an die Gendarmerieposten von Gebze, Izmir und Bursa durch«, übersetzte mir der Militärdolmetscher. »Es würde mich sehr wundern, wenn Ihr Mann weiter gekommen wäre. Es sind mehr als zweihundertfünfzig Kilometer, und die Landstraße schlängelt sich am Marmara-Meer entlang. Ich bestelle uns dann einen Jeep, und wir fahren los.«

Das Ferr-Boot trug uns von Europa fort.

Und gleichzeitig mit Istanbul sah ich unseren teuren Kontinent sich rasch entfernen. Mir war ganz komisch zumute, während ich die Minarette verschwinden sah.

Um ein Uhr mittags schritt Fabrice Janin durch das Tor von Yeniselür. Er hatte das Oldsmobile-Cabrio von der Leihwagenfirma Gokailti im Schatten der Stadtmauern geparkt. Jetzt war er auf der Suche nach einem Restaurant am Göl Kapisi, wo man direkt am Meer gegrillten Fisch servierte. Er war bester Laune durch Felder und Wälder gefahren, bevor er in Iznik am einsamen Ufer des Sees eine Pause gemacht hatte... Wie Fabrice Janin, der verwöhnte achtjährige Sohn des französischen Botschafterattachés.

Während er es sich in einem Korbsessel des netten kleinen Strandrestaurants gemütlich machte und die Beine ausstreckte, wurden in ihm wieder die Erinnerungen an seine Kindheit lebendig. Mit den Fingerspitzen strich er über die tadellose Bügelfalte seiner weißen Leinenhose. Nach der Karte war Izmir 631 Kilometer von Istanbul entfernt. Am Abend konnte er dort sein. Oder morgen. Er hatte es ja nicht eilig. Er erinnerte sich an seine Gleichgültigkeit als Kind angesichts der Ruinen von Pergamon, die langweiligen Erklärungen des Führers, die liebevolle Art seines Vaters, der ihm alles zeigen wollte... Er würde doch noch rasch einen Blick auf die Ausgrabungen werfen, damit er wenigstens jetzt einen Eindruck davon hatte.

Doch die Erinnerung an jene Postkarten-Monumente wurde bald abgelöst von dem Gedanken an seine beiden Koffer.

Die beiden schwarzen Lederkoffer.

Am Morgen hatte er in die schweinslederne Reisetasche, die Théodose ihm für die Reise geschenkt hatte, seinen Rasierapparat und sein Toiletten-Necessaire gepackt. Ein paar Bücher – ausgelesene Reiselektüre – hatte er unter dem Hotelpersonal und den

Angestellten der Leihwagenfirma verteilt. Zehn nach neun hatte er sich auf dem Ferry-Boot eingeschifft.

Auf der ziemlich befahrenen Landstraße vom Bosporus nach Izmir hatte er trotz des heftigen, glühendheißen Windes, der seine blonden Locken durcheinanderwehte, den schweren Wagen voll ausgefahren.

Fabrice wurde ungeduldig. Der Kellner behandelte ihn nicht mit der Zuvorkommenheit, die einem Herrn seines Standes zukam.

Einem sehr reichen Herren.

»Yemek pistesi! Bardak siyah sarap. Das Menü bitte. Und ein Glas Rotwein.«

Er bewunderte sich selbst ob seiner Sprachbegabung. Er brauchte die türkischen Sätze in seinem Reiseführer nur ein einziges Mal zu lesen, um sie zu behalten. Die Folgen seiner Kindheit, in der er von Land zu Land verschlagen wurde, infolge der häufigen Versetzungen seines Vaters von einer Botschaft zur anderen.

Eine Stunde später setzte er sich wieder bester Laune ans Steuer seines Oldsmobile. Er hatte ein fürstliches Trinkgeld gegeben, und der Kaffee, den man ihm zum Dank serviert hatte, war sehr stark gewesen. Hinter der Kreuzung von Gemlik schlängelten sich die Wagen die kurvenreiche Straße entlang. Es herrschte eine glühende Hitze. Sein makelloses Hemd klebte bald schweißnaß an seinem Körper. Als er an einer Tankstelle anhielt, um zu tanken, sah er ein Schild: »Bursa, 4 km«. Bursa, auch eine Kindheitserinnerung. Auf einem Brunnenrand sitzend hatte er dort einmal eine Orange gegessen.

Am Ortseingang hatte sich eine Autoschlange gebildet. Er reihte sich ein.

Ein Gendarm trat grüßend auf ihn zu.

Fabrice fragte ihn höflich, was er von ihm wolle.

Der Gendarm verlangte den Kraftfahrzeugschein, studierte ihn eingehend, ging dann langsam um das Auto herum und verglich das polizeiliche Kennzeichen.

Dann kehrte er zu Fabrice zurück, der bereits die Hand ausstreckte, um seine Papiere wieder in Empfang zu nehmen...

»Reisepaß!«

Der Ton des Gendarmen ließ Fabrice zusammenzucken. Redete man hier so mit Touristen?...

Ein zweiter Gendarm näherte sich und betrachtete ebenfalls den Paß und den Führerschein. Dann murmelte er in einer Sprache, die Französisch sein sollte:

»Parken Sie bitte den Wagen.«

Fabrice gehorchte.

Er parkte sein Oldsmobile vor dem langgestreckten Gendarmeriegebäude und stieg aus. Völlig verblüfft beobachtete Fabrice, wie die Straßensperre sofort aufgehoben wurde, nachdem man ihn angehalten hatte. Er murmelte verständnislos »das begreife ich nicht« vor sich hin.

Ein Gendarm in tressenbesetzter Uniform trat jetzt auf ihn zu und fragte ihn:

»Was ist der Zweck Ihrer Reise durch die Türkei?«

»Urlaub«, erwiderte Fabrice erleichtert.

»Sie haben diesen Wagen gemietet?«

»Das sehen Sie doch auf dem Kraftfahrzeugschein, oder? Ich fahre nach Izmir. Ich kenne dieses Land bereits von früher. Mein Vater war hier französischer Botschafter.«

Vergeblich wartete er darauf, daß diese Worte den gebührenden Eindruck machten ...

»... Ich liebe die Türkei sehr ... In Istanbul ... Ich bin dort ein paar Tage geblieben ...«

Der Beamte hörte ihm offensichtlich gar nicht zu.

»Ist das Ihr ganzes Gepäck?«

»Ja«, sagte Fabrice.

»Bringen Sie bitte alles zur Kontrolle ins Büro.«

Ein Gendarm half Fabrice, die Koffer vom Rücksitz zu nehmen und sie in das Polizeigebäude zu schleppen. Während ein anderer Polizist den Wagen durchsuchte, fuhr der Beamte fort:

»Führen Sie Waffen bei sich oder in Ihrem Gepäck?«

»Natürlich nicht«, sagte Fabrice. »Wie kommen Sie denn darauf?«

Er öffnete seine Koffer, packte alles aus und legte die Sachen auf den schmutzigen Bürotisch. Einen Augenblick lang packte ihn panische Angst, als einer der Gendarmen seine Reisetasche durchsuchte, aber er beruhigte sich wieder, als er sah, daß er sie zurückstellte. Als die Kontrolle beendet zu sein schien, fragte er schüchtern:

»Kann ich wieder weiterfahren?«

»Hayir. Nein. Ein Oberst möchte Sie sprechen. Er ist gerade aus Istanbul gekommen. Lassen Sie bitte alles so liegen. Folgen Sie mir.«

Die gewichtige Gestalt von Oberst Löletsky hielt besser als mein Fliegengewicht das Rütteln in dem Jeep aus, der über die holprige Landstraße raste. Mir taten alle Knochen weh. Ich hatte den

Eindruck, als ob meine Beine, die ich in dem Durcheinander von Wagenhebern, Schaufeln und Seilen kaum ausstrecken konnte, steif und lahm bleiben würden. Die Radioantenne, die sich über mir wie eine Angelrute bog, pfiff im Wind. Der Fahrer überholte mit größter Seelenruhe alles, was sich auf vier Rädern fortbewegte. Ich schloß die Augen. Ich wartete auf den Zusammenstoß. Er kam nicht. Ich wartete wieder. Ich hielt die Augen vor Angst und Schrecken fest geschlossen; doch im Geiste sah ich, wie der Jeep ohne Rücksicht auf Verluste die kurvenreiche Straße entlangraste.

Ich schlug die schützenden Lider erst wieder auf, als der Wagen heftig bremste und mein Kopf an einen nicht identifizierbaren Gegenstand prallte.

Der Oberst drehte sich um und lächelte mich liebenswürdig mit seinen Elfenbeinzähnen an. Der Fahrer übersetzte:

»Alles o.k.? Wir nehmen ein Ferry-Boot, das uns über das Marmara-Meer übersetzt. Die Fahrt dauert nur zwei Stunden. Auf diese Weise umfahren wir Izmir und landen direkt in Yalova. Wir sparen uns dadurch hundertfünfzig Kilometer. Das Dumme ist nur, das Boot fährt nur jede Stunde. Deshalb mußten wir uns auch so beeilen.«

Welch ein Genuß, die Überfahrt über das Marmara-Meer, ohne vor Angst die Augen schließen zu müssen. Die Worte »Marmara-Meer« klangen für mich wie Sphärenmusik... Fabrice hatte mehrere Stunden Vorsprung. Zugegeben, diese Höllenfahrt im Jeep war immerhin noch besser gewesen als ohnmächtig am Ufer stehen zu müssen und zuzusehen, wie die Fähre uns vor der Nase davonfuhr...

Der Blick des Obersten hinter der Stahlbrille sah mich verständnisvoll an. Mit der berühmten Geste Rommels in der Wüste befahl er dem Dolmetscher, der gleichzeitig unser Fahrer war, weiterzufahren. Der ließ sich das nicht zweimal sagen: Er trat genauso besessen aufs Gaspedal wie vorher... Unser Vater, der du bist im Himmel...

In Gebze meldete sich die örtliche Gendarmerie über Funk, aber sie wußte noch nichts zu berichten.

Die rasende Jagd ging weiter.

Wehmütig erinnerte ich mich an meinen geliebten Strand von Fouras! Ein Kinderluftballon streifte meine Beine... Ich spürte den warmen Schenkel von Marlyse neben dem meinen; der Sand auf ihrer Haut kratzte ein bißchen... Wenn ich damals in meinen friedlichen Träumen am Strand geahnt hätte, daß ich mein Leben einmal einem türkischen Übersetzer anvertrauen würde, der sich offenbar am Steuer austobte...

Wir fuhren durch Orhangazi, wo am Ortseingang noch die Straßensperre aufgerichtet war. Über Funk drangen undefinierbare näselnde Geräusche an unser Ohr.

Gemlik. Hier überstürzten sich die Nachrichten. Man hatte Janins Oldsmobile am Ortseingang von Bursa angehalten. Noch dreißig Kilometer, bevor ich meinem blonden Engel Fabrice gegenüberstand.

Aber diese dreißig Kilometer waren auch unvergeßlich... Der Fahrer hatte die Sirene eingeschaltet und beabsichtigte offenbar, einen Geschwindigkeitsrekord aufzustellen. Ich öffnete die Augen erst wieder, als wir vor dem Gendarmeriegebäude von Bursa hielten. Meine Ohren dröhnten, meine Nase brannte vom Benzingestank. Mir wurde richtiggehend übel. In meinem Kopf schallte es wie das Glockengebimmel einer bretonischen Kirche, ding dong. Meine Beine waren eingeschlafen, und ich war so kreuzlahm, daß ich keinen Schritt mehr gehen zu können glaubte.

Aber plötzlich fühlte ich mich wieder so munter und heiter wie unter der eiskalten Dusche nach der Sauna. Der dolmetschende Kamikaze-Fahrer hatte mir zugeflüstert:

»Man hat keine Waffen bei ihm gefunden... Aber einen großen, einen sehr großen Diamanten... in seinem Reisenecessaire.«

21

»Monsieur Borniche!«

Fabrice war aschfahl geworden. Als er französische Worte hörte, war er zusammengezuckt; dann hatte er mich erkannt. Eben hatte er noch völlig lethargisch auf seinem Stuhl gesessen. Jetzt sprang er wie elektrisiert auf. Er wiederholte wie in einem Alptraum:

»Monsieur Borniche!«

Er ergriff völlig geistesabwesend die Hand, die ich ihm hinstreckte. Ich wandte mich an ihn in meinem liebenswürdigsten Ton, mit meinem gewinnendsten Lächeln. Schließlich war das für mich ein Freudentag:

»Wie schön, Sie wiederzusehen, Monsieur Janin. Es war gar nicht nett von Ihnen, so einfach zu verschwinden, ohne jemandem Bescheid zu sagen.«

Er warf einen vorsichtigen Blick auf den graugekleideten,

schroff wirkenden Mann, der mich begleitete, dessen kalte Augen ihn durch die Stahlbrille musterten. Fabrice stotterte:

»Was bedeutet das alles?«

»Ganz einfach, Monsieur Janin, wir sind aus dem gleichen Grund hier. Sie verstehen mich, nicht wahr?«

Fabrice versuchte sich in einer drittklassigen Komikernummer. Er warf den Kopf zurück und riß verblüfft den Mund auf wie ein Karpfen auf dem Trockenen. Er zeigte deutliche Anzeichen intensiven Nachdenkens. Ich respektierte seine schweigende Mimik. Endlich entschloß er sich zu einer Antwort:

»Nein. Ich begreife gar nichts«, sagte er. »Sie müssen mir das schon erklären... Ich hatte diese Reise seit langem geplant. Théodose wollte in Kürze nachkommen.«

Ich würde kein leichtes Spiel bei ihm haben. Fabrice hatte sich wieder gefaßt. Er spielte jetzt den Kaltblütigen. Ich bemerkte wieder an ihm jenes ungeheure Phlegma und die Selbstgefälligkeit, die ich bereits in Juan-les-Pins, während einer reinen Routinevernehmung, an ihm beobachtet hatte. Damals hatte ich nicht den geringsten Grund ihn zu verdächtigen: der intime Freund von Théodose, der Sohn eines Botschafters... Am Abend des Einbruchs hatte er sich gar nicht in Murène aufgehalten. Théodose selbst war davon überzeugt gewesen, daß er die Villa César nicht verlassen hatte.

Ich hatte nicht viele Trümpfe in der Hand... Lediglich das sonderbare Benehmen von Mag, die Rechtsanwalt Carlotti genau im richtigen Moment unterbrochen hatte... Das schweigende Eingeständnis von Théodose...

Und doch sandte mir der Himmel oder vielmehr die tatkräftige türkische Gendarmerie von Bursa ein gewichtiges Beweisstück. Das Schicksal von Fabrice hieß Oberst Ziya Löletsky. Und Fabrice, mein leichtsinniger Playboy, mußte mir wohl oder übel erklären, woher dieser große Diamant stammte. Ein ungeheurer Glückstreffer – und eine unverzeihliche Unvorsichtigkeit dieses Diplomatensohnes –: Der wertvolle Stein war in eine Seite des ›Écho de l'Esterel‹ eingewickelt, die erstaunlicherweise das Datum des Tages vor dem Einbruch trug... Aber waren das genügend Argumente, um einen intelligenten und selbstsicheren jungen Mann zu einem Geständnis zu bewegen?

Ich schenkte ihm mein sympathischstes Lächeln:

»Ich weiß, Théodose hat mir alles gesagt... Er hat mir viele Dinge erzählt... Sehr viel mehr, als Sie wahrscheinlich ahnen... Nur den Diamanten hat er nicht erwähnt.«

Fabrice zuckte die Schultern mit ungeheurer gelangweilter Miene:

»Sprechen Sie von dem Diamanten meiner Mutter? Ich besitze ihn schon seit einigen Jahren. Sie gab ihn mir, als meine Großmutter starb. Er ist mein Kapital – für alle Fälle.«

»Und das Datum auf der Seite des ›Écho de l'Esterel‹, in die er eingewickelt war?«

Mein Polizistenauge registrierte das fast unmerkliche Flattern der Augenlider. Wieder zuckte Fabrice mit den Schultern, aber seine Selbstsicherheit schwand etwas. Sicher verfluchte er jetzt seine Dummheit. Diese Zeitungsgeschichte war lächerlich. Sie hatte ihn zwar noch nicht am Boden zerstört, aber leicht erschüttert. Und das war wenigstens etwas.

»Wenn Ihre Mutter Ihnen den Diamanten geschenkt hat«, sagte ich, »ändert das alles. Sie wird es mir nach meiner Rückkehr nach Frankreich leicht bestätigen können. Und Herr Frokian wird außerdem aussagen können, daß er nicht ihm gehört ... Ihr Flugticket nach Istanbul enthält doch auch einen Rückflug, oder?«

»Ja, warum?«

»Weil Sie mit mir zusammen nach Frankreich zurückkehren werden ... Das heißt, natürlich nur aus eigenem Antrieb; nichts zwingt Sie dazu ... Aber wenn Sie sich entlasten wollen, wäre es schon das beste, mich zu begleiten ...«

Schweigen.

Ich fuhr mit eindringlicher Stimme fort:

»... Wenn Sie nicht wollen, gut, es ist natürlich Ihr freier Entschluß. Was ich Ihnen eben geraten habe, war zu Ihrer aller Besten, zu Ihrem eigenen, Mags und auch dem von Théodose ...«

»Es würde mich sehr wundern, wenn die arme Mag Ihren irgendeinen Hinweis gegeben hätte«, sagte Fabrice.

Ich nickte zustimmend.

»Sie haben recht. Es ist nicht leicht gewesen ... Sie hat mir beim Kreuze Christi geschworen, daß sie an dem Einbruch unschuldig ist. Aber als sie mir auch schwören sollte, daß sie nicht weiß, wer der Täter ist, sah die Sache etwas anders aus ... Und Théodose kennen Sie ja ... Er ist sanft und gütig. Er liebt Sie, Monsieur Janin. Er ist vor Kummer zusammengebrochen.«

Ich spielte meine Partie Poker, so gut es ging, und ließ von Zeit zu Zeit ein paar diskrete Andeutungen fallen, mit denen ich meinen Verdächtigen bei der Moral zu packen suchte. Ich lauerte auf die ersten Anzeichen leichter Erschütterung. Durch seine unerwartete Verhaftung in diesem gottverlorenen türkischen

Nest war er bereits angeschlagen. Ich mußte in einem geeigneten Augenblick zum K. o. ansetzen. Aber der schöne Fabrice besaß noch Reserven. Der Beweis ...

»Und wenn ich mich weigere?«

»Dann ...«

»Sie haben keinen Haftbefehl ...«

Aha, jetzt kam er mir damit.

Es hatte mich ja auch schon gewundert, daß er daran noch nicht gedacht, sich noch nicht hinter dieser Ausflucht verschanzt hatte. Aber er hatte einen Fehler begangen. Einem Polizeibeamten mit meinem Berufsstolz durfte er so etwas nicht sagen. Das bewies mir, daß sein Gewissen nicht so lupenrein war. Und vor allem brachte es mich in Harnisch.

Wie oft hatte ich dieses Lied schon gehört, die trügerische Hoffnung der Verdächtigen: »Haben Sie einen Haftbefehl?«

Diese vier Worte waren ihr Schwanengesang.

Es war der Anfang vom Ende.

Und dieser Dialog endete immer damit, daß sie die Waffen streckten.

Mit Haftbefehl oder nicht, sie landeten rasch in unserem Dienstwagen, mit Crocbois, unserem Chauffeur, am Steuer, zwischen Hidoine und mir auf dem Rücksitz. Wir umgingen das Gesetz. Es handelte sich um keine Verhaftung, sondern eine reine Feststellung der Personalien, die lediglich zur Aufklärung dienen sollte ... Feiner Unterschied!

Erst nachher wurde dann die Sache offiziell.

Natürlich, hier war alles anders. Wir waren sechs Flugstunden von Paris entfernt. Und ich konnte ihn nicht so einfach zur Feststellung seiner Personalien ins Büro mitschleppen.

»Nein, ich habe keinen Haftbefehl«, sagte ich. »Aber ich kann per Fernschreiber sehr rasch einen anfordern ... Kennen Sie die türkischen Gefängnisse? Schade, dann würden Sie es sich rasch anders überlegen. Wenn Sie monatelang in einer stinkigen Zelle in der Türkei verfaulen wollen, während Sie auf die Auslieferung warten, ist das Ihr Bier ... Sie halten Ihr Schicksal in Ihren Händen, Monsieur Janin ... Alles was ich Ihnen vorschlagen kann, ist, Sie entweder nach Paris mitzunehmen oder Sie hierzulassen. Ob Sie meine Fragen nun so oder so beantworten, wissen Sie, mir ist das eigentlich egal. Wir haben genügend Beweise gegen Sie gesammelt, um einen internationalen Haftbefehl gegen Sie erlassen zu können ... Außerdem haben wir ja noch den prächtigen

Diamanten Ihrer Mutter ... Denn diesen Diamanten, um es gleich zu sagen, werde ich beschlagnahmen ...«

Fabrice warf sich in die Brust und fragte mit arroganter Miene:

»Offenbar glauben Sie nicht an dieses Geschenk, Monsieur Borniche?«

»Doch, doch, Monsieur Janin«, erwiderte ich mit dem Lächeln eines Erzengels. »Das war nur ein Scherz.«

22

Fabrice Janin hatte sich abgewandt und sah von seinem Fensterplatz aus, wie unter den Flügeln der Constellation die Landschaft vorüberzog. Wir hatten Brindisi schon seit einiger Zeit überflogen. Über seine Schulter hinweg konnte ich Italiens langen, weißen Sandstrand sehen. Und dicht an der Adriatischen Küste die Umrisse der jugoslawischen Inseln, die sich vom Meer abhoben.

Seit unserer Zwischenlandung in Athen, nach unserem Abflug von Istanbul, hatte Fabrice Janin mir betont den Rücken zugekehrt und zum Fenster hinausgesehen. Er hatte das Mittagessen, das die Stewardeß ihm hingestellt hatte, nicht angerührt.

Sie bemühte sich auffallend um Fabrice, offenbar interessierte der gutaussehende Playboy sie mehr als ich.

»Haben Sie keinen Hunger?« fragte sie ihn mit ihrem hinreißendsten Lächeln.

Fabrice, der in düstere Gedanken versunken war, schüttelte nur den Kopf.

Aber die Stewardeß gab nicht auf, sie warf ihm einen verführerischen Blick zu und fragte:

»Möchten Sie lieber etwas trinken? Champagner? Fruchtsaft?«

Fabrice Janin lehnte auch dieses Angebot ab.

Seither hatte er kein Wort mehr gesagt und sich zum Fenster umgewandt. Nach einer Zwischenlandung in Mailand sollten wir um fünfzehn Uhr Ortszeit in Paris landen.

Ich stellte meine Uhr wieder richtig.

Crocbois und Hidoine würden mich am Flughafen abholen: Ich hatte ein Telegramm an die hohe Direktion geschickt.

Vielleicht würde auch der Dicke in Begleitung der Journalistenmeute da sein ...

Die Fahrt von Bursa nach Istanbul zurück verlief ohne Zwischenfall. Ich hatte mich auf den Rücksitz des Oldsmobile neben Fabrice gesetzt und bewachte jede seiner Bewegungen. Der Wind verwehte mir das Haar. Der Oberst fuhr ziemlich rasch. Der Jeep folgte uns. Ich bedauerte meine morgendliche Höllenfahrt keineswegs mehr.

Als wir das imposante Gendarmeriegebäude betraten, warf Fabrice mir einen verzweifelten Blick zu ... Ich dachte schon, er würde aufgeben. Nein. Er hatte sich rasch wieder gefaßt.

»Monsieur Borniche, Sie glauben mir nicht, aber ich schwöre Ihnen, daß mir diesen Diamanten meine Mutter gegeben hat ...«

Ich bewahrte diesen Diamanten sorgfältig auf und wartete nur auf den Augenblick, in dem Laszlo Frokian ihn in Paris als sein Eigentum erkennen würde.

Denn natürlich würde er ihn erkennen ... Natürlich? Meine Gewißheit schmolz sozusagen mit jedem Kilometer, der uns dem Ziel unserer Reise näher brachte.

Wenn ich auf einer ganz falschen Fährte war?

Wenn Fabrice unschuldig war?

Bis jetzt hatte ich noch keinerlei Beweis gegen ihn. Ich hatte geblufft, das war alles ... Wie bei meinem Gespräch mit dem armen Théodose.

Aber warum hatte Fabrice dann eingewilligt, mit mir zurückzukehren? Weil ich ihm mit den türkischen Gefängnissen gedroht hatte? Weil er sich so rasch wie möglich von jedem Vorwurf reinwaschen wollte? Wenn er nicht schuldig war, warum starrte er dann so schweigend und finster vor sich hin?

Von Zeit zu Zeit beobachtete ich in dem runden Fensterglas seinen nachdenklichen Blick. Er hatte die Stirn in Falten gelegt. Sein blondes Haar schien seinen Glanz verloren zu haben und seine Locken die Fülle.

»Trinken Sie, Fabrice«, sagte ich sanft zu ihm. »Das wird Ihnen guttun, es ist heiß hier im Flugzeug.«

Welch ein Wunder – er geruhte, sich zu mir umzudrehen, gerade während wir den Mont Blanc überflogen. Nur eine unbeabsichtigte Bewegung? Oder hatten ihn meine freundlichen Worte gerührt? Die fürsorgliche Art, mit der ich bisher mit ihm umgegangen war? Oder wollte er sich einfach nur anders hinsetzen, sich bequem zurücklehnen?

Er wandte den Blick nicht mehr von mir. Sein Gesicht wirkte erneut aschfahl. Aber die Falte auf der Stirn war verschwunden. Fabrice Janin strich sich übers Haar. Er trank einen Schluck Pampelmusensaft und seufzte dann tief auf:

»Sie haben gewonnen, Monsieur Borniche. Ich werde Ihnen alles erzählen.«

Den zischenden Raketen und Feuerwerkskörpern folgte der Beifall der Menge, die sich am Strand versammelt hatte, und die ersten Donnerschläge des Finale über dem Meer explodierten in einem funkelnden Sternenregen. Das Krachen erschütterte den Sand und die Pinien, bevor die Berge des Hinterlandes das Echo zurückwarfen. Bei jedem Blitz, der den Himmel erhellte, rollte der Donner von der Spitze des Cap d'Antibes bis zum Ende der Croisette. Ein blau-weiß-roter Funkenregen beschloß die Sommersaison.

Der Strand von Juan-les-Pins leerte sich langsam.

Die befriedigten Zuschauer lauschten jetzt den Takten des Blumenwalzers, der leicht verzerrt durch die Lautsprecher drang.

»Was machen wir jetzt?«

Fabrice war müde.

Den ganzen Tag lang hatte er sich nicht weit von der Halbinsel von Ilette an der felsigen Küste seinem Lieblingssport gewidmet: dem Unterwasserfischen. Er hatte das Mittagessen, das Théodose ihm eigens hatte zubereiten lassen, kaum angerührt. Nur aus Höflichkeit hatte er Patrick Meyers und Collobrières Einladung angenommen. Er konnte nie nein sagen. Dabei interessierte ihn dieses Feuerwerk überhaupt nicht. Seit er im Murène war, hatte er schon so viele gesehen. Und diese albernen Touristen, die sich schon von der Aussicht auf die geringste Festivität begeistern ließen!

Patrick wurde ungeduldig.

»Also, was machen wir? Gehen wir ins Tagada?«

Im Tagada sollte an diesem Abend die Wahl des Apoll der Côte stattfinden. Patrick und François wollten den Auftritt der Kandidaten nicht versäumen ...

»Ich gehe nach Hause«, sagte Fabrice. »Entschuldigt mich, aber ich bin hundemüde.«

»Dann fahren wir dich rasch noch hin«, erwiderte Collobrières.

Patrick Meyers roter Triumph T.R.2 hielt vor der Villa César. Fabrice schaute hinauf. Im Zimmer von Théodose brannte noch Licht.

Fabrice ging durch den Flur und stieg die Treppe hinauf. Er zog sich aus, duschte und schlüpfte in seinen Pyjama. Dann ging er hinüber in das Zimmer von Théodose.

»Schon zurück?« fragte Théodose.

»Ja, ich bin hundemüde und völlig zerschlagen.«

»Du gehst mit deinen Kräften auch zu verschwenderisch um«, sagte Théodose mit einer Spur von Eifersucht. »Deine Lady Brandon wird dich noch umbringen.«

»Ich bin gar nicht hingegangen«, sagte Fabrice. »Im letzten Augenblick haben Meyer und Collobrières beschlossen, sich das Feuerwerk anzusehen. Wir kommen gerade von dort. Sie sind ins Tagada weitergefahren. Sollen sie sich dort nur amüsieren.«

»Recht hast du«, sagte Théodose. »Gute Nacht, mein Junge. Morgen habe ich einen anstrengenden Tag vor mir ... Ach, rat mal, wer mir heute angeboten hat, für mich zu arbeiten.«

»Ich weiß nicht ... Ein Gepäckträger ... Ein Oberkellner?«

»Nein, ein Polyp! ... Werner, der Detektiv aus Nizza. Der Herr ›ich sehe alles und ich weiß alles, bei mir kann Ihnen nichts passieren‹ ... Der, der sein Gesicht immer hinter der Zeitung versteckt. Er hat mir seine Visitenkarte dagelassen. Ich habe mir schon überlegt, ob ich ihn nicht einstellen soll, bis wir einen ordentlichen Tresor haben. Was hältst du davon?«

»Die Gäste können ihr Geld ebensogut auf die Bank bringen.«

»Das kann ich ihnen nicht sagen, Fabrice. Sie denken, das Murène sei ein gutgeführtes, ordentliches Hotel ... Und daß der Hoteltresor so sicher ist wie die Bank von Frankreich. Wenn sie wüßten! ... Ich hab's mir überlegt, ich lasse Werner für ein paar Tage kommen, und morgen bestelle ich den besten Tresor, den ich kriegen kann.«

»Du sorgst dich immer um nichts und wieder nichts ... Gute Nacht ...«

Fabrice Janin ging zurück in sein Zimmer, er war äußerst schlechter Laune. Plötzlich fühlte er sich gar nicht mehr müde.

War es die Dusche, die ihn wieder munter gemacht hatte, oder die Bemerkung von Théodose über den modernsten Tresor?

Warum diese plötzliche Besorgnis? Bisher hatte sich niemand im Hotel um Sicherheitseinrichtungen gekümmert. Man ging dort wie in einem Taubenschlag aus und ein ... Fabrice amüsierte dieses Treiben übrigens sehr ... Albert, der Oberkellner, verschwand spätabends durch die Gitterpforte am Chemin des Sables ... Suzan Fuchs, die Tochter der reichen Mary, besuchte heimlich Trachelle, den Barkeeper, auf seinem Zimmer ... Arrighi, der Schwimmlehrer, durchstreifte des Nachts die Flure und beobachtete die Paare durch die Türritzen, offenbar seine eigene Art, sich sexuell zu befriedigen ... Oder was hatte dieser Voyeur von Arrighi wohl vor ein paar Tagen abends vor Baerhofs Zimmer zu suchen gehabt, über dessen brünstiges Stöhnen sich bereits die Gäste beschwerten? Und Brocas mit seiner Gaunervisage ... Die wären die ersten, die man verdächtigen würde, wenn im Hotel eingebrochen würde ... Ganz abgesehen von Rizzatos Landsleuten... Und Sergio Piana, der gerade aus dem Gefängnis von Monaco ausgebrochen war...

An dem Abend, als Lady Brandons Gäste gerade zu der Party auf der »Kenya« aufbrachen, hatte Mag in der Bar Frokians Lederschatulle an sich genommen. Ein so bekannter Juwelier lief nicht mit einem Koffer voller Talmi-Schmuck herum.

Das alles ging Fabrice durch den Kopf. Er war unruhig geworden, nervös.

Ein Gedanke, der in ihm aufkeimte, quälte ihn.

Um sich zu beruhigen, legte er die Platte mit dem Violinkonzert von Beethoven auf. Er stellte das Grammophon so leise wie möglich, um Théodose nicht zu stören, der im Nebenzimmer schlief.

Es war ein Uhr. Fabrice warf sich in seinem Bett unruhig hin und her. Aber er fand keinen Schlaf. Er hörte, wie seine Zimmertür leise geöffnet wurde. Er ließ die Augen geschlossen und rührte sich nicht. Der schwule alte Théodose hatte hineingeschaut, um einen zärtlichen Blick auf den Schlafenden zu werfen...

Er hatte die Nase voll von Théodose, seinem Hotel, den Antiquitäten und Karl dem Großen...

Er hatte es satt, inmitten dieser Versammlung von Greisen zu leben, der schöne Fabrice.

Gewiß, ein leichtes Leben, aber um welchen Preis! Fabrice und die Greise...

Die Eifersuchtsszenen von Théodose, die Tränen, die Vorwürfe.

Und mit diesem Säufer von Karl dem Großen, der ihn haßte, gab es ständig Streit, verletzende Worte, anklagende Reden...

Er erstickte hier.

Schon mehr als einmal hatte er von hier weggehen wollen, weit weg, alles hinter sich lassen... Allein... Oder mit einer Frau, die er liebte...

Aber woher sollte er das Geld dafür nehmen?

Er besaß nichts. Und Théodose steckte sein ganzes Gefühl in den alten Trödelkram, den dieser arme Irre für ihn aufkaufte...

... In dieser Nacht bot sich ihm die so lang ersehnte Gelegenheit. Erst dadurch, daß Werner Théodose seine Dienste angeboten hatte, war Fabrice auf diesen ganz naheliegenden Gedanken gekommen... Amüsant! Ein Privatdetektiv war indirekt dafür verantwortlich... Wenn er erst das Hotel bewachte, war es zu spät.

Mag legte den Schlüssel zum Tresor immer in ihre Nachttischschublade. Bei ihrer Kurzsichtigkeit würde sie Fabrice bestimmt nicht erkennen... Am besten, er drang in ihr Zimmer ein, während sie schlief, öffnete den Tresor, verschloß ihn wieder ... Nein! Er durfte ihn nicht wieder abschließen! Dann fiel der Verdacht auf Mag. Er mußte ihn offenlassen und geräuschlos wieder verschwinden.

Aber wenn Mag erwachte? Wenn sie um Hilfe rief? Und wenn er sie in seinen Plan einweihte? ... Ein völlig absurder Gedanke. Bigott wie sie war.

Gewiß, sie war bigott, aber sie hatte ihm mehr als einmal schöne Augen gemacht, trotz ihrer Weihwasserfrosch-Miene. Hätte er damals daran gedacht ... Er hätte sie sich gefügig gemacht ... Dann würde sie jetzt jedem Wink von ihm gehorchen. Er hatte doch gemerkt, wie sie ihn mit ihren Maulwurfsaugen anstarrte, hinter ihren dicken Brillengläsern. Aber der bloße Gedanke daran schreckte ihn derart ... Selbst Rizzato hatte wohl nichts mit ihr anfangen wollen, obwohl Théodose das eine Weile geglaubt hatte ...

»Fabrice, hast du nicht den Eindruck, daß Mag Albert Avancen macht?«

»Weißt du, ich glaube, die würde jede nehmen, den sie kriegen kann ...«

Fabrice stellte sich vor, wie Mag sich jetzt wohl zum Schlafengehen zurechtmachte. Sie löste ihren Haarknoten. Das schon leicht ergraute Haar fiel auf ihre knochigen Schultern. Sie schminkte sich ab ... Oder genauer gesagt, sie entfernte die dünne Puderschicht, die ihre Haut noch fahler erscheinen ließ. Sie kniete nieder, verrichtete ihr Abendgebet, nahm ihre Brille ab, legte sie auf den Nachttisch, begab sich zur Ruhe ...

Fabrice richtete sich in seinem Bett auf. Mag war derart kurzsichtig, daß sie nichts, rein gar nichts erkennen würde! Wenn man sie aus gebührender Entfernung mit irgendeinem Gegenstand bedrohte, würde sie mit Sicherheit annehmen, es handle sich um einen Revolver. Er konnte seine Stimme verstellen und ihr befehlen, den Tresor zu öffnen ... Unter seiner Drohung würde sie sich mucksmäuschenstill wieder ins Bett legen ... Und er, Fabrice, verschwand währenddessen im Dunkel.

Mags Zimmer war nie verschlossen. Das wußte er. Er kannte schließlich das Hotel genau. Und wie jeden Abend war Rizzato sicher mit Mary Fuchs beschäftigt und Trachelle mit Suzan. Der Schlüssel zur Gittertür am Chemin des Sables lag unten in der Küchenschublade, an seinem gewohnten Platz.

Fabrice stand leise auf. Er nahm die Kopfrolle und legte sie längs ins Bett, so daß man sie im Dunkeln für einen schlafenden Körper halten konnte.

Der Chemin des Sables lag einsam und verlassen da. Fabrice in seinem dünnen hellblauen Seidenpyjama lief rasch die fünfzig Meter, die zwischen der Villa César und dem Murène lagen. Er drehte den Schlüssel in der Gittertür. Von der Kirchturmuhr schlug es halb drei. Das Murène schlief. Juan-les-Pins schlief.

Fabrice hielt den Atem an. Er stieg geräuschlos die Dienstbotentreppe hinauf. Auf dem Treppenabsatz im ersten Stock öffnete er die Tür, an der der Besen hing. Er öffnete Mags Zimmertür. Der Strahl seiner Taschenlampe glitt durch das Zimmer, beleuchtete Mags Gesicht... Sie schlief ruhig.

Fabrice ging auf den Nachttisch zu und öffnete das Schubfach. Ein Knurren ließ ihn innehalten. Er erstarrte. Er hatte Mags Dackel, Onésime, vergessen. Der Hund sprang jetzt mit einem Satz vom Bett, er hatte ihn erkannt und wollte ihn gebührend begrüßen. Fabrice versuchte ihn wegzustoßen, aber Onésimes Freudengekläff weckte Mag...

Fabrice flüchtete in den entferntesten Winkel des Zimmers. Er mußte seine Rolle zu Ende spielen...

»Den Schmuck! Rasch oder ich schieße!«

Er hatte seine Stimme verstellt. Die völlig verdutzte Mag versuchte, sich aufzurichten, die Nachttischlampe anzuzünden und ihre Brille zu nehmen... Fabrice imitierte einen ausländischen Akzent und bekräftigte seinen Befehl:

»Nehmen Sie den Schlüssel aus Ihrem Schubfach und öffnen Sie den Tresor!«

In der Aufregung hatte er den Akzent zu sehr übertrieben. Und in seiner Dummheit hatte er obendrein das Schubfach erwähnt... Und dieser verdammte Hund, der ihn unaufhörlich beschnüffelte und an ihm leckte...

Mag fragte völlig erstaunt:

»Was fällt Ihnen ein, Fabrice? Wollen Sie mich erschrecken?«

Sie hatte ihn erkannt.

Sein Raubüberfall war zu einer Farce geworden. Aber er war bereits zu weit gegangen, er konnte nicht mehr zurück.

»Mag, das ist kein Scherz. Öffnen Sie den Tresor, und packen Sie den Inhalt in ein Frotteehandtuch.«

Mag stand wie betäubt auf. Sie gehorchte ganz automatisch. Aber trotz ihrer Benommenheit fand sie noch die Kraft, sich umzudrehen und zu sagen:

»Sind Sie verrückt geworden, Fabrice? Wollen Sie Théodose berauben?«

»Ich habe die Nase voll vom Murène. Ich brauche einen

Tapetenwechsel, und dazu brauche ich Geld. Deshalb raffe ich zusammen, was ich kriegen kann. Und wenn Sie mich verpfeifen, werde ich sagen, daß Sie meine Geliebte waren und wir das Ding gemeinsam gedreht haben.«

Der Schein der Taschenlampe fiel auf Mag, die mit hängenden Armen wie angenagelt dastand und ihn verständnislos ansah.

»Seien Sie vernünftig«, sagte Fabrice. »Dieser Gangster Piana ist vor ein paar Tagen mit einem Komplizen aus dem Gefängnis von Monaco ausgebrochen. Jemand sprach erst kürzlich mit Théodose darüber, erinnern Sie sich? Théodose fand, daß er mir ähnlich sieht. Schön, alle Welt wird ihn für den Einbrecher halten. Ganz einfach. Er ist mit seinem Komplizen auf den Balkon geklettert... Ihr Fenster stand wie immer offen... Und Sie werden sagen, daß es kurz nach Mitternacht geschah...«

»Wie kann er das nur tun?« dachte Mag.

»Legen Sie sich wieder ins Bett«, sagte Fabrice. »Niemand wird Sie verdächtigen.«

Er riß die Wäscheleine vom Balkon. Damit fesselte er Mags Hand- und Fußgelenke. Sie stöhnte leise:

»Sie tun mir weh.«

»Noch ein paar Minuten Geduld«, sagte Fabrice. »Dann gehen Sie ans Fenster und rufen um Hilfe... Und vergessen Sie nicht. Sie hatten auch einen Knebel im Mund.«

Er machte ein kleines Handtuch naß und zerknüllte es. Dann legte er es neben Mags Kopf auf das Kissen.

»Das ist wegen des Speichels«, erklärte er. »Man kann einen Knebel nicht vier Stunden lang im Mund behalten, ohne daß er feucht wird... Jetzt wird man Ihnen auch das glauben. Denn, vergessen Sie nicht, gegen Mitternacht hat Piana sich in Ihr Zimmer geschlichen, hat Sie geknebelt und gefesselt... Ich verlasse mich auf Sie... Sie geben die Beschreibung von Piana, die vor ein paar Tagen in der Zeitung stand... Aber seien Sie nicht allzu genau, vergessen Sie nicht, daß Sie kurzsichtig sind... Ich habe auf jeden Fall ein Alibi. Théodose hat gesehen, daß ich um diese Zeit schlief.«

Fabrice knipste seine Taschenlampe aus und verschwand wieder im Dunkel. Leise schlich er die Treppe hinunter. An der Gitterpforte suchte er aufgeregt nach seinem Schlüssel. Halb so schlimm! Man würde denken, daß der Nachtwächter vergessen hatte, sie zu schließen. Er zog sie nur zu.

Dreißig Sekunden später war er wieder in seinem Zimmer. Er

hatte den Schlüssel wiedergefunden und ihn noch rasch in die Küchenschublade zurückgelegt. Mit den Füßen schob er seine Beute unters Bett.

Er war reich.

»Monsieur Théodose, Monsieur Théodose!«

Fabrice, der bisher völlig beherrscht war, begann plötzlich an allen Gliedern zu zittern.

»Ich bin's, Bergaud, der Blumenhändler! Kommen Sie rasch, Monsieur Théodose, man hat bei Ihnen eingebrochen.«

Fabrice hörte, wie die Fensterläden geöffnet wurden und wie Théodose keuchend die Treppe hinunterpolterte. Kurz darauf kam er wieder zurück, kramte in der Küchenschublade herum, fluchte, weil ihm alles aus den Händen fiel, und ging dann wieder fort...

Fabrice brach der kalte Angstschweiß aus.

Hatte er Zeit genug, seinen Schatz zu verstecken? Und wo?

Er rannte die Treppe hinunter, stürzte in die Küche und nahm die Kohlenschaufel und das ›Écho de l'Esterel‹, das auf dem Tisch herumlag.

In der lockeren Erde unter den Rosenbüschen vergrub er den Schmuck und das Geld, fein säuberlich in Zeitungspapier eingewickelt.

Als Théodose erneut zurückkehrte, hatte er sich gerade wieder ins Bett gelegt.

Fabrice hatte seine Kaltblütigkeit wieder gewonnen. Er spielte hervorragend die Rolle des Mannes, der gerade aufwacht und sich in aller Eile anzieht.

»Alles halb so schlimm«, sagte er sich, um sein Gewissen endgültig zu beruhigen, »der Schmuck ist ja versichert. Die Versicherung muß zahlen...«

Mag, die man von ihren Fesseln befreit hatte, sah ihn nicht an. Er zwinkerte ihr dennoch dankbar und verständnisinnig zu.

Sie spielte ihre Rolle hervorragend. Die Polizei würde mit heraushängender Zunge hinter Sergio Piana, dem Playboy der Côte, herjagen...

Nie hatte Fabrice Janin sich so frei gefühlt.

Mit ein wenig Geduld und sehr viel Vorsicht konnte er in Zukunft sein Leben führen, wo und wie es ihm paßte.

Die Constellation setzte zur Landung an. Ich brachte meinen Flüchtling wieder auf den Boden Frankreichs zurück, dem wir uns jetzt sehr rasch näherten.

»Ist der Schmuck dort noch immer versteckt?«

»Bestimmt. Niemand hat nach ihm unter den Rosen gesucht. Ich habe nur einen einzigen Diamanten bei einem Juwelier in Istanbul verkauft, um etwas Taschengeld zu haben ... Ich führe Sie zu dem Versteck.«

»Nein«, sagte ich und löste meinen Sicherheitsgurt. »Kommissar Pedroni ist sicher noch in Juan. Nach all der Mühe, die er gehabt hat, verdient er es, ihn höchstpersönlich auszugraben ... Denn wir haben Ihretwegen ganz schön geschwitzt, mein lieber Fabrice, als wir diesem Sergio Piana nachjagten, dem verführerischen Playboy der Côte ...!«

Fabrice lächelte. Sein Geständnis hatte ihn offenbar erleichtert. War er so überzeugt, billig davonzukommen? Jedenfalls hatte seine Stimme einen herzlichen, freundschaftlichen Klang, als er mit einem spöttischen Augenzwinkern erwiderte:

»Er oder ich, Monsieur Borniche ... Wissen Sie, ein Playboy gleicht dem anderen ... Aber was für ein großartiger Romantitel das wäre! Finden Sie nicht?«